汉魏六朝河陇文学系年

丁宏武 著

图书在版编目（CIP）数据

汉魏六朝河陇文学系年／丁宏武著. — 北京：商务印书馆，2023

ISBN 978-7-100-22908-1

Ⅰ.①汉… Ⅱ.①丁… Ⅲ.①地方文学史－西北地区－汉代－魏晋南北朝时代 Ⅳ.①I209.94

中国国家版本馆CIP数据核字（2023）第163039号

权利保留，侵权必究。

国家社会科学基金一般项目（批准号：10BZW036）成果
甘肃省优势学科西北师范大学中国语言文学学科建设经费资助出版

汉魏六朝河陇文学系年

丁宏武 著

商 务 印 书 馆 出 版
（北京王府井大街36号 邮政编码 100710）
商 务 印 书 馆 发 行
三河市尚艺印装有限公司印刷
ISBN 978-7-100-22908-1

2023年11月第1版　　开本 710×1000　1/16
2023年11月第1次印刷　印张 24 3/4

定价：128.00元

前　言

《汉魏六朝河陇文学系年》（以下简称《系年》）是本人主持的2010年度国家社科基金项目"汉魏六朝河陇地区胡汉著姓与本土文学综合研究"（10BZW036）的最终成果之一。《系年》拟在前人研究成果的基础上，对汉高祖元年（前206）至隋文帝开皇九年（589）之间的河陇作家作品进行全面系统的考察和梳理，形成一部以年为纲、以人为目，前后近八百年的河陇地域文学编年史。

"河陇"是河西、陇右的简称，在中国古代主要指陇山以西、西域以东的广大地区。到了唐代，"河陇"还涵盖了广大的西域地区。作为一个约定俗成的地理概念，"河陇"一词出现于汉武帝开拓河西之后。在此之前，中原王朝的西疆仅至陇西，河西地区还是月氏、匈奴等少数民族的游牧之地。《汉书》卷二八《地理志》载："自武威以西，本匈奴昆邪王、休屠王地，武帝时攘之，初置四郡，以通西域，隔绝南羌、匈奴。"[1]又据《汉书》卷六《武帝纪》，元狩二年（前121）秋，"匈奴昆邪王杀休屠王，并将其众合四万余人来降，置五属国以处之，以其地为武威、酒泉郡"，河西地区从此纳入西汉王朝的版图；元鼎六年（前111），"乃分武威、酒泉地置张掖、敦煌郡"，河西四郡至此全部建立。[2]汉武帝元封五年（前106），西汉"初置刺史部十三州"[3]，凉州为十三州之一，其地东起陇坻，西至西域东界，河西和陇右同属凉州刺史部，自此开

---

[1] （汉）班固：《汉书》卷二八下，中华书局1962年版，第1644、1645页。
[2] （汉）班固：《汉书》卷六，中华书局1962年版，第176、189页。按：关于河西四郡的设置时间，《汉书》卷六《武帝纪》与卷二八《地理志》有不同记载，后世学者更是言人人殊，众说纷纭。今从《汉书》卷六《武帝纪》的相关记载。
[3] （汉）班固：《汉书》卷六，中华书局1962年版，第197页。

始,河西和陇右这两个互相毗邻的地区在政治、经济、文化等领域的联系日趋紧密,此后经过长期的交流和融合,逐渐演变为一个区域共同体,河陇地理概念也随之生成。东汉初年,隗嚣以天水为中心,建立了地方割据政权,其势力最盛时占据陇右、河西诸郡。建武八年（32）,光武帝亲征陇右,使隗嚣故将王遵作书劝瓦亭关守将牛邯归降,王遵《喻牛邯书》中有"冀圣汉复存,当挈河陇奉旧都以归本朝"数语,其中的"河陇",显然是包括河西和陇右在内的完整意义上的地理概念,这也是史书中第一次出现"河陇"这一特定的地理概念。东汉一代,凉州刺史部下辖十郡（北地、安定、汉阳、陇西、武都、金城、武威、张掖、酒泉、敦煌）两属国（张掖属国、张掖居延属国）[①],河西和陇右依然属于同一个行政监察区。两晋南北朝时期,尤其是五胡十六国时期,在河陇地区建都的五凉、西秦等割据政权都试图将河陇地区完全纳入自己的版图,都把河陇地区看作一个完整的政治区域,河陇一体的观念已然成为一种共识。东晋义熙元年（405）,西凉李暠迁都酒泉,改元建初,并且遣使奉表建康,其文曰"冀凭国威,席卷河陇,扬旌秦川"云云,就是以割据河陇,进而东图关中作为自己的政治理想。唐代中期以后,随着大唐王朝与吐蕃民族军事冲突的加剧,河陇地区的战略地位进一步凸显,河陇一体的观念进一步深化。[②]

从自然地理区域上看,河陇地区地处黄土高原、青藏高原和内蒙古高原之间,以陇上黄土高原和河西走廊为主体,"昆仑望于西,大陇雄于东,岷山亘于南,贺兰迤于北。黄河如带,泾渭夹流其中,渊渟岳峙,脉络贯通气势"[③]。历史上的河陇地区,是古代中原王朝的西北边塞地带,既是游牧民族和农耕民族反复争夺的区域,也是中央欧亚地区的一个以汉文化为主导的重要媒介区域。频繁的文化交流和战争冲突,使河陇地区及其历史文化具有显著的边塞特征,在中国历史文化发展历程中始终承担着沟通与防御的双重角色。[④]

河陇地区虽然僻处西北边隅,堪称苦寒边塞,但历史悠久,人文荟萃。其

---

① （晋）司马彪撰,（梁）刘昭注补:《后汉书》志第二三《郡国五》,中华书局1965年版,第3516—3521页。
② 杨发鹏:《汉唐时期"河陇"地理概念的形成与深化》,《中国边疆史地研究》2010年第2期。
③ （清）安维峻等撰:《甘肃全省新通志》卷六《舆地志·山川上》,漆子扬主编:《甘肃通志集成》,第15册,天津古籍出版社2019年版,第45页。
④ 李智君:《关山迢递:河陇历史文化地理研究》,上海人民出版社2011年版,第12—19页。

风土气俗，不仅孕育了丰富多彩的河陇文化，而且滋养了一代又一代的河陇文士。河陇文学发轫于先秦，在东汉后期和五凉时期曾经出现过短期的繁荣。受河陇边塞"风声气俗"的影响，河陇文学自先秦以来即呈现出鲜明的地域特色：刚直劲健，慷慨任气，激荡着华戎交会的雄宏气势和力量。班固在《汉书·赵充国辛庆忌传赞》中说："秦、汉已来，山东出相，山西出将……山西天水、陇西、安定、北地处势迫近羌胡，民俗修习战备，高上勇力鞍马骑射。故《秦诗》曰：'王于兴师，修我甲兵，与子皆行。'其风声气俗自古而然，今之歌谣慷慨，风流犹存耳。"[1] 班固的这段论述，立足于地域文化的视角，将河陇一带的边塞属性、尚武之风与文学作品的慷慨之气联系起来，强调《秦诗》是河陇地区"风声气俗"的历史产物和文学呈现，比较深入地阐释了河陇文学与文化的地域特色及其成因。

据粗略统计，严可均《全上古三代秦汉三国六朝文》辑录河陇作家作品129人、615篇（含残篇），逯钦立《先秦汉魏晋南北朝诗》辑录河陇作家作品24人、175篇（含残篇），郝润华主编《甘肃文献总目提要》集部别集类著录自李陵至牛弘共计59位唐前河陇作家的文集或单篇作品。本《系年》涉及的重要作家有李陵、赵充国、隗嚣、梁𫛢、梁商、皇甫规、张奂、段颎、王符、秦嘉、徐淑、仇靖、傅燮、傅幹、赵壹、张芝、张昶、盖勋、侯瑾、杨阜、姜维、傅巽、傅嘏、傅玄、傅咸、傅祇、段灼、皇甫谧、辛旷、索靖、张轨、张骏、张重华、谢艾、马岌、胡义周、胡方回、胡叟、苻坚、苻融、苻朗、王嘉、赵整、姚兴、姚泓、李暠、刘昞、宗敞、宗钦、段承根、沮渠蒙逊、沮渠茂虔、源贺、源怀、李冲、傅亮、傅隆、傅縡、阴铿、辛雄、辛德源、牛弘等60余人。两汉魏晋南北朝时期旅陇作家的活动及作品，在本《系年》中也有涉及。这些旅陇作家主要包括两汉之际和五凉时期避难于凉州的旅陇文士，其中著名文士有班彪、方望、郑兴、申屠刚、杜林、马援、窦融、段业、鸠摩罗什、僧肇、程骏、江强、常爽等。

汉末魏晋南北朝是注重门第、标榜姓望的时代，但是，由于战乱、仕宦导致的迁徙以及地理沿革等众多原因，史籍所载不少文人儒士的籍贯，仅仅是门

---

[1] （汉）班固：《汉书》卷六九，中华书局1962年版，第2998、2999页。

阀世族时代该家族的郡望所属和门第标识，与其现实的居住地并无直接关联。正如胡孔福《〈南北朝侨置州郡考〉叙》所说："衣冠望族，桑梓情殷。汝南应劭，鲁国孔融，地因人重，名以望传。虽迁徙靡常，寄寓他所，而称名所系，仍冠旧邦。庶邑居井里，以亡为有，实去名存。"[①] 由于籍贯与现实居住地不符是当时的普遍现象，所以关于文士籍贯的认定，不能仅仅局限于简单地考察地理沿革和家族迁徙等表层问题，而应综合考量家族认同（家族谱牒、个人墓志、作品文本中的载述）、国家认同（家族成员的封爵地域）、历史认同（史书人物传记中的史官表述）等不同层面的历史信息。本《系年》关于这一时期河陇作家的籍贯认定，主要依据史籍载述，同时参考家谱、墓志、作品文本等进行综合考量。凡是史籍明确记载籍贯属于东汉凉州刺史部所辖十郡（北地、安定、汉阳、陇西、武都、金城、武威、张掖、酒泉、敦煌）和两属国（张掖属国、张掖居延属国）的地域范围之内者，不论其是留守本土还是流寓他乡，一概收录。因仕宦或避难等原因流寓河陇地区的外籍作家，其旅陇期间的行迹及相关作品也在本《系年》系录范围之内。需要特别说明的是，北地傅氏家族虽然自汉末以来寄寓关中冯翊境内，此后又流寓江南，但其姓望所系与文化根脉仍在河陇地区（义渠、灵州、泥阳），文献有征，彰彰甚明。其亦文亦武、刚直尚气的家族风尚，也是秦汉以来河陇地区"风声气俗"的本色呈现。

根据文献记载，两汉魏晋南北朝时期河陇地区出现的著名作家，大部分出自河陇著姓。尤其是天水赵氏、陇西李氏、狄道辛氏、安定梁氏、安定皇甫氏、安定张氏、武威段氏、敦煌张氏及宋氏、索氏、氾氏、阴氏等"河陇世族"或"西州著姓"，人才辈出，成为这一时期河陇文学创作的主体。十六国时期，前秦氐族苻氏、后秦羌族姚氏、北凉卢水胡沮渠氏、南凉鲜卑秃发氏（河西源氏）、西秦鲜卑乞伏氏等少数民族的汉化和作家群的出现，为多元一体的河陇文学增添了新的成分、新的色彩和新的文学生长点。

从文学接受史的角度考察，李陵、隗嚣、秦嘉、徐淑、王符、赵壹、张昶、傅玄、傅咸、张骏、胡义周、刘昞等人及其作品，深受后世认同和推崇，

---

① 胡孔福：《南北朝侨置州郡考》，1912年刊本，转引自胡阿祥：《六朝疆域与政区研究》，学苑出版社2005年版，第258页。

堪称唐前河陇文学的杰出代表。李陵是秦汉以来第一位有文学作品留传后世的河陇士人。隗嚣是有文献可考的以"善为文书"享誉当时,并被中原文士普遍关注的河陇第一人。东汉后期,河陇地区先后出现了一批著名文士。梁竦著《七序》,班固见而称赞;"凉州三明"(皇甫规、张奂、段颎),文武兼备,名重当时;侯瑾、赵壹跻身于《后汉书·文苑列传》;王符隐居著书,指陈时弊,为东汉政论散文三大家之一;秦嘉、徐淑,伉俪情深,《赠妇诗》三首,堪称东汉文人五言抒情诗成熟的标志;张芝、张昶,书文兼擅,引领了汉末新的士林风尚。其人其作,足以代表当时文化发展和文学创作的一流水准。魏晋时期,河陇文学沿着东汉以来的态势继续发展。皇甫谧、傅玄、傅咸、索靖等人在文坛享有盛誉,堪称河陇文士的优秀代表。十六国时期,战乱频仍,僻处西北边隅的河陇地区,政局相对稳定,加之五凉政权"文教兼设",遂使河陇地区成为当时北中国的学术中心之一,河陇文学也在五凉时期达到了唐前发展史上的第二个高峰。史称"区区河右,而学者埒于中原"[①],刘昞、胡方回的刻石铭功之作,宏丽清典,堪称名篇。河陇地区的文化底蕴和文学水准,于此可见一斑。

迄今为止,学界虽然已经有刘汝霖《汉晋学术编年》《东晋南北朝学术编年》,陆侃如《中古文学系年》,张可礼《东晋文艺系年》,曹道衡、刘跃进《南北朝文学编年史》,刘跃进《秦汉文学编年史》,陈文新主编《中国文学编年史》,赵逵夫主编《先秦文学编年史》,易小平《西汉文学编年史》等学术编年史或文学编年史问世,但以上著述涉及的河陇文学文献不仅编排比较零散,而且也多有疏漏,难以全面、清晰地反映汉魏六朝河陇文学的整体风貌和发展轨迹。目前也没有对汉魏六朝河陇文学进行编年研究的专著问世。

20世纪80年代以来,随着对地域文化研究的不断升温,地域文学也成了学界普遍关注的热点问题之一。与此同时,随着文学史研究时空视角的不断扩大,文学地理研究也成为新世纪的学术热点之一。杨义先生明确提出"重绘中国文学地图"以及"中国文学的民族学、地理学"等新的文学观念[②],这说明

[①] (唐)李延寿:《北史》卷八三《文苑列传》,中华书局1974年版,第2778页。
[②] 杨义:《重绘中国文学地图与中国文学的民族学、地理学问题》,《文学评论》2005年第3期。

新时期的文学研究，不仅要关注汉民族不同地区的文学，还应当在民族共同体的视野下，关注华夏多民族文学的发生、发展状况，从而在一定程度上还原华夏民族文学的整体性、多样性和博大精深的立体形态。编纂《汉魏六朝河陇文学系年》，不仅可以客观呈现在丝绸之路与民族融合双重影响下的唐前河陇文学的整体面貌和发展轨迹，为深入探讨河陇文学的地域特色及历史影响奠定基础，而且可以适应华夏文明传承创新区与丝绸之路经济带建设的需要，深入挖掘唐前河陇文学与文化的历史积淀，进一步拓展河陇文学与文化研究的领域和空间。

考虑到两汉魏晋南北朝时期河陇文学自身具有的边塞特征和多元色彩，在本《系年》的编纂过程中，主要遵循以下几个方面的思路和原则：

一是立足于新世纪的中华文学史观和华夏文明传承创新区与丝绸之路经济带建设的需要，以河陇地域文化的发展演变为背景，以河陇地域文学文献的整理研究为基础，以作家作品及文学创作活动为重点，对汉魏六朝河陇文学的历时性发展进行系统梳理和编年，以期比较客观地呈现这一时期河陇文学的历史风貌。

二是以中西文化交流和胡汉各族文化的交融为背景，系统勾勒汉魏六朝时期河陇地域文学发展演变的历史脉络和多元色彩，尽量拓宽、深化中古时期河陇地域文学文献及西北丝绸之路文学文献的整理与研究路径，进一步拓展中国古代西部文学研究的领域和空间。

三是立足新时代的学术语境和研究方法，充分利用河陇地区富集的文化资源和出土文献，关注通俗文学文本的原生形态和文化特质，进一步深化汉魏六朝河陇地区文化生态及本土文学发展动态的研究，重绘唐前河陇地域文学地图，推动学术的创新和发展。

凡　例

一、本系年关于河陇地域范围的界定，以东汉凉州刺史部所辖十郡（北地、安定、汉阳、陇西、武都、金城、武威、张掖、酒泉、敦煌）和两属国（张掖属国、张掖居延属国）为限，大致相当于今甘肃省、宁夏回族自治区全部及青海省河湟谷地、内蒙古自治区额济纳旗。从自然地理区域上看，河陇地区地处黄土高原、青藏高原和内蒙古高原之间，包括陇上黄土高原、河西走廊、河湟谷地、甘南高原、陇南山地、宁夏河套平原和内蒙古额济纳河流域。其中以陇上黄土高原和河西走廊为主体，故简称"河陇地区"或"河陇"。

二、本系年始于汉高祖元年（前206），终于隋文帝开皇九年（589）。根据时代划分为两汉河陇文学系年（公元前206—公元195年）、魏晋河陇文学系年（公元196—公元419年）、南北朝河陇文学系年（公元420—公元589年）三部分。

三、编录内容：（一）对当时河陇作家发生重要影响的政治事件、学术思潮、文学活动。（二）河陇作家（本土作家及流寓作家）行迹，包括升迁贬谪、人物交往等。（三）河陇作家作品系年。本系年所涉及的文学活动以河陇地区本土文学活动为主，除宴饮赋诗、赠答酬唱、文人雅集等活动外，还包括河陇文士主持或参与的重要学术活动，如制礼作乐、议定律令、修撰史书、校刊经籍、聚徒授学、翻译佛经、刻石颂功、文化交流等。流寓他乡的河陇籍作家，只系作家的行迹及作品，其他从略。因仕宦或避难流寓河陇地区的外籍作家，只系其旅陇期间的行迹及相关作品，其他从略。

四、条目编排：以年为纲，以人为目；凡文人生平行事年代可考定的，或可约略推定的，都按年记载；每年的条目主要以事件发生先后为序进行编排。

五、作家收录标准：（一）有诗赋等文学作品或有文学批评著作存世者；（二）无作品传世但据史籍记载其有创作才能且生平可考者；（三）史籍未明确记载其有创作才能但参与了重要文学活动或学术活动者。本系年收录作家作品主要依据的史籍有：（一）正史《文苑传》或《文学传》和相关人物传记；（二）《文心雕龙》《诗品》等文学批评论著；（三）《汉书·艺文志》《隋书·经籍志》等史志目录；（四）《文选》《玉台新咏》《古文苑》《乐府诗集》《全上古三代秦汉三国六朝文》《先秦汉魏晋南北朝诗》等诗文总集；（五）正史《儒林传》《隐逸传》；（六）《高僧传》《续高僧传》及《云笈七签》等释道传记资料。

六、诗文引用：一般沿用严可均《全上古三代秦汉三国六朝文》及逯钦立《先秦汉魏晋南北朝诗》所题篇名，若有缺误，在详细稽考的基础上加以补正。对作品进行系年考证时，一般不再详引原文，而用"云云"之类的表述带过。引用史书材料，只注明书名、具体卷数与篇名，不再详细注明出版社、出版年月与页码；所引《史记》《汉书》等正史原文，主要参据中华书局点校本（版本信息详见参考文献）。

七、年代考订：或录成说，或抒己见。所记年月均为阴历。已见于刘汝霖《汉晋学术编年》《东晋南北朝学术编年》，陆侃如《中古文学系年》，张可礼《东晋文艺系年》，曹道衡、刘跃进《南北朝文学编年史》，刘跃进《秦汉文学编年史》，陈文新主编《中国文学编年史》，易小平《西汉文学编年史》等著述的条目或内容，若年代考订可以信从，则直录前贤成说；若不可信从，则提出己见并列举证据。

目 录

上卷　两汉河陇文学系年（公元前206—公元195年）..................1
中卷　魏晋河陇文学系年（公元196—公元419年）..................77
下卷　南北朝河陇文学系年（公元420—公元589年）..................251
主要参考文献..................375

上卷　两汉河陇文学系年
（公元前 206—公元 195 年）

汉文帝前元十四年（前166）

◆**匈奴大入萧关，李广、李蔡等以良家子从军击胡。**

《史记》卷十《孝文本纪》："十四年冬，匈奴谋入边为寇，攻朝那塞，杀北地都尉卬。上乃遣三将军军陇西、北地、上郡……于是以东阳侯张相如为大将军，成侯赤为内史，栾布为将军[1]，击匈奴。匈奴遁走。"《史记》卷一〇九《李将军列传》："李将军广者，陇西成纪人也。其先曰李信，秦时为将，逐得燕太子丹者也。故槐里，徙成纪。广家世世受射。孝文帝十四年，匈奴大入萧关，而广以良家子从军击胡，用善骑射，杀首虏多，为汉中郎。广从弟李蔡亦为郎，皆为武骑常侍，秩八百石。"

按：据《史记》卷五《秦本纪》、卷六《秦始皇本纪》等记载，"秦王政立二十六年，初并天下为三十六郡"，其中陇西、北地两郡属河陇地区。又秦时疆域"东至海暨朝鲜，西至临洮、羌中，南至北向户，北据河为塞，并阴山至辽东"。据此，则秦时西北疆域以黄河为界，河西地区并未纳入中原王朝的版图，当时还是月氏、匈奴等民族的游牧之地。又据《史记》卷十《孝文本纪》："十五年，黄龙见成纪。"这是目前所见关于成纪县的最早记载。据《汉书》卷二八《地理志下》，汉武帝元鼎三年（前114）置天水郡，属县有十六，"成纪"即其一。《水经注》卷一七《渭水上》记载了汉魏时期成纪县的准确位置。根据考古发现，成纪故城遗址位于甘肃省静宁县治平乡刘河村南500米处，此地出土一件西汉灰陶壶，刻有"成纪谷二卄"铭文。[2]

汉景帝前元三年（前154）

◆**春，吴、楚七国举兵反叛，公孙浑邪、李广等人参与平叛，有功。**

《汉书》卷五《景帝纪》："（三年春正月）吴王濞、胶西王卬、楚王戊、赵王遂、济南王辟光、菑川王贤、胶东王雄渠皆举兵反。大赦天下。遣太尉亚

---

[1] "成侯赤为内史，栾布为将军"，《汉书》卷四《文帝纪》作"建成侯董赫、内史栾布皆为将军"。
[2] 袁行霈等主编：《中国地域文化通览·甘肃卷》，中华书局2013年版，第488—489页。

夫、大将军窦婴将兵击之。斩御史大夫晁错以谢七国。二月壬子晦,日有食之。诸将破七国,斩首十余万级。"《汉书》卷六六《公孙贺传》:"公孙贺字子叔,北地义渠人也。贺祖父昆邪,景帝时为陇西守,以将军击吴、楚有功,封平曲侯。"《史记》卷一〇九《李将军列传》:"吴、楚军时,广为骁骑都尉,从太尉亚夫击吴、楚军,取旗,显功名昌邑下。以梁王授广将军印,还,赏不行。徙为上谷太守,匈奴日以合战。典属国公孙昆邪为上泣曰:'李广才气,天下无双,自负其能,数与虏敌战,恐亡之。'于是乃徙为上郡太守。"按:据《汉书》卷二八《地理志下》,北地郡属县十九,"义渠道"即其一。"公孙浑邪",又作"公孙昆邪"。

汉景帝前元六年(前151)

◆四月,公孙浑邪以击吴、楚有功,封平曲侯。著书十余篇。

《史记》卷一一《孝景本纪》:"六年春,封中尉绾为建陵侯,江都丞相嘉为建平侯,陇西太守浑邪为平曲侯,赵丞相嘉为江陵侯,故将军布为鄃侯。"《汉书》卷一七《景武昭宣元成功臣表》:平曲侯公孙浑邪"以将军击吴、楚,用陇西太守侯";"(景帝前元六年)四月己巳封"。颜师古注曰:"浑音胡温反,字或作昆,又作混,其音同。"《汉书》卷六六《公孙贺传》:"公孙贺字子叔,北地义渠人也。贺祖父昆邪,景帝时为陇西守,以将军击吴、楚有功,封平曲侯,著书十余篇。"《汉书》卷三十《艺文志·诸子略》阴阳家:"《公孙浑邪》十五篇。"本注:"平曲侯。"

汉景帝中元四年(前146)

◆公孙浑邪有罪,免侯。

《汉书》卷一七《景武昭宣元成功臣表》:平曲侯公孙浑邪,"中四年,有罪免"。按:此后其事不可考。

汉武帝建元四年（前137）

◆**赵充国生。**

《汉书》卷六九《赵充国传》："赵充国字翁孙，陇西上邽人也，后徙金城令居。始为骑士，以六郡良家子善骑射补羽林。为人沉勇有大略，少好将帅之节，而学兵法，通知四夷事。"又："年八十六，甘露二年薨。"按：据《汉书》本传，甘露二年（前52）赵充国八十六岁，据此推算，则其生于本年。又，赵充国之先世，本传不载。青海省乐都县出土的《汉三老赵宽碑》详载其世系："迄汉文景，有仲况者，官至少府。厥子圣，为谏议大夫。孙字翁仲，新城长，讨暴有功，拜关内侯。弟君宣，密靖内侍，报怨禁中，徙陇西上邽。育生充国，字翁孙，该于威谋，为汉名将。外定强夷，即序西戎；内建筹策，协霍立宣。图形观□，封邑营平。"据此，则赵充国之父为"赵君宣"，因"报怨禁中"而"徙陇西上邽"。高文《汉碑集释》："君宣谪徙，当在武帝之初。"①

汉武帝元狩二年（前121）

◆**霍去病等出陇西击匈奴，匈奴大败。昆邪王杀休屠王，率众归降。《匈奴歌》出现。**

《汉书》卷六《武帝纪》："（元狩二年春）遣骠骑将军霍去病出陇西，至皋兰，斩首八千余级。""（夏）将军去病、公孙敖出北地二千余里，过居延，斩首虏三万余级。""秋，匈奴昆邪王杀休屠王，并将其众合四万余人来降，置五属国以处之。"《汉书》卷五五《卫青霍去病传》等亦有载述。《史记》卷一一〇《匈奴列传》索隐引《西河旧事》载："匈奴失二山，乃歌云：'亡我祁连山，使我六畜不蕃息；失我燕支山，使我嫁妇无颜色。'"

◆**匈奴昆邪王归降，汉以其地为武威、酒泉郡，河西始纳入西汉王朝的版图。**

《汉书》卷六《武帝纪》："（元狩二年）秋，匈奴昆邪王杀休屠王，并将其众合四万余人来降，置五属国以处之。以其地为武威、酒泉郡。"按：关于武威、酒泉两郡的设置年代，史籍有不同记载。《汉书》卷二八《地理志下》

---

① 高文：《汉碑集释》，河南大学出版社1997年版，第432—443页。

载:"武威郡,故匈奴休屠王地。武帝太初四年(前101)开。"又载:"酒泉郡,武帝太初元年(前104)开。"《通鉴》卷二十载,武帝元鼎二年(前115),张骞以"单于新困于汉,而故浑邪地空无人"为由,再次出使西域,欲招乌孙东还,使"居故浑邪之地","乌孙王既不肯东还,汉乃于浑邪王故地置酒泉郡,稍发徙民以充实之。后又分置武威郡,以绝匈奴与羌通之道"。此外,《史记》《汉书》中还有不少与以上记载或同或异的史料,以致后世众说纷纭,难有定论。[1] 今按:关于武威、酒泉两郡的设置年代,《汉书》卷六《武帝纪》所持"元狩二年"说在诸说中年代最早(堪称时间上限)。霍去病等人于本年大败匈奴,迫使世居河西的匈奴昆邪王杀休屠王,率众归降,河西走廊从此处于西汉王朝的实际控制之下,也是不争的事实。虽然设置郡县、徙民实边等工作确实需要较长一段时间才能完成,但河西地区正式纳入西汉王朝的版图的确始于本年。从情理层面分析,河西走廊地理位置极其重要,控制河西是西汉王朝抗击匈奴、拓疆西域战略的关键环节,雄才大略的汉武帝绝不可能将其拱手让于乌孙或者在至少闲置六年之后才着手经营河西[2]。且在元狩二年之前,河西地区主要由匈奴休屠王和昆邪王统领,所以在控制河西后,西汉王朝沿袭此前的地域划分,在原休屠王地设置武威郡,在原昆邪王地设置酒泉郡,也完全在情理之中。总之,《汉书》卷六《武帝纪》关于武威、酒泉两郡设置年代的记载比其他各种说法更具合理性,而且作为"帝纪"中载述的内容,一般经过了全面、周密的稽考论证,所以更具权威性,不可轻易否定。

◆**丞相公孙弘薨,李蔡继任丞相。**

《汉书》卷六《武帝纪》载,本年"春三月戊寅,丞相弘薨"。《汉书》卷一九《百官公卿表》:元狩二年"三月戊寅,丞相弘薨。壬辰,御史大夫李蔡为丞相"。《史记》卷一〇九《李将军列传》:"初,广之从弟李蔡与广俱事孝

---

[1] 关于汉代河西四郡设置年代的相关文献资料及研究成果,学界已有系统梳理。详参郝树声:《汉河西四郡设置年代考辨》,《开发研究》1996年第6期;郝树声:《汉河西四郡设置年代考辨(续)》,《开发研究》1997年第3期;李炳泉:《西汉河西四郡的始置年代及疆域变迁》,《东岳论丛》2013年第12期。

[2] 王先谦《汉书补注·地理志下》"武威郡"补注引齐召南曰:"岂迟至太初四年乎?志与纪自相矛盾,自应以纪为实。下三郡同。"详参王先谦:《汉书补注》,上海古籍出版社2008年版,第2650—2651页。

文帝。景帝时，蔡积功劳至二千石。孝武帝时，至代相。以元朔五年为轻车将军，从大将军击右贤王，有功中率，封为乐安侯。元狩二年中，代公孙弘为丞相。"《汉书》卷五四《李广苏建传》记载同。按：李蔡出身行伍，因军功致显，在公孙弘之后继任丞相，进一步提升了陇西李氏家族的社会地位和声望。

汉武帝元狩四年（前119）

◆李广随大将军卫青出击匈奴，失道误期，自杀身亡。有《李将军射法》三篇传世。

《汉书》卷六《武帝纪》：本年夏，"大将军卫青将四将军出定襄，将军去病出代，各将五万骑。步兵踵军后数十万人。青至幕北围单于，斩首万九千级，至阗颜山乃还。去病与左贤王战，斩获首虏七万余级，封狼居胥山乃还。两军士死者数万人。前将军广、后将军食其皆后期。广自杀，食其赎死"。详见《史记》卷一〇九《李将军列传》、《汉书》卷五四《李广苏建传》等。《汉书》卷三十《艺文志·兵书略》："《李将军射法》三篇。"颜师古注曰："李广。"

汉武帝元狩五年（前118）

◆李蔡获罪自杀。

《汉书》卷六《武帝纪》：本年"春三月甲午，丞相李蔡有罪，自杀"。《汉书》卷一九《百官公卿表》记载同。《史记》卷一〇九《李将军列传》："广死明年，李蔡以丞相坐侵孝景园墙地，当下吏治，蔡亦自杀，不对狱，国除。"《汉书》卷五四《李广苏建传》："广死明年，李蔡以丞相坐诏赐冢地阳陵当得二十亩，蔡盗取三顷，颇卖得四十余万，又盗取神道外墙地一亩葬其中，当下狱，自杀。"

◆霍去病射杀李广之子李敢，陇西李氏陵迟衰微。

《史记》卷一〇九《李将军列传》："李敢以校尉从骠骑将军击胡左贤王，力战，夺左贤王鼓旗，斩首多，赐爵关内侯，食邑二百户，代广为郎中令。顷之，怨大将军青之恨其父，乃击伤大将军，大将军匿讳之。居无何，敢从上雍，至甘泉宫猎。骠骑将军去病与青有亲，射杀敢。去病时方贵幸，上讳云鹿触杀之。居岁余，去病死。而敢有女为太子中人，爱幸，敢男禹有宠于太子，然好利，李氏陵迟衰微矣。"《汉书》卷五四《李广苏建传》记载同。按：史载霍去病卒于元狩六年九月，则其射杀李敢当在本年。又，李广有三子，长子当户、次子椒皆先广而死。李陵为当户遗腹子。

汉武帝元鼎三年（前114）

◆ **始置天水郡、安定郡。天水郡于汉明帝时更名为汉阳郡。**

《汉书》卷二八《地理志下》："天水郡，武帝元鼎三年置。莽曰填戎。明帝改曰汉阳。"又载："安定郡，武帝元鼎三年置。"按，钱大昕《廿二史考异》卷七《汉书二》："天水郡，武帝元鼎三年置。盖析陇西置。李广陇西成纪人，《志》属天水，是其证也。"又："安定郡，武帝元鼎三年置。盖析北地置。"① 又据《后汉书》志第二十三《郡国五》："汉阳郡，武帝置，为天水，永平十七年（74）更名。"

汉武帝元鼎六年（前111）

◆ **春，平定西南夷，始置武都郡。**

《汉书》卷六《武帝纪》：本年春"遂定越地，以为南海、苍梧、郁林、合浦、交阯、九真、日南、珠厓、儋耳郡。定西南夷，以为武都、牂柯、越巂、沈黎、文山郡"。《汉书》卷二八《地理志下》："武都郡，武帝元鼎六年置。"《通鉴》卷二十所载同。又《华阳国志》卷二《汉中志》："武都郡，本广汉西部都尉治也。元鼎六年，别为郡。"《后汉书》卷八六《西南夷列传》："白马氏者，武帝元鼎六年开，分广汉西部，合以为武都。"按：武都本是广汉郡的辖地，所以西汉时属益州。"郡地有氐、羌之患，与凉州诸郡利害略同，故东汉以之改属凉州。"②

---

① （清）钱大昕著，方诗铭、周殿杰校点：《廿二史考异》（附《三史拾遗》《诸史拾遗》），上海古籍出版社2004年版，第137、138页。

② 谭其骧：《〈两汉州制考〉跋》，见《谭其骧全集》，人民出版社2015年版，第一卷，第43—44页。

◆秋，分武威、酒泉地置张掖郡、敦煌郡，河西四郡至此全部建立。

《汉书》卷六《武帝纪》：本年秋"遣浮沮将军公孙贺出九原，匈河将军赵破奴出令居，皆二千余里，不见虏而还。乃分武威、酒泉地置张掖、敦煌郡，徙民以实之"。按：关于张掖、敦煌二郡的设置年代，《汉书》卷二八《地理志下》有不同记载："张掖郡，故匈奴昆邪王地，武帝太初元年开。""敦煌郡，武帝后元年分酒泉置"。《通鉴》卷二十亦系于本年，与《武帝纪》同。河西四郡的建立，是汉匈之战中西汉王朝的战略性成果，对于汉帝国乃至后世中原王朝具有重要意义。《汉书》卷九六《西域传赞》曰："孝武之世，图制匈奴，患其兼从西国，结党南羌，乃表河西，列四郡，开玉门，通西域，以断匈奴右臂，隔绝南羌、月氏。单于失援，由是远遁，而幕南无王庭。"

汉武帝元封五年（前106）

◆初置刺史部十三州，凉州即其一。

《汉书》卷六《武帝纪》：本年"初置刺史部十三州"。《汉书》卷一九《百官公卿表上》："武帝元封五年初置部刺史，掌奉诏条察州，秩六百石，员十三人。"《汉书》卷二八《地理志上》："至武帝攘却胡、越，开地斥境，南置交阯，北置朔方之州，兼徐、梁、幽、并夏周之制，改雍曰凉，改梁曰益，凡十三部，置刺史。"《通鉴》卷二一载，本年"上既攘却胡、越，开地斥境，乃置交阯、朔方之州，及冀、幽、并、兖、徐、青、扬、荆、豫、益、凉等州，凡十二部，皆置刺史焉"。按，《晋书》卷一四《地理志上》："汉改周之雍州为凉州，盖以地处西方，常寒凉也。地势西北邪出，在南山之间，南隔西羌，西通西域，于时号为断匈奴右臂。"又，据顾颉刚、谭其骧等先生考证，西汉凉州刺史部察安定、天水、陇西、金城、武威、张掖、酒泉、敦煌八郡，北地郡属于朔方，武都郡属于益州，东汉时才改属凉州。[1] 凉州刺史部的设立，使河西与陇右两个互相毗邻的地区在政治、经济、文化等领域的联系日趋紧密，

---

[1] 详参顾颉刚：《两汉州制考》，文刊《国立中央研究院历史语言研究所集刊》外编《蔡元培先生六十五岁庆祝论文集》（北平，1934年），第855—902页。谭其骧：《〈两汉州制考〉跋》《西汉时期图说》《东汉时期图说》，见《谭其骧全集》，人民出版社2015年版，第一卷，第41—44页；第二卷，第512—521页。

并逐渐演变成一个完整统一的区域共同体,"河陇"这一地理概念也因此形成并被广泛接受和认同。①

汉武帝太初元年（前104）

◆**二月，起建章宫。李陵为侍中建章监。**

《汉书》卷六《武帝纪》载，本年"二月，起建章宫"。《汉书》卷一九《百官公卿表上》："羽林掌送从，次期门，武帝太初元年初置，名曰建章营骑，后更名羽林骑。又取从军死事之子孙养羽林，官教以五兵，号曰羽林孤儿。"《史记》卷一〇九《李将军列传》："李陵既壮，选为建章监，监诸骑。善射，爱士卒。"《汉书》卷五四《李陵传》："陵字少卿，少为侍中建章监。善骑射，爱人，谦让下士，甚得名誉。"按：李陵为侍中建章监，当在本年或稍后。又据《汉书》卷一九《百官公卿表上》，"侍中"为"加官"，"得入禁中"，颜师古注引应劭曰："入侍天子，故曰侍中。"

◆**苏武为侍中。**

《汉书》卷五四《苏武传》："武字子卿，少以父任，兄弟并为郎，稍迁至栘中厩监。……初，武与李陵俱为侍中。"按：苏武与李陵俱为侍中，当在本年或稍后。

◆**司马迁参与议定太初历，开始撰写《史记》。**

《汉书》卷六《武帝纪》：本年"夏五月，正历，以正月为岁首。色上黄，数用五，定官名，协音律"。《汉书》卷二一《律历志上》："至武帝元封七年，汉兴百二岁矣，大中大夫公孙卿、壶遂、太史令司马迁等言'历纪坏废，宜改正朔'。……遂诏卿、遂、迁与侍郎尊、大典星射姓等议造《汉历》。"按：此事又见于《汉书》卷五八《兒宽传》、《史记》卷一三〇《太史公自序》等。又，"武帝元封七年"即太初元年。

---

① 详参杨发鹏：《汉唐时期"河陇"地理概念的形成与深化》，《中国边疆史地研究》2010年第2期；李智君：《关山迢递：河陇历史文化地理研究》，上海人民出版社2011年版。

汉武帝太初二年（前103）

◆**公孙贺任丞相。**

《汉书》卷一九《百官公卿表下》："（太初二年）正月戊寅，丞相（石）庆薨。闰月丁丑，太仆公孙贺为丞相。"《汉书》卷六六《公孙贺传》："公孙贺字子叔，北地义渠人也……贺少为骑士，从军数有功。自武帝为太子时，贺为舍人，及武帝即位，迁至太仆……后八岁，遂代石庆为丞相，封葛绎侯。"

汉武帝太初三年（前102）

◆**李陵拜骑都尉，将五千人备胡于酒泉、张掖。**

《汉书》卷五四《李陵传》："武帝以为有广之风，使将八百骑，深入匈奴二千余里，过居延视地形，不见虏，还。拜为骑都尉，将勇敢五千人，教射酒泉、张掖以备胡。数年，汉遣贰师将军伐大宛，使陵将五校兵随后。行至塞，会贰师还。上赐陵书，陵留吏士，与轻骑五百出敦煌，至盐水，迎贰师还，复留屯张掖。"按，《汉书》卷六《武帝纪》载："（太初）四年春，贰师将军广利斩大宛王首，获汗血马来。"据此，则李陵至迟当于本年赴酒泉、张掖屯兵备胡。

◆**西汉初置居延塞。居延已出土数十万枚汉简，保存有大量汉代城障烽燧遗址。其中出土的汉代书札，反映了边地戍卒的真实生活和情感诉求。**

《汉书》卷六《武帝纪》：本年"遣光禄勋徐自为筑五原塞外列城，西北至卢朐，游击将军韩说将兵屯之。强弩都尉路博德筑居延"。《史记》卷一一〇《匈奴列传》："汉使光禄徐自为出五原塞数百里，远者千余里，筑城障列亭至卢朐，而使游击将军韩说、长平侯卫伉屯其旁，使强弩都尉路博德筑居延泽上。"按：居延塞为西汉王朝抗击匈奴的重要战略据点。据《汉书》卷六一《李广利传》、《通鉴》卷二一等记载，太初三年，为配合贰师将军征伐大宛，汉武帝"益发戍甲卒十八万酒泉、张掖北，置居延、休屠以卫酒泉"。1930年，由中国和瑞典合组的西北科学考察团在额济纳河流域的大湾、地湾、破城子等古居延旧地获得汉简11000余枚。1972年至1974年，居延考古队又发掘了甲渠候官（破城子）、甲渠塞第四燧、肩水金关三处遗址，出土汉简19700余枚。此后又陆续发掘了一些。这些竹简虽然多是档案资料，但与文学也有或多或少的关联，如其中有不少书信，不仅保留了汉代书札的实物形式，而且反映了边地戍卒的真实生活和情感诉求，展现了通俗文学文本的原生形态和丰富多彩，具有相当重要的文学文献价值。①

◆**敦煌汉塞烽燧遗址出土的汉简中，有一首描写沙漠风沙中行路之难与失意之悲的诗作，一般称之为"风雨诗"。**

1913年至1915年斯坦因第三次中亚考察时，在敦煌汉塞烽燧遗址出土一批汉简，其中有一首七言诗："日不显目兮黑云多，月不可视兮风非（飞）沙。从恣蒙水诚（成）江河，州（周）流灌注兮转扬波。辟柱槙到（颠倒）忘相加，天门俫（狭）小路彭池（滂沱）。无因以上如之何，兴章教诲兮诚难过。"②此诗原无篇名，张凤《汉晋西陲木简汇编》拟题作"风雨诗简"。"现存八句，内容是描写在沙漠戈壁中行走的艰难与悲伤，是一篇句句押韵的汉诗。"③陈直《文史考古论丛·汉诗之新发现》认为："张凤氏题为《风雨诗简》，实有未妥。因诗中只有风云，并无雨字。余昔考为王莽末期，隗嚣宾客在天水时作品……后作者或从军敦煌，任戍所官吏，偶写此旧稿，随手弃置，现与敦煌戍所烽火台中公私简札同时出土，这是很自然的。"④李正宇改题为"教诲诗"⑤。伏俊琏先生认为"全诗是一位失意文人的愤世嫉俗之作，诗题作'风雨'似更切全诗的旨意"⑥。按：此诗的作时难以详考，史载本年路博德筑居延塞，李陵将兵留屯酒泉、张掖，由此可见，此时汉代将士戍守河西边塞已成常态，且《汉书》卷五四《苏武传》所载李陵所作"径万里兮度沙幕"一诗，体式风格与此诗也比

---

① 详参骈宇骞、段书安：《二十世纪出土简帛综述》，文物出版社2006年版，第311页；陈直：《居延汉简研究·综论》，中华书局2009年版，第149—153页；刘跃进：《秦汉文学编年史》，商务印书馆2006年版，第184—185页。
② 伏俊琏：《敦煌文学总论》，甘肃教育出版社2013年版，第19、20页。
③ 骈宇骞、段书安：《二十世纪出土简帛综述》，文物出版社2006年版，第231页。
④ 陈直：《文史考古论丛》，中华书局2018年版，第52、53页。
⑤ 李正宇：《试释敦煌汉简〈教诲诗〉》，载《转型期的敦煌语言文学——纪念周绍良先生仙逝三周年学术研讨会论文集》，甘肃人民出版社2010年版。
⑥ 伏俊琏：《敦煌文学总论》，甘肃教育出版社2013年版，第20页。

较接近，故系此诗于本年俟考。

汉武帝天汉元年（前100）

◆苏武出使匈奴被留，牧羊北海。

《汉书》卷五四《苏武传》载，天汉元年，"遣武以中郎将使持节送匈奴使留在汉者，因厚赂单于，答其善意"，会缑王与长水虞常等谋反匈奴中，苏武受其牵连，宁死不屈，"乃徙武北海上无人处，使牧羝，羝乳乃得归。别其官属常惠等，各置他所。武既至海上，廪食不至，掘野鼠去草实而食之。杖汉节牧羊，卧起操持，节旄尽落"。《通鉴》卷二一系苏武事于本年春。

汉武帝天汉二年（前99）

◆赵充国从贰师将军征匈奴，拜中郎。

《汉书》卷六《武帝纪》载，本年"夏五月，贰师将军三万骑出酒泉，与右贤王战于天山，斩首虏万余级"。《汉书》卷六九《赵充国传》："武帝时，以假司马从贰师将军击匈奴，大为虏所围。汉军乏食数日，死伤者多，充国乃与壮士百余人溃围陷陈（阵），贰师引兵随之，遂得解。身被二十余创，贰师奏状，诏征充国诣行在所。武帝亲见，视其创，嗟叹之，拜为中郎，迁车骑将军长史。"《汉书》卷九四《匈奴传》也有关于此次战役的记载。

◆李陵将步兵五千人出居延，兵败降匈奴。

《汉书》卷六《武帝纪》载，本年"又遣因杅将军出西河。骑都尉李陵将步兵五千人出居延北，与单于战，斩首虏万余级。陵兵败，降匈奴"。《汉书》卷九四《匈奴传》："使骑都尉李陵将步兵五千人出居延北千余里，与单于会，合战，陵所杀伤万余人，兵食尽，欲归，单于围陵，陵降匈奴，其兵得脱归汉者四百人。单于乃贵陵，以其女妻之。"《汉书》卷五四《李陵传》详述李陵兵败降敌之始末。

◆司马迁因李陵下狱，遭受腐刑。

《汉书》卷五四《李陵传》载，李陵兵败降匈奴，"群臣皆罪陵，上以问太史令司马迁，迁盛言：'陵事亲孝，与士信，常奋不顾身以殉国家之急。其素所畜积也，有国士之风。……彼之不死，宜欲得当以报汉也。'初，上遣贰师大军出，财令陵为助兵，及陵与单于相值，而贰师功少。上以迁诬罔，欲沮贰师，为陵游说，下迁腐刑"。又见于《文选》卷四一司马迁《报任少卿书》等。

汉武帝天汉四年（前97）

◆**汉遣李广利、公孙敖等出击匈奴。武帝听信传言，族灭李陵之家。**

《汉书》卷六《武帝纪》：本年"遣贰师将军李广利将六万骑、步兵七万人出朔方，因杅将军公孙敖万骑、步兵三万人出雁门，游击将军韩说步兵三万人出五原，强弩都尉路博德步兵万余人与贰师会。广利与单于战余吾水上连日，敖与左贤王战不利，皆引还"。《汉书》卷五四《李陵传》："陵在匈奴岁余，上遣因杅将军公孙敖将兵深入匈奴迎陵。敖军无功还，曰：'捕得生口，言李陵教单于为兵以备汉军，故臣无所得。'上闻，于是族陵家，母弟妻子皆伏诛。陇西士大夫以李氏为愧。其后，汉遣使使匈奴，陵谓使者曰：'吾为汉将步卒五千人横行匈奴，以亡救而败，何负于汉而诛吾家？'使者曰：'汉闻李少卿教匈奴为兵。'陵曰：'乃李绪，非我也。'李绪本汉塞外都尉，居奚侯城，匈奴攻之，绪降，而单于客遇绪，常坐陵上。陵痛其家以李绪而诛，使人刺杀绪。"按：李广之死与李氏被族诛，皆与公孙敖有关。而公孙敖为卫、霍集团之成员，则陇西李氏之悲剧，固有深层原因。

汉武帝征和二年（前91）

◆**公孙贺下狱死。**

《汉书》卷六《武帝纪》：本年"春正月，丞相贺下狱死"。《汉书》卷一九《百官公卿表下》："四月壬申，丞相贺下狱死。"《通鉴》卷二二同《武帝纪》。《汉书》卷六六《公孙贺传》："贺子敬声，代贺为太仆，父子并居公卿位。敬声以皇后姊子，骄奢不奉法，征和中擅用北军钱千九百万，发觉，下狱……下有司案验贺，穷治所犯，遂父子死狱中，家族。"

汉武帝征和三年（前90）

◆ **商丘成出西河击匈奴，李陵将胡骑追击汉军。**

《汉书》卷九四《匈奴传》："其年，匈奴复入五原、酒泉，杀两部都尉。于是汉遣贰师将军七万人出五原，御史大夫商丘成将三万余人出西河，重合侯莽通将四万骑出酒泉千余里……御史大夫军至追邪径，无所见，还。匈奴使大将与李陵将三万余骑追汉军，至浚稽山合，转战九日，汉兵陷阵却敌，杀伤虏甚众。至蒲奴水，虏不利，还去。"《汉书》卷六《武帝纪》系此事于本年三月。按：此次战事，为史籍所载李陵投降匈奴后唯一一次与汉军的正面交锋。

汉武帝后元元年（前88）

◆ **李陵至北海，欲劝降苏武，未果。**

《汉书》卷五四《苏武传》载，"初，武与李陵俱为侍中，武使匈奴明年，陵降，不敢求武。久之，单于使陵至海上，为武置酒设乐"。留饮数日，劝苏武投降，武守节不屈。陵见其至诚，"因泣下沾衿，与武决去。陵恶自赐武，使其妻赐武牛羊数十头"。按：史载明年李陵复至北海，告苏武武帝之崩讯，故其至迟于本年劝说苏武。又，今人汪春泓质疑苏、李二人的数次漠北会面，不一定实有其事，当属出于某种宣传目的（政治意图）之虚构。[①] 但此说并未列举切实证据，故仍从《汉书》。

汉昭帝始元六年（前81）

◆ **苏武归汉，李陵作歌送别。**

《汉书》卷七《昭帝纪》载，本年二月，"移中监苏武前使匈奴，留单于庭十九岁乃还。奉使全节，以武为典属国，赐钱百万"。《汉书》卷五四《苏武传》："昭帝即位。数年，匈奴与汉和亲。汉求武等，匈奴诡言武死。后汉使复至匈奴，常惠请其守者与俱，得夜见汉使，具自陈道。教使者谓单于，言

[①] 详参汪春泓：《关于〈汉书·苏武传〉成篇问题之研究》，见氏著《史汉研究》，上海古籍出版社2014年版，第306—334页。

天子射上林中，得雁，足有系帛书，言武等在某泽中。使者大喜，如惠语以让单于。单于视左右而惊，谢汉使曰：'武等实在。'于是李陵置酒贺武曰：'今足下还归，扬名于匈奴，功显于汉室，虽古竹帛所载，丹青所画，何以过子卿！陵虽驽怯，令汉且贳陵罪，全其老母，使得奋大辱之积志，庶几乎曹柯之盟，此陵宿昔之所不忘也。收族陵家，为世大戮，陵尚复何顾乎？已矣！令子卿知吾心耳。异域之人，一别长绝！'陵起舞，歌曰：'径万里兮度沙幕，为君将兮奋匈奴。路穷绝兮矢刃摧，士众灭兮名已隤。老母已死，虽欲报恩将安归！'陵泣下数行，因与武决。单于召会武官属，前以降及物故，凡随武还者九人。武以始元六年春至京师。诏武奉一太牢谒武帝园庙，拜为典属国。"

◆**霍光等遣使迎招李陵，陵拒绝归汉，作《答苏武书》申述其意。**

《汉书》卷五四《李陵传》："昭帝立，大将军霍光、左将军上官桀辅政，素与陵善，遣陵故人陇西任立政等三人俱至匈奴招陵。"李陵以"丈夫不能再辱"为由拒绝归汉。按：霍光等遣使招陵的具体时间，《汉书》无确切记载。《通鉴》卷二三则紧承苏武归国而系之，"武留匈奴凡十九岁，始以强壮出，及还，须发尽白。霍光、上官桀与李陵素善，遣陵故人陇西任立政等三人俱至匈奴招之。陵曰：'归易耳，丈夫不能再辱！'遂死于匈奴"。据此，则遣使招陵在苏武归国之后。又，《文选》卷四一所收李陵《答苏武书》，虽然叙及苏武归国后所受封赏，但并未涉及苏武归国次年（元凤元年）九月遭遇的重大变故，说明此文的作时应在始元六年春至元凤元年九月之间；其文又曰"凉秋九月，塞外草衰"云云，所述当为写作此信时的具体情境。《文苑英华》卷一八九载唐人省试试题《李都尉重阳日得苏属国书》，并录白行简诗一首，说明唐代人也认为李陵于九月九日收到苏武的书信。据此，则此文的确切作时应在汉昭帝始元六年九月。[①]

◆**七月，始置金城郡。**

《汉书》卷七《昭帝纪》载，本年七月，"以边塞阔远，取天水、陇西、张

[①] 详参丁宏武：《李陵〈答苏武书〉真伪再探讨》，《宁夏大学学报》2012年第2期；丁宏武：《"苏李诗文出自民间演艺节目"说平议》，《西北师大学报》2016年第2期。

掖郡各二县置金城郡"。《汉书》卷二八《地理志下》："金城郡，昭帝始元六年置。"

汉昭帝元凤元年（前80）

◆赵充国击武都氐人，迁中郎将。

《汉书》卷七《昭帝纪》载，本年三月，"武都氐人反，遣执金吾马适建、龙额侯韩增、大鸿胪广明将三辅、太常徒，皆免刑击之"。《汉书》卷六九《赵充国传》："昭帝时，武都氐人反，充国以大将军护军都尉将兵击定之，迁中郎将，将屯上谷，还为水衡都尉。"

◆九月，燕王旦等谋反，伏诛。苏武受牵连，免官。

《汉书》卷七《昭帝纪》载，本年"九月，鄂邑长公主、燕王旦与左将军上官桀、桀子票骑将军安、御史大夫桑弘羊皆谋反，伏诛"。《汉书》卷五四《苏武传》："武来归明年，上官桀、子安与桑弘羊及燕王、盖主谋反。武子男元与安有谋，坐死。初，桀、安与大将军霍光争权，数疏光过失予燕王，令上书告之。又言苏武使匈奴二十年不降，还乃为典属国，大将军长史无功劳，为搜粟都尉，光专权自恣。及燕王等反诛，穷治党与，武素与桀、弘羊有旧，数为燕王所讼，子又在谋中，廷尉奏请逮捕武。霍光寝其奏，免武官。"

汉昭帝元平元年（前74）

◆赵充国击匈奴，擢为后将军。

《汉书》卷六九《赵充国传》："击匈奴，获西祁王，擢为后将军，兼水衡如故。"《汉书》卷一九《百官公卿表下》："（元平元年）水衡都尉赵充国为后将军。"

◆李陵病卒。有文学作品传世。

《汉书》卷五四《李陵传》："陵在匈奴二十余年，元平元年病死。"《隋书》卷三五《经籍志四》著录"汉骑都尉《李陵集》二卷"。钟嵘《诗品》："其源出于《楚辞》，文多凄怆，怨者之流。陵，名家子，有殊才，生命不谐，声颓身丧。使陵不遭辛苦,其文亦何能至此!"① 按:《李陵集》早已散佚,难窥全貌。传世署名李陵的作品,自颜延之以来,信疑参半,总体来看,唐代以前多信其真,宋代以后多疑其伪。《太平御览》卷五八六引颜延之《庭诰》称:"李陵众作,总杂不类,是假托,非尽陵制。至其善篇,有足悲者。"这是关于李陵之作年代最早(南朝刘宋初期)且较为公允的评论。《汉书》本传所载李陵与苏武的交往应为信史,《别歌》无疑属于真实之作。《文选》载录李陵《答苏武书》及李善注引《集·表》等,与李陵天汉二年(前99)出征匈奴、始元六年(前81)拒绝归汉时的情事基本契合,也当属可信之作。《文选》《艺文类聚》《古文苑》等收录征引的其他苏李诗文,虽然真伪难辨,但稽考相关文献,这类作品在《文选》成书之前即已流传②,其中的"苏李诗",自宋迄今,伪证滋多,当非苏、李所作。敦煌遗书中保存的苏、李往返书信等写本文献,出现时代更晚,从文体及内容推断,显然为后世拟托之作。要之,李陵虽然出身将门武士,但其少年入仕的经历以及独特的生平遭际,使其完全具备较高的文化素养和强烈的创作诉求,所作《别歌》即为明证,南朝齐梁文士普遍认同李陵之作,绝非空穴来风。③

汉宣帝本始元年(前73)

◆正月,赵充国因策立宣帝之功,封营平侯。

《汉书》卷八《宣帝纪》载,本年正月,"大将军光稽首归政,上谦让委任焉。论定策功,益封大将军光万七千户,车骑将军光禄勋富平侯安世万户。诏曰:故丞相安平侯敞等……后将军充国为营平侯"。《汉书》卷六九《赵充国传》:"与大将军霍光定册尊立宣帝,封营平侯。"按:《汉书》卷一八《外戚恩泽侯表》系此事于本始元年八月。史载汉宣帝于元平元年(前74)七月即位,若论定策之功迟至次年八月,不合情理,当从《宣帝纪》。

---

① (梁)钟嵘著,周振甫译注:《诗品译注》,中华书局1998年版,第33页。
② 详参跃进:《有关〈文选〉"苏李诗"若干问题的考察》,《文学遗产》1996年第2期。
③ 详参丁宏武:《唐前李陵接受史考察——兼论李陵作品的流传及真伪》,《文史哲》2017年第6期。

汉宣帝元康三年（前63）

◆赵充国作《先零羌事对》。

《汉书》卷六九《赵充国传》："是时，光禄大夫义渠安国使行诸羌，先零豪言愿时渡湟水北，逐民所不田处畜牧。安国以闻。充国劾安国奉使不敬。是后，羌人旁缘前言，抵冒渡湟水，郡县不能禁。元康三年，先零遂与诸羌种豪二百余人解仇交质盟诅。上闻之，以问充国，对曰：'羌人所以易制者，以其种自有豪，数相攻击，势不一也。……'后月余，羌侯狼何果遣使至匈奴藉兵，欲击鄯善、敦煌以绝汉道。"《后汉书》卷八七《西羌传》也有载述。

汉宣帝神爵元年（前61）

◆西羌反，赵充国将兵平叛，前后五次上书，作《击罕开议》《上书谢罪因陈兵利害》《上屯田奏》《条上屯田便宜十二事状》《复奏屯田便宜》等。

《汉书》卷八《宣帝纪》载，本年"夏四月，遣后将军赵充国、强弩将军许延寿击西羌"。《汉书》卷六九《赵充国传》载，神爵元年春，西羌反叛，"时充国年七十余，上老之，使御史大夫丙吉问谁可将者，充国对曰：'亡逾于老臣者矣。'"于是奉命平叛。其间，赵充国曾就平叛及屯田事宜屡陈方略，作《击罕开议》《上书谢罪因陈兵利害》《上屯田奏》《条上屯田便宜十二事状》《复奏屯田便宜》等。"充国奏每上，辄下公卿议臣。初是充国计者什三，中什五，最后什八。有诏诘前言不便者，皆顿首服。丞相魏相曰：'臣愚不习兵事利害，后将军数画军册，其言常是，臣任其计可必用也。'"按：赵充国的奏疏条分缕析，说理透彻。章太炎《国故论衡》中卷《文学七篇·论式》称："汉世作奏，莫善乎赵充国，探筹而数，辞无枝叶。"[①]

◆酒泉太守狄道辛武贤亦上书奏言平羌方略，拜破羌将军，与赵充国等共同平叛。

《汉书》卷八《宣帝纪》载，本年六月，"拜酒泉太守辛武贤为破羌将军，

[①] 章太炎撰，庞俊、郭诚永疏证：《国故论衡疏证》，中华书局2008年版，第405页。

与两将军并进"。《汉书》卷六九《赵充国辛庆忌传》："时，上已发三辅、太常徒弛刑，三河、颍川、沛郡、淮阳、汝南材官，金城、陇西、天水、安定、北地、上郡骑士、羌骑，与武威、张掖、酒泉太守各屯其郡者，合六万人矣。酒泉太守辛武贤奏言：'郡兵皆屯备南山，北边空虚，势不可久……'天子下其书充国，令与校尉以下吏士知羌事者博议……上乃拜侍中乐成侯许延寿为强弩将军，即拜酒泉太守武贤为破羌将军，赐玺书嘉纳其册。"

按：史载辛武贤平羌之略重"出击"，与赵充国"屯田"之计相左，其后朝廷用赵充国之策，"罢遣辛武贤归酒泉太守"，辛、赵两家由此有隙。又据《汉书》本传，辛武贤、辛庆忌"本狄道人，为将军，徙昌陵。昌陵罢，留长安"。严可均《全汉文》卷三三辑录辛武贤的奏疏，题作《奏击罕开》。

汉宣帝神爵二年（前60）

◆赵充国作《奏罢屯田》，振旅而还。初置金城属国以处降羌。

《汉书》卷八《宣帝纪》载，本年"夏五月，羌虏降服，斩其首恶大豪杨玉、酋非首。置金城属国以处降羌"。《汉书》卷六九《赵充国传》载，明年五月，充国奏言请罢屯兵，"奏可，充国振旅而还"；"其秋，羌若零、离留、且种、儿库共斩先零大豪犹非、杨玉首，及诸豪弟泽、阳雕、良儿、靡忘皆帅煎巩、黄羝之属四千余人降汉……初置金城属国以处降羌"。

◆苏武病卒，年八十余。

《汉书》卷五四《苏武传》："武年八十余，神爵二年病卒。"按：传世苏武与李陵往还之诗文，真伪莫定。

汉宣帝神爵四年（前58）

◆青海省大通县汉代马良墓发现大量兵书。

青海省文物考古工作队于1973年至1981年在青海大通县上孙家寨墓地发掘汉墓182座，其中115号汉墓出土四百枚汉简，内容包括军事方面的律令文书、军队之编制与标识、军事战术以及与《孙子》有关的兵书等。据考证，墓主马可能是赵充国于宣帝神爵元年至二年（前61—前60）用兵西羌时的部下。因此，这批资料的完成大约不会晚于神爵年间。①

汉宣帝甘露二年（前52）

◆赵充国卒，时年八十六。

《汉书》卷六九《赵充国传》："年八十六，甘露二年薨，谥曰壮侯。"《汉书》卷一八《外戚恩泽侯表》："营平壮侯赵充国：本始元年八月辛未封，二十二年薨。甘露三年，质侯弘嗣。"按：赵充国虽然是以"勇武显闻"的河陇名将，但《汉书》本传载录了其不少奏疏文，严可均《全汉文》卷二九辑录其文六篇。

汉宣帝甘露三年（前51）

◆匈奴呼韩邪单于入朝。

《汉书》卷八《宣帝纪》载，本年正月，"匈奴呼韩邪单于稽侯狦来朝，赞谒称藩臣而不名"；"二月，单于罢归。遣长乐卫尉高昌侯忠、车骑都尉昌、骑都尉虎将万六千骑送单于。单于居幕南，保光禄城。诏北边振谷食。郅支单于远遁，匈奴遂定"。

◆宣帝为十一功臣画像于麒麟阁，赵充国、苏武等入选中兴名臣。

《汉书》卷五四《苏武传》："甘露三年，单于始入朝。上思股肱之美，乃图画其人于麒麟阁，法其形貌，署其官爵姓名。唯霍光不名，曰大司马大将军博陆侯姓霍氏，次曰卫将军富平侯张安世，次曰车骑将军龙额侯韩增，次曰后将军营平侯赵充国，次曰丞相高平侯魏相，次曰丞相博阳侯丙吉，次曰御史大夫建平侯杜延年，次曰宗正阳城侯刘德，次曰少府梁丘贺，次曰太子太傅萧望之，次曰典属国苏武。皆有功德，知名当世，是以表而扬之，明著中兴辅佐，列于方叔、召虎、仲山甫焉。凡十一人，皆有传。自丞相黄霸、廷尉于定国、大司农朱邑、京兆尹张敞、右扶风尹翁归及儒者夏侯胜等，皆以善终，著名宣

---

① 详参青海省文物考古工作队：《青海大通县上孙家寨——五号汉墓》，《文物》1981年第2期；刘跃进：《秦汉文学编年史》，商务印书馆2006年版，第228页。

帝之世，然不得列于名臣之图，以此知其选矣。"《汉书》卷六九《赵充国传》："初，充国以功德与霍光等列，画未央宫。"按：此为汉代图画功臣之始。王充《论衡》卷二十《须颂篇》："宣帝之时，画图汉列士。或不在于画上者，子孙耻之。"

汉元帝建昭三年（前36）

◆甘延寿、陈汤出兵西域，斩郅支单于，传首京师，上疏自陈。

《汉书》卷九《元帝纪》载，本年"秋，使护西域骑都尉甘延寿、副校尉陈汤挢发戊已校尉屯田吏士及西域胡兵攻郅支单于。冬，斩其首，传诣京师，悬蛮夷邸门"。《汉书》卷七十《陈汤传》详载甘延寿、陈汤出兵西域斩郅支单于之始末："建昭三年，汤与延寿出西域……于是延寿、汤上疏曰：'臣闻天下之大义，当混为一，昔有唐虞，今有强汉。匈奴呼韩邪单于已称北藩，唯郅支单于叛逆，未伏其辜，大夏之西，以为强汉不能臣也。郅支单于惨毒行于民，大恶通于天。臣延寿、臣汤将义兵，行天诛，赖陛下神灵，阴阳并应，天气精明，陷陈（阵）克敌，斩郅支首及名王以下。宜悬头槀街蛮夷邸间，以示万里，明犯强汉者，虽远必诛。'"按：甘延寿也是《汉书·赵充国辛庆忌传赞》所称列的以勇武显闻的河陇名将。《汉书》卷七十载："甘延寿字君况，北地郁郅（今甘肃庆城县）人也。少以良家子善骑射为羽林，投石拔距绝于等伦，尝超逾羽林亭楼，由是迁为郎。试弁，为期门，以材力爱幸。稍迁至辽东太守，免官。车骑将军许嘉荐延寿为郎中谏大夫，使西域都护骑都尉，与副校尉陈汤共诛斩郅支单于，封义成侯。"甘延寿与陈汤的上疏当作于建昭三年冬月。严可均《全汉文》卷四三辑录其疏，题作《上疏斩送郅支首》。

汉成帝鸿嘉元年（前20）

◆丞相司直何武上封事荐举辛庆忌，拜为右将军。狄道辛氏宗族支属至二千石者十余人，贵盛一时。

《汉书》卷六九《辛庆忌传》载，辛庆忌为辛武贤之子，成帝初，受大将军王凤荐举，任光禄大夫、执金吾、光禄勋等职，"时数有灾异，丞相司直何武上封事曰：'虞有宫之奇，晋献不寐；卫青在位，淮南寝谋……光禄勋庆忌行义修正，柔毅敦厚，谋虑深远。前在边郡，数破敌获虏，外夷莫不闻。乃者大异并见，未有其应。加以兵革久寝。《春秋》大灾未至而豫御之，庆忌宜在爪牙官以备不虞。'其后拜为右将军诸吏散骑给事中，岁余徙为左将军"。《汉书》卷一九《百官公卿表下》：鸿嘉元年，"光禄勋辛庆忌为右将军"。按：据《汉书》卷八六《何武传》，何武为丞相司直，"丞相薛宣敬重之"。《百官公卿表下》载薛宣于鸿嘉元年四月任丞相，则何武举荐辛庆忌必在本年四月以后。《汉书》本传又载："庆忌居处恭俭，食饮被服尤节约，然性好舆马，号为鲜明，唯是为奢。为国虎臣，遭世承平，匈奴、西域亲附，敬其威信。年老卒官。长子通为护羌校尉，中子遵函谷关都尉，少子茂水衡都尉出为郡守，皆有将帅之风。宗族支属至二千石者十余人。"

汉成帝永始元年（前16）

◆**刘辅上书反对封赵婕妤之父为列侯，成帝怒，系刘辅于掖庭秘狱。左将军辛庆忌等上书理刘辅。**

《汉书》卷七七《刘辅传》载，"刘辅，河间宗室人也。举孝廉，为襄贲令。上书言得失，召见，上美其材，擢为谏大夫。会成帝欲立赵婕妤为皇后，先下诏封婕妤父临为列侯。辅上书言……书奏，上使侍御史收缚辅，系掖庭秘狱，群臣莫知其故。于是中朝左将军辛庆忌、右将军廉褒、光禄勋师丹、太中大夫谷永俱上书曰"云云。按：《汉书》卷十《成帝纪》载，本年"夏四月，封婕妤赵氏父临为成阳侯。……六月丙寅，立皇后赵氏。大赦天下"。据此，辛庆忌等上书救理刘辅当在永始元年四五月间。严可均《全汉文》卷三三辑录此文。又据《汉书》卷一九《百官公卿表下》记载，永始元年辛庆忌为右将军，《汉书·刘辅传》所载辛庆忌当时的官职疑有误。

汉成帝元延元年（前12）

◆**辛庆忌卒。**

辛庆忌卒年，《汉书》本传不载。《汉书》卷一九《百官公卿表下》载，永始三年（前14），"右将军辛庆忌为左将军，三年卒"。《通鉴》卷三二载汉成帝元延元年："是岁，左将军辛庆忌卒。"《汉书》本传称："（辛庆忌）为国虎臣，遭世承平，匈奴、西域亲附，敬其威信。"按：辛庆忌与其父辛武贤都是《汉书·赵充国辛庆忌传赞》所称列的以勇武显闻的河陇名将。

汉成帝元延四年（前9）

◆扬雄奉诏作《赵充国颂》。

《汉书》卷六九《赵充国传》："成帝时，西羌尝有警，上思将帅之臣，追美充国，乃召黄门郎杨雄即充国图画而颂之，曰：'明灵惟宣，戎有先零。先零昌狂，侵汉西疆。汉命虎臣，惟后将军，整我六师，是讨是震。既临其域，谕以威德，有守矜功，谓之弗克。请奋其旅，于罕之羌，天子命我，从之鲜阳。营平守节，屡奏封章，料敌制胜，威谋靡亢。遂克西戎，还师于京，鬼方宾服，罔有不庭。昔周之宣，有方有虎，诗人歌功，乃列于《雅》。在汉中兴，充国作武，赳赳桓桓，亦绍厥后。'"丁介民《扬雄年谱》考系其事于本年[①]，今从之。

汉平帝元始三年（3）

◆吕宽事起，王莽诛卫氏，狄道辛氏不肯党附王莽，一门被诛。

《汉书》卷一二《平帝纪》载，本年"安汉公世子宇与帝外家卫氏有谋。宇下狱死，诛卫氏"。《汉书》卷六九《辛庆忌传》："元始中，安汉公王莽秉政，见庆忌本大将军凤所成，三子皆能，欲亲厚之。是时莽方立威柄，用甄丰、甄邯以自助，丰、邯新贵，威震朝廷。水衡都尉茂自见名臣子孙，兄弟并列，不甚诎事两甄。时平帝幼，外家卫氏不得在京师，而护羌校尉通长子次兄素与帝从舅卫子伯相善，两人俱游侠，宾客甚盛。及吕宽事起，莽诛卫氏。两甄构言诸辛阴与卫子伯为心腹，有背恩不说安汉公之谋。于是司直陈崇举奏其宗亲陇

[①] 详参丁介民：《扬雄年谱》，台湾菁华出版社1975年版，转引自刘跃进：《秦汉文学编年史》，商务印书馆2006年版，第286页。

西辛兴等侵陵百姓，威行州郡。莽遂按通父子、遵、茂兄弟及南郡太守辛伯等，皆诛杀之。辛氏由是废。"《汉书》卷八六《何武传》："元始三年，吕宽等事起。时大司空甄丰承莽风指，遣使者乘传案治党与，连引诸所欲诛，上党鲍宣，南阳彭伟、杜公子，郡国豪桀坐死者数百人。武在见诬中，大理正槛车征武，武自杀。"按：吕宽事变之详细始末，可参《汉书》卷九九《王莽传上》。

淮阳王更始元年（23）

◆天下大乱，刘玄称帝，王莽败亡。

《后汉书》卷一《光武帝纪》载，本年"二月辛巳，立刘圣公为天子，以伯升为大司徒，光武为太常偏将军"。又，"九月庚戌，三辅豪杰共诛王莽，传首诣宛"。

◆隗嚣与季父隗崔等起兵于天水，作《移檄告郡国》，平定陇右河西。

《后汉书》卷一三《隗嚣传》："隗嚣字季孟，天水成纪人也。少仕州郡。王莽国师刘歆引嚣为士。歆死，嚣归乡里。季父（隗）崔，素豪侠，能得众，闻更始立而莽兵连败，于是乃与兄义及上邽人杨广、冀州人周宗谋起兵应汉。"于是聚众数千，以"嚣素有名，好经书，遂共推为上将军"，隗嚣从之，遣使请平陵人方望为军师，并急立高庙，称臣奉祠，"移檄告郡国"云云。又载："嚣乃勒兵十万，击杀雍州牧陈庆。将攻安定。安定大尹王向，莽从弟平阿侯谭之子也，威风独能行其邦内，属县皆无叛者。嚣乃移书于向，喻以天命，反复诲示，终不从。于是进兵虏之，以徇百姓，然后行戮，安定悉降。而长安中亦起兵诛王莽。嚣遂分遣诸将徇陇西、武都、金城、武威、张掖、酒泉、敦煌，皆下之。"按：隗嚣檄文影响甚大。《文心雕龙·檄移》曰："观隗嚣之《檄亡新》，布其三逆，文不雕饰，而辞切事明，陇右文士，得檄之体矣。"

◆窦融为张掖属国都尉，入据河西，夷夏翕然归之。

《后汉书》卷二三《窦融传》："窦融字周公，扶风平陵人也……莽败，融以军降更始大司马赵萌，萌以为校尉，甚重之，荐融为钜鹿太守。融见更始新立，东方尚扰，不欲出关，而高祖父尝为张掖太守，从祖父为护羌校尉，从弟亦为武威太守，累世在河西，知其土俗，独谓兄弟曰：'天下安危未可知，河西殷富，带河为固，张掖属国精兵万骑，一旦缓急，杜绝河津，足以自守，此遗种处也。'兄弟皆然之。融于是日往守萌，辞让钜鹿，图出河西。萌为言更始，乃得为张掖属国都尉。融大喜，即将家属而西。既到，抚结雄杰，怀辑羌虏，甚得其欢心，河西翕然归之。是时，酒泉太守梁统、金城太守厍钧、张掖都尉史苞、酒泉都尉竺曾、敦煌都尉辛肜，并州郡英俊，融皆与为厚善。"

◆**天水有童谣流传。**

《后汉书》志第十三《五行一》："王莽末，天水童谣曰：'出吴门，望缇群。见一蹇人，言欲上天；令天可上，地上安得民！'时隗嚣初起兵于天水，后意稍广，欲为天子，遂破灭。嚣少病蹇。吴门，冀郭门名也。缇群，山名也。"

淮阳王更始二年（24）

◆**隗嚣归顺更始，拜御史大夫。**

《后汉书》卷一三《隗嚣传》："更始二年，遣使征嚣及崔、义等……嚣等遂至长安，更始以为右将军，崔、义皆即旧号。其冬，崔、义谋欲叛归，嚣惧并祸，即以事告之，崔、义诛死。更始感嚣忠，以为御史大夫。"

◆**方望作《辞谢隗嚣书》。**

《后汉书》卷一三《隗嚣传》载，"更始二年，遣使征嚣及崔、义等。嚣将行，方望以为更始未可知，固止之，嚣不听。望以书辞谢而去曰"云云。文见《后汉书》卷一三《隗嚣传》、袁宏《后汉纪》卷二等。

淮阳王更始三年　汉光武帝建武元年（25）

◆**更始败，隗嚣亡归天水，自称西州上将军，三辅耆老士大夫皆奔归隗嚣。**

《后汉书》卷一三《隗嚣传》："明年夏，赤眉入关，三辅扰乱。流闻光武即位河北，嚣即说更始归政于光武叔父国三老良，更始不听。诸将欲劫更始东归，嚣亦与通谋。事发觉，更始使使者召嚣，嚣称疾不入，因会客王遵、周宗等勒兵自守。更始使执金吾邓晔将兵围嚣，嚣闭门拒守；至昏时，遂溃围，与数十骑夜斩平城门关,亡归天水。复招聚其众,据故地,自称西州上将军。及更始败,三辅耆老士大夫皆奔归嚣。嚣素谦恭爱士,倾身引接为布衣交。以前王莽平河大尹长安谷恭为掌野大夫,平陵范逡为师友,赵秉、苏衡、郑兴为祭酒,申屠刚、杜林为持书,杨广、王遵、周宗及平襄人行巡、阿阳人王捷、长陵人王元为大将军,杜陵、金丹之属为宾客。由此名震西州,闻于山东。"《后汉书》卷二七《杜林传》:"杜林字伯山,扶风茂陵人……初为郡吏。王莽败,盗贼起,林与弟成及同郡范逡、孟冀等,将细弱俱客河西……隗嚣素闻林志节,深相敬待,以为持书平。"

◆ **班彪避难凉州,追从隗嚣。作《北征赋》。**

《后汉书》卷四十《班彪传》:"班彪字叔皮,扶风安陵人也。祖况,成帝时为越骑校尉。父稚,哀帝时为广平太守。彪性沉重好古。年二十余,更始败,三辅大乱。时隗嚣拥众天水,彪乃避难从之。"《文选》卷九《北征赋》李善注引挚虞《文章流别论》:"更始时,彪避难凉州,发长安,至安定,作《北征赋》也。"

◆ **郑兴西归隗嚣,作《说隗嚣不称王》。**

《后汉书》卷三六《郑兴传》:"郑兴字少赣,河南开封人也。少学《公羊春秋》。晚善《左氏传》,遂积精深思,通达其旨,同学者皆师之。天凤中,将门人从刘歆讲正大义,歆美兴才,使撰条例、章句、传诂,及校《三统历》……(更始)拜兴为谏议大夫,使安集关西及朔方、凉、益三州,还拜凉州刺史。会天水有反者,攻杀郡守,兴坐免。时赤眉入关,东道不通,兴乃西归隗嚣,嚣虚心礼请,而兴耻为之屈,称疾不起。嚣矜己自饰,常以为西伯复作,乃与诸将议自立为王。兴闻而说嚣曰……嚣竟不称王。后遂广置职位,以自尊高。兴复止嚣曰:'夫中郎将、太中大夫、使持节官皆王者之器,非人臣所当制也。孔子曰:"惟器与名,不可以假人。"不可以假人者,亦不可以假于人也。无益于实,有损于名,非尊上之意也。'嚣病之而止。"

◆ **马援避难凉州,隗嚣甚礼重之。**

《后汉书》卷二四《马援传》:"马援字文渊,扶风茂陵人……及莽败,援兄员时为增山连率，与援俱去郡，复避地凉州。世祖即位，员先诣洛阳，帝遣员复郡，卒于官。援因留西州，隗嚣甚敬重之，以援为绥德将军，与决筹策。"

◆ **六月，刘秀称帝于河北；十月，定都于洛阳。**

《后汉书》卷一《光武帝纪》载，本年"六月己未，即皇帝位。燔燎告天，禋于六宗，望于群神……于是建元为建武，大赦天下"。又，"冬十月癸丑，车驾入洛阳，幸南宫却非殿，遂定都焉"。

◆ **窦融行河西五郡大将军事，百姓晏然。**

《后汉书》卷二三《窦融传》载，更始败，河西诸郡推举窦融行河西五郡大将军事，"以梁统为武威太守，史苞为张掖太守，竺曾为酒泉太守，辛肜为敦煌太守，库钧为金城太守。融居属国，领都尉职如故，置从事监察五郡。河西民俗质朴，而融等政亦宽和，上下相亲，晏然富殖……安定、北地、上郡流人避凶饥者，归之不绝"。

汉光武帝建武三年（27）

◆ **隗嚣上书诣阙，光武帝厚礼之。**

《后汉书》卷一《光武帝纪》："是岁，李宪自称天子。西州大将军隗嚣奉奏。"《后汉书》卷一三《隗嚣传》："三年，嚣乃上书诣阙。光武素闻其风声，报以殊礼，言称字，用敌国之仪，所以慰藉之良厚。时陈仓人吕鲔拥众数万，与公孙述通，寇三辅。嚣复遣兵佐征西大将军冯异击之，走鲔，遣使上状。帝报以手书曰：'慕乐德义，思相结纳……自今以后，手书相闻，勿用傍人解构之言。'自是恩礼愈笃。"按：史载归附隗嚣之文士甚众，故光武于往来书疏，尤为在意。《后汉书》卷一三《隗嚣传》："嚣宾客、掾史多文学生，每所上事，当世士大夫皆讽诵之，故帝有所辞答，尤加意焉。"《北堂书钞》卷一〇三引《东观汉记》："隗嚣，故宰相府掾吏，善为文书，每上书移檄，士大夫莫不讽诵之也。"[①]《文心雕龙·诏策》："淮南有英才，武帝使相如视草；陇右多文士，光武加意于书辞。"

[①] （汉）刘珍等撰，吴树平校注：《东观汉记校注》，中华书局 2008 年版，第 905 页。

汉光武帝建武四年（28）

◆**隗嚣使马援奉书洛阳，光武帝厚礼之。**

《后汉书》卷二四《马援传》："建武四年冬，嚣使援奉书洛阳。"又："及还，以为待诏，使太中大夫来歙持节送援西归陇右。隗嚣与援共卧起，问以东方流言及京师得失。"

汉光武帝建武五年（29）

◆**隗嚣使辨士张玄游说窦融，欲使河西与陇、蜀合纵，割据一方。**

《后汉书》卷二三《窦融传》："融等遥闻光武即位，而心欲东向，以河西隔远，未能自通。时隗嚣先称建武年号，融等从受正朔，嚣皆假其将军印绶。嚣外顺人望，内怀异心，使辨士张玄游说河西曰……诸郡太守各有宾客，或同或异。融小心精详，遂决策东向。"按：袁宏《后汉纪》卷五系张玄游说河西于建武五年六月，《通鉴》卷四一系于建武五年四月。张玄游说河西当在窦融决策东向之前，故从《通鉴》。

◆**四月，窦融遣使归顺，封为凉州牧。**

《后汉书》卷一《光武帝纪》载，本年四月，"河西大将军窦融始遣使贡献"。《后汉书》卷二三《窦融传》载，"五年夏，遣长史刘钧奉书献马"。光武随即赐融玺书，授融为凉州牧，融复遣刘钧上书诣阙。

◆**十二月，隗嚣遣子隗恂入侍，马援随恂归洛阳。**

《后汉书》卷一《光武帝纪》载，本年十二月，"西州大将军隗嚣遣子恂入侍"。《后汉书》卷一三《隗嚣传》："初，嚣与来歙、马援相善，故帝数使歙、援奉使往来，劝令入朝，许以重爵。嚣不欲东，连遣使深持谦辞，言无功德，须四方平定，退伏闾里。五年，复遣来歙说嚣遣子入侍，嚣闻刘永、彭宠皆已破灭，乃遣长子恂随歙诣阙。以为胡骑校尉，封镌羌侯。"《后汉书》卷二四《马援传》："（嚣）雅信援，故遂遣长子恂入质。援因将家属随恂归洛阳。"

◆**班彪作《王命论》，劝隗嚣归顺光武。**

《汉书》卷一百《叙传》载，班彪往依隗嚣，与嚣论天下大势，"既感嚣言，又愍狂狡之不息，乃著《王命论》以救时难，其辞曰"云云。又《后汉书》卷四〇《班彪传》："彪既疾嚣言，又伤时方艰，乃著《王命论》，以为汉德承尧，有灵命之符，王者兴祚，非诈力所致，欲以感之，而嚣终不寤。"按：袁宏《后汉纪》卷五系班彪撰著《王命论》及依附窦融，并在建武六年；《通鉴》卷四一系二人对话于建武五年；今从《通鉴》。又，《文选》卷五二收录《王命论》，《文心雕龙·论说》："及班彪《王命》，严尤三将，敷述昭情，善入史体。"

◆ 王元作《说隗嚣》，力主偏霸一方。

《后汉书》卷一三《隗嚣传》载，建武五年，隗嚣遣子入侍，"而嚣将王元、王捷常以为天下成败未可知，不愿专心内事。元遂说隗嚣曰……嚣心然元计，虽遣子入质，犹负其险厄，欲专方面，于是游士长者，稍稍去之"。袁宏《后汉纪》卷五亦有载录。

汉光武帝建武六年（30）

◆ 隗嚣作《上疏止讨蜀》《上疏谢罪》，不久称臣于公孙述。

《后汉书》卷一《光武帝纪》：本年三月，"公孙述遣将任满寇南郡"；四月，"遣虎牙大将军盖延等七将军从陇道伐公孙述"；五月，"隗嚣反，盖延等因与嚣战于陇坻，诸将败绩"；十二月，"隗嚣遣将行巡寇扶风，征西大将军冯异拒破之"。《后汉书》卷一三《隗嚣传》载，六年，关东悉平。"会公孙述遣兵寇南郡，乃诏嚣当从天水伐蜀"，嚣以"白水险阻，栈阁绝败"为由推辞。"（光武帝）使来歙奉玺书喻旨。嚣疑惧，即勒兵，使王元据陇坻，伐木塞道，谋欲杀歙。歙得亡归。诸将与嚣战，大败，各引退。嚣因使王元、行巡侵三辅，征西大将军冯异、征虏将军祭遵等击破之。嚣乃上疏谢曰"云云。光武复使来歙至汧，赐嚣书，"嚣知帝审其诈，遂遣使称臣于公孙述"。

◆ 王遵作《谏隗嚣谋杀来歙》。

《后汉书》卷一五《来歙传》载，建武五年，隗嚣遣子入侍。"时山东略定，帝谋西收嚣兵，与俱伐蜀，复使来歙喻旨。嚣将王元说嚣，多设疑故，久犹豫不决"。歙素刚毅,遂发愤质责隗嚣"用佞惑之言,为族灭之计,叛主负子,违背忠信",嚣勒兵将杀歙,王遵谏曰"愚闻为国者慎器与名,为家者畏怨重祸"云云,来歙遂得免而东归。按:袁宏《后汉纪》卷五、《后汉书》卷一三《隗嚣传》均系此事于本年。

◆ 申屠刚作《说隗嚣》,又作《将归与隗嚣书》。申屠刚、杜林等东归洛阳。

《后汉书》卷二九《申屠刚传》:"及隗嚣据陇右,欲背汉而附公孙述。刚说之曰:'愚闻人所归者,天所与;人所畔者,天所去也……'嚣不纳,遂畔从述。"又载:"建武七年,诏书征刚。刚将归,与嚣书曰……嚣不纳。刚到,拜侍御史,迁尚书令。"《后汉书》卷二七《杜林传》:"建武六年,弟成物故,嚣乃听林持丧东归。既遣而悔,追令刺客杨贤于陇坻遮杀之。贤见林身推鹿车,载致弟丧,乃叹曰:'当今之世,谁能行义?我虽小人,何忍杀义士!'因亡去。光武闻林已还三辅,乃征拜侍御史。"按:史载本年五月,隗嚣称臣于公孙述,申屠刚说隗嚣应在此时或稍前。又,《通鉴》卷四二《考异》云:"《本传》云七年征刚。按明年嚣已臣公孙述,必不用诏书。当在此年。"王先谦《后汉书集解》:"(申屠)刚明天人之理,与郗恽上书王莽相似。是时班彪著《王命论》,马援《与杨光书》,欲以譬晓隗嚣,然皆逊此至诚。"

◆ 郑兴东归故里。经杜林推荐,征为太中大夫。

《后汉书》卷三六《郑兴传》:"及嚣遣子恂入侍,将行,兴因恂求归葬父母,嚣不听而徙兴舍,益其秩礼。兴入见嚣曰:'前遭赤眉之乱,以将军僚旧,故敢归身明德。幸蒙覆载之恩,复得全其性命。兴闻事亲之道,生事之以礼,死葬之以礼,祭之以礼,奉以周旋,弗敢失坠。今为父母未葬,请乞骸骨,若以增秩徙舍,中更停留,是以亲为饵,无礼甚矣。将军焉用之!'嚣曰:'嚣将不足留故邪?'兴曰:'将军据七郡之地,拥羌胡之众,以戴本朝,德莫厚焉,威莫重焉。居则为专命之使,入必为鼎足之臣。兴,从俗者也,不敢深居屏处,因将军求进,不患不达,因将军求入,何患不亲,此兴之计不逆将军者也。兴业为父母请,不可以已,愿留妻子独归葬,将军又何猜焉?'嚣曰:'幸甚。'促为办装,遂令与妻子俱东。时建武六年也。"又载:"侍御史杜林先与兴同寓陇右,乃荐之曰……征为太中大夫。"

◆ **班彪避地河西，为窦融画策事汉。**

《后汉书》卷四十《班彪传》："彪既疾嚣言，又伤时方艰，乃著《王命论》，以为汉德承尧，有灵命之符，王者兴祚，非诈力所致。欲以感之，而嚣终不寤，遂避地河西。河西大将军窦融以为从事，深敬待之。接以师友之道。彪乃为融画策事汉，总西河以拒隗嚣。"

◆ **窦融作《与隗嚣书》，入据金城。又使人刺杀张玄，遂与隗嚣绝裂。**

《后汉书》卷二三《窦融传》载，窦融遣弟窦友诣阙，"友至高平，会嚣反叛，道绝，驰还，遣司马席封间行通书"，"融既深知帝意，乃与隗嚣书责让之曰：'伏惟将军国富政修，士兵怀附……区区所献，惟将军省焉。'嚣不纳。融乃与五郡太守共砥厉（砺）兵马，上疏请师期。帝深嘉美之，乃赐融以外属图及太史公《五宗》《外戚世家》《魏其侯列传》。诏报曰：'每追念外属，孝景皇帝出自窦氏，定王，景帝之子，朕之所祖……今关东盗贼已定，大兵今当悉西，将军其抗厉威武，以应期会。'融被诏，即与诸郡守将兵入金城"。又载："梁统乃使人刺杀张玄，遂与嚣绝，皆解所假将军印绶。"按：史载隗嚣叛汉在本年五月，袁宏《后汉纪》亦系于本年。

◆ **五月，马援作《上疏言隗嚣》。又作《与隗嚣将杨广书》。**

《后汉书》卷二四《马援传》载，马援随隗恂东归洛阳，"隗嚣用王元计，意更狐疑，援数以书记责譬于嚣。嚣怨援背己，得书增怒，其后遂发兵拒汉。援乃上疏曰"云云。光武乃召马援商议平定陇右之计。"援又为书与嚣将杨广，使晓劝于嚣曰"云云，"广竟不答"。按：史载隗嚣发兵拒汉在本年五月。

汉光武帝建武七年（31）

◆ **秋，隗嚣寇安定，窦融作《上疏言隗嚣》。**

《后汉书》卷一《光武帝纪》载，本年三月，"公孙述立隗嚣为朔宁王"；八月，"隗嚣寇安定。征西大将军冯异、征虏将军祭遵击却之"。《后汉书》卷二三《窦融传》载，本年"秋，隗嚣发兵寇安定，帝将自西征之，先戒融期。会遇雨道断，且嚣兵已退，乃止。融至姑臧，被诏罢归。融恐大兵遂久不出，乃上书曰"云云。《后汉书》卷一三《隗嚣传》："明年，述以嚣为朔宁王，遣兵往来，为之援势。秋，嚣将步骑三万侵安定，至阴槃，冯异率诸将拒之。嚣又令别将下陇，攻祭遵于汧，兵并无利，乃引还。"

◆ **来歙以书招王遵，王遵东诣洛阳。**

《后汉书》卷一三《隗嚣传》："帝因令来歙以书招王遵，遵乃与家属东诣京师，拜为太中大夫，封向义侯。遵字子春，霸陵人也。父为上郡太守。遵少豪侠，有才辩，虽与嚣举兵，而常有归汉意……又数劝嚣遣子入侍，前后辞谏切甚，嚣不从，故去焉。"

汉光武帝建武八年（32）

◆ **光武帝亲征陇右，窦融率五郡太守与车驾会高平。**

《后汉书》卷一《光武帝纪》载，本年正月，"中郎将来歙袭略阳，杀隗嚣守将而据其城"。四月，"隗嚣攻来歙，不能下。闰月，帝自征嚣，河西大将军窦融率五郡太守与车驾会高平。陇右溃，隗嚣奔西城，遣大司马吴汉、征南大将军岑彭围之；进幸上邽，不降，命虎牙大将军盖延、建威大将军耿弇攻之"。十一月，"公孙述遣兵救隗嚣，吴汉、盖延等还军长安。天水、陇西复反归嚣"。《后汉书》卷二三《窦融传》："（建武）八年夏，车驾西征隗嚣，融率五郡太守及羌虏小月氏等步骑数万，辎重五千余两，与大军会高平第一……遂共进军，嚣众大溃，城邑皆降。帝高融功，下诏以安丰、阳泉、蓼、安风四县封融为安丰侯，弟友为显亲侯。遂以次封诸将帅：武锋将军竺曾为助义侯，武威太守梁统为成义侯，张掖太守史苞为褒义侯，金城太守库钧为辅义侯，酒泉太守辛彤为扶义侯。"

◆ **王遵作《喻牛邯书》，劝其归降。**

《后汉书》卷一三《隗嚣传》载，"八年春，来歙从山道袭得略阳城"，隗嚣率众围攻，连月不下。"帝乃率诸将西征之，数道上陇，使王遵持节监大司马吴汉留屯于长安。遵知嚣必败灭，而与牛邯旧故，知其有归义意，以书喻之曰"云云。"邯得书，沉吟十余日，乃谢士众，归命洛阳，拜为太中大夫。于是嚣大将十三人，属县十六，众十余万，皆降。"王元入蜀求救，光武帝诛杀隗恂。

按，《后汉书》卷一三《隗嚣传》："牛邯字孺卿，狄道人。有勇力才气，雄于边垂。及降，大司徒司直杜林、太中大夫马援并荐之，以为护羌校尉，与来歙平陇右。"又，王遵《喻牛邯书》有"数年之间，冀圣汉复存，当挈河陇奉旧都以归本朝"云云，其中的"河陇"指隗嚣起兵之初割据的河西和陇右地区，是一个完整意义上的地理概念，这也是史书中第一次出现"河陇"这一地理概念。

汉光武帝建武九年（33）

◆春，隗嚣病卒。

《后汉书》卷一《光武帝纪》："九年春正月，隗嚣病死，其将王元、周宗复立嚣子纯为王。"《后汉书》卷一三《隗嚣传》："九年春，嚣病且饿，出城餐糗糒，恚愤而死。王元、周宗立嚣少子纯为王。"

◆班彪议复护羌校尉，光武从之。牛邯出任。

《后汉书》卷一《光武帝纪》："是岁，省关都尉，复置护羌校尉官。"李贤注："《汉官仪》曰：'武帝置，秩比二千石，持节，以护西羌。王莽乱，遂罢。'时班彪议，宜复其官，以理冤结，帝从之，以牛邯为护羌校尉，都于陇西令居县。"又，卷八七《西羌传》："建武九年，隗嚣死。司徒掾班彪上言：'今凉州部皆有降羌，羌胡被发左衽，而与汉人杂处，习俗既异，言语不通。数为小吏黠人所见侵夺，穷恚无聊，故致反叛。夫蛮夷寇乱，皆为此也。旧制：益州部置蛮夷骑都尉，幽州部置领乌桓校尉，凉州部置护羌校尉，皆持节领护，理其怨结，岁时循行，问所疾苦。又数遣使驿通动静，使塞外羌夷为吏耳目，州郡因此可得儆备。今宜复如旧，以明威防。'光武从之，即以牛邯为护羌校尉，持节如旧。"

汉光武帝建武十年（34）

◆来歙等平定陇右。

《后汉书》卷一《光武帝纪》载，本年"冬十月，中郎将来歙等大破隗纯于落门，其将王元奔蜀，纯与周宗降，陇右平"。《后汉书》卷一三《隗嚣传》

载，嚣死明年，"来歙、耿弇、盖延等攻破落门，周宗、行巡、苟宇、赵恢等将纯降。宗、恢及诸隗分徙京师以东，纯与巡、宇徙弘农"。按，《后汉书》卷一三《隗嚣传》载："（建武）十八年，纯与宾客数十骑亡入胡，至武威，捕得，诛之。"

汉光武帝建武十一年（35）

◆ 马援任陇西太守，平定羌乱。上疏言金城破羌以西不可弃。

《后汉书》卷一《光武帝纪》载，本年四月，"先零羌寇临洮"；十月，"陇西太守马援击破先零羌，徙致天水、陇西、扶风"。《后汉书》卷二四《马援传》："自王莽末，西羌寇边，遂入居塞内，金城属县多为虏有。来歙奏言陇西侵残，非马援莫能定。十一年夏，玺书拜援陇西太守。援乃发步骑三千人，击破先零羌于临洮，斩首数百级，获马、牛、羊万余头。守塞诸羌八千余人诣援降……是时，朝臣以金城破羌之西，途远多寇，议欲弃之。援上言，破羌以西城多完牢，易可依固；其田土肥壤，灌溉流通。如令羌在湟中，则为害不休，不可弃也。帝然之，于是诏武威太守，令悉还金城客民。归者三千余口，使各反旧邑。援奏为置长吏，缮城郭，起坞候，开导水田，劝以耕牧，郡中乐业。又遣羌豪杨封譬说塞外羌，皆来和亲。又武都氐人背公孙述来降者，援皆上复其侯王君长，赐印绶，帝悉从之。"

汉光武帝建武十二年（36）

◆ 窦融及河西五郡太守奉诏入京。

《后汉书》卷二三《窦融传》："及陇、蜀平，诏融与五郡太守奏事京师，官属宾客相随，驾乘千余两，马牛羊被野。融到，诣洛阳城门，上凉州牧、张掖属国都尉、安丰侯印绶，诏遣使者还侯印绶。引见，就诸侯位，赏赐恩宠，倾动京师。"

◆ 梁统入京，更封高山侯，拜太中大夫。

《后汉书》卷三四《梁统传》："梁统字仲宁，安定乌氏人……八年夏，光武自征隗嚣，统与窦融等将兵会车驾。及嚣败，封统为成义侯，同产兄巡、从弟腾并为关内侯，拜腾酒泉典农都尉，悉遣还河西。十二年，统与融等俱诣京师，以列侯奉朝请，更封高山侯，拜太中大夫，除四子为郎。"

汉光武帝建武十三年（37）

◆马援平定武都羌乱。

《后汉书》卷二四《马援传》："十三年，武都参狼羌与塞外诸种为寇，杀长吏。援将四千余人击之，至氐道县，羌在山上，援军据便地，夺其水草，不与战，羌遂穷困，豪帅数十万户亡出塞，诸种万余人悉降，于是陇右清静。"

汉光武帝建武十四年（38）

◆梁统作《刑罚务中疏》《复上言》《对尚书问状》等。

《后汉书》卷三四《梁统传》载，"统在朝廷，数陈便宜。以为法令既轻，下奸不胜。宜重刑罚，以遵旧典，乃上疏曰"云云。"事下三公、廷尉，议者以为隆刑峻法，非明王急务，施行日久，岂一朝所厘。统今所定，不宜开可。统复上言曰"云云。"帝令尚书问状，统对曰"云云。按：《通鉴》卷四三系太中大夫梁统上疏事于建武十四年。又，据《后汉书》本传，梁统后出为九江太守，定封陵乡侯。卒于官。

汉光武帝建武十六年（40）

◆安定卢芳自匈奴归降，汉封其为代王，卢芳上疏谢封。

《后汉书》卷一《光武帝纪下》载，本年"卢芳遣使乞降。十二月甲辰，封芳为代王"。《后汉书》卷一二《卢芳传》："卢芳字君期，安定三水人也，居左谷中。王莽时，天下咸思汉德，芳由是诈自称武帝曾孙刘文伯……王莽末，乃与三水属国羌胡起兵。更始至长安，征芳为骑都尉，使镇抚安定以西。更始败，三水豪杰共计议，以芳刘氏子孙，宜承宗庙，乃共立芳为上将军、西平王，使使与西羌、匈奴结和亲。单于曰：'匈奴本与汉约为兄弟。后匈奴中衰，呼韩邪单于归汉，汉为发兵拥护，世世称臣。今汉亦中绝，刘氏来归我，亦当立之，令尊事我。'乃使句林王将数千骑迎芳，芳与兄禽、弟程俱入匈奴。单于遂立芳为汉帝。"又载"（建武）十六年，芳复入居高柳，与闵堪兄林使使请降。乃立芳为代王，堪为代相，林为代太傅，赐缯二万匹，因使和集匈奴。芳上疏谢曰"云云。按：严可均《全后汉文》卷一一辑录卢芳谢封代王之上疏，题作《上疏谢封代王》，此文当作于本年十二月。

汉光武帝建武二十五年（49）

◆ **樊晔为政严猛，凉州百姓作五言歌谣讽诵之。**

《后汉书》卷七七《酷吏·樊晔传》："樊晔字仲华，南阳新野人也……隗嚣灭后，陇右不安，乃拜晔为天水太守。政严猛，好申韩法，善恶立断。人有犯其禁者，率不生出狱，吏人及羌胡畏之。道不拾遗。行旅至夜，聚衣装道傍，曰'以付樊公'。凉州为之歌曰：'游子常苦贫，力子天所富。宁见乳虎穴，不入冀府寺。大笑期必死，忿怒或见置。嗟我樊府君，安可再遭值！'视事十四年，卒官。"按：陇右之平在建武十年，樊晔出任天水太守当在其后。其视事十四年卒官，当在建武二十五年左右。

汉明帝永平元年（58）

◆ **梁松迁太仆。**

《后汉书》卷三四《梁统传》附《梁松传》："松字伯孙，少为郎，尚光武女舞阴长公主，再迁虎贲中郎将。松博通经书，明习故事，与诸儒修明堂、辟雍、郊祀、封禅礼仪，常与论议，宠幸莫比。光武崩，受遗诏辅政。永平元年，迁太仆。"按：梁松为梁统之子，安定乌氏人。

汉明帝永平四年（61）

◆ **十二月，梁松获罪下狱死，其弟梁竦、梁恭等徙九真。**

《后汉书》卷三四《梁统传》附《梁松传》："松数为私书请托郡县，二年，发觉免官，遂怀怨望。四年冬，乃县（悬）飞书诽谤，下狱死，国除。"又，同卷《梁竦传》："竦字叔敬，少习《孟氏易》，弱冠能教授。后坐兄松事，与弟恭俱徙九真。"按：《后汉书》卷二《明帝纪》载，永平四年"十二月，陵乡侯梁松下狱死"。据此，则梁松下狱死、梁竦及梁恭等徙九真在本年十二月。

汉明帝永平五年（62）

◆梁竦济沅、湘，感悼子胥、屈原以非辜沉身，作《悼骚赋》。

《后汉书》卷三四《梁统传》附《梁竦传》："（竦）坐兄松事，与弟恭俱徙九真。既徂南土，历江、湖，济沅、湘，感悼子胥、屈原以非辜沉身，乃作《悼骚赋》，系玄石而沉之。"按：梁竦《悼骚赋》，见于《东观汉记》卷一二、《后汉书》卷三四注引。关于其具体作时，康金声《汉赋纵横》、刘跃进《秦汉文学编年史》等系于永平四年，龚克昌《全汉赋评注》、石观海《中国文学编年史·汉魏卷》、彭春艳《汉赋系年考证》等系于永平五年。据《后汉书》本传，梁松获罪在永平四年十二月，梁竦等徙九真也当在此时，但因路途遥远，梁竦等"历江、湖、济沅、湘"，作赋悼念屈原，当在永平五年春夏，赋言"服荔裳如朱绂兮，骋鸾路于奔獭"，似即写行程与眼前之景。又，本传载："显宗后诏听还本郡。竦闭门自养，以经籍为娱，著书数篇，名曰《七序》。班固见而称曰：'孔子著《春秋》而乱臣贼子惧，梁竦作《七序》而窃位素餐者惭。'"

汉明帝永平十七年（74）

◆改天水郡为汉阳郡。

《后汉书》卷二《明帝纪》："是岁，改天水为汉阳郡。"

汉章帝建初七年（82）

◆王符约生于本年前后。

《后汉书》卷四九《王符传》："王符字节信，安定临泾人也。少好学，有志操，与马融、窦章、张衡、崔瑗等友善。安定俗鄙庶孽，而符无外家，为乡人所贱。自和、安之后，世务游宦，当途者更相荐引，而符独耿介不同于俗，以此遂不得升进。志意蕴愤，乃隐居著书三十余篇，以讥当时失得，不欲章显其名，故号曰《潜夫论》。其指讦时短，讨谪物情，足以观见当时风政……符竟不仕，终于家。"按：王符生卒年，史籍无确切记载。刘文英《王符评传》、刘跃进《秦汉文学编年史》结合与王符友善的马融、张衡、崔瑗等人的生卒年，依据《东观汉记·符瑞志》所载章帝建初七年，岐山发现铜罇和白鹿等古人所谓符瑞[①]，认为王符得名与此有关，其生年当在建初七年前后。又据皇甫规解官归乡见王符的记载，推断其卒年不会晚于皇甫规的卒年，即熹平三年（174）。今从其说。

汉章帝建初八年（83）

◆诸窦构陷梁氏，梁竦死狱中，家属复徙九真。

《后汉书》卷三四《梁统传》附《梁竦传》："（竦）有三男三女，肃宗纳其二女，皆为贵人。小贵人生和帝，窦皇后养以为子，而竦家私相庆。后诸窦闻之，恐梁氏得志，终为己害，建初八年，遂谮杀二贵人，而陷竦等以恶逆。诏使汉阳太守郑据传考竦罪，死狱中，家属复徙九真。辞语连及舞阴公主，坐徙新城，使者护守。宫省事密，莫有知和帝梁氏生者。"按：《后汉书》卷四《和帝纪》载，"孝和皇帝讳肇，肃宗第四子也。母梁贵人，为窦皇后所谮，忧卒，窦后养帝以为己子。建初七年，立为皇太子"。

汉和帝永元九年（97）

◆梁扈遣从兄梁禅奏记三府，梁竦女梁嫕亦上书自讼，梁氏复贵幸。

《后汉书》卷三四《梁统传》附《梁竦传》："永元九年，窦太后崩，松子

[①] 经核查，刘珍等撰、吴树平校注《东观汉记校注》无《符瑞志》（中华书局2008年版）。《宋书》卷二八《符瑞志中》："汉章帝建初七年十月，车驾西巡，得白鹿于临平观。"同书卷二九《符瑞志下》："汉章帝建初七年十月，车驾西巡至槐里，右扶风禁上美阳得铜器于岐山，似酒尊。"（中华书局1974年版，第803、868页）刘文英《王符评传》等所据当是《宋书》卷二八、卷二九所载建初七年十月汉章帝西巡得白鹿、铜器两事的整合、概括。

扈遣从兄禅奏记三府，以为汉家旧典，崇贵母氏，而梁贵人亲育圣躬，不蒙尊号，求得申议。"贵人姊南阳樊调妻梁嫕亦上书自讼曰："妾同产女弟贵人……愿乞收竦朽骨，使母、弟得归本郡，则施过天地，存殁幸赖。"于是追尊梁贵人为恭怀皇后，改葬梁竦，"征还竦妻子，封子棠为乐平侯，棠弟雍乘氏侯，雍弟翟单父侯，邑各五千户，位皆特进，赏赐第宅、奴婢、车马、兵弩、什物以巨万计，宠遇光于当世。诸梁内外以亲疏并补郎、谒者"。《后汉书》卷四《和帝纪》载，本年八月，"闰月辛巳，皇太后窦氏崩"；九月，"甲子，追尊皇妣梁贵人为皇太后"。按：梁嫕上书，严可均辑入《全后汉文》卷九六，题作《上书自讼》。

汉和帝永元十四年（102）

◆西海及大、小榆谷左右无复羌寇，隃麋相敦煌曹凤上言建复西海郡县，广设屯田。朝廷从之，拜曹凤为金城西部都尉，将徙士屯龙耆。

《后汉书》卷八七《西羌传》载："时西海及大、小榆谷左右无复羌寇。隃麋相曹凤上言：'西戎为害，前世所患，臣不能纪古，且以近事言之。自建武以来，其犯法者，常从烧当种起。所以然者，以其居大、小榆谷，土地肥美，又近塞内，诸种易以为非，难以攻伐。南得钟存以广其众，北阻大河因以为固，又有西海鱼盐之利，缘山滨水，以广田畜，故能强大，常雄诸种，恃其权勇，招诱羌胡。今者衰困，党援坏沮，亲属离叛，余胜兵者不过数百，亡逃栖窜，远依发羌。臣愚以为宜及此时，建复西海郡县，规固二榆，广设屯田，隔塞羌胡交关之路，遏绝狂狡窥欲之源。又殖谷富边，省委输之役，国家可以无西方之忧。'于是拜凤为金城西部都尉，将徙士屯龙耆。"按：曹凤上言建复西海郡县的时间，《后汉书》无明确记载。据《后汉书》卷八七《西羌传》，当在汉和帝永元十三年或十四年（101或102）。又据《后汉书》卷四《和帝纪》，永元十四年春二月，"缮修故西海郡，徙金城西部都尉以戍之"。李贤等注曰："平帝时金城塞外羌献地，以为西海郡也。光武建武中省金城入陇西郡，至是复缮修之。金城即今兰州县也。"《通鉴》卷四八亦系此事于和帝永元十四年春。据此，则曹凤上言建复西海郡县在本年二月或稍前。汉代所谓西海即今青海湖，曹凤屯田之"龙耆"，李贤等认为即"龙支"，为唐代"鄯州县"。《通鉴》卷四八胡三省注引宋白曰："鄯州龙支县，本汉允吾县地，取县西龙支堆为名。"又按：曹凤其人，范晔《后汉书》无传。《曹全碑》云："君讳全，字景完，敦煌效谷人也……祖父凤，孝廉，张掖属国都尉丞，右扶风隃糜侯相，金城西部都尉，北地太守。"①《水经注》卷三《河水注》载："建武中，曹凤，字仲理，为北地太守。政化尤异，黄龙应于九里谷高岗亭，角长三丈，大十围，梢至十余丈。天子嘉之，赐帛百匹，加秩中二千石。"据此可知，曹凤字仲理，敦煌效谷人。其所上言，严可均辑入《全后汉文》卷四九，题作《上言建复西海郡县》。

汉和帝永元十六年（104）

◆皇甫规生。

《后汉书》卷六五《皇甫规传》："皇甫规字威明，安定朝那人也。祖父棱，度辽将军。父旗，扶风都尉。"《元和姓纂》卷五："皇甫，子姓，宋戴公之子充石字皇父，子孙以王父字为氏。汉兴，改'父'为'甫'。后汉安定都尉皇甫携生稜，始居安定。稜子彪，有八子，号'八祖皇甫氏'，为著姓。"②《广韵》卷三"麌第九""父"字注："《左传》宋有皇父充石，宋之公族也。汉初有皇父鸾，自鲁徙居茂陵，改'父'为'甫'。后汉安定太守㑺，始居安定朝那。代为西州著姓。又徙居京兆。"③按，《后汉书》本传载："熹平三年，以疾召还，未至，卒于谷城，年七十一。"据此，皇甫规卒于熹平三年（174），享年七十一岁。由此逆推，皇甫规当生于本年。

◆张奂生。

《后汉书》卷六五《张奂传》："张奂字然明，敦煌酒（按："渊"之误）泉人也。父惇，为汉阳太守。"王先谦《后汉书集解》卷六五："案：酒泉，郡名，非县名，当作'渊泉'。胡注《通鉴》云：'奂，敦煌渊泉人。'胡所见本

---

① 高文：《汉碑集释》，河南大学出版社1997年版，第472—473页。
② （唐）林宝撰，岑仲勉校记：《元和姓纂》（附四校记），中华书局1994年版，第610—611页。
③ 周祖谟：《广韵校本》，上册，中华书局2004年版，第263页。

尚未讹也。《汉志》敦煌郡有渊泉县。《晋志》作'深泉',盖避唐讳。章怀本亦当作'深',后人妄改为'酒'耳。《郡国志》作'拼泉','拼'亦'渊'字之讹。"按,《后汉书》本传载:"光和四年卒,年七十八。"据此,张奂卒于光和四年(181),享年七十八岁。由此逆推,张奂当生于本年。

汉安帝元初六年（119）

◆**班勇上议反对关闭玉门关，隔绝西域。**

《后汉书》卷四七《班超传》附《班勇传》载,"元初六年,敦煌太守曹宗遣长史索班将千余人屯伊吾,车师前王及鄯善王皆来降班。后数月,北单于与车师后部遂共攻没班,进击走前王,略有北道。鄯善王急,求救于曹宗,宗因此请出兵五千人击匈奴,报索班之耻,因复取西域。邓太后召勇诣朝堂会议。先是公卿多以为宜闭玉门关,遂弃西域。勇上议曰"云云。其后又对尚书、长乐卫尉、廷尉等大臣的问难一一作答。按：班勇为班超少子,曾为西域长史。又,《后汉书》卷八八《西域传》也载述此事,系于元初六年。《通鉴》卷五十系于元初七年。

汉安帝延光二年（123）

◆**敦煌太守张珰上书陈西域三策。**

袁宏《后汉纪》卷一七:"(延光)二年春正月,敦煌太守张珰上书陈边事曰:'臣在京师,亦以为西域宜弃,今亲践其土地,乃知弃西域则河西不能自存。谨陈西域三策：今北虏呼衍王等展转蒲类、秦海左右,可发张掖、酒泉属国之吏士、义从合三千五百人集昆仑塞,先击呼衍王,绝其根本,因发鄯善兵五千人胁车师后部,此上计也。若不能出兵,可置军司马,将士五百人,四郡供其谷食,出据柳中,此中计也。如亦不能,则弃交河城,收鄯善等悉使入塞,此下计也。'"《后汉书》卷八八《西域传》:"延光二年,敦煌太守张珰上书陈三策,以为'北虏呼衍王常展转蒲类、秦海之间,专制西域,共为寇抄。今以酒泉属国吏士二千余人集昆仑塞,先击呼衍王,绝其根本,因发鄯善兵五千人胁车师后部,此上计也。若不能出兵,可置军司马,将士五百人,四郡供其犁牛、谷食，出据柳中，此中计也。如又不能，则宜弃交河城，收鄯善等悉使入塞，此下计也'。朝廷下其议。"按：张珰籍贯与生平不详。汉安帝延光（122—125）初为敦煌太守。事见《后汉书》卷八八《西域传》、袁宏《后汉纪》卷一七等。

汉顺帝永建元年（126）

◆张奂师事朱宠，学《欧阳尚书》。

《后汉书》卷六五《张奂传》："奂少游三辅，师事太尉朱宠，学《欧阳尚书》。"谢承《后汉书》卷四："（奂）诣太学受业，博通《五经》。隐处在扶风鄠县界中，立精舍，斟酌法乔卿之雅训，昼诵诗传，暮习弓马。"按：据《后汉书》卷六《顺帝纪》，朱宠于永建元年二月丙戌为太尉，永建二年七月壬午即罢太尉，故系张奂师事朱宠于本年，张奂时年二十三岁。

汉顺帝永建七年 阳嘉元年（132）

◆梁商上书辞增国土，又上书让屯骑校尉。

袁宏《后汉纪》卷十八载，"（阳嘉元年）夏四月，有司依旧加梁商位特进，增国土，商上书让曰"云云。又载，"书十余上，帝辄敦喻之。商又上书让校尉曰"云云。按，《后汉书》卷三四《梁统传》附《梁商传》："永建元年，袭父封乘氏侯。三年，顺帝选商女及妹入掖庭，迁侍中、屯骑校尉。阳嘉元年，女立为皇后，妹为贵人，加商位特进，更增国土，赐安车驷马，其岁拜执金吾。"又，据《后汉书》卷六《顺帝纪》，"阳嘉元年春正月乙巳，立皇后梁氏"，本年梁商之女梁妠被立为皇后。

汉顺帝永和二年（137）

◆八月，敦煌太守裴岑将郡兵诛匈奴呼衍王等，敦煌郡人在蒲类海边立《裴岑纪功碑》。

严可均《全后汉文》卷九八据碑本辑录《敦煌太守裴岑碑》一篇，碑文云："惟汉永和二年八月，敦煌太守云中裴岑，将郡兵三千人，诛呼衍王等，斩馘部众，克敌全师。除西域之灾，蠲四郡之害，边竟艾安。振威到此，立海祠以表万世。"按：此碑高文《汉碑集释》题作《裴岑纪功碑》，现藏于新疆维吾尔自治区博物馆。王昶《金石萃编》卷七云："是碑在巴里坤城西北三里关帝庙前。巴里坤今已译改为巴尔库尔，亦为巴尔库勒，于前汉为匈奴东蒲类王兹力支地，后汉属伊吾卢地……其地西北山麓，槛泉竞发，分为三支，汇入于巴里坤淖尔，即汉蒲类海也。碑称永和二年，为后汉明帝（应为顺帝）十二年，史传不著其事，盖当时敦煌郡人为裴岑建祠而立。"①高文《汉碑集释》："巴尔库尔即今新疆巴里坤哈萨克自治县。碑立于城西五十里海子（今名巴里坤湖，汉称蒲类海）上。"②据碑文，此碑刻于东汉顺帝永和二年八月。北匈奴呼衍王侵边诸事，见于《后汉书》卷八八《西域传》及卷四七《班勇传》等；然敦煌太守裴岑将郡兵诛杀呼衍王之事，《后汉书》等失载，可补史籍之阙漏。

汉顺帝永和三年（138）

◆马融为武都太守，时年六十岁。著《易》《尚书》《诗》《礼》传。

《后汉书》卷六十上《马融传》："大将军梁商表为从事中郎，转武都太守。"贾公彦《序周礼废兴》引马融《周官传》："至六十，为武都守。郡小少事，乃述平生之志，著《易》《尚书》《诗》《礼》传皆讫。惟念前业未毕者，唯《周官》。年六十有六，目瞑意倦，自力补之，谓之《周官传》也。"③按：据《后汉书》本传，马融"年八十八，延熹九年（166）卒于家"，本年即六十岁。又，史载马融"才高博洽，为世通儒，教养诸生，常有千数"，其出任武都太守，对当地的文化教育应有促进作用。

汉顺帝永和四年（139）

◆正月，梁商上《止逮捕张逵狱疏》。

《后汉书》卷三四《梁统传》附《梁商传》载，永和四年，中常侍张逵等

---

① 王昶：《金石萃编》，上海古籍出版社2020年版，第121页。
② 高文：《汉碑集释》，河南大学出版社1997年版，第58—59页。
③ （清）阮元校刻：《十三经注疏》，中华书局1980年版，第636页。

连谋,"共谱商及中常侍曹腾、孟贲,云欲征诸王子,图议废立,请收商等案罪","帝闻震怒,敕宦者李歙急呼腾、贲释之,收逮等,悉伏诛。辞所连染及在位大臣,商惧多侵枉,乃上疏曰"云云。《后汉书》卷六《顺帝纪》系于本年正月。

◆二月,梁商作《上疏辞少子不疑为步兵校尉》。

袁宏《后汉纪》卷十九载,本年"二月,以商少子虎贲中郎将不疑为步兵校尉,商上书曰"云云。《通鉴》卷五二亦系于本年二月。

汉顺帝永和五年(140)

◆夏,南匈奴反,梁商作《招降匈奴表》《移书马续等》。

《后汉书》卷八九《南匈奴传》载,"(永和)五年夏,南匈奴左部句龙王吾斯、车纽等背畔","马续与中郎将梁并、乌桓校尉王元,发缘边兵及乌桓、鲜卑、羌胡,合二万余人,掩击破之"。又载,"大将军梁商以羌胡新反,党众初合,难以兵服,宜用招降,乃上表曰"云云,"帝从之,乃诏续招降畔虏。商又移书续等曰"云云。《后汉书》卷六《顺帝纪》载,本年四月,"南匈奴左部句龙大人吾斯、车纽等叛,围美稷";五月,"度辽将军马续讨吾斯、车纽,破之,使匈奴中郎将陈龟迫杀南单于"。

◆西羌反叛,武都太守马融上疏乞自效。

《后汉书》卷六十上《马融传》:"转武都太守。时西羌反叛,征西将军马贤与护羌校尉胡畴征之,而稽久不进。融知其将败,上疏乞自效。"按:据《后汉书》卷六《顺帝纪》,永和五年五月,"且冻羌寇三辅,杀令长";九月,"且冻羌寇武都,烧陇关";"六年春正月丙子,征西将军马贤与且冻羌战于射姑山,贤军败没"。《后汉书》卷八七《西羌传》记载亦同。袁宏《后汉纪》卷十九、《通鉴》卷五二并系于本年。马融上疏又称《奏马贤事》,《北堂书钞》卷一三二、《通鉴》卷五二有引录。

汉顺帝永和六年（141）

◆三月上巳，梁商宴于洛水，奏《薤露》之歌。

《后汉书》卷六一《周举传》："大将军梁商表为从事中郎，甚敬重焉。六年三月上巳日，商大会宾客，宴于洛水。举时称疾不往，商与亲昵酣饮极欢。及酒阑倡罢，继以《薤露》之歌。坐中闻者，皆为掩涕。太仆张种时亦在焉，会还，以事告举。举叹曰：'此所谓哀乐失时，非其所也，殃将及乎！'商至秋果薨。"李贤注引《纂文》曰："《薤露》，今之挽歌也。"崔豹《古今注》："《薤露歌》曰：'薤上露，何易晞！露晞明朝还复落，人死一去何时归？'"

◆秋，梁商病卒，临终敕子梁冀等薄葬。

《后汉书》卷六《顺帝纪》载，本年"八月丙辰，大将军梁商薨；壬戌，河南尹梁冀为大将军"。《后汉书》卷三四《梁统传》附《梁商传》："（永和）六年秋，商病笃，敕子冀等曰：'吾以不德，享受多福……孝子善述父志，不宜违我言也。'"梁商遗令薄葬，朝廷不许。《东观汉记》卷十五载录顺帝所作诔文。

◆皇甫规上书论西羌事，为郡功曹，举上计掾。后又上疏求乞自效。

《后汉书》卷六五《皇甫规传》："永和六年，西羌大寇三辅，围安定，征西将军马贤将诸郡兵击之，不能克。规虽在布衣，见贤不恤军事，审其必败，乃上书言状。寻而贤果为羌所没。郡将知规有兵略，乃命为功曹，使率甲士八百，与羌交战，斩首数级，贼遂退却。举规上计掾。其后羌众大合，攻烧陇西，朝廷患之。规乃上疏求乞自效，曰……帝不能用。"按：《后汉书》卷六《顺帝纪》载本年正月马贤败，九月诸羌寇武威。《通鉴》卷五二系皇甫规"上书言状"于永和五年，与马融上疏同时；系其"上疏求乞自效"于本年。

◆张奂辟大将军府，奏《尚书章句》，以疾去官。

《后汉书》卷六五《张奂传》："初《牟氏章句》浮辞繁多，有四十五万余言，奂减为九万言。后辟大将军梁冀府，乃上书桓帝，奏其章句，诏下东观。以疾去官。"按：《后汉书》卷六《顺帝纪》载，永和六年"八月丙辰，大将军梁商薨；壬戌，河南尹梁冀为大将军"。据此，张奂入梁冀幕当在本年八月后；陆侃如《中古文学系年》即系于本年。但本传明言"上书桓帝，奏其章句"，则张奂入梁冀幕又似在桓帝时。《后汉书》卷三四《梁统传》附《梁冀传》载："（桓帝）建和元年（147），益封冀万三千户，增大将军府举高第茂才，官属倍于三公。"张奂有可能于建和元年辟入梁冀府。

汉顺帝汉安三年　建康元年（144）

◆八月，顺帝驾崩，冲帝即位，梁妠为皇太后，临朝听政。

《后汉书》卷六《冲帝纪》载，建康元年八月庚午，汉顺帝驾崩，汉冲帝即位，"年二岁，尊皇后曰皇太后，太后临朝"。《后汉书》卷十下《皇后纪下》："顺烈梁皇后讳妠，大将军商之女，恭怀皇后弟之孙也。后生，有光景之祥。少善女工。好《史书》，九岁能诵《论语》，治《韩诗》，大义略举。常以列女图画置于左右，以自监戒……建康元年，帝崩。后无子，美人虞氏子炳立，是为冲帝。尊后为皇太后，太后临朝。冲帝寻崩，复立质帝，犹秉朝政。"按：史载梁妠自本年八月冲帝即位，历质帝至桓帝和平元年（150）正月归政，临朝听政六年之久。严可均《全后汉文》卷九辑录其听政期间的诏册十八篇。

◆九月，皇甫规举贤良方正，拜郎中，因忤逆梁冀免归，遂以《诗》《易》教授门徒。

《后汉书》卷六五《皇甫规传》："冲、质之间，梁太后临朝，规举贤良方正。对策曰……梁冀忿其刺己，以规为下第，拜郎中。托疾免归，州郡承冀旨，几陷死者再三。遂以《诗》《易》教授，门徒三百余人，积十四年。"《后汉书》卷六《冲帝纪》载，本年九月"庚戌，诏三公、特进、侯、卿、校尉，举贤良方正、幽逸修道之士各一人，百僚皆上封事"。《通鉴》卷五二系年相同。按：皇甫规《建康元年举贤良方正对策》，袁宏《后汉纪》卷二二所录较详。

◆张奂举贤良方正，拜议郎。

《后汉书》卷六五《张奂传》："复举贤良，对策第一，擢拜议郎。"按：陆侃如《中古文学系年》推断"此事当与皇甫规同时"。因二人皆生于汉和帝永元十六年（104），今从之。

汉质帝本初元年（146）

◆桓帝初立，大将军掾朱穆奏记劝戒梁冀选贤任能。

《后汉书》卷四三《朱穆传》载，"及桓帝即位，顺烈太后临朝，穆以冀势地亲重，望有以扶持王室，因推灾异，奏记以劝戒冀曰"云云。按：据《后汉书》卷七《桓帝纪》，本初元年闰六月庚寅，桓帝即位；"秋七月乙卯，葬孝质皇帝于静陵"。《通鉴》卷五三系此事于本年七月。

汉桓帝建和元年（147）

◆贾诩生。

《三国志》卷十《魏书·贾诩传》："贾诩字文和，武威姑臧人……文帝即位，以诩为太尉……年七十七，薨，谥曰肃侯。"《三国志》卷二《魏书·文帝纪》载，黄初四年（223）六月"甲申，太尉贾诩薨。"据以上记载推算，贾诩当生于桓帝建和元年。

汉桓帝和平元年（150）

◆二月，皇太后梁妠病卒，临终有遗诏。

《后汉书》卷七《桓帝纪》载，本年二月"甲寅，皇太后梁氏崩"。《后汉书》卷十下《皇后纪下·顺烈梁皇后》："和平元年春，归政于帝，太后寝疾遂笃，乃御辇幸宣德殿，见宫省官属及诸梁兄弟。诏曰：'朕素有心下结气，从闲以来，加以浮肿，逆害饮食，浸以沉困，比使内外劳心请祷。私自忖度，日夜虚劣，不能复与群公卿士共相终竟。援立圣嗣，恨不久育养，见其终始。今以皇帝、将军兄弟委付股肱，其各自勉焉。'后二日而崩。在位十九年，年四十五。"按：梁妠自阳嘉元年（132）被立为皇后，至此十九年。

◆梁冀骄奢淫佚，朱穆又作奏记劝谏。

《后汉书》卷四三《朱穆传》："梁冀骄暴不悛，朝野嗟毒，穆以故吏，惧其衅积招祸，复奏记谏曰……冀不纳，而纵放日滋，遂复赂遗左右，交通宦者，任其子弟、宾客以为州郡要职。穆又奏记极谏，冀终不悟。"《通鉴》卷五三系此事于本年三月。

◆赵亿于汉阳陇县为汉阳太守刘福刻石颂功。摩崖石刻今存于甘肃省天水市张家川县恭门镇河峪村，学界称之为《河峪颂》。

甘肃省天水市张家川县恭门镇河峪村马家涧残存东汉摩崖石刻一方，碑文依通例自上而下、自右向左刊刻。以单独古隶"汉"字为碑额，碑文共15行，每行约18字，共计约270字。因年代久远，泐损严重，今可辨识者仅120余字。其残存文字如下（石刻正文用繁体字，泐损难识之字以"□"代替，隔行处以"丨"标示）："漢丨□□□□和平元年歲庚寅□□□□□丨故漢陽太守劉君諱福字伯壽趙□□□人也丨其先漢景帝少子封昂畢野君□□□□浮□丨令幽州刺史所在者濟民之□□□□寬仁丨有慮深遠之美卓爾難迺□□□□□邊萌丨忿瑕荒之不柔數離怨號□□□□□不脩丨乃睠西顧命君守之於（是）□□□□□□□□丨術懷遠人歲豐積而有□□□□□其後丨吏民追思渥惠□□□□□□□□丨伊君德□絕旅□□□□□□□永懷□丨合功實配往之勤□□□□□□□□唯丨□□□□□□□□□□後□子丨□□□□□□□□□□（君）素儉約丨□□□□□□□□□□財費因邦丨□□□□□□□□□隴趙億建造。"据残存文本，该摩崖石刻镌刻于东汉桓帝和平元年（150），由陇县赵亿负责建造，目的是为俭约勤政、宽仁有虑的汉阳太守刘福歌功颂德。这是比陇南《西狭颂》年代更早、字体更古朴的汉隶遗珍。碑文所歌颂的汉阳太守刘福，史籍失载，其事可补史传之阙。稽考相关史料，刘福应在汉桓帝建和二年至三年（148—149）任汉阳太守，其亲民作风以及乱后维稳与灾后重建的政绩，是汉阳吏民为其刻石颂功的主要原因。《河峪颂》的建造者汉阳陇县人赵亿，并非汉阳西县人赵壹，但与《甘谷汉简》中的汉阳长史"亿"，应该为同一人。《河峪颂》的发现，不仅为进一步了解汉代书体演变的历史进程提供了又一个"活体"参照，也为确定东汉汉阳陇县以及"陇坻大坂道"西线段的具体位置提供了重要的文物佐证。[①]

[①] 详参丁宏武、任明：《东汉汉阳陇县摩崖石刻〈河峪颂〉文本考释》，《中国书法·书学》2018年第7期；丁宏武：《〈河峪颂〉具备多重独特史料价值》，《中国社会科学报》2018年9月17日"历史学"专栏。

汉桓帝永寿元年（155）

◆ 张奂迁安定属国都尉，作书与崔寔。

《后汉书》卷七《桓帝纪》载，本年七月，"南匈奴左薁鞬台耆、且渠伯德等叛，寇美稷，安定属国都尉张奂讨除之"。《后汉书》卷六五《张奂传》载："永寿元年，迁安定属国都尉。初到职，而南匈奴左薁鞬台耆、且渠伯德等七千余人寇美稷，东羌复举种应之，而奂壁唯有二百许人。"按：严可均《全后汉文》卷六四辑录张奂《报崔子玉书》，有"贪突贼阵"句；又录《与崔子贞书》，称"仆以元年到任，有见兵二百，马如羖羊，矛如锥铁，楯如榆叶"云云。子贞当即子真，指崔寔。史载崔寔时守五原，与张奂通书甚合情理。"见兵二百"之数与张奂本传亦契合，是书当作于此时。子玉指崔寔之父崔瑗，瑗卒于汉安二年，奂时年四十，尚在梁冀幕下，当无突阵之事。陆侃如《中古文学系年》："疑'玉'字乃'真'字之误，信仍是写给崔寔的。"今从其说。

汉桓帝永寿三年（157）

◆ 张奂迁使匈奴中郎将。

《后汉书》卷六五《张奂传》："（张奂）迁使匈奴中郎将。时休屠各及朔方乌桓并同反叛，烧度辽将军门，引屯赤坑，烟火相望。兵众大恐，各欲亡去。奂安坐帷中，与弟子讲诵自若，军士稍安。乃潜诱乌桓阴与和通，遂使斩屠各渠帅，袭破其众。诸胡悉降。"按，陆侃如《中古文学系年》："奂传叙此事于延熹元年前，故系于此。《通鉴》卷五十四即载于元年，恐非。"

◆ 秦嘉为郡上计，与妻书，并赠诗。

《玉台新咏》卷一录秦嘉《赠妇诗》三首，序云："秦嘉字士会，陇西人也，为郡上掾。其妻徐淑寝疾还家，不获面别，赠诗云尔。"《北堂书钞》卷一三六引秦嘉《与妇书》注："桓帝时仕郡。"丁福保《全汉诗》卷二载秦嘉《述婚诗》二章、《赠妇诗》一首（二诗均四言）；又《留郡赠妇诗》三首（五言），并附注详细考辨"郡上掾"为"郡上计"之误。逯钦立《汉诗》卷六据《文选》注等补辑《答妇诗》《诗》等残篇三则。严可均《全后汉文》卷六六录秦嘉《与妻徐淑书》及《重报妻书》。《元和姓纂》卷二"下邳皮氏"条：

"《后汉上计掾秦嘉集叙》，皮仲固撰。"① 姚振宗《后汉艺文志》卷四据此著录"上计掾《秦嘉集》"②。按：陆侃如《中古文学系年》系秦嘉为郡上计于本年，并云"此时嘉年当在三十以下，所以生年可以假定在顺帝初年，公元一三〇年左右"。今从其说。又，今存古人赠答之诗，除"苏李诗"外，秦嘉夫妇之作时代最早。钟嵘《诗品》列二人之作于中品，评曰："夫妻事既可伤，文亦凄怨。二汉为五言诗者，不过数家，而妇人居二。徐淑叙别之作，亚于《团扇》矣。"③

◆**徐淑答秦嘉书及诗。**

《玉台新咏》卷一录"秦嘉妻徐淑"《答诗》一首。《隋书》卷三五《经籍志四》著录《丁廙集》下有注："梁又有妇人后汉黄门郎秦嘉妻《徐淑集》一卷（亡）。"严可均《铁桥漫稿》卷七《后汉秦嘉妻徐淑传》："陇西秦嘉妻者，同郡徐氏女也。名淑，有才章，适嘉。嘉仕郡，淑居下县，有疾。嘉举上计掾，将行，以车迎淑，为别……嘉遂行，入洛。"《全后汉文》卷九六录徐淑《答夫秦嘉书》《又报嘉书》《为誓书与兄弟》三篇，丁福保《全汉诗》卷三、逯钦立《汉诗》卷六录徐淑《答秦嘉诗》（骚体）。按：陆侃如《中古文学系年》系徐淑事于本年，并云"以秦嘉年代推之，淑当生于一三五年左右"。今从其说。又，《俄藏敦煌文献》敦煌号第 12213 号，为北朝手抄卷《后汉秦嘉徐淑夫妻往还书》（又称《后汉秦嘉徐淑夫妇报答书》），该文献虽为残卷，但与《艺文类聚》卷三二等所录秦嘉徐淑夫妇的同题作品相比，文字多两个段落，共多出一百五十字，所以文意更完整，衔接更自然，可补传世文献的脱讹。④ 徐淑生活的年代晚于班婕妤、班昭，早于蔡文姬，是文献记载的第一位河陇籍女性作家。

汉桓帝延熹元年（158）

◆**张奂迁北中郎将。**

《后汉书》卷六五《张奂传》："延熹元年，鲜卑寇边，奂率南单于击之，

---

① （唐）林宝撰，岑仲勉校记：《元和姓纂》（附四校记），中华书局1994年版，第82页。
② （清）姚振宗：《后汉艺文志》，《二十五史补编》，第2册，中华书局1955年版，第2425页。
③ （梁）钟嵘著，周振甫译注：《诗品译注》，中华书局1998年版，第51页。
④ 详参刘景云：《后汉秦嘉徐淑诗文考》，《敦煌研究》2003年第2期。

斩首数百级。"《后汉书》卷八九《南匈奴传》："延熹元年，南单于诸部并畔，遂与乌桓鲜卑寇缘边九郡。以张奂为北中郎将讨之，单于诸部悉降。"

汉桓帝延熹二年（159）

◆梁冀谋为乱，八月，诸梁及中外宗亲数十人伏诛。

《后汉书》卷七《桓帝纪》载，本年"大将军梁冀谋为乱。八月丁丑，帝御前殿，诏司隶校尉张彪将兵围冀第，收大将军印绶，冀与妻皆自杀。卫尉梁淑、河南尹梁胤、屯骑校尉梁让、越骑校尉梁忠、长水校尉梁戟等，及中外宗亲数十人，皆伏诛"。按：此事详见《后汉书》卷三四《梁统传》附《梁冀传》。

◆皇甫规征拜太山太守。

《后汉书》卷六五《皇甫规传》："梁冀被诛，旬月之间，礼命五至，皆不就。时太山贼叔孙无忌侵乱郡县，中郎将宗资讨之，未服。公车特征规，拜太山太守。规到官，广设方略，寇贼悉平。"

◆张奂因梁冀故吏免官禁锢，皇甫规荐举七上。

《后汉书》卷六五《张奂传》："梁冀被诛，奂以故吏免官禁锢。奂与皇甫规友善，奂既被锢，凡诸交旧莫敢为言，唯规荐举前后七上。"按：皇甫规七次荐举之文今均不传。

汉桓帝延熹四年（161）

◆秋，皇甫规上疏自效，拜中郎将。

《后汉书》卷七《桓帝纪》载，本年六月，"零吾羌与先零诸种并叛，寇三辅"；十月，"先零沈氏羌与诸种羌寇并、凉二州"；十一月，"中郎将皇甫规击破之"。《后汉书》卷六五《皇甫规传》："延熹四年秋，叛羌零吾等与先零别种寇钞关中，护羌校尉段颎坐征。后先零诸种陆梁，覆没营坞。规素悉羌事，志自奋效，乃上疏曰……至冬，羌遂大合，朝廷为忧。三公举规为中郎将，持节监关西兵讨零吾等，破之，斩首八百级。先零诸种羌慕规威信，相劝降者十余万。"按：此事又见于《后汉书》卷八七《西羌传》。

汉桓帝延熹五年（162）

◆ **皇甫规被诬，上疏自讼。复被陷，太学生三百余人诣阙讼之。**

《后汉书》卷六五《皇甫规传》："规出身数年，持节为将，拥众立功，还督乡里，既无它私惠，而多所举奏，又恶绝宦官，不与交通，于是中外并怨，遂共诬规货赂群羌，令其文降。天子玺书诮让相属，规惧不免，上疏自讼曰……其年冬征还，拜议郎。论功当封，而中常侍徐璜、左悺欲从求货，数遣宾客就问功状，规终不答。璜等忿怒，陷以前事，下之于吏。官属欲赋敛请谢，规誓而不听，遂以余寇不绝，坐系廷尉，论输左校。诸公及太学生张凤等三百余人诣阙讼之。"《通鉴》卷五四系于本年。

◆ **张奂禁锢在家，作书与延笃，延笃作《答张奂书》。**

严可均《全后汉文》卷六四据《北堂书钞》卷一五六、《艺文类聚》卷三十、《太平御览》卷三四等辑录张奂《与延笃书》一篇，有"唯别三年"及"年老气衰"等语句。陆侃如《中古文学系年》认为"笃卒于永康元年，延熹九年奂征拜大司农。唯有延熹六、七、八三年，奂在武威太守及度辽将军任上，年逾六十，似与此书内容相近"，故系于延熹八年（165）。按：从此文"京师禁急，不敢相闻"等语推测，此书应该是张奂被禁锢时所作。据《后汉书》本传，张奂一生前后两次遭遇禁锢，第一次在延熹二年（159），"梁冀被诛，奂以故吏免官禁锢"，前后四年；第二次在建宁二年（169），"以党罪禁锢归田"，直至终老。结合文中所述当时作者所处的自然环境推断，此义应该作于第一次禁锢期间（159—163），当时张奂尚未徙属弘农，所以只能在故乡敦煌渊泉（今甘肃瓜州县）度过，文中所言"冰厚风寒"云云，显然是敦煌一带的气候特征。封闭隔绝的禁锢生活、恶劣的自然环境以及战乱和饥馑，使作者感到"众艰罄集"，痛不欲生。① 又，此书开头云"唯别三年"，自延熹二年至本年正好三年。严可均《全后汉文》卷六一辑延笃《答张奂书》也说："离别三年，梦想言念，何日有违？伯英来，惠书盈四纸，读之三复，喜不可言。"

---

① 详参丁宏武：《从大漠敦煌到弘农华阴——汉末敦煌张氏的迁徙及其家风家学的演变》，《甘肃社会科学》2011年第4期。

文意与张奂《与延笃书》正合。今一并改系于本年。

◆**秦嘉为黄门郎，寻卒于津乡亭。**

严可均《铁桥漫稿》卷七《徐淑传》："嘉遂行，入洛，寻除黄门郎。居数年，病卒于津乡亭。"陆侃如《中古文学系年》："除郎年月无考，今假定在入洛后五年左右，故系于此。病卒当在其后，大约在一六五年左右，他年恐尚未满四十岁。"

◆**徐淑作《为誓书与兄弟》，立志守节，不久亦卒。**

此文见于《太平御览》卷四四一引杜预《女记》。严可均《全后汉文》卷九六辑录，并附注曰："《太平御览》四百四十一引杜预《女记》'淑丧夫守寡，兄弟将嫁之，誓而不许，为书曰'云云。案《史通》云：徐氏'毁形不嫁，哀恸伤生'。《通典》六十九晋咸和五年散骑侍郎贺峤妻于氏上表云：'汉代秦嘉早亡，其妻徐淑乞子而养之。淑亡后，子还所生。朝廷通儒移其乡邑，录淑所养子，还继秦氏之祀。'"陆侃如《中古文学系年》："大约在嘉卒后不久，淑也死了，也许在一七〇年左右罢？"按，刘知幾《史通》卷八《人物》："观东汉一代，贤明妇人，如秦嘉妻徐氏，动合礼仪，言成规矩，毁形不嫁，哀恸伤生，此则才德兼美者也。"

汉桓帝延熹六年（163）

◆**张奂拜武威太守。均徭赋，移风俗。**

《后汉书》卷六五《张奂传》："梁冀被诛，奂以故吏免官禁锢……在家四岁，复拜武威太守。平均徭赋，率厉散败，常为诸郡最，河西由是而全。其俗多妖忌，凡二月、五月产子及与父母同月生者，悉杀之。奂示以义方，严加赏罚，风俗遂改，百姓生为立祠。"按：张奂坐梁冀故吏于延熹二年免官禁锢，至此四年。

◆**皇甫规遇赦归家。**

《后汉书》卷七《桓帝纪》载，本年"三月戊戌，大赦天下"。《后汉书》卷六五《皇甫规传》："会赦，归家。"

汉桓帝延熹七年（164）

◆皇甫规拜度辽将军，上书荐举张奂自代，改任使匈奴中郎将。

《后汉书》卷六五《皇甫规传》："征拜度辽将军，至营数月，上书荐中郎将张奂以自代……朝廷从之，以奂代为度辽将军，规为使匈奴中郎将。"陆侃如《中古文学系年》："以奂事迹考之，此事当在本年。"

◆张奂迁度辽将军。

《后汉书》卷六五《张奂传》：张奂为武威太守，"举尤异，迁度辽将军。数载间，幽、并清静。"陆侃如《中古文学系年》："此事当在六年守武威后，至少一年，方有成绩可'举尤异'。同时必在九年迁大司农前，至少二年，方可说'数载间'。故假定在七年。"

汉桓帝延熹八年（165）

◆延笃作书与段颎及张奂。

《后汉书》卷六五《段颎传》载，"段颎字纪明，武威姑臧人"。于延熹八年大破西羌，"凡破西羌，斩首二万三千级，获生口数万人，马牛羊八百万头，降者万余落，封颎都乡侯"。严可均《全后汉文》卷六一录延笃《与段纪明书》，贺其大捷，文云"得知穷兵极远，大捷而反。虽齐桓之制令支服流沙，霍将军之封祁连，辛武贤之截丑虏，蔑以加焉"，是书当作于此时。又录《与张奂书》，仅"烈士徇名，立功立事"八字，似应作于张奂出征时，难以详考。今依陆侃如《中古文学系年》系于本年。又据《后汉书》卷八四《延笃传》，延笃"遭党事禁锢，永康元年卒于家，乡里图其形于屈原之庙"，"所著诗、论、铭、书、应讯、表、教令，凡二十篇"。

汉桓帝延熹九年（166）

◆张奂拜大司农，寻迁护匈奴中郎将。

《后汉书》卷六五《张奂传》："（延熹）九年春，征拜大司农。鲜卑闻奂去，其夏遂招结南匈奴、乌桓，数道入塞，或五六千骑，或三四千骑，寇掠缘边九郡，杀略百姓。秋，鲜卑复率八九千骑入塞，诱引东羌与共盟诅。于是上郡沈氏、安定先零诸种，共寇武威、张掖，缘边大被其毒。朝廷以为忧，复拜奂为护匈奴中郎将，以九卿秩督幽、并、凉三州及度辽、乌桓二营，兼察刺史、二千石能否，赏赐甚厚。匈奴、乌桓闻奂至，因相率还降，凡二十万口。奂但诛其首恶，余皆慰纳之，唯鲜卑出塞去。"《后汉书》卷七《桓帝纪》载，本年六月，"南匈奴及乌桓、鲜卑寇缘边九郡"；七月，"遣使匈奴中郎将张奂击南匈奴、乌桓、鲜卑"；十二月，"南匈奴、乌桓率众诣张奂降"。

◆皇甫规复为度辽将军。

《后汉书》卷六五《皇甫规传》："及奂迁大司农，规复代为度辽将军。规为人多意算，自以连在大位，欲退身避第，数上病，不见听。"

◆十二月，党锢之祸始起。

《后汉书》卷七《桓帝纪》载，本年十二月，"司隶校尉李膺等二百余人受诬为党人，并坐下狱，书名王府"。详见《后汉书》卷六七《党锢列传》。

汉桓帝延熹十年　永康元年（167）

◆皇甫规征为尚书，日食对策，迁弘农太守。

《后汉书》卷六五《皇甫规传》："永康元年，征为尚书。其夏日食，诏公卿举贤良方正，下问得失。规对曰……对奏，不省。迁规弘农太守，封寿成亭侯，邑二百户，让封不受。"《后汉书》卷七《桓帝纪》本年五月："壬子晦，日有食之。诏公、卿、校尉举贤良方正。"陆侃如《中古文学系年》："据《桓帝纪》，日蚀在五月三十日。迁弘农当在今夏对策后，今冬张奂徙属前；奂之请徙，多半因有老友做太守。"

◆张奂徙属弘农华阴，拒绝董卓赠缣。

《后汉书》卷七《桓帝纪》载，本年"春正月，先零羌寇三辅，中郎将张奂破平之。当煎羌寇武威，护羌校尉段颎追击于鸾鸟，大破之。西羌悉平"。又，"冬十月，先零羌寇三辅，使匈奴中郎将张奂击破之"。《后汉书》卷六五《张奂传》："永康元年春，东羌先零五六千骑寇关中，围祋祤，掠云阳。夏，复攻没两营，杀千余人。冬，羌岸尾、摩螫等胁同种复钞三辅。奂遣司马尹端、董卓并击，大破之，斩其酋豪，首虏万余人，三州清定。论功当封，奂不事宦官，故赏遂不行，唯赐钱二十万，除家一人为郎。并辞不受，而愿徙属弘农华阴。旧制边人不得内移，唯奂因功特听，故始为弘农人焉。"又载："董卓慕之，使其兄遗缣百匹。奂恶卓为人，绝而不受。"《后汉书》卷七二《董卓传》："桓帝末，以六郡良家子为羽林郎，从中郎将张奂为军司马，共击汉阳叛羌，破之。拜郎中，赐缣九千匹。卓曰：'为者则己，有者则士。'乃悉分与吏兵，无所留。"

◆**赵壹抵罪，友人救免，贻书谢恩，作《穷鸟赋》《刺世疾邪赋》等。**

《后汉书》卷八十《文苑列传下·赵壹传》："赵壹字元叔，汉阳西县人也。体貌魁梧，身长九尺，美须豪眉，望之甚伟。而恃才倨傲，为乡党所摈，乃作《解摈》。后屡抵罪，几至死，友人救得免，壹乃贻书谢恩曰：'昔原大夫赎桑下绝气，传称其仁……余畏禁，不敢班班显言，窃为《穷鸟赋》一篇，其辞曰……'又作《刺世疾邪赋》，以舒其怨愤。"按：赵壹以上诸作之作时，难以详考。陆侃如《中古文学系年》曰："抵罪不知在何时，今假定在候皇甫规之后，举郡上计之前。"故系于熹平二年（173）。赵逵夫先生结合汉桓帝延熹年间的政治环境，尤其是延熹九年（166）十二月大兴党锢之狱，赵壹必然遭遇迫害，推断其"几至死友人救得免"应在此时，其作《穷鸟赋》《贻友人谢恩书》与《刺世疾邪赋》当在永康元年（167），《解摈》应是延熹年间（158—166）的作品。[①]今从其说。又，钟嵘《诗品》："元叔散愤兰蕙，指斥囊钱；苦言切句，良小勤矣。"[②]《史通》卷五《载文》："至如诗有韦孟《讽谏》，赋有赵壹《嫉邪》，篇则贾谊《过秦》，论则班彪《王命》……此皆言成轨则，为世龟镜。"

◆**董卓以六郡良家子为羽林郎，从中郎将张奂为军司马，共击汉阳叛羌，破之，拜郎中。**

《后汉书》卷七二《董卓传》："董卓字仲颖，陇西临洮人也。性粗猛有

[①] 详参赵逵夫：《赵壹生平著作考》，《文学遗产》2003年第1期。
[②] （梁）钟嵘著，周振甫译注：《诗品译注》，中华书局1998年版，第77页。

谋。少尝游羌中，尽与豪帅相结……以健侠知名。为州兵马掾，常徼守塞下。卓膂力过人，双带两鞬，左右驰射，为羌胡所畏。桓帝末，以六郡良家子为羽林郎，从中郎将张奂为军司马，共击汉阳叛羌，破之。拜郎中，赐缣九千匹。"《后汉书》卷六五《张奂传》："永康元年春，东羌先零五六千骑寇关中，围祋祤，掠云阳。夏，复攻没两营，杀千余人。冬，羌岸尾摩螯等胁同种复钞三辅。奂遣司马尹端、董卓并击，大破之，斩其酋豪首虏万余人，三州清定。"按：张奂本年平定叛羌之事又见《后汉书》卷七《桓帝纪》。《通鉴》卷五六系张奂大破先零羌、董卓因功拜郎中诸事于本年十月。

◆段颎应诏上言讨先零东羌术略。

《后汉书》卷六五《段颎传》载，永康元年，段颎大破西羌，"而东羌先零等，自覆没征西将军马贤后，朝廷不能讨，遂数寇扰三辅。其后度辽将军皇甫规、中郎将张奂招之连年，既降又叛。桓帝诏问颎曰：'先零东羌造恶反逆，而皇甫规、张奂各拥强众，不时辑定。欲颎移兵东讨，未识其宜，可参思术略。'颎因上言曰"云云。按：段颎《应诏上言讨先零东羌术略》一文，严可均《全后汉文》卷六四辑录。

汉灵帝建宁元年（168）

◆张奂上书言平东羌事宜，迁少府，又拜大司农。段颎复上书言东羌事。

《后汉书》卷六五《段颎传》载："建宁元年春，颎将兵万余人，赍十五日粮。从彭阳直指高平，与先零诸种战于逢义山……夏，颎复追羌出桥门，至走马水上……余寇四千落，悉散入汉阳山谷间。时张奂上言：'东羌虽破，余种难尽；颎性轻果，虑负败难常。宜且以恩降，可无后悔。'诏书下颎，颎复上言：'臣本知东羌虽众而软弱易制，所以比陈愚虑，思为永宁之算。而中郎将张奂，说虏强难破，宜用招降。圣朝明监，信纳瞽言，故臣谋得行，奂计不用。事势相反，遂怀猜恨……'"《后汉书》卷六五《张奂传》："建宁元年，振旅而还。时窦太后临朝，大将军窦武与太傅陈蕃谋诛宦官，事泄。中常侍曹节等于中作乱，以奂新征不知本谋，矫制使奂与少府周靖率五营士围武。武自杀，蕃因见害。奂迁少府，又拜大司农，以功封侯。奂深病为节所卖，上书固让，封还印绶，卒不肯当。"按：据《后汉书》卷八《灵帝纪》，段颎于本年七月破东羌；陈蕃、窦武于九月遇害。

◆**敦煌名士侯瑾征有道，称疾不到。作《矫世论》《应宾难》，撰《皇德传》三十篇，其余杂文数十篇。河西人敬其才，称为侯君。**

《后汉书》卷八十《文苑列传下·侯瑾传》："侯瑾字子瑜，敦煌人也。少孤贫，依宗人居。性笃学，恒佣作为资，暮还辄燃柴以读书。常以礼自牧，独处一房，如对严宾焉。州郡累召，公车有道征，并称疾不到。作《矫世论》，以讥切当时。而徙入山中，覃思著述，以莫知于世，故作《应宾难》以自寄。又案《汉记》撰中兴以后行事，为《皇德传》三十篇，行于世。余所作杂文数十篇，多亡失。河西人敬其才而不敢名之，皆称为侯君云。"

按：侯瑾生平，难以详考。关于其"公车有道征"的时间，《后汉书》也无确切记载。《后汉书》卷八《灵帝纪》载："（建宁元年）五月丁未朔，日有食之。诏公卿以下各上封事，及郡国守相举有道之士各一人；又故刺史、二千石清高有遗惠，为众所归者，皆诣公车。"《玉海》卷一一四载："灵帝建宁元年五月丁未朔，日食，诏公卿及郡国守相举有道之士各一人；二年举谢弼，对策除郎中。樊英、杨厚、郎顗、荀爽、宗慈、郭泰、申屠蟠、赵晔举有道，不就。侯瑾、张芝公车有道征，不到。徐稚四举有道，不就。"据此，则侯瑾、张芝被征，与建宁元年五月朝廷下诏"举有道之士"有关。陆侃如《中古文学系年》系此事于汉桓帝永康元年，并云："严可均《全后汉文》卷六十六注，以为征有道在桓帝时，不知何据，《文苑传》列瑾于刘梁、郦炎之后，高彪、张超之前，也许生于一四〇年左右。如果他在桓帝时被征，恐已在末年了，故系于此。"今改系于灵帝建宁元年。

又按：据《后汉书》本传，侯瑾撰"《皇德传》三十篇"。《宋书》卷九八《胡大且渠蒙逊传》载，元嘉十四年，沮渠茂虔奉表献方物，其中有"《汉皇德传》二十五卷"。《隋书》卷三三《经籍志二》著录《汉皇德纪》三十卷，附注云："汉有道征士侯瑾撰，起光武，至冲帝。"卷三五《经籍志四》又著录《侯瑾集》二卷（亡）。严可均《全后汉文》卷六六辑录侯瑾《筝赋》及《皇德颂叙》二篇（均为残篇）。《筝赋》见《艺文类聚》卷四四，为残篇。又《初学记》卷十引侯瑾《述志诗》佚句："嫫母升玉堂。"刘汝霖《汉晋学术编年》卷五曰："按《皇德传》既依《汉记》而作，则必在元嘉以后。又按《隋志》，是书起光武至冲帝，可知其作书之时，必未见及桓帝之末。"故系其作时于桓帝永康元年。按：侯瑾被征当在灵帝建宁元年，其《皇德传》作时难以详考，今一并改系于本年。

◆ **敦煌张芝征有道，不就，时称张有道。好草书，学崔瑗、杜度之法。**

《后汉书》卷六五《张奂传》注引王愔《文志》曰："芝少持高操，以名臣子勤学，文为儒宗，武为将表。太尉辟，公车有道征，皆不至，号张有道。尤好草书，学崔、杜之法。家之衣帛，必书而后练。临池学书，水为之黑。下笔则为楷则，号匆匆不暇草书，为世所宝，寸纸不遗。韦仲将谓之草圣也。"《法书要录》卷八引张怀瓘《书断中》亦云："张芝字伯英，燉煌人。父焕为太常，徙居弘农华阴。伯英名臣之子，幼而高操，勤学好古，经明行修。朝廷以有道征，不就，故时称张有道，实避世洁白之士也。好书，凡家之衣帛，皆书而后练，尤善章草书，出诸杜度。"按：东汉王朝以有道征张芝的时间，难以详考，今依《玉海》卷一一四所载，系于汉灵帝建宁元年。又，《后汉书》卷八《灵帝纪》载，建宁二年十月大举钩党，"天下豪桀及儒学行义者，一切结为党人"。据《后汉书》卷六五《张奂传》，张芝之父张奂也因得罪宦官，陷以党罪，禁锢归田，则张芝必在禁锢之列。据此推断，张芝被征必在建宁元年五月之后、建宁二年十月之前。

◆ **汉阳赵壹作《非草书》，讥刺张芝及喜好草书之士"近于矜伎""背经趋俗"。**

《法书要录》卷一录后汉赵壹《非草书》一篇，其文云："余郡士有梁孔达、姜孟颖者，皆当世之彦哲也，然慕张生之草书，过于希颜、孔焉。孔达写书以示孟颖，皆口诵其文，手楷其篇，无怠倦焉。于是后学之徒，竞慕二贤，守令作篇，人撰一卷，以为秘玩。余惧其背经而趋俗，此非所以弘道兴世也。又想罗、赵之所见嗤沮，故为说草书本末，以慰罗、赵，息梁、姜焉。窃览有道张君所与朱使君书，称正气可以销邪，人无其衅妖不自作，诚可谓信道抱真、知命乐天者也。若夫褒杜、崔，沮罗、赵，忻忻有自臧之意者，无乃近于矜伎、贱彼贵我哉……且草书之人，盖伎艺之细者耳。乡邑不以此较能，朝廷不以此科吏，博士不以此讲试，四科不以此求备，征聘不问此意，考绩不课此字。徒善字既不达于政，而拙草无损于治，推斯言之，岂不细哉！夫务内者必阙外，志小者必忽大。俯而扪虱，不暇见天。天地至大而不见者，方锐精于虮虱，乃不暇焉。第以此篇研思锐精，岂若用之于彼七经，稽历协律，推步期程，探赜钩深，幽赞神明。鉴天地之心，推圣人之情。析疑论之中，理俗儒之诤。依正道于邪说，侪雅乐于郑声。兴至德之和睦，弘大伦之玄清。穷可以守身遗名，达可以尊主致平。以兹命世，永鉴后生，不以渊乎。"文中所批评的"张生""有道张君"即张芝。按：赵壹《非草书》的作时难以详考，今依张芝之事系于本年。

汉灵帝建宁二年（169）

◆**大举钩党，死者百余人，诸附从者锢及五属。**

《后汉书》卷八《灵帝纪》：本年"冬十月丁亥，中常侍侯览讽有司奏前司空虞放、太仆杜密、长乐少府李膺、司隶校尉朱㝢、颍川太守巴肃、沛相荀翌（昱）、河内太守魏朗、山阳太守翟超皆为钩党，下狱，死者百余人，妻子徙边，诸附从者锢及五属。制诏州郡大举钩党，于是天下豪杰及儒学行义者，一切结为党人"。详见《后汉书》卷六七《党锢列传》。

◆**赵壹上计西还，道经弘农，造访皇甫规，作《报皇甫规书》。规作《追谢赵壹书》。**

《后汉书》卷八十《文苑列传下·赵壹传》："光和元年，举郡上计，到京师……及西还，道经弘农，过候太守皇甫规，门者不即通，壹遂遁去。门吏惧，以白之。规闻壹名大惊，乃追书谢曰……壹报曰……遂去不顾。"按：据《后汉书》本传，皇甫规卒于熹平三年（174），至光和元年（178）已去世四年，所以光和元年赵壹造访皇甫规绝对有误。陆侃如《中古文学系年》系此事于永康元年皇甫规始任弘农太守之时。赵逵夫先生根据皇甫规仕历，结合汉代郡国上计惯例，推断赵壹很可能于建宁元年年底赴京上计，二年正月西还，顺路造访皇甫规。① 今从其说，系于本年。

◆**张奂上疏言灾应，转太常，后陷党罪，禁锢归田，作《尚书记难》。**

《后汉书》卷六五《张奂传》："建宁元年，振旅而还……明年夏，青蛇见于御坐轩前，又大风雨雹，霹雳拔树，诏使百僚各言灾应。奂上疏曰……天子深纳奂言，以问诸黄门常侍，左右皆恶之，帝不得自从。转奂太常，与尚书刘猛、刁韪、卫良同荐王畅、李膺可参三公之选，而曹节等弥疾其言，遂下诏切责之。奂等皆自囚廷尉，数日乃得出，并以三月俸赎罪。司隶校尉王寓出于宦官，欲借宠公卿以求荐举。百僚畏惮，莫不许诺，唯奂独拒之。寓怒，因此遂陷以党罪，禁锢归田里。"又载："时禁锢者多不能守静，或死或徙。奂闭门不出，养徒千人，著《尚书记难》三十余万言。"按：史载本年十月大举钩党，张奂被禁当在此时。又据《三国志》卷一八《魏书·庞淯传》注引《典略》，张奂遭党锢后在弘农华阴闭门授徒。

◆**皇甫规上言宜豫党锢。**

《后汉书》卷六五《皇甫规传》："及党事大起，天下名贤多见染逮。规虽为名将，素誉不高。自以西州豪杰，耻不得豫，乃先自上言：'臣前荐故大司农张奂，是附党也。又臣昔论输左校时，太学生张凤等上书讼臣，是为党人所附也。臣宜坐之。'朝廷知而不问，时人以为规贤。"按：《后汉书》本传关于此事的记载，系于永康元年（167）之前，有误。综合考察相关史料，皇甫规上言自坐党锢，应在本年十月大举钩党之时。

汉灵帝建宁三年（170）

◆**皇甫规转护羌校尉。**

《后汉书》卷六五《皇甫规传》："再转为护羌校尉。"按：皇甫规晚年出任护羌校尉的时间史书缺乏明确记载。陆侃如《中古文学系年》："据《段颎传》，颎做护羌校尉，是建宁三年春征还的。以后何人继任，史无明文（参看练恕

---

① 详参赵逵夫：《赵壹生平著作考》，《文学遗产》2003 年第 1 期。

《后汉公卿表》)。规之转官,可能即在颎征还时,故系于此。"今从其说。

汉灵帝建宁四年(171)

◆无名氏作《武都太守李翕西狭颂》。

此碑洪适《隶释》卷四、严可均《全后汉文》卷一〇二、高文《汉碑集释》等辑录。其文云:"汉武都太守汉阳阿阳李君讳翕字伯都……建宁四年六月十三日壬寅造。"按:李翕其人,《后汉书》无传。《后汉书》卷六五《皇甫规传》载:"先是安定太守孙俊受取狼籍,属国都尉李翕、督军御史张禀多杀降羌,凉州刺史郭闳、汉阳大守赵熹并老弱不堪任职,而皆倚恃权贵,不遵法度。规到州界,悉条奏其罪,或免或诛。"其中所及"属国都尉李翕",在延熹四年(161)前"多杀降羌",而此文所及武都太守又德政惠民,是否为一人,争议较大。①

汉灵帝建宁五年 熹平元年(172)

◆张奂奏记谢段颎。

《后汉书》卷六五《张奂传》:"奂前为度辽将军,与段颎争击羌,不相平。及颎为司隶校尉,欲逐奂归敦煌,将害之。奂忧惧,奏记谢颎曰……颎虽刚猛,省书哀之,卒不忍也。"陆侃如《中古文学系年》:"据《段颎传》,颎于代李咸为太尉前一年迁司隶校尉。又据《灵帝纪》,颎代咸在熹平二年。故系奂奏记于此。"按:《通鉴》卷五七也系于本年。

◆二月,仇审、仇靖等作《析里桥郙阁颂》。

此碑洪适《隶释》卷四、严可均《全后汉文》卷八一、高文《汉碑集释》等辑录。其文曰:"惟斯析里,处汉之右。溪源漂疾,横柱于道……自古迄今,莫不创楚。于是太守汉阳阿阳李君讳翕字伯都,以建宁三年二月辛巳到官,思惟惠利,有以绥济……建宁五年二月十八日癸卯,时衡官掾下辨仇审字孔信、

---

① 详参高天佑:《西狭摩崖石刻群研究》,兰州大学出版社1999年版,第173—181页。

从史位下辨仇靖字汉德为此颂，故吏下辨仇绋字子长书此颂。"按：关于此文的考校，可参高文《汉碑集释》[①]、高天佑《西狭摩崖石刻群研究》[②]。

◆ **四月，仇靖等作《汉武都太守李翕天井道碑》。**

此碑洪适《隶续》卷十一、严可均《全后汉文》卷一〇二等辑录。其文曰："盖除患蠲难为惠，鲜能行之。斯道狭阻，有坂危峻……建宁五年四月廿五日己酉讫成。"在天井摩崖之后题名者凡十二人，其中有"从史位下辨仇靖字汉德书文"云云，洪适以为"挥翰遣词皆斯人也"。按：关于此文的考校，可参高天佑《西狭摩崖石刻群研究》[③]。

汉灵帝熹平三年（174）

◆ **皇甫规卒于谷城，时年七十一岁。**

《后汉书》卷六五《皇甫规传》："熹平三年，以疾召还，未至，卒于谷城，年七十一。所著赋、铭、碑、赞、祷文、吊、章表、教令、书、檄、笺记，凡二十七篇。"按：《隋书》卷三五《经籍志四》著录"司农卿《皇甫规集》五卷（亡）"。严可均《全后汉文》卷六一辑其佚文十一篇。曾朴《补后汉书艺文志并考》卷八："案张澍辑《皇甫司农集》，有《与张奂书》，云出《太平御览》，严失采。"又，皇甫规妻扶风马氏"善属文，能草书"，《后汉书》卷八四《列女传》、唐张怀瓘《书断》载述其事。规兄子嵩，汉末名臣；嵩曾孙谧，魏晋名士。

◆ **四月，李裋造《武都太守耿勋碑》。**

此碑文洪适《隶续》卷十一、严可均《全后汉文》卷一〇二、高文《汉碑集释》等辑录。其文曰："汉武都太守右扶风茂陵耿君讳勋字伯玮……熹平三年四月廿日壬戌，西部道桥掾下辨李裋造。"

[①] 高文：《汉碑集释》，河南大学出版社1997年版，第378—386页。
[②] 高天佑：《西狭摩崖石刻群研究》，兰州大学出版社1999年版，第269—270页。
[③] 高天佑：《西狭摩崖石刻群研究》，兰州大学出版社1999年版，第249—250页。

汉灵帝熹平五年（176）

◆永昌太守敦煌曹鸾上书大讼党人，被诛。

《后汉书》卷八《灵帝纪》本年五月："闰月，永昌太守曹鸾坐讼党人，弃市。诏党人门生故吏父兄子弟在位者，皆免官禁锢。"《后汉书》卷六七《党锢列传》："熹平五年，永昌太守曹鸾上书大讼党人，言甚方切。帝省奏大怒，即诏司隶、益州槛车收鸾，送槐里狱掠杀之。于是又诏州郡更考党人门生故吏父子兄弟，其在位者，免官禁锢，爰及五属。"按：曹鸾上书，袁宏《后汉纪》卷二四详引，严可均《全后汉文》卷八一辑录。文中称赞党人"或耆年渊德，或衣冠英贤，皆宜股肱王室，左右大猷者也"，直言"谋反大逆，尚蒙赦宥，党人何罪？独不开恕乎！所以灾异屡见，水旱荐臻，皆由于斯。宜加沛然，以副天心"。又，曹鸾疑为敦煌曹全之弟。《曹全碑》云："迁右扶风槐里令，遭同产弟忧，弃官，续遇禁网，潜隐家巷七年。光和六年，复举孝廉，七年三月，除郎中，拜酒泉福禄长。"清叶奕苞《金石录补》卷四："全为永昌太守鸾兄，鸾以上书弃市，禁锢党人五属。全遭同产弟忧，弃官。后遇禁网，潜隐家巷七年，弛禁，全得复官。其年月与碑悉合。"据《后汉书》卷六七《党锢列传》，熹平五年，曹鸾上书被诛，至光和六年（183），恰好为七年；中平元年（184），黄巾起，乃大赦党人，曹全复官，正在此时。据此，则曹鸾当为曹全之弟。但《后汉纪》卷二四又载："（熹平五年五月），闰月，永昌太守曹鸾下狱诛。初，鸾上书讼党人曰……有司奏，槛车征鸾弃市。鸾年九十，本郡闵其（无）辜。"若记载属实，则曹鸾被杀时年已九十，不可能为曹全之弟。但年九十仍为太守，似亦不实。今存疑俟考。

汉灵帝光和元年（178）

◆汉灵帝始置鸿都门学生，安定梁鹄以工书入选。

《后汉书》卷八《灵帝纪》载，本年二月，"始置鸿都门学生"。李贤注："鸿都，门名也，于内置学。时其中诸生，皆敕州、郡、三公举召能为尺牍辞赋及工书鸟篆者相课试，至千人焉。"《后汉书》卷五四《杨震传》附《杨赐传》："又鸿都门下，招会群小，造作赋说，以虫篆小技见宠于时……乐松处常伯，任芝居纳言。郄俭、梁鹄俱以便辟之性，佞辩之心，各受丰爵不次之宠。"《法书要录》卷八张怀瓘《书断中》："梁鹄字孟皇，安定乌氏人。少好书，受法于师宜官，以善八分知名。举孝廉为郎。灵帝重之，亦在鸿都门下，迁幽州刺史（按：一作"选部郎"）。魏武甚爱其书，常悬帐中。"按：梁鹄虽无文学作品传世，但在汉末以善书知名，是史籍所载入选鸿都门学的河陇文士。

◆**赵壹再次举郡上计至京师。后辟公府不就，终于家。**

《后汉书》卷八十《文苑列传下·赵壹传》："光和元年，举郡上计，到京师。是时司徒袁逢受计，计吏数百人皆拜伏庭中，莫敢仰视，壹独长揖而已……既出，往造河南尹羊陟……陟乃与袁逢共称荐之，名动京师，士大夫想望其风采……州郡争致礼命，十辟公府，并不就，终于家。"王先谦《后汉书集解》卷八十下："洪颐煊曰：'《灵帝纪》：光和元年二月光禄勋袁滂为司徒，冬十月屯骑校尉袁逢为司空；二年三月司徒袁滂免，大鸿胪刘郃为司徒，司空袁逢罢。元年受计者，非袁逢也。'"侯康《后汉书补注续》："逢未尝为司徒，当作司空。"[1] 严可均《全后汉文》卷八二辑录其《报羊陟书》，当作于此时。按：赵逵夫先生结合东汉司徒之职掌以及汉灵帝光和元年司徒的在任者，论定"光和元年接见赵壹并称荐之者为袁滂非袁逢"。又，赵壹生卒年难以详考，陆侃如《中古文学系年》以为其卒年"大约在一八五年左右"。赵逵夫先生推断"赵壹生于汉顺帝永建（126—131）前后，卒于汉灵帝中平（184—188）前后"[2]。赵壹的作品，《后汉书》本传称："著赋、颂、箴、诔、书、论及杂文十六篇。"《隋书》卷三五《经籍志四》著录"上计《赵壹集》二卷，录一卷"（亡）。严可均《全后汉文》卷八二辑其文七篇，逯钦立《汉诗》卷六辑其诗二首。

汉灵帝光和二年（179）

◆**酒泉烈女庞娥亲手刃李寿，为父报仇，海内义之。安定梁宽为其作传。**

《三国志》卷一八《魏书·庞淯传》："庞淯字子异，酒泉表氏人……初，

---

[1] （清）侯康：《后汉书补注续》，商务印书馆1937年版，第78页。
[2] 赵逵夫：《赵壹生平著作考》，《文学遗产》2003年第1期。

淯外祖父赵安为同县李寿所杀，淯舅兄弟三人同时病死，寿家喜。淯母娥自伤父仇不报，乃帏车袖剑，白日刺寿于都亭前，讫，徐诣县，颜色不变，曰：'父仇已报，请受戮。'禄福长尹嘉解印绶纵娥，娥不肯去，遂强载还家。会赦得免，州郡叹贵，刊石表闾。"裴松之注引皇甫谧《列女传》曰："酒泉烈女庞娥亲者，表氏庞子夏之妻，禄福赵君安之女也……至光和二年二月上旬，以白日清时，于都亭之前，与寿相遇，便下车扣寿马，叱之。寿惊愕，回马欲走。娥亲奋刀斫之，并伤其马……凉州刺史周洪、酒泉太守刘班等并共表上，称其烈义，刊石立碑，显其门闾。太常弘农张奂贵尚所履，以束帛二十端礼之。海内闻之者，莫不改容赞善，高大其义。故黄门侍郎安定梁宽追述娥亲，为其作传。玄晏先生以为父母之仇，不与共天地，盖男子之所为也。而娥亲以女弱之微，念父辱之酷痛，感仇党之凶言，奋剑仇颈，人马俱摧，塞亡父之怨魂，雪三弟之永恨，近古已来，未之有也。诗云'修我戈矛，与子同仇'，娥亲之谓也。"按：皇甫谧《列女传》之《庞娥亲传》，当以安定梁宽所撰为蓝本，皇甫谧收录并附加评语。又，庞娥亲复仇之事影响甚大，后世诗文中多有咏赞者。梁宽其人，《后汉书》无传，其事见《三国志》卷二五《魏书·杨阜传》、卷三六《蜀书·马超传》等。

◆段颎下狱死。颎与皇甫规、张奂并知名显达，京师称为"凉州三明"。

《后汉书》卷八《灵帝纪》载，本年"夏四月甲戌朔，日有食之。辛巳，中常侍王甫及太尉段颎并下狱死"。《后汉书》卷六五《段颎传》："光和二年，复代桥玄为太尉。在位月余，会日食自劾，有司举奏，诏收印绶，诣廷尉。时司隶校尉阳球奏诛王甫，并及颎，就狱中诘责之，遂饮鸩死，家属徙边……初，颎与皇甫威明、张然明，并知名显达，京师称为'凉州三明'。"按：严可均《全后汉文》卷六四辑录段颎文二篇。

汉灵帝光和三年（180）

◆赵瑛立《赵宽碑》。

1942年青海省乐都县出土《汉三老赵宽碑》。赵宽为西汉名将赵充国后裔，碑文详述赵氏世系，具有相当重要的文献价值。其文称："三老讳宽，字伯然，金城浩亹人也……光和三年十一月丁未造。"据碑文，赵宽卒于汉桓帝元嘉二年（152），此碑为其子赵璜所立。关于此碑，马衡《汉三老赵宽碑跋》[1]、高文《汉碑集释》考释较详。

汉灵帝光和四年（181）

◆**张奂卒，时年七十八岁。临终作《遗命诸子》。其子张芝、张昶并善草书。**

《后汉书》卷六五《张奂传》："光和四年卒，年七十八。遗命曰……诸子从之。武威多为立祠，世世不绝。所著铭、颂、书、教、诫、述志、对策、章表二十四篇。长子芝，字伯英，最知名。芝及弟昶，字文舒，并善草书，至今称传之。"按：史载张奂有三子：张芝、张猛、张昶。又据《三国志》卷一八《魏书·庞淯传》注引《典略》，张奂卒后葬弘农华阴。《隋书》卷三五《经籍志四》著录太常卿《张奂集》二卷、录一卷（亡）。严可均《全后汉文》卷六四辑录其文十五篇。《初学记》卷二七引其《芙蓉赋》仅存数句，"绿房翠蒂，紫饰红敷。黄螺圆出，垂雑散舒。缨以金牙，点以素珠"。此赋是否为张奂之作，尚有争议。[2]

汉灵帝光和七年　中平元年（184）

◆**皇甫嵩等平定黄巾之乱，百姓作歌颂之。**

《后汉书》卷八《灵帝纪》：本年二月，钜鹿人张角等起兵反叛；三月，"遣北中郎将卢植讨张角，左中郎将皇甫嵩、右中郎将朱儁讨颍川黄巾"；"五月，皇甫嵩、朱儁复与波才等战于长社，大破之"；"冬十月，皇甫嵩与黄巾贼战于广宗，获张角弟梁，角先死，乃戮其尸"；"十一月，皇甫嵩又破黄巾于下曲阳，斩张角弟宝"。《后汉书》卷七一《皇甫嵩传》："皇甫嵩字义真，安定朝那人，度辽将军规之兄子也。父节，雁门太守。嵩少有文武志介，好《诗》《书》，习弓马。初举孝廉、茂才。太尉陈蕃、大将军窦武连辟，并不到。灵帝

---

[1] 马衡：《汉三老赵宽碑跋》，见氏著《凡将斋金石丛稿》，中华书局1977年版，第178—181页。
[2] 详参彭春艳：《汉赋系年考证》，上海古籍出版社2017年版，第7、8页。

公车征为议郎，迁北地太守。"黄巾乱起，皇甫嵩拜左中郎将，持节平叛，屡建大功，乱平，"拜嵩为左车骑将军，领冀州牧，封槐里侯"。百姓歌曰："天下大乱兮市为墟，母不保子兮妻失夫，赖得皇甫兮复安居。"

◆**傅燮为护军司马，与左中郎将皇甫嵩征讨张角，上疏请诛中官。**

《后汉书》卷五八《傅燮传》："傅燮字南容，北地灵州人也。本字幼起，慕南容三复白珪，乃易字焉。身长八尺，有威容。少师事太尉刘宽，再举孝廉。闻所举郡将丧，乃弃官行服。后为护军司马，与左中郎将皇甫嵩俱讨贼张角。燮素疾中官，既行，因上疏曰……书奏，宦者赵忠见而忿恶。"按：《通鉴》卷五八系傅燮上疏事于本年五月。

汉灵帝中平二年（185）

◆**西羌反，司徒崔烈以为宜弃凉州，傅燮上《议弃凉州对》。**

《后汉书》卷五八《傅燮传》："后拜议郎。会西羌反，边章、韩遂作乱陇右，征发天下，役赋无已。司徒崔烈以为宜弃凉州，诏会公卿百官，烈坚执先议。燮厉言曰：'斩司徒，天下乃安。'尚书郎杨赞奏燮廷辱大臣。帝以问燮，燮对曰……帝从燮议。由是朝廷重其方格，每公卿有缺，为众议所归。"《后汉书》卷八《灵帝纪》载，中平元年十一月，"湟中义从胡北宫伯玉与先零羌叛，以金城人边章、韩遂为军帅，攻杀护羌校尉泠征、金城太守陈懿"；中平二年"三月，廷尉崔烈为司徒"。按：《通鉴》卷五八系崔烈、傅燮等议弃凉州事在中平二年三月。据《后汉书》本传，傅燮时任议郎。

◆**十月，王敞、王毕等刊立《郃阳令曹全碑》。**

此碑于明万历初年（1573年以后）出土于陕西省郃阳县（今合阳县）莘里村。严可均《全后汉文》卷一〇五、高文《汉碑集释》等辑录碑文。其文曰："君讳全，字景完，敦煌效谷人也……门下掾王敞、录事掾王毕、主簿王历、户曹掾秦尚、功曹史王颛等，嘉慕奚斯、考甫之美，乃共刊石纪功，其辞曰……中平二年十月丙辰造。"此碑对于深入了解敦煌曹氏的发展以及建宁二年与西域的战争，具有重要的文献价值。[①] 据碑文，曹全祖父曹凤，"孝廉，张掖属国都尉丞，右扶风隃糜侯相，金城西部都尉，北地太守"，此人《后汉书》卷八七《西羌传》有载，曾于汉和帝永元十四年（102）上言建复西海郡县，广设屯田，朝廷从之，拜为金城西部都尉，将徙士屯龙耆。又，《水经注》卷三《河水注》载录曹凤为北地太守时事一则。

汉灵帝中平四年（187）

◆凉州刺史耿鄙率兵讨伐金城韩遂等，傅燮劝谏不从，兵败身亡。韩遂等围攻汉阳，傅燮固守战殁。

《后汉书》卷八《灵帝纪》载，本年"夏四月，凉州刺史耿鄙讨金城贼韩遂，鄙兵大败，遂寇汉阳，汉阳太守傅燮战没"。《后汉书》卷五八《傅燮传》："时刺史耿鄙委任治中程球，球为通奸利，士人怨之。中平四年，鄙率六郡兵讨金城贼王国、韩遂等。燮知鄙失众，必败，谏曰……鄙不从。行至狄道，果有反者，先杀程球，次害鄙，贼遂进围汉阳。城中兵少粮尽，燮犹固守。"临阵战殁。按：傅燮所作《谏耿鄙》，严可均《全后汉文》卷八一辑录。

汉灵帝中平六年　汉少帝光熹元年　汉献帝永汉元年（189）

◆皇甫嵩与董卓大破凉州叛民王国于陈仓。董卓拥兵自重，屡次上书抗命。

《后汉书》卷七二《董卓传》："董卓字仲颖，陇西临洮人也……（中平）五年，（王国等）围陈仓。乃拜卓前将军，与左将军皇甫嵩击破之……六年，征卓为少府，不肯就，上书言：'所将湟中义从及秦胡兵皆诣臣曰：牢直不毕，禀赐断绝，妻子饥冻。牵挽臣车，使不得行。羌胡敝肠狗态，臣不能禁止，辄将顺安慰。增异复上。'朝廷不能制，颇以为虑。及灵帝寝疾，玺书拜卓为并州牧，令以兵属皇甫嵩。卓复上书言曰：'臣既无老谋，又无壮事，天恩误加，掌戎十年。士卒大小相狎弥久，恋臣畜养之恩，为臣奋一旦之命。乞将之北州，效力边垂。'于是驻兵河东，以观时变。"《后汉书》卷八《灵帝纪》本

[①] 详参马雍：《东汉〈曹全碑〉中有关西域的重要史料》，《文史》第十二辑，中华书局1981年版。

年:"春二月,左将军皇甫嵩大破王国于陈仓。"按:汉灵帝征董卓为少府的时间,当在本年二月大破王国之后。其拜并州牧的时间,本传称在"灵帝寝疾"之时。据《后汉书》卷八《灵帝纪》,中平六年四月"丙辰,帝崩于南宫嘉德殿",则董卓将兵赴并州的时间当在本年四月。袁宏《后汉纪》卷二五系于中平六年二、三月间。

◆董卓入京,擅自废立,专断朝政。进京途中,上书请收张让等。

《后汉书》卷七二《董卓传》:"及帝崩,大将军何进、司隶校尉袁绍谋诛阉宦,而太后不许,乃私呼卓将兵入朝,以胁太后。卓得召,即时就道。并上书曰:'中常侍张让等窃幸承宠,浊乱海内。臣闻扬汤止沸,莫若去薪;溃痈虽痛,胜于内食。昔赵鞅兴晋阳之甲,以逐君侧之恶人。今臣辄鸣钟鼓如洛阳,请收让等,以清奸秽。'卓未至而何进败……卓迁太尉,领前将军事。"按:据《后汉书》卷八《灵帝纪》、卷九《献帝纪》等记载,董卓于本年八月进京,诛杀异己,废弑少帝,专断朝纲。又据袁宏《后汉纪》卷二五,董卓至渑池,上书请收中常侍张让等。《三国志》卷六《魏书·董卓传》裴松之注引《典略》载录董卓此次上书文本较详。

◆董卓废少立献,敦煌盖勋作《与董卓书》,征为议郎。

《后汉书》卷五八《盖勋传》:"盖勋字元固,敦煌广至人也。家世二千石。初举孝廉,为汉阳长史……及帝崩,董卓废少帝,杀何太后,勋与书曰……卓得书,意甚惮之。征为议郎。"按:袁宏《后汉纪》卷二五亦载"及卓废帝,(盖)勋与卓书曰"云云。据《后汉书》卷八《灵帝纪》,中平六年"九月甲戌,董卓废帝为弘农王",则盖勋作书于董卓当在此时。

◆董卓追理党人,擢用群士,尤重蔡邕。

《后汉书》卷七二《董卓传》:"卓迁太尉,领前将军事,加节传斧钺虎贲,更封郿侯。卓乃与司徒黄琬、司空杨彪,俱带鈇锧诣阙上书,追理陈蕃、窦武及诸党人,以从人望。于是悉复蕃等爵位,擢用子孙。"又载:"卓素闻天下同疾阉官诛杀忠良,及其在事,虽行无道,而犹忍性矫情,擢用群士。乃任吏部尚书汉阳周珌、侍中汝南伍琼、尚书郑公业、长史何颙等。以处士荀爽为司空。其染党锢者陈纪、韩融之徒,皆为列卿。幽滞之士,多所显拔。以尚书韩馥为冀州刺史,侍中刘岱为兖州刺史,陈留孔伷为豫州刺史,颍川张咨为南阳太守。卓所亲爱,并不处显职,但将校而已。"《后汉书》卷六十下《蔡邕传》:"中平六年,灵帝崩,董卓为司空,闻邕名高,辟之,称疾不就。卓大怒,詈曰:'我力能族人,蔡邕遂偃蹇者,不旋踵矣。'又切敕州郡举邕诣府,邕不得已,到,署祭酒,甚见敬重。举高第,补侍御史,又转持书御史,迁尚书。三日之间,周历三台。迁巴郡太守,复留为侍中。初平元年,拜左中郎将,从献帝迁都长安,封高阳乡侯……卓重邕才学,厚相遇待,每集宴,辄令邕鼓琴赞事,邕亦每存匡益。"《后汉书》卷九《献帝纪》载,本年九月,"董卓自为太尉,加鈇钺、虎贲……遣使吊祠故太傅陈蕃、大将军窦武等";"十二月戊戌,司徒黄琬为太尉,司空杨彪为司徒,光禄勋荀爽为司空"。

◆敦煌侯瑾征博士,不就。寻卒。

敦煌侯瑾,《后汉书》卷八十下《文苑列传下》有传。其博士之征,本传不载。《水经注》卷四十《都野泽注》引王隐《晋书》曰:"汉末博士敦煌侯瑾善内学,语子弟曰:'凉州城西有泉水当竭,有双阙起其上。'"《艺文类聚》卷六二所引相同。唐修《晋书》卷八六《张轨传》也有相同记载。据此,则侯瑾当有博士之征。惠栋《后汉书补注》卷十八、严可均《全后汉文》卷六六皆从王隐《晋书》之说。陆侃如《中古文学系年》系侯瑾被征博士于本年,并云:"从汉末两字来推测,征博士不会在桓帝时,故今假定在灵帝末年。卒年无考,也许在一九五年左右。"按:史载本年董卓进京,追理党人,擢用群士,且董卓本人即为陇西临洮人氏,与侯瑾同属凉州,所以其征侯瑾为博士完全在情理之中。

汉献帝初平元年(190)

◆山东州郡起兵讨董卓,卓迁都长安。

《后汉书》卷九《献帝纪》载,本年"正月,山东州郡起兵以讨董卓";"二月乙亥,太尉黄琬、司徒杨彪免。庚辰,董卓杀城门校尉伍琼、督军校尉周珌。以光禄勋赵谦为太尉,太仆王允为司徒。丁亥,迁都长安"。

汉献帝初平二年（191）

◆**盖勋病卒。史载其曾著《琴诗》十二章。**

《后汉书》卷五八《盖勋传》："时左将军皇甫嵩精兵三万屯扶风，勋密相要结，将以讨卓。会嵩亦被征，勋以众弱不能独立，遂并还京师……勋虽强直不屈，而内厌于卓，不得意，疽发背卒，时年五十一。"按：据袁宏《后汉纪》卷二六记载，盖勋卒于初平二年四、五月间。据此推算，其生年为汉顺帝永和六年（141）。又，袁宏《后汉纪》卷二五载："（盖）勋虽身在外，甚见信重。乃著《琴诗》十二章奏之，（灵）帝善焉，数加赏赐。"《琴诗》十二章后世不传，难以详考。

汉献帝初平三年（192）

◆**四月，诛董卓，夷三族。蔡邕受其牵连，亦被诛。**

《后汉书》卷九《献帝纪》载，本年"夏四月辛巳，诛董卓，夷三族。司徒王允录尚书事，总朝政，遣使者张种抚慰山东"。《后汉书》卷七二《董卓传》载述较详。《后汉书》卷六十下《蔡邕传》："及卓被诛，邕在司徒王允坐，殊不意言之而叹，有动于色。允勃然叱之曰：'董卓国之大贼，几倾汉室。君为王臣，所宜同忿，而怀其私遇，以忘大节！今天诛有罪，而反相伤痛，岂不共为逆哉？'即收付廷尉治罪。邕陈辞谢，乞黥首刖足，继成汉史。士大夫多矜救之，不能得……邕遂死狱中。"

汉献帝初平四年（193）

◆**正月甲寅朔，日有蚀之，贾诩以"司候不明"奏请治王立、周忠罪。**

袁宏《后汉纪》卷二七《献帝纪》载，本年"春正月甲寅朔，日有蚀之。未晡八刻，太史令王立奏曰……尚书贾诩奏"云云。贾诩奏疏又见《续汉书·五行志六》注引，内容相同。

◆**皇甫嵩病卒。其前后上表陈谏有补益者五百余事，皆手书毁草，不宣于外。**

《后汉书》卷七一《皇甫嵩传》："及卓被诛，以嵩为征西将军，又迁车骑将军。其年秋，拜太尉，冬，以流星策免。复拜光禄大夫，迁太常。寻李傕作乱，嵩亦病卒，赠骠骑将军印绶，拜家一人为郎。嵩为人爱慎尽勤，前后上表陈谏有补益者五百余事，皆手书毁草，不宣于外。又折节下士，门无留客。时人皆称而附之。"《后汉书》卷九《献帝纪》载，初平三年八月，皇甫嵩为太尉；冬十二月，免。按：《后汉书》本传载皇甫嵩的最后任职为太常；《后汉书》卷九《献帝纪》载，初平四年十月，太常赵温为司空。据此推断，皇甫嵩当卒于本年十月之前。又据《后汉书》卷七一《皇甫嵩传》："（其子）坚寿亦显名，后为侍中，辞不拜，病卒。"

◆张芝卒。

《法书要录》卷八引张怀瓘《书断中》："张芝字伯英，燉煌人。父奂为太常，徙居弘农华阴。伯英名臣之子，幼而高操。勤学好古，经明行修……以献帝初平中卒。"《后汉书》卷六五《张奂传》注引王愔《文志》曰："芝少持高操，以名臣子勤学，文为儒宗，武为将表。太尉辟，公车有道征，皆不至，号张有道。尤好草书，学崔、杜之法。家之衣帛，必书而后练。临池学书，水为之黑。下笔则为楷则，号匆匆不暇草书，为世所宝，寸纸不遗。韦仲将谓之草圣也。"按：张芝卒年，《后汉书》等失载，《书断》称"献帝初平中卒"，初平共四年（190—193），张芝至迟当卒于本年。

汉献帝兴平元年（194）

◆六月，分河西四郡为雍州。

《后汉书》卷九《献帝纪》载，本年"夏六月丙子，分凉州河西四郡为雍州"。李贤注曰："谓金城、酒泉、燉煌、张掖。"袁宏《后汉纪》卷二七载，兴平元年"六月丙子，分河西四郡为雍州"。《三国志》卷一八《魏书·庞淯传》注引《典略》："是时河西四郡以去凉州治远，隔以河寇，上书求别置州。诏以陈留人邯郸商为雍州刺史，别典四郡。"

◆《三秦记》等载录的"俗歌"《陇头歌》大约在两汉时期已经流行于西北。

见于文献记载的两汉时期的河陇文学作品，还有《三秦记》等载录的大约两汉时期已经流行于西北的民歌《陇头歌》。关于这首民歌产生的年代,学界尚无定论。余冠英、曹道衡两位先生分别选编的《乐府诗选》虽然都列入北朝民歌,但均认为这些歌辞"风格和一般北歌不大同,或是汉魏旧辞"。[1]《乐府诗集》卷二一《汉横吹曲一》引《乐府解题》曰:"汉横吹曲,二十八解,李延年造。魏晋以来,唯传十曲:一曰《黄鹄》,二曰《陇头》……"《陇头》下引《通典》曰:"天水郡有大阪,名曰陇坻,亦曰陇山,即汉陇关也。"又引《三秦记》曰:"其阪九回,上者七日乃越,上有清水四注下,所谓陇头水也。"[2]但其所载录的"陇头"系列乐府歌辞,始于陈后主《陇头》,并未引录汉魏古辞。既然《乐府解题》明确说明《陇头》之曲为西汉李延年所造,魏晋以来流传,则理应有配乐之汉魏古辞。稽诸史籍,《后汉书》志第二十三《郡国五》"汉阳郡陇坻"注、《北堂书钞》卷一五七、《初学记》卷一五、《太平寰宇记》卷三二、《太平御览》卷五六、卷五七二等均征引了《三秦记》(又作"辛氏《三秦记》"),其中引录的"俗歌"(即后世所谓《陇头歌》)曰:"陇头流水,鸣声幽咽。遥望秦川,心肝断绝。去长安千里,望秦川如带。"[3]《三秦记》一书,《隋书·经籍志》及《旧唐书·经籍志》《新唐书·艺文志》等未见著录,但是,成书于汉魏之际的《三辅黄图》及梁代刘昭《续汉书·郡国志》注、北魏郦道元《水经注》等皆有征引,此书所记又都关涉秦汉时代的都邑、宫室及地理风俗,所以,著名地理学家史念海先生推断此书"当出于汉时人士手笔"[4]。刘庆柱《三秦记辑注序》也说:"《三秦记》内容皆秦汉时代的山川、都邑、宫室等,下未及魏晋时代的内容……《三秦记》成书不晚于魏晋时代,从保存下来的《三秦记》内容来看,其成书又不会早于东汉晚期。"[5]迄今,学界也尚未发现更有力的证据来否定史念海等先生的说法。既然如此,则《三秦记》所记载的《陇头歌》,至迟也应该是在汉代流行于西北地区的民歌[6],甚

---

[1] 详参余冠英:《乐府诗选》,人民文学出版社1954年版,第117—118页。曹道衡:《乐府诗选》,人民文学出版社2000年版,第477页。
[2] (宋)郭茂倩编:《乐府诗集》,中华书局1979年版,第311页。
[3] 《太平御览》卷五六,中华书局1960年版,第273页。
[4] 史念海:《古长安丛书总序》,刘庆柱辑注:《三秦记辑注·关中记辑注》,三秦出版社2006年版。
[5] 刘庆柱辑注:《三秦记辑注·关中记辑注》,三秦出版社2006年版。
[6] 详参刘跃进:《河西四郡的建置与西北文学的繁荣》,《文学评论》2008年第5期。

至有可能是《乐府诗集》等失载的汉魏古辞。值得注意的是,《三秦记》的作者虽然史籍失载,但魏晋以来的相关文献多称其为"辛氏《三秦记》",则其作者应为辛姓文士。据《汉书》卷六九《赵充国辛庆忌传》等记载,狄道辛氏自西汉以来即为陇西望族,人才辈出,《三秦记》的作者很可能出自陇西狄道辛氏,其在书中记录与"陇阪"相关的《陇头歌》,完全在情理之中。又,冯浩菲先生认为《诗经·秦风》首篇《车邻》"以咏'阪'表方域特征"[1],这种说法是可信的。"陇阪"(或"陇坻")是河陇地区的天然屏障和地域表征,所以先秦以来一直备受世人关注,张衡《四愁诗》写东南西北四方的方域特征时,于西方也是标举"陇阪":"我所思兮在汉阳,欲往从之陇阪长。"[2] 这说明因为山高路险,秦汉时期"陇阪"也是文学作品经常描写吟咏的主要事象(文学地理意象);据此,则《陇头歌》完全可能在汉代产生并广泛流传。其歌辞,刘庆柱《三秦记辑注》五"山水·陇山"条辑录较完备。因其具体作时难以详考,附系于此俟考。

---

[1] 冯浩菲:《郑氏诗谱订考》,上海古籍出版社 2008 年版,第 111 页。
[2] (汉)张衡著,张震泽校注:《张衡诗文集校注》,上海古籍出版社 2009 年版,第 3 页。

中卷　魏晋河陇文学系年
（公元 196—公元 419 年）

汉献帝建安元年（196）

◆**曹操西迎献帝，迁都许昌。自为司空，行车骑将军事，百官总己以听。**

《后汉书》卷九《献帝纪》载，本年"春正月癸酉，郊祀上帝于安邑，大赦天下，改元建安……秋七月甲子，车驾至洛阳……八月辛丑，幸南宫杨安殿……辛亥，镇东将军曹操自领司隶校尉，录尚书事……庚申，迁都许。己巳，幸曹操营。九月，太尉杨彪、司空张喜罢。冬十一月丙戌，曹操自为司空，行车骑将军事，百官总己以听"。《三国志》卷一《魏书·武帝纪》："建安元年春正月，太祖军临武平，袁术所置陈相袁嗣降。太祖将迎天子，诸将或疑，荀彧、程昱劝之，乃遣曹洪将兵西迎……秋七月，杨奉、韩暹以天子还洛阳，奉别屯梁。太祖遂至洛阳，卫京都，暹遁走。天子假太祖节钺，录尚书事。洛阳残破，董昭等劝太祖都许。九月，车驾出轘辕而东，以太祖为大将军，封武平侯。自天子西迁，朝廷日乱，至是宗庙社稷制度始立。天子之东也，奉自梁欲要之，不及。冬十月，公征奉，奉南奔袁术，遂攻其梁屯，拔之。于是以袁绍为太尉，绍耻班在公下，不肯受。公乃固辞，以大将军让绍。天子拜公司空，行车骑将军。是岁用枣祗、韩浩等议，始兴屯田。"按：自本年始，政归曹氏，文学领域也出现了许多影响后代的新趋势和新因素。

汉献帝建安三年（198）

◆**四月，中郎将武威段煨讨平李傕，夷其三族。**

《后汉书》卷九《献帝纪》载，本年"四月，遣谒者裴茂率中郎将段煨讨李傕，夷三族"。《后汉书》卷七二《董卓传》："三年，使谒者仆射裴茂诏关中诸将段煨等讨李傕，夷三族。以段煨为安南将军，封阌乡侯。"按：段煨《后汉书》无传，其事迹见于《后汉书》卷七二《董卓传》、《三国志》卷十《贾诩传》、张昶《西岳华山堂阙碑铭》等。其与贾诩同属武威人，初平元年奉董卓之命屯兵华阴，建安三年与裴茂等平定李傕之乱。《三国志》卷十《贾诩传》注引《典略》称："煨在华阴时，修农事，不虏略。天子东还，煨迎道贡遗周急。"又引《献帝纪》："后以煨为大鸿胪、光禄大夫，建安十四年以寿终。"

又,《三国志》卷一三《魏书·王朗传》附《王肃传》注引《魏略》:"(董)遇字季直,性质讷而好学。兴平中,关中扰乱,与兄季中依将军段煨。"史载董遇为曹魏时期著名儒生,魏明帝时任大司农,"历注经传,颇传于世"。

汉献帝建安七年（202）

◆姜维生。

《三国志》卷四四《蜀书·姜维传》:"姜维字伯约,天水冀人……建兴六年,丞相诸葛亮军向祁山……会马谡败于街亭,亮拔将西县千余家及维等还,故维遂与母相失。亮辟维为仓曹掾,加奉义将军,封当阳亭侯,时年二十七。"按:蜀汉建兴六年（228）姜维二十七岁,据此推算,姜维当生于本年。

汉献帝建安十年（205）

◆段煨屯守华阴,于华山"造祠堂,表以参阙",张昶等立碑刊石颂功。

《古文苑》卷十八录张昶《西岳华山堂阙碑铭》一篇,其文曰"镇远将军领北地太守阌乡亭侯段君讳煨字忠明,自武威占此土","讨叛柔服,威怀是示,群凶既除,郡县集宁,家给人足","遂解甲休士,阵而不战,以逸其力,修饰享庙,坛场之位,荒而复辟,礼废而复兴,又造祠堂,表以参阙","乃建碑刊石,垂示后裔,其辞曰"云云。①《法书要录》卷八引张怀瓘《书断中》:"张昶字文舒,伯英季弟,为黄门侍郎,尤善章草。家风不坠,奕叶清华,书类伯英,时人谓之亚圣……华岳庙前一碑,建安十年刊也。祠堂碑,昶造并书。后钟繇镇关中,题此碑后云:'汉故给事黄门侍郎华阴张府君讳昶字文舒造此文。'又题碑头云:'时司隶校尉侍中东武亭侯颍川钟繇字元常书。'"按:张昶此文首先详述山川祭祀的悠久传统与礼仪,然后交待汉末乱世祭祀之礼废阙不续的现实,最后颂扬段煨安集百姓、重新营建华山堂阙的功德。句式整饬,辞赡气盛。《文心雕龙·铭箴》称:"若班固燕然之勒,张昶华阴之碣,序亦盛矣。"张昶出身名门,书文兼擅。《西岳华山堂阙碑铭》既是书法精品,又是文学名篇。

---

① 《古文苑》,《四部丛刊初编》影印常熟瞿氏铁琴铜剑楼藏宋刊本。

汉献帝建安十一年（206）

◆ 七月，张猛杀雍州刺史邯郸商。其后州兵围捕，张猛登楼自焚而死。

《后汉书》卷六五《张奂传》："初奂为武威太守，其妻怀孕，梦带奂印绶登楼而歌。讯之占者，曰：'必将生男，复临兹邦，命终此楼。'既而生子猛，以建安中为武威太守，杀刺史邯郸商。州兵围之急，猛耻见擒，乃登楼自烧而死，卒如占云。"《后汉书》卷九《献帝纪》载，本年"秋七月，武威太守张猛杀雍州刺史邯郸商"。袁宏《后汉纪》卷二九、《通鉴》卷六五亦系于本年七月。按：《三国志》卷一八《魏书·庞淯传》注引《典略》，详载张猛杀邯郸商之始末，其文云："张猛字叔威，本敦煌人也……建安初，猛仕郡为功曹，是时河西四郡以去凉州治远，隔以河寇，上书求别置州。诏以陈留人邯郸商为雍州刺史，别典四郡。时武威太守缺，诏又以猛父昔在河西有威名，乃以猛补之。商、猛俱西。初，猛与商同岁，每相戏侮，及共之官，行道更相责望。暨到，商欲诛猛。猛觉之，遂勒兵攻商……后商欲逃，事觉，遂杀之。是岁建安十四年也。"并云张猛于建安十五年登楼自焚而死。《典略》载述此事虽较详尽，但其系年，与《后汉书》等不同，今从《后汉书》及《通鉴》等。又，《初学记》卷十八等引傅幹《与张叔威书》残篇："吾与足下，义结缟素，恩比同生。"此"张叔威"当即张猛。傅幹与张猛生活时代相同，均为名臣之子，相交为友完全在情理之中。

◆ 张昶卒。

《法书要录》卷八引张怀瓘《书断中》："张昶字文舒……以建安十一年卒。义轩章草入妙，隶入能。"沈铭彝《后汉书注又补》："章怀引王愔《文志》，详伯英事实，而文舒独未之及。按《博物志》：张芝及弟昶并善草书，魏太祖亚之。又《龙城录》：《龙山史记注》即张昶著，后汉末大儒，而世亦不称誉。又张怀瓘《书断》：文舒为黄门侍郎，善章草，类伯英，时人谓之亚圣（韦仲将以张芝为草圣，故云亚）。极工八分，又善隶。庾肩吾《书品》：文舒声劣于兄，允为上之中。李嗣真《书后品》：中上品七人，张昶。韦续《九品书人论》：上中十三人，张昶八分及草。又《水经注》：《华岳庙祠堂碑文》，汉张昶造，自书之，元常又刊其二十余字。二书有重名，传于海内。"[1]

汉献帝建安十三年（208）

◆ **曹操平定荆州，傅巽劝说刘琮归附曹操，赐爵关内侯。**

《三国志》卷六《魏书·刘表传》："建安十三年，太祖征表，未至，表病死……（蒯）越、（韩）嵩及东曹掾傅巽等说琮归太祖，琮曰：'今与诸君据全楚之地，守先君之业，以观天下，何为不可乎？'巽对曰：'逆顺有大体，强弱有定势。以人臣而拒人主，逆也；以新造之楚而御国家，其势弗当也；以刘备而敌曹公，又弗当也。三者皆短，欲以抗王兵之锋，必亡之道也。将军自料何与刘备？'琮曰：'吾不若也。'巽曰：'诚以刘备不足御曹公乎，则虽保楚之地，不足以自存也；诚以刘备足御曹公乎，则备不为将军下也。愿将军勿疑。'太祖军到襄阳，琮举州降。"裴松之注引《傅子》："巽字公悌，瑰伟博达，有知人鉴。辟公府，拜尚书郎，后客荆州，以说刘琮之功，赐爵关内侯。文帝时为侍中，太和中卒。"按：傅巽为汉魏之际著名文士，《隋书》卷三五《经籍志四》著录《缪袭集》下附注："梁又有尚书《傅巽集》二卷，录一卷，亡。"严可均《全三国文》卷三五辑录《槐树赋》《蚊赋》《七诲》《奢俭论》《笔铭》等佚文。其中《七诲》已佚，日藏弘仁本《文馆词林》卷四一四保存此篇前半，篇幅远超严氏所辑，可知此文以"其母先生"与"安有公子"的对问结构全篇。又有《皇初颂》一篇，严氏辑为傅嘏之作，实为傅巽于黄初元年所作（详参下文）。

◆ **曹操平定荆州，梁鹄归附曹魏，以勤书自效。**

《晋书》卷三六《卫恒传》引《四体书势》载："魏武帝破荆州，募求鹄。鹄之为选部也，魏武欲为洛阳令，而以为北部尉，故惧而自缚诣门，署军假司马，在秘书以勤书自效，是以今者多有鹄手迹。魏武帝悬著帐中，及以钉壁玩之，以为胜宜官。今宫殿题署多是鹄篆。"《太平御览》卷二一四引《世语》载："安定梁鹄善八分书。初为吏部尚书，太祖求为洛阳令，鹄以为北部尉。

---

[1] （清）沈铭彝：《后汉书注又补》，《丛书集成初编》，第3784册，商务印书馆1936年版，第145页。

鹄避地荆州，太祖定荆州。太祖求鹄，鹄乞以书赎死，乃令书信幡、宫门题。"《水经注》卷十六《榖水注》载："昔在汉世，洛阳宫殿门题，多是大篆，言是蔡邕诸子（杨守敬等认为'诸子'当即指师宜官、梁鹄等人）。自董卓焚宫殿，魏太祖平荆州，汉吏部尚书安定梁孟皇，善师宜官八分体，求以赎死。太祖善其法，常仰系帐中，爱玩之，以为胜宜官。北宫牓题，咸是鹄笔。"按：梁鹄为汉末著名书法家，因为擅长八分书，深受汉灵帝刘宏与魏武帝曹操等人的器重。其卒年难以详考，大约卒于曹魏代汉之际。

汉献帝建安十四年（209）

◆ 傅嘏生。

《三国志》卷二一《魏书·傅嘏传》："傅嘏字兰石，北地泥阳人，傅介子之后也。伯父巽，黄初中为侍中、尚书……嘏常论才性同异，钟会集而论之。"按：《三国志》本传载其与景王司马师同卒于正元二年（255），"时年四十七"，据此推算，则其生于本年。又，《三国志》本传裴松之注引《傅子》曰："嘏祖父睿，代郡太守。父充，黄门侍郎。"

汉献帝建安十八年（213）

◆ 正月，诏并十四州复为九州，凉州所统，悉入雍州。

《后汉书》卷九《献帝纪》载，本年"春正月庚寅，复《禹贡》九州"。李贤注引《献帝春秋》："时省幽、并州，以其郡国并于冀州；省司隶校尉及凉州，以其郡国并为雍州；省交州，并荆州、益州。"《三国志》卷一《魏书·武帝纪》载，本年正月，"诏书并十四州，复为九州"。《通鉴》卷六六胡三省注："凉州所统，悉入雍州。"

◆ 八月，马超破凉州，杀刺史韦康等。

《三国志》卷三六《蜀书·马超传》："超果率诸戎以击陇上郡县，陇上郡县皆应之，杀凉州刺史韦康，据冀城，有其众。超自称征西将军，领并州牧，督凉州军事。"《通鉴》卷六六系马超破凉州、杀刺史韦康等事于建安十八年八月。按：《后汉书》卷九《献帝纪》系此事于建安十七年八月。《三国志》卷一

《魏书·武帝纪》载，建安十八年，"马超在汉阳，复因羌、胡为害，氐王千万叛应超，屯兴国，使夏侯渊讨之"。所述正是马超破凉州之事。今从《通鉴》等，系于本年。

◆ 九月，天水杨阜、姜叙、赵昂等讨马超，枭其妻子，超南奔汉中。

《三国志》卷三六《蜀书·马超传》："超自称征西将军，领并州牧，督凉州军事。康故吏民杨阜、姜叙、梁宽、赵衢等，合谋击超。阜、叙起于卤城，超出攻之，不能下；宽、衢闭冀城门，超不得入。进退狼狈，乃奔汉中依张鲁。"《三国志》卷二五《魏书·杨阜传》载，杨阜字义山，天水冀人。马超杀凉州刺史，阜内有报超之志，以丧妻求葬假，与外兄姜叙谋议讨超。"计定，外与乡人姜隐、赵昂、尹奉、姚琼、孔信、武都人李俊、王灵结谋，定讨超约，使从弟谟至冀语岳（阜从弟），并结安定梁宽、南安赵衢、庞恭等。约誓既明，十七（按："十八"之误）年九月，与叙起兵于卤城。超闻阜等兵起，自将出。而衢、宽等解岳，闭冀城门，讨超妻子。超袭历城，得叙母。叙母骂之曰：'汝背父之逆子，杀君之桀贼，天地岂久容汝，而不早死，敢以面目视人乎！'超怒，杀之。阜与超战，身被五创，宗族昆弟死者七人。超遂南奔张鲁。"按：此事《魏书·武帝纪》系于建安十九年正月，《通鉴》卷六六系于本年九月，今从《通鉴》。又据《魏书·杨阜传》裴松之注，姜叙母、赵昂妻（王异），皆入皇甫谧《列女传》。

◆ 张既出为雍州刺史。

《三国志》卷一五《魏书·张既传》："张既字德容，冯翊高陵人也……魏国既建，为尚书，出为雍州刺史……是时不置凉州，自三辅拒西域，皆属雍州。"按：据《三国志》卷一《魏书·武帝纪》，本年"七月，始建魏社稷宗庙"；"十一月，初置尚书、侍中、六卿"。则张既出为雍州刺史在十一月以后。

汉献帝建安十九年（214）

◆ 七月，傅幹谏曹操南征。此后又作《王命叙》表明政治见解。

《三国志》卷一《魏书·武帝纪》载，本年"秋七月，公征孙权"。裴松之注引《九州春秋》云："参军傅幹谏曰：'治天下之大具有二：文与武也……'公不从，军遂无功。幹字彦材，北地人，终于丞相仓曹属，有子曰玄。"按：傅幹为傅燮之子，北地灵州人。据《后汉书》卷五八《傅燮传》，其"小字别成"，"位至扶风太守"，李贤注引《幹集》曰："幹字彦林。"其生卒年不详。稽诸史籍，傅幹于建安七年（202）说服马腾依附曹操①，历任扶风太守、丞相参军、丞相仓曹属②。建安十九年七月，曹操出师征讨孙权，傅幹谏阻，不久又作《王命叙》（见《艺文类聚》卷十）反对"以魏代汉"。此后史籍无载，当卒于曹丕代汉之前。傅幹之集，古无著录。近人张鹏一辑《傅幹集》，仅文四篇，后补三篇，共计七篇，收入《关陇丛书》中《北地傅氏遗书》之《三傅集》《补三傅集》。严可均《全后汉文》卷八一辑录其文五篇，其中《王命叙》体现出其明显的反对以魏代汉的政治倾向，当作于建安后期、曹丕代汉之前。

汉献帝建安二十年（215）

◆ 皇甫谧生。

《晋书》卷五一《皇甫谧传》："皇甫谧字士安，幼名静，安定朝那人。汉太尉嵩之曾孙也，出后叔父，徙居新安……太康三年卒，时年六十八。"按：以《晋书》本传的记载推算，皇甫谧当生于本年。又，《世说新语》卷上《文学第四》注引王隐《晋书》："祖叔献，灞陵令。父叔侯，举孝廉。谧族从皆累世富贵。"其曾祖皇甫嵩字义真，《后汉书》卷九一有传。《晋书》本传称皇甫谧为安定朝那（今宁夏固原东南、甘肃平凉西北）人，"徙居新安"。新安其地，在今河南渑池一带，两汉三国时属弘农郡，西晋改属河南郡。介于长安和洛阳之间，一直为司隶校尉部或司州统辖。皇甫谧的籍贯归属，是一个相当复杂的历史问题。稽诸史籍，皇甫谧远祖定居安定朝那，曾祖迁居陕西邠、岐，本人又徙居河南新安。关于其籍贯的表述，《晋书》本传"祖籍安定朝那，徙居河南新安"的说法较为准确。注重门第、标榜姓望的时代风尚和因战乱、仕

---

① 详参《通鉴》卷六四、《三国志》卷十三《钟繇传》注引司马彪《战略》等。
② 详参《后汉书》卷五八《傅燮传》、《三国志》卷一《武帝纪》注引《九州春秋》等。

宦导致的迁徙不定，是造成这种矛盾的根本原因。①

◆苏则为金城太守，绥民平夷，河西复通。

《三国志》卷一六《魏书·苏则传》："苏则字文师，扶风武功人也。少以学行闻，举孝廉茂才，辟公府，皆不就。起家为酒泉太守，转安定、武都，所在有威名。太祖征张鲁，过其郡，见则悦之，使为军导。鲁破，则绥定下辩诸氐，通河西道，徙为金城太守。是时丧乱之后，吏民流散饥穷，户口损耗，则抚循之甚谨。外招怀羌胡，得其牛羊，以养贫老。与民分粮而食，旬月之间，流民皆归，得数千家。乃明为禁令，有干犯者辄戮，其从教者必赏。亲自教民耕种，其岁大丰收，由是归附者日多。李越以陇西反，则率羌胡围越，越即请服。"按：《三国志》卷一《魏书·武帝纪》载，本年"三月，公西征张鲁，至陈仓，将自武都入氐"；七月，"公军入南郑，尽得鲁府库珍宝，巴、汉皆降"。据《三国志》本传，曹操西征张鲁时苏则为武都太守，平定汉中后徙苏则为金城太守。

汉献帝建安二十二年（217）

◆傅玄生。

《晋书》卷四七《傅玄传》载："傅玄字休奕，北地泥阳人也。祖燮，汉汉阳太守。父幹，魏扶风太守。玄少孤贫，博学善属文，解钟律。性刚劲亮直，不能容人之短。"西晋咸宁四年（278）六月，弘训皇后羊氏崩，傅玄因丧礼位次责斥尚书，坐不敬免官，"寻卒于家，时年六十二"。据此推算，傅玄当生于本年。按：关于汉末魏晋时期北地傅氏籍贯的变化，《宋书》卷四八《傅弘之传》有比较确切的说明："傅氏旧属灵州，汉末郡境为虏所侵，失土寄寓冯翊，置泥阳、富平二县，灵州废不立，故傅氏悉属泥阳。晋武帝太康三年，复立灵州县，傅氏还属灵州。弘之高祖晋司徒祇（傅祇），后封灵州公，不欲封本县，故祇一门还复泥阳。"

---

① 详参丁宏武：《皇甫谧籍贯及相关问题考论》，《文史哲》2008年第5期。

汉献帝建安二十五年　魏文帝黄初元年（220）

◆复置凉州，以安定太守邹岐为刺史。

《三国志》卷一五《魏书·张既传》："文帝即王位，初置凉州，以安定太守邹岐为刺史。"按：据《通鉴》卷六九，本年正月，曹操卒，曹丕嗣位为丞相、魏王；五月，"以安定太守邹岐为凉州刺史"。

◆西平麴演、张掖张进、酒泉黄华举兵作乱，苏则讨平，河西复安。

《三国志》卷一六《魏书·苏则传》："太祖崩，西平麴演叛，称护羌校尉。则勒兵讨之。演恐，乞降。文帝以其功，加则护羌校尉，赐爵关内侯。后演复结旁郡为乱，张掖张进执太守杜通，酒泉黄华不受太守辛机，进、华皆自称太守以应之。又武威三种胡并寇钞，道路断绝。武威太守毌丘兴告急于则……（则）乃发兵救武威，降其三种胡，与兴击进于张掖……破之，斩进及其支党，众皆降。演军败，华惧，出所执乞降，河西平。乃还金城。"按：《三国志》卷二《魏书·文帝纪》载，本年五月，"酒泉黄华、张掖张进等各执太守以叛。金城太守苏则讨进，斩之。华降"。

◆敦煌张恭起兵讨平黄华之乱，父子著称于西州。

《三国志》卷一八《魏书·阎温传》附《张恭传》："先是，河右扰乱，隔绝不通，敦煌太守马艾卒官，府又无丞。功曹张恭素有学行，郡人推行长史事，恩信甚著，乃遣子就东诣太祖，请太守。时酒泉黄华、张掖张进各据其郡，欲与恭（艾）并势。就至酒泉，为华所拘执，劫以白刃，就终不回，私与恭疏曰……恭即遣从弟华攻酒泉沙头、乾齐二县。恭又连兵寻继华后，以为首尾之援。别遣铁骑二百，迎吏官属，东缘酒泉北塞，径出张掖北河，逢迎太守尹奉。于是张进须黄华之助，华欲救进，西顾恭兵，恐急击其后，遂诣金城太守苏则降。就竟平安。奉得之官。"按：《三国志》卷一八《张恭传》又载，"黄初二年，下诏褒扬，赐恭爵关内侯，拜西域戊己校尉。数岁征还，将授以侍臣之位，而以子就代焉。恭至敦煌，固辞疾笃。太和中卒，赠执金吾。就后为金城太守，父子著称于西州"。关于张恭的籍贯，《三国志》卷十五《魏书·张既传》称"敦煌张恭"，可知其为敦煌人氏。张澍辑《续敦煌实录》卷一即收录张恭、张就父子的相关史事。严可均《全三国文》卷三九辑录张就《被拘执私与父恭疏》。又，尹奉，字次曾，天水人，事见《三国志》卷二五《魏书·杨阜传》等。

◆凉州卢水胡反，河西大扰，张既出为凉州刺史。政惠著闻，礼辟贤士。

《三国志》卷一五《魏书·张既传》："凉州卢水胡伊健妓妾、治元多等反，河西大扰。帝忧之，曰：'非既莫能安凉州。'乃召邹岐，以既代之……既临二州十余年，政惠著闻，其所礼辟扶风庞延、天水杨阜、安定胡遵、酒泉庞淯、敦煌张恭、周生烈等，终皆有名位。"

◆敦煌周生烈有《论语》注、《左氏传》注及《周生烈子》等著述传世。

《三国志》卷一三《魏书·王朗传》附《王肃传》："自魏初征士敦煌周生烈，明帝时大司农弘农董遇等，亦历注经传，颇传于世。"裴松之注："此人姓周生，名烈。何晏《论语集解》有烈《义例》，余所著述，见晋武帝《中经簿》。"《三国志》卷一五《魏书·张既传》载，张既于黄初年间任凉州刺史，其所礼辟之河陇文士甚多，其中即有"敦煌周生烈"。《古今姓氏书辩证》卷十九引刘昞《敦煌实录》载："魏侍中周生烈，本姓唐，外养周氏。"[①] 按：周生烈生平难以详考。其有《论语》注、《左氏传》注及《周生烈子》等传世。何晏《论语集解序》曰："近故司空陈群、太常王肃、博士周生烈皆为义说。"[②] 陆德明《经典释文序录》载："魏吏部尚书何晏集孔安国、包咸、周氏、马融、郑玄、陈群、王肃、周生烈之说，并下己意为《集解》（按：即《论语集解》）。"于"周生烈"下附注云："敦煌人，《七录》云字文逢，本姓唐，魏博士、侍中。"[③] 又载，周生烈与王朗、王基、董遇等人"并注解《左氏传》"[④]。其字"文逢"，何晏《论语集解序》邢昺疏引《七录》作"文逸"，《意林》卷五引《周生烈子》自序也作"文逸"。《周生烈子》又作《周生子》。《十六国春秋》载，北凉于沮渠茂虔（又作"沮渠牧犍"）永和五年（宋文帝元嘉十四

---

① （宋）邓名世撰，王力平点校：《古今姓氏书辩证》，江西人民出版社2006年版，第274页。
② （清）阮元校刻：《十三经注疏》，中华书局1980年版，第2455页。
③ （唐）陆德明撰，吴承仕疏证：《经典释文序录疏证》，中华书局2008年版，第125页。
④ （唐）陆德明撰，吴承仕疏证：《经典释文序录疏证》，中华书局2008年版，第109页。

年）遣使诣宋，表献方物，献书一百五十四卷，内有《周生子》十三卷①（《宋书》卷九八记载相同）。《隋书》卷三四《经籍志三》子部儒家《潜夫论》下附注云："（梁有）《周生子要论》一卷、录一卷，魏侍中周生烈撰，亡。"《意林》卷五引《周生烈子》十条，其自序略云："六蔽鄙夫敦煌周生烈，字文逸。张角败后，天下溃乱。哀苦之间，故著此书。以尧舜作干植，仲尼作师诫。"②此书早已亡佚，马国翰《玉函山房辑佚书》、张澍《二酉堂丛书》有辑本。

◆ **十月，汉献帝禅位，魏文帝即位，改元黄初。傅巽作《皇初颂》。**

《三国志》卷二《魏书·文帝纪》载，本年十月，"汉帝以众望在魏，乃召群公卿士，告祠高庙，使兼御史大夫张音持节奉玺绶禅位……庚午，王升坛即阼，百官陪位。事讫，降坛，视燎成礼而反。改延康为黄初，大赦"。又，《艺文类聚》卷十引"魏傅遐《皇初颂》"一篇，从文本内容看，此文旨在宣扬曹魏代汉是天命所归，文中所说"懿大魏之圣后，固上天之所兴，应灵运以承统，排阊阖以龙升"，"于是天地休豫，灵祇欢欣。嘉瑞云集，四灵允臻。甘露宵零于宫庭，醴泉冬涌于中原。白雉素乌，丹芝朱鱼。鳞集群萃，不可胜书。信应天之美瑞，受命之灵符也"云云，都是肯定曹魏应命承统的合理性。文章结尾写天子"拜上皇，告受位"，"建皇初之上元，发旷荡之明诏"，显然是本年十月汉献帝禅位于曹丕，改元"黄初"之事（皇、黄古代常通用）。总之，此文作于魏文帝黄初元年可无疑议。关于此文的作者，《艺文类聚》卷十引作"魏傅遐"，严可均《全三国文》卷三五辑为"傅嘏"之作。按：据《三国志》卷二一《傅嘏传》，傅嘏卒于正元二年（255），享年四十七岁，据而推算，其生于建安十四年（209），黄初元年年仅十二岁，不可能写作此颂。稽诸史籍，傅嘏之伯父傅巽，汉魏禅代之际任散骑常侍，参与劝进（《三国志》卷二《文帝纪》注引《献帝传》），《魏公卿上尊号奏》中所列"怀远将军、关内侯臣巽"即为傅巽（《隶释》卷十九）；黄初中为侍中、尚书（《三国志》卷二一《傅

---

① （北魏）崔鸿撰，（明）屠乔孙等辑：《十六国春秋》，影印文渊阁《四库全书》，第463册，台湾商务印书馆1986年版。按：本书所引《十六国春秋》，均依据文渊阁《四库全书》本，所有引文只随文注明卷次及篇名。

② 王天海、王韧：《意林校释》，中华书局2014年版，第487页。

嘏传》）。其政治立场与年龄、身份均与《皇初颂》的作者高度契合。且"遐"与"選"，形近易致误；《艺文类聚》等所引"傅巽"，又常作"傅選"。据此推断，《艺文类聚》卷十所引"傅遐"，应是"傅選"之误，而"傅選"即"傅巽"。总之，《艺文类聚》卷十所引《皇初颂》的作者是傅巽，严可均认定此文为傅嘏之作有误，不可信从。

魏文帝黄初三年（222）

◆十月，曹丕自许昌南征东吴。贾诩答文帝伐吴蜀问，主张宜先文后武。

《三国志》卷十《魏书·贾诩传》载，"文帝即位，以诩为太尉……帝问诩曰：'吾欲伐不从命以一天下，吴、蜀何先？'对曰"云云，"文帝不纳。后兴江陵之役，士卒多死"。《三国志》卷二《魏书·文帝纪》载，黄初三年十月，"孙权复叛。复郢州为荆州。帝自许昌南征，诸军兵并进，权临江拒守"。四年"三月丙申，行自宛还洛阳宫"。又据裴松之注引《魏书》所引《丙午诏》，魏、吴双方在江陵展开激烈争夺战，后因疾疫暴发而罢兵。《通鉴》卷六九、卷七十亦详载此次江陵之役，并全文引录曹丕与贾诩的问答。据此，则贾诩的对答当作于黄初三年十月曹丕南征东吴之前。《通鉴》卷六九载，本年九月，魏、吴交恶，双方均遣将备战，曹丕征询贾诩的意见应在此时。按：《三国志》卷十《魏书·贾诩传》载，"贾诩字文和，武威姑臧人"，汉阳阎忠"谓诩有良、平之奇"。其《答魏文帝伐吴蜀问》文意完备，能够比较集中地反映贾诩的谋略思想，严可均辑《全三国文》失收。

魏文帝黄初四年（223）

◆六月，贾诩卒。著有《钞孙子兵法》、《吴起兵法》注等。

《三国志》卷十《魏书·贾诩传》："诩年七十七，薨，谥曰肃侯。子穆嗣。"《三国志》卷二《魏书·文帝纪》载，本年六月"甲申，太尉贾诩薨"。史载贾诩长于谋略，陈寿称其"算无遗策，经达权变"。《隋书》卷三四《经籍志三》著录贾诩《钞孙子兵法》一卷、《吴起兵法》注一卷。

魏明帝太和元年（227）

◆傅嘏为司空掾，作《请立贵嫔为皇后表》。

《三国志》卷二一《魏书·傅嘏传》："嘏弱冠知名，司空陈群辟为掾。"严可均《全三国文》卷三五辑录其《请立贵嫔为皇后表》。陆侃如《中古文学系年》："据《明帝纪》，群于黄初七年十二月为司空，毛后于太和元年十一月以贵嫔为后。嘏被辟当在这两个日期中间，表文疑是代群作的。"

魏明帝太和二年（228）

◆诸葛亮兵出祁山，姜维入蜀，时年二十七岁。作《报母书》。

《三国志》卷四四《蜀书·姜维传》："姜维字伯约，天水冀人也。少孤，与母居。好郑氏学。仕郡上计掾，州辟为从事。以父冏昔为郡功曹，值羌、戎叛乱，身卫郡将，没于战场，赐维官中郎，参本郡军事。建兴六年，丞相诸葛亮军向祁山，时天水太守适出案行，维及功曹梁绪、主簿尹赏、主记梁虔等从行。太守闻蜀军垂至，而诸县响应，疑维等皆有异心，于是夜亡保上邽。维等觉太守去，追迟，至城门，城门已闭，不纳。维等相率还冀，冀亦不入维。维等乃俱诣诸葛亮。会马谡败于街亭，亮拔将西县千余家及维等还，故维遂与母相失。亮辟维为仓曹掾，加奉义将军，封当阳亭侯，时年二十七。"裴松之注引孙盛《杂记》曰："初，姜维诣亮，与母相失，复得母书，令求当归。维曰：'良田百顷，不在一亩，但有远志，不在当归也。'"《晋书》卷二八《五行志中》载："魏明帝太和中，姜维归蜀，失其母。魏人使其母手书呼维令反，并送当归以譬之。维报书曰：'良田百顷，不计一亩，但见远志，无有当归。'"按：姜维入蜀，深受诸葛亮赏识。《三国志》卷四四《蜀书·姜维传》载亮与张裔、蒋琬书曰："姜伯约忠勤时事，思虑精密，考其所有，永南、季常诸人不如也。其人，凉州上士也。"

◆徐邈任凉州刺史，修盐池，开水田，率以仁义，立学明训，风化大行。

《三国志》卷二七《魏书·徐邈传》："徐邈字景山，燕国蓟人也……明帝以凉州绝远，南接蜀寇，以邈为凉州刺史，使持节领护羌校尉。至，值诸葛亮出祁山，陇右三郡反，邀辄遣参军及金城太守等击南安贼，破之。河右少雨，常苦乏谷，邀上修武威、酒泉盐池以收虏谷，又广开水田，募贫民佃之，家家丰足，仓库盈溢。乃度支州界军用之余，以市金帛犬马，通供中国之费。以渐收敛民间私仗，藏之府库。然后率以仁义，立学明训，禁厚葬，断淫祀，进善黜恶，风化大行，百姓归心焉。"《三国志》卷三《魏书·明帝纪》载，本年"蜀大将诸葛亮寇边，天水、南安、安定三郡吏民叛应亮"。《通鉴》卷七一系于本年四月。

魏明帝太和四年（230）

◆曹真等伐蜀，天大雨，杨阜等上疏止伐蜀。

《三国志》卷二五《魏书·杨阜传》："后迁少府。是时大司马曹真伐蜀，遇雨不进。阜上疏曰……帝即召诸军还。"《三国志》卷三《魏书·明帝纪》载，本年七月，"诏大司马曹真、大将军司马宣王伐蜀"；"九月，大雨，伊、洛、河、汉水溢，诏真等班师"。《通鉴》卷七一系此事于本年八月。严可均《全三国文》卷二七辑录杨阜《伐蜀遇雨上疏》。

魏明帝太和五年（231）

◆皇甫谧年十七，未通经史。

《北堂书钞》卷一二一引《玄晏春秋》："谧年十七，未通经史。始编荆为盾，执枝为戈。"《太平御览》卷三五一引《玄晏春秋》："七年春王正月乙酉，予长七尺四寸矣，未通史书。与从姑子梁柳等击壤于路，或编荆为楯，执荻为戈，分陈相刺习兵，共以为乐。"卷六〇七又引曰："十七年，予长七尺四寸，未通史书。与从姑子梁柳等或编荆为楯，执杖为戈，分陈相刺，有若习兵。"陆侃如《中古文学系年》："谧幼时各年号均无十七年，可能是指他本人十七岁。若作'七年'，也只有黄初七年，正月却无乙酉日。如果以青龙元年为太和七年，正月乙酉是二十四日，时谧十九岁，未知是否。"按：章宗源《隋书经籍志考证》卷十三以为《玄晏春秋》"如后世年谱之类"。皇甫谧自号玄晏先生，名其书为《玄晏春秋》，"十七年"当指其十七岁。

◆ 曹植上疏求通亲亲，杨阜陈九族之义。

《三国志》卷二五《魏书·杨阜传》："时雍丘王植怨于不齿，藩国至亲，法禁峻密，故阜又陈九族之义焉。"《三国志》卷三《魏书·明帝纪》本年八月：诏令"诸王及宗室公侯各将嫡子一人朝"。按：《通鉴》卷七二系曹植上疏于本年七月，八月明帝下诏。

魏明帝太和六年（232）

◆ 明帝丧爱女，欲亲临送葬，杨阜上疏谏阻。

《三国志》卷二五《魏书·杨阜传》："帝爱女淑，未期而夭，帝痛之甚，追封平原公主，立庙洛阳，葬于南陵。将自临送，阜上疏曰：'文皇帝、武宣皇后崩，陛下皆不送葬，所以重社稷、备不虞也。何至孩抱之赤子而可送葬也哉？'帝不从。"按：《通鉴》卷七二系此事于本年二月。

◆ 天水薛夏博学有才，任秘书丞，太和中曾为移书事报兰台。

《三国志》卷十三《魏书·王肃传》注引《魏略》载："太和中，（薛夏）尝以公事移兰台。兰台自以台也，而秘书署耳，谓夏为不得移也，推使当有坐者。夏报之曰：'兰台为外台，秘书为内阁，台、阁一也，何不相移之有？'兰台屈，无以折。自是之后，遂以为常。后数岁病亡，敕其子无还天水。"又载："薛夏字宣声，天水人也。博学有才。天水旧有姜、阎、任、赵四姓，常推于郡中，而夏为单家，不为降屈。四姓欲共治之，夏乃游逸，东诣京师。太祖宿闻其名，甚礼遇之。后四姓又使囚遥引夏，关移颍川，收捕系狱。时太祖已在冀州，闻夏为本郡所质，抚掌曰：'夏无罪也。汉阳儿辈直欲杀之耳！'乃告颍川使理出之，召署军谋掾。文帝又嘉其才，黄初中为秘书丞，帝每与夏推论书传，未尝不终日也。每呼之不名，而谓之薛君。夏居甚贫，帝又顾其衣薄，解所御服袍赐之。其后征东将军曹休来朝，时帝方与夏有所咨论，而外启休到，帝引入。坐定，帝顾夏言之于休曰：'此君，秘书丞天水薛宣声也，宜共谈。'其见遇如此。寻欲用之，会文帝崩。"按：薛夏为曹魏时期著名儒生，其事又见载王嘉《拾遗记》卷七。鱼豢《魏略》"以（董）遇及贾洪、邯郸淳、薛夏、隗禧、苏林、乐详等七人为儒宗"，作《儒宗传》，并称赞他们"以守学不辍，乃上为帝王所嘉，下为国家名儒"。又，其于"太和中"（227—233）移书兰台之事难以详考，故且系于本年。此文严可均《全三国文》卷二九题作《报兰台》，今改为《为移书事报兰台》。

魏明帝青龙二年（234）

◆皇甫谧年二十，从席坦受书。

《晋书》卷五一《皇甫谧传》："年二十，不好学，游荡无度，或以为痴。尝得瓜果，辄进所后叔母任氏。任氏曰：'《孝经》云：三牲之养，犹为不孝。汝今年余二十，目不存教，心不入道，无以慰我。'因叹曰：'昔孟母三徙以成仁，曾父烹豕以存教。岂我居不卜邻，教有所阙，何尔鲁钝之甚也？修身笃学，自汝得之，于我何有？'因对之流涕。谧乃感激，就乡人席坦受书，勤力不息。居贫，躬自稼穑，带经而农，遂博综典籍百家之言。"《太平御览》卷二七引《玄晏春秋》："余家贫，昼则惫于作劳，夜则甘于寝寐。以三时之务，卷帙生尘，箧不解缄。唯季冬末才得一旬学尔。"又卷八二四引《玄晏春秋》曰："又好桑农种藏之事，且养鸡鹜。园圃之事，勤不舍力焉。"《世说新语》卷上《文学第四》注引王隐《晋书》："谧乃感激，年二十余就乡里席坦受书。遭人而问，少有宁日。"

魏明帝青龙三年（235）

◆杨阜迁将作大匠，时明帝大治宫室，选美女，阜作《谏治宫室发美女疏》《谏营洛阳宫殿观阁疏》，又上疏欲省宫人诸不见幸者，应诏议政治之不便于民者。

《三国志》卷二五《魏书·杨阜传》载，"迁将作大匠。时初治宫室，发美女以充后庭，数出入弋猎。秋，大雨震电，多杀鸟雀。阜上疏曰"云云。又载："阜又上疏欲省宫人诸不见幸者，乃召御府吏问后宫人数。吏守旧令，对曰：'禁密，不得宣露。'阜怒，杖吏一百，数之曰：'国家不与九卿为密，反与小吏为密乎？'帝闻而愈敬惮阜。"又载"帝既新作许宫，又营洛阳宫殿观阁。阜上疏曰"云云。《三国志》卷三《魏书·明帝纪》："（三年）是时，大治洛阳宫，起昭阳、太极殿，筑总章观。百姓失农时，直臣杨阜、高堂隆等各数切谏，虽不能听，常优容之。"按：《通鉴》卷七三系杨阜以上诸疏于本年。又，《三国志》本传载"后诏大议政治之不便于民者，阜议以为"云云，其中所言"广开宫馆，高为台榭，以妨民务"云云，显然也是针对明帝大兴宫室而发，故亦系于本年。又，杨阜生卒年，史籍无明确记载。《三国志》本传载："数谏争，不听，乃屡乞逊位，未许。会卒，家无余财。孙豹嗣。"据此，杨阜当卒于青龙三年或稍后。严可均《全三国文》卷二七辑录其文六篇。

◆**魏明帝大治宫室，傅玄作《正都赋》，时年十九岁。**

严可均《全晋文》卷四五据《北堂书钞》《艺文类聚》《太平御览》等辑录傅玄《正都赋》一篇，就残存佚文来看，此赋描述京都的繁华及帝国的强盛，应与魏明帝太和以后大规模修筑洛阳宫殿的历史背景有关。据《三国志》卷三《魏书·明帝纪》载，青龙二年（234）七月，魏明帝御龙舟亲征东吴；三年，大治洛阳宫。青龙二年、三年，傅玄时年十八、十九岁，就读太学，目睹宫阙初成、龙舟星列的盛况，铺陈渲染而成此赋。姑系于本年。

魏明帝景初元年（237）

◆**傅嘏论刘劭《都官考课法》。**

《三国志》卷二一《魏书·傅嘏传》载，"嘏弱冠知名，司空陈群辟为掾。时散骑常侍刘劭作《考课法》，事下三府，嘏难劭论曰"云云。《通鉴》卷七三"明帝景初元年"："帝深疾浮华之士……诏散骑常侍刘劭作考课法，劭作《都官考课法》七十二条，又作《说略》一篇，诏下百官议。"

魏明帝景初三年（239）

◆**傅咸生。**

《晋书》卷四七《傅咸传》："咸字长虞，刚简有大节，风格峻整，识性明悟，疾恶如仇，推贤乐善……好属文论，虽绮丽不足，而言成规鉴。"《文选》卷二五傅咸《赠何劭王济》李善注引王隐《晋书》："傅咸字长虞，北地泥阳人也。"按：傅咸为傅玄之子。《晋书》本传称"元康四年（294）卒官，时年五十六"。据此推算，当生于本年。

◆索靖生。

《晋书》卷六十《索靖传》："索靖字幼安，敦煌人也。累世官族，父湛，北地太守……太安末，河间王颙举兵向洛阳，拜靖使持节、监洛城诸军事、游击将军，领雍、秦、凉义兵，与贼战，大破之，靖亦被伤而卒，追赠太常，时年六十五。"按：晋惠帝太安年号共两年，末年即为太安二年（303），据此推断，索靖当生于明帝景初三年。

魏齐王曹芳正始元年（240）

◆徐邈免凉州刺史，还为大司农。

《三国志》卷二七《魏书·徐邈传》："正始元年，还为大司农。"

◆傅嘏为尚书郎。

《三国志》卷二一《魏书·傅嘏传》："正始初，除尚书郎。"

◆皇甫谧作《礼乐圣真论》，始著《帝王世纪》及《年历》。时年二十六岁。

《晋书》卷五一《皇甫谧传》："沉静寡欲，始有高尚之志，以著述为务。自号玄晏先生，著礼乐圣真之论……又撰《帝王世纪》《年历》。"《文选》卷四五《三都赋序》李善注："谧自序曰：始志乎学，而自号玄晏先生。玄，静也；晏，安也；先生，学人之通称也。"《隋书》卷三三《经籍志二》著录《帝王世纪》十卷，注云："皇甫谧撰，起三皇，尽汉魏。"《玉海》卷四七"晋《帝王世纪》"："《书目》：晋正始初，安定皇甫谧撰。以汉纪残缺，始博案经传，旁观百家，著《帝王世纪》并《年历》，合十二篇，起太昊帝，讫汉献帝。"姚振宗《隋书经籍志考证》卷十三："按正始为魏齐王芳年号，此称'晋正始'者，犹《汉书叙例》称'魏建安'也。或是'泰始'之误。"陆侃如《中古文学系年》："正始之说，与本传'以著述为务'合，那还在得风痹疾之前。不过脱稿或在泰始间，所以言及陈留王事。（《贾谧传》谓'朝廷议立《晋书》限断，中书监荀勖谓宜以魏正始起年'，可证《玉海》称'晋正始'非无据。）"按：史载皇甫谧年二十始志于学，其"博综典籍百家之言"并"以著述为务"，当需数年时间，《玉海》所谓正始初年其撰著《帝王世纪》等，较为合理。

◆**傅玄举秀才，除郎中。**

《晋书》卷四七《傅玄传》："郡上计吏，再举孝廉，太尉辟，皆不就。州举秀才，除郎中。"陆侃如《中古文学系年》："年月无考，今假定在撰《魏书》之前五年左右。"

魏齐王曹芳正始五年（244）

◆**傅嘏子傅祗生。**

《晋书》卷四七《傅祗传》："祗字子庄，父嘏，魏太常……及洛阳陷没，遂共建行台，推祗为盟主，以司徒、持节、大都督诸军事传檄四方。遣子宣将公主与尚书令和郁赴告方伯征义兵，祗自屯盟津小城，宣弟畅行河阴令，以待宣。祗以暴疾薨，时年六十九。"按：《通鉴》卷八八载永嘉六年（312）五月傅祗卒，时年六十九，据此推算，当生于本年。

魏齐王曹芳正始六年（245）

◆**傅玄为著作郎，参撰《魏书》。时年二十九岁。**

《晋书》卷四七《傅玄传》："除郎中，与东海缪施俱以时誉选入著作，撰集《魏书》。"《史通》卷十二《古今正史》亦载"司隶校尉傅玄"曾参与魏史撰写。按：据《晋书》本传，傅玄任司隶校尉在晚年，今从陆侃如《中古文学系年》，系于本年。

魏齐王曹芳正始九年（248）

◆**皇甫谧得风痹疾，始习医，作《玄守论》。时年三十四岁。**

《晋书》卷五一《皇甫谧传》："后得风痹疾，犹手不辍卷。或劝谧修名广交，谧以为'非圣人孰能兼存出处，居田里之中亦可以乐尧舜之道，何必崇接世利，事官鞅掌，然后为名乎'。作《玄守论》以答之，曰……遂不仕，耽玩典籍，忘寝与食，时人谓之'书淫'。"《太平御览》卷七二二引臧荣绪《晋书》曰："后得风痹疾，因而学医，习览经方。手不辍卷，遂尽其妙。"陆侃如《中古文学系年》："谧于泰始三年上疏，有'久婴笃疾，躯半不仁，右脚偏小，十有九载'的话，则得病当始于本年。"按：自泰始三年（267）倒推十九年，即为本年。

魏齐王曹芳嘉平元年（249）

◆ **正月，司马懿发动政变，诛杀曹爽、何晏等，夷三族。**

《三国志》卷四《魏书·三少帝纪》："嘉平元年春正月甲午，车驾谒高平陵。太傅司马宣王奏免大将军曹爽、爽弟中领军羲、武卫将军训、散骑常侍彦官，以侯就第。戊戌，有司奏收黄门张当付廷尉，考实其辞，爽与谋不轨。又尚书丁谧、邓飏、何晏、司隶校尉毕轨、荆州刺史李胜、大司农桓范皆与爽通奸谋，夷三族。语在《爽传》。丙午，大赦。丁未，以太傅司马宣王为丞相，固让乃止。"

◆ **傅嘏追附司马氏，为河南尹。**

《三国志》卷二一《魏书·傅嘏传》："正始初，除尚书郎，迁黄门侍郎。时曹爽秉政，何晏为吏部尚书……晏等遂与嘏不平，因微事以免嘏官。起家拜荥阳太守，不行。太傅司马宣王请为从事中郎。曹爽诛，为河南尹。"

魏齐王曹芳嘉平四年（252）

◆ **傅嘏迁尚书，时论议伐吴，作《对诏访征吴三计》《诸葛恪扬声欲向青徐议》。**

《三国志》卷二一《魏书·傅嘏传》："迁尚书……时论者议欲自伐吴，三征献策各不同。诏以访嘏，嘏对曰……后吴大将诸葛恪新破东关，乘胜扬声欲向青、徐，朝廷将为之备。嘏议以为……后恪果图新城，不克而归。"裴松之注引司马彪《战略》载："嘉平四年四月，孙权死。征南大将军王昶、征东将军胡遵、镇南将军毌丘俭等表请征吴。朝廷以三征计异，诏访尚书傅嘏，嘏对曰……时不从嘏言。"《三国志》卷四《魏书·三少帝纪》载，本年"冬十一月，诏征南大将军王昶、征东将军胡遵、镇南将军毌丘俭等征吴。十二月，吴大将军诸葛恪拒战，大破众军于东关。不利而还"。按：司马彪《战略》所载傅嘏《对诏访征吴三计》，详于《三国志》本传。

魏齐王曹芳嘉平五年（253）

◆ 傅嘏论才性同异，钟会集而论之。

《三国志》卷二一《魏书·傅嘏传》："嘏常论才性同异，钟会集而论之。"裴松之注引《傅子》曰："嘏既达治好正，而有清理识要，好论才性，原本精微，鲜能及之。司隶校尉钟会年甚少，嘏以明智交会。"《世说新语》卷上《文学第四》："傅嘏善言虚胜，荀粲谈尚玄远。每至共语，有争而不相喻。"按：《三国志》本传系傅嘏论才性同异于诸葛恪围新城之后，据卷四《魏书·三少帝纪》，本年五月吴太傅诸葛恪围合肥新城，七月退还。

◆ 索靖游诣太学，与乡人氾衷等号称"敦煌五龙"。

《晋书》卷六十《索靖传》："靖少有逸群之量，与乡人氾衷、张甝、索紾、索永俱诣太学，驰名海内，号称'敦煌五龙'。"按：索靖入太学的时间，难以详考。据相关文献，魏晋时期诸生入太学，一般为十五岁左右。依通例推断，索靖入太学，也应以十五岁为宜，当在本年。[①]

魏齐王曹芳嘉平六年　魏高贵乡公曹髦正元元年（254）

◆ 傅嘏赐爵关内侯，进封武乡亭侯。

《三国志》卷二一《魏书·傅嘏传》："嘉平末，赐爵关内侯。高贵乡公即尊位，进封武乡亭侯。"按：据《三国志》卷四《魏书·三少帝纪》，本年九月甲戌，废齐王曹芳；十月庚寅，高贵乡公曹髦即位，改元正元。

◆ 皇甫谧年四十，遭后母丧，还本宗。

《晋书》卷五一《皇甫谧传》："叔父有子既冠，谧年四十，丧所生后母，遂还本宗。"按：本年皇甫谧四十岁。

---

① 详参丁宏武：《索靖生平著作考》，《文史哲》2013年第5期。

魏高贵乡公曹髦正元二年（255）

◆傅嘏卒，赠太常。

《三国志》卷二一《魏书·傅嘏传》："正元二年春，毌丘俭、文钦作乱。或以司马景王不宜自行，可遣太尉孚往，惟嘏及王肃劝之，景王遂行……嘏以功进封阳乡侯，增邑六百户，并前千二百户。是岁薨，时年四十七，追赠太常，谥曰元侯。子祗嗣。咸熙中开建五等，以嘏著勋前朝，改封祗泾原子。"陈寿评曰："傅嘏用才达显。"裴松之论曰："傅嘏识量名辈，寔当时高流。"按，《隋书》卷三五《经籍志四》著录《应璩集》下有注："梁又有太常卿《傅嘏集》二卷，录一卷，亡。"严可均《全三国文》卷三五辑录傅嘏文五篇。傅祗及其诸子，《晋书》卷四七有传。

◆张轨生。

《晋书》卷八六《张轨传》："张轨字士彦，安定乌氏人，汉常山景王耳十七代孙也。家世孝廉，以儒学显。父温，为太官令……卒年六十。"按：《晋书》本传称张轨卒年六十。据《晋书》卷五《愍帝纪》，建兴二年（314）"五月壬辰，太尉、领护羌校尉、凉州刺史、西平公张轨薨"。据此推算，张轨当生于本年。

魏高贵乡公曹髦甘露五年　魏陈留王曹奂景元元年（260）

◆五月，高贵乡公曹髦卒。六月，陈留王曹奂即位，改元景元。

《三国志》卷四《魏书·三少帝纪》载，本年"夏四月，诏有司率遵前命，复进大将军司马文王位为相国，封晋公，加九锡。五月己丑，高贵乡公卒，年二十"。又载："六月甲寅，（陈留王曹奂）入于洛阳，见皇太后，是日即皇帝位于太极前殿，大赦，改年。"按：关于曹髦之死，裴松之注引《汉晋春秋》所述较为详尽。

◆皇甫谧服寒食散中毒，自杀未果。魏郡召上计掾，举孝廉，皆不行。撰《甲乙经》及《论寒食散方》。

《晋书》卷五一《皇甫谧传》："时魏郡召上计掾，举孝廉；景元初，相国辟，皆不行……初服寒食散，而性与之忤，每委顿不伦。尝悲恚叩刃欲自杀，叔母谏之而止。"传世《针灸甲乙经》篇首有皇甫谧自序："甘露中，吾病风，加苦聋，百日方治，要皆浅近。乃撰集三部，使事类相从，删其浮辞，除其重复，论其精要，至为十二卷。"①《隋书》卷三四《经籍志三》著录《黄帝甲乙经》十卷、音一卷（梁十二卷），《皇甫谧曹歙论寒食散方》二卷（亡），《皇甫士安依诸方撰》一卷。隋巢元方《诸病源候论》卷六"解散病诸候"之"寒食散发候"载录皇甫谧论寒食药之语，余嘉锡《寒食散考》认为"巢氏所引，盖出此书（即《皇甫谧曹歙论寒食散方》）"②。陆侃如《中古文学系年》："谧于泰始三年上疏，有'服寒食药，违错节度，辛苦荼毒，于今七年；隆冬裸袒食冰，当暑烦闷，加以咳逆；或若温疟，或类伤寒，浮气流肿，四肢酸重'的话，则中毒自杀当在本年。郡举不行，不知在何时，但必在四十岁还宗以后，四十九岁相国辟以前，故假定在本年前后。不仕不一定由于高蹈，病的加重怕是主因。"又云："谧病风痹始于正始末，《甲乙经自序》所谓甘露中加苦聋，恐即指本年中毒事，因为在六月以前乃是甘露五年。"按：今人景蜀慧认为皇甫谧于正始、甘露中患疾，与魏晋易代之际的政局有很大的关系。③

◆ **挚虞师事皇甫谧。**

《晋书》卷五一《挚虞传》："挚虞字仲洽，京兆长安人也。父模，魏太仆卿。虞少事皇甫谧，才学通博，著述不倦。"《世说新语》卷上《文学第四》"太叔广甚辩给"条注引王隐《晋书》："挚虞字仲冾（按：当作"洽"），京兆长安人。祖茂，秀才。父模，太仆卿。虞少好学，师事皇甫谧，善校练文义，多所著述。"陆侃如《中古文学系年》："虞生年，史无明文。惟知卒于三一一年，举二六八年贤良前已为郡主簿，则当生于二四〇年左右。今系从谧受业于本年，时虞年约二十。"

---

① （晋）皇甫谧：《黄帝三部针灸甲乙经序》，山东中医学院校释：《针灸甲乙经校释》，人民卫生出版社 2009 年版，第 3 页。
② 余嘉锡：《寒食散考》，见氏著《余嘉锡论学杂著》，中华书局 1963 年版，第 183—184 页。
③ 详参景蜀慧：《魏晋政局与皇甫谧之废疾》，《文史》2001 年第 2 辑（总第 55 辑）。

魏陈留王曹奂景元二年（261）

◆**三月，蜀后主下诏追谥故将军赵云，大将军姜维等议谥。**

《三国志》卷三三《蜀书·后主传》："（景耀）四年春三月，追谥故将军赵云。"《三国志》卷三六《蜀书·赵云传》载，蜀建兴七年（229），赵云卒，"追谥顺平侯"。裴松之注引《云别传》载蜀后主下诏议谥赵云，"大将军姜维等议，以为云昔从先帝，劳绩既著，经营天下，遵奉法度，功效可书。当阳之役，义贯金石。忠以卫上，君念其赏；礼以厚下，臣忘其死。死者有知，足以不朽；生者感恩，足以殒身。谨按谥法，柔贤慈惠曰顺，执事有班曰平，克定祸乱曰平，应谥云曰顺平侯"。按：蜀后主景耀四年（261）即曹魏景元二年。

魏陈留王曹奂景元四年（263）

◆**皇甫谧不就相国辟。**

《晋书》卷五一《皇甫谧传》："景元初相国辟，皆不行。"陆侃如《中古文学系年》："司马昭于本年十月始受相国之命，谧被辟当在其后，已是景元末了。"按：据《晋书》卷二《文帝纪》，景元四年"冬十月，天子以诸侯献捷交至，乃申前命曰……公卿将校皆诣府喻旨，帝以礼辞让。司空郑冲率群官劝进曰……帝乃受命。十一月，邓艾帅万余人自阴平逾绝险至江由，破蜀将诸葛瞻于绵竹，斩瞻，传首。进军雒县，刘禅降。天子命晋公以相国总百揆，于是上节传，去侍中、大都督、录尚书之号焉"。又，史载魏帝曹奂自景元元年即封司马昭为相国、晋公，司马昭固让，乃至，此后每年都有封让之事，至景元四年十月才正式受命。

魏陈留王曹奂咸熙元年（264）

◆**钟会反于蜀，被诛。姜维亦败亡，郤正著论称之。**

《三国志》卷四《魏书·三少帝纪》："咸熙元年春正月壬戌，槛车征邓艾……是月，钟会反于蜀，为众所讨；邓艾亦见杀。"《三国志》卷四四《蜀书·姜维传》："（钟）会厚待维等，皆权还其印号节盖。会与维出则同舆，坐则同席，谓长史杜预曰：'以伯约比中土名士，公休、太初不能胜也。'会既构邓艾，艾槛车征，因将维等诣成都，自称益州牧以叛。欲授维兵五万人，使为前驱。魏将士愤怒，杀会及维，维妻子皆伏诛。"此事又见载《三国志》卷二八《魏书·钟会传》、《华阳国志》卷七《刘后主志》等。按，《三国志》卷四四《蜀书·姜维传》载："郤正著论论维曰：'姜伯约据上将之重，处群臣之右，宅舍弊薄，资财无余，侧室无妾媵之亵，后庭无声乐之娱，衣服取供，舆马取备，饮食节制，不奢不约，官给费用，随手消尽；察其所以然者，非以激贪厉浊，抑情自割也，直谓如是为足，不在多求。凡人之谈，常誉成毁败，扶高抑下，咸以姜维投厝无所，身死宗灭，以是贬削，不复料摘，异乎《春秋》褒贬之义矣。如姜维之乐学不倦，清素节约，自一时之仪表也。'"又载："维昔所俱至蜀，梁绪官至大鸿胪，尹赏执金吾，梁虔大长秋，皆先蜀亡没。"梁绪、尹赏、梁虔等都是随同姜维入蜀的河陇士人。严可均《全三国文》卷六二辑录姜维文七篇。

◆ 傅祗封泾原子。

《三国志》卷二一《魏书·傅嘏传》："咸熙中开建五等，以嘏著勋前朝，改封祗泾原子。"《晋书》卷二《文帝纪》载，本年"秋七月，帝奏司空荀顗定礼仪，中护军贾充正法律，尚书仆射裴秀议官制，太保郑冲总而裁焉。始建五等爵"。

◆ 傅玄封鹑觚男。

《晋书》卷四七《傅玄传》："五等建，封鹑觚男。"按：据《晋书》卷一四《地理志上》，临泾与鹑觚当时均为雍州安定郡属县。

魏陈留王曹奂咸熙二年　晋武帝泰始元年（265）

◆ 皇甫谧作《释劝论》。

《晋书》卷五一《皇甫谧传》："其后乡亲劝令应命，谧为《释劝论》以通志焉，其辞曰：'相国晋王辟余等三十七人。及泰始登禅，同命之士莫不毕至，皆拜骑都尉，或赐爵关内侯，进奉朝请，礼如侍臣。唯余疾困，不及国宠……夫才不周用，众所斥也；寝疾弥年，朝所弃也。是以胥克之废，丘明列焉；伯牛有疾，孔子斯叹。若黄帝创制于九经，岐伯剖腹以蠲肠，扁鹊造虢而尸起，文挚徇命于齐王，医和显术于秦、晋，仓公发秘于汉皇，华佗存精于独识，仲景垂妙于定方。徒恨生不逢乎若人，故乞命诉乎明王。求绝编于天录，亮我躬之辛苦，冀微诚之降霜，故俟罪而穷处。'"按：据文本内容，《释劝论》作于晋武帝"泰始登禅"之后。《晋书》卷三《武帝纪》载，魏陈留王曹奂于本年十二月禅位，晋武帝司马炎升坛受禅，改元泰始。《释劝论》当作于此时或稍后。

◆ **傅玄为散骑常侍，进爵为鹑觚子。**

《晋书》卷四七《傅玄传》："武帝为晋王，以玄为散骑常侍。及受禅，进爵为子，加驸马都尉。"按：《晋书》卷三《武帝纪》载，本年"八月辛卯，文帝崩，太子嗣相国、晋王位"；十二月丙寅司马炎受禅即位。

晋武帝泰始二年（266）

◆ **傅玄掌谏职，上疏陈时务，迁侍中。作《举清远疏》《陈时务疏》。**

《晋书》卷四七《傅玄传》："帝初即位，广纳直言，开不讳之路，玄及散骑常侍皇甫陶共掌谏职。玄上疏曰……诏报曰：'举清远有礼之臣者，此尤今之要也。'乃使玄草诏进之。玄复上疏曰……俄迁侍中。"《晋书》卷三《武帝纪》："（二年）九月乙未，散骑常侍皇甫陶、傅玄领谏官，上书谏争，有司奏请寝之。诏曰：'凡关言人主，人臣所至难，而苦不能听纳，自古忠臣直士之所慷慨也。每陈事出付主者，多从深刻，乃云恩贷当由主上，是何言乎？其详评议。'"《通典》卷一四亦载"武帝泰始初，又议考课，散骑常侍傅玄、皇甫陶以为政教颓弊，风俗不淳，上疏曰"云云。按：《晋书》本传所载傅玄第一次上疏，旨在建议西晋王朝"举清远有礼之臣以敦风节"，得到武帝肯定，"使玄草诏进之"。此疏之篇名，张溥辑《傅鹑觚集》题作《举清远疏》，严可均《全晋文》卷四六题作《掌谏职上疏》，宜从张溥。傅玄"复上疏"之文，张溥辑《傅鹑觚集》题作《陈时务疏》，《全晋文》卷四六题作《上疏陈要务》，今亦从张溥。

◆ **傅玄作《郊祀歌》五篇、《天地郊明堂歌》五篇、《宗庙歌》十一篇，又作《鼓吹曲》二十二篇。**

《晋书》卷二二《乐志上》："武帝受命之初，百度草创。泰始二年，诏郊祀明堂礼乐权用魏仪，遵周室肇称殷礼之义，但改乐章而已，使傅玄为之词云。"其后载录诗歌共计二十一篇。《宋书》卷二十《乐志二》载录傅玄造晋《郊祀歌》五篇、《天地郊明堂歌》五篇、《宗庙歌》十一篇。又，《晋书》卷二三《乐志下》："汉时有《短箫铙歌》之乐……及武帝受禅，乃令傅玄制为二十二篇，亦述以功德代魏……其辞并列之于后云。"其后载录诗歌共计二十二篇。《宋书》卷二二《乐志四》载录傅玄作晋《鼓吹歌曲》二十二篇。陆侃如《中古文学系年》："司马炎于上年十二月十七日受禅；这二十二曲恐与《郊庙歌》等同作于本年。"《文心雕龙·乐府》："逮于晋世，则傅玄晓音，创定雅歌，以咏祖宗。"

◆ **傅玄作《正朔服色议》《五祀议》。**

《通典》卷五五载"武帝泰始二年，散骑常侍傅玄上议"云云，"诏从之，由是正朔服色，并依前代"。《晋书》卷三《武帝纪》载，泰始二年九月"戊戌，有司奏：'大晋继三皇之踪，蹈舜禹之迹，应天顺时，受禅有魏，宜一用前代正朔服色，皆如虞遵唐故事。'奏可"。又，《太平御览》卷五二九引傅玄《五祀议》，据《晋书》卷十九《礼志上》，泰始元年十二月，诏曰："昔圣帝明王修五岳四渎，名山川泽，各有定制，所以报阴阳之功故也。然以道莅天下者，其鬼不神，其神不伤人，故祝史荐而无愧辞，是以其人敬慎幽冥而淫祀不作。末世信道不笃，僭礼渎神，纵欲祈请，曾不敬而远之，徒偷以求幸，妖妄相煽，舍正为邪，故魏朝疾之。其案旧礼具为之制，使功著于人者必有其报，而妖淫之鬼不乱其间。"二年正月，有司奏春分祠厉殃及禳祠，诏曰："不在祀典，除之。"据此，傅玄《五祀议》当作于泰始元年十二月或泰始二年。

晋武帝泰始三年（267）

◆ **皇甫谧作《让征聘表》。**

《晋书》卷五一《皇甫谧传》："其后武帝频下诏敦逼不已，谧上疏自称草莽臣曰……谧辞切言至，遂见听许。"陆侃如《中古文学系年》："事在举贤良方正之前'岁余'，故知作于本年。表中言及婴疾十九年，中毒七年，都可由此上推。"按：《晋书》卷三《武帝纪》载，泰始四年十一月"己未，诏王公卿尹及郡国守相举贤良方正直言之士"。

◆ **傅玄与皇甫陶争事，失礼免官。**

《晋书》卷四七《傅玄传》："初，玄进皇甫陶，及入而抵，玄以事与陶争，言喧哗，为有司所奏，二人竟坐免官。泰始四年，以为御史中丞。"陆侃如《中古文学系年》以傅玄免官，"假定在为御史中丞之前一年"。今从其说。

◆ **议郎敦煌段灼上疏追理邓艾之冤，武帝甚嘉其意。**

《晋书》卷四八《段灼传》："段灼字休然，敦煌人也。世为西土著姓，果直有才辩。少仕州郡，稍迁邓艾镇西司马，从艾破蜀有功，封关内侯，累迁议郎。武帝即位，灼上疏追理艾曰：'故征西将军邓艾，心怀至忠，而荷反逆之名；平定巴蜀，而受三族之诛，臣窃悼之。惜哉，言艾之反也！以艾性刚急，矜功伐善，而不能协同朋类，轻犯雅俗，失君子之心，故莫肯理之。臣敢昧死言艾所以不反之状……陛下龙兴，阐弘大度，受诛之家，不拘叙用，听艾立后，祭祀不绝。昔秦人怜白起之无罪，吴人伤子胥之冤酷，皆为之立祠。天下之人为艾悼心痛恨，亦由是也。谓可听艾门生故吏收艾尸柩，归葬旧墓，还其田宅，以平蜀之功，继封其后，使艾阖棺定谥，死无所恨。赦冤魂于黄泉，收信义于后世，则天下徇名之士，思立功之臣，必投汤火，乐为陛下死矣！'帝省表，甚嘉其意。"按：段灼上疏追理邓艾之事，《三国志》卷二八《魏书·邓艾传》也有载述："泰始元年，晋室践阼……三年，议郎段灼上疏理艾曰……九年，诏曰：'艾有功勋，受罪不逃刑，而子孙为民隶，朕常愍之。其以嫡孙朗为郎中。'"据此，则段灼上疏追理邓艾一事在泰始三年，晋武帝虽善其言，但并未立即为邓艾平反冤案，至泰始九年才下诏起用邓艾之孙邓朗。《通鉴》卷八十亦系晋武帝下诏追理邓艾之事于泰始九年四月。又按：《晋书》本传载录段灼表疏甚多，除《上疏追理邓艾》外，尚有《陈时宜》《又陈时宜》《上表陈五事》等，严可均《全晋文》卷六六辑录。自两汉以来，武威段氏为河西著姓，段灼当为移徙敦煌之段氏。

晋武帝泰始四年（268）

◆ **皇甫谧举贤良方正，不起。上表借书。**

《晋书》卷三《武帝纪》载，本年十一月"己未，诏王公卿尹及郡国守相举贤良方正直言之士"。《晋书》卷五一《皇甫谧传》:"岁余,又举贤良方正,并不起。自表就帝借书,帝送一车书与之。谧虽羸疾,而披阅不怠。"《世说新语》卷上《文学第四》"左太冲作《三都赋》初成"注引王隐《晋书》:"武帝借其书二车,遂博览。"己未为二十七日。

◆ 挚虞举贤良,拜中郎。

《晋书》卷五一《挚虞传》,"举贤良,与夏侯湛等十七人策为下第,拜中郎。武帝诏曰……因诏诸贤良方正直言,会东堂策问……虞对曰"云云。《晋书》卷五五《夏侯湛传》:"泰始中,举贤良,对策中第,拜郎中。"

◆ 索靖举贤良方正,对策高第。

《晋书》卷六十《索靖传》:"州辟别驾,郡举贤良方正,对策高第。傅玄、张华与靖一面,皆厚与之相结。"按:索靖应举入仕的具体时间,史籍无载。考诸《晋书》,挚虞、郤诜、夏侯湛等人都是泰始年间所举贤良方正之士,且据《晋书》卷五一《挚虞传》,此次举荐人数众多,仅策为下第者就有十七人,而如此大规模的举荐完全是泰始四年十一月己未举贤诏的必然结果。由此推断,索靖被举贤良方正当与挚虞等人同时,具体时间应在泰始四年年底或泰始五年。[1]

◆ 傅玄为御史中丞,时有水旱之灾,上疏陈便宜五事。

《晋书》卷四七《傅玄传》载"泰始四年,以为御史中丞。时颇有水旱之灾,玄复上疏曰"云云,疏中上陈"便宜五事",诏曰:"得所陈便宜,言农事得失及水官兴废,又安边御胡政事宽猛之宜,申省周备,一二具之,此诚为国大本,当今急务也。如所论皆善,深知乃心,广思诸宜,动静以闻也。"按:傅玄疏中提及"秦州刺史胡烈",据《晋书》卷三《武帝纪》,泰始五年二月,置秦州;泰始六年六月,"秦州刺史胡烈击叛虏于万斛堆,力战,死之"。据此,则此疏当作于泰始五年二月置秦州之后,同年傅玄迁太仆之前。

---

[1] 详参丁宏武:《索靖生平著作考》,《文史哲》2013年第5期。

晋武帝泰始五年（269）

◆傅玄迁太仆，其陈事切直，常见优容。作《四厢乐歌》十八篇，《宣武舞歌》四篇，《宣文舞歌》二篇，《鼙舞歌》五篇。

《晋书》卷四七《傅玄传》："五年，迁太仆。时比年不登，羌胡扰边，诏公卿会议。玄应对所问，陈事切直，虽不尽施行，而常见优容。"《晋书》卷二二《乐志上》："至泰始五年，尚书奏，使太仆傅玄、中书监荀勖、黄门侍郎张华各造正旦行礼及王公上寿酒、食举乐歌诗。"《宋书》卷二十《乐志二》载傅玄作《正旦大会行礼歌》四章、《上寿酒歌》一章、《食举东西箱（厢）歌》十三章，合称"晋《四箱（厢）乐歌》三首"；又载傅玄作晋《宣武舞歌》四篇、《宣文舞歌》二篇。陆侃如《中古文学系年》均系于本年，今从之。又《晋书》卷二三《乐志下》："鼙舞，未详所起，然汉代已施于燕享矣……及泰始中，又制其辞焉。"并附载"泰始中歌辞"《鼙舞歌诗》五篇，即《洪业篇》《天命篇》《景皇篇》《大晋篇》《明君篇》，但未载撰人。《宋书》卷二二《乐志四》亦录晋《鼙舞歌》五篇，未载撰人。郭茂倩《乐府诗集》卷五三载录晋《鼙舞歌》五首，署名傅玄。陆侃如《中古文学系年》："所谓泰始中，不知指何年，姑附于此。"今从之。

晋武帝泰始六年（270）

◆张轨受叔父锡官五品，张华甚器之。

《晋书》卷八六《张轨传》："轨少明敏好学，有器望，姿仪典则，与同郡皇甫谧善，隐于宜阳女几山。泰始初，受叔父锡官五品。中书监张华与轨论经义及政事损益，甚器之，谓安定中正为蔽善抑才，乃美为之谈，以为二品之精。"按：据《晋书》卷五一《皇甫谧传》，张轨为皇甫谧门生。其"受叔父锡官五品"的时间，难以详考。据《晋书》本传，张华于泰始元年拜黄门侍郎，"数岁，拜中书令"。姜亮夫《张华年谱》以为张华"迁监、令疑至迟不当踰此时（泰始六年）"[1]，故系张轨"受叔父锡官五品"于本年，时年十六岁。

---

[1] 姜亮夫：《张华年谱》，古典文学出版社1957年版，第32页。

◆十一月，晋武帝幸辟雍，行乡饮酒之礼，傅玄作《辟雍乡饮酒赋》。

《晋书》卷三《武帝纪》载，泰始六年"冬十一月，幸辟雍，行乡饮酒之礼，赐太常博士、学生帛牛酒各有差"。《艺文类聚》卷三八引傅玄《辟雍乡饮酒赋》，其文曰"时皇帝亲枉万乘之尊兮，以幸乎辟雍""乃延卿士，乃命王公"云云。此赋《太平御览》卷五三四引作《帝幸辟雍乡饮酒赋》。晋武帝幸辟雍之事与傅玄赋中所描述的场景完全契合，可知此赋作于本年十一月。

晋武帝泰始九年（273）

◆傅玄作《正德》《大豫》二舞歌。

《宋书》卷一九《乐志一》："（泰始）九年，荀勖遂典知乐事，使郭琼、宋识等造《正德》《大豫》之舞，而勖及傅玄、张华又各造此舞哥（歌）诗。"《宋书》卷二十《乐志二》："晋《正德》《大豫》二舞歌二篇，傅玄造。"

◆傅咸举孝廉，拜太子洗马，作《喜雨赋》。

《晋书》卷四七《傅咸传》："咸宁初，袭父爵，拜太子洗马。"《文选》卷二五傅咸《赠何劭王济诗》注引王隐《晋书》："举孝廉，拜太子洗马。"陆侃如《中古文学系年》："咸袭父爵在咸宁四年，拜洗马应在其前。因为本传谓拜洗马后累迁尚书右丞、冀州刺史、司徒左长史，而他做左长史却不能在咸宁五年以后（详后）。四年遭父丧而袭爵，做官至少在葬后；在那么短短的十余月中，接连迁四次官，虽不能说绝对不可能，但至少这可能性是很小的。那么拜洗马究竟在袭爵前多少年呢？严可均《全晋文》卷五一载咸《喜雨赋》：'泰始九年自春不雨，以涉夏节……余以太子洗马兼司徒请雨。'（兼字或是佐字之误。）可见赋作于九年夏，拜官当在夏前，而本传之误是显然的了。"按：《晋书》卷四七《傅咸传》校勘记："据《类聚》一〇〇、《御览》一一引傅咸《自叙》，其为太子洗马在泰始九年，此列袭爵后，不确。"

晋武帝咸宁元年（275）

◆傅玄转司隶校尉。作《元日朝会赋》。

《晋书》卷四七《傅玄传》："转司隶校尉。"万斯同《晋将相大臣年表》系此事于本年。陆侃如《中古文学系年》亦同。又，严可均《全晋文》卷四五据《初学记》卷十四、《太平御览》卷二九等辑录傅玄《元日朝会赋》一篇，此赋又见载《晋书》卷二一《礼志下》："晋氏受命，武帝更定元会仪，《咸宁注》是也。傅玄《元会赋》曰：'考夏后之遗训，综殷周之典艺，采秦汉之旧仪，定元正之嘉会。'此则兼采众代可知矣。"按：《咸宁注》当即《晋咸宁起居注》（《隋书》卷三三《经籍志二》著录十卷，李轨撰）。据此可知，晋武帝于咸宁年间命朝臣改定元日朝会礼仪，《晋书》卷二一《礼志下》引《咸宁注》即详细载述改定后的元日朝会礼制。傅玄此赋以此次改定元日朝会礼制为创作背景，其作时应在晋武帝咸宁年间，因傅玄卒于咸宁四年（278），所以其作时应在咸宁元年至四年间（275—278）。姑系于本年。又，此赋篇名，诸书所引不一。《晋书》卷二一《礼志下》引作《元会赋》，《初学记》卷十四引作《朝会赋》，《太平御览》卷二九引作《元日朝会赋》、卷五三九引作《元会赋》，张溥辑作《朝会赋》，严可均辑作《元日朝会赋》。按：《元会赋》《朝会赋》当为《元日朝会赋》之省称。

◆**傅咸作《申怀赋》《感别赋》。**

《太平御览》卷二四六载傅咸《申怀赋序》："余自无施，谬为众论所许，补太子洗马，才不称职，意常默然。"又载其《感别赋序》："有（友）人鲁庶叔，雅量弘济，思心邃远。余自少与之相长，情相亲爱，有如同生。其后迁太子洗马。俄而谬蒙朝私，猥忝斯职，虽惧不称，而喜得与此子同班共事。天下之遇，未有若此。周旋三载，鲁生迁尚书郎，虽别不远，而情甚怅恨，退作兹赋云尔。"据序文文意及"周旋三载"云云推断，以上两赋当作于傅咸拜太子洗马之后数年间。陆侃如《中古文学系年》系于本年。按：据《喜雨赋序》，傅咸在泰始九年（273）夏已任太子洗马，如果"周旋三载"为确指，则《感别赋》有可能作于咸宁二年（276）。

晋武帝咸宁二年（276）

◆**征皇甫谧为太子中庶子，以疾固辞。**

《晋书》卷五一《皇甫谧传》："咸宁初，又诏曰：'男子皇甫谧沉静履素，守学好古，与流俗异趣。其以谧为太子中庶子。'谧固辞笃疾。"《晋书》卷三《武帝纪》：本年"十二月，征处士安定皇甫谧为太子中庶子"。

◆**傅咸迁尚书右丞，奏劾东平王。**

《晋书》卷四七《傅咸传》："累迁尚书右丞。"汤球辑王隐《晋书》卷六《傅咸传》："傅咸为右丞，殿中尝火，百寮莫不趋救。而尚书东平王懋、郎温宇、桓昆等不赴台。咸以懋等职在机近，宜当风发，先百僚，就在患疾，宜自扶力。而宴然在外，不赴警急，奏免懋。咸前后所弹奏，辞皆深切，公卿及八座以下，莫不侧目。"[①] 按：此事难以详考，陆侃如《中古文学系年》说"假定在袭爵前一二年"。

◆**傅玄作《贺老人星表》。**

《艺文类聚》卷一载傅玄《贺老人星表》曰："老人星见，挥（晖）景光明。圣主寿延，享祚元吉。自天之祐，莫不抃舞。"又曰："老人星见，体色光明，嘉占元吉。弘无量之祐，隆克昌之祚。普天同庆，率土含欢。"按，《史记》卷二七《天官书》："狼比地有大星，曰南极老人。老人见，治安；不见，兵起。"张守节《正义》曰："老人一星，在弧南，一曰南极，为人主占寿命延长之应。常以秋分之曙见于景，春分之夕见于丁。见，国长命，故谓之寿昌，天下安宁；不见，人主忧也。"《晋书》卷三《武帝纪》载，咸宁元年十二月，"大疫，洛阳死者太半"；咸宁二年正月，"以疾疫废朝"；二月，"先是帝不豫，及瘳，群臣上寿"。《贺老人星表》当为咸宁二年祝贺晋武帝身体康复的上表。

晋武帝咸宁三年（277）

◆**皇甫谧不应议郎及著作郎之征。**

《晋书》卷五一《皇甫谧传》："帝初虽不夺其志，寻复发诏征为议郎，又召补著作郎……并不应。"《文选》卷四五《三都赋序》李善注引臧荣绪《晋书》："又辟著作，不应。"陆侃如《中古文学系年》："事在辞中庶子及辞功曹

[①] 原文见《北堂书钞》卷六十《设官部十二》"诸尚书左右丞七十六"，汤球辑本有改动。（唐）虞世南辑录：《北堂书钞》，第2册，浙江古籍出版社2021年版，第633页。

之间,故系于本年。"

◆ **晋议立五等诸侯,敦煌段灼上《陈时宜》《又陈时宜》,又作《上表陈五事》,武帝览而异焉,擢为明威将军、魏兴太守。**

《晋书》卷二四《职官志》:"咸宁三年,卫将军杨珧与中书监荀勖以齐王攸有时望,惧惠帝有后难,因追故司空裴秀立五等封建之旨,从容共陈时宜于武帝,以为'古者建侯,所以藩卫王室。今吴寇未殄,方岳任大,而诸王为帅,都督封国,既各不臣其统内,于事重非宜。又异姓诸将居边,宜参以亲戚,而诸王公皆在京都,非扞城之义,万世之固'。帝初未之察,于是下诏议其制。有司奏从诸王公,更制户邑,皆中尉领兵……自此非皇子不得为王,而诸王之支庶,皆皇家之近属至亲,亦各以土推恩受封。其大国次国始封王之支子为公,承封王之支子为侯,继承封王之支子为伯。小国五千户已上,始封王之支子为子,不满五千户始封王之支子及始封公侯之支子皆为男,非此皆不得封……既行,所增徙各如本奏遣就国,而诸公皆恋京师,涕泣而去。"《晋书》卷四八《段灼传》载:"灼后复陈时宜曰:'臣闻天时不如地利,地利不如人和……臣以为太宰、司徒、卫将军三王宜留洛中镇守,其余诸王自州征足任者,年十五以上悉遣之国。为选中郎傅相,才兼文武,以辅佐之。听于其国缮修兵马,广布恩信。必抚下犹子,爱国如家,君臣分定,百世不迁,连城开地,为晋、鲁、卫。所谓盘石之宗,天下服其强矣。虽云割地,譬犹囊漏贮中,亦一家之有耳。若虑后世强大,自可豫为制度,使得推恩以分子弟。如此则枝分叶布,稍自削小,渐使转至万国,亦后世之利,非所患也……间者无故又瓜分天下,立五等诸侯。上不象贤,下不议功,而是非杂糅,例受茅土。似权时之宜,非经久之制,将遂不改,此亦烦扰之人,渐乱之阶也。夫国之兴也,由于九族亲睦,黎庶协和;其衰也,在于骨肉疏绝,百姓离心。故夏邦不安,伊尹归殷;殷邦不和,吕氏入周。殷监在于夏后,去事之诫,诚来事之鉴也。'又陈曰:'昔伐蜀,募取凉州兵马、羌胡健儿,许以重报,五千余人,随艾讨贼,功皆第一。而《乙亥诏书》,州郡将督,不与中外军同,虽在上功,无应封者……臣以为此等宜蒙爵封。'灼前后陈事,辄见省览。然身微宦孤,不见进序,乃取长假还乡里。临去,遣息上表曰:'臣受恩三世,剖符守境,试用无绩，沉伏数年，犬马之力，无所复堪。陛下弘广纳之听，采狂夫之言，原臣侵官之罪，不问干忤之愆，天地恩厚，于臣足矣……臣无陆生之才，不在顾问之地，盖闻主圣臣直，义在于有犯无隐。臣不惟疏远，未信而言，敢历论前代隆名之君及亡败之主废兴所由，又博陈举贤之路，广开养老之制，崇必信之道，又张设议者之难，凡五事以闻。臣之所言，皆直陈古今已行故事，非新声异端也。辞义实浅，不足采纳。然臣私心，诚谓有可发起觉悟遗忘。愿陛下察臣愚忠，愍臣狂直，无使天下以言者为戒。疾痛增笃，退念桑梓之诗，惟狐死之义，辄取长休，归近坟墓。顾瞻宫阙，系情皇极，不胜丹款，遣息颖表言。其一曰……其二曰……其三曰……其四曰……其五曰……'灼书奏，帝览而异焉，擢为明威将军、魏兴太守。"按：段灼陈时宜和上表陈五事的确切时间，《晋书》本传失载，据其文本内容，与本年西晋议立五等诸侯情事完全契合。其所陈五事之其二文云："今大晋应期运之所授，齐圣美于有虞，而吴人不臣，称帝私附，此亦国之羞也。"说明其时西晋尚未平定东吴。其五文云："大晋诸王二十余人，而公侯伯子男五百余国，欲言其国皆小乎，则汉祖之起，俱无尺土之地，况有国者哉！将谓大晋世世贤圣，而诸侯之胤常不肖邪，则放勋钦明而有丹朱，瞽瞍顽凶而有虞舜。天下有事无不由兵，而无故多树兵本，广开乱原，臣故曰五等不便也。臣以为可如前表，诸王宜大其国，增益其兵，悉遣守藩，使形势足以相接，则陛下可高枕而卧耳。臣以为诸侯伯子男名号皆宜改易之，使封爵之制，禄奉礼秩，并同天下诸侯之例。"这显然也是针对五等封爵制而发。据此，则段灼《陈时宜》《又陈时宜》《卜表陈五事》三篇表疏，均当作于本年。《通鉴》卷八十系西晋议立五等诸侯事于本年七月之后。

晋武帝咸宁四年（278）

◆ 傅玄免官，卒。有《傅子》及文集百余卷传世。

《晋书》卷四七《傅玄传》："献皇后崩于弘训宫，设丧位。旧制：司隶于端门外坐，在诸卿上，绝席；其入殿，按本品秩在诸卿下，以次坐，不绝席。而谒者以弘训宫为殿内，制玄位在卿下。玄恚怒，厉声色而责谒者……御史中丞庾纯奏玄不敬，玄又自表不以实，坐免官……寻卒于家，时年六十二，谥曰刚。"又载："玄少时避难于河内，专心诵学。后虽显贵，而著述不废。撰论经国九流及三史故事，评断得失，各为区例，名为《傅子》，为内、外、中篇，凡有四部、六录，合百四十首，数十万言，并文集百余卷，行于世。"《隋书》卷三四《经籍志三》："《傅子》百二十卷，晋司隶校尉傅玄撰。"卷三五《经籍志四》："晋司隶校尉《傅玄集》十五卷，梁五十卷，录一卷，亡……《相风赋》七卷，傅玄等撰。"严可均《全晋文》卷四五至卷五十辑其文九十四篇。逯钦立《晋诗》卷一辑傅玄诗六十六题百余首，其中残句甚多。骆玉明、陈尚君《〈先秦汉魏晋南北朝诗〉补遗》补辑《歌词》一首（佚句）、《三光篇》诗一首。[①] 按：《晋书》卷三《武帝纪》本年六月："弘训皇后羊氏崩。"则傅玄当于本年六月免司隶校尉，不久病卒。又，《晋书》本传载："玄初作内篇成，子咸以示司空王沈。沈与玄书曰：'省足下所著书，言富理济，经纶政体，存重儒教，足以塞杨、墨之流遁，齐孙、孟于往代。'"《文心雕龙·才略》称："傅玄篇章，义多规镜；长虞笔奏，世执刚中。并桢干之实才，非群华之韡萼也。"

◆ 傅咸袭父爵。

《晋书》卷四七《傅咸传》："咸宁初，袭父爵。"按：事在本年傅玄卒后。史载傅玄生前爵位为鹑觚子，死后追封清泉侯。

◆ 皇甫谧辞司隶校尉功曹之命，作《笃终》。

《晋书》卷五一《皇甫谧传》："司隶校尉刘毅请为功曹，并不应。著论为葬送之制，名曰《笃终》，曰：'玄晏先生以为存亡天地之定制，人理之必至也……'而竟不仕。"按：据万斯同《晋将相大臣年表》，刘毅于本年六月傅玄被罢免后继任司隶校尉。

◆ 卫瓘为尚书令，与尚书郎索靖俱善草书，时人号为"一台二妙"。

《晋书》卷六十《索靖传》载，索靖对策高第，"拜驸马都尉，出为西域戊己校尉长史。太子仆同郡张勃特表，以靖才艺绝人，宜在台阁，不宜远出边塞。武帝纳之，擢为尚书郎。与襄阳罗尚、河南潘岳、吴郡顾荣同官，咸

[①] 详参骆玉明、陈尚君：《〈先秦汉魏晋南北朝诗〉补遗》，《文学遗产》1987年第1期。

器服焉。靖与尚书令卫瓘俱以善草书知名。"按：索靖任尚书郎的时间，史籍无确切记载。据《晋书》卷三六《卫瓘传》，卫瓘"咸宁初征拜尚书令，加侍中……与尚书郎敦煌索靖俱善草书，时人号为'一台二妙'"。《法书要录》卷八引《书断》亦云："瓘弱冠仕魏为尚书郎，入晋为尚书令，善诸书，引索靖为尚书郎，号'一台二妙'。"卫瓘任尚书令的时间，《通鉴》卷八十有明确记载，咸宁四年"冬十月，征征北大将军卫瓘为尚书令"。据此，则索靖至迟于咸宁四年十月或稍后任尚书郎。

晋武帝咸宁五年（279）

◆傅咸为冀州刺史，作诗与尚书同僚。迁司徒左长史，上言宜省官务农，作诗答潘尼。

《晋书》卷四七《傅咸传》载，"（傅咸）出为冀州刺史，继母杜氏不肯随咸之官，自表解职。三旬之间，迁司徒左长史。时帝留心政事，诏访朝臣政之损益，咸上言曰"云云。按：傅咸上言中有"然泰始开元以暨于今，十有五年矣"的话，据此则作于咸宁五年。逯钦立《晋诗》卷三录其《与尚书同僚诗》，有"出司万里，牧彼朔滨"句，当作于初拜冀州刺史之时。又有《答潘尼诗》，作于迁司徒左长史后，严可均《全晋文》卷五二录其《答潘尼诗序》。陆侃如《中古文学系年》："大约咸上年因父丧而免右丞，既葬便有冀州之命，不久又迁左长史而上言，事情都在本年一年中。此时的司徒是李胤。秦锡圭《补晋方镇表》以咸为冀州在咸宁三年，时父玄尚在，未免太早。吴廷燮《晋方镇年表》列于太康五年，那又太晚了。"

晋武帝太康二年（281）

◆左思造访皇甫谧，谧为其《三都赋》作序。

《晋书》卷九二《文苑传》："左思字太冲，齐国临淄人……不好交游，惟以闲居为事。造《齐都赋》，一年乃成。复欲赋《三都》，会妹芬入宫，移家京师，乃诣著作郎张载，访岷邛之事。遂构思十年，门庭藩溷皆著笔纸，遇得一句，即便疏之……及赋成，时人未之重。思自以其作不谢班、张，恐以人废言。安定皇甫谧有高誉,思造而示之,谧称善,为其赋序。"《文选》卷四五载皇甫谧《三都赋序》,李善注引臧荣绪《晋书》曰:"左思作《三都赋》,世人未重。皇甫谧有高名于世,思乃造而示之,谧称善,为其赋序也。"陆侃如《中古文学系年》:"《三都赋》成在谧卒后,谧序是假托的。不过谧在新安,距洛不远,思很可能向这位饱学宿儒领教,正如他访问张载似的。谧卒于明年,姑系访谧事于此。"按:左思造访皇甫谧可能实有其事,皇甫谧为《三都赋》作序一事,历来争议较大,但因此赋"构思十年"乃成,故不能排除左思在完全写成之前即请皇甫谧作序的可能。

◆**卫将军杨珧辟张轨为掾。**

《晋书》卷八六《张轨传》:"卫将军杨珧辟为掾,除太子舍人。"按:张轨以上仕历,难以详考。《晋书》卷四十《杨骏传》:"帝自太康以后,天下无事,不复留心万机,惟耽酒色,始宠后党,请谒公行。而骏及珧、济势倾天下,时人有'三杨'之号。"《通鉴》卷八一载,太康二年三月,"后父杨骏及弟珧、济始用事,交通请谒,势倾内外,时人谓之三杨,旧臣多被疏退"。万斯同《晋将相大臣年表》系杨珧始任卫将军于太康元年(280)。据此,则张轨应辟为卫将军掾,应在太康初年,时张华因力主平吴有功,朝望正隆,杨珧辟其所称誉之张轨为掾,正在情理之中。

晋武帝太康三年(282)

◆**皇甫谧卒。其勤学不仕,著述丰硕。**

《晋书》卷五一《皇甫谧传》:"太康三年卒,时年六十八。子童灵、方回等遵其遗命。谧所著诗赋诔颂论难甚多,又撰《帝王世纪》《年历》《高士》《逸士》《列女》等传、《玄晏春秋》,并重于世。门人挚虞、张轨、牛综、席纯,皆为晋名臣。"《隋书》卷三三《经籍志二》著录皇甫谧《高士传》六卷,《逸士传》一卷,《玄晏春秋》三卷,《列女传》六卷;卷三四《经籍志三》著录《朔气长历》二卷(亡);卷三五《经籍志四》著录《晋征士皇甫谧集》二卷、录一卷。严可均《全晋文》卷七一辑其文十三篇。逯钦立《晋诗》卷二辑其诗二首,皆残句。陆侃如《中古文学系年》:"汤球《九家旧晋书辑本》载

《自序》，较严可均多两条。又《甲乙经自序》一篇，也应增入。"按：皇甫谧子方回，永嘉中避乱荆州，与陶侃相善，后为刺史王廙所杀。事见《晋书》卷五一。

晋武帝太康五年（284）

◆ 傅咸上书请诘奢，作《答栾弘诗》及《赠何劭王济》。

《晋书》卷四七《傅咸传》载，傅咸在位多所执正，因奏免豫州大中正夏侯骏，得罪司徒魏舒，"舒奏咸激讪不直，诏转咸为车骑司马。咸以世俗奢侈，又上书曰"云云。陆侃如《中古文学系年》："魏舒以四年十一月为司徒，后以灾异致仕，万斯同《晋将相大臣年表》以为即在七年正月日蚀时，故夏侯骏事当在五六年间。"按：傅咸有《答栾弘诗》，序有"余失和于府，当换为护军司马"句，当作于离开司徒府时。又有《赠何劭王济》，序有"何公既登侍中，武子俄而亦作"句，《晋将相大臣年表》以王济复为侍中在太康五年。

晋武帝太康六年（285）

◆ 荆州送两足虎，尚书郎索靖议称"半虎"。

《艺文类聚》卷九九引王隐《晋书》："太康六年，荆州送两足虎，时尚书郎索靖议称'半虎'。"按：《晋书》卷三《武帝纪》、卷二八《五行志中》载，太康六年荆州南阳获两足兽，此"两足兽"当即"两足虎"。又，据此可知索靖于太康六年仍为尚书郎。

晋武帝太康九年（288）

◆ 傅咸议移县狱于郡，上表请立二社，又上表驳成粲议太社。

《晋书》卷四七《傅咸传》："又议移县狱于郡及二社应立，朝廷从之。"《晋书》卷一九《礼志上》："至太康九年改建宗庙，而社稷坛与庙俱徙，乃诏曰：'社实一神，其并二社之祀。'于是车骑司马傅咸表曰……时成粲议称景侯论太社不立京都，欲破郑氏学。咸重表以为……刘寔与咸议同。"

晋武帝太康十年（289）

◆ 傅咸迁尚书左丞，上表，作诗及序答辛旷。

《晋书》卷四七《傅咸传》："迁尚书左丞。"按：《初学记》卷十一引王隐《晋书》："傅咸为尚书左丞时，尚书郭奕，咸故将也，累辞疾病不起，复不上朝。又自表妹葬乞出临丧，诏书听许。咸举奏之。"陆侃如《中古文学系年》："事当在议二社后，谏杨骏前，故系于本年。严可均《全晋文》卷五二载咸《迁尚书左丞上表》，当作于初受命时。又载《答辛旷诗序》，有'尚书左丞……后忝此任'句，当即同时作，序存而诗佚。"

晋惠帝永熙元年（290）

◆ 惠帝即位，杨骏辅政，议普进封爵，傅祗作《与杨骏书》。

《晋书》卷四《惠帝纪》："太熙元年四月己酉，武帝崩。是日，皇太子即皇帝位，大赦，改元为永熙……夏五月辛未，葬武皇帝于峻阳陵。丙子，增天下位一等，预丧事者二等，复租调一年，二千石已上皆封关中侯。以太尉杨骏为太傅，辅政。"《晋书》卷四七《傅祗传》："及帝崩，梓宫在殡，而太傅杨骏辅政，欲悦众心，议普进封爵。祗与骏书曰：'未有帝王始崩，臣下论功者也。'骏不从。"

◆ 傅咸作《奏劾荀恺》《与杨骏笺》《答李斌书》及《答杨济书》。

《晋书》卷四七《傅咸传》载，"惠帝即位，杨骏辅政，咸言于骏曰……司隶荀恺从兄丧，自表赴哀，诏听之而未下，恺乃造骏，咸因奏曰……帝以骏管朝政，有诏不问，骏甚惮之。咸复与骏笺讽切之，骏意稍折，渐以不平。由是欲出为京兆、弘农太守，骏甥李斌说骏不宜斥出正人，乃止。骏弟济素与咸善，与咸书曰……咸答曰"云云。陆侃如《中古文学系年》："严可均《全晋文》卷五十二载咸《答李斌书》，当作于将出为太守时。"

晋惠帝元康元年（291）

◆ 三月，诛太傅杨骏等，时欲收骏官属，傅祗作《请原杨骏官属启》。

《晋书》卷四《惠帝纪》载，本年"三月辛卯，诛太傅杨骏，骏弟卫将军珧、太子太保济……壬辰，大赦，改元"。《晋书》卷四七《傅祗传》："骏既伏诛……时又收骏官属，祗复启曰：'昔鲁芝为曹爽司马，斩关出赴爽，宣帝义之，尚迁青州刺史。骏之僚佐不可加罚。'诏又赦之。"

◆ 傅咸转太子中庶子，迁御史中丞。作《致汝南王亮书》《与汝南王亮笺》《上书陈选举》《理李含表》《又言》《奏劾夏侯骏》《奏劾夏侯承》《明意赋》及《御史中丞箴》等。

《晋书》卷四七《傅咸传》载"骏诛，咸转为太子中庶子，迁御史中丞。时太宰汝南王亮辅政，咸致书曰……咸复以亮辅政专权，又谏曰"云云。《三国志》卷二二《魏书·卫臻传》注"汝南王亮辅政，以（卫）权为尚书郎，傅咸与亮笺曰"云云，裴松之注引笺语即在本传谏亮之文中。本传又载"会丙寅，诏群僚举郡县之职以补内官，咸复上书曰"云云。按：《晋书》卷四《惠帝纪》载，本年"三月辛卯，诛太傅杨骏"；"壬寅，征大司马、汝南王亮为太宰，与太保卫瓘辅政"；"六月，贾后矫诏使楚王玮杀太宰、汝南王亮，太保、菑阳公卫瓘"。据此，则傅咸与汝南王亮的书、笺，均作于三月至六月之间。

《晋书》卷六十《李含传》："李含字世容，陇西狄道人也。侨居始平……司徒选含领始平中正，秦王柬薨，含依台仪，葬讫除丧。尚书赵浚有内宠，疾含不事己，遂奏含不应除丧。本州大中正傅祗以名义贬含，中丞傅咸上表理含曰……帝不从，含遂被贬。"陆侃如《中古文学系年》："严可均《全晋文》卷五十二载咸《又言》，即理含的第二表。柬卒于本年九月。"按：《晋书》卷四《惠帝纪》载，本年"九月甲午，大将军、秦王柬薨"。

《全晋文》卷五二辑录傅咸《奏夏侯骏》及《奏劾夏侯承》。按，汤球辑王隐《晋书》卷六《傅咸传》："迁御史中丞，奏劾少府夏侯陵'取官田，立私屋……大臣秽浊，无以为训'。奏上，免陵官。"陆侃如《中古文学系年》："陵为骏之误，承为骏侄孙。"

《全晋文》卷五一辑录傅咸《明意赋》："侍御史（按：当是"御史中丞"之误）傅咸奉诏治狱作赋。"卷五二辑《御史中丞箴》，其文曰："余承先君之踪，窃位宪台……不云自箴，而云御史中丞箴者，凡为御史中丞欲通以箴之。"按：以上诸作，陆侃如《中古文学系年》均系于本年。

晋惠帝元康二年（292）

◆ 傅咸为本郡中正，遭继母忧去官，诏以议郎兼司隶校尉，作《遭继母忧上书》及《摄司隶上表》。

《晋书》卷四七《傅咸传》载，"咸再为本郡中正，遭继母忧去官。顷之，起以议郎，长兼司隶校尉。咸前后固辞，不听，勅使者就拜。咸复送还印绶。公车不通，催使摄职。咸以身无兄弟，丧祭无主，重自陈乞，乃使于官舍设灵坐。咸又上表曰"云云。《北堂书钞》卷三七引王隐《晋书》曰："张华建议起咸为司隶校尉，固辞不免。乃力疾视事，每刚正直绳，师师（按：当为"京师"）严惮。"陆侃如《中古文学系年》认为："万斯同《晋将相大臣年表》以咸为司隶在本年，似近是。"

晋惠帝元康三年（293）

◆ 傅咸奏免河南尹、左将军及廷尉等，京都肃然。作《奏劾王戎》《上事自辨》《司隶校尉教》及《皇太子释奠颂》。

《晋书》卷四七《傅咸传》："时朝廷宽弛，豪右放恣，交私请托，朝野溷浊。咸奏免河南尹澹、左将军倩、廷尉高光、兼河南尹何攀等，京都肃然，贵戚慑伏。"又载："时仆射王戎兼吏部，咸奏……请免戎等官。诏曰……御史中丞解结以咸劾戎为违典制，越局侵官，干非其分，奏免咸官，诏亦不许。咸上事以为……咸累自上称引故事，条理灼然，朝廷无以易之。吴郡顾荣常与亲故书曰：'傅长虞为司隶，劲直忠果，劾按惊人。虽非周才，偏亮可贵也。'"《晋书》卷四三《王戎传》："戎始为甲午制，凡选举皆先治百姓，然后授用。司隶傅咸奏戎曰……戎与贾、郭通亲，竟得不坐。"《太平御览》卷二五〇引臧荣绪《晋书》："傅咸以议郎长兼司隶校尉……数月之间，三奏免选官。奏案謇谔，终无曲挠，虽不见从，有司肃然。"陆侃如《中古文学系年》："严可均《全晋文》卷五十二载咸《司隶校尉教》三篇，当作于此时。又载《皇太子释奠颂》，据《潘尼传》知释奠在本年闰二月。"《文心雕龙·奏启》云："傅咸劲直，而按辞坚深。"《议对》又云："汉世善驳，则应劭为首；晋代能议，则傅咸为宗。"

晋惠帝元康四年（294）

◆傅咸卒。有大量诗文传世。

《晋书》卷四七《傅咸传》："元康四年卒官，时年五十六……有三子：敷、晞、纂。长子敷嗣。敷字颖根，清静有道，素解属文。除太子舍人，转尚书郎、太傅参军，皆不起。永嘉之乱，避地会稽，元帝引为镇东从事中郎。素有羸疾，频见敦喻，辞不获免，舆病到职。数月卒，时年四十六。晞亦有才思，为上虞令，甚有政绩，卒于司徒西曹属。"《隋书》卷三五《经籍志四》著录《傅咸集》十七卷，附注："梁三十卷，录一卷。"严可均《全晋文》卷五一、卷五二辑傅咸文七十六篇。逯钦立《晋诗》卷三辑其诗十九首，若干为残句。骆玉明、陈尚君《〈先秦汉魏晋南北朝诗〉补遗》据《初学记》卷五辑得傅咸诗佚句四。[①]

晋惠帝元康六年（296）

◆氐羌反，梁王司马肜为征西大将军，张轨任司马。

《晋书》卷八六《张轨传》："累迁散骑常侍、征西军司。"按：张轨所任"征西军司"，全称应为"征西大将军司马"，时间当在元康六年至九年间。据《晋书》卷四《惠帝纪》，元康元年四月，以梁王肜为征西大将军；同年九月，以赵王伦代之；元康六年五月，氐羌反，"征征西大将军、赵王伦为车骑将军，以太子太保、梁王肜为征西大将军、都督雍梁二州诸军事，镇关中"；"九年春正月，左积弩将军孟观伐氐，战于中亭，大破之，获齐万年。征征西大将军、梁王肜录尚书事。以北中郎将、河间王颙为镇西将军，镇关中"。又据《晋书》卷三八《梁王肜传》："元康初，转征西将军，代秦王柬都督关中军事，领护西戎校尉。加侍中，进督梁州……久之，复为征西大将军，代赵王伦镇关中，都督凉、雍诸军事，置左右长史、司马。又领西戎校尉，屯好畤，督建威将军周处、振威将军卢播等伐氐贼齐万年于六陌。"据上可知，元康年间，征西大将军一职先后由梁王肜和赵王伦担任；元康六年，氐羌叛乱，梁王肜负责平叛，

---

① 详参骆玉明、陈尚君：《〈先秦汉魏晋南北朝诗〉补遗》，《文学遗产》1987年第1期。

史载"置左右长史、司马",当是战争时期增设的僚属,所以张轨出任"征西军司"的时间,应在元康六年五月至元康九年正月之间。

◆**索靖为征西大将军梁王肜左司马,率兵平叛,迁始平内史。**

《晋书》卷六十《索靖传》:"元康中,西戎反叛,拜靖大将军梁王肜左司马,加荡寇将军,屯兵粟邑,击贼,败之,迁始平内史。"按:据《晋书》卷四《惠帝纪》,元康六年五月,冯翊、北地羌胡反,以梁王肜为征西大将军;元康九年正月,平定叛乱。据此,索靖当于本年五月后参与平叛,迁始平内史当在元康九年(299)正月前后。其所任始平内史一职,《三国志》卷二一《卫觊传》注引《世语》又作"扶风内史",但因史料缺乏,难以详考其正误。

晋惠帝永宁元年(301)

◆**赵王司马伦篡位,索靖应三王义举,以功迁后将军。**

《晋书》卷六十《索靖传》:"及赵王伦篡位,靖应三王义举,以左卫将军讨孙秀有功,加散骑常侍,迁后将军。"按:据《晋书》卷四《惠帝纪》,本年正月,赵王伦篡位;三月,齐王冏、成都王颖、河间王颙等起兵;四月,赵王伦及其党与败灭。则索靖响应三王,因功迁后将军在本年。又,索靖所任后将军一职,《晋书》卷二四《职官志》云置于晋武帝泰始八年(272)。《太平御览》卷二三八引《晋起居注》(刘宋刘道荟撰)亦云:"太始八年,置后军将军,掌宿卫。"自本年始,索靖再次入京任职。[1]

◆**张轨出为护羌校尉、凉州刺史,威著西州,化行河右。**

《晋书》卷八六《张轨传》:"轨以时方多难,阴图据河西,筮之,遇《泰》之《观》,乃投策喜曰:'霸者兆也。'于是求为凉州。公卿亦举轨才堪御远。永宁初,出为护羌校尉、凉州刺史。于时鲜卑反叛,寇盗从横,轨到官,即讨破之,斩首万余级,遂威著西州,化行河右。以宋配、阴充、氾瑗、阴澹为股肱谋主,征九郡胄子五百人,立学校,始置崇文祭酒,位视别驾,春秋行乡射

---

[1] 详参丁宏武:《索靖生平著作考》,《文史哲》2013年第5期。

之礼。"《通鉴》卷八四载："永宁元年春正月，以散骑常侍安定张轨为凉州刺史。"按：据《晋书》卷四《惠帝纪》，永康元年四月，梁王肜与赵王伦联合，矫诏废贾后为庶人，诛杀张华、裴颜、贾谧等数十人；本年正月，赵王伦篡帝位，以梁王肜为阿衡。则张轨之任凉州刺史，无疑得到梁王肜之荐举。

◆ 敦煌儒生索统受业太学，博综经籍，知中国将乱，避世而归。

《晋书》卷九五《艺术传》："索统字叔彻，敦煌人也。少游京师，受业太学，博综经籍，遂为通儒。明阴阳天文，善术数占候。司徒辟，除郎中，知中国将乱，避世而归。乡人从统占问吉凶，门中如市，统曰：'攻乎异端，戒在害己；无为多事，多事多患。'遂诡言虚说，无验乃止。惟以占梦为无悔吝，乃不逆问者。"按：索统避乱归乡的确切时间，难以详考。因本年正月赵王司马伦篡位，京师战乱不止，所以索统至迟当于本年回归敦煌。又，史载索统擅长占梦，据此可知占梦之术在敦煌盛行日久，敦煌遗书中有大量的梦书，正是这种风尚的历史遗留。

◆ 敦煌氾腾因天下兵乱，去官还乡，柴门灌园，琴书自适。张轨征为府司马，固辞不仕。

《晋书》卷九四《隐逸传》："氾腾字无忌，敦煌人也。举孝廉，除郎中。属天下兵乱，去官还家。太守张阆造之，闭门不见，礼遗一无所受。叹曰：'生于乱世，贵而能贫，乃可以免。'散家财五十万，以施宗族，柴门灌园，琴书自适。张轨征之为府司马，腾曰：'门一杜，其可开乎！'固辞。病两月余而卒。"按：本年正月赵王司马伦篡位，八王乱起，张轨也与本年正月出任凉州刺史，氾腾辞官归乡，当在此时或稍后。又，"氾腾"之名，《太平御览》卷四二五引崔鸿《前凉录》作"氾胜（勝）"。

晋惠帝太安二年（303）

◆ 索靖卒。著有《五行三统正验论》《索子》《晋诗》《草书状》等。

《晋书》卷六十《索靖传》："太安末，河间王颙举兵向洛阳，拜靖使持节、监洛城诸军事、游击将军，领雍、秦、凉义兵，与贼战，大破之，靖亦被伤而卒，追赠太常，时年六十五。"又载："靖有五子：鲲、䋄、璆、聿、綝，皆举秀才。聿，安昌乡侯，卒。少子綝最知名。"按：索靖死于本年河间王司马颙进攻洛阳的战事，史籍载述没有异议。但是，由于《晋书》本传表述含糊，索靖究竟为谁而战，学界看法并不一致。稽考相关史料，可以断定索靖是为保卫洛阳而殉职；其所领三州义兵，应为雍州刺史刘沉、秦州刺史皇甫重、凉州刺史张轨所派遣；其所参与的破贼之战，应该就是本年八月使张方惨败的西明门之战，索靖也因受伤过重而去世。[①]《晋书》本传又载，索靖"著《五行三统正验论》，辩理阴阳气运。又撰《索子》《晋诗》各二十卷。又作《草书状》"。《隋书》卷三五《经籍志四》著录《牵秀集》四卷，附注云："梁又有游击将军《索靖集》三卷，亡。"严可均《全晋文》卷八四辑索靖文三篇。

晋惠帝永兴二年（305）

◆张轨平定鲜卑寇乱，大城姑臧，遂霸河西。

《晋书》卷八六《张轨传》："永兴中，鲜卑若罗拔能皆为寇，轨遣司马宋配击之，斩拔能，俘十余万口，威名大震……于是大城姑臧。其城本匈奴所筑也，南北七里，东西三里，地有龙形，故名卧龙城。初，汉末博士敦煌侯瑾谓其门人曰：'后城西泉水当竭，有双阙起其上，与东门相望。中有霸者出焉。'至魏嘉平中，郡官果起学馆，筑双阙于泉上，与东门正相望矣。至是，张氏遂霸河西。"《通鉴》卷八六亦系张轨平定鲜卑寇乱之事于本年。

◆六月，陇西太守韩稚攻杀秦州刺史张辅，张轨遣将讨伐，作《遗韩稚书》。

《晋书》卷八六《张轨传》："永嘉初，会东羌校尉韩稚杀秦州刺史张辅，轨少府司马杨胤言于轨曰：'今稚逆命，擅杀张辅，明公杖钺一方，宜惩不恪……'轨从焉，遣中督护氾瑗率众二万讨之。先遗稚书曰……稚得书而降。"按：《晋书》卷四《惠帝纪》载，本年六月，"陇西太守韩稚攻秦州刺史张辅，杀之"。《通鉴》卷八六亦系此事于永兴二年六月，"张辅至秦州，杀天水太守封尚，欲以立威，又召陇西太守韩稚，稚子朴勒兵击辅，辅军败，死。凉州司

---

① 丁宏武：《索靖生平著作考》，《文史哲》2013年第5期。

马杨胤言于轨曰：'韩稚擅杀刺史，明公杖钺一方，不可不讨。'轨从之，遣中督护氾瑗率众二万讨稚。稚诣轨降"。今从《晋书》卷四《惠帝纪》及《通鉴》卷八六，系此事于本年。

晋怀帝永嘉元年（307）

◆张骏生。

《晋书》卷八六《张骏传》载，骏为张轨之孙，张寔之子，"字公庭，幼而奇伟……在位二十二年卒，时年四十"。又，《晋书》卷八《穆帝纪》载，永和二年（346）"五月丙戌，凉州牧张骏卒，子重华嗣。"据此推算，张骏当生于本年。

晋怀帝永嘉二年（308）

◆张轨病风，晋昌张越等欲逐轨而代之，张轨下教，欲归老宜阳。武威太守张琠上表留轨，朝廷从之，凉州乃定。

《晋书》卷八六《张轨传》载，张轨患风，口不能言，使子茂摄州事。晋昌张越、张镇及曹祛、麹晁等欲废逐张轨，轨令曰："吾在州八年，不能绥靖区域，又值中州兵乱，秦陇倒悬，加以寝患委笃，实思敛迹避贤。但负荷任重，未便辄遂。不图诸人横兴此变，是不明吾心也。吾视去贵州如脱屣耳！"欲遣主簿尉髦奉表诣阙，便速脂辖，将归老宜阳。轨治中杨澹驰诣长安，割耳盘上，诉轨之被诬；武威太守张琠亦遣子张坦诣京，上表留轨，朝廷从之。张轨乃命子张寔等率兵讨平张镇、曹祛等，凉州乃定。按：《通鉴》卷八六系此事于本年二月。又，据《晋书》本传，张轨早年"与同郡皇甫谧善，隐于宜阳女几山"，故晚年欲归老宜阳。

◆王弥寇洛阳，张轨遣北宫纯等入卫京师，京师歌之。

《晋书》卷八六《张轨传》："王弥寇洛阳，轨遣北宫纯、张纂、马鲂、阴濬等率州军击破之，又败刘聪于河东，京师歌之曰：'凉州大马，横行天下。凉州鸲鹆，寇贼消；鸲鹆翩翩，怖杀人。'帝嘉其忠……于时天下既乱，所在使命莫有至者，轨遣使贡献，岁时不替。朝廷嘉之，屡降玺书慰劳。"按：据《晋书》卷五《怀帝纪》，本年五月王弥寇洛阳。《通鉴》卷八六亦系此事于本年五月。

晋怀帝永嘉三年（309）

◆张轨令有司推详立州以来历代名贤，具状以闻，凉州父老称善。

《晋书》卷八六《张轨传》："（张轨）令有司可推详立州已来清贞德素，嘉遁遗荣；高才硕学，著述经史；临危殉义，杀身为君；忠谏而婴祸，专对而释患；权智雄勇，为时除难；谄佞误主，伤陷忠贤；具状以闻。州中父老莫不相庆。"按：此事难以详考，今据《晋书》本传叙事，系于本年。又据本传，张轨始治凉州，即旌表汉末义士金城冯忠、张掖吴咏等人子孙。

晋怀帝永嘉四年（310）

◆洛阳饥匮，傅祗等遗书告急，张轨遣使进献，诏拜镇西将军、都督陇右诸军事。

《晋书》卷八六《张轨传》："光禄傅祗、太常挚虞遗轨书，告京师饥匮，轨即遣参军杜勋献马五百匹、毯布三万匹。帝遣使者进拜镇西将军、都督陇右诸军事……策未至，而王弥遂逼洛阳，轨遣将军张斐、北宫纯、郭敷等率精骑五千来卫京都。及京都陷，斐等皆没于贼。"按：《晋书》卷五《怀帝纪》载，本年十一月，"加凉州刺史张轨安西（镇西）将军"。《通鉴》卷八七亦系此事于本年十一月。

晋怀帝永嘉五年（311）

◆辛谧兼散骑常侍，慰抚关中。

《晋书》卷九四《隐逸传》："辛谧字叔重，陇西狄道人也。父怡，幽州刺史，世称冠族。谧少有志尚，博学善属文，工草隶书，为时楷法。性恬静，不妄交游。召拜太子舍人、诸王文学，累征不起。永嘉末，以谧兼散骑常侍，慰抚关中。谧以洛阳将败，故应之。及长安陷没于刘聪，聪拜太中大夫，固辞不受。"按：据《晋书》卷五《怀帝纪》，本年六月刘曜、王弥陷洛阳，则辛谧应诏慰抚关中应在此前。

◆洛阳将陷，欲迁都仓垣，使傅祗出诣河阴。

《晋书》卷五《怀帝纪》载，本年五月，"大将军苟晞表迁都仓垣，帝将从之……乃使司徒傅祗出诣河阴，修理舟楫，为水行之备"；六月，"丁酉，刘曜、王弥入京师"，"百官士庶死者三万余人，帝蒙尘于平阳"。《晋书》卷四七《傅祗传》："祗字子庄，父嘏，魏太常……大将军苟晞表请迁都，使祗出诣河阴，修理舟楫，为水行之备。及洛阳陷没，遂共建行台，推祗为盟主，以司徒、持节、大都督诸军事传檄四方。遣子宣将公主与尚书令和郁赴告方伯征义兵，祗自屯盟津小城，宣弟畅行河阴令，以待宣。"

晋怀帝永嘉六年（312）

◆傅祗卒。著文章驳论十余万言。其子傅畅、孙傅纯、傅粹等没入前赵。

《晋书》卷四七《傅祗传》："祗以暴疾薨，时年六十九。祗自以义诚不终，力疾手笔敕厉其二子宣、畅，辞旨深切，览者莫不感激慷慨。祗著文章驳论十余万言。"按，《晋书》卷一〇二《刘聪载记》："麴特等围长安，刘曜连战败绩，乃驱掠士女八万余口退还平阳，因攻司徒傅祗于三渚，使其右将军刘参攻郭默于怀城。祗病卒，城陷，迁祗孙纯、粹并其二万余户于平阳县。聪赠祗太保，纯、粹皆给事中，谓祗子畅曰：'尊公虽不达天命，然各忠其主，吾亦有以亮之。但晋主已降，天命非人所支，而虔刘南鄙，沮乱边萌，此其罪也。以元恶之种而赠同勋旧，逆臣之孙荷荣禁闼，卿知皇汉之德弘旷以不？'畅曰：'陛下每嘉先臣，不以小臣之故而亏其忠节，及是恩也，自是明主伐国吊人之义，臣辄同万物，未敢谢生于自然。'"按：《通鉴》卷八八系傅祗卒于本年五月。又，严可均《全晋文》卷五二辑傅祗文三篇。傅祗子傅宣、傅畅，《晋书》卷四七有传。

◆前凉张轨置武兴郡以居中州避难者，闻秦王入关，乃驰檄关中。

《晋书》卷八六《张轨传》载，"中州避难来者日月相继，分武威置武兴郡以居之。太府主簿马鲂言于轨曰：'四海倾覆，乘舆未反，明公以全州之力径造平阳，必当万里风披，有征无战。未审何惮不为此举？'轨曰：'是孤心也。'又闻秦王入关，乃驰檄关中曰"云云。《通鉴》卷八八系此事于本年三月。按：永嘉时避乱凉州的中原士人，见于史籍载录者有陈留江琼、京兆杜耽等。

◆陈留江琼、京兆杜耽等避难河西，子孙因居凉土。

《魏书》卷九一《术艺传》："江式，字法安，陈留济阳人。六世祖琼，字孟琚，晋冯翊太守，善虫篆、诂训。永嘉大乱，琼弃官西投张轨，子孙因居凉土，世传家业。"《宋书》卷六五《杜骥传》："杜骥，字度世，京兆杜陵人也。高祖预，晋征南将军。曾祖耽，避难河西，因仕张氏。苻坚平凉州，父祖始还关中。"

◆前凉名儒略阳郭荷，当于本年流寓河西，隐居张掖东山授徒。

《晋书》卷九四《隐逸传》："郭荷字承休，略阳人也。六世祖整，汉安、顺之世，公府八辟，公车五征，皆不就。自整及荷，世以经学致位。荷明究群籍，特善史书。不应州郡之命。张祚遣使者以安车束帛征为博士祭酒，使者迫而致之。及至，署太子友。荷上疏乞还，祚许之，遣以安车蒲轮送还张掖东山。年八十四卒，谥曰玄德先生。"按：郭荷自略阳移居河西张掖的时间，难以详考。据《晋书》本传记载，其在前凉张祚主政时期已声名显赫，所以张祚以安车束帛征为博士祭酒，署太子友，但不久即辞还张掖东山。《晋书》卷八《穆帝纪》载，张祚以晋穆帝永和十年（354）正月僭位称帝，次年七月即遭弑废，则其征召郭荷，必在此一年半之内。从"安车蒲轮"的待遇推断，郭荷当时年事已高，所以很快便辞职回乡。此后不久当即辞世。又据《晋书》卷八六《张轨传》，张轨以晋惠帝永宁元年（301）出任凉州刺史，而郭荷去世时已有八十四岁高龄，所以郭荷徙居河西，当在张轨主政凉州，中原流民大量徙入河西之时。郭荷世代所居之略阳（时属秦州），西晋末年战乱频仍，又地处古代关中通往陇右之要道，所以郭荷随同中原流民徙居河西，完全在情理之中。《晋书》卷一四《地理志上》载："永宁中，张轨为凉州刺史，镇武威，上表请合秦、雍流移人于姑臧西北，置武兴郡。"据此，则西晋末年秦、雍二州之人大量流寓河西，张轨因此置武兴郡以安置流民，郭荷及其家人应当就在此时徙居张掖。又，郭荷六世祖郭整为东汉安帝、顺帝时期（106—144）的经师儒生，所以世代以经学传家，堪称陇右经学世家。郭荷流寓河西，隐居授徒，其弟子郭瑀、郭瑀弟子刘昞等，为五凉时期河西名儒，影响甚大。①

晋愍帝建兴元年（313）

◆ **前凉张轨采纳索辅之建议，于河西复用五铢钱以济通变。**

《晋书》卷八六《张轨传》："愍帝即位，（轨）进位司空，固让。太府参军索辅言于轨曰：'古以金贝皮币为货，息谷帛量度之耗。二汉制五铢钱，通易不滞。泰始中，河西荒废，遂不用钱，裂匹以为段数。缣布既坏，市易又难，徒坏女工，不任衣用，弊之甚也。今中州虽乱，此方安全，宜复五铢以济通变之会。'轨纳之，立制准布用钱，钱遂大行，人赖其利。"按：据《晋书》卷五《愍帝纪》，晋愍帝于本年四月即位，河西复用五铢钱当在本年。

◆ **前燕慕容廆广纳贤才，安定皇甫岌、皇甫真以高才深受重用。**

《晋书》卷一〇八《慕容廆载记》："时二京倾覆，幽、冀沦陷，廆刑政修明，虚怀引纳，流亡士庶多襁负归之……于是推举贤才，委以庶政，以河东裴嶷、代郡鲁昌、北平阳耽为谋主，北海逢羡、广平游邃、北平西方虔、渤海封抽、西河宋奭、河东裴开为股肱，渤海封弈、平原宋该、安定皇甫岌、兰陵缪恺以文章才俊任居枢要，会稽朱左车、太山胡毋翼、鲁国孔纂以旧德清重引为宾友，平原刘赞儒学该迪，引为东庠祭酒，其世子皝率国胄束修受业焉。"《晋书》卷一一一《慕容暐载记》附《皇甫真传》："皇甫真字楚季，安定朝那人也。弱冠，以高才，廆拜为辽东国侍郎。"按：《通鉴》卷八八系安定皇甫氏兄弟归附前燕于本年，并云："廆招之，岌与弟真即时俱至。"又据《皇甫真传》，"真兄奥仕苻坚为散骑常侍，从子奋、覆并显关西"。

---

① 详参丁宏武：《十六国时期河陇地区郭刘学派考论》，山东大学《国学季刊》第八期，山东人民出版社2017年版。

晋愍帝建兴二年（314）

◆前凉张轨病卒，遗令薄葬，时年六十。子张寔摄其位。

《晋书》卷八六《张轨传》："在州十三年，寝疾，遗令曰：'吾无德于人，今疾病弥留，殆将命也。文武将佐咸当弘尽忠规，务安百姓，上思报国，下以宁家。素棺薄葬，无藏金玉。善相安逊，以听朝旨。'表立子寔为世子。卒年六十。谥曰武公。"《晋书》卷八六《张寔传》载，"寔字安逊，学尚明察，敬贤爱士，以秀才为郎中。永嘉初，固辞骁骑将军，请还凉州，许之，改授议郎。及至姑臧，以讨曹袪功，封建武亭侯。寻迁西中郎将，进爵福禄县侯。建兴初，除西中郎将，领护羌校尉。轨卒，州人推寔摄父位。愍帝因下策书曰"云云。《晋书》卷五《愍帝纪》载，本年"五月壬辰，太尉、领护羌校尉、凉州刺史、西平公张轨薨"。按：关于张轨病卒的具体日期，《通鉴》卷八九作"五月乙丑"，《考异》曰："《帝纪》作'壬辰'，今从《前凉录钞》。"又，张轨自永宁元年（301）出任凉州刺史，至本年五月病卒，历时十三年。

晋愍帝建兴四年（316）

◆前凉张寔下令求箴诵之言，高昌隗瑾进言受赏。遣使献经史图籍于京师。

《晋书》卷八六《张寔传》："下令国中曰：'忝绍前踪，庶几刑政不为百姓之患，而比年饥旱，殆由庶事有缺。窃慕箴诵之言，以补不逮……'贼曹佐高昌隗瑾进言曰……寔纳之，增位三等，赐帛四十匹。遣督护王该送诸郡贡计，献名马方珍、经史图籍于京师。"按：《通鉴》卷八九系此事于本年四月。

◆十一月，刘曜陷长安，晋愍帝出降。

《晋书》卷五《愍帝纪》载，本年"八月，刘曜逼京师，内外断绝"；"冬十月，京师饥甚，米斗金二两，人相食，死者太半"；"十一月乙未，使侍中宋敞送笺于曜，帝乘羊车，肉袒衔璧，舆榇出降……辛丑，帝蒙尘于平阳"。

◆张骏封霸城侯，十岁能属文。

《晋书》卷八六《张骏传》："骏字公庭，幼而奇伟。建兴四年，封霸城侯。十岁能属文。"按：据《晋书》卷八《穆帝纪》及本传，张骏于永和二年

(346)卒,年四十,本年即十岁。

晋元帝建武元年（317）

◆ 长安失守，张寔遣军东赴国难，复遗南阳王保书。

《晋书》卷八六《张寔传》："寔知刘曜逼迁天子，大临三日。遣太府司马韩璞、灭寇将军田齐、抚戎将军张阆、前锋督护阴预步骑一万，东赴国难……复遗南阳王保书曰：'王室有事，不忘投躯……今更遣韩璞等，唯公命是从。'"按：《通鉴》卷九十系此事于本年正月。

◆ 宋纤隐居酒泉南山。

《晋书》卷九四《隐逸传》："宋纤字令艾，敦煌效谷人也。少有远操，沉靖不与世交，隐居于酒泉南山。明究经纬，弟子受业三千余人。不应州郡辟命，惟与阴颙、齐好友善。"按，张可礼《东晋文艺系年》："据本传，纤本年约四十四岁。"

◆ 荆州刺史王廙杀皇甫方回，时人痛惜。

《晋书》卷五一《皇甫谧传》："方回少遵父操，兼有文才。永嘉初，博士征，不起。避乱荆州，闭户闲居，未尝入城府。蚕而后衣，耕而后食，先人后己，尊贤爱物，南土人士咸崇敬之。刺史陶侃礼之甚厚。侃每造之，著素士服，望门辄下而进。王敦遣从弟廙代侃，迁侃为广州……廙既至荆州，大失物情，百姓叛廙迎杜弢。廙大行诛戮以立威，以方回为侃所敬，责其不来诣己，乃收而斩之。荆土华夷，莫不流涕。"《晋书》卷七六《王廙传》："初，王敦左迁陶侃，使廙代为荆州……廙在州，大诛戮侃时将佐，及征士皇甫方回。于是大失荆土之望，人情乖阻。"按：王廙至荆州的时间，《通鉴》卷九十系于晋元帝建武元年八、九月间，则其诛杀皇甫方回当在此时或稍后。

晋元帝太兴二年（319）

◆ 石勒称王，重用裴宪、傅畅等衣冠世族。

《晋书》卷六《元帝纪》载，本年"十一月戊寅，石勒僭即王位，国号赵"。《晋书》卷一〇五《石勒载记下》:"太兴二年,勒伪称赵王……署从事中郎裴宪、参军傅畅、杜嘏并领经学祭酒,参军续咸、庾景为律学祭酒,任播、崔濬为史学祭酒……命记室佐明楷、程机撰《上党国记》,中大夫傅彪、贾蒲、江轨撰《大将军起居注》,参军石泰、石同、石谦、孔隆撰《大单于志》。自是朝会常以天子礼乐飨其群下,威仪冠冕从容可观矣。"《晋书》卷四七《傅祗传》附《傅畅传》:"畅字世道……年未弱冠,甚有重名。以选入侍讲东宫,为秘书丞。寻没于石勒,勒以为大将军右司马。谙识朝仪,恒居机密,勒甚重之。"按:史载傅畅于永嘉六年没于前赵,其"没于石勒"的时间难以详考。

晋元帝太兴三年(320)

◆ 前凉张寔遇害,张茂摄位,以兄子张骏为抚军将军、武威太守、西平公。

《晋书》卷六《元帝纪》载,本年六月"丁酉,盗杀西中郎将、护羌校尉、凉州刺史、西平公张寔,寔弟茂嗣,领平西将军、凉州刺史"。《晋书》卷八六《张茂传》:"茂字成逊,虚靖好学,不以世利婴心。建兴初,南阳王保辟从事中郎,又荐为散骑侍郎、中垒将军,皆不就。二年,征为侍中,以父老固辞。寻拜平西将军、秦州刺史。太兴三年,寔既遇害,州人推茂为大都督……复以兄子骏为抚军将军、武威太守、西平公。"《通鉴》卷九一系张骏为抚军将军于本年六月。

◆ 凉州有民谣流传。

《晋书》卷八六《张茂传》:"茂雅有志节,能断大事。凉州大姓贾摹,寔之妻弟也,势倾西土。先是,谣曰:'手莫头,图凉州。'茂以为信,诱而杀之,于是豪右屏迹,威行凉域。"按:此民谣当流传于前凉张寔末年。

晋明帝太宁元年(323)

◆ 前赵刘曜攻陈安于陇城,陈安败亡。陇上作歌传唱。

《晋书》卷三七《南阳王保传》载,陈安为南阳王司马模都尉,骁勇善战,模败亡,"陈安自号秦州刺史,称藩于刘曜"。《晋书》卷一〇三《刘曜载记》:"陈安请朝,曜以疾笃不许。安怒,且以曜为死也,遂大掠而归……太宁元年,陈安攻曜征西刘贡于南安……曜亲征陈安，围安于陇城……安善于抚接，吉凶夷险与众同之，及其死，陇上歌之曰：'陇上壮士有陈安，躯干虽小腹中宽，爱养将士同心肝。骢骢父马铁瑕鞍，七尺大刀奋如湍，丈八蛇矛左右盘，十荡十决无当前。战始三交失蛇矛，弃我骢骢窜岩幽，为我外援而悬头。西流之水东流河，一去不还奈子何！'曜闻而嘉伤，命乐府歌之。"《晋书》卷六《明帝纪》本年七月："刘曜攻陈安于陇城，灭之。"按：此歌，《通鉴》卷九二引作《壮士之歌》。《乐府诗集》卷八五收录，题作《陇上歌》。逯钦立《晋诗》卷九作《陇上为陈安歌》。

◆前赵刘曜以南安赤亭羌酋姚弋仲为平西将军，封平襄公。

《晋书》卷一一六《姚弋仲载记》："姚弋仲，南安赤亭羌人也。其先有虞氏之苗裔。禹封舜少子于西戎，世为羌酋……刘曜之平陈安也，以弋仲为平西将军，封平襄公，邑之于陇上。"按：姚弋仲为后秦政权的创始人。

◆刘曜遣将入侵陇右河西，前凉参军马岌劝张茂亲征刘曜。

《晋书》卷八六《张茂传》："刘曜遣其将刘咸攻韩璞于冀城，呼延寔攻宁羌护军阴鉴于桑壁……河西大震。参军马岌劝茂亲征，长史汜祎怒曰：'亡国之人复欲干乱大事，宜斩岌以安百姓。'岌曰：'汜公书生糟粕，刺举近才，不惟国家大计。且朝廷旰食有年矣，今大贼自至，不烦远师，遐迩之情，实系此州，事势不可以不出。且宜立信勇之验，以副秦陇之望。'茂曰：'马生之言得之矣。'乃出次石头。"按：《通鉴》卷九二系此事于本年。马岌生卒年未详，事迹见于《晋书》卷八六等，其仕前凉，历任参军、酒泉太守、尚书等职。

◆敦煌索袭虚靖好学，不应州郡之命，太守阴澹欲请为三老，会其病卒。谥曰玄居先生。

《晋书》卷九四《隐逸传》："索袭字伟祖，敦煌人也。虚靖好学，不应州郡之命，举孝廉、贤良方正，皆以疾辞。游思于阴阳之术，著天文地理十余篇，多所启发……张茂时，敦煌太守阴澹奇而造焉，经日忘反，出而叹曰：'索先生硕德名儒，真可以谘大义。'澹欲行乡射之礼，请袭为三老，曰：'今四表辑宁，将行乡射之礼，先生年耆望重，道冠一时，养老之义，实系儒贤。既树非梧桐，而希鸾凤降翼；器谢曹公，而冀盖公枉驾，诚非所谓也。然夫子至圣，有召赴焉；孟轲大德，无聘不至，盖欲弘阐大猷，敷明道化故也。今之相屈，遵道崇教，非有爵位，意者或可然乎！'会病卒，时年七十九。澹素服会葬，赠钱二万。澹曰：'世人之所有余者，富贵也；目之所好者，五色也；耳之所玩者，五音也。而先生弃众人之所收，收众人之所弃，味无味于慌惚之际，兼重玄于众妙之内。宅不弥亩而志忽九州，形居尘俗而栖心天外，虽黔娄之高远，庄生之不愿，蔑以过也。'乃谥曰玄居先生。"按：史载太宁二年张茂病卒，张骏统任，故系阴澹访索袭于本年。又，史载阴澹为前凉重臣，此传所引两段文字，富有文采，前者可拟题为"请索袭为三老启"，后者可拟题为"索袭谥号议"。

◆**天水杨轲学业精微，养徒数百，刘曜征拜太常，轲固辞不起，隐于陇山。**

《晋书》卷九四《隐逸传》："杨轲，天水人也。少好《易》，长而不娶，学业精微，养徒数百，常食粗饮水，衣褐缊袍，人不堪其忧，而轲悠然自得，疏宾异客，音旨未曾交也。虽受业门徒，非入室弟子，莫得亲言。欲所论授，须旁无杂人，授入室弟子，令递相宣授。刘曜僭号，征拜太常，轲固辞不起，曜亦敬而不逼，遂隐于陇山。"按：据《晋书》卷一〇三《刘曜载记》，本年刘曜亲征陈安，灭之，"徙秦州大姓杨、姜诸族二千余户于长安，氐羌悉下，并送质任"。刘曜征拜杨轲，当在本年。

晋明帝太宁二年（324）

◆**前凉张茂卒，张骏继任凉州牧。姑臧有民谣流传。**

《晋书》卷八六《张骏传》："及统任，年十八。先是，愍帝使人黄门侍郎史淑在姑臧，左长史氾祎、右长史马谟等讽淑，令拜骏使持节、大都督、大将军、凉州牧、领护羌校尉、西平公……刘曜又使人拜骏凉州牧、凉王……骏之立也，姑臧谣曰：'鸿从南来雀不惊，谁谓孤雏尾翅生，高举六翮凤皇鸣。'"按：据《晋书》卷八六《张茂传》，茂卒于太宁三年，年四十八，在位五年。《通鉴》卷九三又系张茂卒于太宁二年五月。史载张茂于太兴三年（320）摄位，至本年为五年。又，史载张骏生于永嘉元年（307），本年十八岁，其于本年"统任"，表明张茂卒于本年。今从《通鉴》。

晋明帝太宁三年（325）

◆前凉张骏复收河南之地。

《晋书》卷八六《张骏传》："寻承元帝崩问，骏大临三日。会有黄龙见于揟次之嘉泉……复收河南之地。"按：《通鉴》卷九三系上述诸事于本年二月，今从之。

晋成帝咸和元年（326）

◆前凉张骏遣使于成，与李雄修好。

《十六国春秋辑补》卷六九《前凉录三·张骏》载，本年"九月，雨冰，状若丝纩，皆著草。骏惧为刘曜所逼，使将军宋辑、魏纂将兵徙陇西、南安二千余家于姑臧。使聘于李雄，修邻好"[①]。《晋书》卷八六《张骏传》："咸和初，惧为刘曜所逼，使将军宋辑、魏纂将兵徙陇西、南安人二千余家于姑臧，使聘于李雄，修邻好。"按：《通鉴》卷九三亦系上述诸事于本年。

晋成帝咸和二年（327）

◆前凉张骏复称晋大将军、凉州牧。遣将攻讨秦州诸郡，大败，复失河南之地。

《十六国春秋辑补》卷六九《前凉录三·张骏》载，本年"夏五月，骏闻刘曜军为后赵石勒所败，乃去曜官爵，复称晋大将军、凉州牧"。《晋书》卷八六《张骏传》："咸和初，骏遣武威太守窦涛、金城人守张阆、武兴太守辛岩、扬烈将军宋辑等率众东会韩璞，攻讨秦州诸郡。曜遣其将刘胤来距，屯于狄道城。韩璞进度沃干岭……积七十余日，军粮竭，遣辛岩督运于金城。胤闻之，大悦……于是率骑三千，袭（辛）岩于沃干岭，败之，璞军遂溃，死者二万余人……胤乘胜追奔，济河，攻陷令居，入据振武，河西大震。骏遣皇甫

[①] （北魏）崔鸿撰，（清）汤球辑补，聂溦萌、罗新、华喆点校：《十六国春秋辑补》，中华书局2020年版，第808—809页。按：此条以下《十六国春秋辑补》引文皆为此版，只随文注明卷次及篇名，不再注明页码。

该御之,赦其境内。"按:《通鉴》卷九三亦系张骏大败于本年五月。

◆前凉张骏遣将击擒戊己校尉赵贞,以其地为高昌郡,立田地县。此为高昌置郡县之始。

《晋书》卷八六《张骏传》:"西域诸国献汗血马、火浣布、犛牛、孔雀、巨象及诸珍异二百余品。西域长史李柏请击叛将赵贞,为贞所败。议者以柏造谋致败,请诛之。骏曰:'吾每以汉世宗之杀王恢,不如秦穆之赦孟明。'竟以减死论,群心咸悦……初,戊己校尉赵贞不附于骏,至是,骏击擒之,以其地为高昌郡。"《旧唐书》卷四十《地理志三·陇右道八》:"高昌:汉车师前王之庭。汉元帝置戊己校尉于此。以其地形高敞,故名高昌。其故垒有八城。张骏置高昌郡,后魏因之。"《元和郡县图志》卷四十《陇右道下》:"西州:本汉车师国之高昌壁也,后汉和帝永元三年,班超定西域,以超为都护,复置戊己校尉,理车师前部高昌壁,以其地势高敞,人物昌盛,因名高昌。晋成帝咸和中,张骏置高昌郡。"《初学记》卷八"陇右道第六"引《舆地志》曰:"晋咸和二年置高昌郡,立田地县。"《太平寰宇记》卷一五六《陇右道七》亦载:"西州(交河郡,今理高昌县),本汉车师国之高昌壁也……晋咸和中,张骏于此立高昌郡。"同卷"西州高昌县"又载:"本晋田地县之地,按《舆地志》云:'晋咸和二年置高昌郡,立田地县。'唐贞观十四年改为高昌县,取汉垒以为县名。"按:前凉张骏击擒赵贞、在原西域戊己校尉管辖地域设立高昌郡的确切时间,《晋书》本传虽无明确记载,但系此事于咸和二年张骏为刘曜所败而失河南之地之后、咸和五年张骏乘石勒破前赵复收河南之地之前,故其遣将击擒赵贞、设立高昌郡应在咸和二年至咸和四年之间。又,《初学记》卷八、《太平寰宇记》卷一五六所引《舆地志》,为南朝陈顾野王所撰,《陈书》卷三十《顾野王传》、《隋书》卷三三《经籍志》等均有载录,其中所谓"晋咸和二年置高昌郡"的说法,与《晋书》卷八六《张骏传》所述亦相契合,盖张骏痛失河南之地,故转向西域开疆拓土。今从其说,系张骏初置高昌郡于本年。唐长孺《高昌郡纪年》亦系于本年。[1]

---

[1] 详参唐长孺:《山居存稿三编》,中华书局2011年版,第39—41页。

晋成帝咸和三年（328）

◆前凉张骏欲乘虚袭长安，索询劝谏。作《下令境中》。

《晋书》卷八六《张骏传》："会刘曜东讨石生，长安空虚。大蒐讲武，将袭秦雍，理曹郎中索询谏曰……骏观兵新乡，狩于北野，因讨轲没虏，破之。下令境中曰……于是刑清国富。"按：《十六国春秋辑补》卷六九《前凉录三·张骏》系骏欲袭长安、下令境中诸事于本年。《通鉴》卷九四亦系张骏欲袭长安事于本年。

◆刘曜败，略阳临渭氐帅苻洪降石季龙，拜冠军将军。

《晋书》卷七《成帝纪》载，本年"十二月乙未，石勒败刘曜于洛阳，获之。是岁，石勒将石季龙攻氐帅蒲洪于陇山，降之"。《晋书》卷一一二《苻洪载记》："苻洪字广世，略阳临渭氐人也。其先盖有扈之苗裔，世为西戎酋长。始其家池中蒲生，长五丈，五节如竹形，时咸谓之蒲家，因以为氏焉。父怀归，部落小帅。先是，陇右大雨，百姓苦之，谣曰：'雨若不止，洪水必起。'故因名曰洪。好施，多权略，骁武善骑射。属永嘉之乱，乃散千金，召英杰之士访安危变通之术。宗人蒲光、蒲突遂推洪为盟主。刘曜僭号长安，光等逼洪归曜，拜率义侯。曜败，洪西保陇山。石季龙将攻上邽，洪又请降。季龙大悦，拜冠军将军，委以西方之事。"按：据《晋书》本传，苻洪本姓"蒲"，于永和六年（350）改姓苻氏。苻洪为前秦政权的创始人。

晋成帝咸和五年（330）

◆前凉张骏复收河南地，遣使称臣于石勒。

《晋书》卷七《成帝纪》载，本年"十二月，张骏称臣于石勒"。《晋书》卷八六《张骏传》："及石勒杀刘曜，骏因长安乱，复收河南地，至于狄道，置武卫、石门、候和、漒川、甘松五屯护军，与勒分境。勒遣使拜骏官爵，骏不受，留其使。后惧勒强，遣使称臣于勒，兼贡方物，遣其使归。"按：《通鉴》卷九四系张骏复收河南之地于本年五月，系其称臣于石勒在本年九月。

◆傅畅卒。有《晋诸公叙赞》《晋公卿礼秩故事》等著述传世。

《晋书》卷四七《傅祗传》附《傅畅传》："（傅畅）作《晋诸公叙赞》二十二卷，又为《公卿故事》九卷。咸和五年卒。子咏，过江为交州刺史、太子右率。"《史通》卷十二《古今正史》载："后赵石勒命其臣徐光、宗历、傅畅、郑愔等撰《上党国记》《起居注》《赵书》。"《隋书》卷三五《经籍志四》著录晋秘书丞《傅畅集》五卷，附注："梁有录一卷。"严可均《全晋文》卷五二辑傅畅文一篇（《自叙》）。按：傅畅《晋诸公叙赞》等已佚，《三国志》裴松之注、《世说新语》刘孝标注等多有征引。《三国志》卷二一《魏书·傅嘏传》裴松之注引《晋诸公赞》曰："祗字子庄，嘏少子也。晋永嘉中至司空。祗子宣，字世弘。"裴注又云："《世语》称宣以公正知名，位至御史中丞。宣弟畅，字世道，秘书丞，没在胡中。著《晋诸公赞》及《晋公卿礼秩故事》。"

晋成帝咸和七年（332）

◆前凉宋辑建言张骏宜立储君，遂立张重华为世子。

《晋书》卷八六《张骏传》："群僚劝骏称凉王，领秦、凉二州牧，置公卿百官，如魏武、晋文故事。骏曰：'此非人臣所宜言也。敢有言此者，罪在不赦。'然境内皆称之为王。群僚又请骏立世子，骏不从。中坚将军宋辑言于骏曰：'礼急储君者，盖重宗庙之故。周成、汉昭立于襁褓，诚以国嗣不可旷，储宫当素定也。昔武王始有国，元王作储君。建兴之初，先王在位，殿下正名统，况今社稷弥崇，圣躬介立，大业遂殷，继贰阙然哉！臣窃以为国有累卵之危，而殿下以为安逾泰山，非所谓也。'骏纳之，遂立子重华为世子。"按：《十六国春秋辑补》卷六九《前凉录三·张骏》系上述事于本年，《通鉴》卷九五亦系于本年。

晋成帝咸和八年（333）

◆东晋以张骏为镇西大将军，前凉遣张淳称藩于蜀，假道成汉通于京师建邺。

《晋书》卷八六《张骏传》载，建兴中，敦煌计吏耿访到长安，又以太兴二年至京都（建邺）。屡次上书，请遣大使，愿为向导。东晋以耿访守治书御史，诏拜张骏为镇西大将军，选西方人陇西贾陵等十二人配之。耿访等停梁州七年，以驿道不通召还。耿访以诏书付贾陵，托为贾客西行。"以咸和八年始达凉州。骏受诏，遣部曲督王丰等报谢，并遣（贾）陵归，上疏称臣。"又载："先是，骏遣傅颖假道于蜀，通表京师。李雄弗许。骏又遣治中从事张淳称藩于蜀，托以假道焉。雄大悦。雄又有憾于南氏杨初，淳因说曰……雄有惭色……淳还至龙鹤，募兵通表，后皆达京师，朝廷嘉之。"《晋书》卷七《成帝纪》载，本年正月"癸酉，以张骏为镇西大将军"。按：《通鉴》卷九五系上述诸事于本年，今从之。

晋成帝咸和九年（334）

◆ 前凉张骏为大将军，境内安宁。

《晋书》卷八六《张骏传》："（咸和）九年，复使（耿）访随（王）丰等赍印板进骏大将军。自是每岁使命不绝。"《晋书》卷七《成帝纪》载，本年"二月丁卯，加镇西大将军张骏为大将军"。又《晋书》卷八六《张骏传》："骏议欲严刑峻制，众咸以为宜。参军黄斌进曰：'臣未见其可。'骏问其故……骏有计略，于是厉操改节，勤修庶政，总御文武，咸得其用，远近嘉咏，号曰积贤君。自轨据凉州，属天下之乱，所在征伐，军无宁岁。至骏，境内渐平。"

◆ 张骏有《薤露诗》，当作于本年前后。

《乐府诗集》卷二七载录张骏《薤露诗》一首。曹道衡、刘跃进《南北朝文学编年史》系于本年，并云："颇以效思晋室自命，此犹魏武之哀汉室，未必无取而代之之意。至张祚，逐称帝，未始非张骏有以启之也。"按：据《晋书》本传，张骏此时虽称臣于晋，但不奉正朔，犹称"建兴"年号。

晋成帝咸康元年（335）

◆ 前凉张骏遣杨宣伐龟兹、鄯善，西域并降。又于姑臧城南起五殿。

《十六国春秋辑补》卷七十《前凉录四·张骏》载，本年"使其将杨宣率众越流沙，伐龟兹、鄯善。宣以其部将张植为前锋。六月，至于流沙，无水。士卒渴甚。植乃剪发肉袒，徒跣升坛，恸泣请雨。俄而云起西北，雨水成川。植杀所乘马祭天而去。于是西域并降"。《晋书》卷八六《张骏传》："使其将杨宣率众越流沙，伐龟兹、鄯善，于是西域并降……时骏尽有陇西之地，士马强盛，虽称臣于晋，而不行中兴正朔……又于姑臧城南筑城，起谦光殿，画以五色，饰以金玉，穷尽珍巧。"按：《通鉴》卷九五系张骏伐西域、起五殿事于本年。

◆前凉张骏遣参军麹护上疏，请讨石虎、李期。

《晋书》卷八六《张骏传》："（咸和）九年，复使访随丰等赍印板进骏大将军。自是每岁使命不绝。后骏遣参军麹护上疏曰：'东西隔塞，逾历年载，夙承圣德，心系本朝……臣闻少康中兴，由于一旅，光武嗣汉，众不盈百，祀夏配天，不失旧物，况以荆扬慓悍，臣州突骑，吞噬遗羯，在于掌握哉！愿陛下敷弘臣虑，永念先绩，敕司空鉴、征西亮等泛舟江沔，使首尾俱至也。'"按：《通鉴》卷九五系此事于本年，并节引疏文。又，《文心雕龙·章表》云："刘琨劝进，张骏自序，文致耿介，并陈事之美表也。"其中所说"张骏自序"，当指《晋书》本传所载《上疏请讨石虎李期》（又作《请讨石虎李期表》）。此文言辞恳切，情理交融，骈散相间，富有气势。刘勰称为"陈事之美表"，甚为允当。

晋成帝咸康三年（337）

◆前凉张骏遣陈寓、徐虓等至东晋京师建康。

《晋书》卷八六《张骏传》："自后骏遣使多为季龙所获，不达。后骏又遣护羌参军陈寓、从事徐虓、华驭等至京师。征西大将军亮上疏言陈寓等冒险远至，宜蒙铨叙。诏除寓西平相，虓等为县令。"《十六国春秋辑补》卷七十《前凉录四·张骏》系上述事于本年。

晋成帝咸康四年（338）

◆前秦苻坚生。

《世说新语》卷中《识鉴第七》注引车频《秦书》："苻坚字永固，武都氐人也。本姓蒲，祖父洪，诈称谶文，改曰'苻'。言己当王，应符命也。"《晋书》卷一一三《苻坚载记上》："苻坚字永固,一名文玉,雄之子也。祖洪,从石季龙徙邺,家于永贵里。"按：据《晋书》卷一一四《苻坚载记下》,坚卒于太元十年（385）,时年四十八岁,据此推算,当生于本年。

◆后凉吕光生。

《晋书》卷一二二《吕光载记》："吕光字世明,略阳氐人也。其先吕文和,汉文帝初,自沛避难徙焉,世为酋豪。父婆楼,佐命苻坚,官至太尉。光生于枋头,夜有神光之异,故以光为名。"《太平御览》卷三八五引《凉州记》云吕光"以石氏建武四年生"。按：后赵建武四年,即晋成帝咸康四年。《太平御览》所引《凉州记》佚文,汤球辑入后凉段龟龙《凉记》。

晋成帝咸康五年（339）

◆前凉张骏立辟雍明堂,命敦煌索绥著《凉春秋》。史载索绥好学,著《凉春秋》五十卷,又作《六夷颂》《符命传》十余篇,以著述之功,封平乐亭侯。

《太平御览》卷一二四引《十六国春秋·前凉录·张骏》："十五年,以右长史任处领国子祭酒,立辟雍明堂而行礼焉。命西曹掾集阁内外事付索绥,以著《凉春秋》。十一月,以世子重华行凉州事。"《史通》卷十二《古今正史》："前凉张骏十五年,命其西曹边浏集内外事,以付秀才索绥,作《凉国春秋》五十卷。"按：前凉张骏十五年,即晋成帝咸康五年。索绥其人,《晋书》无传,《太平御览》卷一二四引《十六国春秋·前凉录·张玄靖》载："绥字士艾,敦煌人。父戬,晋司徒。绥家贫好学,举孝廉,为记室祭酒。母丧去官,又举秀才。著《凉春秋》五十卷,又作《六夷颂》《符命传》十余篇,以著述之功,封平乐亭侯。"

晋成帝咸康六年（340）

◆后赵石季龙赐征士辛谧几杖衣服,谷五百斛,敕平原为起甲第。

《晋书》卷一〇六《石季龙载记上》："慕容皝袭幽、冀,略三万余家而去。幽州刺史石光坐懦弱征还。赐征士辛谧几杖衣服,谷五百斛,敕平原为起甲第。"《晋书》卷九四《隐逸传》:"辛谧字叔重,陇西狄道人也……又历石勒、季龙之世,并不应辟命。虽处丧乱之中,颓然高迈,视荣利蔑如也。"按:据《晋书》卷七《成帝纪》、《通鉴》卷九六等记载,本年后赵遣将讨伐慕容皝,败还,所以石虎赐征士辛谧也当在本年。汤球《十六国春秋辑补》卷十七《后赵录七》亦系于本年。

◆后赵石季龙备玄纁束帛安车征天水杨轲。杨轲上疏求还,季龙以安车蒲轮送归。

《晋书》卷九四《隐逸传》:"杨轲,天水人也。少好《易》,长而不娶,学业精微,养徒数百……及石季龙嗣伪位,备玄纁束帛安车征之,轲以疾辞。迫之,乃发。既见季龙,不拜,与语,不言,命舍之于永昌乙第。其有司以轲倨傲,请从大不敬论,季龙不从,下书任轲所尚。轲在永昌,季龙每有馈饩,辄口授弟子,使为表谢,其文甚美,览者叹有深致……后上疏陈乡思,求还,季龙送以安车蒲轮,蠲十户供之。自归秦州,仍教授不绝。其后秦人西奔凉州,轲弟子以牛负之,为戍军追擒,并为所害。"按:石虎征召杨轲的时间,难以详考,今与辛谧之事俱系于本年。

晋康帝建元元年(343)

◆前凉张骏使谢艾击败石季龙。

《晋书》卷七《康帝纪》载,本年"十二月,石季龙侵张骏。骏使其将军谢艾拒之,大战于河西,季龙败绩"。按:谢艾生年不详,为前凉文士、名将。

晋康帝建元二年(344)

◆前凉张骏遣将破南羌,又败石季龙将王擢。

《晋书》卷七《康帝纪》载,本年"春正月,张骏遣其将和驎、谢艾讨南羌于闻和,大破之";"四月,张骏将张瓘败石季龙将王擢于三交城"。

◆前秦苻坚聪敏好施,高平徐统见而异焉。

《晋书》卷一一三《苻坚载记上》:"年七岁,聪敏好施,举止不逾规矩。

每侍洪侧，辄量洪举措，取与不失机候。洪每曰：'此儿姿貌瑰伟，质性过人，非常相也。'高平徐统有知人之鉴，遇坚于路，异之……谓左右曰：'此儿有霸王之相。'左右怪之，统曰：'非尔所及也。'后又遇之，统下车屏人，密谓之曰：'苻郎骨相不恒，后当大贵，但仆不见，如何！'坚曰：'诚如公言，不敢忘德。'"按：《世说新语》卷中《识鉴第七》注引车频《秦书》谓坚六岁时，徐统见而异焉。今从《晋书》。

晋穆帝永和元年（345）

◆**前凉张骏伐焉耆。从马岌上言，立西王母祠。始置百官。**

《晋书》卷八《穆帝纪》载，本年冬十二月，"凉州牧张骏伐焉耆，降之"。《晋书》卷八六《张骏传》："永和元年，以世子重华为五官中郎将、凉州刺史。酒泉太守马岌上言：'酒泉南山，即昆仑之体也。周穆王见西王母，乐而忘归，即谓此山。此山有石室玉堂，珠玑镂饰，焕若神宫。宜立西王母祠，以裨朝廷无疆之福。'骏从之。"《太平御览》卷一二四引《十六国春秋·前凉录·张骏》："二十一年，始置百官，官号皆拟天朝，车服旌旗一如王者。酒泉太守马岌上言：'酒泉南山……《禹贡》昆仑在临羌之西，即此明矣。宜立西王母祠，以裨朝廷无疆之福。'骏从之。"按：《通鉴》卷九七载，本年"十二月，张骏伐焉耆，降之。是岁，骏分武威等十一郡为梁州，以世子重华为刺史；分兴晋等八郡为河州，以宁戎校尉张瓘为刺史；分敦煌等三郡及西域都护三营为沙州，以西胡校尉杨宣为刺史。骏自称大都督、大将军、假凉王，督摄三州；始置祭酒、郎中、大夫、舍人、谒者等官，官号皆仿天朝，而微变其名；车服旌旗拟于王者"。

◆**前秦苻坚请师就家学。**

《晋书》卷一一三《苻坚载记上》："八岁，请师就家学。洪曰：'汝戎狄异类，世知饮酒，今乃求学邪！'欣而许之。"

◆**前凉马岌访宋纤于酒泉南山，遭拒，铭诗于石壁。**

《晋书》卷九四《隐逸传》："酒泉太守马岌，高尚之士也，具威仪，鸣铙鼓，造焉。纤高楼重阁，距而不见。岌叹曰：'名可闻而身不可见，德可仰而形不可睹，吾而今而后知先生人中之龙也。'铭诗于石壁曰：'丹崖百丈，青壁万寻。奇木蓊郁，蔚若邓林。其人如玉，维国之琛。室迩人遐，实劳我心。'"按：此诗逯钦立《晋诗》卷十五辑录，题作《题宋纤石壁诗》；严可均《全晋文》卷一五四亦录，题为《宋纤石壁铭》。诗作于马岌任酒泉太守时，具体时间不详。

◆前凉杨宣任沙州刺史，疆理西域。

《晋书》卷九七《四夷传·焉耆国》："张骏遣沙州刺史杨宣率众疆理西域，宣以部将张植为前锋，所向风靡。军次其国，熙（焉耆国王）距战于贲仑城，为植所败。植进屯铁门，未至十余里，熙又率众先要之于遮留谷。植将至，或曰：'汉祖畏于柏人，岑彭死于彭亡，今谷名遮留，殆将有伏？'植单骑尝之，果有伏发。植驰击败之，进据尉犁，熙率群下四万人肉袒降于宣。"《通鉴》卷九七载，本年"十二月，张骏伐焉耆，降之……分敦煌等三郡及西域都护三营为沙州，以西胡校尉杨宣为刺史"。

◆前凉李柏写有尺牍，出土后称"李柏文书"。

1908—1910年，日本大谷光瑞探险队在楼兰遗址海头故城发现"李柏文书"及晋代木牍5枚、纸文书39件。"李柏文书"有一表二书，其中表文残缺，二书是李柏写给西域某国国王的书信，主要为转达前凉对西域诸国的安抚慰问等事宜。王国维《罗布淖尔北所出前凉西域长史李柏书稿跋》认为："此三书既书于骏称王以后，则亦在永和元年后，而骏之卒在永和二年，则此三纸不在骏世，则在重华之世，固可断也。时焉耆王龙熙已降，故西域长史与之通书，张氏之使得至西域，此求之情势而亦合者也。然李柏为西域长史，实不始于此时。《晋书》称西域长史李柏请击叛将赵贞，为贞所败，以减死论。又云'初戊己校尉赵贞不附于骏，至是骏击擒之，以其地为高昌郡'。二事均无年月，然骏永和元年所置沙州中有高昌郡，则赵贞之灭当在永和之前。然则柏一为长史于赵贞未定之前，而尚任于张骏称王之后，盖前此以减死论，自当去官，或以平赵贞与征焉耆之功再任矣。"①按：李柏事见《晋书》卷八六《张骏传》，其

---

① 王国维：《观堂集林》卷十七《史林九》，《王国维遗书》，第2册，上海书店出版社1983年版，第294页。

主要生活于前凉张骏时代。今据王国维考证及张可礼《东晋文艺系年》，系其尺牍于本年。

晋穆帝永和二年（346）

◆五月，前凉张骏卒，子张重华嗣位。

《晋书》卷八《穆帝纪》载，本年"五月丙戌，凉州牧张骏卒，子重华嗣"。《晋书》卷八六《张骏传》："骏在位二十二年卒，时年四十。私谥曰文公，穆帝追谥曰忠成公。"《通鉴》卷九七记载同。《太平御览》卷一二四引《十六国春秋·前凉录·张骏》："二十二年六月薨于正德前殿，年四十，晋遣策赠大司马，谥忠成公。"《隋书》卷三五《经籍志四》著录《张骏集》八卷，附注云："残缺。"逯钦立《晋诗》卷十二辑张骏诗二首：《薤露行》《东门行》。严可均《全晋文》卷一五四辑张骏文三篇：《上疏请讨石虎李期》《下令境中》《山海经图赞》。又，张骏文学成就颇高，《文心雕龙·章表》云："刘琨劝进，张骏自序，文致耿介，并陈事之美表也。""张骏自序"即《上疏请讨石虎李期》。《文心雕龙·熔裁》云："昔谢艾、王济，西河文士。张骏以为'艾繁而不可删，济略而不可益'，若二子者，可谓练熔裁而晓繁略矣。"张骏评谢艾、王济之语，原文已佚，难以详考。

《晋书》卷八六《张重华传》："重华字泰临，骏之第二子也。宽和懿重，沉毅少言。父卒，时年十六。以永和二年自称持节、大都督、太尉、护羌校尉、凉州牧、西平公、假凉王，赦其境内。"

◆六月，后赵伐前凉，张耽荐举谢艾为将，大破后赵军，张重华以谢艾为福禄伯。

《晋书》卷八《穆帝纪》载，本年"六月，石季龙将王擢袭武街，执张重华护军胡宣。又使麻秋、孙伏都伐金城，太守张冲降之。重华将谢艾击秋，败之"。《晋书》卷八六《张重华传》载，石季龙使王擢、麻秋、孙伏都等入侵前凉，凉州振动。牧府相司马张耽荐举主簿谢艾，称其"兼资文武，明识兵略"。重华问以讨寇方略，艾曰："昔耿弇不欲以贼遗君父，黄权愿以万人当寇。乞假臣兵七千，为殿下吞王擢、麻秋等。"重华大悦，以为中坚将军，配步骑五千击秋，大破之，封艾为福禄伯。

◆《天竺乐》传入前凉。

《隋书》卷一五《音乐志下》："《天竺》者，起自张重华据有凉州，重四译来贡男伎，《天竺》即其乐焉。歌曲有《沙石疆》，舞曲有《天曲》。乐器有凤首箜篌、琵琶、五弦、笛、铜鼓、毛员鼓、都昙鼓、铜拔、贝等九种，为一部。工十二人。"《旧唐书》卷二九《音乐志二》："凤首箜篌，有项如轸。"中国艺术研究院音乐研究所编《中国音乐史图鉴》认为，凤首箜篌是张重华"占领凉州时，自印度传入的。这种箜篌有其形制上的特点……如新疆克孜尔石窟38窟晋代思维菩萨像伎乐人所弹凤首箜篌，项上置十个轸"[1]。按：史载本年五月张骏卒，张重华继位，则《天竺乐》传入前凉当在本年五月以后。张可礼《东晋文艺系年》系于本年，今从之。

晋穆帝永和三年（347）

◆前凉谢艾大败后赵麻秋，作《密令与杨初》《献晋帝表》。

《晋书》卷八《穆帝纪》载，本年"八月戊午，张重华将谢艾进击麻秋，大败之"。《晋书》卷八六《张重华传》载，石季龙将麻秋进攻枹罕，率众八万。张重华"以谢艾为使持节、军师将军，率步骑三万，进军临河。秋以三万众拒之。艾乘轺车，冠白帢，鸣鼓而行……秋军乃退，艾乘胜奔击，遂大败之"。又载："麻秋又据枹罕，有众十二万，进屯河内，遣王擢略地晋兴、广武，越洪池岭，至于曲柳，姑臧大震。重华议欲亲出距之，谢艾固谏以为不可。别驾从事索遐进曰：'……左长史谢艾，文武兼资，国之方、邵，宜委以推毂之任……'重华纳之，于是以艾为使持节、都督征讨诸军事、行卫将军，遐为军正将军，率步骑二万距之……军次神鸟，王擢与前锋战，败，遁还河南。"《十六国春秋》卷七五《前凉录六·谢艾》："艾建牙旗，盟将士，有西北风吹旌旗东南指，军正将军任遐（按：《晋书》作"索遐"）曰：'风为号令，今旌旗指敌，天所赞也，破之必矣。'乃密令与阳初曰：'今遣舍人孔

---

[1] 中国艺术研究院音乐研究所编：《中国音乐史图鉴》，人民音乐出版社1988年版，第68页。

章持口论要密，将军可差心腹人诣致珊瑚鞭勒一具遗王擢，使王擢狐疑于将军父子，事得施矣。'军次神鸟，王擢与艾前锋战，败退，遁河南。艾遂进击秋，秋遁归金城。艾乃为表献晋帝云：'登三纬地，乘六御天，靖扫妖氛，廓清异类。'"按：《太平御览》卷三五九引谢艾《密令与杨初》曰："今遣舍人孔章，特（持）口论要密，将军可差腹心人旨致珊瑚马勒香璎一具遗王擢，王擢狐疑于将军父子，事得施矣。"又，据《晋书》卷八《穆帝纪》，杨初时为武都氐王。

◆后凉吕光年十岁，不乐读书。

《晋书》卷一二二《吕光载记》："年十岁，与诸童儿游戏邑里，为战阵之法，俦类咸推为主。部分详平，群童叹服。不乐读书，唯好鹰马。"按：本年吕光十岁。

◆东晋遣使拜张重华为大将军、西平公，拜武都氐王杨初为仇池公。

《晋书》卷八《穆帝纪》载，本年"十月乙丑，假凉州刺史张重华大都督陇右关中诸军事、护羌校尉、大将军，武都氐王杨初为征南将军、雍州刺史、平羌校尉、仇池公，并假节"。《通鉴》卷九七载，本年"冬十月乙丑，遣侍御史俞归至凉州，授张重华侍中、大都督、督陇右关中诸军事、大将军、凉州刺史、西平公"。又载："武都氐王杨初遣使来称藩，诏以初为使持节、征南将军、雍州刺史、仇池公。"又见《晋书》卷八六《张重华传》等。

晋穆帝永和四年（348）

◆前秦苻坚博学多才艺，年十一，有经略大志。

《太平御览》卷一二二引《十六国春秋·前秦录·苻坚》："性至孝，有器度，博学多才艺。年十一，便有经略大志。"按：本年苻坚十一岁。

◆陇西王嘉至长安，隐于终南山，后迁于倒兽山。

《晋书》卷九五《艺术传》："王嘉字子年，陇西安阳人也（按：一说为洛阳人，见《高僧传》卷五《道安传》）。轻举止，丑形貌，外若不足，而聪睿内明。滑稽好语笑，不食五谷，不衣美丽，清虚服气，不与世人交游。隐于东阳谷，凿岩穴居，弟子受业者数百人，亦皆穴处。石季龙之末，弃其徒众。至长安，潜隐于终南山，结庵庐而止。门人闻而复随之，乃迁于倒兽山。"按：王嘉隐于终南山，时间未详。据《晋书》卷八《穆帝纪》，石季龙卒于明年四月。今依本传"石季龙之末"云云，系于本年。

◆前凉张重华颇怠政事，司直索遐上疏谏之。

《晋书》卷八六《张重华传》："重华自以连破劲敌，颇怠政事，希接宾客。司直索遐谏曰：'殿下承四圣之基，当升平之会……今王室如毁，百姓倒悬，正是殿下衔胆茹辛厉心之日。深愿垂心朝政，延纳直言，周爱五美，以成六德，捐彼近习，弭塞外声，修政听朝，使下观而化。'重华览之大悦，优文答谢，然不之改也。"按：《十六国春秋辑补》卷七一《前凉录五·张重华》系此事于本年。又，索遐谏言当为奏疏，故"重华览之大悦，优文答谢"。

晋穆帝永和五年（349）

◆前凉张重华好游戏，屡出钱帛以赐左右，征事索振谏之。

《晋书》卷八六《张重华传》："重华好与群小游戏，屡出钱帛以赐左右。征事索振谏曰：'先王寝不安席，志平天下，故缮甲兵，积资实。大业未就，怀恨九泉。殿下遭巨寇于谅闇之中，赖重饵以挫劲敌。今遗烬尚广，仓帑虚竭，金帛之费，所宜慎之。昔世祖即位，躬亲万机，章奏诣阙，报不终日，故能隆中兴之业，定万世之功。今章奏停滞，动经时月，下情不得上达，哀穷困于囹圄，盖非明主之事，臣窃未安。'重华善之。"按：《通鉴》卷九八系此事于本年九月，《十六国春秋辑补》卷七一《前凉录五·张重华》系此事于永和六年，今从《通鉴》。

晋穆帝永和六年（350）

◆后赵麻秋鸩杀氐帅苻洪，苻健帅众入关，始立前秦，以苻坚为龙骧将军。

《晋书》卷八《穆帝纪》载，本年"三月，石季龙故将麻秋鸩杀苻洪于枋头"；八月，"苻健帅众入关"。《晋书》卷一一二《苻洪载记》："永和六年，帝以洪为征北大将军、都督河北诸军事、冀州刺史、广川郡公……初，季龙以麻秋镇枹罕，冉闵之乱，秋归邺，洪使子雄击而获之，以秋为军师将军。秋说洪西都长安，洪深然之。既而秋因宴鸩洪，将并其众，世子健收而斩之。洪将死，谓健曰：'所以未入关者，言中州可指时而定。今见困竖子，中原非汝兄弟所能办。关中形胜，吾亡后便可鼓行而西。'言终而死，年六十六。"《晋书》卷一一三《苻坚载记上》："（苻）健之入关也，梦天神遣使者朱衣赤冠，命拜坚为龙骧将军，健翌日为坛于曲沃以授之。健泣谓坚曰：'汝祖昔受此号，今汝复为神明所命，可不勉之！'坚挥剑捶马，志气感厉，士卒莫不惮服焉。"按：据《晋书》卷八《穆帝纪》，本年八月，"苻健帅众入关"。则苻坚为龙骧将军在本年。

◆**陇西辛谧隐居乱世，后赵冉闵僭号，征辛谧为太常，谧遗冉闵书，劝其归顺东晋，不食而卒。**

《晋书》卷九四《隐逸传》："辛谧字叔重，陇西狄道人也……及长安陷没于刘聪，聪拜太中大夫，固辞不受。又历石勒、季龙之世，并不应辟命。虽处丧乱之中，颓然高迈，视荣利蔑如也。及冉闵僭号，复备礼征为太常，谧遗闵书曰：'昔许由辞尧，以天下让之，全其清高之节……君王功以成矣，而久处之，非所以顾万全远危亡之祸也。宜因兹大捷，归身本朝，必有许由、伯夷之廉，享松、乔之寿，永为世辅，岂不美哉！'因不食而卒。"按，据《晋书》卷八《穆帝纪》："六年春正月，帝临朝，以褚裒丧故，悬而不乐。闰月，冉闵弑石鉴，僭称天王，国号魏。"《通鉴》卷九八系辛谧卒于本年。又，《晋书》卷一〇七《冉闵载记》载，冉闵即位，"遣使临江告晋曰：'胡逆乱中原，今已诛之。若能共讨者，可遣军来也。'朝廷不答"。冉闵此举，当与辛谧之书有关。曹道衡《十六国文学家考略》："辛谧在给冉闵的信中称'宜因兹大捷'，当指冉闵连败石祗将石琨于邯郸，败张贺度于苍亭事。此事《通鉴》系于永和六年（350）八月，则辛谧'不食而卒'当在这一年。又《魏书·辛绍先传》：'辛绍先，陇西狄道人。五世祖怡，晋幽州刺史。父渊，私署凉王李暠骁骑将军。'据此，辛渊当是辛谧的侄孙，辛绍先是他的侄曾孙。因为辛谧在当时有一定的名望,如果辛绍先是他直系子孙,《魏书》不当略去不提。"①

晋穆帝永和七年(351)

◆前凉诸宠贵谮毁谢艾,艾出任酒泉太守。

《晋书》卷二九《五行志下》:"永和七年三月,凉州大风拔木,黄雾下尘。是时,张重华纳谮,出谢艾为酒泉太守。"《十六国春秋》卷七五《前凉录六·谢艾》:"重华以艾枹罕之功,甚宠遇之,左右疾其贤,共相谮毁,出为酒泉太守……先是凉州大风拔木,黄雾下尘,识者以为任非其人之象,会重华信谮出艾。未几身死,嗣子见杀,是其应也。"

◆李暠生。

《晋书》卷八七《凉武昭王李玄盛传》:"武昭王讳暠,字玄盛,小字长生,陇西成纪人,姓李氏,汉前将军广之十六世孙也……世为西州右姓。高祖雍,曾祖柔,仕晋并历位郡守。祖弇,仕张轨为武卫将军、安世亭侯。父昶,幼有令名,早卒,遗腹生玄盛。"按:据《晋书》本传,李暠卒于晋安帝义熙十三年(417),时年六十七,据此推算,当生于本年。又,史载李暠"少而好学,性沉敏宽和,美器度,通涉经史,尤善文义。及长,颇习武艺,诵孙吴兵法"。

◆前秦苻融上疏固辞安乐王。

《晋书》卷一一四《苻坚载记下》附《苻融传》:"苻融字博休,坚之季弟也。少而岐嶷凤成,魁伟美姿度。健之世封安乐王。融上疏固辞,健深奇之,曰:'且成吾儿箕山之操。'乃止。苻生爱其器貌,常侍左右,未弱冠便有台辅之望。长而令誉弥高,为朝野所属。"按:苻融辞安乐王,时间不详,当在苻健僭称天王之时。据《晋书》卷八《穆帝纪》,本年正月,"苻健僭称王,国号秦"。

◆前凉张重华宴群寮于闲预庭,讲论经义,与索绥论议孔子、老聃及四皓轶事。

《太平御览》卷一二四引《十六国春秋·前凉录·张重华》:"五年,重华

---
① 曹道衡:《中古文学史论文集》,中华书局2002年版,第340页。

宴群寮于闲预庭，讲论经义，顾问索绥曰：'孔子妇谁家女？老聃父字为何？四皓既安太子，住乎？还山乎？'绥曰：'孔子妇，姓并官氏女。聃父名乾，字元杲，胎则无耳，一目不明，孤单，年七十二无妻，与邻人益寿氏老女野合，怀胎十年乃生老子。四皓还否，臣所未悉。'重华曰：'卿不知乎？四皓死于长安，有四皓冢，为不还山也。'"按：张重华永乐五年即晋穆帝永和七年，《十六国春秋辑补》卷七二《前凉录五》亦系于本年。

◆**前凉张重华征酒泉祈嘉为儒林祭酒，嘉博通经传，精究大义，依《孝经》作《二九神经》。**

《晋书》卷九四《隐逸传》："祈嘉字孔宾，酒泉人也。少清贫，好学。年二十余，夜忽窗中有声呼曰：'祈孔宾，祈孔宾！隐去来，隐去来！修饰人世，甚苦不可谐。所得未毛铢，所丧如山崖。'旦而逃去，西至敦煌，依学官诵书，贫无衣食，为书生都养以自给，遂博通经传，精究大义。西游海渚，教授门生百余人。张重华征为儒林祭酒。性和裕，教授不倦，依《孝经》作《二九神经》。在朝卿士、郡县守令彭和正等受业独拜床下者二千余人，天锡谓为先生而不名之。竟以寿终。"按：张重华征祈嘉为儒林祭酒的时间，难以详考。史载本年张重华曾与群寮讲论经义，故系于本年。

晋穆帝永和八年（352）

◆**南安赤亭羌酋姚弋仲病卒，其子姚襄帅众归晋。**

《晋书》卷一一六《姚弋仲载记》："姚弋仲，南安赤亭羌人也。其先有虞氏之苗裔。禹封舜少子于西戎，世为羌酋……弋仲有子四十二人，常戒诸子曰：'吾本以晋室大乱，石氏待吾厚，故欲讨其贼臣以报其德。今石氏已灭，中原无主，自古以来未有戎狄作天子者。我死，汝便归晋，当竭尽臣节，无为不义之事。'乃遣使请降。永和七年，拜弋仲使持节、六夷大都督、都督江淮诸军事、车骑大将军、仪同三司、大单于，封高陵郡公。八年，卒，时年七十三。"同卷《姚襄载记》："弋仲死，襄秘不发丧……晋处襄于谯城，遣五弟为任，单骑度淮，见豫州刺史谢尚于寿春……襄少有高名，雄武冠世，好学博通，雅善谈论，英济之称著于南夏。"按：《通鉴》卷九九系姚襄归晋于本年。

晋穆帝永和九年（353）

◆后赵王擢降前凉，率兵伐前秦，苻雄率众败之。

《晋书》卷八《穆帝纪》载，本年正月，"张重华使王擢与苻健将苻雄战，擢师败绩"。《晋书》卷一一二《苻健载记》："（苻）雄攻王擢于陇上，擢奔凉州，雄屯陇东。张重华拜擢征东大将军，使与其将张弘、宋修连兵伐雄。雄与菁率众击败之。"按：《通鉴》卷九九系上述诸事于本年二月。

◆五月，前凉复遣王擢伐秦州，克之；张重华遣使上表，请伐前秦，诏进重华为凉州牧。

《晋书》卷八《穆帝纪》载，本年五月，"张重华复使王擢袭秦州，取之"。《晋书》卷八六《张重华传》："是时石季龙西中郎将王擢屯结陇上，为苻雄所破，奔重华。重华厚宠之，以为征虏将军、秦州刺史、假节，使张弘、宗悠率步骑万五千配擢，伐苻健。健遣苻硕御之，战于龙黎。擢等大败，单骑而还，弘、悠皆没。重华痛之，素服为战亡吏士举哀号恸，各遣吊问其家。复授擢兵，使攻秦州，克之。遣使上疏曰：'季龙自毙，遗烬游魂，取乱侮亡，睹机则发。臣今遣前锋都督裴恒步骑七万，遥出陇上，以俟圣朝赫然之威。山东骚扰不足厝怀，长安膏腴，宜速平荡。臣守任西荒，山川悠远，大誓六军，不及听受之末，猛将鹰扬，不豫告成之次。瞻云望日，孤愤义伤，弹剑慷慨，中情蕴结。'于是康献皇后诏报，遣使进重华为凉州牧。"按：《通鉴》卷九九系王擢取秦州、张重华上表事于本年五月。

◆十一月，前凉张重华卒，子耀灵嗣，张祚废之，自称凉州牧。

《晋书》卷八《穆帝纪》载，本年十月"丁未，凉州牧张重华卒，子耀灵嗣。是月，张祚弑耀灵而自称凉州牧"。《太平御览》卷一二四引《十六国春秋·前凉录·张重华》云本年"十月，重华寝疾临春坊，遣左长史马岌策拜子灵耀为世子，大赦境内。十一月，薨于平章殿"。《通鉴》卷九九载张重华卒于本年十一月，十二月张祚废张耀灵，寻使人杀之。今从《十六国春秋》及《通鉴》。

◆前凉谢艾上疏言赵长、张祚事。张祚僭位，杀谢艾。

《十六国春秋》卷七五《前凉录六·谢艾》："重华寝疾，嬖臣赵长等与长宁侯祚，结异姓兄弟。艾上疏言：'权倖用事，公室将危，乞听臣入侍。'且言：'长宁侯祚及赵长等将为乱，宜尽逐长等。'既而疾甚，手令征艾为卫将军，监中外诸军事，辅政。长等匿而不宣。祚既僭立，追恨，杀之。"《通鉴》卷九九系张祚杀谢艾事于本年十二月。按：谢艾为前凉著名文士，《文心雕龙·熔裁》篇称其知文章之繁简。史载其有文集传世。《宋书》卷九八《大且渠蒙逊传》载，元嘉十四年（437），沮渠茂虔奉表献书于宋，其中有《谢艾集》八卷。《隋书》卷三五《经籍志四》著录"张重华酒泉太守《谢艾集》七卷"，附注："梁八卷。"严可均《全晋文》卷一五四辑其文三篇。

◆前凉张祚淫暴，国人赋《墙茨》之诗刺之。

《晋书》卷八六《张祚传》："祚字太伯，博学雄武，有政事之才。既立，自称大都督、大将军、凉州牧、凉公。淫暴不道，又通重华妻裴氏，自阁内媵妾及骏、重华未嫁子女，无不暴乱，国人相目，咸赋《墙茨》之诗。"按：《十六国春秋辑补》卷七二《前凉录六·张祚》、《通鉴》卷九九均系此事于本年。

◆前凉杨宣为宋纤画像，并作《宋纤画像颂》。

《晋书》卷九四《隐逸传》："张祚时，太守杨宣画其（宋纤）像于阁上，出入视之，作颂曰：'为枕何石？为漱何流？身不可见，名不可求。'"按：此事时间难以详考。"张祚时"，当指本年十一月张重华病卒，张祚始辅政后僭立，至永和十一年七月张祚被杀的一段时期。张可礼《东晋文艺系年》系此事于本年，今从之。又，杨宣为前凉张骏时代名将，数征西域，本年以后事迹不详。严可均《全晋文》卷一五四辑其文一篇。

◆前凉宋纤笃学不倦，注《论语》，为诗颂数万言。

《晋书》卷九四《隐逸传》："纤注《论语》，及为诗颂数万言。年八十，笃学不倦。"按，张可礼《东晋文艺系年》认为："纤注《论语》，为诗颂数万言，时间不详，疑非作于一时，姑一并系于此。"今从之。

◆前凉张重华护军参军刘庆在东苑专修国史二十余年，著《凉记》十二卷。

《史通》卷十二《古今正史》："前凉张骏十五年，命其西曹边浏集内外事，以付秀才索绥，作《凉国春秋》五十卷。又张重华护军参军刘庆在东苑专修国史二十余年，著《凉记》十二卷。"按：刘庆生平不详，其著《凉记》的起止时间难以详考。史载张重华在位八年（346—353），《史通》称"刘庆在东苑专修国史二十余年"，则张重华卒后刘庆仍在修撰《凉记》。因刘庆奉张重华之命修史，本年张氏卒，故系于本年。

晋穆帝永和十年（354）

◆正月，前凉张祚称帝，下诏改元。

《晋书》卷八六《张祚传》："永和十年，祚纳尉缉、赵长等议，僭称帝位，立宗庙，舞八佾，置百官，下书曰：'昔金行失驭，戎狄乱华，胡羯氐羌，咸怀窃玺。我武公以神武拨乱，保宁西夏，贡款勤王，句朔不绝。四祖承光，忠诚弥著。往受晋禅，天下所知，谦冲逊让，四十年于兹矣。今中原丧乱，华裔无主，群后佥以九州之望无所依归，神祇岳渎罔所凭系，逼孤摄行大统，以一四海之心。辞不获已，勉从群议。待扫秽二京，荡清周魏，然后迎帝旧都，谢罪天阙，思与兆庶，同兹更始。'改建兴四十二年为和平元年，赦殊死，赐鳏寡帛，加文武爵各一级。"《晋书》卷八《穆帝纪》载，本年正月，"凉州牧张祚僭帝位"。《通鉴》卷九九记载同。

◆前凉灾异屡见，尚书马岌因切谏免官；郎中丁琪又谏，张祚杀之。

《晋书》卷八六《张祚传》："灾异屡见，而祚凶虐愈甚。其尚书马岌以切谏免官。郎中丁琪又谏曰：'先公累执忠节，远宗吴会，持盈守谦，五十余载。苍生所以鹄企西望，四海所以注心大凉，皇天垂赞、士庶效死者，正以先公道高彭昆，忠逾西伯，万里通虔，任节不贰故也。能以一州之众抗崩天之虏，师徒岁起，人不告疲。陛下虽以大圣雄姿纂戎鸿绪，勋德未高于先公，而行革命之事，臣窃未见其可。华夷所以归系大凉、义兵所以千里响赴者，以陛下为本朝之故。今既自尊，人斯高竞，一隅之地何以当中国之师！城峻冲生，负乘致寇，惟陛下图之。'祚大怒，斩之于阙下。"按：《通鉴》卷九九系以上诸事于本年正月。又据《张祚传》，时桓温入关，张祚震惧，"即召马岌复位而与之谋"。马岌为前凉名臣，此后事迹不详。逯钦立《晋诗》卷十五辑马岌诗一首，严可均《全晋文》卷一五四辑其文二篇。

◆前凉张祚遣使迎宋纤至姑臧，征为太子友，迁太子太傅，纤上疏明志，不食而卒。

《晋书》卷九四《隐逸传》："张祚后遣使者张兴备礼征为太子友，兴逼喻甚切，纤喟然叹曰：'德非庄生，才非干木，何敢稽停明命！'遂随兴至姑臧。祚遣其太子太和（按：一作"泰和"）以执友礼造之，纤称疾不见，赠遗一皆不受。寻迁太子太傅。顷之，上疏曰：'臣受生方外，心慕太古。生不喜存，死不悲没。素有遗属，属诸知识，在山投山，临水投水，处泽露形，在人亲土。声闻书疏，勿告我家。今当命终，乞如素愿。'遂不食而卒，时年八十二，谥曰玄虚先生。"按：宋纤至姑臧的确切时间不详，当在张祚本年僭称帝位、立太和为太子之后。张可礼《东晋文艺系年》系其卒年在永和十一年张祚卒后不久。曹道衡《十六国文学家考略》认为："宋纤作品今可见者只有这篇表。他的卒年应是晋穆帝永和十一年或十二年（355或356），因为张祚在位共三年，从征辟至死，还有一段时间，大约是这两年的可能性最大。以此推算，他应该生于西晋武帝泰始末年。"①据《晋书》本传，宋纤当卒于张祚称帝后不久，故改系于本年。严可均《全晋文》卷一五四辑宋纤文一篇。

◆前凉张祚遣使者以安车束帛征郭荷为博士祭酒，署太子友。荷上疏乞还，祚许之，送还张掖东山。

《晋书》卷九四《隐逸传》："郭荷字承休，略阳人也……张祚遣使者以安车束帛征为博士祭酒，使者迫而致之。及至，署太子友。荷上疏乞还，祚许之，遣以安车蒲轮送还张掖东山。"按：张祚征召郭荷的确切时间不详，当在张祚本年僭称帝位、立太和为太子之后。又据同卷《郭瑀传》，郭荷当时隐居张掖东山，郭瑀师事之，尽传其业。

---

① 曹道衡：《中古文学史论文集》，中华书局2002年版，第378页。

晋穆帝永和十一年（355）

◆ 前凉张祚被杀，张玄靓嗣位。

《晋书》卷八《穆帝纪》载，本年"秋七月，宋混、张瓘弑张祚，而立耀灵弟玄靓为大将军、凉州牧"。《晋书》卷八六《张玄靓传》："玄靓字元安。既立，自号大都督、大将军、校尉、凉州牧、西平公，赦其国内，废和平之号，复称建兴四十三年。"此事又见载《晋书》卷八六《张祚传》、《通鉴》卷一百等。

◆ 前凉隐士郭荷卒，弟子郭瑀服斩缞，庐墓三年。

《晋书》卷九四《隐逸传》："张祚遣使者以安车束帛征为博士祭酒，使者迫而致之。及至，署太子友。荷上疏乞还，祚许之，遣以安车蒲轮送还张掖东山。年八十四卒，谥曰玄德先生。"按：郭荷卒年，史籍无确切记载，当在张祚送还张掖东山后不久。本年七月张祚被杀，故系本年。又据同卷《郭瑀传》："郭瑀字元瑜，敦煌人也。少有超俗之操，东游张掖，师事郭荷，尽传其业。精通经义，雅辩谈论，多才艺，善属文。荷卒，瑀以为父生之，师成之，君爵之，而五服之制，师不服重，盖圣人谦也，遂服斩衰，庐墓三年。"郭瑀为郭荷得意门生，其弟子刘昞为五凉后期河西硕儒。

晋穆帝永和十二年（356）

◆ 前秦苻生遣阎负、梁殊出使前凉，与张瓘论议前秦文武将相。梁谠与梁熙以文藻清丽见重一时。

《晋书》卷一一二《苻生载记》："生闻张祚见杀，玄靓幼冲，命其征东苻柳参军阎负、梁殊使凉州，以书喻之。负、殊至姑臧，玄靓年幼，不见殊等。其凉州牧张瓘谓负、殊曰……瓘曰：'秦据汉旧都，地兼将相，文武辅臣，领袖一时者谁也？'负、殊曰：'皇室懿藩，忠若公旦者，则大司马、武都王安，征东大将军、晋王柳；文武兼才，神器秀拔，入可允厘百工，出能折冲万里者，卫大将军、广平王黄眉，后将军、清河王法，龙骧将军、东海王坚之兄弟；其耆年硕德，德侔尚父者，则太师、录尚书事、广宁公鱼遵；其清素刚严，骨鲠贞亮，则左光禄大夫强平，金紫光禄程肱、牛夷；博闻强识，探赜索幽,则中书监胡文,中书令王鱼,黄门侍郎李柔;雄毅厚重,权智无方,则左卫将军李威,右卫将军苻雅;才识明达,令行禁止,则特进、领御史中丞梁平老,特进、光禄大夫强汪,侍中、尚书吕婆楼;文史富赡,郁为文宗,则尚书右仆射董荣,秘书监王飏,著作郎梁谠;骁勇多权略,攻必取,战必胜,关、张之流,万人之敌者,则前将军、新兴王飞,建节将军邓羌,立忠将军彭越,安远将军范俱难,建武将军徐盛;常伯纳言,卿校牧守,则人皆文武,莫非才贤;其余怀经世之才,蕴佐时之略,守南山之操,遂而不夺者,王猛、朱肜之伦,相望于岩谷。济济多士,焉可磬言!姚襄、张平一时之杰,各拥众数万,狼顾偏方,皆委忠献款,请为臣妾。小不事大,《春秋》所诛,惟君公图之。'……瓘新辅政,河西所在兵起,惧秦师之至,乃言于玄靓,遣使称藩,生因其所称而授之。"按:《通鉴》卷一百系阎负、梁殊出使前凉于本年二月。又,朱肜和梁谠,《北史》卷八三《文苑列传序》中被列为前秦文士的代表:"既而中州板荡,戎狄交侵,僭伪相属,生灵涂炭,故文章黜焉。其能潜思于战争之间,挥翰于锋镝之下,亦有时而间出矣。若乃鲁徵(徽)、杜广、徐光、尹弼之俦,知名于二赵;宋该、封弈、朱肜(肜)、梁谠之属,见重于燕、秦。"《十六国春秋》卷四二《前秦录十·朱肜》:"朱肜,京兆人。隐居不仕。坚以王猛为辅国将军、司隶校尉、侍中、中书令,猛上疏辞谢,因荐肜以自代。坚不许,而以肜为尚书侍郎,领太子庶子。"《十六国春秋》卷四二《前秦录十·梁谠》:"梁谠字伯言,略阳氐人也。博学有俊才,仕健为著作郎,稍迁至中书令。坚既即位,出为安远将军、幽州刺史,镇蓟城。未几,进位侍中。谠与弟熙俱以义藻清丽见重一时,时人为之语曰:'关东堂堂,二申两房;未若二梁,瑰文绮章。'"《太平御览》卷四九五引《十六国春秋·前秦录》所载基本相同。其作品已散佚不存。史载晋孝武帝太元五年(380),苻坚派遣大臣率领氐族子弟镇守各方重镇,"中书令梁谠为安远将军、幽州刺史,镇蓟城"。[1]曹道衡《十六国文学家考略》据此推断:"梁谠其人可能是氐族,因为派去的人中像苻丕是苻坚之子,杨膺是'仇池氐酋',毛兴、王腾'并苻氏婚姻,氐之崇望也'(《通鉴》卷一〇四)。"[2]

---

[1] 事见《晋书》卷一一三《苻坚载记上》,系年据《通鉴》卷一〇四。
[2] 曹道衡:《中古文学史论文集》,中华书局2002年版,第362页。

晋穆帝升平元年（357）

◆ **前秦苻坚杀苻生，自称大秦王，立学校，兴文教。**

《晋书》卷八《穆帝纪》载，本年"六月，苻坚杀苻生而自立"。《晋书》卷一一三《苻坚载记上》："（坚）博学多才艺，有经济大志，要结英豪，以图纬世之宜。王猛、吕婆楼、强汪、梁平老等并有王佐之才，为其羽翼。太原薛赞、略阳权翼见而惊曰：'非常人也！'及苻生嗣伪位，赞、翼说坚曰：'今主上昏虐，天下离心。有德者昌，无德受殃，天之道也。神器业重，不可令他人取之，愿君王行汤武之事，以顺天人之心。'坚深然之，纳为谋主。生既残虐无度，梁平老等亟以为言，坚遂弑生，以伪位让其兄法。法自以庶孽，不敢当。坚及母苟氏并虑众心未服，难居大位，群僚固请，乃从之。以升平元年僭称大秦天王，诛生佞幸臣董龙、赵韶等二十余人，赦其境内，改元曰永兴……于是修废职，继绝世，礼神祇，课农桑，立学校，鳏寡孤独高年不自存者，赐谷帛有差，其殊才异行、孝友忠义、德业可称者，令在所以闻。"按："董龙"即董荣，《晋书》卷一一二《苻生载记》附《王堕传》载："龙，荣之小字也。"又《苻生载记》云："文史富赡，郁为文宗，则尚书右仆射董荣，秘书监王飐，著作郎梁谠。"

◆ **前秦苻生末年与苻坚之初，有系列民谣流传。**

《晋书》卷一一二《苻生载记》："初，生梦大鱼食蒲，又长安谣曰：'东海大鱼化为龙，男便为王女为公。问在何所洛门东。'东海，苻坚封也，时为龙骧将军，第在洛门之东。生不知是坚，以谣梦之故，诛其侍中、太师、录尚书事鱼遵及其七子、十孙。时又谣曰：'百里望空城，郁郁何青青。瞎儿不知法，仰不见天星。'于是悉坏诸空城以禳之。"又，《晋书》卷二八《五行志中》："苻坚初，童谣云：'阿坚连牵三十年，后若欲败时，当在江湖边。'及坚在位凡三十年，败于淝水，是其应也。又谣语云：'河水清复清，苻坚死新城。'及坚为姚苌所杀，死于新城。复谣歌云：'鱼羊田升当灭秦。'识者以为'鱼羊，鲜也；田升，卑也，坚自号秦，言灭之者鲜卑也。'其群臣谏坚，令尽诛鲜卑，坚不从。及淮南败还，初为慕容冲所攻，又为姚苌所杀，身死国灭。"按：上引三谣，时间不详。据《晋书》卷八《穆帝纪》及《孝武帝纪》，苻坚于本年六月"杀苻生而自立",太元十年(385)八月被姚苌所杀,前后近三十年。张可礼《东晋文艺系年》据《晋书·五行志中》所云"苻坚初",系于本年。今从之。

◆ **前秦苻融好文学,聪辩明慧,时人称誉。拜侍中,寻除中军将军。**

《晋书》卷一一四《苻坚载记下》附《苻融传》:"坚僭号,拜侍中,寻除中军将军。融聪辩明慧,下笔成章,至于谈玄论道,虽道安无以出之。耳闻则诵,过目不忘,时人拟之王粲。尝著《浮图赋》,壮丽清赡,世咸珍之。未有升高不赋,临丧不诔,朱彤(按:一作"肜")、赵整等推其妙速。旅(膂)力雄勇,骑射击刺,百夫之敌也。铨综内外,刑政修理,进才理滞,王景略之流也。尤善断狱,奸无所容,故为坚所委任。后为司隶校尉。"按:《通鉴》卷一百系上述诸事于本年。又,苻融为前秦著名文士,其《浮图赋》亡佚不传,《乐府诗集》卷二五《梁鼓角横吹曲·企喻歌》第一首,传为苻融所作。

◆ **前秦苻坚以王猛为中书侍郎,与薛赞、权翼并掌机密。**

《晋书》卷一一四《苻坚载记下》附《王猛传》:"王猛字景略,北海剧人也,家于魏郡。少贫贱,以鬻畚为业……猛瑰姿俊伟,博学好兵书,谨重严毅,气度雄远,细事不干其虑,自不参其神契,略不与交通,是以浮华之士咸轻而笑之……苻坚将有大志,闻猛名,遣吕婆楼招之,一见便若平生。语及废兴大事,异符同契,若玄德之遇孔明也。及坚僭位,以猛为中书侍郎。"《晋书》卷一一三《苻坚载记上》载,苻坚举事,以太原薛赞、略阳权翼为谋主,及即位,"王猛、薛赞为中书侍郎,权翼为给事黄门侍郎,与猛、赞并掌机密"。按:据《通鉴》卷一百,苻坚重用王猛,与汉阳李威的荐举有关。

◆ **前秦吕光除美阳令,时年二十岁。**

《晋书》卷一二二《吕光载记》:"(光)沉毅凝重,宽简有大量,喜怒不形于色。时人莫之识也,惟王猛异之,曰:'此非常人。'言之苻坚,举贤良,除美阳令,夷夏爱服。"张可礼《东晋文艺系年》系此事于永和十一年(355)吕光十八岁时,并云:"光除美阳令,时间不详。疑在十八岁或以后,再早似不可能。"按:史载本年苻坚即位,重用王猛,故改系王猛荐举吕光于本年。

晋穆帝升平二年（358）

◆前秦苻坚自将征讨张平。还至韩原，赋诗而归。

《十六国春秋》卷三六《前秦录四·苻坚上》载，本年二月，坚自将讨张平；三月，坚至铜壁，平众大溃，惧而请降；夏四月，坚如雍，祠五畤；六月，如河东，祠后土；秋八月，自临晋登龙门，顾谓群臣曰："美哉！山河之固。娄敬有言，关中四塞之国，真不虚也。"至韩原，观晋魏颗鬼结草抗秦军之处，赋诗而归。[①]九月庚辰，坚还长安。按：《通鉴》卷一百亦系以上诸事于本年。

晋穆帝升平三年（359）

◆前秦苻坚南游霸陵，命群臣赋诗。六月，改元甘露。八月，下书征王猛辅政。

《十六国春秋》卷三六《前秦录四·苻坚上》："（升平三年）五月，坚如河东，南游霸陵，顾谓群臣曰：'汉祖起自布衣，廓平四海，佐命功臣，孰为首乎？'权翼进曰：'《汉书》以萧、曹为功臣之冠。'坚曰：'汉祖与项羽争天下，困于京索之间，身被七十创，通中六七，父母妻子，为楚所困。平城之下，七日不火食，赖陈平之谋，太上、妻子克全，免匈奴之祸。二相何得独高也！虽有人狗之喻，岂黄中之言乎！'于是酣歌极欢，命群臣赋诗。六月，甘露降，乃大赦境内殊死已下，改元为甘露。秋七月，坚自河东还，以骁骑将军邓羌为御史中丞。八月下书曰：'咸阳内史王猛，言彰出纳，所在著绩，有卧龙之才，宜入赞百揆，丝纶王言。可征拜侍中、中书令，领京兆尹。'"又，《太平御览》卷五八七引崔鸿《十六国春秋·前秦录》："苻坚宴群臣于逍遥园，将军讲武，文官赋诗。有洛阳年少者，长不满四尺，而聪博善属文，因朱肜上《逍遥戏马赋》一篇。坚览而奇之曰：'此文绮藻清丽，长卿俦也。'"张可礼《东晋文艺系年》："上述事时间未详，姑系于是。"今从之。

[①] 苻坚自临晋登龙门，至韩原赋诗而归，又见《太平御览》卷一二二引《十六国春秋·前秦录》。

◆ **前秦王猛时年三十六，岁中五迁，权倾内外。猛上疏辞让，不许。**

《晋书》卷一一四《苻坚载记下》附《王猛传》："迁尚书左丞、咸阳内史、京兆尹。未几，除吏部尚书、太子詹事，又迁尚书左仆射、辅国将军、司隶校尉，加骑都尉，居中宿卫。时猛年三十六，岁中五迁，权倾内外，宗戚旧臣皆害其宠。尚书仇腾、丞相长史席宝数谮毁之，坚大怒，黜腾为甘松护军，宝白衣领长史。尔后上下咸服，莫有敢言。顷之，迁尚书令、太子太傅，加散骑常侍。猛频表累让，坚竟不许。又转司徒、录尚书事，余如故。猛辞以无功，不拜。"《十六国春秋》卷三六《前秦录四·苻坚上》载，本年"十二月，以猛为辅国将军、司隶校尉，居中宿卫，仆射、詹事、侍中、中书令，领选如故。猛上疏辞曰：'伏见散骑常侍阳平公融，明德懿亲；光禄散骑西河任群，忠贞淑慎；处士京兆朱彤，博识聪辨，并宜左右弥纶，晖赞九棘。愚臣庸鄙，请避贤路。'坚曰：'机务俟才，允属明哲。朝野所望，岂容致辞。所举融等，寻别铨叙。'于是以融为侍中、中书监、左仆射，任群为光禄大夫、领太子家令，朱彤为尚书侍郎、领太子庶子。猛时年三十六，岁中五迁，权倾内外，人有毁之者，坚辄罪之，于是群臣莫敢复言"。按：《通鉴》卷一百系上述诸事于本年。

晋穆帝升平四年（360）

◆ **前秦苻坚置雍州。徙乌桓独孤部、鲜卑没奕干于塞外。**

《十六国春秋》卷三六《前秦录四·苻坚上》："甘露二年，春正月，坚分司隶置雍州……冬十月，乌桓独孤部、鲜卑没奕干，各帅众数万来降，坚初欲处之塞内。阳平公融谏曰：'戎狄异类，人面兽心，不知仁义。其楷颖内附，实贪地利，非怀德也。不敢犯边，实惮兵威，非感恩也。今处之于塞内，与民杂居，彼窥郡县虚实，必为边患，不如徙之塞外，以存荒服之义。'坚从之。"《晋书》卷一一三《苻坚载记上》："乌丸独孤、鲜卑没奕干率众数万又降于坚。坚初欲处之塞内，苻融以'匈奴为患，其兴自古。比虏马不敢南首者，畏威故也。今处之于内地，见其弱矣，方当窥兵郡县，为北边之害。不如徙之塞外，以存荒服之义'。坚从之。"按：《通鉴》卷一〇一系上述诸事于本年。

◆前凉祈雨，咏《云汉》诗，儒林祭酒敦煌索绥非之。

《太平御览》卷一二四引《十六国春秋·前凉录·张玄靖》："五年，六月，大旱。令诸祈雨之官皆咏《云汉》诗。儒林祭酒索绥曰：'《云汉》陈周宣之美，非旱之文。昔神鼎之出，汉虞丘不贺。今辞与事违，恐非致泽之意也。'绥，字士艾，敦煌人。父戬，晋司徒。绥家贫好学，举孝廉，为记室祭酒。母丧去官，又举秀才。著《凉春秋》五十卷，又作《六夷颂》《符命传》十余篇。以著述之功，封平乐亭侯。"按：张玄靖太始五年，即晋穆帝升平四年，参《十六国春秋辑补》卷七二《前凉录六》。

晋穆帝升平五年（361）

◆前秦苻坚亲为赦文，大赦境内；广修学官，号称多士；典章法物，靡不悉备。

《晋书》卷一一三《苻坚载记上》："坚僭位五年，凤皇集于东阙，大赦其境内，百僚进位一级。初，坚之将为赦也，与王猛、苻融密议于露堂，悉屏左右。坚亲为赦文，猛、融供进纸墨……坚广修学官，召郡国学生通一经以上充之，公卿已下子孙并遣受业。其有学为通儒、才堪干事、清修廉直、孝悌力田者，皆旌表之。于是人思劝励，号称多士，盗贼止息，请托路绝，田畴修辟，帑藏充盈，典章法物，靡不悉备。"按：《十六国春秋辑补》卷三三《前秦录三·苻坚》系上述诸事于本年九月。《太平御览》卷四六五引崔鸿《前秦录》曰："苻坚时，凤皇集于东阙，歌之曰：'凤皇于飞，其羽翼翼。渊哉圣后，享龄万亿。'"

◆前凉内乱，张邕灭宋氏，张天锡复灭张邕，始奉升平年号。

事见《晋书》卷八六《张玄靓传》等，《通鉴》卷一〇一载之甚详。

晋哀帝隆和元年（362）

◆前秦苻坚亲临太学，考第诸生经义。

《晋书》卷一一三《苻坚载记上》："坚亲临太学，考学生经义优劣，品而第之。问难五经，博士多不能对。坚谓博士王寔曰：'朕一月三临太学，黜陟幽明，躬亲奖励，罔敢倦违，庶几周孔微言不由朕而坠，汉之二武其可追乎！'寔对曰：'自刘、石扰覆华畿，二都鞠为茂草，儒生罕有或存，坟籍灭而莫纪，经沦学废，奄若秦皇。陛下神武拨乱，道隆虞夏，开庠序之美，弘儒教之风，化盛隆周，垂馨千祀，汉之二武焉足论哉！'坚自是每月一临太学，诸生竞劝焉。"按：《通鉴》卷一〇一系上述事于本年五月，《十六国春秋辑补》卷三三《前秦录三·苻坚》亦系于本年。

晋哀帝兴宁元年（363）

◆前凉张天锡弑张玄靓，自称大将军、护羌校尉、凉州牧、西平公。

《晋书》卷八《哀帝纪》载，本年"秋七月，张天锡弑凉州刺史、西平公张玄靓，自称大将军、护羌校尉、凉州牧、西平公"。《晋书》卷八六《张天锡传》："天锡字纯嘏，骏少子也，小名独活。初字公纯嘏，入朝，人笑其三字，因自改焉。玄靓死，国人立之，自号大将军、校尉、凉州牧、西平公。"按：《通鉴》卷一〇一据《晋春秋》系上述事于本年八月。

◆前凉张天锡遣司马纶骞诣建康请命，并送御史俞归返回东晋。俞归以穆帝永和三年出使前凉，淹留凉州十六年之久，著《西河记》二卷，记张重华时前凉史事。

《晋书》卷八六《张天锡传》："遣司马纶骞奉章请命，并送御史俞归还京都。"《隋书》卷三三《经籍志二》著录《西河记》二卷，注云："记张重华事，晋侍御史喻归撰。"按：《通鉴》卷一〇一系张天锡遣使请命、送俞归东还事于本年八月。又，俞归亦作"喻归"，其事见《晋书》卷八六《张重华传》。《元和姓纂》卷八："喻，见《姓苑》，亦音树。《姓苑》云，南昌有喻氏。东晋有喻归，撰《西河记》三卷。"[1]《广韵》卷四"遇第十""谕"字云："谕，譬谕也，谏也。又姓，东晋有谕归，撰《西河记》二卷，何承天云，喻音树，豫章人。"[2]

---

[1] （唐）林宝撰，岑仲勉校记：《元和姓纂》（附四校记），中华书局1994年版，第1210页。
[2] 周祖谟：《广韵校本》，上册，中华书局2004年版，第367页。

晋哀帝兴宁二年（364）

◆前秦富商车服僭侈，苻坚下诏禁之。

《晋书》卷一一三《苻坚载记上》："时商人赵掇、丁妃、邹瓫等皆家累千金，车服之盛，拟则王侯，坚之诸公竞引之为国二卿。黄门侍郎程宪言于坚曰：'赵掇等皆商贩丑竖，市郭小人，车马衣服僭同王者，官齐君子，为藩国列卿，伤风败俗，有尘圣化，宜肃明典法，使清浊显分。'坚于是推检引掇等为国卿者，降其爵。乃下制：'非命士已上，不得乘车马于都城百里之内。金银锦绣，工商、皂隶、妇女不得服之，犯者弃市。'"《通鉴》卷一〇一载："秦王坚命公国各置三卿，并余官皆听自采辟，独为置郎中令。富商赵掇等车服僭侈，诸公竞引以为卿，黄门侍郎安定程宪请治之。坚乃下诏称：'本欲使诸公延选英儒，乃更猥滥如是！宜令有司推检，辟召非其人者，悉降爵为侯，自今国官皆委之铨衡。自非命士已上，不得乘车马去京师百里内；工商皂隶，不得服金银锦绣，犯者弃市。'"按：《通鉴》卷一〇一所引诏文中"本欲使诸公延选英儒"等六句，《晋书》卷一一三无。此文严可均《全晋文》未辑录。

晋哀帝兴宁三年（365）

◆前秦苻坚改元为建元。亲屯陕城以备慕容恪。率军击败匈奴叛兵。

《晋书》卷一一三《苻坚载记上》："兴宁三年，坚又改元为建元。慕容暐遣其太宰慕容恪攻拔洛阳，略地至于崤渑。坚惧其入关，亲屯陕城以备之。匈奴右贤王曹毂、左贤王卫辰举兵叛，率众二万攻其杏城已南郡县，屯于马兰山。索虏乌延等亦叛坚而通于辰、毂。坚率中外精锐以讨之。"按：《通鉴》卷一〇一系前秦改元事于本年二月。

◆李暠少好学，善文义。及长，习武艺，诵兵法。

《晋书》卷八七《凉武昭王李玄盛传》："少而好学，性沉敏宽和，美器度，通涉经史，尤善文义。及长，颇习武艺，诵孙吴兵法。"按：张可礼《东晋文艺系年》认为"上述诸事时间不详，亦非一年之事，姑一并系于此"。今从之。

晋废帝太和元年（366）

◆ **前秦苻坚使王猛等南攻荆州。**

《晋书》卷一一三《苻坚载记上》："使王猛、杨安等率众二万寇荆州北鄙诸郡，掠汉阳万余户而还。"《晋书》卷八《海西公纪》系上述事于本年十月辛丑。按：《通鉴》卷一〇一系上述事于本年七、八月。

◆ **前凉张天锡数宴园池，政事颇废，校书祭酒索商上疏劝谏，天锡以优文答之。**

《晋书》卷八六《张天锡传》："太和初，诏以天锡为大将军、大都督、督陇右关中诸军事、护羌校尉、凉州刺史、西平公。天锡数宴园池，政事颇废。荡难将军、校书祭酒索商上疏极谏，天锡答曰：'吾非好行，行有得也。观朝荣，则敬才秀之士；玩芝兰，则爱德行之臣；睹松竹，则思贞操之贤；临清流，则贵廉洁之行；览蔓草，则贱贪秽之吏；逢飚风，则恶凶狡之徒。若引而申之，触类而长之，庶无遗漏矣。'"

◆ **沙门乐僔与法良始建莫高窟。**

莫高窟第十四窟内《唐李怀让重修莫高窟碑》："莫高窟者，厥前秦建元二年，有沙门乐僔，戒行清虚，执心恬静，尝杖锡林野，行至此山，忽见金光，状有千佛，因就此山造窟一龛。次有法良禅师，从东届此，又于僔师窟侧，更即营造。伽蓝之起，滥觞二僧。复有刺史建平公、东阳王等□□□□□后合州黎庶，造作相仍，实神秀之幽岩、灵奇之静域也。西达九陇坡，鸣沙飞井擅其名；东接三危峰，法露翔云腾□□"。段文杰《敦煌壁画概述》说："最早建窟者是两位禅僧乐僔与法良。二六八—二七五这一组洞窟便是这一时期的遗存。"[①] 按：《晋书》卷一一三《苻坚载记上》载，"兴宁三年，坚又改元为建元"。据此则"前秦建元二年"即本年，时苻坚尚未统一河西，不得谓"前秦始建莫高窟"。又，姜亮夫《莫高窟年表》载，本年"秦沙门乐僔在莫高窟凿窟造象，是为莫高凿窟造象又一可考之说。然此当为续建，而非初建"[②]。

---

① 详参段文杰：《中国美术全集》绘画编14《敦煌壁画（上）》，上海人民美术出版社1993年版。
② 姜亮夫：《莫高窟年表》，上海古籍出版社1985年版，第45页。

晋废帝太和二年（367）

◆ 前凉、前秦各讨叛将于陇右，王猛遗张天锡书，遂各罢兵。

事见《晋书》卷八六《张天锡传》、《晋书》卷一一三《苻坚载记上》等。《通鉴》卷一〇一载，本年四月，王猛与张天锡率兵相持于枹罕城下，"猛遗天锡书曰：'吾受诏救（李）俨，不令与凉州战，今当深壁高垒，以听后诏。旷日持久，恐二家俱弊，非良算也。若将军退舍，吾执俨而东，将军徙民西旋，不亦可乎！'天锡谓诸将曰：'猛书如此，吾本来伐叛，不来与秦战。'遂引兵归"。

◆ 前秦立《邓太尉祠碑》。

《金石续编》卷一载录此碑文，其文曰："大秦苻氏建元三年岁在丁卯，冯翊护军、建威将军、奉车都尉、城安县侯华山郑能进，字宏道……以太尉邓公祠张冯翊所造，岁久颓朽，因旧修饬。故记之。以其年六月左降为尚书库部郎、护军司马、奉车都尉、关内侯。"马长寿《碑铭所见前秦至隋初的关中部族》一书对此碑文有详细考述。韩理洲等辑校编年《全三国两晋南朝文补遗》辑录此文，题名《郑能进修邓艾祠碑》，系其作时于本年六月。

◆ 前凉郭瑀隐于临松薤谷，凿石窟而居，作《春秋墨说》《孝经错纬》，弟子著录千余人。所凿石窟即今马蹄寺石窟。

《晋书》卷九四《隐逸传》："郭瑀字元瑜，敦煌人也。少有超俗之操，东游张掖，师事郭荷，尽传其业。精通经义，雅辩谈论，多才艺，善属文。荷卒……遂服斩衰，庐墓三年。礼毕，隐于临松薤谷，凿石窟而居，服柏实以轻身，作《春秋墨说》《孝经错纬》，弟子著录千余人。"《东乐县志》载："薤谷石窟，在县城西南一百一十公里临松山下，今有马蹄寺佛龛……晋名贤郭瑀开辟隐居教学处。"又曰："石窟凿于郭瑀及其弟子，后人扩而充之，加以佛像。"[1] 按：郭瑀隐于临松、开凿石窟的时间难以详考，必在其于张掖东山为郭荷"庐墓三年"之后。郭瑀之所以将隐居授徒之地自张掖东山徙移于临松薤谷

---

[1] 徐传钧修，张著常纂：《东乐县志》，《中国西北文献丛书》第一辑《西北稀见方志文献》影印民国十二年（1923）石印本，兰州古籍书店1990年版。

（在张掖西南祁连山麓，今属肃南县），当与前凉末年的动乱政局有关。[①]《晋书》本传载，张天锡以郭瑀名高望重，遣使者持节，以蒲轮玄纁备礼征召，郭瑀被迫就征，适值天锡母卒，郭瑀遂"括发入吊"而还，时在东晋咸安二年（372）。自本年至咸安二年，凡五年，郭瑀凿石窟，并教授弟子千余人，时间上比较符合。张可礼《东晋文艺系年》系上述事于本年，故从之。又，据《晋书》卷一四《地理志上》，前凉"张天锡又别置临松郡"。史载张天锡于晋哀帝兴宁元年（363）七月弑张玄靓而自立，则其设置临松郡必在当年自立之后。郭瑀移居临松，应在此地置郡之后。

晋废帝太和三年（368）

◆ 前秦立《广武将军□产碑》。

马长寿《碑铭所见前秦至隋初的关中部族》一书辑录此碑文，其文曰："维大秦建元四年，岁在丙辰，十月一日，广武将军……"[②] 按：张可礼《东晋文艺系年》系此碑文于本年，今从之。

晋废帝太和四年（369）

◆ 前秦苻坚与前燕慕容暐连横抗晋，后又击败慕容暐。

《晋书》卷一一三《苻坚载记上》："太和四年，晋大司马桓温伐慕容暐，次于枋头。暐众屡败，遣使乞师于坚，请割武牢以西之地。坚亦欲与暐连横，乃遣其将苟池等率步骑二万救暐。王师寻败，引归，池乃还……王师既旋，慕容暐悔割武牢之地……坚大怒，遣王猛与建威梁成、邓羌率步骑三万，署慕容垂为冠军将军，以为乡（向）导，攻暐洛州刺史慕容筑于洛阳……筑惧而请降。"

◆ 前燕皇甫真上疏请防备前秦，慕容暐不从。

《晋书》卷一一一《慕容暐载记》："先是，暐使其黄门侍郎梁琛聘于坚。

[①] 详参丁宏武：《十六国时期河陇地区郭刘学派考论》，山东大学《国学季刊》第八期，山东人民出版社2017年版。

[②] 马长寿：《碑铭所见前秦至隋初的关中部族》，广西师范大学出版社2006年版，第22—23页。

琛还,言于评曰:'秦扬兵讲武,运粟陕东,以琛观之,无久和之理。兼吴王西奔,必有观衅之计,深宜备之。'评曰:'不然。秦岂可受吾叛臣而不怀和好哉!'琛曰:'邻国相并,有自来矣。况今并称大号,理无俱存。苻坚机明好断,纳善如流。王猛有王佐之才,锐于进取。观其君臣相得,自谓千载一时。桓温不足为虑,终为人患者,其唯王猛乎?'暐、评不以为虞。皇甫真又陈其事曰:'苻坚虽聘使相寻,托辅车为谕,然抗均邻敌,势同战国,明其甘于取利,无慕善之心,终不能守信存和,以崇久要也。顷来行人累续,兼师出洛川,夷险要害,具之耳目。观虚实以措奸图,听风尘而伺国隙者,寇之常也。又吴王外奔,为之谋主,伍员之祸,不可不虑。洛阳、并州、壶关诸城,并宜增兵益守,以防未兆。'暐召评而谋之。评曰:'秦国小力弱,杖我为援,且苻坚庶几善道,终不纳叛臣之言。不宜轻自扰惧,以动寇心也。'暐从之。"按:《通鉴》卷一〇二系皇甫真上疏事于本年。又,《晋书》卷一一一《慕容暐载记》附《皇甫真传》:"皇甫真字楚季,安定朝那人也。弱冠,以高才,魇拜为辽东国侍郎。皝嗣位,迁平州别驾。时内难连年,百姓劳瘁,真议欲宽减岁赋,休息力役。不合旨,免官。后以破麻秋之功,拜奉车都督,守辽东、营丘二郡太守,皆有善政。及俊僭位,入为典书令。后从慕容评攻拔邺都,珍货充溢,真一无所取,唯存恤人物,收图籍而已。俊临终,与慕容恪等俱受顾托……累迁太尉、侍中。苻坚密谋兼并,欲观审衅隙,乃遣其西戎主簿郭辩潜结匈奴左贤王曹毂,令毂遣使诣邺,辩因从之。真兄典仕苻坚为散骑常侍,从子奋、覆并显关西。辩既至邺,历造公卿,言于真曰:'辩家为秦所诛,故寄命曹王,贵兄常侍及奋、覆兄弟,并相知在素。'真怒曰:'臣无境外之交,斯言何以及我!君似奸人,得无因缘假托乎!'乃白暐请穷诘之,暐、评不许。辩还谓坚曰:'燕朝无纲纪,实可图之。鉴机识变,唯皇甫真耳。'坚曰:'以六州之地,岂无智识士一人哉!真亦秦人,而燕用之,固知关西多君子矣。'真性清俭寡欲,不营产业,饮酒至石余不乱,雅好属文,凡著诗赋四十余篇。"关于皇甫真的生平,曹道衡《十六国文学家考略》稽考较详,可参。又据《晋书》卷一〇八《慕容廆载记》、《通鉴》卷八八等记载,皇甫真之兄皇甫岌,在前燕慕容廆时"以文章才俊任居枢要"。

晋废帝太和五年（370）

◆前秦王猛率军讨平前燕，苻坚作《报王猛》《燕平下诏大赦》，歌劳止之诗。

《十六国春秋》卷三六《前秦录四·苻坚上》载，本年"六月，坚复遣王猛督镇南将军杨安、虎牙将军张蚝、建武将军邓羌等十将，率步骑六万，讨平燕冀。乙卯，坚亲送猛于灞上"。十一月，"丁卯，进兵围邺……（坚）躬帅精锐十万向邺，七日而至安阳。过旧闾，引诸耆老，语及祖父之事，泫然流涕，乃停信宿……辛巳，坚入邺宫，诸州牧守及六夷渠帅，尽来降附……坚散燕宫人珍宝，分赐将士，下诏大赦曰：'朕以寡德，猥承休命，不能怀远以德，柔服四维，至使戎车屡驾，有害斯民。虽百姓之过，然亦朕之罪也。其大赦天下，与之更始。'"十二月，"坚自邺如枋头，行饮至之礼，歌劳止之诗，以飨群臣，宴诸父老。改枋头为永昌县，复之终世。甲寅，还长安"。按：《通鉴》卷一〇二载前秦灭前燕事甚详，可与《十六国春秋》互参。

◆前秦吕光封都亭侯。

《晋书》卷一二二《吕光载记》："从王猛灭慕容暐，封都亭侯。"《晋书》卷八《海西公纪》载，本年"十一月，猛克邺，获慕容暐，尽有其地"。

◆前燕皇甫真归附前秦，苻坚拜为奉车都尉。

《晋书》卷一一一《慕容暐载记》附《皇甫真传》载："王猛入邺，真望马首拜之。明日更见，语乃卿猛。猛曰：'昨拜今卿，何恭慢之相违也？'真答曰：'卿咋为贼，朝是国士，吾拜贼而卿国士，何所怪也？'猛大嘉之，谓权翼曰：'皇甫真故大器也。'从坚入关，为奉车都尉，数岁而死。"按：《晋书》本传称皇甫真"雅好属文，凡著诗赋四十余篇"，其诗赋等作品今皆不存，严可均《全晋文》卷一四九辑录其文两篇：《上疏请征吕护》《上疏请防秦》。

晋简文帝咸安元年（371）

◆前秦苻坚祀孔子。作《下书召徐统子孙》《报王猛》《以邓羌为镇军将军诏》等。

《十六国春秋》卷三六《前秦录四·苻坚上》载，本年春正月，"行礼于辟雍，祀先师孔子。太子及公侯卿大夫士之元子，皆束脩释奠焉。高平苏通、长乐刘祥，并硕学耆儒，尤精二礼。坚以通为《礼记》祭酒，居于东序，祥为《仪礼》祭酒，处于西亭。坚每月朔旦，率百僚亲临讲论"。秋七月七日，"坚如洛阳，下书曰：'士死知己，由来格谟。故乔公一言，魏祖追恸。赵司隶高平徐统，往在邺都，识朕于童稚，每思其殷勤之言，弗敢忘也。可召其子孙，诣行在所。'"冬十月，"坚如邺，狩于西山，亲驰射兽，游猎旬余，乐而忘返，伶人王洛叩马谏……自是遂不复猎"。十一月，"车骑大将军王猛以六州任重，言于坚，请改授亲贤，及府选便宜，辄已停寝，别乞一州自效。坚报曰：'朕之于卿，义则君臣，亲踰骨肉，虽复桓、昭之有管、乐，玄德之有孔明，自谓踰之。夫人主劳于求才，逸于得士。既以六州相委，则朕无东顾之忧。非所以为优崇，乃朕自求安逸也。夫取之不易，守之亦难。苟任非其人，患生虑表，岂独朕之忧？亦卿之责也。故虚位台鼎，而以分陕为先。卿未照朕心，殊乖素望。新政俟才，宜速铨补，俟东方化洽，当衮衣西归。'仍遣侍中梁谠诣邺喻旨，猛乃视事如故"。《十六国春秋》卷四二《前秦录十·邓羌》："（王）猛以潞川之功，请以羌为司隶。坚下诏曰：'司隶校尉，董牧王畿，吏责甚重，非所以优礼名将。光武不以吏事处功臣，实贵之也。羌有廉、李之才，朕方委以征伐之事，北平匈奴，南荡扬越，羌之任也，司隶何足以婴之！其进号镇军将军，位特进。'"按：《通鉴》卷一〇三系邓羌事于本年八月。又，王猛请辞六州之任有上疏，见《晋书》卷一一四《苻坚载记下》附《王猛传》。

◆前秦苻坚命王猛为书谕张天锡，前凉遣使称藩。

《十六国春秋》卷三六《前秦录四·苻坚上》："先是王猛破张天锡于枹罕，获其将敦煌阴据及甲士五千人。坚既东平六州，西擒杨纂，欲以德怀远，且夸威河右，遣据帅其甲士，送还凉州，使著作郎梁殊、阎负送之。因命王猛为书谕天锡曰：'昔贵先公称藩于刘、石者，惟审于强弱也……将军谓西河可全，吉凶在身，元龟不远，宜深算妙虑，自求多福，无使六世之业一旦而坠地也！'天锡大惧，遣使谢罪称藩。"上述诸事，又见载《晋书》卷一一三《苻坚载记上》等，《通鉴》卷一〇三系于本年四月。

晋简文帝咸安二年（372）

◆ **前秦苻坚留心儒学。祖于灞东，奏乐赋诗。关陇清晏，百姓歌之。**

《十六国春秋》卷三七《前秦录五·苻坚中》载，本年"三月，诏关东之民学通一经、才成一艺者，所在郡县，以礼送之。在官，百石以上、学不通一经、才不成一艺者，罢遣还民。复魏晋士籍，使役有常。其诸非正道典学，一皆禁之。自永嘉之乱，庠序无闻。及坚之僭，颇留心儒学"。又载："六月癸酉，冀州牧王猛入为丞相……阳平公融为使持节、都督六州诸军事、镇东大将军、冀州牧。融将发，坚祖于灞东，奏乐赋诗。秋八月，丞相王猛至长安……关陇清晏，百姓丰乐。自长安至于诸州，皆夹路树槐柳，二十里一亭，四十里一驿，旅行者取给于途，工商贸贩于道。百姓歌之曰：'长安大街，夹树杨槐。下走朱轮，上有鸾栖。英彦云集，诲我萌黎。'"《晋书》卷一一三《苻坚载记上》亦有载述。

◆ **前秦王猛上表辞丞相，苻坚不许。**

《十六国春秋》卷三七《前秦录五·苻坚中》载，本年八月，"丞相王猛至长安，复加都督中外诸军事。猛辞曰……章三四上，坚不许，曰：'朕方混一四海，非卿无可委者，卿之不得辞宰相，犹朕不得辞天下也。'猛既为相，坚端拱于上，百官总己于下，军国内外之事，无不由之"。《晋书》卷一一四《苻坚载记下》附《王猛传》："俄入为丞相、中书监、尚书令、太子太傅、司隶校尉，持节、常侍、将军、侯如故。稍加都督中外诸军事。猛表让久之，坚曰：'卿昔螭蟠布衣，朕龙潜弱冠，属世事纷纭，历士之际，颠覆厥德。朕奇卿于暂见，拟卿为卧龙，卿小异朕十一言，回《考槃》之雅志，岂不精契神交，千载之会！虽傅岩入梦，姜公悟兆，今古一时，亦不殊也。自卿辅政，几将二纪，内厘百揆，外荡群凶，天下向定，彝伦始叙。朕且欲从容于上，望卿劳心于下，弘济之务，非卿而谁！'遂不许。"按：《通鉴》卷一〇三系上述诸事于本年八月。

◆ **前秦苻融出任镇东大将军、冀州牧。**

《晋书》卷一一四《苻坚载记下》附《苻融传》："在冀州……所在盗贼止息，路不拾遗。坚及朝臣雅皆叹服，州郡疑狱莫不折之于融。融观色察形，无不尽其情状。虽镇关东，朝之大事靡不驰驿与融议之。"按：《十六国春秋》卷三七《前秦录五》、《通鉴》卷一〇三系苻融任镇军大将军、冀州牧于本年六月。

◆**前凉张天锡遣使遗书，以蒲轮玄纁征处士郭瑀。瑀至姑臧，值天锡母卒，还入其山。**

《晋书》卷九四《隐逸传》："张天锡遣使者孟公明持节，以蒲轮玄纁备礼征之，遗瑀书曰：'先生潜光九皋，怀真独远，心与至境冥符，志与四时消息，岂知苍生倒悬，四海待拯者乎！孤忝承时运，负荷大业，思与贤明同赞帝道。昔傅说龙翔殷朝，尚父鹰扬周室，孔圣车不停轨，墨子驾不俟旦，皆以黔首之祸不可以不救，君不独立，道由人弘故也。况今九服分为狄场，二都尽为戎穴，天子僻陋江东，名教沦于左衽，创毒之甚，开辟未闻。先生怀济世之才，坐观而不救，其于仁智，孤窃惑焉。故遣使者虚左授绥，鹤企先生，乃眷下国。'公明至山，瑀指翔鸿以示之曰：'此鸟也，安可笼哉！'遂深逃绝迹。公明拘其门人，瑀叹曰：'吾逃禄，非避罪也，岂得隐居行义，害及门人！'乃出而就征。及至姑臧，值天锡母卒，瑀括发入吊，三踊而出，还于南山。"《十六国春秋辑补》卷七三《前凉录七·张天锡》载，本年"天锡母刘氏卒，时备礼迎处士郭瑀"。《太平御览》卷五〇二引王隐《晋书》云："郭瑀字元瑜，敦煌人也。避世不仕。凉州牧张天锡遣使者孟公明备礼征瑀，乃指翔鸿以示之曰：'此鸟也，飞青云之外，翔深谷之中，自东自西，安可笼也！'遂逃入山。公明乃拘其门人。瑀叹曰：'吾入山逃禄避罪，岂谓隐其行义，翻乃害平人乎！'乃出就征。及至姑臧，值天锡母卒，括发入吊，三踊而出，还入其山。天锡弗能强之，后莫知所在。"按：据王隐《晋书》，郭瑀自姑臧返还之山，当系先前隐居之临松薤谷，非姑臧南山。

晋孝武帝宁康元年（373）

◆**前秦苻融上疏谏用慕容暐等，苻坚不纳，作《报苻融》。**

《晋书》卷一一三《苻坚载记上》："其后天鼓鸣，有彗星出于尾箕，长十余丈，名蚩尤旗，经太微，扫东井，自夏及秋冬不灭。太史令张孟言于坚曰：'彗起尾箕，而扫东井，此燕灭秦之象。'因劝坚诛慕容暐及其子弟。坚不纳，更以暐为尚书，垂为京兆尹，冲为平阳太守。苻融闻之，上疏于坚曰：'臣闻东胡在燕，历数弥久，逮于石乱，遂据华夏，跨有六州，南面称帝。陛下爰命六师，大举征讨，劳卒频年，勤而后获，非慕义怀德归化。而今父子兄弟列官满朝，执权履职，势倾劳旧，陛下亲而幸之。臣愚以为猛兽不可养，狼子野心。往年星异，灾起于燕，愿少留意，以思天戒。臣据可言之地，不容默已。《诗》曰："兄弟急难"，"朋友好合"。昔刘向以肺腑之亲，尚能极言，况于臣乎！'坚报之曰：'汝为德未充而怀是非，立善未称而名过其实。《诗》云："德辀如毛，人鲜克举。"君子处高，戒惧倾败，可不务乎！今四海事旷，兆庶未宁，黎元应抚，夷狄应和，方将混六合以一家，同有形于赤子，汝其息之，勿怀耿介。夫天道助顺，修德则禳灾。苟求诸己，何惧外患焉。'"按：《十六国春秋》卷三七《前秦录五·苻坚中》、《通鉴》卷一〇三皆系上述诸事于本年。

晋孝武帝宁康二年（374）

◆蜀人张育自号蜀王，前秦苻坚下书，遣邓羌讨灭。

《晋书》卷九《孝武帝纪》载，本年"五月，蜀人张育自号蜀王，帅众围成都，遣使称藩。秋七月，凉州地震，山崩。苻坚将邓羌攻张育，灭之"。《十六国春秋》卷三七《前秦录五·苻坚中》："（宁康二年）四月，坚下书曰：'巴夷险逆，寇乱益州。招引吴军，为唇齿之势。特进镇军将军、护羌校尉邓羌，可帅甲士五万，星夜赴讨。'"

◆前秦朱肜、赵整请诛鲜卑，苻坚不纳。

《十六国春秋》卷三七《前秦录五·苻坚中》载，本年"十二月，有人入明光殿，大呼谓坚曰：'甲申乙酉，鱼羊食人，悲哉无复遗。'坚命执之，俄而不见。秘书监朱肜、秘书侍郎略阳赵整固请诛鲜卑。坚不听"。《晋书》卷一一三《苻坚载记上》、《通鉴》卷一〇三记载同。按：朱肜、赵整皆前秦文士。《十六国春秋》卷四二《前秦录十·赵整》："赵整，字文业，一名正，略阳清水人，或云济阴人。年十八，为坚著作郎，后迁黄门侍郎、武威太守。为人无须而瘦，有妻妾而无儿，时人谓为阉。然而情度敏达，学兼内外，性好几谏，无所回避。建元中，慕容垂夫人段氏，得幸于坚。坚与之同辇，游于后庭，整作歌以讽之云：'不见雀来入燕室，但见浮云蔽白日。'坚改容谢之，命夫人下辇。"赵整有诗见于《晋书》《通鉴》《乐府诗集》等，其事迹详见《高僧传》卷一《昙摩难提传》附《赵整传》。

晋孝武帝宁康三年（375）

◆ 前秦苻坚征隐士王欢为国子祭酒。

《十六国春秋》卷三七《前秦录五·苻坚中》载，本年"春正月，长安大风，宫中树悉拔。遣使巡行四方，观风俗，问政道，明黜陟，恤孤独不能自存者。赐谷帛有差。以安车蒲轮征隐士乐陵王欢（按：一作"观"，又作"劝"，见《前燕传》）为国子祭酒。坚雅好文学，英儒毕集，纯博之精，莫如欢也，终于太子少傅"。

◆ 前秦王猛病卒，年五十一。苻坚追思王猛之贤，励精图治。

《十六国春秋》卷三七《前秦录五·苻坚中》："（宁康二年）夏五月，清河武侯王猛寝疾，坚亲为之祈南北郊及宗庙社稷，分遣侍臣遍祷河岳诸神，无不周备。猛疾少瘳，为之赦殊死已下。猛上疏曰：'不图陛下以臣之命而亏天地之德，开辟以来，未之有也。臣闻报德莫如尽言，谨以垂没之命，窃献遗款。伏惟陛下，威烈振乎八荒，声教光乎六合，九州岛百郡，十居其七，平燕定蜀，犹如拾芥。夫善作者不必善成，善始者不必善终，是以古先哲王，知功业之不易，兢兢业业，如临深谷。伏惟陛下，追踪前圣，天下幸甚。'坚览之悲恸。秋七月，坚亲至猛第省疾，问以后事。猛曰：'晋虽僻处江南，然正朔相承，上下安和，臣没之后，愿勿以晋为图。鲜卑、羌虏，我之仇雠，终为人患，宜渐除之，以便社稷。'言终而卒，年五十一。"又载："冬十月，下诏曰：'新丧贤辅，百司或未称朕心，可置听讼观于未央南，朕五日一临，以求民隐。今天下虽未大定，权可偃武修文，以称武侯雅旨。其尊崇儒教，禁老、庄、图谶之学，犯者弃市。'妙简学生，太子及公侯百僚之子皆就学受业。中外四禁、二卫、四军长上将士，皆令受学。二十人给一经生，教读音句，后宫置典学、立内司以教掖庭，选阉人及女隶敏慧者诣博士授经。尚书郎王佩读谶，杀之，学谶者遂绝。"按：《通鉴》卷一〇三载述此事亦甚详。

◆前秦苻坚累征隐士王嘉，不起。王嘉好为譬喻，状如戏调，辞如谶记。

《晋书》卷九五《艺术传》："王嘉字子年，陇西安阳人也……苻坚累征不起，公侯已下咸躬往参诣，好尚之士无不师宗之。问其当世事者，皆随问而对。好为譬喻，状如戏调；言未然之事，辞如谶记，当时鲜能晓之，事过皆验。"

晋孝武帝太元元年（376）

◆前秦苻坚追思王猛，下诏分遣侍臣问民疾苦。

《十六国春秋》卷三七《前秦录五·苻坚中》："（太元元年）二月，下诏曰：'朕闻王者劳于求贤，逸于得士，斯言何其验也。往得丞相，常谓帝王易为。自丞相违世，鬓发中白，每一念之，不觉酸恸。今天下既无丞相，或政教沦替，可分遣侍臣周巡郡县，问民疾苦。'"按：《通鉴》卷一〇四亦载述此事，系于"二月辛卯"。

◆前秦苻坚遣将平定前凉、索虏。作《下诏征张天锡入朝》《下诏论平凉州及索头功》。

《晋书》卷九《孝武帝纪》载，本年"秋七月，苻坚将苟苌陷凉州，虏刺史张天锡，尽有其地"；"十二月，苻坚使其将苻洛攻代，执代王涉翼犍"。《十六国春秋》卷三七《前秦录五·苻坚中》："四月，下诏曰：'凉州刺史张天锡虽称藩受位，然臣道未纯，可遣使持节武卫将军苟苌、左将军毛盛、中书令梁熙、步兵校尉姚苌等将兵临河西，遣尚书郎阎负、梁殊衔命军前，下书征大锡入朝。若有违王命，即进师扑讨。'"又载："七月，阎负、梁殊至凉州，天锡自以晋之列藩，志在保境，命军士缚负、殊射杀之。遣龙骧将军马建帅众二万出拒。"八月，前秦大军压境，张天锡战败，"天锡惧，奔还姑臧，致笺请降。甲午，苌至姑臧，天锡乘素车白马，面缚舆榇，降于军门。苌释缚焚榇，送之长安。郡县悉降，凉州平。九月，以梁熙为持节西中郎将、凉州刺史、领护西羌校尉，镇姑臧。徙豪右七千余户于关中"。十二月，坚下诏曰："张天锡藉祖父之资，承百年之业，擅命河右，叛据偏隅。索头世跨朔北，中分区域，东宾秽貊，西引乌孙，控弦百万，虎视云中。爰命两师，分讨黠虏，役不淹岁，穷殄二凶，俘降百万，辟土九千，五帝之所未宾，周汉之所未至，莫不重译来王，怀风率职。有司可速班功受爵，戎士悉复之五岁，赐爵三级。"按：《建康实录》卷九《烈宗孝武皇帝》系前秦苟苌陷凉州于本年九月，《通鉴》卷一〇四则系于本年八月。

◆ **前秦平定前凉，以梁熙为凉州刺史。**

《晋书》卷一一三《苻坚载记上》："坚以梁熙为持节、西中郎将、凉州刺史，领护西羌校尉，镇姑臧。徙豪右七千余户于关中。"《通鉴》卷一〇四载，本年"九月，秦王坚以梁熙为凉州刺史，镇姑臧……梁熙清俭爱民，河右安之。以天锡武威太守敦煌索泮为别驾，宋皓为主簿"。按：据《太平御览》卷四九五引《十六国春秋·前秦录》，梁熙与兄梁谠，"俱以文藻清丽，见重一时。时人为之语曰：'关东堂堂，二申两房。未若二梁，瑰文绮章。'"又据《史通》卷十二《古今正史》："前秦史官，初有赵渊、车敬、梁熙、韦谭相继著述。"据此则梁熙曾参与前秦国史的编纂。

◆ **前秦于凉州得《清乐》。**

《隋书》卷一五《音乐志下》："《清乐》其始即《清商三调》是也，并汉来旧曲。乐器形制，并歌章古辞，与魏三祖所作者，皆被于史籍。属晋朝播迁，夷羯窃据，其音分散，苻永固平张氏，始于凉州得之。"按：《通鉴》卷一三七齐武帝永明九年十二月，胡三省注："晋永嘉之乱，太常乐工多避地河西。"孙尚勇《乐府文学文献研究》认为，"自张轨于晋惠帝永宁元年（301）为凉州刺史以后，相和歌在此地有着相当完整的保存"，"由张轨的行事，可以推测，前凉的中朝相和歌肯定有一部分是张轨由洛阳携至凉州的。晋末八王之乱和永嘉之乱中，大量中州士人避居凉土……这些避居凉州的人士中必然有一定数量的中朝乐人，凉州相和歌的另外一部分就是由这些避难的乐人带过去的"。[①]

◆ **前秦苻坚以安车征郭瑀定礼仪，会瑀父丧而止。姑臧太守辛章遣书生三百人从瑀受业。**

《晋书》卷九四《郭瑀传》："及天锡灭，苻坚又以安车征瑀定礼仪，会父丧而止。太守辛章遣书生三百人就受业焉。"《十六国春秋》卷三七《前秦录

[①] 孙尚勇：《乐府文学文献研究》，人民文学出版社2007年版，第249—250页。

五·苻坚中》："遣使者以安车征处士郭瑀定礼仪,会瑀父丧而止。姑臧太守辛章遣书生三百人就受业焉。"按：本年苻坚平定凉州,遣使征召郭瑀当在本年。

◆ **前秦苻坚以代王涉翼犍荒俗，未参仁义，令入太学习礼。**

《晋书》卷一一三《苻坚载记上》载,代王涉翼犍降,"坚以翼犍荒俗,未参仁义,令入太学习礼……坚尝之太学,召涉翼犍问曰：'中国以学养性,而人寿考,漠北啖牛羊而人不寿,何也？'翼犍不能答。又问：'卿种人有堪将者,可召为国家用。'对曰：'漠北人能捕六畜,善驰走,逐水草而已,何堪为将！'又问：'好学否？'对曰：'若不好学,陛下用教臣何为？'坚善其答"。按：涉翼犍是否被俘至长安,史籍载述不一。《魏书》及《通鉴》等不涉此事,《宋书》《南齐书》《晋书》等俱有载述。今据周一良《魏晋南北朝史札记》关于"崔浩国史之狱"的考证[1],系涉翼犍入前秦太学于本年。

晋孝武帝太元三年（378）

◆ **前秦凉州刺史梁熙遣使西域，称扬前秦威德。于是大宛献千里马，苻坚命群臣作止马之诗，献诗者四百余人。**

《十六国春秋》卷三七《前秦录五·苻坚中》载,本年"冬十月,大宛献天马千里驹,皆汗血、朱鬛、五色、凤膺、麟身,及诸珍异五百余种。坚曰：'吾尝慕汉文帝之返千里马,咨嗟美咏。今所献马,其悉返之,庶克念前王,仿佛古人矣。'乃命群臣作止马之诗而遣之,示无欲也。群下以为盛德之事,远同汉文,于是献诗者四百余人"。《晋书》卷一一三《苻坚载记上》："先是,梁熙遣使西域,称扬坚之威德,并以缯彩赐诸国王,于是朝献者十有余国。"按：《通鉴》卷一〇四系大宛献马事于本年十月。曹道衡《十六国文学家考略》认为梁熙遣使西域当在太元二年（377）。[2]

◆ **前秦苻坚与群臣饮酒，赵整作《酒德歌》以戒之。**

《十六国春秋》卷四二《前秦录十·赵整》："（苻）坚与群臣饮酒,以秘

---

[1] 详参周一良：《魏晋南北朝史札记》,中华书局 2007 年版,第 344—346 页。
[2] 详参曹道衡：《中古文学史论文集》,中华书局 2002 年版,第 363 页。

书监朱肜为酒正,令人以极醉为限。整乃作《酒德歌》曰:'地列酒泉,天垂酒池。杜康妙识,仪狄先知。纣丧殷邦,桀倾夏国。由此言之,前危后则。'又云:'获黍西秦,采麦东齐。春封夏发,鼻纳心迷。'坚大悦,命整书之以为酒戒。自是每宴群臣,礼饮而已。"又,《太平御览》卷八四二引《十六国春秋·前秦录》:"苻坚燕群臣于钓台,秘书侍郎赵整以坚颇好酒,因为《酒德之歌》曰:'获黍西秦,采麦东齐。春封夏发,鼻纳心迷。'"按:《十六国春秋》卷三七《前秦录五·苻坚中》系上述事于本年十月,《通鉴》卷一〇四系于本年九月。

晋孝武帝太元四年(379)

◆**前秦苻坚欲亲征襄阳,苻融、梁熙谏止。**

《十六国春秋》卷三七《前秦录五·苻坚中》载,本年正月,"坚欲自率众助(苻)丕,诏阳平公(苻)融,将关东六州之众,会于寿春,梁统(按:一作"熙")率河西之兵为后继。融谏曰:'陛下欲取江南,固当博谋熟虑,不可仓猝。若止取襄阳,又岂足亲劳大驾乎!未有动天下之众而为一城者,所谓以隋侯之珠弹千仞之雀也。'统亦谏曰:'晋主之暴,未如孙皓,江山险固,易守难攻。陛下必欲廓清江表,亦不过分命将帅,引关东之兵,南临淮泗,下梁益之卒,东出巴峡,又何必亲屈銮辂,远幸沮泽乎!昔汉光武诛公孙述,晋武帝擒孙皓,未闻二帝自统六师,亲执枹鼓,蒙矢石也。'坚乃止"。又载,二月"戊午,克襄阳,执朱序,送长安。"《晋书》卷一一三《苻坚载记上》载,太元四年,"苻丕陷襄阳,执南中郎将朱序,送于长安"。按:《通鉴》卷一〇四本年记事同。"梁统"当作"梁熙",时任前秦凉州刺史。

◆**前秦苻丕攻陷襄阳,释道安至长安。道安善为文章,衣冠子弟为诗赋者依附致誉。**

《高僧传》卷五《释道安传》:"释道安姓卫氏,常山扶柳人也。家世英儒,早失覆荫,为外兄孔氏所养。年七岁读书,再览能诵,乡邻嗟异。至年十二出家……苻坚素闻安名,每云:'襄阳有释道安,是神器,方欲致之,以辅朕躬。'后遣苻丕南攻襄阳,安与朱序俱获于坚。坚谓仆射权翼曰:'朕以十万之师取襄阳，唯得一人半。'翼曰：'谁耶？'坚曰：'安公一人，习凿齿半人也。'既至，住长安五重寺，僧众数千，大弘法化。初魏晋沙门依师为姓，故姓各不同。安以为大师之本，莫尊释迦，乃以释命氏。后获《增一阿含》，果称四河入海，无复河名，四姓为沙门，皆称释种。既悬与经符，遂为永式。安外涉群书，善为文章。长安中衣冠子弟为诗赋者，皆依附致誉。"

◆襄阳名士习凿齿至长安，受苻坚礼遇。坚作《与诸镇书》。

《晋书》卷八二《习凿齿传》："习凿齿，字彦威，襄阳人也。宗族富盛，世为乡豪。凿齿少有志气，博学洽闻，以文笔著称……及襄阳陷于苻坚，坚素闻其名，与道安俱舆而致焉。既见，与语，大悦之，赐遗甚厚。又以其蹇疾，与诸镇书：'昔晋氏平吴，利在二陆；今破汉南，获士裁一人有半耳。'"按：《十六国春秋》卷三七《前秦录五·苻坚中》系上述事于前秦建元十三年（377），误。

◆凉州僧人竺佛念等译《比丘尼大戒》。

事见《出三藏记集》卷十一《关中近出尼二种坛文夏坐杂十二事并杂事共卷前中后三记》。按：《出三藏记集》卷十三《昙摩难提传》附《竺佛念传》："竺佛念，凉州人也。志行弘美，辞才辩赡，博见多闻，雅识风俗。家世河西，通习方语。故能交译华梵，宣法关渭，苻、姚二代，常参传经，二《含》之具，盖其功也。"又卷十五《佛念法师传》："竺佛念，凉州人也。弱年出家，志业坚清……家世西河，洞晓方语，华戎音义，莫不兼解。"严可均《全晋文》卷一五九辑录其文一篇：《阿育王子法益坏目因缘经序》)。

晋孝武帝太元五年（380）

◆前秦苻坚起教武堂，朱肜谏止。苻洛举兵反，苻坚遣将平定。

《十六国春秋》卷三七《前秦录五·苻坚中》载，本年"二月，起教武堂于渭城，命太学生明阴阳兵法者，教授诸将。秘书监朱肜谏曰……坚乃止"。又载："夏四月，（行唐公）洛帅众七万，发和龙将图长安。于是关中骚动，盗贼并起……坚大怒，遣左将军窦冲及步兵校尉吕光帅步骑四万讨之。右将军都贵驰传诣邺，将冀州兵三万为前锋，以阳平公融为征讨大都督，授之节度……五月……洛兵大败……六月，征阳平公融为侍中、中书监，都督中外诸军事、车骑大将军、司隶校尉，领宗正，录尚书事。"又见《晋书》卷一一三《苻坚载记上》。

◆ **前秦苻坚分氐户于诸方要镇，赵整作琴歌《阿得脂》以谏，坚不纳。**

《晋书》卷一一三《苻坚载记上》："洛既平，坚以关东地广人殷，思所以镇静之……于是分四帅子弟三千户，以配苻丕镇邺，如世封诸侯，为新券主。坚送丕于灞上，流涕而别。诸戎子弟离其父兄者，皆悲号哀恸，酸感行人，识者以为丧乱流离之象。"又，卷一一四《苻坚载记下》："坚之分氐户于诸镇也，赵整因侍，援琴而歌曰：'阿得脂，阿得脂，博劳旧父是仇绥，尾长翼短不能飞，远徙种人留鲜卑，一旦缓急语阿谁！'坚笑而不纳。"按：《十六国春秋》卷三七《前秦录五·苻坚中》、《通鉴》卷一〇四系上述事于本年七、八月。又，赵整所作琴歌亦见《乐府诗集》卷六十。

◆ **道安释大鼎铜斛铭文，苻坚敕学士以道安为师。前秦有颂道安之谣谚。**

《十六国春秋》卷三七《前秦录五·苻坚中》："是年，有人持一铜斛，于市卖之。其形正员（圆），下向为斗，横梁昂者为升，低者为合，梁一头为龠，龠同黄钟，可容半合，边有篆铭。坚以问道安。安曰：'此王莽时物。自言出自舜黄龙戊辰，改正即真，以同律量，布之四方，欲大小器钧，令天下取平焉。'坚乃敕学士内外有疑，皆师于安。故时人为之谚曰：'学不师安，义不中难。'"《高僧传》卷五《释道安传》："时蓝田县得一大鼎，容二十七斛，边有篆铭，人莫能识，乃以示安，安云：'此古篆书，云鲁襄公所铸。'乃写为隶文。又有人持一铜斛于市卖之……其多闻广识如此。坚敕学士内外有疑，皆师于安。故京兆为之语曰：'学不师安，义不中难。'"

◆ **前秦苻坚遣使征请泰山竺僧朗，朗以老疾固辞，坚乃月月修书赒遗。**

《高僧传》卷五《竺僧朗传》："竺僧朗，京兆人也……以伪秦苻健皇始元年移卜泰山，与隐士张忠为林下之契，每共游处。忠后为苻坚所征，行至华阴山而卒。朗乃于金舆谷昆仑山中别立精舍……秦主苻坚钦其德素，遣使征请，朗同（按：疑"固"之讹）辞老疾乃止，于是月月修书赐赒遗。坚后沙汰众僧，乃别诏曰：'朗法师戒德冰霜，学徒清秀，昆仑一山，不在搜例。'"《十六国春秋》卷四二《前秦录十·僧朗》："僧朗，京兆人。少事佛图澄，硕学渊通，尤明气纬……坚钦其德素,遣赐瞵遗,并致书曰:'皇帝敬问泰山朗和尚:大圣应期,灵权超逸,荫盖十方,化融无外。若四海之养群生,等天地之育万物,养生存死,澄神寂妙。朕以虚薄,生与圣会,而隔以万机,不获辇驾。今遣使者安车相请,应冀灵光,回盖京邑。并奉紫金数斤,供度(镀)形像,缋(绢)绫三十匹,奴子三人,可备洒扫。至人无违,幸望相纳(纳受)。想必玄鉴,见朕意焉。'朗答书于坚曰:'如来永世,道风潜沦。忝在出家,栖心山岭。精诚微薄,未能弘匠。不悟陛下远问山川,诏命殷勤,实感恩旨。气力虚微,未堪跋涉,愿广开法轮,显保天祚。蒙重惠赐,即为施设,福力之功,无不蒙赖。贫道才劣,不胜所重。'坚复敦请再三,既至,遂以师礼事之。坚后沙汰众僧,乃别诏曰:'朗法师戒德冰霜,学徒清秀,昆仑一山,不在搜例。'"按:苻坚征召竺僧朗的时间,难以详考,今权系于本年。又,苻坚、僧朗往返书信,《广弘明集》(《四部丛刊》本)卷二十八上亦有载录。张忠事迹,见《晋书》卷九四《隐逸传》,"永嘉之乱,隐于泰山",苻坚遣使征至长安,不久即卒。

晋孝武帝太元六年(381)

◆ 前秦苻坚收阅起居注及著作所录之事,因其母事惭怒,焚其书并大检史官。

《十六国春秋》卷三七《前秦录五·苻坚中》载,本年"秋八月,收起居注及著作所录而观之,见苟太后、李威之事,惭怒,乃焚其书,而大检史官,将加其罪。著作郎赵泉(渊)、车敬等已死,乃止。著作郎董裴虽更书时事,然十不得一"。《晋书》卷一一三《苻坚载记上》:"初,坚母少寡,将军李威有辟阳之宠,史官载之。至是,坚收起居注及著作所录而观之,见其事,惭怒,乃焚其书而大检史官,将加其罪。著作郎赵泉(渊)、车敬等已死,乃止。"按,《史通》卷十二《古今正史》云"前秦史官,初有赵渊、车敬、梁熙、韦谭相继著述。苻坚尝取而观之,见苟太后幸李威事,怒而焚灭其本。后著作郎董谊追录旧语,十不一存。"又,《十六国春秋》卷四二《前秦录十·李威》:"李威字伯龙,汉阳人,苟太后之姑子也。少与魏王雄友善,结为刎颈交。苻生屡欲杀坚,赖威营救得免,坚深德之,事威如父。及即位,以威为左仆射。威得幸于苟太后,初谋弑生及诛坚兄清河公法,皆威与太后潜决大谋。雅重王猛之贤,劝坚以国事任之……以功拜太尉,寻加侍中,建元十年(374)卒。"

◆ **前秦赵整与道安集僧宣译佛经《阿毗昙毗婆沙》。作《讽谏诗》二首。**

《高僧传》卷一《僧伽跋澄传》："苻坚建元十七年，（僧伽跋澄）来入关中……苻坚秘书郎赵正崇仰大法，尝闻外国宗习《阿毗昙毗婆沙》，而跋澄讽诵。乃四事礼供，请译梵文，遂共名德法师释道安等，集僧宣译。"《十六国春秋》卷四二《前秦录十·赵整》："（建元）末年，坚宠惑鲜卑，惰于政治。整又援琴而歌曰：'昔闻孟津河，千里作一曲。此河本是清，是谁乱使浊？'坚动容曰：'是朕也。'又歌曰：'北园有一树，布叶垂重荫。外虽饶棘刺，内实有赤心。'坚笑曰：'将非赵文业耶？'其调戏机捷皆此类也。"按：赵整事及二首讽谏诗，亦见载《高僧传》卷一《晋长安县摩难提传》附《赵正传》。张可礼《东晋文艺系年》："上述《讽谏诗》二首写作时间未详，今据'苻坚末年'，姑系于此。"今从之。

晋孝武帝太元七年（382）

◆ **前秦苻坚享群臣，奏乐赋诗。遣吕光西征龟兹、焉耆诸国。欲讨东晋，众谏不纳。**

《十六国春秋》卷三八《前秦录六·苻坚下》载，本年正月，"享群臣于前殿，奏乐赋诗"。四月，"坚锐意荆、扬，将谋入寇，乃改授融征南大将军、开府仪同三司"。九月，"车师前部王弥寘、鄯善王休密馱入朝。坚赐以朝服，引见西堂……于是遣骁骑将军吕光为使持节、都督西域征讨诸军事……西伐龟兹及焉耆诸国"。"（十月）坚临太极殿，引群臣会议，曰：'自吾统承大业，垂三十载。芟夷逋秽，四方略定，唯东南一隅，未宾王化。吾每思天下不一，未尝不临食辍哺。今欲起天下兵以讨之……此行也，朕与阳平公之任，非诸将之事。于诸卿意何如？'秘书监朱肜曰：'陛下应天顺时，恭行天罚……'坚大悦……尚书左仆射权翼曰：'臣以为晋不可伐……'群臣各言利害，庭议者久之，不决。坚曰：'此所谓筑室道旁，无时可成。吾当内断于心耳。'群臣皆出，独留阳平公议之。坚曰：'自古定大事者，不过一二臣而已。今群议纷纭，徒乱人意。吾当与汝决之。'融曰：'今伐晋有三难：岁星在斗牛，吴越之福，不可以伐，一也；晋主休明，朝臣用命，不可以伐，二也；我数战，兵疲将倦，有惮敌之心，不可以伐，三也。诸言不可者，策之上也。愿陛下纳之。'

坚作色曰：'汝复如此，天下之事，吾当谁与言之……'融泣曰：'晋不可伐，昭然甚明……'于是朝臣进谏者众。坚南游灞上，从容谓群臣曰：'……吾计决矣。不复与诸卿议也。'……阳平公融复谏曰：'知足不辱，知止不殆，自古穷兵极武，未有不亡者，且国家本戎狄也，正朔会不归。今江东虽微弱仅存，然中华正统，天意必不绝之。'坚曰：'帝王历数，岂有常耶！惟德之所在耳……'坚素重沙门道安。群臣谓道安曰：'主上将有事于东南，公何不乘间为苍生致一言也！'""（十一月）坚出游东苑，与道安同辇，顾谓安曰：'朕将与公南游吴越……'安曰：'陛下应天御世，富有八州……何为劳身于驰骑、倦口于经略、栉风沐雨、蒙尘野次乎！且东南区区、地卑气疠……何足以上劳神驾、下困苍生！诗云：惠此中国，以绥四方。苟文德足以怀远……'坚曰：'非为地不广、人不足也，但思混一六合，以济苍生……'安曰：'若銮驾必欲亲动，亦不须远涉江淮，止宜驻跸洛阳，枕戈蓄锐，遣使者奉尺书于前，诸将总六师于后，彼必稽首入陈。如其不庭，伐之未晚。'坚不纳。坚所幸张夫人又切谏，亦不纳。融与尚书原绍、石越等，上书、面谏，前后数十，终不从。坚少子中山公诜亦谏曰……坚曰：'天下大事，孺子安知？'"按：以上诸事，《晋书》卷一一四《苻坚载记下》、《通鉴》卷一〇四俱有载述。

◆**前秦苻融固辞司徒，任征南大将军。切谏苻坚不宜征讨西域诸国，不宜兴兵伐晋。**

事见《十六国春秋》卷三八《前秦录六·苻坚下》、《晋书》卷一一四《苻坚载记下》、《通鉴》卷一〇四等。

◆**前秦苻朗出任镇东将军、青州刺史。**

《十六国春秋》卷四一《前秦录九·苻朗》："苻朗，字元达，坚之从兄子也。性宏达，神气爽迈。幼怀远操，不屑时荣。坚尝目之曰：'吾家千里驹也。'征拜使持节、都督青徐兖三州诸军事、镇东将军、青州刺史，封乐安男，朗固辞，不得已，起而就官。既为方伯，有若素士，耽玩经籍，手不释卷。每谈虚语玄，不觉日之将夕。登涉山水，不知老之将至。在任甚有称绩。"按：《晋书》卷一一四《苻坚载记下》附《苻朗传》载述与此基本相同。《十六国春秋》卷三八《前秦录六·苻坚下》系苻朗任镇东将军、青州刺史事于本年八月。又,《晋书》卷八八《桑虞传》:"虞五世同居,闺门邕穆。苻坚青州刺史苻朗甚重之,尝诣虞家,升堂拜其母。时人以为荣。"

◆前秦使吕光持节、都督西域征讨诸军事。苻坚崇尚佛法,闻西域有鸠摩罗什,故出兵西域以迎接鸠摩罗什。

《晋书》卷一二二《吕光载记》:"(苻)坚既平山东,士马强盛,遂有图西域之志,乃授光使持节、都督西讨诸军事,率将军姜飞、彭晃、杜进、康盛等总兵七万,铁骑五千,以讨西域。以陇西董方、冯翊郭抱、武威贾虔、弘农杨颖为四府佐将。"《高僧传》卷二《鸠摩罗什传》:"鸠摩罗什,此云童寿,天竺人也,家世国相。什祖父达多,倜傥不群,名重于国。父鸠摩炎,聪明有懿节……什年七岁,亦俱出家,从师受经,日诵千偈……什既道流西域,名被东川。时苻坚僭号关中,有外国前部王及龟兹王弟并来朝坚,坚引见,二王说坚云,西域多产珍奇,请兵往定,以求内附。至苻坚建元十三年(公元三七七年)岁次丁丑正月,太史奏云:'有星见于外国分野,当有大德智人,入辅中国。'坚曰:'朕闻西域有鸠摩罗什,襄阳有沙门释道安,将非此耶。'即遣使求之。至十七年(公元三八一年)二月,鄯善王、前部王等,又说坚请兵西伐。十八年(公元三八二年)九月,坚迁骁骑将军吕光、陵江将军姜飞,将前部王及车师王等,率兵七万,西伐龟兹及乌耆诸国。临发,坚饯光于建章宫,谓光曰:'夫帝王应天而治,以予爱苍生为本,岂贪其地而伐之乎,正以怀道之人故也。朕闻西国有鸠摩罗什,深解法相,善闲阴阳,为后学之宗,朕甚思之。贤哲者,国之大宝,若克龟兹,即驰驿送什。'"按:《通鉴》卷一〇四系苻坚谋划征讨西域于本年九月,吕光正式出兵于次年正月。

◆释道安谏苻坚不宜伐晋。

事见《十六国春秋》卷三八《前秦录六·苻坚下》、《晋书》卷一一四《苻坚载记下》、《高僧传》卷五《释道安传》、《通鉴》卷一〇四等。

◆前秦苻坚妾张氏谏不宜伐晋。

《晋书》卷九六《列女·苻坚妾张氏传》载,苻坚妾张氏,不知何许人,明辩有才识。坚将入寇江左,群臣切谏不从。张氏进曰:"妾闻天地之生万物,圣王之驭天下,莫不顺其性而畅之。故黄帝服牛乘马,因其性也;禹凿龙门,决洪河，因水之势也；后稷之播殖百谷，因地之气也；汤武之灭夏商，因人之欲也。是以有因成，无因败。今朝臣上下皆言不可，陛下复何所因也？书曰：'天聪明自我民聪明。'天犹若此，况于人主乎！妾闻人君有伐国之志者，必上观乾象，下采众祥。天道崇远，非妾所知。以人事言之，未见其可。谚言：'鸡夜鸣者不利行师，犬群嗥者宫室必空，兵动马惊，军败不归。'秋冬已来，每夜群犬大嗥，众鸡夜鸣，伏闻厩马惊逸，武库兵器有声，吉凶之理，诚非微妾所论，愿陛下详而思之。"坚曰："军旅之事，非妇人所豫也。"遂兴兵，张氏请从。坚果大败于寿春，张氏乃自杀。

◆**前秦隐士王嘉预言苻坚南征必败。**

《晋书》卷九五《艺术传》："坚将南征，遣使者问之。嘉曰：'金刚火强。'乃乘使者马，正衣冠，徐徐东行数百步，而策马驰反，脱衣服，弃冠履而归，下马踞床，一无所言。使者还告，坚不悟，复遣问之，曰：'吾世祚云何？'嘉曰：'未央。'咸以为吉。明年癸未，败于淮南，所谓未年而有殃也。"按：王嘉预言苻坚南征必败之事，《高僧传》卷五《释道安传》亦有载述。

晋孝武帝太元八年（383）

◆**前秦吕光发兵长安。焉耆请降，遂围龟兹。**

《十六国春秋》卷三八《前秦录六·苻坚下》："建元十九年春正月，吕光发兵长安。坚饯之于建章宫，谓光曰：'西戎荒俗，非礼义之邦。羁縻之道，服而赦之，示以中国之威，尊以王化之法，勿极武穷兵，过深残掠。'"《十六国春秋》卷八一《后凉录一·吕光》："秦建元十九年……行至高昌，闻坚寇晋。光欲更须后命，部将杜进曰：'节下受任金方，赴机宜速，有何不了，而更留乎？'冬十二月，光进及流沙……进兵焉耆，其王泥流率其旁国请降。惟龟兹王帛纯拒命不降。光军其城南……各婴城自守。"按：《晋书》卷一二二《吕光载记》载述较详。

◆**前秦段业从吕光征西域，时任吕光部将杜进记室。**

《晋书》卷一二九《沮渠蒙逊载记》："（段）业，京兆人也。博涉史传，有尺牍之才,为杜进记室,从征塞表。"张可礼《东晋文艺系年》:"'从征塞表',当指本年从吕光征西域。"

◆ 前秦伐晋,于肥水大败。苻坚作《下诏伐晋》《下令国中》《兼道赴寿春下令》等。

《晋书》卷九《孝武帝纪》载,本年"冬十月,苻坚弟融陷寿春。乙亥,诸将及苻坚战于肥水,大破之,俘斩数万计,获坚舆辇及云母车"。《十六国春秋》卷三八《前秦录六·苻坚下》载,本年七月,坚下诏书曰:"吴人敢恃江山,僭称大号,轻帅犬羊,屡寇王境。朕将亲巡省方……其良家子,年二十已下,武艺骁勇、富室材雄者,皆拜羽林郎。"又下书曰:"期克捷之日,其以司马昌明为尚书左仆射,谢安为吏部尚书,桓冲为侍中。势还不远,可先为起第以待之。"[①] 时朝臣皆不欲坚行,阳平公苻融言于坚曰:"鲜卑、羌虏,我之仇雠,常思风尘之变以逞其志,所陈策画,何可从也!良家少年,皆富饶子弟,不闲军旅,苟为谄谀之言以会陛下之意耳。今陛下信而用之,轻举大事,臣恐功既不成,仍有后患,悔将何及!"坚不听。八月戊午,遣征南大将军阳平公融督骠骑将军张蚝等率步骑二十五万,号称三十万,为前锋;甲子,坚发长安,众号百万。九月,坚至项城。冬十月,融等攻寿春,癸酉,克之,频败王师。胡彬粮尽,诈扬沙以示融军,潜遣使告(谢)石等曰:"今贼盛粮尽,恐不复见大军。"融军获之,送于融。融乃驰使白坚曰:"贼少易俘,但恐其逃逸,宜速进众军,掎擒贼帅。"坚大悦,恐石等遁去,乃留大军于项城,引轻骑八千,兼道赴融于寿春,令军人曰:"敢言吾至寿春者拔舌!"十一月,谢玄遣龙骧将军、广陵相刘牢之率劲卒五千,趋洛涧,融步兵崩溃,于是谢石等诸军水陆继进。坚与融登寿春城望之,见晋兵部阵严整,将士精锐。又望见八公山上草木,皆以为晋兵,顾谓融曰:"此亦劲敌,何谓弱也!"怃然始有惧色。谢玄、谢琰、桓伊等,以精卒八千,涉渡肥水击之,仍进决战于淮水南。融驰骑略陈,欲以帅退者,马倒,为晋兵所杀,军遂大败。苻坚大惭,顾谓夫人张氏曰:"朕若用朝士之言,岂见今日之事耶!当何面目复临天下也。"潸然流涕。初谚云"坚不

[①] 此文严可均《全晋文》卷一五一收录,题为《下令国中》;《魏书》卷九六《司马昌明传》亦有载录。

出项"，群臣劝坚停项城，为六军声镇，坚不从，故败。先是有童谣云"谁谓尔坚石打破"，坚果为谢石所破。坚收离集散，比至洛阳，众十余万。按：上述事又见《晋书》卷一一四《苻坚载记下》、《通鉴》卷一〇四等。

◆**前秦苻融在肥水之战中被杀，追赠大司马。**

事见《十六国春秋》卷三八《前秦录六·苻坚下》、《晋书》卷一一四《苻坚载记下》、《通鉴》卷一〇四等。按：苻融为前秦著名文士，逯钦立《梁诗》卷二九辑录《企喻歌》一首，并引《古今乐录》曰："《企喻歌》四曲……最后'男儿可怜虫'一曲，是苻融诗，本云'深山解谷口，把谷无人收'。与今传者小异。"严可均《全晋文》卷一五一辑其文一篇（《上疏谏用慕容暐等》）。

◆**张天锡归降东晋，拜散骑常侍。南人以其国破身虏，多共毁之。**

《晋书》卷八六《张天锡传》："坚大败于淮肥时，天锡为苻融征南司马，于阵归国。诏曰：'昔孟明不替，终显厥功，岂以一眚而废才用！其以天锡为散骑常侍、左员外。'又诏曰：'故太尉、西平公张轨著德遐域，世袭前劳。强兵纵害，遂至失守。散骑常侍天锡拔迹登朝，先祀沦替，用增矜慨，可复天锡西平郡公爵。'俄拜金紫光禄大夫。天锡少有文才，流誉远近。及归朝，甚被恩遇。朝士以其国破身虏，多共毁之。会稽王道子尝问其西土所出，天锡应声曰：'桑葚甜甘，鸱鹗革响，奶酪养性，人无妒心。'后形神昏丧，虽处列位，不复被齿遇。"《晋书》卷一一四《苻坚载记下》亦载："其仆射张天锡、尚书朱序及徐元喜等皆归顺。"

◆**前秦释道安与赵整等集僧宣译《阿毗昙毗婆沙》。道安将所制《僧尼轨范》《佛法宪章》，条为三例，天下寺舍则而从之。**

《高僧传》卷一《僧伽跋澄传》："苻坚秘书郎赵正，崇仰大法，尝闻外国宗习《阿毗昙毗婆沙》，而跋澄讽诵，乃四事礼供，请译梵文。遂共名德法师释道安等，集僧宣译。跋澄口诵经本，外国沙门昙摩难提笔受为梵文，佛图罗刹宣译，秦沙门敏智笔受为晋本。以伪秦建元十九年译出，自孟夏至仲秋方讫。"《高僧传》卷五《释道安传》："安常注诸经，恐不合理，乃誓曰：'若所说不堪远理，愿见瑞相。'乃梦见胡道人……安既德为物宗，学兼三藏，所制《僧尼轨范》《佛法宪章》，条为三例：一曰行香定座上讲经上讲之法；二曰常日六时行道饮食唱时法；三曰布萨差使悔过等法。天下寺舍，遂则而从之。"按：《高僧传》卷五《释道安传》系上述诸事于苻坚肥水之战后。张可礼《东晋文艺系年》："上述事时间未详，当在今明二年，姑系于此。"

晋孝武帝太元九年（384）

◆**鲜卑慕容氏叛前秦，此前长安有《为慕容冲歌》《为凤凰谣》等流传。苻坚作《报慕容垂》《下书吕光》《诏慕容冲》等，征处士王嘉入长安。**

《晋书》卷九《孝武帝纪》载，本年二月，"慕容垂自洛阳与翟辽攻苻坚子丕于邺"。《十六国春秋》卷四四《后燕录二·慕容垂中》："太元九年自称大将军、大都督、燕王，承制行事，令称统府……上表于苻坚曰……坚报曰：'朕以不德，忝承灵命，君临万邦，三十年矣……念卿垂老，老而为贼，生为叛臣，死为逆鬼，侏张幽显，布毒存亡，中原士女，何痛如之！朕之历运兴衰，岂复由卿！但长乐、平原，以未立之年，遇卿于两都，虑其经略未称朕心，所恨者此焉而已。'"《十六国春秋》卷三八《前秦录六·苻坚下》载，本年三月，慕容暐弟慕容泓、慕容冲等叛前秦。七月，慕容冲占据阿房城，"初，坚之灭燕，冲姊清河公主，年十四，有殊色，坚纳之，宠冠后庭。冲年十二，亦有龙阳之姿，坚又幸之。姊弟专宠，宫人莫进。长安歌之曰：'一雌复一雄，双飞入紫宫。'咸惧为乱，王猛切谏，坚乃出冲。及其母卒，葬以燕后之礼，长安又谣曰：'凤皇凤皇止阿房。'坚以凤凰非梧桐不栖，非竹实不食，乃植桐竹数千万株于阿房城，以待凤凰之至"。又载："时骁骑将军吕光，讨平西域。还，上疏曰：'惟龟兹据三十六国之中，制彼侯王之命，入其国城，天骥、龙麟、腰褭、丹髦，万计盈厩，虽伯乐更生，卫赐复出，不能辨也。所获珍宝，以万万计。'坚下书：'以光为使持节、散骑常侍、都督玉门以西诸军事、安西将军、西域校尉。'道绝不通。"九月，慕容冲进逼长安，"坚遣使送锦袍一领遗冲，使者称有诏：'古人交兵，使在其间。卿远来草创，得无劳乎。今送一袍，以明本怀。朕于卿恩分何如？而于一朝，忽为此变。'"十月，"坚遣鸿胪郝稚征处士王嘉于倒兽山"。十一月，"坚每日召嘉与道安于外殿，动静咨之"。按：上述诸事，又见载《晋书》卷一一四《苻坚载记下》、《晋书》卷一二三《慕容垂载记》、《通鉴》卷一〇五等。

◆姚苌起兵于北地，自立为王，后秦始立。

《晋书》卷九《孝武帝纪》载，本年四月，"苻坚将姚苌背坚，起兵于北地，自立为王，国号秦"。《晋书》卷一一六《姚苌载记》："苌字景茂，弋仲第二十四子也……以太元九年自称大将军、大单于、万年秦王，大赦境内，年号白雀，称制行事。以天水尹详、南安庞演为左右长史，南安姚晃、尹纬为左右司马，天水狄伯支、焦虔、梁希、庞魏、任谦为从事中郎，姜训、阎遵为掾属，王据、焦世、蒋秀、尹延年、牛双、张乾为参军，王钦卢、姚方成、王破虏、杨难、尹嵩、裴骑、赵曜、狄广、党删等为帅。"按：史载姚苌为姚弋仲之子，为"南安赤亭羌人"，故其举事，主要依托天水、南安一带的地方豪族和文士。

◆前秦吕光攻占龟兹城，赋诗言志，命参军段业著《龟兹宫赋》。得西域乐器、歌曲、舞曲。作《平西域上疏》。

《十六国春秋》卷八一《后凉录一·吕光》："遂进攻龟兹城……战于城西，大败之，斩首万余级。帛纯收其珍宝遁走，王侯降者三十余国。光入其城。城有三重，广轮与长安城等。城中塔庙千数，又以种田畜牧为业，男女皆剪发垂项。宫室壮丽，焕若神居。光乃大飨将士，赋诗言志。命参军京兆段业著《龟兹宫赋》以记之……因得其乐器，有箜篌、琵琶、五弦笙、笛、箫、觱、篥、毛圆鼓、都昙鼓、答腊鼓、腰鼓、羯鸡娄鼓、钟鼓，其等十五种为一部，工二十人。歌曲有《善善摩尼》，解曲《婆迦儿》，舞曲有《天殊勒监曲》……立帛纯弟震为龟兹王，抚其遗众。建元二十年秋八月，光上疏奏捷于坚。"按：吕光讨平西域之事，《晋书》卷一二二《吕光载记》亦有详述。其上疏，见十《十六国春秋》卷三八及《太平御览》卷八九五引崔鸿《十六国春秋》。严可均《全晋文》卷一五四辑录此文，题为《平西域还上疏》，依严氏说，此疏应作于明年。今据张可礼《东晋文艺系年》之题名，并系于本年。

◆龟兹鸠摩罗什为吕光所获，光以其年少而戏之。

《高僧传》卷二《鸠摩罗什传》："（吕光）遂破龟兹，杀（帛）纯。立纯弟震为主。光既获什，未测其智量，见年齿尚少，乃凡人戏之。强妻以龟兹王女。什距而不受，辞甚苦到。光曰：'道士之操，不逾先父，何可固辞！'乃饮以醇酒，同闭密室。什被逼既至，遂亏其节。或令骑牛及乘恶马，欲使堕落。什常怀忍辱，曾无异色。光惭愧而止。"按：据《晋书》卷一二二《吕光载记》，吕光破龟兹，其国王帛纯逃走，并非被吕光所杀。

◆前秦赵整仰慕佛法，请僧伽跋澄出《婆须蜜》梵本，又请昙摩难提译出《阿含》。

《高僧传》卷一《僧伽跋澄传》："初跋澄又赍《婆须蜜》梵本自随，明年（按：太元九年）赵正复请出之。跋澄乃与昙摩难提及僧伽提婆三人共执梵本，秦沙门佛念宣译，慧嵩笔受，安公、法和对共校定，故二经流布传学迄今。"又同卷《昙摩难提传》："先是中土群经，未有《四含》，坚臣武威太守赵正，欲请出经。时慕容冲已叛，起兵击坚，关中扰动，正慕法情深，忘身为道，乃请安公等，于长安城中，集义学僧，请难提译出《中》《增一》二《阿含》，并先所出《毗昙心》《三法度》等，凡一百六卷。佛念传译，慧嵩笔受，自夏迄秋，绵涉两载，文字方具……其时也，苻坚初败，群锋互起，戎妖纵暴，民流四出，而犹得传译大部，盖由赵正之力。"又同卷《竺佛念传》："苻氏建元中，有僧伽跋澄、昙摩难提等入长安，赵正请出诸经……至建元二十年五月，复请昙摩难提出《增一阿含》及《中阿含》，于长安城内集义学沙门，请念为译。敷析研核，二载乃竟。"

◆前秦苻朗降于东晋，任员外散骑侍郎。其恃才傲物，又善识味。

《晋书》卷九《孝武帝纪》载，本年十月，"苻坚青州刺史苻朗帅众来降"。《晋书》卷一一四《苻坚载记下》附《苻朗传》："后晋遣淮阴（按：《谢玄传》作'淮陵'）太守高素伐青州，朗遣使诣谢玄于彭城求降，玄表朗许之，诏加员外散骑侍郎。既至扬州，风流迈于一时，超然自得，志陵万物，所与悟言，不过一二人而已。骠骑长史王忱，江东之俊秀，闻而诣之，朗称疾不见。沙门释法汰问朗曰：'见王吏部兄弟未？'朗曰：'吏部为谁？非人面而狗心、狗面而人心兄弟者乎？'王忱丑而才慧，国宝美貌而才劣于弟，故朗云然。汰怅然自失。其忤物侮人，皆此类也……又善识味，咸酢及肉皆别所由。会稽王司马道子为朗设盛馔，极江左精肴。食讫，问曰：'关中之食孰若此？'答曰：'皆好，惟盐味小生耳。'既问宰夫，皆如其言。或人杀鸡以食之，既进，朗曰：'此鸡栖恒半露。'检之，皆验……时人咸以为知味。"《世说新语》卷下《排调第二十五》：" 苻朗初过江，王咨议（按：王羲之第四子肃之）大好事，问中国人物及风土所生，终无极已。朗大患之。次复问奴婢贵贱，朗云：'谨厚有识中者乃至十万，无意为奴婢问者止数千耳。'"

晋孝武帝太元十年（385）

◆释道安卒于长安，时年七十二。笃好经典，共译出众经百余万言。

《高僧传》卷五《释道安传》："安每与弟子法遇等，于弥勒前立誓，愿生兜率。后至秦建元二十一年正月二十七日，忽有异僧，形甚庸陋，来寺寄宿……至其年二月八日，忽告众曰：'吾当去矣。'是日斋毕，无疾而卒。葬城内五级寺中，是岁晋太元十年也，年七十二……安既笃好经典，志在宣法，所请外国沙门僧伽提婆、昙摩难提及僧伽跋澄等，译出众经百余万言。常与沙门法和诠定音字，详核文旨，新出众经，于是获正。孙绰为《名德沙门论》，自（按：一作"目"）云：'释道安博物多才，通经名理。'又为之赞曰：'物有广赡，人固多宰。渊渊释安，专能兼倍。飞声汧陇，驰名淮海。形虽草化，犹若常在。'"《隋书》卷三三《经籍志二》："《四海百川水源记》一卷，释道安撰。"按：关于道安之卒日，汤用彤《道安年历》认为在本年二月八日以后。[1] 严可均《全晋文》卷一五八辑道安文二十篇。

◆前秦苻坚出奔五将山，兵败，为姚苌缢杀于新平佛寺。

《晋书》卷九《孝武帝纪》载，本年五月，"苻坚留太子宏守长安，奔于五将山"；八月，"姚苌杀苻坚而僭即皇帝位"。《十六国春秋》卷三八《前秦录六·苻坚下》载，本年五月，"（坚）遂付宏以后事，帅骑数百，与张夫人及中山公诜、幼女宝锦出奔五将山"；七月，"坚至五将山，姚苌遣骁骑将军吴忠帅骑围之，坚众奔散……俄而忠至，执坚以归新平县，幽之于别室"；八月，"辛丑，苌遣人缢坚于新平佛寺中，时年四十八"。按：上述诸事，又见《晋书》卷一一四《苻坚载记下》、《通鉴》卷一○六等。严可均《全晋文》卷一五一辑录苻坚文二十篇。

---

[1] 详参汤用彤：《道安年历》，见氏著《汉魏两晋南北朝佛教史》，北京大学出版社1997年版，第137—139页。

◆**前秦吕光自西域东还姑臧，杀梁熙，自领凉州刺史。**

《晋书》卷九《孝武帝纪》载，本年"九月，吕光据姑臧，自称凉州刺史"。《晋书》卷一二二《吕光载记》："光既平龟兹，有留焉之志。时始获鸠摩罗什，罗什劝之东还，语在《西夷传》。光于是大飨文武，博议进止。众咸请还，光从之……及至玉门，梁熙传檄责光擅命还师，遣子胤与振威姚皓、别驾卫翰率众五万，距光于酒泉。光报檄凉州，责熙无赴难之诚，数其遏归师之罪。遣彭晃、杜进、姜飞等为前锋，击胤，大败之。胤轻将麾下数百骑东奔，杜进追擒之。于是四山胡夷皆来款附。武威太守彭济执（梁）熙请降。光入姑臧，自领凉州刺史、护羌校尉。"《十六国春秋》卷八一《后凉录一·吕光》："建元二十一年春正月，光既平龟兹，以龟兹饶乐，遂有留居之志，始获天竺沙门鸠摩罗什……光欲留王西国，什谓光曰：'此凶亡之地，不可淹留，推运揆数，将军宜速东归，中路自有福地可居。'光乃大飨文武，博议进止。众咸请还，光乃从之。三月，光以驼二万余头，致外国珍宝及奇伎异戏、殊禽怪兽千有余品，骏马万余匹而还。秋九月，光自龟兹还……遂入姑臧，自领凉州刺史、护羌校尉。"按：《通鉴》卷一〇六亦系吕光入据凉州事于本年九月，并云："武威太守彭济执熙以降，光杀之。"又，梁熙为前秦著名文士，"以文藻清丽，见重一时"（《太平御览》卷四九五引《前秦录》），吕光部将杜进称其"文雅有余，机鉴不足"（《晋书》卷一二二《吕光载记》）。

◆**吕光诛杀南安姚皓、天水尹景、敦煌索泮等名士十余人，远近颇以此离贰。**

《晋书》卷一二二《吕光载记》："（吕）光主簿尉祐，奸佞倾薄人也，见弃前朝，与彭济同谋执梁熙，光深见宠任，乃谮诛南安姚皓、天水尹景等名士十余人，远近颇以此离贰。"《晋书》卷一一五《苻登载记》附《索泮传》："索泮字德林，敦煌人也。世为冠族。泮少时游侠，及长，变节好学，有佐世才器。张天锡辅政，以泮为冠军、记室参军。天锡即位，拜司兵，历位禁中录事。执法御掾，州府肃然，郡县改迹。迁羽林左监，有勤干之称。出为中垒将军、西郡武威太守、典戎校尉。政务宽和，戎夏怀其惠，天锡甚敬之。苻坚见而叹曰：'凉州信多君子！'既而以泮河西德望，拜别驾。吕光既克姑臧，泮固郡不降，光攻而获之。光曰：'孤既平西域，将赴难京师，梁熙无状，绝孤归路，此朝廷之罪人，卿何意阻郡固迷，自同元恶！'泮厉色责光曰：'将军受诏讨叛胡，可受诏乱凉州邪？寡君何罪，而将军害之？泮但苦力寡，不能固守以报君父之仇，岂如逆氐彭济望风反叛！主灭臣死，礼之常也。'乃就刑于市，神色不变。弟菱，有俊才，仕张天锡为执法中郎、冗从右监。苻坚世至伏波将军、典农都尉，与泮俱被害。"按：吕光据凉州，大肆诛杀河陇名士，以致人情不附，叛乱频发。

◆**鸠摩罗什随吕光至凉州。**

《高僧传》卷二《鸠摩罗什传》："至凉州，闻苻坚已为姚苌所害。"按：吕光还据凉州，鸠摩罗什为之计谋。

◆**前秦苻宏归降东晋，受王徽之折辱。**

《晋书》卷九《孝武帝纪》载，本年"六月，宏来降，慕容冲入长安"。《世说新语》卷下《轻诋第二十六》："苻宏叛来归国。谢太傅每加接引，宏自以有才，多好上人，坐上无折之者。适王子猷来，太傅使共语。子猷直孰视良久，回语太傅云：'亦复竟不异人！'宏大惭而退。"《晋书》卷一一四《苻坚载记下》："宏之奔也，归其南秦州刺史杨璧于下辩，璧距之，乃奔武都氐豪强熙，假道归顺，朝廷处宏于江州。宏历位辅国将军。桓玄篡位，以宏为梁州刺史。义熙初，以谋叛被诛。"

◆**前秦赵整出家，更名道整，作《出家更名颂》。**

《高僧传》卷一《昙摩难提传》附《赵正传》："后因关中佛法之盛，乃愿欲出家，坚惜而未许。及坚死后，方遂其志，更名道整。因作颂曰：'佛生何以晚，泥洹一何早，归命释迦文，今来投大道。'"按：史载本年八月苻坚败亡，赵整出家当在本年八月之后。

晋孝武帝太元十一年（386）

◆**后凉吕光大破张天锡世子张大豫。自称大将军、凉州牧、酒泉公。**

《晋书》卷一二二《吕光载记》："初，苻坚之败，张天锡南奔，其世子大豫为长水校尉王穆所匿。及坚还长安，穆将大豫奔秃发思复犍，思复犍送之魏安。是月，魏安人焦松、齐肃、张济等起兵数千，迎大豫于揟次，陷昌松郡。光遣其将杜进讨之，为大豫所败。大豫遂进逼姑臧，求决胜负。"《十六国春秋》卷八一《后凉录一·吕光》载，本年"夏四月，（张）大豫自扬坞进屯姑臧城西……光出击，大破之……秋九月，光始闻苻坚为姚苌所害，奋袂哀号，三军缟素，大临于城南，传檄诸州，期孟冬大举。伪谥坚曰文昭皇帝，长吏百石已上，服斩缞三月，庶人哭泣三日。冬十月，光大赦境内，建元太安。十一月，群僚劝进，光曰：'长蛇未殄，方扫除国难，不宜进位台。'张大豫自西郡入临洮……广武人执大豫，送之，斩于姑臧市。十二月，光自称使持节、侍中、中外大都督、督陇右河西诸军事、大将军、领护匈奴中郎将、凉州牧、酒泉公"。按：吕光太安元年即晋孝武帝太元十一年。

◆**敦煌郭瑀与索嘏起兵以应张大豫、王穆，穆以瑀为太府左长史、军师将军。**

《晋书》卷九四《隐逸传》："及苻氏之末，略阳王穆起兵酒泉，以应张大豫，遣使招瑀。瑀叹曰：'临河救溺，不卜命之短长；脉病三年，不豫绝其餐馈；鲁连在赵，义不结舌，况人将左衽而不救之！'乃与敦煌索嘏起兵五千，运粟三万石，东应王穆。穆以瑀为太府左长史、军师将军。虽居元佐，而口咏黄、老，冀功成世定，追伯成之踪。"按：张大豫、王穆起兵事亦见载《晋书》卷一二二《吕光载记》等。《通鉴》卷一〇六系张大豫、王穆起兵于本年二月。又，郭瑀秉承固守的儒学大义以及吕光初定凉州时诛杀南安姚皓、天水尹景、敦煌索泮等十余名士，是郭瑀起兵的主要原因。

◆**后秦姚苌即位于长安，礼遇隐士王嘉。**

《晋书》卷一一六《姚苌载记》："太元十一年，苌僭即皇帝位于长安，大赦，改元曰建初，国号大秦，改长安曰常安。"《晋书》卷九五《艺术·王嘉传》："姚苌之入长安，礼嘉如苻坚故事，逼以自随，每事咨之。"按：据《十六国春秋》卷五五《后秦录三》，姚苌于本年五月即位于长安。

晋孝武帝太元十二年（387）

◆**后凉吕光遣房晷祀风穴，改昌松郡为张掖郡，攻克酒泉，王穆败亡。**

《十六国春秋》卷八一《后凉录一·吕光》："太安二年春正月，姑臧大风折木,从申至辰,遣中郎房晷至晋昌祀风穴……秋八月,甘露降于逍遥园,白燕翔于酒泉,众燕成列而从之。时王穆袭据酒泉,自称大将军、凉州牧。光以郭黁谶言,改昌松郡为东张掖郡。冬十二月,凉州大饥,谷价踊贵,斗米直钱五百文,人相食,死者大半。光西平太守康宁自称匈奴王,杀河湟太守强禧,阻兵以叛,光屡遣兵讨之,不克。别将徐灵与张掖太守彭晃谋叛,光遣将讨灵,灵奔于晃,晃东结康宁,西通王穆……光闻穆之伐嘏,谓诸将曰:'二虏相攻,此成擒也。'将攻之,诸将咸以为不可。光曰:'取乱侮亡,武之善经,不可以惮累征之劳,而失永逸之机也。'遂率步骑二万攻酒泉,克之,进次凉兴,穆引师东还,路中众散。穆单骑奔骅马,骅马令郭文斩首送之。"

◆王穆攻索嘏,郭瑀谏之,不纳。郭瑀还酒泉南山,不食而卒。

《晋书》卷九四《隐逸传》:"穆惑于谗间,西伐索嘏,瑀谏曰:'昔汉定天下,然后诛功臣。今事业未建而诛之,立见麋鹿游于此庭矣。'穆不从。瑀出城大哭,举手谢城曰:'吾不复见汝矣!'还而引被覆面,不与人言,不食七日,舆疾而归,旦夕祈死。夜梦乘青龙上天,至屋而止,寤而叹曰:'龙飞在天,今止于屋。屋之为字,尸下至也。龙飞至尸,吾其死也。古之君子不卒内寝,况吾正士乎!'遂还酒泉南山赤崖阁,饮气而卒。"按:《通鉴》卷一〇七系以上诸事于本年十二月。又,据《魏书》卷五二《刘昞传》等,刘昞为郭瑀的得意门生兼女婿,"后隐居酒泉,不应州郡之命,弟子受业者五百余人",刘昞隐居授徒之处,当即郭瑀去世之地,在今酒泉南山一带。

晋孝武帝太元十三年(388)

◆后凉吕光信谗杀杜进。纳段业之谏,崇宽简之政。

《晋书》卷一二二《吕光载记》:"光之定河西也,杜进有力焉,以为辅国将军、武威太守。既居都尹,权高一时,出入羽仪,与光相亚。光甥石聪至自关中,光曰:'中州人言吾政化何如?'聪曰:'止知有杜进耳,实不闻有舅。'光默然,因此诛进。光后宴群僚,酒酣,语及政事。时刑法峻重,参军段业进曰……光改容谢之,于是下令责躬,及崇宽简之政。"《十六国春秋》卷八一《后凉录一·吕光》:"太安三年(388)春正月,光信谗言,杀武威太守杜进。"

按：《通鉴》卷一〇七系吕光杀杜进、段业进谏事于本年三月。

晋孝武帝太元十四年（389）

◆ 王嘉约于本年为后秦姚苌所杀。所著《拾遗记》经南朝萧绮序录润饰，流传至今。

《晋书》卷九五《艺术传》："苌既与苻登相持，问嘉曰：'吾得杀苻登定天下不？'嘉曰：'略得之。'苌怒曰：'得当云得，何略之有！'遂斩之……其所造《牵三歌谶》，事过皆验，累世犹传之。又著《拾遗录》十卷，其记事多诡怪，今行于世。"《高僧传》卷五《释道安传》："（道安）未终之前，隐士王嘉往候安。安曰：'世事如此，行将及人，相与去乎？'王嘉曰：'诚如所言，师并前往，仆有小债未了，不得俱去。'及姚苌之得长安也，嘉时故在城内，苌与苻登相持甚久。苌乃问嘉：'朕当得登不？'答曰：'略得。'苌怒曰：'得当言得，何略之有？'遂斩之。"《云笈七签》卷一一〇《王嘉传》："姚苌定长安，问嘉：'朕应九五不？'嘉曰：'略当得。'苌大怒曰：'小道士答朕不恭！'有司奏诛嘉及二弟子。苌先使人陇右，逢嘉将两弟子，计已千余里，正是诛日。嘉使书与苌，苌令发嘉及二弟子棺，并无尸，各有竹杖一枚，苌寻亡。"按：王嘉被杀的时间未详。据《晋书》卷九《孝武帝纪》，太元十八年（393）"冬十月姚苌死"，王嘉之死必在姚苌之前。张可礼《东晋文艺系年》："嘉被斩，约在本年。"今从之。又，《隋书》卷三三《经籍志二》："《拾遗录》二卷，伪秦姚苌方士王子年撰。《王子年拾遗记》十卷，萧绮撰。"《旧唐书》卷四六《经籍志上》："《拾遗录》三卷，王嘉撰。《王子年拾遗记》十卷，萧绮录。"《新唐书》卷五八《艺文志二》："王嘉《拾遗录》三卷，又《拾遗记》十卷，萧绮录。"萧绮《序》曰："《拾遗记》者，晋陇西安阳人王嘉字子年所撰，凡十九卷，二百二十篇，皆为残缺……文起羲、炎已来，事讫西晋之末，五运因循，十有四代。王子年乃搜撰异同，而殊怪必举，纪事存朴，爱广尚奇，宪章稽古之文，绮综编杂之部，《山海经》所不载，夏鼎未之或存，乃集而记矣。辞趣过诞，意旨迂阔……今搜检残遗，合为一部，凡十一卷，序而录焉。"①今本《拾遗记》经南朝梁代萧绮润饰，非王嘉原文。程毅中《古小说简目》云："似二卷本为王嘉撰，十卷本为萧绮撰。"②又，《直斋书录解题》卷十一："《拾遗记》十卷，晋陇西王嘉子年撰，萧绮序录。《名山记》一卷，亦称王子年，即前之第十卷。大抵皆诡诞。"丁国钧《补晋书艺文志》卷一："《王子年歌》一卷，王嘉。谨按，见《七录》，《南齐书·祥瑞记》屡引。"逯钦立《晋诗》卷十四辑王嘉诗八首（大部分为残篇）。

◆张掖金泽县有麟见，后凉吕光以为祥瑞，即三河王位，改年号为麟嘉。

《晋书》卷一二二《吕光载记》："是时麟见金泽县，百兽从之，光以为己瑞，以孝武太元十四年僭即三河王位，置百官自丞郎已下，赦其境内，年号麟嘉。"《十六国春秋》卷八一《后凉录一·吕光》："麟嘉元年春正月，张掖金泽县有麟见。"《晋书》卷九《孝武帝纪》载，本年二月，"吕光僭号三河王"。

◆苻朗为王国宝所害，临刑前作诗一首，著《苻子》数十篇行于世。

《晋书》卷一一四《苻坚载记下》附《苻朗传》："后数年，王国宝谮而杀之。王忱将为荆州刺史，待杀朗而后发。临刑，志色自若，为诗曰：'四大起何因？聚散无穷已。既过一生中，又入一死理。冥心乘和畅，未觉有终始。如何箕山夫，奄焉处东市！旷此百年期，远同嵇叔子。命也归自天，委化任冥纪。'著《苻子》数十篇行于世，亦《老》《庄》之流也。"《世说新语》卷下《排调第二十五》"苻朗初过江"注引裴景仁《秦书》："朗矜高忤物，不容于世，后众谮而杀之。"按：《通鉴》卷一○七载，本年"七月，以骠骑长史王忱为荆州刺史，都督荆、益、宁三州诸军。忱，国宝之弟也"。据此，则苻朗遇害在本年七月。又，《隋书》卷三四《经籍志三》："《苻子》二十卷，东晋员外郎苻朗撰。"《旧唐书》卷四七《经籍志下》、《新唐书》卷五九《艺文志三》均作三十卷。《苻子》全书已佚，严可均《全晋文》卷一五二辑其佚文五十条，其中除《方外》《家策》二篇外，其他篇名均阙。逯钦立《晋诗》卷十四辑苻朗诗二首：《临终诗》《拟关龙逢行歌》（后者仅存二句）。

---

① （晋）王嘉撰，（梁）萧绮录：《拾遗记》，中华书局 1981 年版。
② 程毅中：《古小说简目》，中华书局 1981 年版。

晋孝武帝太元十六年（391）

◆后凉段业作表志诗《九叹》《七讽》十六篇，吕光览而悦之，署业为建康太守。

《十六国春秋》卷八一《后凉录一·吕光》："麟嘉三年春二月，著作郎段业以光未能扬清激浊，使贤愚殊贯，因疗疾于天梯山，作表志诗《九叹》《七讽》十六篇以讽之。光览之而悦，署业为建康太守。"按：此事《晋书》卷一二二《吕光载记》亦有载述。段业所作《九叹》《七讽》十六篇已佚。

◆后秦姚苌败苻登于安定，置酒高会。

《晋书》卷九《孝武帝纪》载，本年"冬十一月，姚苌败苻登于安定"。《十六国春秋》卷五五《后秦录三·姚苌》载，本年十二月，"苌败登于安定城东。苌置酒高会，诸将皆曰：'若值魏武王，不令此贼至今，陛下将牢太过耳。'苌笑曰：'吾不如亡兄有四：身长八尺五寸，臂垂过膝，人望而畏之，一也；当十万之众，与天下争衡，望麾而进，前无横阵，二也；谈古知今，讲论道义，驾驭英雄，收罗俊异，三也；董帅大众，上下咸悦，人尽死力，履险若夷，四也。所以得建立功业，驱策群贤者，正望算略中有片长耳。'群臣咸称万岁"。按：此事《晋书》卷一一六《姚苌载记》、《通鉴》卷一〇七亦有载述。

晋孝武帝太元十七年（392）

◆后秦姚苌下书令留台诸镇各置学官。又下书令优待从征兵吏。

《十六国春秋》卷五五《后秦录三·姚苌》载，本年"春正月，苌下书令留台诸镇各置学官，勿有所废，考试优劣，随才擢叙"。又载："秋八月，苌疾小瘳，下书：兵吏从征伐，户在大营者，世世复其家，无所复豫。"按：此事《晋书》卷一一六《姚苌载记》亦有载述。

晋孝武帝太元十八年（393）

◆后凉有《西海民谣》流传，吕光复徙西海郡人于河西乐都。

《十六国春秋》卷八一《后凉录一·吕光》："麟嘉五年春正月，初，光徙西海郡人于诸郡，至是，谣曰：'朔马心何悲？念旧中心劳。燕雀何徘徊？意欲还故巢。'顷之，遂相扇动，复徙之于河西乐都。"按：此事《晋书》卷一二二《吕光载记》亦有载述。

◆**后秦姚苌下书除妖谤之言。病卒，时年六十四，子姚兴继立。**

《十六国春秋》卷五五《后秦录三·姚苌》："建初八年秋七月……下书除妖谤之言及奸秽，有相劾举者，皆以其罪罪之……冬十月，苌如长安，至于新支堡，疾笃，舆疾而进……十二月己亥，至长安，召太尉（姚）旻、尚书左仆射（姚）晃、右仆射尹纬、将军姚大目、尚书狄伯支等入禁中，受遗诏辅政，苌曰：'吾气力转微，将不能复临天下，卿等善相吾子，勉成大业。'谓太子兴曰：'有毁此诸公者，慎勿受之。汝抚骨肉以仁，接大臣以礼，待物以信，遇民以恩，四者不失，吾无恨矣。'晃涕泣问取苻登之策，苌曰：'今大业垂成，兴才智足办，奚所复问。'庚子，苌卒于永安宫，时年六十四，在位八年。"《晋书》卷一一六《姚苌载记》："苌下书除妖谤之言及赦前奸秽，有相劾举者，皆以其罪罪之……以太元十八年死，时年六十四。"按：《通鉴》卷一〇八载述同。

晋孝武帝太元十九年（394）

◆**后秦姚兴大败苻登，即位于槐里，改元皇初。**

《十六国春秋》卷五六《后秦录四·姚兴上》："姚兴字子略，苌之长子也。苻坚时为太子舍人。苌在马牧，兴自长安冒难奔苌，苌立为皇太子。苌出征讨，常留统后事。及镇长安，甚有威惠。与其中书舍人梁喜、洗马范勖等讲论经籍，不以兵难废业，时人化之……皇初元年春正月，兴自称大将军，以尹纬为长史，狄伯支为司马，率众伐苻登……遂与登战，大破之，其夜众溃，登单骑奔雍。五月辛丑，兴始发丧行服，僭即皇帝位于槐里，大赦境内殊死已下，改元皇初。"按：上述诸事又见载《晋书》卷一一七《姚兴载记上》及《通鉴》卷一〇八。后秦皇初元年即东晋太元十九年。

◆**前秦苻登为姚兴所杀，其子苻崇奔湟中，前秦灭亡。**

《晋书》卷九《孝武帝纪》："是岁，苻登为姚兴所杀，登太子崇奔于湟中。"《十六国春秋》卷五六《后秦录四·姚兴上》："先是苻登使弟安成王广守雍，太子崇屯胡空堡。及闻登败，皆弃城走，登无所投据，遂奔平凉，收集余众入马毛山。秋七月，兴自安定如泾阳，与登战于山南，斩登。散其步（部）众，使归农业。徙阴密三万户于长安。"《晋书》卷一一五《苻登载记》："始，健以穆帝永和七年僭立，至登五世，凡四十有四岁，以孝武帝太元十九年灭。"按：苻登败灭之事，又见载《晋书》卷一一七《姚兴载记上》及《通鉴》卷一〇八。

◆ **赵整隐于商洛山，著书不辍，冯翊车频助其经费。**

《高僧传》卷一《昙摩难提传》附《赵正传》："后遁迹商洛山，专精经律。"《史通》卷十二《古今正史》："先是，秦秘书郎赵整参撰国史，值秦灭，隐于商洛山，著书不辍，有冯翊车频助其经费。整卒，（吉）翰乃启频纂成其书，以元嘉九年起，至二十八年方罢，定为三卷。而年月失次，首尾不伦。河东裴景仁又正其讹僻，删为《秦纪》十一篇。"按：据《通鉴》卷一〇八，本年七月苻登为姚兴所杀，前秦灭。又，据《史通》所述，则车频《秦书》、裴景仁《秦纪》等皆与赵整所著前秦国史有关。

晋孝武帝太元二十一年（396）

◆ **后凉吕光即天王位，改元龙飞。西秦内乱，吕光作《下书讨乞伏乾归》。**

《十六国春秋》卷八一《后凉录一·吕光》："龙飞元年，夏六月，五龙见于浩亹，群臣咸贺，劝光称尊。光于是以晋太元二十一年僭即天王位，大赦境内殊死已下，改元龙飞。备置郡司，立世子绍为太子……著作郎段业等五人为尚书……冬十月，西秦凉州牧乞伏轲弹与秦州牧乞伏益州不平，弹率众来奔，光下书曰：'乾归狼子野心，前后反复。朕方东清秦、赵，勒铭会稽，岂令竖子鸱峙洮南！且其兄弟内相离间，可乘之机，勿过今也。其敕中外戒严，朕当亲讨。'"按：以上诸事，《晋书》卷一二二《吕光载记》亦有载述。

◆ **赵整与晋雍州刺史郗恢同游，终于襄阳。**

《高僧传》卷一《昙摩难提传》附《赵正传》："晋雍州刺史郗恢钦其风尚，

逼共同游，终于襄阳，春秋六十余矣。"《晋书》卷六七《郗恢传》："恢字道胤，少袭父爵，散骑侍郎，累迁给事黄门侍郎，领太子右卫率。恢身长八尺，美须髯，孝武帝深器之，以为有藩伯之望。会朱序自表去职，擢恢为梁秦雍司荆扬并等州诸军事、建威将军、雍州刺史、假节，镇襄阳。恢甚得关陇之和，降附者动有千计。"按，张可礼《东晋文艺系年》："据《晋书》卷六七《郗恢传》、卷八一《朱序传》、卷二七《五行志上》，恢于太元十八年任雍州刺史，镇襄阳，隆安三年被杀。是恢逼整同游之时间，上限约在太元二十年，下限在隆安三年，姑系于此。"今从之。

晋安帝隆安元年（397）

◆后秦姚兴留心政事，奖掖文士，学者咸劝，儒风复盛。

《晋书》卷一一七《姚兴载记上》："兴留心政事，苞容广纳，一言之善，咸见礼异。京兆杜瑾、冯翊吉默、始平周宝等上陈时事，皆擢处美官。天水姜龛、东平淳于岐、冯翊郭高等皆耆儒硕德，经明行修，各门徒数百，教授长安，诸生自远而至者万数千人。兴每于听政之暇，引龛等于东堂，讲论道艺，错综名理。凉州胡辩，苻坚之末，东徙洛阳，讲授弟子千有余人，关中后进多赴之请业。兴敕关尉曰：'诸生谘访道艺，修己厉身，往来出入，勿拘常限。'于是学者咸劝，儒风盛焉。给事黄门侍郎古成诜、中书侍郎王尚、尚书郎马岱等，以文章雅正，参管机密。"按：《十六国春秋》卷五六《后秦录四·姚兴卜》系上述事于姚兴皇初四年，即本年。《通鉴》卷一〇九亦系于本年九月。严可均《全晋文》卷一五三辑录姚兴《敕关尉》。又，据《晋书》卷一一六《姚苌载记》，古成诜为南安人，姚苌平定秦州时，因进言姚苌"宜散秦州金帛以施六军，旌贤表善以副鄜州之望"，擢为尚书郎。

◆后秦姚兴丧母，哀毁过礼，李嵩、尹纬等议帝王丧制。

《晋书》卷一一七《姚兴载记上》："兴母虵氏死，兴哀毁过礼，不亲庶政。群臣议请依汉、魏故事，既葬即吉。兴尚书郎李嵩上疏曰……尹纬驳曰……兴曰：'嵩忠臣孝子，有何咎乎？尹仆射弃先王之典，而欲遵汉、魏之权制，岂所望于朝贤哉！其一依嵩议。'"《十六国春秋》卷五六《后秦录四·姚兴上》:"皇初四年秋九月,兴母蛇氏卒。"《十六国春秋》卷六十《后秦录八·太后蛇氏》载,"蛇氏,略阳氐蛇玄之从姑也。苌白雀三年立为皇后,苌死,兴嗣伪位,尊为皇太后。皇初四年蛇氏寝疾,未几而薨。兴哀毁过礼,不亲庶政。群臣请依汉、魏故事,既葬即吉。尚书郎李嵩上疏曰"云云。按:《通鉴》卷一〇九亦系此事于本年九月。又,严可均《全晋文》卷一五三辑录李嵩、尹纬此次议礼之文。

◆**后秦姚兴下书禁百姓造锦绣及淫祀,又下书令优恤战亡士卒。**

《晋书》卷一一七《姚兴载记上》:"兴下书禁百姓造锦绣及淫祀……兴下书,令士卒战亡者守宰所在埋藏之,求其近亲为之立后。"按:《十六国春秋》卷五六《后秦录四·姚兴上》系姚兴以上两次下书于后秦皇初四年,即本年。严可均《全晋文》卷一五三辑录姚兴《下书恤战亡士卒》。

◆**后凉吕光政衰,卢水胡沮渠氏、段业、郭黁、杨轨等先后起兵反叛。光作《遗杨轨书》,于凉州南百里山崖开建石窟。**

《十六国春秋》卷八一《后凉录一·吕光》载,龙飞二年五月,"(沮渠)男成进攻建康,遣人说太守段业曰:'吕氏政衰,权臣擅命,刑罚失中,人不堪役,一州之地,叛者连城,瓦解之形,昭然在目,百姓嗷然,无所依附。府君奈何以盖世之才,欲立忠于垂亡之国乎!男成等既唱大义,欲屈府君俯临鄯州,使涂炭之余获来苏之惠,何如?'业不从。相持二旬,外救不至……业先与光侍中房晷、仆射王详不平,惧不自容,乃许之。自称大都督、龙骧大将军、凉州牧、建康公"。八月,"光散骑常侍西平郭黁,以光年老,知其将败,遂与仆射王详,起兵作乱。详为内应。事发,光乃诛详。黁遂据东苑以叛……凉人张捷、宋生等招集戎夏三千余人,反于休屠城,与黁共以书笺招诱后将军杨轨,推为盟主。轨性粗直,不虑黁之倾危,河西太守程肇谏曰……轨不从。乃自称大将军、凉州牧、西平公"。十一月,"光遗杨轨书曰:'自羌胡不靖,郭黁叛逆,南藩安否,音问两绝。行人风传,云卿拥逼百姓,为黁唇齿。卿雅志忠贞,有史鱼之操,鉴察成败,远俟古人,岂宜听纳奸邪,以亏大美!陵霜不凋者松柏也,临难不移者君子也,何图松柏凋于微霜,鸡鸣已于风雨!郭黁巫卜小数,时或误中,考之大理,率多虚谬。朕宰化寡方,泽不逮远,致世事纷纭，百城离叛。戮力一心，同济巨海者，望之于卿也。今中仓积粟数百千万，东人战士一当百余，入则言笑晏晏，出则武步凉州，吞麐咀业，绰有余暇。但与卿形虽君臣，心过父子，欲全卿名节，不使贻笑将来。卿三思之.'轨不答"。据姜亮夫《莫高窟年表》，本年"后凉太祖吕光于凉州南百里山崖，为石窟，造石象堘象"[①]。按：吕光政衰，诸方反叛之事，《晋书》卷一二二《吕光载记》、《通鉴》卷一〇九亦有载述。

◆ **临松卢水胡沮渠蒙逊、沮渠男成举兵反吕光，推段业为凉州牧，改元神玺，北凉始建。**

《晋书》卷一二二《吕光载记》："光荒耄信谗，杀尚书沮渠罗仇、三河太守沮渠麹粥。罗仇弟子蒙逊叛光，杀中田护军马邃，攻陷临松郡，屯兵金山，大为百姓之患。蒙逊从兄男成先为将军，守晋昌，闻蒙逊起兵，逃奔贽虏，扇动诸夷，众至数千，进攻福禄、建安……男成等推（段）业为大都督、龙骧大将军、凉州牧、建康公。"《晋书》卷一二九《沮渠蒙逊载记》："男成推（吕）光建康太守段业为使持节、大都督、龙骧大将军、凉州牧、建康公，改吕光龙飞二年为神玺元年……业，京兆人也。博涉史传，有尺牍之才，为杜进记室，从征塞表。"按：《晋书》卷十《安帝纪》系段业自称凉州牧于本年三月，《十六国春秋》卷八一《后凉录一·吕光》、《通鉴》卷一〇九均系于本年五月。

◆ **敦煌郡人推李暠为宁朔将军、敦煌太守，后为段业安西将军，领护西胡校尉。**

《晋书》卷八七《凉武昭王李玄盛传》："武昭王讳暠，字玄盛，小字长生，陇西成纪人，姓李氏，汉前将军广之十六世孙也……世为西州右姓。高祖雍，曾祖柔，仕晋并历位郡守。祖弇，仕张轨为武卫将军、安世亭侯。父昶，幼有令名，早卒，遗腹生玄盛。少而好学，性沉敏宽和，美器度，通涉经史，尤善文义。及长，颇习武艺，诵孙吴兵法……吕光末，京兆段业自称凉州牧，以敦煌太守赵郡孟敏为沙州刺史，署玄盛效谷令。敏寻卒，敦煌护军冯翊郭谦、沙州治中敦煌索仙等以玄盛温毅有惠政，推为宁朔将军、敦煌太守。玄盛初难

---

① 姜亮夫：《莫高窟年表》，上海古籍出版社1985年版，第55页。

之，会宋繇仕于业，告归敦煌，言于玄盛曰：'兄忘郭黁之言邪？白额驹今已生矣。'玄盛乃从之。寻进号冠军，称藩于业。业以玄盛为安西将军、敦煌太守，领护西胡校尉。"《十六国春秋》卷九一《西凉录一·李暠》："光龙飞二年，建康太守京兆段业叛光，自称凉州牧，以敦煌太守赵郡孟敏为沙州刺史，署暠为效谷令，宋繇亦仕于业，为中散常侍。孟敏卒，敦煌护军冯翊郭谦、沙州治中敦煌索仙等以暠温毅有惠政，推为宁朔将军、敦煌太守。暠初难之，会宋繇自张掖告归敦煌，言于暠曰：'段业无经济远略，终必无成，兄忘郭黁之言耶？白额驹今已生矣。'暠乃从之，遣使请命于业。业因以暠为安西将军、敦煌太守，领护西胡校尉。"按：后凉吕光龙飞二年即本年。

◆**北凉开建凉州石崖瑞像。**

唐道宣《集神州三宝感通录》卷中："凉州石崖塑瑞像者。昔沮渠蒙逊以晋安帝隆安元年据有凉土三十余载。陇西五凉，斯最久盛。专崇福业。以国城寺塔，终非久固，古来帝宫，终逢煨烬。若依立之，效尤斯及。又用金宝，终被毁盗。乃顾眄山宇，可以终天。于州南百里连崖绵亘，东西不测，就而斫窟，安设尊仪。或石或塑，千变万化……如此现相，经今百余年。彼人说之如此。"[1]按：史载本年北凉始建，尚以段业为国主，且其统治中心以建康郡（靠近今酒泉）为中心，而此石崖在姑臧（今武威）南百里处（今天梯山石窟），尚为后凉国土，所以此"凉州石崖"当即前引姜亮夫《莫高窟年表》所谓后凉吕光所造石窟石象。其始建于后凉吕光末年，北凉沮渠蒙逊时期大规模修建，所以《集神州三宝感通录》称其建于北凉沮渠蒙逊时期。[2]

◆**河西鲜卑秃发乌孤自称西平王，年号太初，南凉始建。**

《晋书》卷一二六《秃发乌孤载记》："秃发乌孤，河西鲜卑人也。其先与后魏同出……乌孤即思复鞬之子也。及嗣位，务农桑，修邻好。吕光遣使署为假节、冠军大将军、河西鲜卑大都统、广武县侯……隆安元年，自称大都督、

---

[1] （唐）道宣《集神州三宝感通录》，《中华大藏经》（金城广胜寺本），第60册，中华书局1993年版，第958页。

[2] 详参袁行霈等主编：《中国地域文化通览·甘肃卷》下编第五章《石窟文化》，中华书局2013年版，第368、369页。

大将军、大单于、西平王，赦其境内，年号太初。"按：《通鉴》卷一〇九系秃发乌孤始建南凉于本年正月。

晋安帝隆安二年（398）

◆北魏太祖拓跋珪诏令尚书吏部郎安定邓渊典官制，立爵品，定律吕，协音乐。邓渊为前秦邓羌之孙，是北魏初年拓跋史诗《代歌》的主要纂集者。

《魏书》卷二《太祖纪》载，天兴元年（398）"十有一月辛亥，诏尚书吏部郎中邓渊典官制，立爵品，定律吕，协音乐；仪曹郎中董谧撰郊庙、社稷、朝觐、飨宴之仪；三公郎中王德定律令，申科禁；太史令晁崇造浑仪，考天象；吏部尚书崔玄伯总而裁之"。又《魏书》卷一〇九《乐志》："天兴元年冬，诏尚书吏部郎邓渊定律吕，协音乐。及追尊皇曾祖、皇祖、皇考诸帝，乐用八佾，舞《皇始》之舞。《皇始舞》，太祖所作也，以明开大始祖之业……凡乐者乐其所自生，礼不忘其本，掖庭中歌《真人代歌》，上叙祖宗开基所由，下及君臣废兴之迹，凡一百五十章，昏晨歌之，时与丝竹合奏。郊庙宴飨亦用之。"《通鉴》卷一一〇亦系邓渊典官制、定律吕、协音乐诸事于本年十一月。按：邓渊是较早入仕北魏的河陇文士，其祖邓羌为前秦苻坚时名将。《魏书》卷二四《邓渊传》："邓渊，字彦海，安定人也。祖羌，苻坚车骑将军。父翼，河间相。慕容垂之围邺，以翼为后将军、冀州刺史、真定侯。翼泣对使者曰……垂乃用为建武将军、河间太守、尚书左丞，皆有声称。卒于赵郡内史。渊性贞素，言行可复，博览经书，长于《易》筮。太祖定中原，擢为著作郎。出为蒲丘令……入为尚书吏部郎。渊明解制度，多识旧事，与尚书崔玄伯参定朝仪、律令、音乐，及军国文记诏策，多渊所为。"又，关于邓渊与《代歌》的关系，田余庆《拓跋史探》有详论，认为："乐府音声审定，器物调适，歌词取舍，编撰次第诸事，魏初邓渊首居其功，以后续成者则有高允、高闾等人。代歌，《隋书·音乐志》未曾特别言及。但《隋书·经籍志》小学类有《国语真歌》十卷，无解释，姚振宗《考证》亦无说，我认为就是指代歌一百五十章。国语即鲜卑语，代歌是用汉字写鲜卑语音而成。"并且认为："《序纪》（按：指《魏书》卷一《序纪》）应当主要就是根据《真人代歌》

中'祖宗开基所由''君臣废兴之迹'的内容，经过邓渊《代记》的译释解读整理，才得以流传下来。……《代歌》与《代记》同源，《代记》主要出于《代歌》。我还认定，辑集《代歌》、撰成《代记》的邓渊，也是《序纪》实际上的第一作者。"[1]

晋安帝隆安三年（399）

◆后秦姚兴班命郡国，免奴婢为良人。又因灾异降号称王，姚旻等上疏劝谏，不从，改元弘始。

《晋书》卷一一七《姚兴载记上》："（兴）班命郡国，百姓因荒自卖为奴婢者，悉免为良人。兴以日月薄蚀，灾眚屡见，降号称王，下书令群公卿士将牧守宰各降一等。于是其太尉赵公（姚）旻等五十三人上疏谏曰：'伏惟陛下勋格皇天，功济四海，威灵振于殊域，声教暨于遐方，虽成汤之隆殷基，武王之崇周业，未足比喻。方当廓靖江、吴，告成中岳，岂宜过垂冲损，违皇天之眷命乎！'兴曰：'殷汤、夏禹德冠百王，然犹顺守谦冲，未居崇极，况朕寡昧，安可以处之哉！'乃遣旻告于社稷宗庙，大赦，改元弘始。赐孤独鳏寡粟帛有差，年七十已上加衣杖。始平太守周班、槐里令李彭皆以黩货诛，于是郡国肃然矣。"按：《十六国春秋》卷五六《后秦录四·姚兴上》、《通鉴》卷一一一系上述诸事于后秦弘始元年（即本年）九月。严可均《全晋文》卷一五三辑录姚兴《班命》，又录姚旻《上疏谏去帝号》。

◆后秦姚兴下书听祖父母昆弟得相容隐，又下书封其先朝旧臣之子。举拔贤俊，简省法令。立律学于长安，清察狱讼。下书褒美清贞之臣。

《晋书》卷一一七《姚兴载记上》："兴下书听祖父母昆弟得相容隐……下书封其先朝旧臣姚驴砶、赵恶地、王平、马万载、黄世等子为五等子男。命百僚举殊才异行之士，刑政有不便于时者，皆除之。兵部郎金城边熙上陈军令烦苛，宜遵简约。兴览而善之，乃依孙吴誓众之法以损益之。兴立律学于长安，召郡县散吏以授之。其通明者还之郡县，论决刑狱。若州郡县所不能决者，谳

---

[1] 田余庆：《拓跋史探》（修订本），生活·读书·新知三联书店2019年版，第203、216页。

之廷尉。兴常临谘议堂听断疑狱，于时号无冤滞……兴以司隶校尉郭抚、扶风太守强超、长安令鱼佩、槐里令彭明、仓部郎王年等清勤贞白，下书褒美，增抚邑一百户，赐超爵关内侯，佩等进位一级。"按：《十六国春秋》卷五六《后秦录四·姚兴上》系上述诸事于后秦弘始元年，即本年。

◆北凉段业自称凉王，南凉秃发利鹿孤遣使聘北凉。

《十六国春秋》卷九四《北凉录一·沮渠蒙逊》："天玺元年，春二月，（段）业僭称凉王，赦其境内，改元天玺。以蒙逊为尚书左丞，梁中庸为右丞。"《晋书》卷一二六《秃发利鹿孤载记》："利鹿孤以隆安三年即伪位，赦其境内殊死已下，又徙居于西平。使记室监麹梁明聘于段业。业曰：'贵主先王创业启运，功高先世，宜为国之太祖，有子何以不立？'梁明曰：'有子羌奴，先王之命也。'业曰：'昔成王弱龄，周召作宰；汉昭八岁，金、霍夹辅。虽嗣子冲幼，而二叔休明，左提右挈，不亦可乎？'明曰：'宋宣能以国让，《春秋》美之；孙伯符委事仲谋，终开有吴之业。且兄终弟及，殷汤之制也，亦圣人之格言，万代之通式，何必胤已为是，绍兄为非。'业曰：'美哉！使乎之义也。'"按：《通鉴》卷一一一系段业自称凉王于本年二月。

◆北凉李暠都督凉兴以西诸军事、镇西将军，领护西夷校尉。

《晋书》卷八七《凉武昭王李玄盛传》："及（段）业僭称凉王，其右卫将军索嗣构玄盛于业，乃以嗣为敦煌太守……玄盛素与嗣善，结为刎颈交，反为所构，故深恨之，乃罪状嗣于段业。业将且渠男（成）又恶嗣，至是，因劝除之。业乃杀嗣，遣使谢玄盛，分敦煌之凉兴、乌泽、晋昌之宜禾三县为凉兴郡，进玄盛持节、都督凉兴已西诸军事、镇西将军，领护西夷校尉。"按：史载段业僭称凉王在本年。

◆南凉徙治乐都，夷夏俊杰，随才授任。秃发乌孤卒，秃发利鹿孤继立。

《晋书》卷一二六《秃发乌孤载记》："后三岁，徙于乐都，署弟利鹿孤为骠骑大将军、西平公，镇安夷，傉檀为车骑大将军、广武公，镇西平。以杨轨为宾客。金石生、时连珍，四夷之豪俊；阴训、郭幸，西州之德望；杨统、杨贞、卫殷、麹丞明、郭黄、郭奋、史暠、鹿嵩，文武之秀杰；梁昶、韩泆、张昶、郭韶，中州之才令；金树、薛翘、赵振、王忠、赵晁、苏霸，秦雍之世门，皆内居显位，外宰郡县。官方授才，咸得其所……是岁，乌孤因酒坠马伤胁，笑曰：'几使吕光父子大喜。'俄而患甚，顾谓群下曰：'方难未静，宜立长君。'言终而死。在王位三年，伪谥武王，庙号烈祖。弟利鹿孤立。"按：《通鉴》卷一一一系南凉徙治诸事于本年正月，系乌孤坠马而卒事于本年八月。

◆后凉吕光病卒，临终遗令，告诫诸子和睦相处，共济时艰。

《十六国春秋》卷八一《后凉录一·吕光》载，龙飞四年，"冬十二月，光疾甚，立太子绍为天王，自号太上皇帝……是日光卒，时晋安帝隆安三年也。光年六十三，在位十四年"。《晋书》卷一二二《吕光载记》："光疾甚，立其太子绍为天王，自号太上皇帝。以吕纂为太尉，吕弘为司徒。谓绍曰：'吾疾病唯增，恐将不济。三寇窥窬，迭伺国隙。吾终以后，使纂统六军，弘管朝政，汝恭己无为，委重二兄，庶可以济。若内相猜贰，衅起萧墙，则晋、赵之变旦夕至矣。'又谓纂、弘曰：'永业才非拨乱，直以正嫡有常，猥居元首。今外有强寇，人心未宁，汝兄弟缉穆，则贻厥万世。若内自相图，则祸不旋踵。'纂、弘泣曰：'不敢有二心。'光以安帝隆安三年死，时年六十三，在位十年。"按：据《太平御览》卷三八五引《凉州记》，吕光"以石氏建武四年生"，石赵建武四年即晋成帝咸康四年（338），至隆安三年卒，吕光享年应为六十二岁。又，史载吕光于太元十四年（389）即三河王位，至本年卒，在位应为十一年。严可均《全晋文》卷一五四辑录吕光文三篇：《平西域还上疏》《下书讨乞伏乾归》《遗杨轨书》。

◆后凉内乱，吕纂夺位，改元咸宁。

《十六国春秋》卷八二《后凉录二·吕绍》："其年光死，绍立五日为纂所杀。"《晋书》卷一二二《吕纂载记》载，吕光病卒，其子吕绍即位，吕纂举兵，吕绍自杀。"纂以隆安四年遂僭即天王位，大赦境内，改元为咸宁。"按：吕纂夺位、改元之事，《通鉴》卷一一一系于本年十二月。《太平御览》卷一二五引《后凉录》称吕纂改龙飞四年为咸宁元年，亦可证其即位改元在隆安三年岁末。《晋书》卷一二二《吕纂载记》作"隆安四年"，有误。

◆僧肇至姑臧，从鸠摩罗什。

《高僧传》卷六《释僧肇传》："释僧肇，京兆人。家贫以佣书为业，遂因缮写，乃历观经史，备尽坟籍。爱好玄微，每以《庄》《老》为心要。尝读《老子德章》，乃叹曰：'美则美矣，然期神冥累之方，犹未尽善也。'后见《旧维摩经》，欢喜顶受，披寻玩味，乃言始知所归矣。因此出家，学善方等，兼通三藏……后罗什至姑臧，肇自远从之。什嗟赏无极。"按，张可礼《东晋文艺系年》："肇至姑臧时间不详。肇后年随什入长安。至姑臧约在本年。"今从之。

晋安帝隆安四年（400）

◆**北凉晋昌太守唐瑶移檄六郡，推李暠为凉公，西凉始建。**

《十六国春秋》卷九一《西凉录一·李暠》："庚子元年，冬十一月，暠所居后园，有赤气起，龙迹见于小城。于是晋昌太守唐瑶叛（段）业，移檄六郡，推暠为大都督、冠军大将军、沙州刺史、领护羌校尉、敦煌太守、领秦凉二州牧、凉公。大赦境内殊死已下，建元庚子。"《晋书》卷八七《凉武昭王李玄盛传》："隆安四年，晋昌太守唐瑶移檄六郡，推玄盛为大都督、大将军、凉公、领秦凉二州牧、护羌校尉。玄盛乃赦其境内，建年为庚子，追尊祖弇曰凉景公，父昶凉简公。以唐瑶为征东将军，郭谦为军谘祭酒，索仙为左长史，张邈为右长史，尹建兴为左司马，张体顺为右司马，张条为牧府左长史，令狐溢为右长史，张林为太府主簿，宋繇、张谡为从事中郎，繇加折冲将军，谡加扬武将军，索承明为牧府右司马，令狐迁为武卫将军、晋兴太守，氾德瑜为宁远将军、西郡太守，张靖为折冲将军、河湟太守，索训为威远将军、西平太守，赵开为骠马护军、大夏太守，索慈为广武太守，阴亮为西安太守，令狐赫为武威太守，索术为武兴太守，以招怀东夏。又遣宋繇东伐凉兴，并击玉门已西诸城，皆下之，遂屯玉门、阳关，广田积谷，为东伐之资。"按：《通鉴》卷一一一亦系李暠称凉公于本年十一月。又，李暠于西凉始建之时策封勋望，选用以敦煌大族为主体的河陇著姓担任要职，故西凉政权带有明显的著姓政治色彩。

◆**西凉刘昞以儒学称，任李暠儒林祭酒，于政务之暇注记篇籍，有《敦煌实录》等传世。**

《魏书》卷五二《刘昞传》："刘昞，字延明，敦煌人也。父宝，字子玉，以儒学称。晒年十四,就博士郭瑀学。时瑀弟子五百余人,通经业者八十余人……晒后隐居酒泉,不应州郡之命,弟子受业者五百余人。李暠私署,征为儒林祭酒、从事中郎。暠好尚文典,书史穿落者亲自补治,晒时侍侧,前请代暠。暠曰:'躬自执者,欲人重此典籍。吾与卿相值,何异孔明之会玄德。'迁抚夷护军,虽有政务,手不释卷。暠曰:'卿注记篇籍,以烛继昼。白日且然,夜可休息。'晒曰:'朝闻道,夕可死矣,不知老之将至,孔圣称焉。晒何人斯,敢不如此。'晒以三史文繁,著《略记》百三十篇、八十四卷,《凉书》十卷,《敦煌实录》二十卷,《方言》三卷,《靖恭堂铭》一卷,注《周易》《韩子》《人物志》《黄石公三略》,并行于世。"按,张可礼《东晋文艺系年》:"晒任暠儒林祭酒、迁抚夷护军,时间未详,疑在本年暠任凉公时,或以后。《略记》《凉书》《敦煌实录》等,非一时所作。姑一并系于此。"今从之。又,《史通》卷十《杂述》:"郡书者,矜其乡贤,美其邦族,施于本国,颇得流行,置于他方,罕闻爱异。其有如常璩之详审,刘晒之该博,而能传诸不朽,见美来裔者,盖无几焉。"刘知幾此处所论刘晒之作,即为《敦煌实录》。此书已佚,清代张澍辑《续敦煌实录》,卷首一卷即为《敦煌实录》之辑本。

◆**后秦姚兴下书定将帅遭丧之制。**

《晋书》卷一一七《姚兴载记上》:"兴下书,将帅遭大丧,非在疆场险要之所,皆听奔赴,及期,乃从王役。临戎遭丧,听假百日。若身为边将,家有大变,交代未至,敢辄去者,以擅去官罪罪之。"按:《十六国春秋》卷五六《后秦录四·姚兴上》系姚兴此次下书于后秦弘始二年(即本年)十月。严可均《全晋文》卷一五三辑录姚兴《下书定遭丧制》。

晋安帝隆安五年(401)

◆**北凉沮渠蒙逊杀段业,自号大都督、凉州牧,改元永安。**

《晋书》卷一二九《沮渠蒙逊载记》载,北凉沮渠蒙逊欲除段业,用反间之计,使段业杀其从兄沮渠男成,遂借口反叛。段业"先疑其右将军田昂,幽之于内,至是,谢而赦之,使与武卫梁中庸等攻蒙逊……昂至侯坞,率骑五百归于蒙逊。蒙逊至张掖,昂兄子承爱斩关内之,业左右皆散。蒙逊大呼曰:

'镇西何在？'军人曰：'在此。'业曰：'孤单飘一己，为贵门所推，可见丐余命，投身岭南，庶得东还，与妻子相见。'蒙逊遂斩之。业，京兆人也。博涉史传，有尺牍之才，为杜进记室，从征塞表。儒素长者，无他权略，威禁不行，群下擅命，尤信卜筮、谶记、巫觋、征祥，故为奸佞所误。隆安五年，梁中庸、房晷、田昂等推蒙逊为使持节、大都督、大将军、凉州牧、张掖公，赦其境内，改元永安"。《晋书》卷十《安帝纪》载，本年五月，"沮渠蒙逊杀段业，自号大都督、北凉州牧"。按：《十六国春秋》卷九四《北凉录一·沮渠蒙逊》、《通鉴》卷一一二系上述诸事于本年五、六月。

◆北凉沮渠蒙逊下书令蠲省百徭，专功南亩。遣使上疏于南凉利鹿孤。

《晋书》卷一二九《沮渠蒙逊载记》载："时姚兴遣将姚硕德攻吕隆于姑臧，蒙逊遣从事中郎李典聘于兴，以通和好。蒙逊以吕隆既降于兴，酒泉、凉宁二郡叛降李玄盛，乃遣建忠挐、牧府长史张潜见硕德于姑臧，请军迎接，率郡人东迁。硕德大悦，拜潜张掖太守，挐建康太守。潜劝蒙逊东迁。挐私于蒙逊曰：'吕氏犹存，姑臧未拔，硕德粮竭将还，不能久也。何故违离桑梓，受制于人！'辅国莫孩曰：'建忠之言是也。'蒙逊乃斩张潜，因下书曰：'孤以虚薄，猥忝时运。未能弘阐大猷，戡荡群孽，使桃虫鼓翼东京，封豕荐涉西裔，戎车屡动，干戈未戢，农失三时之业，百姓户不粒食。可蠲省百徭，专功南亩，明设科条，务尽地利。'"按：《十六国春秋》卷九四《北凉录一·沮渠蒙逊》系蒙逊下书于本年八月，又载："九月，遣子奚念为质于河西王利鹿孤，利鹿孤不受，曰：'奚念年少，可遣挐也。'冬十月，蒙逊复遣使上疏于利鹿孤曰：'臣前遣奚念，具披诚款，而圣旨未昭，复征臣弟挐。臣窃以为，苟有诚信，则子不为轻；若其不信，则弟不为重。今寇难未夷，不获奉诏，愿陛下亮之。'"《通鉴》卷一一二亦载述上述诸事。

◆后秦姚兴遣将讨伐后凉，吕隆兵败，上表归降。鸠摩罗什至后秦长安，姚兴待以国师之礼。僧肇亦随鸠摩罗什入长安。

《十六国春秋》卷五六《后秦录四·姚兴上》："弘始三年春三月，连理树生于庙庭，逍遥园有葱变为茞，咸以为美瑞。兴令占之，曰：'应有智人来入中国。'夏五月，魏安人焦朗遣使说陇西公硕德曰：'吕氏自武王弃世，兄弟相攻，政纲不立，竟为威虐，百姓饥馑，死者过半。今乘其篡夺之际，取之易于反掌，不可失也。'硕德言于兴，遂帅步骑六万伐凉，遣乞伏乾归率骑七千从之。秋七月，硕德从金城济河，直趋广武，径仓松至姑臧……硕德围姑臧累月，城中多谋外叛。硕德抚纳夷夏，分置守宰，节食聚粟，为持久之计。九月，吕隆遣使奉贡请降。兴答报嘉美，拜隆镇西大将军、凉州刺史、建康公。"《高僧传》卷二《鸠摩罗什传》："什停凉积年，吕光父子既不弘道，故蕴其深解，无所宣化。苻坚已亡，竟不相见。及姚苌僭有关中，亦挹其高名，虚心要请。诸吕以什智计多解，恐为姚谋，不许东入。及苌卒，子兴袭位，复遣敦请。兴弘始三年三月，有树连理，生于广庭。逍遥园葱变为茝，以为美瑞，谓智人应入。至五月，兴遣陇西公硕德西伐吕隆。隆军大破。至九月，隆上表归降。方得迎什入关。以其年十二月二十日至于长安。兴待以国师之礼，甚见优宠。晤言相对，则淹留终日，研微造尽，则穷年忘倦。"《高僧传》卷六《释僧肇传》："及什适长安，肇亦随返。"《莫高窟年表》："什公译事最极，而相从之助手，亦教理深契，文章优胜，故译著为中国佛教典籍中最佳胜之本。计弘始三年……僧睿为抄集《众家禅要》三卷，并出《十二因缘》及《要解》。"按：《通鉴》卷一一二亦系后秦西伐后凉事于本年。又《大正新修大藏经》第二二册《五分律》卷三十录《梵网经序》："弘始三年，淳风东扇，秦主姚兴，道契百王，玄心大法，于草堂之中，三千学士，与什参定大小二乘五十余部，唯《梵网经》最后诵出。"所述亦为本年鸠摩罗什至长安译经之事。此序严可均《全晋文》失收，韩理洲等辑校编年《全三国两晋南朝文补遗》补录。

晋安帝元兴元年（402）

◆西凉李暠建靖恭堂，图赞圣帝明王等，亲为序颂，以明鉴戒之义。

《晋书》卷八七《凉武昭王李玄盛传》："初，吕光之称王也，遣使市六玺玉于于阗，至是，玉至敦煌，纳之郡府。仍于南门外临水起堂，名曰靖恭之堂，以议朝政、阅武事。图赞自古圣帝明王、忠臣孝子、烈士贞女，玄盛亲为序颂，以明鉴戒之义，当时文武群僚亦皆图焉。有白雀翔于靖恭堂，玄盛观之大悦。"《十六国春秋》卷九一《西凉录一·李暠》系李暠建靖恭堂等事于本年正月。《隋书》卷三五《经籍志四》著录"《靖恭堂颂》一卷",附注:"晋凉王李暠撰。"按:"靖恭之堂",《晋书》卷八七《凉武昭王李玄盛传》及《太平御览》卷一二四引《西凉录》、卷一七六引《三十国春秋》又作"靖恭堂"。又,李暠所作序颂等已佚。

◆ **西凉刘昞作《靖恭堂铭》一卷。**

《魏书》卷五二《刘昞传》载,刘昞著"《靖恭堂铭》一卷",当作于此时。

◆ **后秦姚兴立姚泓为太子。泓博学善谈论,尤好诗咏,受经于博士淳于岐。作《名字论》。**

《十六国春秋》卷五六《后秦录四·姚兴上》:"弘始四年春二月癸丑,立子泓为太子,大赦境内殊死已下。"《晋书》卷一一九《姚泓载记》云:"姚泓字元子,兴之长子也。孝友宽和而无经世之用,又多疾病,兴将以为嗣而疑焉。久之,乃立为太子。兴每征伐巡游,常留总后事。博学善谈论,尤好诗咏。尚书王尚、黄门郎段章、尚书郎富允文以儒术侍讲,胡义周、夏侯稚以文章游集。时尚书王敏、右丞郭播以刑政过宽,议欲峻制,泓曰:'人情挫辱,则壮厉之心生;政教烦苛,则苟免之行立。上之化下,如风靡草。君等参赞朝化,弘昭政轨,不务仁恕之道,惟欲严法酷刑,岂是安上驭下之理乎!'敏等遂止。泓受经于博士淳于岐。岐病,泓亲诣省疾,拜于床下。自是公侯见师傅皆拜焉。"按:姚泓为太子事亦见《晋书》卷一一七《姚兴载记上》、《通鉴》卷一一二。其虽出自陇右南安赤亭羌族,但好慕华风,博学善文。又,《太平御览》卷三六二引《秦记》载:"后帝泓,字元。时东宫生邵,弘(泓)言于父曰:'君之于臣,先生之与其门人,名之可也。至于同官之于僚党,同姓之于昆弟,同门之于朋友,可以称其字,而不可斥其名。故《公羊传》曰:"名不如字者,非谓其人之名不如其字尊,乃谓为人所字则近乎见尊,为人所名则近乎见卑也。"古之君子之名子也,必以信义而择淑令,所以祥其名也;不以官职,所以殊其名也;不以畜币,所以重其名也;不以隐疾,所以显其名也;遍告内外,所以昭其名也;书而藏之,所以宝其名也;贱者避焉,所以贵其名也;冠而有字,所以尊其名也。名成乎礼,字依乎名。名,字之本;字,名之末也。为本,故尊;为末,故卑。尊,故其礼详;卑,故其事略也。且妇人无名，故贱于丈夫；野人无名，故贱于学士。名者，己之所以事尊，尊者之所以命己；字，则己之所以接卑，卑者之所以称己。未有用之于尊而为卑，用之于卑而为尊者也。'"姚泓的这段文字，论析"名"与"字"的区别以及古人取名择字的原则，可以视为一篇完整的《名字论》，严可均《全晋文》失收。《太平御览》卷三六二引录之《秦记》，即姚和都撰《后秦记》。史载姚和都曾任太子右卫率、给事黄门侍郎等职，为姚泓亲近之人，其所撰述当属事实。《魏书》卷四八《高允传》载："时中书博士索敞与侍郎傅默、梁祚论名字贵贱，著议纷纭。允遂著《名字论》以释其惑，甚有典证。"北魏高允、索敞、傅默、梁祚等人所撰《名字论》，今皆散佚，内容难以详考。姚泓与高允等人基本同时，所以通过姚泓的《名字论》，也可以适当推测索敞等人关于"名字贵贱"论争的大致内容。姚泓此文作时，难以详考，《秦记》称"时东宫生邵，弘（泓）言于父曰"云云，则当在姚泓被立为太子之后，故系于本年俟考。

◆ **后秦姚兴遣姚平、狄伯支等伐魏，全军覆没，兴下书厚赠战没军士。**

《晋书》卷一一七《姚兴载记上》："遣姚平、狄伯支等率步骑四万伐魏……兴率戎卒四万七千，自长安赴姚平。平攻魏乾城，陷之，逐据柴壁。魏军大至，攻平，截汾水以守之。兴至蒲坂，惮而不进……姚平粮竭矢尽，将麾下三十骑赴汾水而死，狄伯支等十将四万余人，皆为魏所擒。兴下书，军士战没者，皆厚加褒赠。魏军乘胜进攻蒲坂，姚绪固守不战，魏乃引还。"按：《十六国春秋》卷五六《后秦录四·姚兴上》、《通鉴》卷一一二系姚平等败亡事于本年十月。

◆ **北魏邓渊奉命修史，撰《国记》十余卷，是北魏修撰国史之始。**

《魏书》卷二四《邓渊传》："从征平阳，以功赐爵汉昌子，改下博子，加中垒将军。太祖诏渊撰《国记》，渊造十余卷，惟次年月起居行事而已，未有体例。"《北齐书》卷三七《魏收传》："魏初邓彦海撰《代记》十余卷。"《史通》卷十二《古今正史》："元魏史，道武时，始令邓渊著《国记》，唯为十卷，而条例未成。"按：邓渊奉命修史的确切时间，史籍无明确记载。据《魏书》本传，当在其"从征平阳"之后。据《魏书》卷二《太祖纪》、卷九五《姚兴传》，北魏与后秦的平阳之战，在本年五月至十月间。邓渊奉诏修史，当在北魏平阳大捷之后。田余庆先生认为："天兴五年（402）平阳之役获胜，道武帝驰骋疆场生活从此结束，此后他思虑所及，多是'追思既往成败得失'，以及穷思如何跳出拓跋历史争位斗争的老路，实现帝位的平稳传承……而邓渊奉命修史，恰恰就在这个时候。"①又据《魏书》卷四八《高允传》，邓渊所撰为《太祖记》，田余庆先生认为"邓渊《代记》虽被高允称作《太祖记》，当是兼具魏收书《序纪》的全部内容"，"《序纪》应当主要就是根据《真人代歌》中'祖宗开基所由''君臣废兴之迹'的内容，经过邓渊《代记》的译释解读整理，才得以流传下来"②。又，邓渊撰史，属于草创，所以"惟次年月起居行事而已，未有体例"，史籍所载书名也不一致，或曰《代记》，或曰《国记》。田余庆先生认为"《代记》应是原始名称，《魏书》以魏为统，是北魏国史，故改《代记》为《国记》，《史通》则以唐代所见魏收书为准，亦袭称《国记》"③。

◆**鸠摩罗什于后秦逍遥园译《阿弥陀经》《贤劫经》《大智度论》《思益梵天所问经》《百论》等。姚兴作《释摩诃衍论序》。**

《高僧传》卷二《鸠摩罗什传》："自大法东被，始于汉明。涉历魏、晋，经论渐多，而支竺所出，多滞文格义。（姚）兴少达崇三宝，锐志讲集。什既至止，乃请入西明阁及逍遥园，译出众经。"汤用彤《汉魏两晋南北朝佛教史》第十章《鸠摩罗什及其门下·什公之译经》："晋安帝元兴元年，即弘始四年（公元402年），二月八日，译《阿弥陀经》一卷。三月五日译《贤劫经》七卷。夏在逍遥园之西门阁，开始译《大智度论》。十二月一日，在逍遥园译《思益梵天所问经》四卷，僧睿、道恒传写，睿作序。是年曾译《百论》，睿为作序。"④《大正新修大藏经》第三二册《释摩诃衍论》卷一录后秦姚兴所作《序》一篇，其文曰："《释摩诃衍论》者，斯乃穷性海之源密藏，罄行因之本渊词……朕闻其梵本先在于中天竺，遣骐奉迎，近至东界。以弘始三年岁次星

---

① 田余庆：《拓跋史探》（修订本），生活·读书·新知三联书店2019年版，第222页。
② 田余庆：《拓跋史探》（修订本），生活·读书·新知三联书店2019年版，第216页。
③ 田余庆：《拓跋史探》（修订本），生活·读书·新知三联书店2019年版，第213页。
④ 汤用彤：《汉魏两晋南北朝佛教史》，北京大学出版社1997年版，第208—214页。按：本书所引汤用彤此书第十章"什公之译经"较多，均为此版，以下不再一一注明。

纪九月上旬,于大庄严寺亲受笔削,敬译斯论。直翻译人筏提摩多三藏,传俗语人刘连陀等,执笔之人谢贤金等,首尾二年,方缮写毕功。两曜之面圆临,群星之目具舒,江河之水澄净,大海之澜泰然。"据此,则姚兴此序作于弘始四年。此文严可均《全晋文》失收,韩理洲等辑校编年《全三国两晋南朝文补遗》补录。

◆ 后秦有作于本年的《吕宪墓志》《吕他墓志》等出土。

韩理洲等辑校编年《全三国两晋南朝文补遗》收录《吕他墓志》《吕宪墓志》,俱作于后秦"弘始四年十二月乙未朔廿七日辛酉",吕他、吕宪俱为"略阳"人。吕他为"秦故幽州刺史",吕宪为"秦故辽东太守",二人俱"葬于长安北陵,去城廿里"。张可礼《东晋文艺系年》:"《善本碑帖录》卷二:'后秦姚氏辽东太守吕宪墓表。隶书,六行,行六字,额隶书墓表二字。姚秦弘始四年(十)二月廿七日。石旧在陕西西安出土,历藏渭南赵氏,又归端方。再诸城王绪祖氏,传近在日本江藤处。端方家散出时,见此石并拓,知此石是真品。书体楷隶之间,字完整无损。'《增补校碑随笔》第210页王壮弘增补言此表:'弘始二年十二月……左侧末刻一石字。陕西西安出土,为渭南赵乾生所得。历藏长白端方、诸城王绪祖。后流入日本归江藤氏。叶昌炽以为伪刻。'王氏所记与张氏所记有异,特录以资参考。"按:此两文之篇名,"墓志"又作"墓表",今从韩理洲等录文。

◆ 南凉秃发利鹿孤卒,遗令其弟秃发傉檀继立。改元弘昌。

《晋书》卷一二六《秃发利鹿孤载记》:"利鹿孤寝疾,令曰:'内外多虞,国机务广,其令车骑嗣业,以成先王之志。'在位三年而死,葬于西平之东南,伪谥曰康王。弟傉檀嗣。"《晋书》卷一二六《秃发傉檀载记》:"傉檀少机警,有才略……以元兴元年僭号凉王,迁于乐都,改元曰弘昌。"《十六国春秋辑补》卷八九《南凉录一》载,本年"三月,利鹿孤寝疾,令曰:'昔我诸兄弟传位非子者,盖以泰伯三让,周道以兴故也。武王创践宝历,垂诸樊之试,终能克昌家业者,其在车骑乎?吾寝疾慑顿,是将不济,内外多虞,国机务广。其令车骑经总百揆,以成先王之志。'在位三年而薨"。按:《晋书》卷十《安帝纪》、《通鉴》卷一一二俱系此事于本年三月。

晋安帝元兴二年（403）

◆后秦姚兴与鸠摩罗什等译《大品般若》。姚兴笃好佛教，著《通三世论》等，与鸠摩罗什、姚嵩等书表往返，讨论佛理。

《高僧传》卷二《鸠摩罗什传》："什既率多谙诵，无不究尽，转能汉言，音译流便。既览旧经，义多纰僻，皆由先度失旨，不与梵本相应。于是（姚）兴使沙门僧䂮、僧迁、法钦、道流、道恒、道标、僧睿、僧肇等八百余人，咨受什旨，更令出《大品》。什持梵本，兴执旧经，以相雠校，其新文异旧者，义皆圆通。众心惬伏，莫不欣赞。兴以佛道冲邈，其行为善，信为出苦之良津，御世之洪则。故托意九经，游心十二，乃著《通三世论》，以劝示因果，王公已下，并钦赞厥风。大将军常山公（姚）显、左军将军安城侯（姚）嵩并笃信缘业，屡请什于长安大寺讲说新经。"汤用彤《汉魏两晋南北朝佛教史》第十章《鸠摩罗什及其门下·什公之译经》："晋安帝元兴二年，即弘始五年（公元403年），四月二十三日，在逍遥园始译《大品般若》。'法师手执胡本，口宣秦言。两译异音，交辩文旨。秦王躬攒旧经，验其得失。咨其通途，坦其宗致。与诸宿旧义业沙门释慧恭、僧䂮、僧迁……等五百余人，详其义旨，审其文中，然后书之。以其年十二月十五日出尽。校正检括，明年四月二十三日乃讫。'（《经序》）"按：《广弘明集》卷十八收录姚兴《与安成侯姚嵩义述佛书》《通三世论》（咨什法师）、《通不住法住般若》《通圣人放大光明普照十方》《通三世》《通一切诸法空》《答安成侯姚嵩》《重答安成侯姚嵩》，鸠摩罗什《答后秦主姚兴书》，姚嵩《谢后秦主姚兴珠像表》《上后秦主姚兴佛义表》《重上后秦主姚兴表》等书表，作时难以详考，据《高僧传》卷二《鸠摩罗什传》，姚兴著《通三世论》当在本年，故俱系于此。

◆僧肇参与翻译《大品般若》，著《波若无知论》，鸠摩罗什读之称善。

《高僧传》卷六《释僧肇传》："姚兴命肇与僧睿等，入逍遥园，助详定经论。肇以去圣久远，文义多杂，先旧所解，时有乖谬，及见什咨禀，所悟更多。因出《大品》之后，肇便著《波若无知论》，凡二千余言，竟以呈什，什读之称善。乃谓肇曰：'吾解不谢子，辞当相挹。'"僧肇参与译《大品般若》，又见《高僧传》卷二《鸠摩罗什传》。

◆ 后秦姚兴下书录马鬼战时将吏。姚兴好游田，杜挺、相云等作诗赋讽谏。

《晋书》卷一一七《姚兴载记上》："兴下书，录马鬼战时将吏，尽擢叙之，其堡户给复二十年。兴性俭约，车马无金玉之饰，自下化之，莫不敦尚清素。然好游田，颇损农要。京兆杜挺以仆射齐难无匡辅之益，著《丰草诗》以箴之，冯翊相云作《德猎赋》以讽焉。兴皆览而善之，赐以金帛，然终弗能改。"《太平御览》卷八三一引崔鸿《十六国春秋·秦录》："姚兴性好游田，颇损农要。京兆杜延以左仆射齐难无匡辅之益，作《丰草诗》以箴之，难具以闻。冯翊相灵作《德猎赋》以讽焉。兴皆览而善之，赐以金帛，然终不能改也。"按：《十六国春秋》卷五七《后秦录五·姚兴中》等系上述事于本年。又，"杜挺"又作"杜延"，"相云"又作"相灵"，今依《晋书》。

◆ 南凉秃发傉檀大城乐都，命其子秃发归作《高殿赋》，下笔即成。后秦凉州刺史王尚遣主簿宗敞聘南凉，傉檀甚器之。

《晋书》卷一二六《秃发傉檀载记》："姚兴遣使拜傉檀车骑将军、广武公。傉檀大城乐都……（姚）兴凉州刺史王尚遣主簿宗敞来聘。敞父燮，吕光时自湟河太守入为尚书郎，见傉檀于广武，执其手曰：'君神爽宏拔，逸气陵云，命世之杰也，必当克清世难。恨吾年老不及见耳，以敞兄弟托君。'至是，傉檀谓敞曰：'孤以常才，谬为尊先君所见称，每自恐有累大人水镜之明。及忝家业，窃有怀君子。《诗》云：中心藏之，何日忘之。不图今日得见卿也。'敞曰：'大王仁侔魏祖，存念先人，虽朱晖眄张堪之孤，叔向抚汝齐之子，无以加也。'酒酣，语及平生。傉檀曰：'卿鲁子敬之俦，恨不与卿共成大业耳。'"《通鉴》卷一一三、《十六国春秋辑补》卷九十《南凉录二》系上述诸事于南凉弘昌二年即本年。《太平御览》卷五八七引崔鸿《十六国春秋·南凉录》："秃发傉檀子归，年始十三，命为《高殿赋》，下笔即成，影不移漏。傉檀览而善之，拟之于曹子建。"按：秃发归作《高殿赋》之事，又见《太平御览》卷六百、卷六〇二引《十六国春秋·南凉录》。"《高殿赋》"又作"《高昌殿赋》"。此赋作时不详，张可礼《东晋文艺系年》系于南凉弘昌元年（402），因史载本年南凉大城乐都，故改系于本年。

◆**北凉沮渠蒙逊下令群僚举荐贤俊。**

《晋书》卷一二九《沮渠蒙逊载记》载："蒙逊下令曰：'养老乞言，晋文纳舆人之诵，所以能招礼英奇，致时邕（雍）之美。况孤寡德，智不经远，而可不思闻谠言以自镜哉！内外群僚，其各搜扬贤俊，广进刍荛，以匡孤不逮。'"按：《十六国春秋》卷九四《北凉录一·沮渠蒙逊》、《十六国春秋辑补》卷九五《北凉录一·沮渠蒙逊》俱系此事于北凉永安三年，即本年。

◆**后凉吕隆为秃发傉檀及沮渠蒙逊侵逼，遣使请迎于姚兴。兴乃遣其将齐难等迎吕隆及宗族僚属与民万户至长安，后凉遂亡。**

《晋书》卷一二二《吕隆载记》："秃发傉檀及蒙逊频来伐之，隆以二寇之逼也，遣（吕）超率骑二百，多赍珍宝，请迎于姚兴。兴乃遣其将齐难等步骑四万迎之。难至姑臧，隆素车白马迎于道旁。使胤告（吕）光庙曰：'陛下往运神略，开建西夏，德被苍生，威振遐裔。枝嗣不臧，迭相篡弑。二虏交逼，将归东京，谨与陛下奉诀于此。'歔欷恸泣，酸感兴军。隆率户一万，随难东迁，至长安，兴以隆为散骑常侍，公如故；超为安定太守；文武三十余人皆擢叙之。其后隆坐与子弼（按：姚兴子姚弼）谋反，为兴所诛。吕光以孝武太元十二年定凉州，十五年僭立，至隆凡十有三载，以安帝元兴三年（按：应为'二年'）灭。"《晋书》卷一一七《姚兴载记上》："吕隆惧秃发傉檀之逼，表请内徙。兴遣齐难及镇西姚诘、镇远乞伏乾归、镇远赵曜等步骑四万，迎隆于河西。难至姑臧，以其司马王尚行凉州刺史，配兵三千镇姑臧，以将军阎松为仓松太守，郭将为番禾太守，分戍二城，徙隆及其宗室僚属于长安。"按：《十六国春秋》卷八三《后凉录三·吕隆》系后凉亡于神鼎三年，《太平御览》卷一二五引《后凉录》亦称吕隆灭于神鼎三年，当即晋元兴二年，《通鉴》卷一一三亦系上述诸事于晋安帝元兴二年七、八月。

◆**后凉著作佐郎段龟龙撰《凉记》十卷。**

《隋书》卷三三《经籍志二》著录《凉记》十卷，注云："记吕光事，伪凉著作佐郎段龟龙撰。"《史通》卷十二《古今正史》："段龟龙记吕氏。"按：段龟龙《凉记》的成书时间不详，史载本年后凉灭亡，故系于本年。

晋安帝元兴三年（404）

◆西凉李暠立泮宫，增高门学生五百人。起嘉纳堂，图赞所志。

《十六国春秋》卷九一《西凉录一·李暠》载，本年"春正月，命立泮宫，增高门学生五百人。起嘉纳堂于后园，以图赞所志"。按：上述诸事，《晋书》卷八七《凉武昭王李玄盛传》、《十六国春秋辑补》卷九二《西凉录一·李暠》俱有载述。

◆鸠摩罗什检校《大品经》，应姚嵩之请，更译《百论》二卷。

汤用彤《汉魏两晋南北朝佛教史》第十章《鸠摩罗什及其门下·什公之译经》："晋安帝元兴三年，即弘始六年（公元404年），四月，检校《大品经》讫。十月十七日在中寺为弗若多罗度语，译《十诵律》'三分获二'，而多罗卒。是年姚嵩请什更译《百论》二卷。肇公作序，较之二年前所译及睿师之序，此次'文义既正，作序亦好。'（《百论疏》卷一）"

◆后秦始建麦积山石窟。

祝穆《方舆胜览》卷六九"天水军"载："麦积山，在天水县东百里，状如麦积，为秦地林泉之冠，上有姚秦所建寺。"又载："瑞应院，在麦积山，后秦姚兴凿山而修，千崖万象，转崖为阁，乃秦川胜境。"据此，则麦积山石窟当始建于姚兴时。《晋书》卷九《孝武帝纪》太元十八年："姚苌死，子兴嗣伪位。"《晋书》卷一一八《姚兴载记下》："义熙十二年，兴死。"麦积山石窟当始建于东晋太元十八年至义熙十二年间（393—416）。黄文昆《麦积山的历史与石窟》说："关于麦积山石窟的创建，东崖第3、4窟之间崖面上原有南宋绍兴二十七年（1157年）题刻：'麦积山胜迹始建于囗秦，成于元魏，经七百年，四郡名显，绍兴二年岁在壬子兵火毁囗……'自绍兴二年（1132年）上推七百四五十年（按：应为七百三十年），正是后秦姚兴弘始年间。"[1] 按：麦积山石窟始建的具体时间未详。张可礼《东晋文艺系年》据上述记载，"姑系于姚兴执政中期"。今从之。

---

[1] 黄文昆：《麦积山的历史与石窟》，《文物》1989年第3期。

晋安帝义熙元年（405）

◆ 西凉李暠自称大都督、大将军，领秦、凉二州牧，改元建初。遣使间行至东晋，奉表诣阙。又迁都酒泉。作《自称凉公领秦凉二州牧奉表诣阙》《手令诫诸子》。

《晋书》卷八七《凉武昭王李玄盛传》："义熙元年，玄盛改元为建初，遣舍人黄始、梁兴间行奉表诣阙曰：'昔汉运将终，三国鼎峙……今天台邈远，正朔未加，发号施令，无以纪数。辄年冠建初，以崇国宪。冀杖宠灵，全制一方，使义诚著于所天，玄风扇于九壤，殉命灰身，陨越慷慨。'玄盛谓群僚曰：'昔河右分崩，群豪竞起……大业须定，不可安寝，吾将迁都酒泉，渐逼寇穴，诸君以为何如？'张邈赞成其议，玄盛大悦曰：'二人同心，其利断金。张长史与孤同矣，夫复何疑！'乃以张体顺为宁远将军、建康太守，镇乐涫，征宋繇为右将军，领敦煌护军，与其子敦煌太守让镇敦煌，遂迁居于酒泉。手令诫其诸子曰：'吾自立身，不营世利。经涉累朝，通否任时。初不役智，有所要求，今日之举，非本愿也……此郡世笃忠厚，人物敦雅，天下全盛时，海内犹称之，况复今日，实是名邦。正为五百年乡党婚亲相连，至于公理，时有小小颇回，为当随宜戡酌。吾临莅五年，兵难骚动，未得休众息役，惠康士庶。至于掩瑕藏疾，涤除疵垢，朝为寇仇，夕委心膂，虽未足希准古人，粗亦无负于新旧。事任公平，坦然无类，初不容怀，有所损益，计近便为少，经远如有余，亦无愧于前志也。'"

《十六国春秋》卷九一《西凉录一·李暠》载，本年"春正月，暠自称大都督、大将军，领秦、凉二州牧，改元建初，大赦境内殊死已下……遣舍人黄始、梁兴间行奉表诣京师曰……冬十月……迁居于酒泉"。按：《十六国春秋》卷九一《西凉录一·李暠》系《手令诫诸子》于建初二年。张可礼《东晋文艺系年》："按此文中有'吾临莅五年'一句，暠于隆安四年、李暠元年任凉公，至本年凡五载，文当作于本年。《通鉴》卷一一四亦系于本年。《李暠录》系于明年正月，误。"

◆ 后秦姚兴奉鸠摩罗什若神明。州郡化之，奉佛者十室而九。鸠摩罗什译《佛藏经》《杂譬如经》《大智度论》《菩萨藏经》《称扬诸佛功德经》等。

《十六国春秋》卷五七《后秦录五·姚兴中》："弘始七年春正月，兴居罗什于逍遥园，以国师礼待之，奉之如神，甚见优宠，亲帅群臣如逍遥园，引诸沙门于澄玄堂，听什演说佛经。遂大营塔寺，起逍遥宫殿，庭左右有楼阁……今之新经，皆什所译。兴既托意于佛，公卿已下，莫不钦附。沙门自远而至者五千余人，有大道者五十人。起造浮屠于永贵里，立波若台于中宫。作须弥山，四面有崇岩峻壁，珍禽异兽，山林草木，精奇怪异，仙人佛像人所未识见者，皆以为奇。时沙门坐禅者，恒有千数，州郡化之，奉佛者十室而九。"《通鉴》卷一一四亦系上述诸事于本年。汤用彤《汉魏两晋南北朝佛教史》第十章《鸠摩罗什及其门下·什公之译经》："晋安帝义熙元年，即弘始七年（公元405年），六月十二日，译《佛藏经》四卷（《房录》），十月译《杂譬喻经》一卷（《房录》）。十二月二十七日译《大智度论》讫，成百卷。僧睿有序。先是什译《大品经》时，随出《释论》，随即校经，《释论》今既译讫，《大品经》文乃正（《大品序》及《大智度论序》）。是年又译《菩萨藏经》三卷（《房录》），《称扬诸佛功德经》三卷（《房录》）。是年秋昙摩流支至长安，因远公、姚兴之请，与什共续译《十诵律》，前后成五十八卷。后卑摩罗叉开为六十一卷。"

◆后秦姚兴钦慕慧远，遗书请慧远作《大智论序》。慧远作《答秦主姚兴书》。

《高僧传》卷六《释慧远传》："秦主姚兴钦德风名，叹其才思，致书殷勤，信饷连接，赠以龟兹国细缕杂变像，以申款心。又令姚嵩献其珠像。《释论》新出，兴送论并遗书曰：'《大智论》新译讫，此既龙树所作，又是方等旨归，宜为一序，以申作者之意。然此诸道士，咸相推谢，无敢动手，法师可为作序，以贻后之学者。'远答书云：'欲令作《大智论序》，以申作者之意。贫道闻，怀大非小褚所容，汲深非短绠所测。披省之日，有愧高命，又体羸多疾，触事有废，不复属意已来，其日亦久，缘来告之重，辄粗缀所怀。至于研究之美，当复期诸明德。'其名高远固如此。远常谓《大智论》文句繁广，初学难寻。乃抄其要文，撰为二十卷。序致渊雅，使夫学者息过半之功矣。"按：汤用彤《汉魏两晋南北朝佛教史》系鸠摩罗什译《大智论》于本年十二月，则姚兴请慧远作序当在本年年末或次年年初。今依张可礼《东晋文艺系年》系于本年。

晋安帝义熙二年（406）

◆后秦姚兴下令立名不得犯叔父之名。署南凉秃发傉檀为凉州刺史，凉州士民上表请留王尚。宗敞为傉檀举荐凉州名士。

《晋书》卷一一七《姚兴载记上》："兴班告境内及在朝文武，立名不得犯叔父绪及硕德之名，以彰殊礼。兴谦恭孝友，每见绪及硕德，如家人之礼，整服倾悚，言则称字，车马服玩，必先二叔，然后服其次者，朝廷大政，必谘之而后行……秃发傉檀献兴马三千匹，羊三万头。兴以为忠于己，乃署傉檀为凉州刺史，征凉州刺史王尚还长安。凉州人申屠英等二百余人，遣主簿胡威诣兴，请留尚，兴弗许。引威见之，威流涕谓兴曰：'臣州奉国五年，王威不接……今陛下方布政玉门，流化西域，奈何以五郡之地资之猃狁，忠诚华族弃之虐虏！非但臣州里涂炭，惧方为圣朝旰食之忧。'兴乃遣西平人车普驰止王尚，又遣使喻傉檀。会傉檀已至姑臧，普以状先告之。傉檀惧，胁遣王尚，遂入姑臧。"《晋书》卷一二六《秃发傉檀载记》："兴乃署傉檀为使持节、都督河右诸军事、车骑大将军、领护匈奴中郎将、凉州刺史，常侍、公如故，镇姑臧……宗敞以别驾送尚还长安，傉檀曰：'吾得凉州三千余家，情之所寄，唯卿一人，奈何舍我去乎？'敞曰：'今送旧君，所以忠于殿下。'傉檀曰：'吾今新牧贵州，怀远安迩之略，为之若何？'敞曰：'凉土虽弊，形胜之地，道由人弘，实在殿下。段懿、孟祎，武威之宿望；辛晁、彭敏，秦陇之冠冕；裴敏、马辅，中州之令族；张昶，凉国之旧胤；张穆、边宪，文齐杨、班；梁崧、赵昌，武同飞、羽。以大王之神略，抚之以威信，农战并修，文教兼设，可以从横于天下，河右岂足定乎！'傉檀大悦，赐敞马二十匹。于是大飨文武于谦光殿，班赐金马各有差。"按：《十六国春秋》卷五七、《十六国春秋》卷八九、《通鉴》卷一一四均系上述诸事于后秦弘始八年，即本年。又，《晋书》等引胡威请留王尚之陈辞，当为一封首尾完具之上表，可拟题为"请留王尚疏"。严可均《全晋文》失收。

◆后秦前凉州刺史王尚涉罪，属吏宗敞等上疏理尚，姚兴览表大悦，与姚文祖、吕超等论议宗敞之文才，赦尚之罪，以为尚书。

《晋书》卷一一七《姚兴载记上》："尚既至长安，坐匿吕氏宫人，擅杀逃人薄禾等，禁止南台。凉州别驾宗敞、治中张穆、主簿边宪、胡威等上疏理尚曰：'臣州荒裔，邻带寇仇，居泰无垂拱之安，运否离倾覆之难。自张氏颓基，德风绝而莫扇；吕数将终，枭鹗以之翻翔。群生婴罔极之痛，西夏有焚如之祸。幸皇鉴降眷，纯风远被。刺史王尚受任垂灭之州，策成难全之际，轻身率下，躬俭节用，劳逸丰约，与众同之，劝课农桑，时无废业。然后振王威以扫不庭，回天波以荡氛秽。则群逆冰摧，不俟朱阳之曜；若秋霜陨箨，岂待劲风之威。何定远之足高，营平之独美！经始甫尔，会朝算改授，使希世之功不终于必成，易失之机践之而莫展。当其时而明其事者，谁不慨然！既远役遐方，勋劳于外，虽效未酬恩，而在公无阙。自至京师，二旬于今，出车之命莫逮，蒌斐之责惟深。以取吕氏宫人裴氏及杀逃人薄禾等为南台所禁，天鉴玄镜，暂免囹圄，讥绳之文，未离简墨。裴氏年垂知命，首发二毛，嫠居本家，不在尚室，年迈姿陋，何用送为！边藩要捍，众力是寄，禾等私逃，罪应宪墨，以杀止杀，安边之义也。假若以不送裴氏为罪者，正阙奚官之一女子耳。论勋则功重，言瑕则过微。而执宪吹毛求疵，忘劳记过，斯先哲所以泣血于当年，微臣所以仰天而洒泪。且尚之奉国，历事二朝，能否效于既往，优劣简在圣心，就有微过，功足相补，宜弘罔极之施，以彰覆载之恩。臣等生自西州，无翰飞之翼，久沉伪政，绝进趣之途。及皇化既沾，投竿之心冥发，遂策名委质，位忝吏端。主辱臣忧，故重茧披款，惟陛下亮之。'兴览之大悦，谓其黄门侍郎姚文祖曰：'卿知宗敞乎？'文祖曰：'与臣州里，西方之英隽。'兴曰：'有表理王尚，文义甚佳，当王尚研思耳。'文祖曰：'尚在南台，禁止不与宾客交通，敞寓于杨桓，非尚明矣。'兴曰：'若尔，桓为措思乎？'文祖曰：'西方评敞甚重，优于杨桓。敞昔与吕超周旋，陛下试可问之。'兴因谓超曰：'宗敞文才何如？可是谁辈？'超曰：'敞在西土，时论甚美，方敞魏之陈、徐，晋之潘、陆。'即以表示超曰：'凉州小地，宁有此才乎？'超曰：'臣以敞余文比之，未足称多。琳琅出于昆岭，明珠生于海滨，若必以地求人，则文命大夏之弃夫，姬昌东夷之摈士。但当问其文彩何如，不可以区宇格物。'兴悦，赦尚之罪，以为尚书。"按：《十六国春秋》卷五七《后秦录五·姚兴中》、《通鉴》卷一一四系此事于后秦弘始八年。

◆鸠摩罗什在后秦译《法华经》《维摩经》《华手经》等。

汤用彤《汉魏两晋南北朝佛教史》第十章《鸠摩罗什及其门下·什公之译经》："晋安帝义熙二年，即弘始八年（公元406年），夏，在大寺译《法华经》八卷。是年并在大寺出《维摩经》，肇、睿均有疏有序。又译《华手经》十卷（《开元录》）。是年卑摩罗叉至长安，实罗什之师也。"

◆西凉李暠侨置郡县，安置江汉及中州流寓之人。造珠碧刀二口，以隶书铭其背。

《晋书》卷八七《凉武昭王李玄盛传》："初，苻坚建元之末，徙江汉之人万余户于郭煌，中州之人有田畴不辟者，亦徙七千余户。郭麐之寇武威，武威、张掖已东人西奔敦煌、晋昌者数千户。及玄盛东迁，皆徙之于酒泉，分南人五千户置会稽郡，中州人五千户置广夏郡，余万三千户分置武威、武兴、张掖三郡，筑城于敦煌南子亭，以威南虏。"《十六国春秋》卷九一《西凉录一·李暠》："初，秦建元之末，徙江汉一万余户于敦煌……及暠东迁，皆徙之酒泉……分置武威、武兴、张掖三郡，筑城于敦煌南子亭，以威南虏。是年，暠造珠碧刀二口，铭其背曰：'百胜'，隶书。"

◆南凉秃发傉檀宴群僚于宣德堂。以宗敞为太府主簿、录记室事。

《晋书》卷一二六《秃发傉檀载记》："傉檀宴群僚于宣德堂，仰视而叹曰：'古人言作者不居，居者不作，信矣。'孟祎进曰：'张文王筑城苑，缮宗庙，为贻厥之资，万世之业，秦师济河，灌然瓦解。梁熙据仝州之地，拥十万之众，军败于酒泉，身死于彭济。吕氏以排山之势，王有西夏，率土崩离，衔璧秦、雍。宽饶有言：富贵无常，忽辄易人。此堂之建，年垂百载，十有二主，唯信顺可以久安，仁义可以永固，愿大王勉之。'傉檀曰：'非君无以闻谠言也。'傉檀虽受制于姚兴，然车服礼章一如王者。以宗敞为太府主簿、录记室事。"按：《通鉴》卷一一四系傉檀宴群僚于宣德堂在本年六月，十一月傉檀自乐都迁于姑臧。宗敞为傉檀太府主簿当在其上疏理王尚之后，其时应在本年年末。

晋安帝义熙三年（407）

◆**鸠摩罗什在后秦重订《禅法要》，译《自在王菩萨经》二卷。**

汤用彤《汉魏两晋南北朝佛教史》第十章《鸠摩罗什及其门下·什公之译经》："晋安帝义熙三年，即弘始九年（公元407年），闰月五日，重订《禅法要》（详《关中出禅经序》中）。是年姚显请译《自在王菩萨经》为二卷，有僧睿序。"

◆**鸠摩罗什与慧远书疏往返，探究佛理。**

《高僧传》卷六《释慧远传》："闻罗什入关，即遣书通好曰……什答书曰……远重与罗什书曰……"按：鸠摩罗什与慧远之书疏往返，具体时间难以详考。张可礼《东晋文艺系年》："（慧远）二书见《全晋文》卷一百六十一，写作时间不详。《遣书通好鸠摩罗什》中有'去岁得姚左军书'句。《全晋文》卷一百六十辑释僧睿《法华经后序》，弘始八年，称安城侯姚嵩为左将军，是姚嵩于上年已任左将军，慧远得姚嵩书或在上年，据此则系书于本年。《重与鸠摩罗什书》云：'去月法识道人至，闻君欲还本国，情以怅然。先闻君方当大出诸经，故来欲便相咨求，若此传不虚，众恨可言。今辄略问数十条事，冀有余暇，一一为释。'"今从其说，系于本年。

◆**西凉李暠以前表未报，复遣沙门法泉间行奉表于晋。群僚请勒铭于酒泉，乃使儒林祭酒刘昞为文，刻石颂德。**

《晋书》卷八七《凉武昭王李玄盛传》："又以前表未报，复遣沙门法泉间行奉表，曰：'江山悠隔，朝宗无阶，延首云极，翘企遐方。伏惟陛下应期践位，景福自天。臣去乙巳岁顺从群议，假统方城，时遣舍人黄始奉表通诚，遥途险旷，未知达不？吴、凉悬邈，蜂虿充衢，方珍贡使，无由展御，谨副写前章，或希简达。臣以其岁进师酒泉，戒戎广平，庶攘茨秽，而黠虏恣睢，未率威教，凭守巢穴，阻臣前路。窃以诸事草创，仓帑未盈，故息兵按甲，务农养士。时移节迈，荏苒三年，抚剑叹愤，以日成岁。今资储已足，器械已充，西招城郭之兵，北引丁零之众，冀凭国威，席卷河陇，扬旌秦川，承望诏旨，尽节竭诚，陨越为效。又臣州界迥远，剨寇未除，当须镇副为行留部分，辄假臣世子士业监前锋诸军事、抚军将军、护羌校尉，督摄前军，为臣先驱。又敦煌郡大众殷，制御西域，管辖万里，为军国之本，辄以次子让为宁朔将军、西夷校尉、敦煌太守，统摄崐裔，辑宁殊方。自余诸子，皆在戎间，率先士伍。臣总督大纲，毕在输力，临机制命，动靖续闻。'玄盛既迁酒泉，乃敦劝稼穑。群僚以年谷频登，百姓乐业，请勒铭酒泉，玄盛许之。于是使儒林祭酒刘彦明为文，刻石颂德。"《十六国春秋》卷九一《西凉录一·李暠》载，建初三年"冬十二月，暠以前表未报，复遣沙门法泉间行奉表于晋，曰……暠既而迁酒泉，乃敦劝稼穑。群僚以年谷频登，百姓乐业，请勒铭于酒泉，乃许之。于是使儒林祭酒刘昞为文，刻石颂德"。按：《通鉴》卷一一四系李暠复奉表于本年。又，刘昞所撰《酒泉铭》，影响甚大，《周书》卷四一《王褒庾信传论》称："既而中州版荡，戎狄交侵，僭伪相属，士民涂炭，故文章黜焉。其潜思于战争之间，挥翰于锋镝之下，亦往往而间出矣……至朔漠之地，蕞尔夷俗，胡义周之颂国都，足称宏丽；区区河右，而学者埒于中原，刘延明之铭酒泉，可谓清典。"刘昞此作已散佚，根据史籍记载，为西凉迁都酒泉后的颂功之作，与胡义周的《统万城铭》（今存）当为同类之作。"清典"当指作品清正典雅。

◆**北魏平原太守和跋奢豪喜誉，拓跋珪恶而诛之。安定邓渊、邓晖亦受牵连而赐死。**

《魏书》卷二八《和跋传》："和跋，代人也，世领部落，为国附臣……太祖宠遇跋，冠于诸将。时群臣皆敦尚恭俭，而跋好修虚誉，眩曜于时，性尤奢淫。太祖戒之，弗革。后车驾北狩豺山，收跋，刑之路侧。妻刘氏自杀以从。初，将刑跋，太祖命其诸弟毗等视诀，跋谓毗曰：'灅北地瘠，可居水南，就耕良田，广为产业，各相勉励，务自纂修。'令之背己曰：'汝曹何忍视吾之死也！'毗等解其微意，诈称使者，云（亡）奔长安，追之不及。太祖怒，遂诛其家。"《魏书》卷二四《邓渊传》："渊谨于朝事，未尝忤旨。其从父弟晖为尚书郎，凶侠好奇，与定陵侯和跋厚善。跋有罪诛，其子弟奔长安，或告晖将送出之。由是太祖疑渊知情，遂赐渊死，既而恨之。时人咸愍惜焉。"按：邓渊受和跋牵连被杀，史籍记载无异议。关于其被杀的时间，史载不一。《通鉴》卷一一三系和跋、邓渊之死于晋安帝元兴二年（403）七月；《魏书》卷一〇五之三《天象志三》载："（天赐）四年，诛定陵公和跋，杀司空庾岳。"《魏书》卷二《太祖记》亦载，天赐四年"八月，幸犲山宫。是月，诛司空庾岳"。史载邓渊于北魏天兴五年（402）从征平阳之后奉诏修史，若其在晋安帝元兴二年即北魏天兴六年被诛，就不可能完成"《代记》十余卷"的写作，所以《魏书》中天赐四年（407）被杀的记载更为合理可信。田余庆先生据此认为"邓渊撰史时间是在天兴五年至天赐四年（402—407）"[1]，今从其说。又，《魏书》卷二四《邓渊传》史臣曰："邓渊贞白干事，才业秉笔，祸非其罪，悲哉！"田余庆先生也认为邓渊之死，与修史有关，是触讳致祸，"崔浩之狱滥觞于邓渊之狱"。[2] 总之，北魏道武帝时期的两项重大文化成果《代歌》和《代记》，都是邓渊负责完成的，但其因修史罹祸，良可痛惜。

晋安帝义熙四年（408）

◆**鸠摩罗什在后秦译《小品般若经》十卷。**

汤用彤《汉魏两晋南北朝佛教史》第十章《鸠摩罗什及其门下·什公之译经》："晋安帝义熙四年，即弘始十年（公元408年），二月六日至四月三十日，出《小品般若经》十卷，僧睿为作序。"按：姜亮夫《莫高窟年表》系鸠摩罗什"出《小品般若经》十卷"于义熙三年。今从汤用彤先生之说。

◆**西凉李暠准史官记祥瑞之事。酒泉有槐树生焉，著《槐树赋》，命梁中庸、刘昞等并作。**

《十六国春秋》卷九一《西凉录一·李暠》载，建初四年，"时有白狼、白兔、白雀、白雉、白鸠，皆栖其园囿，群僚以为白祥，金精所诞，皆应时雍而至。又有神光、甘露、连理、嘉禾众瑞，请史官记其事，暠从之。初，河右不生楸、槐、柏、漆，张骏之世，取于秦陇而植之，终于皆灭。至是，而酒泉宫之西北隅，有槐树生焉，乃著《槐树赋》以寄情，盖叹僻陋遐方，立功非所也。遂命主簿梁中庸及儒林祭酒刘昞等并作"。按：李暠准史官记祥瑞之事，《晋书》卷八七《凉武昭王李玄盛传》亦有载述。又，李暠、梁中庸、刘昞等

---

[1] 田余庆：《拓跋史探》（修订本），生活·读书·新知三联书店2019年版，第217页。
[2] 详参田余庆：《拓跋史探》（修订本），生活·读书·新知三联书店2019年版，第221—231页。

人所作《槐树赋》，今皆散佚不存。梁中庸其人，《晋书》无传。其事散见于《晋书》卷八七《凉武昭王李玄盛传》、卷一二九《沮渠蒙逊载记》等。北凉段业委以尚书右丞、武卫等职，沮渠蒙逊杀段业后，其历任右长史、西郡太守；归附西凉后，任主簿等职。

◆西凉有作于本年的《建初四年秀才对策文》出土。

《吐鲁番哈喇和卓古墓群发掘简报》："《西凉建初四年秀才对策文》记三个应试的秀才马骘、张弘，还有一人名咨，姓不详。策问的题目已残损，对策的一段是关于春秋战国时晋智伯联韩、魏攻赵的故事。从出土文书看，马骘是凉州秀才，张弘为护羌校尉秀才，咨的身份没有注明。"[①] 按：西凉《建初四年秀才对策文》见《吐鲁番文书》第一册一一三至一一九《哈拉和卓九一号墓文书》，韩理洲等辑校编年《全三国两晋南朝文补遗》收录，考订其作时为西凉建初四年（408）正月。

◆后秦姚兴遣其尚书郎韦宗至南凉观衅，秃发傉檀与其纵论古今，辞致清辩，韦宗叹服。姚兴遣军伐南凉，遗书傉檀，无功而返。秃发傉檀遂复称凉王，改元嘉平。

《晋书》卷一二六《秃发傉檀载记》："姚兴以傉檀外有阳武之败，内有边、梁之乱，遣其尚书郎韦宗来观衅。傉檀与宗论六国纵横之规，三家战争之略，远言天命废兴，近陈人事成败，机变无穷，辞致清辩。宗出而叹曰：'命世大才、经纶名教者，不必华宗夏士；拨烦理乱、澄气济世者，亦未必《八索》《九丘》。《五经》之外，冠冕之表，复自有人。牛骑神机秀发，信一代之伟人，由余、日磾岂足为多也！'宗还长安，言于兴曰：'凉州虽残弊之后，风化未颓，傉檀权诈多方，凭山河之固，未可图也。'兴曰：'勃勃以乌合之众尚能破之，吾以天下之兵，何足克也！'宗曰：'形移势变，终始殊途，陵人者易败，自守者难攻。阳武之役，傉檀以轻勃勃致败。今以大军临之，必自固求全，臣窃料群臣无傉檀匹也。虽以天威临之，未见其利。'兴不从，乃遣其将姚弼及敛成等率步骑三万来伐，又使其将姚显为弼等后继，遗傉檀书云：'遣尚书

---

① 关于此文书的出土情况，详参新疆博物馆考古队：《吐鲁番哈喇和卓古墓群发掘简报》，《文物》1978年第6期。

左仆射齐难讨勃勃,惧其西逸,故令傉檀等于河西邀之。'傉檀以为然,遂不设备……弼至姑臧,屯于西苑……傉檀遣其镇北俱延、镇军敬归等十将率骑分击,大败之,斩首七千余级。姚弼固垒不出,傉檀攻之未克,乃断水上流,欲以持久毙之。会雨甚,堰坏,弼军乃振。姚显闻弼败,兼道赴之,军势甚盛。遣射将孟钦等五人挑战于凉风门,弦未及发,材官将军宋益等驰击斩之。显乃委罪敛成,遣使谢傉檀,引师而归。傉檀于是僭即凉王位,赦其境内,改年为嘉平,置百官。"按:《十六国春秋》卷八九《南凉录二·秃发傉檀》、《通鉴》卷一一四系上述诸事于本年五月至十一月。

◆**天水赵逸为后秦大将齐难军司,随军征讨大夏赫连勃勃,兵败被虏,拜著作郎。**

《魏书》卷五二《赵逸传》:"赵逸,字思群,天水人也。十世祖融,汉光禄大夫。父昌,石勒黄门郎。逸好学凤成,仕姚兴,历中书侍郎。为兴将齐难军司,征赫连屈丐。难败,为屈丐所虏,拜著作郎。"《十六国春秋》卷五七《后秦录五·姚兴中》载,弘始十年五月,"左仆射齐难等率步骑二万讨赫连勃勃";七月,"赫连勃勃闻秦兵且至,退保河曲,左仆射齐难以勃勃既远,纵兵野掠,勃勃潜师袭击,斩首七千余人,难引而还,追至木城,遂为勃勃所擒,复虏将士万三千人"。按:《通鉴》卷一一四系后秦齐难讨赫连勃勃于本年五月至七月,赵逸被虏当在本年七月。又,《晋书》卷一三〇《赫连勃勃载记》:"赫连勃勃字屈子。""子""丐"古音同。

晋安帝义熙五年(409)

◆**鸠摩罗什在后秦译《中论》四卷、《十二门论》一卷。**

汤用彤《汉魏两晋南北朝佛教史》第十章《鸠摩罗什及其门下·什公之译经》:"晋安帝义熙五年,即弘始十一年(公元409年),在大寺译《中论》四卷,僧睿、昙影均有序。又在大寺译《十二门论》一卷,僧睿为作序。"

◆**后秦姚冲谋逆,姚兴下书赐死。**

《晋书》卷一一八《姚兴载记下》:"齐难为勃勃所擒。兴遣平北姚冲、征房狄伯支、辅国敛曼嵬、镇东杨佛嵩率骑四万讨勃勃。冲次于岭北，欲回师袭长安，伯支不从，乃止，惧其谋泄，遂鸩杀伯支……兴自平凉如朝那，闻冲谋逆，以其弟中最少，雄武绝人，犹欲隐忍容之。敛成泣谓兴曰：'冲凶险不仁，每侍左右，臣常寝不安席，愿早为之所。'兴曰：'冲何能为也！但轻害名将，吾欲明其罪于四海。'乃下书赐冲死，葬以庶人之礼。"按：《通鉴》卷一一五系姚冲谋逆事于本年正月至二月。

◆**乞伏乾归逃归陇右，复称秦王，改元更始，西秦复兴。**

《晋书》卷一二五《乞伏乾归载记》："（乞伏）炽磐以长安兵乱将始，乃招结诸部二万七千，筑城于嵚岇山以据之。炽磐攻克枹罕，遣使告之，乾归奔还苑川。鲜卑悦大坚有众五千，自龙马苑降乾归。乾归遂如枹罕，留炽磐镇之。乾归收众三万，迁于度坚山。群下劝乾归称王，乾归以寡弱弗许。固请曰：'夫道应符历，虽废必兴；图箓所弃，虽成必败。本初之众，非不多也，魏武运筹，四州瓦解。寻、邑之兵，非不盛也，世祖龙申，亡新鸟散。固天命不可虚邀，符箓不可妄冀。姚数将终，否极斯泰，乘机抚运，实系圣人。今见众三万，足可以疆理秦陇，清荡洮河。陛下应运再兴，四海鹄望，岂宜固守谦冲，不以社稷为本！愿时即大位，允副群心。'乾归从之。义熙三年，僭称秦王，赦其境内，改元更始。"按：《晋书》卷十《安帝纪》载，本年"秋七月，姚兴将乞伏乾归僭称西秦王于苑川"。《通鉴》卷一一五及《魏书》卷三《太宗纪》亦系乞伏乾归复建西秦于本年，《乞伏乾归载记》所载"义熙三年"当为"义熙五年"之误。又，《十六国春秋》卷八五《西秦录一·乞伏乾归》载，更始元年（409）"冬十月，复立夫人边氏为王后，世子炽磐为太子，领冠军大将军。仍命炽磐为都督中外诸军、录尚书事，以屋引破光为河州刺史，镇枹罕。以南安焦遗为太子太师，与参军国大谋，录其子华为尚书民部郎"。

◆**南凉秃发傉檀以次子秃发归为中郎将，领昌松太守。**

《十六国春秋》卷八九《南凉录二·秃发傉檀》："嘉平二年春正月，以次子明德归为中郎将，领昌松太守。归隽爽聪悟，傉檀甚宠之。"按：南凉嘉平二年即本年。史载秃发归为南凉著名文士，秃发傉檀曾拟之为曹子建。

晋安帝义熙六年（410）

◆**鸠摩罗什于后秦大寺译所得新经。与僧睿论西方辞体，商略同异。作颂赠沙门法和。为姚兴著《实相论》二卷，并注《维摩》，出言成章，辞喻婉约。**

汤用彤《汉魏两晋南北朝佛教史》第十章《鸠摩罗什及其门下·什公之译经》："晋安帝义熙六年，即弘始十二年（公元410年）……约在本年支法领赍西域所得新经至。什公在大寺译之（惟不知为何经）。佛陀跋多罗在宫寺授禅，门徒数百。是年八月肇公致书刘遗民，称长安佛法之盛。"《高僧传》卷二《鸠摩罗什传》："初沙门僧睿，才识高明，常随什传写。什每为睿论西方辞体，商略同异，云：'天竺国俗，甚重文制。其宫商体韵，以入弦为善。凡觐国王，必有赞德，见佛之仪，以歌叹为贵，经中偈颂，皆其式也。但改梵为秦，失其藻蔚，虽得大意，殊隔文体。有似嚼饭与人，非徒失味，乃令呕哕也。'什尝作颂，赠沙门法和云：'心山育明德，流熏万由延。哀鸾孤桐上，清音彻九天。'凡为十偈，辞喻皆尔。什雅好大乘，志存敷广，常叹曰：'吾若著笔作大乘《阿毗昙》，非迦旃延子比也。今在秦地，深识者寡，折翮于此，将何所论。'乃凄然而止。唯为姚兴著《实相论》二卷，并注《维摩》。出言成章，无所删改，辞喻婉约，莫非玄奥。什为人神情朗彻，傲岸出群。应机领会，鲜有伦匹者。笃性仁厚，泛爱为心，虚己善诱，终日无倦。"按：严可均《全晋文》卷一六三所收鸠摩罗什《为僧睿论西方文体》《赠沙门法和颂》两文，即据《高僧传》卷二。张可礼《东晋文艺系年》："上述诸事，时间不详，亦并非某年之事，姑一并系于此。"今从之。

◆**北凉永安有木连理，永安令张披上书称颂。**

《晋书》卷一二九《沮渠蒙逊载记》："时木连理，生于永安，永安令张披上书曰：'异枝同干，遐方有齐化之应；殊本共心，上下有莫二之固。盖至道之嘉祥，大同之美征。'蒙逊曰：'此皆二千石令长匪躬济时所致，岂吾薄德所能感之！'"按：《十六国春秋》卷九四《北凉录一·沮渠蒙逊》系此事于永安十年，即本年。

晋安帝义熙七年（411）

◆鸠摩罗什于后秦译《成实论》。

汤用彤《汉魏两晋南北朝佛教史》第十章《鸠摩罗什及其门下·什公之译经》："晋安帝义熙七年，即弘始十三年（公元411年），九月八日，姚显请译《成实论》，昙晷笔受，昙影正写（《祐录·略成实论记》）。"

◆西凉有写于本年的《妙法莲华经》出土。

紫溪《由魏晋南北朝的写经看当时的书法》云，自清末以来，在新疆的吐鲁番、甘肃的敦煌等地，发现了不少六朝的写经，其中在新疆库车附近发现的《妙法莲华经》，"尾题有'建初七年岁次辛亥'字样，可确定这是西凉李暠时的写本，建初七年（公元411年）当东晋义熙七年。此经书法浑古奇伟，茂密生动，非六朝人不能为"。该文附有西凉建初七年写《妙法莲华经》的照片。①

◆后秦广平公姚弼有宠于姚兴，兴以弼为尚书令、侍中、大将军。弼收结朝士，势倾东宫，遂有夺嫡之谋。

《晋书》卷一一八《姚兴载记下》："初，天水人姜纪，吕氏之叛臣，阿谄奸诈，好间人之亲戚。兴子弼有宠于兴，纪遂倾心附之。弼时为雍州刺史，镇安定，与密谋还朝，令倾心事常山公显，树党左右。至是，兴以弼为尚书令、侍中、大将军。既居将相，虚襟引纳，收结朝士，势倾东宫，遂有夺嫡之谋矣。"按：《十六国春秋》卷五八《后秦录六·姚兴下》、《通鉴》卷一一六均系上述诸事于弘始十三年即本年。又，《乐府诗集》卷二五《梁鼓角横吹曲·琅琊王歌辞》第八："懀马高缠鬃，遥知身是龙。谁能骑此马，唯有广平公。"此歌所言"广平公"当指后秦姚弼。

---

① 紫溪：《由魏晋南北朝的写经看当时的书法》，《文物》1963年第4期。

晋安帝义熙八年（412）

◆北凉沮渠蒙逊攻克南凉姑臧，以敦煌张穆博通经史，才藻清赡，擢拜中书侍郎。

《晋书》卷一二九《沮渠蒙逊载记》："及（秃发）傉檀南奔乐都，魏安人焦朗据姑臧自立，蒙逊率步骑三万攻朗，克而宥之。飨文武将士于谦光殿，班赐金马有差。以敦煌张穆博通经史，才藻清赡，擢拜中书侍郎，委以机密之任。"按：《十六国春秋》卷九四《北凉录一·沮渠蒙逊》、《通鉴》卷一一六系蒙逊攻克姑臧、于谦光殿大飨将士等事于本年二月。

◆北凉沮渠蒙逊迁都姑臧，即河西王位，改元玄始。

《晋书》卷一二九《沮渠蒙逊载记》："俄而蒙逊迁于姑臧，以义熙八年僭即河西王位，大赦境内，改元玄始。置官僚，如吕光为三河王故事。缮宫殿，起城门诸观。立其子政德为世子，加镇卫大将军、录尚书事。"按：《晋书》卷十《安帝纪》载，本年"冬十一月，沮渠蒙逊僭号河西王"。《十六国春秋》卷九四《北凉录一·沮渠蒙逊》、《通鉴》卷一一六系蒙逊迁都姑臧于本年十月，系即河西王位于本年十一月。

◆鸠摩罗什于后秦译成《成实论》十六卷。

汤用彤《汉魏两晋南北朝佛教史》第十章《鸠摩罗什及其门下·什公之译经》："晋安帝义熙八年，即弘始十四年（公元412年），九月十五日，译《成实论》竣，共十六卷。是年佛陀耶舍译《四分律》讫，共六十卷。"

◆金城宗钦任北凉沮渠蒙逊中书郎、世子洗马，上《东宫侍臣箴》。撰《蒙逊记》十卷。其弟宗舒任蒙逊库部郎中。

《魏书》卷五二《宗钦传》："宗钦，字景若，金城人也。父燮，字文友，吕光太常卿。钦少而好学，有儒者之风，博综群言，声著河右。仕沮渠蒙逊，为中书郎、世子洗马。钦上《东宫侍臣箴》曰：'恢恢玄古，悠悠生民。五才迭用，经叙彝伦……本枝克昌，永符天禄。微臣作箴，敢告在仆。'……钦在河西，撰《蒙逊记》十卷，无足可称。弟舒，字景太。蒙逊库部郎中。"《史通》卷十二《古今正史》："宗钦记沮渠氏。"按：张可礼《东晋文艺系年》：

"钦仕沮渠蒙逊诸事，时间未详，疑在沮渠蒙逊即河西王位后。"今从其说。又，《十六国春秋》卷八四《后凉录四·宗燮》："宗燮，敦煌人。仕纂为骑都尉、尚书仆射。"《十六国春秋》卷九十《南凉录三·宗敞》："宗敞，姑臧人，仕秦姚兴凉州别驾。敞父燮，吕光时自湟河太守入为尚书郎。"《十六国春秋》卷九七《北凉录四·宗钦》："宗钦字景若，金城人也。父燮，字文友，吕光太常卿。"张澍《续敦煌实录》卷五曰："疑燮自敦煌迁姑臧，又自姑臧迁金城也，故父子异籍。"宗氏为十六国时期河西著姓，宗燮、宗敞、宗钦、宗舒四人，俱有盛名。据《晋书》卷一二六《秃发傉檀载记》，宗燮曾称誉傉檀，故宗敞弟兄深受傉檀器重，本年沮渠蒙逊攻克南凉姑臧，宗氏弟兄始归附北凉沮渠氏。关于宗敞、宗钦等人的生平，曹道衡、沈玉成《中古文学史料丛考》卷五有论，可参。

◆敦煌张湛任北凉沮渠蒙逊黄门侍郎、兵部尚书。

《魏书》卷五二《张湛传》："张湛，字子然，一字仲玄，敦煌人，魏执金吾恭九世孙也。湛弱冠知名凉土，好学能属文，冲素有大志。仕沮渠蒙逊黄门侍郎、兵部尚书。"《北史》卷三四《张湛传》："张湛字子然，一字仲玄，敦煌深（渊）泉人也。魏执金吾恭九叶孙，为河西著姓。祖质，仕凉，位金城太守。父显，有远量，武昭王据有西夏，引为功曹，甚器异之。尝称曰：'吾之臧子原也。'位酒泉太守。"按，张可礼《东晋文艺系年》："湛任蒙逊黄门侍郎、兵部尚书，时间不详，疑在蒙逊即河西王位后。"今从其说。

◆西秦乞伏乾归为兄子公府所弑，子乞伏炽磐即位，改元永康。以武威段晖为中尉。

《十六国春秋》卷八五《西秦录一·乞伏乾归》载，更始四年（412）"六月，乾归畋于五溪，有枭集于其手心，甚恶之。遂为兄子公府所弑，并杀诸子十余人"。《晋书》卷一二五《乞伏炽磐载记》："乾归死，义熙六年（按：当作"八年"），炽磐袭伪位，大赦，改元曰永康。署翟勍为相国，麹景为御史大夫，段晖为中尉，弟延祚为禁中录事，樊谦为司直。"《晋书》卷十《安帝纪》载，本年"夏五月，乞伏公府弑乞伏乾归，乾归子炽盘（炽磐）诛公府，僭即伪位"。按：《通鉴》卷一一六系乾归遇弑于本年六月，八月炽磐即位。又，

《魏书》卷五二《段承根传》:"段承根,武威姑臧人,自云汉太尉颎九世孙也。父晖,字长祚,身长八尺余,师事欧阳汤,汤甚器爱之……乞伏炽磐以晖为辅国大将军、凉州刺史、御史大夫、西海侯。"

晋安帝义熙九年（413）

◆西凉李暠三月上巳日宴于曲水,命群僚赋诗,亲为之序。写诸葛亮训诫、应璩奏谏以勖励诸子。

《晋书》卷八七《凉武昭王李玄盛传》:"玄盛上巳日宴于曲水,命群僚赋诗,而亲为之序。于是写诸葛亮训诫以勖诸子曰:'吾负荷艰难,宁济之勋未建,虽外总良能,凭股肱之力,而戎务孔殷,坐而待旦。以维城之固,宜兼亲贤,故使汝等未及师保之训,皆弱年受任。常惧弗克,以贻咎悔。古今之事不可以不知,苟近而可师,何必远也。览诸葛亮训励,应璩奏谏,寻其终始,周、孔之教尽在中矣。为国足以致安,立身足以成名,质略易通,寓目则了,虽言发往人,道师于此。且经史道德如采菽中原,勤之者则功多,汝等可不勉哉!'"《十六国春秋》卷九一《西凉录一·李暠》载,建初九年（413）"三月上巳,暠燕于曲水,命群僚赋诗,而亲为序。冬十月,暠写诸葛亮训以勖诸子曰"云云。按:本年西凉群僚所赋之诗及李暠之序,均已亡佚。

◆四月,鸠摩罗什卒于后秦长安。

《高僧传》卷二《鸠摩罗什传》:"什未终日,少觉四大不愈,乃口出三番神咒,令外国弟子诵之以自救,未及致力,转觉危殆。于是力疾与众僧告别曰:'因法相遇,殊未尽伊心,方复后世,恻怆何言!自以暗昧,谬充传译。凡所出经、论三百余卷,唯《十诵》一部,未及删烦,存其本旨,必无差失。愿凡所宣译,传流后世,咸共弘通。今于众前发诚实誓:若所传无谬者,当使焚身之后,舌不燋烂。'以伪秦弘始十一年八月二十日,卒于长安,是岁晋义熙五年也。即于逍遥园依外国法以火焚尸,薪灭形碎,唯舌不灰……什死年月,诸记不同,或云弘始七年,或云八年,或云十一年。"按:鸠摩罗什之卒年,《广弘明集》卷二三录僧肇《鸠摩罗什法师诔》又曰:"癸丑之年,年七十,四月十三日薨乎大寺。"汤用彤《汉魏两晋南北朝佛教史》第十章《鸠摩罗什及其门下·什公之译经》："晋安帝义熙九年，即弘始十五年（公元413年），岁在癸丑，什于四月十三日薨于大寺，时年七十。"今从僧肇所记。又，《旧唐书》卷四七《经籍志下》著录鸠摩罗什注《老子》二卷，《新唐书》卷五九《艺文志三》同。其所翻译之重要典籍，汤用彤所列不知年月者还有：《金刚般若经》一卷，《首楞严经》三卷，《遗教经》一卷，《十住毗婆沙论》十四卷，《大庄严经论》十五卷。关于其撰述，汤用彤《汉魏两晋南北朝佛教史》第十章《鸠摩罗什及其门下·什公之著作》有详细稽考。逯钦立《晋诗》卷二十辑其诗一首（《十喻》）。严可均《全晋文》卷一六三辑其文六篇。

◆**僧肇作《鸠摩罗什法师诔并序》《涅槃无名论》及《上秦主姚兴表》等。**

僧肇《鸠摩罗什法师诔并序》见《广弘明集》卷二三，当作于本年四月十三日鸠摩罗什卒后。《高僧传》卷六《释僧肇传》："及什亡之后，追悼永往，翘思弥厉。乃著《涅槃无名论》，其辞曰……其后十演九折，凡数千言，文多不载。论成之后，上表于姚兴曰……兴答旨殷勤，备加赞述。即敕令缮写，班诸子侄。其为时所重如此。"按：《高僧传》卷六载僧肇卒于义熙十年（414），则《鸠摩罗什法师诔并序》《涅槃无名论》及《上秦主姚兴表》等均作于鸠摩罗什卒后，今一并系于此。

◆**后秦姚兴下书以其故丞相姚绪等配享姚苌庙，令所司更详临赴之制。**

《晋书》卷一一八《姚兴载记下》："兴立昭仪齐氏为皇后。又下书以其故丞相姚绪、太宰姚硕德、太傅姚旻、大司马姚崇、司徒尹纬等二十四人配享苌庙。兴以大臣屡丧，令所司更详临赴之制。所司白兴，依故事东堂发哀。兴不从，每大臣死，皆亲临之。"按：《十六国春秋》卷五八《后秦录六·姚兴下》系上述诸事于弘始十五年即本年。

◆**北凉沮渠蒙逊大败秃发傉檀，下书清剿南凉余部。其母车氏疾笃，下书自省并大赦。**

《晋书》卷一二九《沮渠蒙逊载记》："（秃发）傉檀来伐，蒙逊败之于若厚坞。……蒙逊下书曰：'古先哲王应期拨乱者，莫不经略八表，然后光阐纯风。孤虽智非靖难，职在济时，而狁狁傉檀鸱峙旧京，毒加夷夏。东苑之戮，酷甚长平；边城之祸，害深猃狁。每念苍生之无辜，是以不遑启处，身疲甲胄，体倦风尘。虽倾其巢穴，傉檀犹未授首。傉檀弟文支追项伯归汉之义，据彼重藩，请为臣妾。自西平已南，连城继顺。惟傉檀穷兽，守死乐都。四支既落，命岂久全！五纬之会已应，清一之期无赊，方散马金山，黎元永逸。可露布远近，咸使闻知。'"又载："蒙逊母车氏疾笃，蒙逊升南景门，散钱以赐百姓。下书曰：'孤庶凭宗庙之灵，乾坤之祐，济否剥之运会，拯遗黎之荼蓼，上望扫清氛秽，下冀保宁家福。而太后不豫，涉岁弥增，将刑狱枉滥，众有怨乎？赋役繁重，时不堪乎？群望不絜，神所谴乎？内省诸身，未知罪之攸在。可大赦殊死已下。'俄而车氏死。"《十六国春秋》卷九四《北凉录一·沮渠蒙逊》载，玄始二年（413）"秋八月，蒙逊复率众伐傉檀，傉檀惧，以太尉俱延为质，乃还。因下书曰……是年蒙逊母车氏卒"。按：《通鉴》卷一一六系上述诸事于本年四月。

晋安帝义熙十年（414）

◆西凉李暠有感于壮志难遂，作《述志赋》抒怀。又以兵难繁兴，时俗喧竞，乃著《大酒容赋》以表恬豁之怀。

《晋书》卷八七《凉武昭王李玄盛传》："玄盛以纬世之量，当吕氏之末，为群雄所奉，遂启霸图，兵无血刃，坐定千里，谓张氏之业指期而成，河西十郡岁月而一。既而秃发傉檀入据姑臧，且渠蒙逊基宇稍广，于是慨然著《述志赋》焉，其辞曰：'涉至虚以诞驾，乘有舆于本无，禀玄元而陶衍，承景灵之冥符……知去害之在兹，体牧童之所述，审机动之至微，思遗餐而忘寐，表略韵于纨素，托精诚于白日。'"又载："感兵难繁兴，时俗喧竞，乃著《大酒容赋》以表恬豁之怀。与辛景、辛恭靖同志友善，景等归晋，遇害江南，玄盛闻而吊之。玄盛前妻，同郡辛纳女，贞顺有妇仪，先卒，玄盛亲为之诔。自余诗赋数十篇。"按：《十六国春秋》卷九一《西凉录一·李暠》系上述诸事于"建初十年"（414）。李暠所著《大酒容赋》《辛夫人诔》已佚。又，辛恭靖，《晋》卷八九有传；辛景生平不详，据《晋书》卷十《安帝纪》，元兴元年（402）三月，"临海太守辛景击孙恩，斩之"。

◆僧肇卒于长安，时年三十一岁。

《高僧传》卷六《释僧肇传》："晋义熙十年卒于长安，春秋三十有一矣。"按：《传灯录》卷二七说僧肇被姚兴所杀，严可均《全晋文》卷一六四采用此说。汤用彤《汉魏两晋南北朝佛教史》第十章《鸠摩罗什及其门下·僧肇传略》认为："《传灯录》第二十七卷，谓僧肇为秦主所杀，临刑时说偈四句。按唐以前似无此说。偈语亦甚鄙俚，必不确也。"《隋书》卷三五《经籍志四》著录《晋姚苌沙门释僧肇集》一卷。严可均《全晋文》卷一六四、卷一六五辑其文十二篇。今存者多为佛教论文，其《答刘遗民书》《上秦王表》《鸠摩罗什法师诔》等，文采可观。

◆后秦广平公姚弼有夺嫡之宠，群臣进谏，姚兴犹豫不决，抚军东曹属姜虬上疏请严惩弼党。

《晋书》卷一一八《姚兴载记下》："弼宠爱方隆，所欲施行，无不信纳。乃以嬖人尹冲为给事黄门侍郎，唐盛为治书侍御史，左右机要，皆其党人，渐欲广树爪牙，弥缝其阙。右仆射梁喜、侍中任谦、京兆尹尹昭承间言于兴曰……兴以弼才兼文武，未忍致法，免其尚书令，以将军、公就第。懿等闻兴疾瘳，各罢兵还镇。懿、恢及弟谌等皆抗表罪弼，请致之刑法，兴弗许……先是，大司农窦温、司徒左长史王弼皆有密表，劝兴废立。兴虽不从，亦不以为责。抚军东曹属姜虬上疏曰：'广平公弼怀奸积年，谋祸有岁……宜斥散凶徒，以绝祸始。'兴以虬表示梁喜曰：'天下之人莫不以吾儿为口实，将何以处之？'喜曰：'信如虬言，陛下宜早裁决。'兴默然。"按：《十六国春秋》卷五八《后秦录六·姚兴下》、《通鉴》卷一一六均系上述诸事于后秦弘始十六年，即义熙十年。

◆南凉秃发傉檀西征乙弗，西秦乞伏炽磐乘虚袭破其国，南凉遂灭。傉檀子破羌奔魏，魏主赐名源贺，后为北魏名臣。

事见《晋书》卷一二六《秃发傉檀载记》、《十六国春秋》卷八九《南凉录二·秃发傉檀》、《通鉴》卷一一六等。《晋书》卷一二六《秃发傉檀载记》："乌孤以安帝隆安元年僭立，至傉檀三世，凡十九年，以安帝义熙十年灭。"《晋书》卷十《安帝纪》载，本年"夏六月，乞伏炽盘（炽磐）帅师伐秃发傉檀，灭之"。《魏书》卷四一《源贺传》："源贺，自署河西王秃发傉檀之子也。傉檀为乞伏炽磐所灭，贺自乐都来奔。贺伟容貌，善风仪。世祖素闻其名，及见，器其机辩，赐爵西平侯，加龙骧将军。谓贺曰：'卿与朕源同，因事分姓，今可为源氏。'"按：据《魏书》卷四一《源贺传》，贺本名破羌，北魏世祖赐名为贺。又，《晋书》卷一二六《秃发傉檀载记》称南凉灭后，傉檀子保周、破羌等先投奔沮渠蒙逊，后又归附北魏。今从《魏书》。

◆**西凉程骏生。**

《魏书》卷六十《程骏传》："程骏字骥驹，本广平曲安人也。六世祖良，晋都水使者，坐事流于凉州。祖父肇，吕光民部尚书。骏少孤贫，居丧以孝称。师事刘昞，性机敏好学，昼夜无倦……太和九年正月，病笃……遂卒，年七十二。"按：《魏书》本传载程骏卒于太和九年（485），年七十二，依此推算，当生于本年。又，程骏虽为流寓凉州的中原人士，但其生于河西，师事河西硕儒刘昞，可谓土生土长的河陇文士。

晋安帝义熙十一年（415）

◆**北凉沮渠蒙逊遣舍人黄迅报聘益州，上表东晋。**

《晋书》卷一二九《沮渠蒙逊载记》："晋益州刺史朱龄石遣使来聘。蒙逊遣舍人黄迅报聘益州，因表曰：'上天降祸，四海分崩，灵耀拥于南裔，苍生没于丑虏。陛下累圣重光，道迈周、汉，纯风所被，八表宅心。臣虽被发边徼，才非时隽，谬为河右遗黎推为盟主。臣之先人，世荷恩宠，虽历夷险，执义不回，倾首朝阳，乃心王室。去冬益州刺史朱龄石遣使诣臣，始具朝廷休问。承车骑将军刘裕秣马挥戈，以中原为事，可谓天赞大晋，笃生英辅。臣闻少康之兴大夏，光武之复汉业，皆奋剑而起，众无一旅，犹能成配天之功，著《车攻》之咏。陛下据全楚之地，拥荆、扬之锐，而可垂拱晏然，弃二京以资戎虏！若六军北轸，克复有期，臣请率河西戎为晋右翼前驱。'"《十六国春秋》卷九四《北凉录一·沮渠蒙逊》："（玄始四年）夏五月，蒙逊遣舍人黄迅报聘益州，因上表于朝廷曰：'……臣请率河西戎卒为晋右翼，驱除戎虏。'"按：《通鉴》卷一一七亦系此事于义熙十一年五月。

◆后秦大旱，昆明池水竭，童谣讹言，国内喧扰。

《十六国春秋》卷五八《后秦录六·姚兴下》："（弘始十七年）时白虹贯日，荧惑在瓠瓜星中，一夜忽然三失，不知所在。后八十日出于东井，留守盘旋。是岁，大旱赤地，昆明池水竭，童谣讹言，国内喧扰。有术士言于兴曰：'将有不祥之事，终当自消。'"《魏书》卷三五《崔浩传》："初，姚兴死之前岁也，太史奏：荧惑在匏瓜星中，一夜忽然亡失，不知所在。或谓下入危亡之国，将为童谣妖言，而后行其灾祸。太宗闻之，大惊，乃召诸硕儒十数人，令与史官求其所诣。浩对曰：'案《春秋左氏传》说神降于莘，其至之日，各以其物祭也……今姚兴据咸阳，是荧惑入秦矣。'诸人皆作色曰：'天上失星，人安能知其所诣，而妄说无征之言？'浩笑而不应。后八十余日，荧惑果出于东井，留守盘游，秦中大旱赤地，昆明池水竭，童谣讹言，国内喧扰。明年，姚兴死，二子交兵，三年国灭。"按：《通鉴》卷一一七系上述诸事于本年九月。

◆安定胡叟入长安观风化，赋韦、杜二族，世传诵之。

《魏书》卷五二《胡叟传》："胡叟，字伦许，安定临泾人也。世有冠冕，为西夏著姓。叟少聪敏，年十三，辨疑释理，知名乡国……好属文，既善为典雅之词，又工为鄙俗之句。以姚政将衰，遂入长安观风化，隐匿名行，惧人见知……至主人家，赋韦、杜二族，一宿而成，时年十有八矣。其述前载，无违旧美，叙中世有协时事，而末及鄙黩。人皆奇其才，畏其笔。世犹传诵之，以为笑狎。"按：胡叟入长安诸事，时间难以详考。张可礼《东晋文艺系年》："按《南史》卷一《宋本纪上》：明年'姚兴死，子泓新立，兄弟相杀，关中扰乱'；后年八月晋龙骧将军'王镇恶克长安，禽姚泓'。今据叟本传所言'以姚政将衰'，故系于此。"今从其说。

晋安帝义熙十二年（416）

◆北凉沮渠蒙逊西祀金山，又至盐池，祀西王母寺，命张穆作《玄石神图赋》，铭之于寺前。

《晋书》卷一二九《沮渠蒙逊载记》："蒙逊西祀金山，遣沮渠广宗率骑一万袭乌啼虏，大捷而还。蒙逊西至苕藋，遣前将军沮渠成都将骑五千袭卑和房，蒙逊率中军三万继之，卑和房率众迎降。遂循海而西，至盐池，祀西王母寺。寺中有《玄石神图》，命其中书侍郎张穆赋焉，铭之于寺前，遂如金山而归。"《十六国春秋》卷九四《北凉录一·沮渠蒙逊》载，玄始五年"三月，蒙逊西祀金山。遣沮渠广宗率骑一万袭乌啼房，大破之。西至苕藋，遣前将军沮渠成都将骑五千袭卑和房，自率中军三万为之后继，卑和房率众迎降。遂循海而西，复如金山以归"。按：张穆此年以后事迹不详。

◆西凉司马索承明上书劝伐蒙逊，李暠引见问策，承明惭惧而退。

《十六国春秋》卷九一《西凉录一·李暠》："建初十二年夏六月，北凉沮渠蒙逊每年侵寇，暠志在以德抚其境内，但与通和立盟，弗之与校。司马索承明上书劝伐蒙逊，暠引见，谓之曰：'蒙逊为百姓患，孤岂忘之，顾势力未能除耳。卿有必禽之策，当为孤陈之。直唱大言，使孤东讨，此与言石虎小竖宜肆诸市朝者何异！'承明惭惧而退。"按：《通鉴》卷一一七系此事于义熙十二年六月。

◆西凉有写于本年的《律藏初分》卷三及《题记》出土。

赵万里《从字体上试论〈兰亭序〉的真伪》："清光绪年间甘肃敦煌出的……西凉建初十二年写经，现藏北京图书馆。"[1]《沙门进业写〈律藏初分〉卷三题记》："昙无德律，进业也。建初十二年十二月二十七日，沙门进业于酒泉西域陌北祠写竟。故记之。"韩理洲等辑校编年《全三国两晋南朝文补遗》收录该《题记》。

◆后秦姚兴病卒，其子姚泓嗣位，改元永和。下令文武各尽直言。

《十六国春秋》卷五九《后秦录七·姚泓》："永和元年春正月，兴卒，泓秘不发丧，捕南阳公愔及建康公吕隆、大将军尹元等皆诛之。命齐公恢杀安定太守吕超，恢初犹豫，久乃杀之，泓疑恢有阴谋，恢自是怀贰，阴聚兵甲，欲谋作乱。泓既发丧，僭即皇帝位，大赦境内殊死已下，改元永和……下令文武各尽直言，凡政有不便于时，事有益于宗庙者，其各极言，勿有所隐。"《晋书》卷一一八《姚兴载记下》："义熙十二年，兴死，时年五十一，在位二十二

---

[1] 赵万里：《从字体上试论〈兰亭序〉的真伪》，《文物》1965年第11期。

年。"《晋书》卷一一九《姚泓载记》："以义熙十二年僭即帝位，大赦殊死已下，改元永和，庐于谘议堂。既葬，乃亲庶政，内外百僚增位一等，令文武各尽直言，政有不便于时，事有光益宗庙者，极言勿有所讳。"按：《晋书》卷十《安帝纪》系姚兴卒于义熙十一年二月，《通鉴考异》以为此说有误，当为义熙十二年二月。

晋安帝义熙十三年（417）

◆ **西凉李暠病卒，临终作《顾命长史宋繇》。子李歆嗣立，改元嘉兴。**

《晋书》卷十《安帝纪》载，本年"二月，凉武昭王李玄盛薨，世子士业嗣位为凉州牧、凉公"。《晋书》卷八七《凉武昭王李玄盛传》："玄盛寝疾，顾命宋繇曰：'吾少离荼毒，百艰备尝……军国之宜，委之于卿，无使筹略乖衷，失成败之要。'十三年，薨，时年六十七。国人上谥曰武昭王……世子谭早卒，第二子士业嗣。"又载："凉后主讳歆，字士业。玄盛薨时，府僚奉为大都督、大将军、凉公、领凉州牧、护羌校尉，大赦境内，改年为嘉兴。"《十六国春秋》卷九一《西凉录一·李暠》："建初十三年春正月，暠寝疾，顾命长史宋繇曰……晋义熙十三年二月，薨于光德殿，时年六十七岁。在位十八年。"《通鉴》卷一一七亦载李暠卒于本年二月。按：李暠善文章，《晋书》本传载有其《述志赋》一篇，又有上晋帝表奏与诫子书等，皆有文采。《隋书》卷三五《经籍志四》著录李暠《靖恭堂颂》一卷；严可均《全晋文》卷一五五辑其文十五篇，其中七篇有题无文。

◆ **北凉起游林堂于内苑，图列古圣贤之像。堂成，大宴群臣，谈论经传。**

《十六国春秋》卷九四《北凉录一·沮渠蒙逊》："玄始六年夏四月，西域贡吞刀、吐火秘幻奇术。起游林堂于内苑，图列古圣贤之像。秋九月，堂成，遂大宴群臣，谈论经传。"

◆ **西秦乞伏炽磐遣将讨吐谷浑树洛干，树洛干败亡。**

《晋书》卷一二五《乞伏炽磐载记》："令其安东木奕于率骑七千讨吐谷浑树洛干于塞上，破其弟阿柴于尧扞川，俘获五千余口而还，洛干奔保白兰山而死。炽磐闻而喜曰：'此虏矫矫，所谓有豕白蹢。往岁昙达东征，姚艾败走；今木奕于西讨，黠虏远逃。境宇稍清，奸凶方殄，股肱惟良，吾无患矣。'于是以昙达为左丞相，其子元基为右丞相，麴景为尚书令，翟绍为左仆射。遣昙达、元基东讨姚艾，降之。"《十六国春秋》卷八六《西秦录二·乞伏炽磐》系上述诸事于西秦永康六年，即本年。

◆后秦内乱，东晋刘裕等率军讨伐，后秦败亡。姚泓降而被诛。

《晋书》卷十《安帝纪》载，本年"三月，龙骧将军王镇恶大破姚泓将姚绍于潼关"；"五月，刘裕克潼关"；"秋七月，刘裕克长安，执姚泓，收其彝器，归诸京师"。《晋书》卷一一九《姚泓载记》："泓将妻子诣垒门而降。赞率宗室子弟百余人亦降于裕，裕尽杀之，余宗迁于江南。送泓于建康市斩之，时年三十……姚苌以孝武太元九年僭立，至泓三世，以安帝义熙十三年而灭，凡三十二年。"按：据《晋书》卷一一九《姚泓载记》、《十六国春秋》卷五九《后秦录七·姚泓》等记载，后秦姚泓即位以来，内难不止，姚懿、姚恢等先后发动叛乱，晋太尉刘裕乘机攻伐，遂败亡。

◆后秦败亡，姚泓从弟姚和都归附北魏，仕魏为左民尚书，追撰《秦纪》十卷。

《魏书》卷三《太宗纪》载，泰常二年"八月，刘裕灭姚泓。九月……姚泓匈奴镇将姚成都与弟和都举镇来降……十有二月己酉，诏河东、河内有姚泓子弟播越民间，能有送致京师者赏之……姚泓尚书、东武侯姚敞，敞弟镇远将军僧光，右将军姚定世自洛来奔"。《史通》卷十二《古今正史》："后秦扶风马僧虔、河东卫隆景并著《秦史》。及姚氏之灭，残缺者多。泓从弟和都，仕魏为左民尚书，又追撰《秦纪》十卷。"《隋书》卷三三《经籍志二》著录《秦纪》十卷，注云："记姚苌事，魏左民尚书姚和都撰。"

◆刘裕克平长安，搜访前秦国史，并无所获。获钟繇、张芝、张昶、索靖、钟会等人缣素及纸书。

《史通》卷十二《古今正史》："及宋武帝入关，曾访秦国事，又命梁州刺史吉翰问诸仇池，并无所获。先是，秦秘书郎赵整参撰国史，值秦灭，隐于商洛山，著书不辍，有冯翊车频助其经费。整卒，（吉）翰乃启频纂成其书，以元嘉九年起，至二十八年方罢，定为三卷。而年月失次，首尾不伦。河东裴景仁又正其讹僻，删为《秦纪》十一篇。"《法书要录》卷二引宋虞龢《论书表》[①]："大凡秘藏所录，钟繇纸书六百九十七字，张芝缣素及纸书四千八百二十五字，年代既久，多是简帖，张昶缣素及纸书四千七十字，毛弘八分缣素书四千五百八十八字，索靖纸书五千七百五十五字，钟会书五纸四百六十五字，是高祖平秦川所获，以赐永嘉公主。俄为第中所盗，流播始兴。及泰始开运，地无遁宝，诏庞、沈搜索，遂乃得之。"按：此表所谓"高祖平秦川"，即指本年刘裕平定后秦。

晋安帝义熙十四年（418）

◆北凉大旱，沮渠蒙逊下书免税。命姚艾、房晷等撰朝堂制，百僚振肃。

《十六国春秋》卷九四《北凉录一·沮渠蒙逊》："玄始七年夏五月，蒙逊下书曰：'顷自春大旱，害及时苗，碧原青野，倏为枯壤。将刑政失中，下有冤狱乎？役繁赋重，上天所谴乎？内省多缺，孤之罪也。《书》不云乎："百姓有过，罪予一人。"可大赦境内殊死已下，免百姓夏税秋粮。'翌日而澍雨大降……冬十月，故秦将姚艾来奔，蒙逊引兵迎之。既至，署为征南将军。群臣上书曰：'设官分职，所以经国济时，恪勤官次，所以缉熙庶政。当官者以匪躬为务，受任者以忘身为效。自皇纲初震，戎马生郊，公私草创，未遑旧式。而朝士多违宪制，不遵典章；或公文御案，在家卧署；或事尤可否，望空而过。至令黜陟绝于皇朝，驳议寝于圣世，清浊共流，能否相杂，人无竞劝之心，苟为度日之事。岂忧公忘私，奉上之道也！今皇化日隆，遐迩宁泰，宜振肃纲维，申修旧则。'蒙逊纳之，命征南将军姚艾、尚书左丞房晷撰朝堂制。行之旬日，百姓（按：《晋书》作"百僚"）振肃。是年晋遣使拜蒙逊为凉州刺史。蒙逊称藩，故有是命。"按：上述诸事，《晋书》卷一二九《沮渠蒙逊载记》亦有载述。

---

① 《法书要录》卷二引梁虞龢《论书表》，按："梁"当作"宋"。张怀瓘《二王等书录》谓宋明帝诏虞和、巢尚之、徐希秀、孙奉伯等编次二王书迹。窦蒙《述书赋》注亦云"宋中书侍郎虞龢上明皇帝表"，皆指此文，稽之内容亦合。

◆ **东晋拜西凉李歆为镇西大将军、护羌校尉、酒泉公。**

《晋书》卷八七《凉武昭王李玄盛传》:"明年(按:嘉兴二年),蒙逊又伐士业,士业将出距之,左长史张体顺固谏,乃止。蒙逊大芟秋稼而还。是岁,朝廷以士业为持节、都督七郡诸军事、镇西大将军、护羌校尉、酒泉公。"《十六国春秋》卷九二《西凉录二·李歆》:"嘉兴二年秋九月,沮渠蒙逊复率众来伐,歆将出拒之,左长史张体顺固谏,乃止。蒙逊大芟秋麦而去。是岁,歆遣使告晋嗣位。冬十月,晋拜歆为使持节、都督七郡诸军事、镇西大将军、护羌校尉、凉州牧、酒泉公。"按:《通鉴》卷一一八亦系上述事于本年。

晋恭帝元熙元年(419)

◆ **赫连勃勃定都统万。以宫殿大成,赦其境内,改元真兴。命安定胡义周作《统万城铭》,刻石颂功。又命天水赵逸、北地张渊等著其国书(国史)。**

《晋书》卷一三〇《赫连勃勃载记》:"群臣劝都长安,勃勃曰:'朕岂不知长安累帝旧都,有山河四塞之固!但荆、吴僻远,势不能为人之患。东魏与我同壤境,去北京裁数百余里,若都长安,北京恐有不守之忧。朕在统万,彼终不敢济河,诸卿适未见此耳!'其下咸曰:'非所及也。'乃于长安置南台,以璝领大将军、雍州牧、录南台尚书事。勃勃还统万,以宫殿大成,于是赦其境内,又改元曰真兴。刻石都南,颂其功德,曰:'夫庸大德盛者,必建不刊之业;道积庆隆者,必享无穷之祚……乃远惟周文,启经始之基;近详山川,究形胜之地,遂营起都城,开建京邑。背名山而面洪流,左河津而右重塞……乃树铭都邑,敷赞硕美,俾皇风振于来叶,圣庸垂乎不朽。其辞曰:于赫灵祚,配乾比隆。巍巍大禹,堂堂圣功……称因褒著,名由实扬。伟哉皇室,盛矣厥章!义高灵台,美隆未央。迈轨三五,贻则霸王。永世垂范,亿载弥光。'其秘书监胡义周之辞也。"《魏书》卷五二《胡方回传》:"胡方回,安定临泾人。父义周,姚泓黄门侍郎。方回,赫连屈丐中书侍郎。涉猎史籍,辞彩可观,为屈丐《统万城铭》《蛇祠碑》诸文,颇行于世。"《周书》卷四一《王褒庾信传论》:"至朔漠之地,蕞尔夷俗,胡义周之颂国都,足称宏丽;区区河右,而学者埒于中原,刘延明之铭酒泉,可谓清典。"《史通》卷十二《古今正史》:"夏天水赵思群（赵逸）、北地张渊，于真兴、承光之世，并受命著其国书。"

按：《通鉴》卷一一八系赫连勃勃定都统万、大赦、改元诸事于本年二月。因赫连勃勃于本年改元真兴，故其命赵逸等撰修国史当始于本年。又，《统万城铭》见于《晋书》卷一三〇及《十六国春秋》卷六九；严可均《全晋文》卷一五六辑录，题名《统万城功德铭》，署名"胡义周"。文章对大夏统万城（在今内蒙古乌审旗南白城子）的雄伟壮丽和赫连勃勃的割据霸业极尽铺陈渲染，实为汉魏京都大赋之延续。据《晋书》卷一三〇及《通鉴》卷一一六、卷一一八等记载，赫连勃勃于晋安帝义熙九年（413）"发岭北夷夏十万人筑都城于朔方水北、黑水之南"，取名"统万"（"统一天下，君临万邦"）。由于工程浩大，直到晋恭帝元熙元年才基本竣工，于是大赦改元，"刻石都南，颂其功德"。据此，则《统万城铭》当作于东晋元熙元年。关于此文的作者，《魏书》卷五二《胡方回传》及《北史》卷三四《胡方回传》以为是胡义周之子胡方回。曹道衡《十六国文学家考略》认为"《统万城铭》的作者，《晋书》卷一三〇《赫连勃勃载记》和《周书·王褒庾信传论》均以为其父胡义周作。但《晋书》《周书》均作于唐初，而《魏书》则作于北齐，似以从《魏书》为妥"[1]。周建江认为"《晋书》《周书》虽成于初唐，但作者房玄龄、令狐德棻等人均为饱学治学之人，故其作品的真实性令人怀疑的成分较少，所以《统万城铭》的署名应是胡义周"[2]。按：《十六国春秋》卷六六《夏录》载，赫连勃勃"以宫殿大成，赦其境内殊死已下，又改元真兴，刻石都南，命秘书监胡义周颂纪功德"。《晋书》卷一三〇《赫连勃勃载记》也明确记载"其秘书监胡义周之辞也"。又据《魏书》卷五二《胡方回传》等，胡义周为安定临泾人，后秦姚泓时任黄门侍郎，后秦灭亡后出仕大夏，官至秘书监。史籍未有其入魏的记载，可能卒于北魏平定大夏之前。史载赫连勃勃倾其国力修建统万城，奉命撰文颂功之人必为当世大手笔。胡氏父子当时均为大夏文臣，一为秘书监，一为中书侍郎。按常理推断，胡义周年龄大、声望高，执笔作颂的可能性较大。当然也不能排除二人共同撰写的可能，这或许正是史书记载出现两种不同署名的

---

[1] 曹道衡：《中古文学史论文集》，中华书局2002年版，第385页。
[2] 周建江：《北朝文学史》，中国社会科学出版社1997年版，第50页。

根本原因。但无论如何，这篇书写统万城宏规、宣扬大夏声威的"宏丽"之作出自河陇文士之手，殆无疑义。又，《史通》所载撰写大夏国书的天水赵思群（赵逸），《魏书》卷五二有传。北地张渊，见于《魏书》卷三五《崔浩传》："是年议击蠕蠕，朝臣内外尽不欲行。保太后固止世祖，世祖皆不听，唯浩赞成策略。尚书令刘洁、左仆射安原等乃使黄门侍郎仇齐推赫连昌太史张渊、徐辩说世祖曰：'今年己巳，三阴之岁，岁星袭月，太白在西方，不可举兵。北伐必败，虽克，不利于上。'又群臣共赞和渊等，云渊少时尝谏苻坚不可南征，坚不从而败。今天时人事都不和协，何可举动！世祖意不决，乃召浩，令与渊等辩之。"据此，则张渊为赫连昌时太史，故受命撰写赫连夏之国书。

◆**西凉李歆用刑颇严，又缮筑不止，从事中郎张显、主簿氾称等上疏劝谏。**

《晋书》卷八七《凉武昭王李玄盛传》附《李歆传》："士业用刑颇严，又缮筑不止，从事中郎张显上疏谏曰：'入岁已来，阴阳失序，屡有贼风暴雨，犯伤和气。今区域三分，势不久并，并兼之本，实在农战，怀远之略，事归宽简。而更繁刑峻法，宫室是务，人力凋残，百姓愁悴。致灾之咎，实此之由。'主簿氾称又上疏谏曰：'臣闻天之子爱人后，殷勤至矣。故政之不修，则垂灾谴以戒之。改者虽危必昌，宋景是也；其不改者，虽安必亡，虢公是也。元年三月癸卯，敦煌谦德堂陷；八月，效谷地烈；二年元日，昏雾四塞；四月，日赤无光，二旬乃复；十一月，狐上南门；今兹春夏地频五震；六月，陨星于建康。臣虽学不稽古，敏谢仲舒，颇亦闻道于先师，且行年五十有九，请为殿下略言耳目之所闻见，不复能远论书传之事也。乃者咸安之初，西平地烈，狐入谦光殿前，俄而秦师奄至，都城不守。梁熙既为凉州，藉秦氏兵乱，规有全凉之地，外不抚百姓，内多聚敛，建元十九年姑臧南门崩，陨石于闲豫堂，二十年而吕光东反，子败于前，身戮于后。段业因群胡创乱，遂称制此方，三年之中，地震五十余所，既而先王龙兴瓜州，蒙逊杀之张掖。此皆目前之成事，亦殿下之所闻知。效谷，先王鸿渐之始，谦德，即尊之室，基陷地裂，大凶之征也。日者太阳之精，中国之象，赤而无光，中国将为胡夷之所陵灭。谚曰：野兽入家，主人将去。今狐上南门，亦灾之大也。又狐者胡也，天意若曰将有胡人居于此城，南面而居者也。昔春秋之世，星陨于宋，襄公卒为楚所擒。地者至阴，胡夷之象，当静而动，反乱天常，天意若曰胡夷将震动中国，中国若不修德，将有宋襄之祸。臣蒙先朝布衣之眷，辄自同子弟之亲，是以不避忤上之诛，昧死而进愚款。愿殿下亲仁善邻，养威观衅，罢宫室之务，止游畋之娱。后宫嫔妃、诸夷子女，躬受分田，身劝蚕绩，以清俭素德为荣，息兹奢靡之费，百姓租税，专拟军国。虚衿下士，广招英俊，修秦氏之术，以强国富俗。待国有数年之积，庭盈文武之士，然后命韩白为前驱，纳子房之妙算，一鼓而姑臧可平，长驱可以饮马泾渭，方东面而争天下，岂蒙逊之足忧！不然，臣恐宗庙之危必不出纪。'士业并不纳。"《十六国春秋》卷九二《西凉录二·李歆》："嘉兴三年夏六月，歆用刑过严，又好治宫室，缮筑不止，从事中郎张颜（按：一作"显"）上疏切谏曰：'凉土三分，势不久立。并兼之本，实在农战；怀远之略，莫如宽简……臣谓殿下非但不能平殄蒙逊，亦惧蒙逊方为社稷之忧。'歆览之，不悦。主簿汜称又上疏谏曰：'臣闻天之子爱人主，殷勤至矣……不然，臣恐宗庙之危必不出纪。'歆亦不纳。"按：《通鉴》卷一一八系张显、汜称上疏之事于本年五月。《通鉴》载文详于《晋书》卷八七《凉武昭王李玄盛传》附《李歆传》。又，据《北史》卷三四《张湛传》，此"张显"即张湛之父。汜称的上疏对五凉后期河西的形势论述较详，故全文系录。

下卷 南北朝河陇文学系年
（公元420—公元589年）

宋武帝永初元年　魏明元帝泰常五年（420）

◆六月，刘裕代晋自立，建元永初，废晋恭帝为零陵王，东晋灭亡。

《晋书》卷十《恭帝纪》："（元熙）二年夏六月壬戌，刘裕至于京师。傅亮承裕密旨，讽帝禅位，草诏，请帝书之。帝欣然谓左右曰：'晋氏久已失之，今复何恨。'乃书赤纸为诏。甲子，遂逊于琅邪第。刘裕以帝为零陵王，居于秣陵，行晋正朔，车旗服色一如其旧，有其文而不备其礼。"《宋书》卷二《武帝纪中》："（元熙）二年四月，征王入辅。六月，至京师。晋帝禅位于王……王奉表陈让，晋帝已逊琅邪王第，表不获通。于是陈留王虔嗣等二百七十人，及宋台群臣，并上表劝进，上犹不许。太史令骆达陈天文符瑞数十条，群臣又固请，王乃从之。"《宋书》卷三《武帝纪下》："永初元年夏六月丁卯，设坛于南郊，即皇帝位"，"改晋元熙二年为永初元年"。按：《通鉴》卷一一九亦系晋宋易代于本年六月。

◆傅亮以佐命之功，封建城县公，迁太子詹事，入直中书省，专典诏命。作《与沈林子书》。

《宋书》卷四三《傅亮传》："傅亮字季友，北地灵州人也。（高）祖咸，司隶校尉。父瑗，以学业知名，位至安成太守……亮博涉经史，尤善文词……从征关、洛，还至彭城。宋国初建，令书除侍中，领世子中庶子。徙中书令，领中庶子如故……永初元年，迁太子詹事，中书令如故。以佐命功，封建城县公，食邑二千户。入直中书省，专典诏命……高祖登庸之始，文笔皆是记室参军滕演，北征广固，悉委长史王诞；自此以后，大府大命，表策文诰，皆亮辞也。"《宋书》卷一百《自序》："（沈）林子，字敬士，田子弟也……高祖践阼，以佐命功，封汉寿县伯，食邑六百户，固让，不许。傅亮与林子书曰：'班爵畴勋，历代常典，封赏之发，简自帝心。主上委寄之怀，实参休否，诚心所期，同国荣戚，政复是卿诸人共弘建内外耳。足下虽存挹退，岂得独为君子邪！'"

◆西秦乞伏炽磐立其子乞伏暮末为太子，改元建弘。

《晋书》卷一二五《乞伏炽磐载记》："元熙元（按：当作"二"）年，立其第二子暮末为太子，领抚军大将军、都督中外诸军事，大赦境内，改元曰建弘。"《十六国春秋》卷八六《西秦录二·乞伏炽磐》："建弘元年春正月，立次子暮末为太子，仍兼领抚军大将军、都督中外诸军事，大赦境内，改元建弘，其臣佐等多所封授。秋七月甲辰，宋初受禅，诏以炽磐为安西大将军、秦王。"按：《通鉴》卷一一九系此事于宋永初元年正月，《太平御览》卷一二七引《西秦录》亦在西秦建弘元年（420），今从《十六国春秋》及《通鉴》等。又，"暮末"诸书记载不一，《通鉴》卷一一九宋武帝永初元年正月《考异》曰："《晋书》作'慕末'，《宋书》作'乞佛茂蔓'，今从崔鸿《十六国春秋》。"

◆西凉李歆不从众谏，发兵攻北凉，兵败战殁，西凉亡。

《十六国春秋》卷九二《西凉录二·李歆》："嘉兴四年夏六月，晋恭帝禅位于宋。秋七月，歆遣使贡献于宋，甲辰，宋诏以歆为都督高昌等十郡诸军事、征西大将军、酒泉公。歆将谋东伐，张体顺切谏，止之。又闻沮渠蒙逊攻秦浩亹，命中外戒严，将攻张掖，尹太后以为不可，宋繇亦固谏，歆怒，不听。繇退而叹曰：'大事去矣，吾见师之出，不见师之还也。'歆遂率步骑三万东出……蒙逊自浩亹来拒，战于怀城，败绩，勒众复战，败于蓼泉，为蒙逊所杀。歆子重耳脱身奔于江左，遂仕于宋，后复归魏，为魏弘农太守。歆诸弟骁骑将军酒泉太守翻、击虏将军新城太守豫（预）、征西将军敦煌太守恂、领羽林右监密、左将军眺、右将军亮等，皆西奔敦煌，寻弃敦煌，奔入北山。蒙逊入酒泉，禁兵侵掠，士民安堵。以宋繇为吏部郎中，委之选举，凉之旧臣有才望者，咸礼而用之。"按：李歆败亡之事，《晋书》卷八七《凉武昭王李玄盛传》、《通鉴》卷一一九俱有载述。

◆沮渠蒙逊拜敦煌宋繇为尚书吏部郎中，委以铨衡之任。

《魏书》卷五二《宋繇传》："宋繇，字体业，敦煌人也。曾祖（宋）配、祖（宋）悌，世仕张轨子孙。父（宋）僚，张玄靓龙骧将军、武兴太守。繇生而僚为张邕所诛……博通经史，诸子群言，靡不览综。吕光时，举秀才，除郎中。后奔段业，业拜繇中散、常侍。繇以业无经济远略，西奔李暠，历位通显。家无余财，雅好儒学，虽在兵难之间，讲诵不废……沮渠蒙逊平酒泉，于繇室得书数千卷，盐米数十斛而已。蒙逊叹曰：'孤不喜克李歆，欣得宋繇耳。'拜尚书吏部郎中，委以铨衡之任。蒙逊之将死也，以子牧犍委托之。"

按：史载本年沮渠蒙逊平酒泉。

◆沮渠蒙逊拜敦煌阚骃为秘书考课郎中，给文吏三十人，典校经籍，刊定诸子三千余卷。撰《十三州志》行于世。

《魏书》卷五二《阚骃传》："阚骃，字玄阴，敦煌人也。祖（阚）倞，有名于西土。父（阚）玟，为一时秀士，官至会稽令。骃博通经传，聪敏过人，三史群言，经目则诵，时人谓之宿读。注王朗《易传》，学者藉以通经。撰《十三州志》，行于世。蒙逊甚重之，常侍左右，访以政治损益。拜秘书考课郎中，给文吏三十人，典校经籍，刊定诸子三千余卷。加奉车都尉。"按：阚骃入仕北凉的确切时间难以详考，史载本年沮渠蒙逊平定西凉，则阚骃出仕沮渠氏至迟当在本年。又，《史通》卷十《杂述》："地理书者，若朱赣所采，浃于九州；阚骃所书，殚于四国。斯则言皆雅正，事无偏党者矣。"《隋书》卷三三《经籍志二》著录阚骃《十三州志》十卷。其书已佚，郦道元《水经注》、《史记》三家注、颜师古注《汉书》、李贤注《后汉书》以及唐宋类书、地理书等多有征引，清代王谟辑《汉唐地理书钞》、张澍辑《二酉堂丛书》均有此书辑本。

◆沮渠蒙逊拜敦煌刘昞为秘书郎，专管注记。刘昞号"玄处先生"，学徒数百。

《魏书》卷五二《刘昞传》："刘昞，字延明，敦煌人也……蒙逊平酒泉，拜秘书郎，专管注记。筑陆沉观于西苑，躬往礼焉，号'玄处先生'，学徒数百，月致羊酒。"按：史载本年沮渠蒙逊平酒泉。

宋武帝永初二年　魏明元帝泰常六年（421）

◆李暠之子李恂复据敦煌，沮渠蒙逊率众克之，屠其城，徙李暠之孙李宝等于姑臧。

《晋书》卷八七《凉武昭王李玄盛传》："（李）翻及弟敦煌太守恂与诸子等弃敦煌，奔于北山，蒙逊以索嗣子元绪行敦煌太守。元绪粗险好杀，大失人和。郡人宋承、张弘以恂在郡有惠政，密信招恂。恂率数十骑入于敦煌，元绪东奔凉兴，宋承等推恂为冠军将军、凉州刺史。蒙逊遣世子德政（按：一作

"政德")率众攻恂，恂闭门不战，蒙逊自率众二万攻之，三面起隄，以水灌城。恂遣壮士一千，连版为桥，潜欲决隄，蒙逊勒兵逆战，屠其城……蒙逊徙翻子宝等于姑臧，岁余，北奔伊吾，后归于魏，独尹氏及诸女死于伊吾。"《魏书》卷三九《李宝传》："李宝，字怀素，小字衍孙，陇西狄道人，私署凉王暠之孙也。父翻，字士举，小字武强，私署骁骑将军，祁连、酒泉、晋昌三郡太守。宝沉雅有度量，骁勇善抚接。伯父歆为沮渠蒙逊所灭，宝徙于姑臧。"按：《通鉴》卷一一九系李恂复据敦煌于永初元年九月，系其兵败自杀于永初二年三月。

◆ **傅亮转尚书仆射，中书令、詹事如故。作《让尚书仆射表》。**

《宋书》卷四三《傅亮传》："（永初）二年，亮转尚书仆射，中书令、詹事如故。"按：《艺文类聚》卷四八引傅亮《让尚书仆射表》，当作于此时。又，《宋书》卷三《武帝纪下》系傅亮转尚书仆射在永初三年正月，《通鉴》卷一一九系于本年正月。今从《宋书》本传。

宋武帝永初三年　魏明元帝泰常七年（422）

◆ **傅亮与徐羡之、谢晦并受顾命，为中书监、尚书令。作《立学诏》。**

《宋书》卷四三《傅亮传》："明年，高祖不豫，与徐羡之、谢晦并受顾命，给班剑二十人。少帝即位，进为中书监，尚书令。"又见《宋书》卷三《武帝纪下》及卷四《少帝纪》等。按：《宋书》卷三《武帝纪下》载，永初三年正月乙丑，诏曰："古之建国，教学为先。弘风训世，莫尚于此……主者考详旧典，以时施行。"此诏书《艺文类聚》卷三八引录，题作"宋傅亮《立学诏》"。又，《宋书》卷七三《颜延之传》载："时尚书令傅亮自以文义之美，一时莫及。延之负其才辞，不为之下，亮甚疾焉。"

宋少帝景平元年　魏明元帝泰常八年（423）

◆ **李宝随舅父唐契、唐和等北奔伊吾，臣于蠕蠕。**

《晋书》卷八七《凉武昭王李玄盛传》："蒙逊徙翻子宝等于姑臧，岁余，北奔伊吾，后归于魏，独尹氏及诸女死于伊吾。玄盛以安帝隆安四年立，至宋少帝景平元年灭，据河右凡二十四年。"《魏书》卷三九《李宝传》："岁余，随舅唐契北奔伊吾，臣于蠕蠕。其遗民归附者稍至二千。宝倾身礼接，甚得其心，众皆乐为用，每希报雪。"《魏书》卷四三《唐和传》："唐和，字稚起，晋昌冥安人也。父繇，以凉土丧乱，民无所归，推陇西李暠于敦煌，以宁一州。李氏为沮渠蒙逊所灭，和与兄契携外甥李宝避难伊吾，招集民众二千余家，臣于蠕蠕。蠕蠕以契为伊吾王。"按：《宋书》卷九八《大且渠蒙逊传》载，永初三年"十二月，晋昌太守唐契反，复遣正德攻契。景平元年三月，克之，契奔伊吾"。又据《通鉴》卷一一九，宋武帝永初二年十二月，"河西王蒙逊所署晋昌太守唐契据郡叛，蒙逊遣世子政德讨之。契，瑶之子也"。宋少帝景平元年四月，"河西世子政德攻晋昌，克之。唐契及弟和、甥李宝同奔伊吾，招集遗民，归附者至二千余家，臣于柔然，柔然以契为伊吾王"。据此，则本年李暠之子孙彻底撤离河西，故《晋书》称西凉至宋少帝景平元年被灭。

◆傅亮有感于世路艰险，内怀忧惧，作《演慎》《感物赋》。

《宋书》卷四三《傅亮传》："初，亮见世路屯险，著论名曰《演慎》，曰：'大道有言，慎终如始，则无败事矣……言慎而已矣。'亮布衣儒生，侥幸际会，既居宰辅，兼总重权。少帝失德，内怀忧惧，作《感物赋》以寄意焉。其辞曰：'余以暮秋之月，述职内禁，夜清务隙，游目艺苑……岂知反之徒尔，喟投翰以增情。'"按，曹道衡、刘跃进《南北朝文学编年史》："按少帝上年五月即位，明年七月被废。此文当作于本年秋，与唐代诗人孟郊《寒地百姓吟》情调相近。"今从之。

宋少帝景平二年　宋文帝元嘉元年　魏太武帝始光元年（424）

◆傅亮领护军将军，文帝即位，加散骑常侍、左光禄大夫、开府仪同三司，进爵始兴公。作《奉迎大驾道路赋诗》三首，又作《辛有赞》《穆生赞》《董仲道赞》。

《宋书》卷四三《傅亮传》："景平二年，领护军将军。少帝废，亮率行台至江陵奉迎太祖……太祖登阼，加散骑常侍、左光禄大夫、开府仪同三司，本官悉如故。司空府文武即为左光禄府。又进爵始兴郡公，食邑四千户，固让进封。"又载："初，奉迎大驾，道路赋诗三首，其一篇有悔惧之辞，曰：'凤翟发皇邑，有人祖我舟……忠诰岂假知，式微发直讴。'亮自知倾覆，求退无由，又作辛有、穆生、董仲道赞，称其见微之美。"按：据《宋书》卷五《文帝纪》，本年七月中，少帝废；八月丁酉，文帝即位，改元元嘉。又，所作《奉迎大驾道路赋诗》三首，今仅存其一。《辛有赞》《穆生赞》《董仲道赞》今佚。

宋文帝元嘉二年　魏太武帝始光二年（425）

◆ 傅亮与徐羡之上表归政。作《与谢晦书》《喜雨赋》等。

《宋书》卷五《文帝纪》："二年春正月丙寅，司徒徐羡之、尚书令傅亮奉表归政，上始亲览。"又见《宋书》卷四三《徐羡之传》等。《宋书》卷四四《谢晦传》："元嘉二年，遣妻曹及长子世休送女还京邑。先是景平中，索虏为寇，覆没河南。至是上欲诛羡之等，并讨晦。声言北伐，又言拜京陵，治装舟舰。傅亮与晦书曰：'薄伐河朔，事犹未已，朝野之虑，忧惧者多。'又言：'朝士多谏北征，上当遣外监万幼宗往相咨访。'时朝廷处分异常，其谋颇泄。"按：《艺文类聚》卷二、《初学记》卷二引录傅亮《喜雨赋》一篇，曹道衡、刘跃进《南北朝文学编年史》："傅亮《喜雨赋》称'伊元嘉之初载，肇休明于此年'云云，似是元嘉初年所作。又本年大旱，见范泰《表贺元正并陈旱灾》'臣年过七十，未见此旱'云云。又《宋书·五行志》'宋文帝元嘉二年夏旱'。傅亮《喜雨赋》当作于大旱初雨之时。"今从其说。

宋文帝元嘉三年　魏太武帝始光三年（426）

◆ 正月，傅亮被杀，时年五十三岁。

《宋书》卷五《文帝纪》："三年春正月丙寅，司徒、录尚书事、扬州刺史徐羡之，尚书令、护军将军、左光禄大夫傅亮，有罪伏诛。"《宋书》卷四三《傅亮传》："元嘉三年，太祖欲诛亮，先呼入见，省内密有报之者，亮辞以嫂病笃，求暂还家。遣信报徐羡之，因乘车出郭门，骑马奔兄迪墓。屯骑校尉郭泓收付廷尉，伏诛。时年五十三。"按：傅亮为刘宋初年重要文学家。《隋书》卷三五《经籍志四》著录"宋尚书令《傅亮集》三十一卷"，附注："梁二十卷，录一卷。"《隋书》卷三三《经籍志二》著录其《应验记》一卷、《续文章志》二卷。《文选》收录其文五篇。严可均《全宋文》卷二六辑录傅亮文二十八篇（其中数篇只存篇名）。逯钦立《宋诗》卷一辑录傅亮诗四首（三首为残篇）。《应验记》今佚，日本藏古抄本存七则，收入孙昌武校点《观世音应验记》（三种）中。《续文章志》今佚，《世说新语》注、《文选》注多见征引。又据《宋书》卷四三《傅亮传》，傅亮兄傅迪"字长猷，亦儒学，官至五兵尚书。永初二年卒，追赠太常"。《隋书》卷三五《经籍志四》著录《周祇集》下附注："太常《傅迪集》十卷。亡。"

◆北凉遣使奉表诣宋，求《周易》及子集诸书，合四百七十五卷。又求《搜神记》，司徒王弘写与之。

《宋书》卷九八《大且渠蒙逊传》："（元嘉）三年，改骠骑为车骑。世子兴国遣使奉表，请《周易》及子集诸书，太祖并赐之，合四百七十五卷。蒙逊又就司徒王弘求《搜神记》，弘写与之。"《宋书》卷五《文帝纪》载，本年正月"丁卯，以车骑大将军、江州刺史王弘为司徒、录尚书事、扬州刺史"；五月"乙巳，骠骑大将军、凉州牧大沮渠蒙逊改为车骑大将军"。按：《十六国春秋》卷九四《北凉录一·沮渠蒙逊》系上述诸事于北凉承玄二年（429）十一月。据《宋书》卷五《文帝纪》，元嘉五年（428）"六月庚戌，司徒王弘降为卫将军、开府仪同三司"。今从《宋书》。

◆安定胡叟南入汉中，为宋梁秦二州刺史吉翰所礼遇，后随吉翰入蜀，多为豪俊所尚。时宋文帝恶蜀沙门法成聚众，将加大辟，胡叟启申得免。

《魏书》卷五二《胡叟传》："胡叟，字伦许，安定临泾人也……叟孤飘坎壈，未有仕路，遂入汉中。刘义隆梁、秦二州刺史冯翊吉翰，以叟才士，颇相礼接。授叟末佐，不称其怀。未几，翰迁益州，叟随入蜀，多为豪俊所尚。时蜀沙门法成，鸠率僧旅，几于千人，铸丈六金像。刘义隆恶其聚众，将加大辟。叟闻之，即赴丹阳，启申其美，遂得免焉。"《北史》卷三四《胡叟传》所载同。按：《宋书》卷五《文帝纪》载，元嘉三年"冬十一月戊寅，以梁南秦二州刺史吉翰为益州刺史"。《宋书》卷六五《吉翰传》："吉翰字休文，冯翊池阳人也……元嘉元年，出督梁南秦二州诸军事、龙骧将军、西戎校尉、梁南秦二州刺史。三年，仇池氐杨兴平遣使归顺……其年，徙督益宁二州……六郡诸军事、益州刺史，将军如故。在益州著美绩，甚得方伯之体，论者称之。六年，以老疾征还，除彭城王义康司徒司马，加辅国将军。"据吉翰仕历，胡叟当于元嘉三年随吉翰入蜀。

宋文帝元嘉四年　魏太武帝始光四年（427）

◆北魏太武帝拓跋焘克平夏都统万，拜天水赵逸为中书侍郎。赵逸所著大夏国书，多被焚烧。

　　北魏平定统万事见《魏书》卷四《世祖纪上》、《魏书》卷九五《铁弗刘虎传》附《赫连昌传》、《通鉴》卷一二〇等。《魏书》卷五二《赵逸传》："赵逸，字思群，天水人也……逸好学夙成，仕姚兴，历中书侍郎。为兴将齐难军司，征赫连屈丐。难败，为屈丐所虏，拜著作郎。世祖平统万，见逸所著，曰：'此竖无道，安得为此言乎！作者谁也？其速推之。'司徒崔浩进曰：'彼之谬述，亦犹子云之美新。皇王之道，固宜容之。'世祖乃止。拜中书侍郎。"《史通》卷十二《古今正史》："夏天水赵思群、北地张渊，于真兴、承光之世，并受命著其国书。及统万之亡，多见焚烧。"按：北魏拓跋焘克平统万，与崔浩所议赵逸之作，当即大夏国书。

◆北魏克平统万，安定胡方回出仕北魏。初未为时所重，后因才学知名。

　　《魏书》卷五二《胡方回传》："胡方回，安定临泾人……世祖破赫连昌，方回入国。雅有才尚，未为时所知也。后为北镇司马，为镇修表，有所称庆。世祖览之嗟美，问谁所作。既知方回，召为中书博士，赐爵临泾子。"按：史载本年六月北魏大破赫连昌，克平夏都统万，胡方回入仕北魏当在此时。

宋文帝元嘉五年　魏太武帝神䴥元年（428）

◆西秦乞伏炽磐病卒，子乞伏暮末嗣立。

　　《十六国春秋》卷八六《西秦录二·乞伏炽磐》载，建弘九年（428）"夏五月，炽磐寝疾，谓太子暮末曰：'吾死之后，汝能保境则善矣。沮渠城都为蒙逊所亲重，汝宜归之。'炽磐在位八年而宋氏受禅，以元嘉五年六月卒，暮末嗣立"。《魏书》卷四《世祖纪上》："是岁（按：神麚元年），皇子晃生。乞伏炽磐死，子暮末僭立。"《通鉴》卷一二一载："（元嘉五年）五月，秦文昭王炽磐卒，太子暮末即位，大赦，改元永弘。"按：《晋书》卷一二五《乞伏炽磐载记》："炽磐在位七年而宋氏受禅，以宋元嘉四年死。""四年"当是"五年"之讹。今从《魏书》及《通鉴》等。

宋文帝元嘉六年　魏太武帝神麚二年（429）

◆北魏诏集诸文士撰录国书，崔浩及邓颖等共参著作，叙成《国书》三十卷。邓颖为安定邓渊之子。

《魏书》卷三五《崔浩传》："初，太祖诏尚书郎邓渊著《国记》十余卷，编年次事，体例未成。逮于太宗，废而不述。神麚二年，诏集诸文人撰录国书，浩及弟览、高谠、邓颖、晁继、范亨、黄辅等共参著作，叙成《国书》三十卷。"《史通》卷十二《古今正史》："神麚二年，又诏集诸文士崔浩、浩弟览、高谠、邓颖、晁继、范亨、黄辅等撰国书，为三十卷。"《魏书》卷二四《邓渊传》："邓渊，字彦海，安定人也……太祖诏渊撰《国记》，渊造十余卷，惟次年月起居行事而已，未有体例……子颖，袭爵。为太学生，稍迁中书侍郎。世祖诏太常崔浩集诸文学，撰述国书，颖与浩弟览等俱参著作事。"按：《通鉴》卷一二一系崔浩与邓颖等续国书事于本年四月。邓颖，又作"邓颖"。

宋文帝元嘉七年　魏太武帝神麚三年（430）

◆三月上巳，北魏太武帝幸白虎殿，命百僚赋诗，天水赵逸作诗序，时称为善。逸性好坟典，所作诗赋铭颂凡五十余篇。

《魏书》卷五二《赵逸传》："神麚三年三月上巳，帝幸白虎殿，命百僚赋诗，逸制诗序，时称为善。久之，拜宁朔将军、赤城镇将。绥和荒服，十有余年，百姓安之。频表乞免，久乃见许。性好坟素，白首弥勤，年逾七十，手不释卷。凡所著述，诗、赋、铭、颂五十余篇。"按：赵逸，《北史》卷三四亦有传。

◆北凉沮渠蒙逊遣尚书郎宗舒、左常侍高猛等入贡于魏，上表致诚。

《魏书》卷九九《沮渠蒙逊传》："神䴥中，遣尚书郎宗舒、左常侍高猛朝贡，上表曰：'伏惟陛下天纵睿圣，德超百王，陶育齐于二仪，洪基隆于三代……臣历观符瑞，候察天时，未有过于皇魏，逾于陛下。加以灵启圣姿，幼登天位，美咏侔于成康，道化逾于文景。方将振神纲以掩六合，洒玄泽以润八荒。况在秦陇荼炭之余，直是老臣尽效之会。'"《十六国春秋》卷九四《北凉录一·沮渠蒙逊》："承玄三年冬十月，蒙逊复遣尚书郎宗舒、左常侍高猛等入贡于魏，因上表曰……舒等既至，世祖与之饮宴，执崔浩之手以示之曰：'汝所闻崔公，此则是也。才略之美，当今无比。朕动止咨之，预陈成败，若合符契，未尝失也。'自此以后，贡使相望。"《魏书》卷四《世祖纪上》载，神䴥三年十一月，"沮渠蒙逊遣使朝贡"。按：《通鉴》卷一二一亦系宗舒等入贡北魏事于宋元嘉七年十一月。

宋文帝元嘉八年　魏太武帝神䴥四年（431）

◆夏赫连定攻南安，西秦乞伏暮末降而被杀，西秦亡。

《十六国春秋》卷八六《西秦录二·乞伏暮末》载，永弘四年"春正月，夏主赫连定击暮末将姚献，献败，遂遣叔父北平公韦代率众一万攻南安……暮末穷蹙，舆榇出降，并沮渠兴国送于上邽。夏六月，夏主杀暮末及其宗族五百人，时魏神䴥四年也……国仁以孝武太元十年僭位，至暮末四世，凡四十六年"。《魏书》卷四《世祖纪上》载，神䴥四年正月，"是月，乞伏慕末为赫连定所灭"。按：《通鉴》卷一二二系乞伏暮末降夏于元嘉八年正月，系其被杀于同年六月。

◆西秦灭亡，武威段晖、段承根归降北魏。后段晖因事被诛，段承根因崔浩举荐，拜著作郎。

《魏书》卷五二《段承根传》："段承根，武威姑臧人，自云汉太尉颎九世孙也。父晖，字长祚，身长八尺余，师事欧阳汤，汤甚器爱之……乞伏炽磐以晖为辅国大将军、凉州刺史、御史大夫、西海侯。磐子暮末袭位，国政衰乱，晖父子奔吐谷浑暮璝，暮璝内附，晖与承根归国。世祖素闻其名，颇重之，以为上客。后晖从世祖至长安，有人告晖欲南奔……斩之于市，曝尸数日……承根好学机辩，有文思，而性行疏薄，有始无终。司徒崔浩见而奇之，以为才堪注述，言之世祖，请为著作郎，引与同事。"《魏书》卷四《世祖纪上》载，神䴥四年六月，"赫连定北袭沮渠蒙逊，为吐谷浑慕璝所执"；八月，"吐谷浑慕璝遣使奉表，请送赫连定。己丑，以慕璝为大将军、西秦王"。按：史载本年赫连定灭西秦，旋即被吐谷浑慕璝所执，慕璝降附北魏，段晖父子随之归附北魏。

◆北凉沮渠蒙逊遣子安周入侍北魏，魏使崔浩为册书，拜蒙逊为凉王。北凉改元义和。

《魏书》卷九九《沮渠蒙逊传》："后蒙逊遣子安周内侍，世祖遣兼太常李顺持节拜蒙逊为假节，加侍中，都督凉州、西域羌戎诸军事，太傅，行征西大将军，凉州牧，凉王。册曰……崔浩之辞也。蒙逊又改称义和元年。"《魏书》卷四《世祖纪上》载，神䴥四年"八月乙酉，沮渠蒙逊遣子安周入侍……癸亥，诏兼太常李顺持节拜河西王沮渠蒙逊为假节、加侍中、都督凉州及西域羌戎诸军事、行征西大将军、太傅、凉州牧、凉王"。《十六国春秋》卷九四《北凉录一·沮渠蒙逊》："义和元年夏六月，赫连定畏魏之逼，拥秦民十余万口，自冶城济河，欲击蒙逊而夺其地。定济未半，吐谷浑王慕璝袭击败之，执定以归。于是蒙逊大赦境内殊死已下，改元义和，以世子菩提为冠军将军、河西王世子。秋八月乙酉，蒙逊遣子安周入侍于魏。九月世祖欲精简行人，报使蒙逊……以顺兼太常持节拜蒙逊为假节、加侍中、都督凉州西域羌戎诸军事、太傅、行征西大将军、凉州牧、凉王，加九锡之礼，使浩为册书以褒赏之。"按：《通鉴》卷一二二系蒙逊遣子入侍于本年八月，系北魏册封事于九月。

◆北魏太武帝拓跋焘驾幸漠南，高车莫弗库若干率骑数万余，诣行在所。诏邓颖为文，铭于漠南，以纪功德。

《魏书》卷四《世祖纪上》载，神䴥四年"冬十月戊寅，诏司徒崔浩改定律令。行幸漠南。十一月丙辰，北部敕勒莫弗库若干，率其部数万骑，驱鹿数百万，诣行在所，帝因而大狩以赐从者，勒石漠南，以记功德"。《魏书》卷二四《邓渊传》："子（邓）颖，袭爵。为太学生，稍迁中书侍郎……驾幸漠南，高车莫弗库若干率骑数万余，驱鹿百余万，诣行在所。诏颖为文，铭于漠南,以纪功德。"按:《通鉴》卷一二二亦系魏主如漠南,敕勒莫弗库若干率部诣魏主行在诸事于本年十一月。

宋文帝元嘉九年　魏太武帝延和元年（432）

◆北魏兼散骑常侍邓颖使于刘义隆。

《魏书》卷四《世祖纪上》载,延和元年六月"辛卯,兼散骑常侍邓颖使于刘义隆"。《魏书》卷二四《邓渊传》:"子（邓）颖,袭爵……兼散骑常侍,使于刘义隆。进爵为侯,加龙骧将军。"按:《通鉴》卷一二二亦系邓颖使刘宋于本年六月。

◆北魏复遣李顺使北凉,沮渠蒙逊辞以老疾不拜,顺斥之。魏征沙门昙无谶,蒙逊留而不遣,魏主由是怒凉。

《十六国春秋》卷九四《北凉录一·沮渠蒙逊》:"义和二年冬十二月,李顺复奉使至凉,蒙逊遣中兵校郎杨定归谓顺曰:'年衰多疾,旧患动发,腰髀不随,不堪拜伏,比三五日消息小差,自当相见。'顺曰:'王之老疾,朝廷所知,以王只执臣礼,别有诏旨,岂得自安,不见诏使。'明日,蒙逊延顺入至庭中,箕坐隐几,无动起之状。顺正色大言曰:'不谓此叟无礼乃至于此……'初罽宾沙门昙无谶东如鄯善,自云能使鬼治病,且有秘术,令妇人多子,与鄯善王妹曼头陀林淫通,发觉,亡奔凉州,蒙逊甚重之,号曰圣人。无谶以男女交接之术教授妇女,蒙逊诸女及子妇皆往受术,世祖闻之,遣使来迎……仍留不遣,后竟发觉其事,考讯杀之……蒙逊末年,荒淫猜虐,忍于刑戮,群下苦之,闺庭之中,略无风纪。"按:《通鉴》卷一二二亦系上述诸事于元嘉九年十二月。又,昙无谶为北凉著名高僧,译经颇多,《高僧传》卷二有传。

宋文帝元嘉十年　魏太武帝延和二年（433）

◆北凉沮渠蒙逊病卒,子沮渠牧犍嗣立,改元永和。沮渠牧犍聪颖好学,礼重儒生文士。

《宋书》卷九八《大且渠蒙逊传》:"（元嘉）十年四月,蒙逊卒,时年六十六。私谥曰武宣王。菩提年幼，蒙逊第三子茂虔（即牧犍）时为酒泉太守，众议推茂虔为主，袭蒙逊位号。"《魏书》卷九九《沮渠蒙逊传》："延和二年四月，蒙逊死……第三子牧犍统任，自称河西王，遣使请朝命。"《魏书》卷四《世祖纪上》："是岁，沮渠蒙逊死，以其子牧犍为车骑将军，改封河西王。"《十六国春秋》卷九五《北凉录二·沮渠茂虔》："沮渠茂虔，蒙逊之第三子也。初为酒泉太守，后迁敦煌。蒙逊病甚，国人共议，以世子菩提幼弱，而菩提之兄茂虔聪颖好学，和雅有度量，乃立为世子，加中外大都督、大将军，录尚书事。及蒙逊卒，遂僭即河西王位于谦光殿，大赦境内殊死已下，改元永和（按：一作"承光"），立子封坛为世子，加抚军大将军，录尚书事。以敦煌阚骃为姑臧太守，张湛为兵部尚书，敦煌刘昞、索敞、阴兴为国师助教，金城宗钦为世子洗马，赵柔为金部郎，广平程骏、骏从弟弘为世子侍讲，遣使请命于魏。"按：《通鉴》卷一二二亦系沮渠蒙逊卒于元嘉十年四月。又，《通鉴》卷一二三载："凉州自张氏以来，号为多士。沮渠牧犍尤喜文学。"沮渠茂虔，又作"沮渠牧犍"。

◆**北凉沮渠牧犍尊敦煌刘昞为国师，亲自致拜，命官属以下皆北面受业。敦煌索敞、阴兴为助教，并以文学见举。**

《魏书》卷五二《刘昞传》："刘昞，字延明，敦煌人也……牧犍尊为国师，亲自致拜，命官属以下皆北面受业焉。时同郡索敞、阴兴为助教，并以文学见举，每巾衣而入。"同卷《索敞传》："索敞，字巨振，敦煌人。为刘昞助教，专心经籍，尽能传昞之业。"按：刘昞、索敞，《北史》卷三四亦有传。阴兴史籍无传，北凉灭亡后湮没无闻，稽诸史籍，当即《魏书》卷五二《索敞传》所载与索敞同乡且"文才相友"的"阴世隆"。

◆**北凉沮渠牧犍以敦煌阚骃为姑臧太守，拜大行，迁尚书。**

《魏书》卷五二《阚骃传》："阚骃，字玄阴，敦煌人也……牧犍待之弥重，拜大行，迁尚书。"《十六国春秋》卷九五《北凉录二》载，沮渠牧犍即位，"以敦煌阚骃为姑臧太守"。按：阚骃，《北史》卷三四亦有传。《通鉴》卷一二三亦载沮渠牧犍以阚骃为姑臧太守。

◆北凉沮渠牧犍以敦煌宋繇为左丞。北魏拜宋繇为河西王右丞相，赐爵清水公。

《魏书》卷五二《宋繇传》："宋繇，字体业，敦煌人也……蒙逊之将死也，以子牧犍委托之。牧犍以繇为左丞，送其妹兴平公主于京师。世祖拜繇为河西王右丞相，赐爵清水公，加安远将军。"按：宋繇，《北史》卷三四亦有传。

◆北凉沮渠牧犍以金城赵柔为金部郎。

《魏书》卷五二《赵柔传》："赵柔，字元顺，金城人也。少以德行才学知名河右。沮渠牧犍时，为金部郎。"按：赵柔，《北史》卷三四亦有传。

◆北凉沮渠牧犍以刘昞弟子广平程骏、骏从弟程弘为世子侍讲。

《魏书》卷六十《程骏传》："程骏，字骥驹，本广平曲安人也。六世祖（程）良，晋都水使者，坐事流于凉州。祖父（程）肇，吕光民部尚书。骏少孤贫，居丧以孝称。师事刘昞，性机敏好学，昼夜无倦……沮渠牧犍擢为东宫侍讲……始骏从祖弟伯达（程弘），伯达名犯显祖庙讳。与骏同年，亦以文辩。沮渠牧犍时，俱选与牧犍世子参乘出入，时论美之。"按：程骏，《北史》卷四十亦有传。

宋文帝元嘉十一年　魏太武帝延和三年（434）

◆北凉沮渠牧犍遣使诣宋，上表议请蒙逊谥号。宋以牧犍为征西大将军、凉州刺史、河西王。

《宋书》卷九八《大且渠蒙逊传》："（元嘉）十一年，茂虔上表曰：'臣闻功以济物为高，非竹帛无以述德，名以当实为美，非谥号无以休终……先臣廓清河外，勋光天府，标榜称迹，实兼斯义。辄上谥为武宣王。若允天听，垂之史笔，则幽显荷荣，始终无恨。'诏曰：'……河西王蒙逊，才兼文武……便遣使吊祭，并加显谥。嗣子茂虔，纂戎前轨，乃心弥彰，宜蒙宠授，绍兹蕃业。可持节、散骑常侍、都督凉秦河沙四州诸军事、征西大将军、领护匈奴中郎将、西夷校尉、凉州刺史、河西王。'"《宋书》卷五《文帝纪》元嘉十一年五月："戊寅，以大沮渠茂虔为征西大将军、凉州刺史。"《十六国春秋》卷九五

《北凉录二·沮渠茂虔》："永和二年夏四月,茂虔遣使上表于宋,并告嗣位曰……五月戊寅,宋遣使下诏曰"云云。按:《通鉴》卷一二二亦系上述事于本年四、五月。

◆**略阳清水氐武都王杨难当与宋争夺汉中,兵败,遣使奉表谢罪,宋文帝下诏恕宥。时天水赵温为杨难当司马,表文当为赵温所作。**

《宋书》卷九八《氐胡传》："略阳清水氐杨氏,秦、汉以来,世居陇右,为豪族……(元嘉)十年,(杨)难当以益州刺史刘道济失蜀土人情,以兵力资(司马)飞龙,使入蜀为寇,道济击斩之。时梁州刺史甄法护刑法不理,太祖遣刺史萧思话代任。难当因思话未至,法护将下,举兵袭梁州……其年十一月,法护委镇奔洋川,难当遂有汉中之地。以氐苻粟持为梁州刺史,又以其凶悍,杀之,以司马赵温代为梁州。十(按:当为"十一")年正月,思话使司马萧承之先驱进讨,所向克捷,遂平梁州,事在《思话传》。四月,难当遣使奉表谢罪,曰:'臣闻生成之德,含气同系……臣微心不达,迹违忠顺,至乃声闻朝庭,劳烦师旅,负辱之深,罪当诛责。远隔邈荒,告谢无地,谨遣兼长史齐亮听命有司,并奉送所授第十一符策,伏待天旨。'太祖以其边裔,下诏曰:'杨难当表如此,悔谢前愆,可特恕宥,并特还章节。'"《宋书》卷五《文帝纪》:"(元嘉十年)冬十一月,氐杨难当寇汉川。丁未,梁州刺史甄法护弃城走,难当据有梁州……(元嘉十一年)夏四月,梁、秦二州刺史萧思话破氐杨难当,梁州平。"《魏书》卷五二《赵逸传》:"赵逸,字思群,天水人也……逸兄温,字思恭。博学有高名。姚泓大水太守。刘裕灭泓,遂没于氐。氐王杨盛,盛子难当,既有汉中,以温为辅国将军、秦梁二州刺史。及难当称蕃,世祖以温为难当府司马。卒于仇池。"按:《通鉴》卷一二二系杨难当奉表谢罪事于本年四月。

◆**北魏邓颖从征山胡白龙。还,卒于路。谥曰文恭。**

《魏书》卷二四《邓渊传》:"子(邓)颖,袭爵……延和三年,从征胡贼白龙。还,卒于路。谥曰文恭。"《魏书》卷四《世祖纪上》载,延和三年"秋七月……命诸军讨山胡白龙于西河。九月戊子,克之,斩白龙及其将帅,屠其城……(冬十月)甲午,破白龙余党于五原"。按:《通鉴》卷一二二亦系魏主破山胡白龙事于本年九、十月间,邓颖当卒于此时。

宋文帝元嘉十二年　魏太武帝太延元年（435）

◆北凉有老父投书于敦煌东门,沮渠牧犍访于奉常张慎,慎谏其崇德修政,牧犍不悦。

《十六国春秋》卷九五《北凉录二·沮渠茂虔》:"永和三年春正月,西中郎将沮渠唐儿上言曰:十五日有一父老见于敦煌东门投书,忽然不见,求之不获。其书一纸,八字满之,文曰'凉王三十年若七年'。茂虔访于奉常张慎,慎曰:'昔虢之将亡,神降于莘。深愿殿下崇德修政,以享三十年之祚,若盘于游田,荒于酒色,臣恐七年将有大变。'茂虔闻之不悦。"按:《通鉴》卷一二二系此事于本年正月。

宋文帝元嘉十三年　魏太武帝太延二年（436）

◆彭城王刘义康于东府正会,依旧给伎。太常傅隆作《舞佾议》。

《宋书》卷十九《乐志一》:"宋文帝元嘉十三年,司徒彭城王义康于东府正会,依旧给伎。总章工冯大列:'相承给诸王伎十四种,其舞伎三十六人。'太常傅隆以为:'未详此人数所由。唯杜预注《左传》佾舞云诸侯六六三十六人,常以为非。夫舞者,所以节八音者也。八音克谐,然后成乐。故必以八人为列,自天子至士,降杀以两,两者,减其二列尔。预以为一列又减二人,至士止余四人,岂复成乐。按服虔注《传》云:天子八八,诸侯六八,大夫四八,士二八。其义甚允。今诸王不复舞佾,其总章舞伎,即古之女乐也。殿庭八八,诸王则应六八,理例坦然。又《春秋》,郑伯纳晋悼公女乐二八,晋以一八赐魏绛,此乐以八人为列之证也。若如议者,唯天子八,则郑应纳晋二六,晋应赐绛一六也。自天子至士,其文物典章,尊卑差级,莫不以两。未有诸侯既降二列,又一列辄减二人,近降太半,非唯八音不具,于两义亦乖,杜氏之谬可见矣。国典事大,宜令详正。'事不施行。"《宋书》卷五五《傅隆传》:"傅隆字伯祚,北地灵州人也。高祖咸,晋司隶校尉。曾祖晞,司徒属……义熙初,年四十,始为孟昶建威参军,员外散骑侍郎……太祖元嘉初,除司徒右长史，迁御史中丞。当官而行，甚得司直之体，转司徒左长史……又出为义兴太守，在郡有能名。征拜左民尚书，坐正直受节假，对人未至，委出，白衣领职。寻转太常。"按：据《宋书》本传，傅隆为西晋名臣傅咸之后，"博学多通，特精《三礼》"。

宋文帝元嘉十四年　魏太武帝太延三年（437）

◆北凉沮渠牧犍遣使诣宋，奉表献《周生子》等书及《甲寅元历》凡一百五十四卷，并求杂书数十种。又遣世子封坛入侍北魏，魏以武威公主妻牧犍。

《宋书》卷九八《大且渠蒙逊传》："河西人赵𤱣善历算。（元嘉）十四年，茂虔奉表献方物，并献《周生子》十三卷，《时务论》十二卷，《三国总略》二十卷，《俗问》十一卷，《十三州志》十卷，《文检》六卷，《四科传》四卷，《敦煌实录》十卷，《凉书》十卷，《汉皇德传》二十五卷，《亡典》七卷，《魏驳》九卷，《谢艾集》八卷，《古今字》二卷，《乘丘先生》三卷，《周髀》一卷，《皇帝王历三合纪》一卷，《赵𤱣传》并《甲寅元历》一卷，《孔子赞》一卷，合一百五十四卷。茂虔又求晋、赵《起居注》诸杂书数十件，太祖赐之。"《十六国春秋》卷九五《北凉录二·沮渠茂虔》："永和五年夏六月，茂虔遣镇西将军沮渠旁周诣魏入贡，世祖遣侍中古弼、尚书李顺赐其侍臣衣服有差，并征世子封坛入侍。秋七月，茂虔遣封坛如魏。八月，复遣使如宋奉表献其方物，并献《周生子》十三卷……冬十一月，世祖以其妹武威公主妻茂虔，茂虔遣右相宋繇随顺诣平城，奉表入谢，并请公主及母后妃定号。"按：《通鉴》卷一二三系上述诸事于元嘉十四年。

◆安定胡叟至北凉，沮渠牧犍遇之不重，乃作诗抒愤，与程弘论北凉必亡。遂归附北魏，拜虎威将军，赐爵始复男。家于密云，以焦先自况。

《魏书》卷五二《胡叟传》："胡叟，字伦许，安定临泾人也……在益土五六载，北至杨难当，乃西入沮渠牧犍，遇之不重。叟亦本无附之之诚，乃为诗示所知广平程伯达（程弘）。其略曰：'群犬吠新客，佞暗排疏宾。直途既以塞，曲路非所遵。望卫惋祝鮀，眄楚悼灵均。何用宣忧怀，托翰寄辅仁。'伯达见诗，谓叟曰：'凉州虽地居戎域，然自张氏以来，号有华风。今则宪章无亏，曷祝鲍之有也？'叟曰：'古人有言：君子闻鞞鼓之声，则思战争之士。贵主奉正朔而弗淳，慕仁义而未允，地陋僻而僭徽号。居小事大，宁若兹乎？徐偃之辙，故不旋踵矣。吾之择木，夙在大魏，与子暂违，非久阔也。'岁余，牧犍破降。叟既先归国，朝廷以其识机，拜虎威将军，赐爵始复男。家于密云，蓬室草筵，惟以酒自适。谓友人金城宗舒曰：'我此生活，似胜焦先，志意所栖，谢其高矣。'后叟被征至，谢恩，并献诗一篇。"按：史载胡叟于元嘉三年随吉翰入蜀，《魏书》本传所谓"在益土五六载"似有误。其入北凉之具体时间，《北史》卷三四《胡叟传》亦无记载，今据"岁余牧犍破降"一语推断，胡叟至迟当于本年离开河西投附北魏。

◆**刘宋新撰《礼论》，傅隆上表论新礼。史载傅隆博学多通，特精《三礼》。**

《宋书》卷五五《傅隆传》载，"十四年，太祖以新撰《礼论》付隆使下意，隆上表曰"云云。又载："明年，致仕，拜光禄大夫。归老在家，手不释卷，博学多通，特精《三礼》。谨于奉公，常手抄书籍。"

宋文帝元嘉十六年　魏太武帝太延五年（439）

◆**北魏太武帝伐北凉，沮渠牧犍率左右文武降。徙凉州民三万余家于平城。凉州号称多士，魏主克平凉州，皆礼而用之。**

《魏书》卷四《世祖纪上》："（太延五年）六月甲辰，车驾西讨沮渠牧犍……秋七月己巳，车驾至上郡属国城，大飨群臣，讲武马射……八月甲午，永昌王健获牧犍牛马畜产二十余万。牧犍遣弟董来率万余人拒战于城南，望尘退走。丙申，车驾至姑臧，牧犍兄子祖逾城来降，乃分军围之。九月丙戌，牧犍兄子万年率麾下来降。是日，牧犍与左右文武五千人面缚军门，帝解其缚，待以藩臣之礼，收其城内户口二十余万，仓库珍宝不可称计……冬十月辛酉，车驾东还，徙凉州民三万余家于京师。留骠骑大将军、乐平王丕，征西将军贺多罗镇凉州。"按：《通鉴》卷一二三载述北魏克平凉州事甚详，并云"凉州自张氏以来，号为多士……魏主克凉州，皆礼而用之。"其所述及者有阚骃、刘昞、胡叟、程骏、程弘、常爽、宋繇、索敞、江强、阴仲达、段承根等。曹道衡、刘跃进《南北朝文学编年史》："(《通鉴》)此段文字，实综合《魏书》诸传而成，其中记胡叟告程弘语，与《魏书·胡叟传》微异。《通鉴》当别有所据。魏之文化得力于河西者至钜，《通鉴》此文最足为证。又宗钦、段承根诸人，后皆与崔浩同诛，疑崔浩之好用河西人，正为欲加速北魏之汉化，故浩被杀而宗、段辈亦受株连也。"

◆北魏平凉州，敦煌宋繇从沮渠牧犍至平城。寻卒，谥曰恭。

《魏书》卷五二《宋繇传》："宋繇，字体业，敦煌人也……世祖拜繇为河西王右丞相，赐爵清水公，加安远将军。世祖并凉州，从牧犍至京师。卒，谥曰恭。长子岩袭爵，改为西平侯。"按：宋繇，《北史》卷三四亦有传。其后世有宋游道、宋士素等，知名于世。

◆北魏平凉州，敦煌张湛至平城，赐爵南浦男，为司徒崔浩所重。

《魏书》卷五二《张湛传》："张湛，字子然，一字仲玄，敦煌人……凉州平，入国，年五十余矣，赐爵南浦男，加宁远将军。司徒崔浩识而礼之。浩注《易》，叙曰：'国家西平河右，敦煌张湛、金城宗钦、武威段承根三人，皆儒者，并有俊才，见称于西州。每与余论《易》，余以《左氏传》卦解之，遂相劝为注。故因退朝之余暇，而为之解焉。'其见称如此。"按：张湛，《北史》卷三四亦有传。

◆北魏平凉州，金城宗钦、宗舒至平城，皆赐爵受封。宗钦为崔浩、高允等人所重，与高允有赠答诗书传世。

《魏书》卷五二《宗钦传》："宗钦，字景若，金城人也……世祖平凉州，入国，赐爵卧树男，加鹰扬将军，拜著作郎。钦与高允书曰：'昔皇纲未振，华裔殊风……若能纡凤彩以耀榛荟，回连城以映瓦砾者，是所望也。'诗曰……允答书曰：'顷因行李，承足下高问……幸恕其鄙滞，领其至意。'诗曰"云云。又载："弟舒，字景太。蒙逊库部郎中。与兄同归国，赐爵句町男，加威远将军。名亚于兄。子孙皆衰替。"按：宗钦，《北史》卷三四亦有传。

◆北魏平凉州，敦煌阚骃为乐平王丕从事中郎。

《魏书》卷五二《阚骃传》："阚骃，字玄阴，敦煌人也……姑臧平，乐平王丕镇凉州，引为从事中郎。"按：阚骃，《北史》卷三四亦有传。

◆北魏平凉州，敦煌刘昞为乐平王丕从事中郎。以年老听留本乡。

《魏书》卷五二《刘昞传》："刘昞，字延明，敦煌人也……世祖平凉州，士民东迁，凤闻其名，拜乐平王从事中郎。世祖诏诸年七十以上听留本乡，一子扶养。昞时老矣，在姑臧。"按：刘昞，《北史》卷三四亦有传。

◆北魏平凉州，金城赵柔徙平城。后拜著作郎，出为河内太守。注解源贺《祇洹精舍图偈》六卷，为时人所重。

《魏书》卷五二《赵柔传》："赵柔，字元顺，金城人也……世祖平凉州，内徙京师。高宗践阼，拜为著作郎。后以历效有绩，出为河内太守，甚著仁惠……陇西王源贺采佛经幽旨，作《祇洹精舍图偈》六卷，柔为之注解，咸得理衷，为当时俊僧所钦味焉。又凭立铭赞，颇行于世。"按：赵柔，《北史》卷三四亦有传。

◆北魏平凉州，敦煌索敞以儒学见拔，为中书博士，教授十余年。撰《丧服要记》《名字论》等。

《魏书》卷五二《索敞传》："索敞，字巨振，敦煌人。为刘昞助教，专心经籍，尽能传昞之业。凉州平，入国，以儒学见拔，为中书博士。笃勤训授，肃而有礼。京师大族贵游之子，皆敬惮威严，多所成益。前后显达，位至尚书牧守者数十人，皆受业于敞。敞遂讲授十余年。敞以《丧服》散在众篇，遂撰比为《丧服要记》。其《名字论》文多不载。后出补扶风太守，在位清贫，未几卒官。时旧同学生等为请，诏赠平南将军、凉州刺史，谥曰献。"按：索敞，《北史》卷三四亦有传。又，曹道衡、沈玉成《中古文学史料丛考》卷五"《魏书·索敞传》志疑"条认为："《北史》无'讲授十余年'语，未知李延寿乃见其不确，抑纯为行文省净。然此语恐不可信。""十余年，疑为二十余年之误。"[1]

---

[1] 曹道衡、沈玉成：《中古文学史料丛考》，中华书局2003年版，第702页。

◆北魏平凉州，武威阴仲达内徙代都，司徒崔浩重之，荐修国史，除秘书著作郎。

《魏书》卷五二《阴仲达传》："阴仲达，武威姑臧人。祖训，字处道，仕李暠为武威太守。父华，字季文，姑臧令。仲达少以文学知名。世祖平凉州，内徙代都。司徒崔浩启仲达与段承根云，二人俱凉土才华，同修国史。除秘书著作郎。"

◆北魏平凉州，陈留江强内徙代京，上书体三十余法，又献经史诸子千余卷，擢拜中书博士。其子江绍兴，高允奏为秘书郎，掌国史二十余年。

《魏书》卷九一《江式传》："江式，字法安，陈留济阳人。六世祖琼，字孟琚，晋冯翊太守，善虫篆、诂训。永嘉大乱，琼弃官西投张轨，子孙因居凉土，世传家业。祖强，字文威，太延五年，凉州平，内徙代京。上书三十余法，各有体例，又献经史诸子千余卷，由是擢拜中书博士。卒，赠敦煌太守。父绍兴，高允奏为秘书郎，掌国史二十余年，以谨厚称。卒于赵郡太守。"按：江强入魏之事，《北史》卷三四《江式传》亦有载述。又，史载江强之孙江式为北魏著名学者，撰集《古今文字》四十卷，"篆体尤工，洛京宫殿诸门板题，皆式书也"。

◆北魏平凉州，广平程骏迁于平城，司徒崔浩重之，后拜著作佐郎，迁著作郎。

《魏书》卷六十《程骏传》："程骏，字骥驹，本广平曲安人也。六世祖良，晋都水使者，坐事流丁凉州。祖父肇，吕光民部尚书。骏少孤贫，居丧以孝称。师事刘昞，性机敏好学，昼夜尤倦……沮渠牧犍擢为东宫侍讲。太延五年，世祖平凉，迁于京师，为司徒崔浩所知。高宗践阼，拜著作佐郎，未几，迁著作郎。"按：程骏，《北史》卷四十亦有传。又，史载程骏后为文明太后所称赏，所作诗表传世颇多。其家自西晋寓居凉州，程骏早年师事敦煌刘昞，故亦为当时河陇文士之代表。

◆北魏平凉州，河内常爽归款军门，拜宣威将军。爽置馆温水之右，教授门徒七百余人，北魏儒学，翕然复兴。又著《六经略注》行于世。

《魏书》卷八四《常爽传》："常爽，字仕明，河内温人，魏太常卿林六世孙也。祖珍，苻坚南安太守，因世乱遂居凉州。父坦，乞伏世镇远将军、大夏镇将、显美侯。爽少而聪敏，严正有志概，虽家人僮隶未尝见其宽诞之容。笃志好学，博闻强识，明习纬候，《五经》百家多所研综。州郡礼命皆不就。世祖西征凉土，爽与兄仕国归款军门，世祖嘉之。赐仕国爵五品，显美男；爽为六品，拜宣威将军。是时戎车屡驾，征伐为事，贵游子弟未遑学术，爽置馆温水之右，教授门徒七百余人，京师学业，翕然复兴……因教授之暇，述《六经略注》，以广制作，甚有条贯。其序曰……其《略注》行于世。爽不事王侯，独守闲静，讲肄经典二十余年，时人号为'儒林先生'。年六十三，卒于家。子文通，历官至镇西司马、南天水太守、西翼校尉。文通子景，别有《傅》。"按：常爽，《北史》卷四二亦有传。又，常爽之孙常景，亦为北魏著名文士，《北史》卷四二《常爽传论》曰："常爽以儒素著称，景以文义见宗。美乎！"

◆北魏平凉州，狄道辛绍先内徙于晋阳，与广平游明根、范阳卢度世、同郡李承等相友善。拜中书博士，历神部令、下邳太守等职。

《魏书》卷四五《辛绍先传》："辛绍先，陇西狄道人。五世祖怡。晋幽州刺史。父渊，私署凉王李暠骁骑将军。暠子歆亦厚遇之。歆与沮渠蒙逊战于蓼泉，军败失马，渊以所乘马援歆，而身死于难，以义烈见称西土。世祖之平凉州，绍先内徙，家于晋阳。明敏有识量，与广平游明根、范阳卢度世、同郡李承等甚相友善……自中书博士，转神部令。皇兴中，薛安都以彭城归国，时朝廷欲绥安初附，以绍先为下邳太守，加宁朔将军。为政不苟激察，举其大纲而已，唯教民治产御贼之备……太和十三年卒。赠冠军将军、并州刺史、晋阳公，谥曰惠。"按：辛绍先，《北史》卷二六亦有传。又，辛绍先之曾孙辛德源，为北朝后期著名文士。

◆北魏平凉州，武威段信以豪族徙北边，遂家于五原郡，其后段荣、段韶等贵显于东魏、北齐。

《北齐书》卷十六《段荣传》："段荣，字子茂，姑臧武威人也。祖信，仕沮渠氏，后入魏，以豪族徙北边，仍家于五原郡。"按：据《北齐书》本传，段荣之妻为高欢武明皇后娄氏之姊，故段氏数世显贵。

◆北魏平凉州，表氏史灌随例迁于抚宁（冥）镇，因家焉。其后史宁、史雄等贵显于西魏、北周。

《周书》卷二八《史宁传》："史宁字永和，建康袁（表）氏人也。曾祖豫，仕沮渠氏为临松令。魏平凉州，祖灌随例迁于抚宁（冥）镇，因家焉。父遵，初为征虏府铠曹参军。属杜洛周构逆，六镇自相屠陷，遵遂率乡里二千家奔恒州。其后恒州为贼所败，遵复归洛阳。拜楼烦郡守。及宁著勋，追赠散骑常侍、征西大将军、凉州刺史，谥曰贞。宁少以军功，拜别将……（大统）十五年，迁骠骑大将军、开府仪同三司，加侍中，进爵为公……孝闵帝践阼，拜小司徒，出为荆襄淅郢等五十二州及江陵镇防诸军事、荆州刺史……保定三年，卒于州。谥曰烈。子雄嗣。"按：钱大昕《廿二史考异》卷三二《周书·史宁传》云："此凉州之建康，非扬州之建康也。'袁氏'当是'表氏'之讹。"[①] 钱说是，表氏是汉以来的旧县，属酒泉郡，建康郡为前凉张骏所置，表氏县当时改属建康郡。[②] 又，史载北魏北边有"抚冥镇"，无"抚宁镇"，史灌徙居之地，当是"抚冥镇"。

◆北魏征凉州，以河西源贺为向导。凉州平，迁贺征西将军，进号西平公。

《魏书》卷四一《源贺传》："源贺，自署河西王秃发傉檀之子也。傉檀为乞伏炽磐所灭，贺自乐都来奔……世祖征凉州，以贺为乡（向）导。诏问攻战之计。贺对曰：'姑臧城外有四部鲜卑，各为之援。然皆是臣祖父旧民，臣愿军前宣国威信，示其福祸，必相率归降。外援既服，然后攻其孤城，拔之如反掌耳。'世祖曰：'善。'于是遣贺率精骑历诸部招慰，下三万余落，获杂畜十余万头。及围姑臧，由是无外虑，故得专力攻之。凉州平，迁征西将军，进号西平公。"按：源贺本为河西鲜卑族人，南凉灭亡后投附北魏。《北史》卷二八亦有传。

[①] （清）钱大昕著，方诗铭、周殿杰校点：《廿二史考异》（附《三史拾遗》《诸史拾遗》），上海古籍出版社2004年版，第530页。

[②] 详参《汉书》卷二八《地理志下》、《续汉书》志第二十三《郡国五》、《晋书》卷一四《地理志上》及洪亮吉《十六国疆域志》卷七、卷十等。

宋文帝元嘉十七年　魏太武帝太平真君元年（440）

◆崔浩与张湛、宗钦、段承根论《易》，遂作《易》注。

　　《魏书》卷五二《张湛传》："凉州平，入国，年五十余矣，赐爵南浦男，加宁远将军。司徒崔浩识而礼之。浩注《易》，叙曰：'国家西平河右。敦煌张湛、金城宗钦、武威段承根三人，皆儒者，并有俊才，见称于西州。每与余论《易》，余以《左氏传》卦解之，遂相劝为注，故因退朝之余暇，而为之解焉。'"《隋书》卷三二《经籍志一》著录"《周易》十卷，后魏司徒崔浩注"。按：崔浩与张湛等论《易》并因余暇作《易》注，当在北魏平定凉州后，具体时间难以详考。今依曹道衡、刘跃进《南北朝文学编年史》系于本年。又，曹道衡、沈玉成《中古文学史料丛考》卷五"崔浩《易》注"条认为，崔浩"以《左氏传》卦解之"，"其说与今存《焦氏易林》为近，盖汉儒旧说，近于术数家如京房辈也……浩又不喜老庄，而重礼，此殆河朔学者笃守汉儒旧说而不染玄风。崔、卢显于北，王、谢贵于南，岂特地域不同，其世传家风亦迥异"。[①]

◆敦煌刘昞思乡而返，至凉州西四百里韭谷窟，遇疾而卒。其后李冲、崔光等先后上奏，颂其德业，旌其子孙。

　　《魏书》卷五二《刘昞传》："世祖平凉州，士民东迁，夙闻其名，拜乐平王从事中郎。世祖诏诸年七十以上听留本乡，一子扶养。昞时老矣，在姑臧，岁余，思乡而返，至凉州西四百里韭谷窟，遇疾而卒。昞六子：长子僧衍，早亡。次仲礼，留乡里。次字仲，次贰归，少归仁，并迁代京。后分属诸州，为城民。归仁有二子，长买奴，次显宗。太和十四年，尚书李冲奏，昞河右硕儒，今子孙沉屈，未有禄润，贤者子孙宜蒙显异。于是除其一子为郢州云阳令。正光三年，太保崔光奏曰：'臣闻太上立德，其次立功、立言。死而不朽，前哲所尚；思人爱树，自古称美。故乐平王从事中郎敦煌刘昞，著业凉城，遗文兹在，篇籍之美，颇足可观。如或愆衅，当蒙数世之宥，况乃维祖逮孙，相去未远，而令久沦皂隶，不获收异，儒学之士，所为窃叹。臣忝职史教，冒以闻奏，乞敕尚书，推检所属，甄免碎役，用广圣朝旌善继绝。敦化厉俗，于是

[①] 曹道衡、沈玉成：《中古文学史料丛考》，中华书局2003年版，第708页。

乎在。'四年六月诏曰：'昞德冠前世，蔚为儒宗，太保启陈，深合劝善。其孙等三家，特可听免。'河西人以为荣。"按：刘昞为河西硕儒，《魏书》本传称其"著《略记》百三十篇八十四卷，《凉书》十卷，《敦煌实录》二十卷，《方言》三卷，《靖恭堂铭》一卷，注《周易》《韩子》《人物志》《黄石公三略》，并行于世"。《北史》卷三四亦有传。《史通》卷十二《古今正史》："前凉张骏十五年，命其西曹边浏集内外事，以付秀才索绥，作《凉国春秋》五十卷。又张重华护军参军刘庆在东苑专修国史二十余年，著《凉记》十二卷。建康太守索晖、从事中郎刘昞又各著《凉书》。"曹道衡《十六国文学家考略》："刘昞的《凉书》，当为前凉之史，见《史通·古今正史》。"[1] 又，刘昞遇疾而卒的"韭谷窟"，当即其师郭瑀隐居授徒之"临松薤谷"。《魏书》卷五二《刘昞传》校勘记云："按《晋书》卷九四《郭瑀传》云：'隐于临松薤谷，凿石窟而居。''薤'即'韭''韮'，临松在凉州西，敦煌东，刘昞死地当即郭瑀隐居之处。"今从其说。据《东乐县志》载："薤谷石窟，在县城西南一百一十公里临松山下，今有马蹄寺佛龛……晋名贤郭瑀开辟隐居教学处。"[2] 此地为刘昞早年师从郭瑀问学之处，故其晚年自姑臧回敦煌时经停此地，亦在情理之中。

◆北魏太武帝命崔浩综理史务，撰述国史，浩荐举河西文士段承根、阴仲达、宗钦等同修国史。

《魏书》卷三五《崔浩传》："于是遂讨凉州而平之。多饶水草，如浩所言。乃诏浩曰：'昔皇祚之兴，世隆北土……逮于神䴥，始命史职注集前功，以成一代之典。自尔已来，戎旗仍举，秦陇克定，徐兖无尘，平逋寇于龙川，讨孽竖于凉域。岂朕一人获济于此，赖宗庙之灵，群公卿士宣力之效也。而史阙其职，篇籍不著，每惧斯事之坠焉。公德冠朝列，言为世范，小大之任，望君存之。命公留台，综理史务，述成此书，务从实录。'浩于是监秘书事，以中书侍郎高允、散骑侍郎张伟参著作，续成前纪。至于损益褒贬，折中润色，浩所总焉。"《魏书》卷五二《阴仲达传》："世祖平凉州，内徙代都。司徒崔浩启

---

[1] 曹道衡：《中古文学史论文集》，中华书局2002年版，第382页。
[2] 徐传钧修，张著常纂：《东乐县志》，《中国西北文献丛书》第一辑《西北稀见方志文献》影印民国十二年（1923）石印本，兰州古籍书店1990年版。

仲达与段承根云，二人俱凉土才华，同修国史。"按：据《魏书》卷三五《崔浩传》，北魏太武帝命崔浩综理史务，在克平凉州后不久。又据《魏书》卷四《世祖纪上》，太延五年"冬十月辛酉，车驾东还，徙凉州民三万余家于京师……十有二月壬午，车驾至自西伐，饮至策勋，告于宗庙"。据此推断，北魏下诏命崔浩负责修史当在真君元年。又，史载宗钦死于崔浩国史之狱，则其参与修史可无疑议。《魏书》卷四八《高允传》所载国史案始末亦可为证。

宋文帝元嘉十九年　魏太武帝太平真君三年（442）

◆李暠之孙李宝复据敦煌，遣其弟李怀达、子李承奉表诣平城。北魏以宝为镇西大将军、沙州牧，封敦煌公。

《魏书》卷四《世祖纪下》载，真君三年"夏四月，无讳走渡流沙，据鄯善。李暠孙宝据敦煌，遣使内附"；十二月，"李宝遣使朝贡，以宝为镇西大将军、开府仪同三司、沙州牧，封敦煌公"。《魏书》卷三九《李宝传》："属世祖遣将讨沮渠无讳于敦煌，无讳捐城遁走。宝自伊吾南归敦煌，遂修缮城府，规复先业。遣弟怀达奉表归诚。世祖嘉其忠款，拜怀达散骑常侍、敦煌太守，别遣使授宝使持节、侍中、都督西垂诸军事、镇西大将军、开府仪同三司、领护西戎校尉、沙州牧、敦煌公，仍镇敦煌，四品以下听承制假授。"又载："（宝长子）承，字伯业，少有策略。初，宝欲谋归款，民僚多有异议，承时年十三，劝宝速定大计，于是遂决。仍令承随表入质。世祖深相器异，礼遇甚优，赐爵姑臧侯。"按：《通鉴》卷一二四亦系李宝复据敦煌、归附北魏事于本年。

宋文帝元嘉二十一年　魏太武帝太平真君五年（444）

◆李宝入朝魏主，遂留平城。拜外都大官，转镇南将军、并州刺史。

《魏书》卷三九《李宝传》："真君五年，因入朝，遂留京师，拜外都大官。转镇南将军、并州刺史。还，除内都大官。"按：《通鉴》卷一二四亦系李宝入魏于本年。

◆武威段承根为敦煌公李宝所敬待，有赠李宝诗传世。

《魏书》卷五二《段承根传》："段承根，武威姑臧人……甚为敦煌公李宝所敬待，承根赠宝诗曰：'世道衰陵，淳风殆缅。衢交问鼎，路盈访鼙。徇竞争驰，天机莫践。不有真宰，榛棘谁揃。（其一）于皇我后，重明袭焕。文以息烦，武以静乱。剖蚌求珍，搜岩采干。野无投纶，朝盈逸翰。（其二）自昔凉季，林焚渊涸。矫矫公子，鳞羽靡托。灵慧虽奋，祅氛未廓。凤戢昆丘，龙潜玄漠。（其三）数不常扰，艰极则夷。奋翼幽裔，翰飞京师。珥蝉紫闼，杖节方畿。弼我王度，庶绩缉熙。（其四）自余幽沦，眷参旧契。庶庇余光，优游卒岁。忻路未淹，离辔已际。顾难分歧，载张载继。（其五）闻诸交旧，累圣叠曜。淳源虽漓，民怀余劭。思乐哲人，静以镇躁。蔼彼繁音，和此清调。（其六）询下曰文，辨评曰明。化由礼洽，政以宽成。勉崇仁教，播德简刑。倾首景风，迟闻休声。（其七）'"按：段承根赠李宝诗的具体作时难以详考，但就其中"奋翼幽裔，翰飞京师，珥蝉紫闼，杖节方畿"以及"化由礼洽，政以宽成，勉崇仁教，播德简刑"等语推断，当作于李宝本年至平城之后，任并州刺史之时。又，段承根与李宝的交往，当始于本年李宝至平城之后。

◆敦煌阚骃本年至平城。家甚贫寒，寻卒，无后。

《魏书》卷五二《阚骃传》："姑臧平，乐平王丕镇凉州，引为从事中郎。王薨之后，还京师。家甚贫弊，不免饥寒。性能多食，一饭至三升乃饱。卒，无后。"《魏书》卷四《世祖纪下》载，真君五年二月"癸酉，骠骑大将军、乐平王丕薨"。按：《通鉴》卷一二四亦系乐平王丕卒于本年二月。阚骃至平城当在本年。又，阚骃为乐平王丕僚属，史载乐平王"坐刘洁事，以忧薨"。据《魏书》卷二八《刘洁传》，世祖拓跋焘征蠕蠕，洁私谓亲人曰："若军出无功，车驾不返者，吾当立乐平王。"后事发，刘洁等夷三族，乐平王亦以忧卒。则阚骃贫寒而终，自在情理之中。

宋文帝元嘉二十二年　魏太武帝太平真君六年（445）

◆凉州沙门释昙学、威德于高昌郡译《贤愚经》十三卷。

《出三藏记集》卷二："《贤愚经》十三卷。"注："宋元嘉二十二年出。右一部，凡十三卷。宋文帝时，凉州沙门释昙学、威德于于阗国得此经胡本，于高昌郡译出。"

宋文帝元嘉二十四年　魏太武帝太平真君八年（447）

◆北魏以匿藏器物、毒药杀人、宫闱淫佚、与故臣民交通谋反等罪，赐河西王沮渠牧犍死。

《魏书》卷九九《沮渠蒙逊传》："初，官军未入之间，牧犍使人斫开府库，取金银珠玉及珍奇器物，不更封闭。小民因之入盗，巨细荡尽。有司求贼不得。真君八年，其所亲人及守藏者告之，上乃穷竟其事，搜其家中，悉得所藏器物。又告牧犍父子多畜毒药，前后隐窃杀人乃有百数；姊妹皆为左道，朋行淫佚，曾无愧颜。始罽宾沙门曰昙无谶，东入鄯善，自云'能使鬼治病，令妇人多子'，与鄯善王妹曼头陀林私通。发觉，亡奔凉州。蒙逊宠之，号曰'圣人'。昙无谶以男女交接之术教授妇人，蒙逊诸女、子妇皆往受法。世祖闻诸行人，言昙无谶之术，乃召昙无谶。蒙逊不遣，遂发露其事，拷讯杀之。至此，帝知之，于是赐昭仪沮渠氏死，诛其宗族，唯万年及祖以前先降得免。是年，人又告牧犍犹与故臣民交通谋反，诏司徒崔浩就公主第赐牧犍死。牧犍与主诀，良久乃自裁，葬以王礼，谥曰哀王。"《魏书》卷四《世祖纪下》载，真君八年"三月，河西王沮渠牧犍谋反，伏诛"。按：《通鉴》卷一二五系上述事于本年二月、三月。又，沮渠牧犍与故臣民交通谋反之事，难以详考，当属莫须有之罪名。总体来看，在北魏平定凉州后，徙居平城的河陇士人虽然表面上被礼而用之，但该群体的生存境况远远不及北凉，刘昞、阚骃为河西硕儒，其境遇即可为例。亡国之虏，寄人篱下，幸赖崔浩提携荐引，然国史一案，牵连殆尽，良可痛惜。

宋文帝元嘉二十五年　魏太武帝太平真君九年（448）

◆北魏崔浩主修国史成，著作令史太原闵湛、赵郡郗标请立石铭，刊载《国书》，并勒崔浩所注《五经》，遂营于天郊东三里。高允预言祸难将起。

《魏书》卷三五《崔浩传》："著作令史太原闵湛、赵郡郗标素谄事浩，乃请立石铭，刊载《国书》，并勒所注《五经》。浩赞成之。恭宗善焉，遂营于天郊东三里，方百三十步，用功三百万乃讫。"《魏书》卷四八《高允传》载："是时，著作令史闵湛、郗标性巧佞，为浩信待。见浩所注《诗》《论语》《尚书》《易》，遂上疏，言马、郑、王、贾虽注述《六经》，并多疏谬，不如浩之精微。乞收境内诸书，藏之秘府。班浩所注，命天下习业。并求敕浩注《礼传》，令后生得观正义。浩亦表荐湛有著述之才。既而劝浩刊所撰国史于石，用垂不朽，欲以彰浩直笔之迹。允闻之，谓著作郎宗钦曰：'闵湛所营，分寸之间，恐为崔门万世之祸。吾徒无类矣。'未几而难作。"按：北魏立石刊史的具体时间，史籍无明确记载。曹道衡、刘跃进《南北朝文学编年史》："此事在蒐于河西之前，当在太平真君九年。此乃崔浩得罪之始。拓跋晃之赞成其事，正以《国书》记魏初事，激怒鲜卑贵族。"今从而系于本年。又，此事为北魏国史案之直接诱因，直接关涉河陇文士宗钦、段承根等人的命运，《魏书》卷四八《高允传》所述即可为证。

宋文帝元嘉二十六年　魏太武帝太平真君十年（449）

◆凉州释道猛力精勤学，本年东游宋都建康，于东安寺续开讲席。

《高僧传》卷七《宋京师兴皇寺释道猛传》："释道猛，本西凉州人，少而游历燕赵，备睹风化。后停止寿春，力精勤学。三藏九部，大小数论，皆思入渊微，无不镜彻。而《成实》一部，最为独步。于是大化江西，学人成列。至元嘉二十六年，东游京师，止于东安寺，复续开讲席。"

◆北魏太武帝大蒐于河西，诏崔浩诣行在议凉州军事，浩指陈北魏内徙凉州士民之失，力主募徙豪强，充实凉土。

《魏书》卷四《世祖纪下》载，本年"三月，遂蒐于河西"。《魏书》卷三五《崔浩传》："世祖蒐于河西，诏浩诣行在所议军事。浩表曰：'昔汉武帝患匈奴强盛，故开凉州五郡，通西域，劝农积谷，为灭贼之资，东西迭击。故汉未疲，而匈奴已弊，后遂入朝。昔平凉州，臣愚以为北贼未平，征役不息，可不徙其民，案前世故事，计之长者。若迁民人，则土地空虚，虽有镇戍，适可御边而已，至于大举，军资必乏。陛下以此事阔远，竟不施用。如臣愚意，犹如前议，募徙豪强大家，充实凉土，军举之日，东西齐势，此计之得者。'"按：北魏平定凉州，徙民三万余家于京师，使河西遂至空虚，崔浩所言甚是。魏晋以来河西本土文化发展较快，然自北魏大批徙民于平城，使河西文化的发展严重受挫，崔浩此表对于深入了解凉州当时情势，极具参考价值。

宋文帝元嘉二十七年　魏太武帝太平真君十一年（450）

◆北魏国史案发，崔浩被杀，时年七十岁。清河崔氏无远近，浩之姻亲范阳卢氏、太原郭氏、河东柳氏，尽夷其族。崔浩秘书郎吏已下百二十八人尽死。

《魏书》卷四《世祖纪下》载，本年"六月己亥，诛司徒崔浩"。《魏书》卷三五《崔浩传》："真君十一年六月诛浩，清河崔氏无远近，范阳卢氏、太原郭氏、河东柳氏，皆浩之姻亲，尽夷其族。初，郗标等立石铭刊《国记》，浩尽述国事，备而不典。而石铭显在衢路，往来行者咸以为言，事遂闻发。有司按验浩，取秘书郎吏及长历生数百人意状。浩伏受赇，其秘书郎吏已下尽死。"《史通》卷十二《古今正史》："又特命（崔）浩总监史任，务从实录。复以中书郎高允、散骑侍郎张伟并参著作，续成前史书，叙述国事，无隐所恶，而刊石写之，以示行路。浩坐此夷三族，同作死者百二十八人。自是遂废史官。"按：《魏书》卷四八《高允传》、《通鉴》卷一二五等载述此事原委甚详，皆可参考。

◆金城宗钦以崔浩故，被杀。临刑，叹服高允有先见之明。

《魏书》卷五二《宗钦传》："崔浩之诛也，钦亦赐死。钦在河西，撰《蒙逊记》十卷，无足可称。"《魏书》卷四八《高允传》载："（闵湛等）既而劝浩刊所撰国史于石，用垂不朽，欲以彰浩直笔之迹。允闻之，谓著作郎宗钦曰：'闵湛所营，分寸之间，恐为崔门万世之祸。吾徒无类矣。'未几而难作……浩竟族灭，余皆身死。宗钦临刑，叹曰：'高允其殆圣乎！'"按：《魏书》本传载录宗钦《东宫侍臣箴》《与高允书》并附诗四言十二章（高允有答书及附诗），又称"撰《蒙逊记》十卷"。《史通》卷十二《古今正史》："宗钦记沮渠氏。"《隋书》卷三三《经籍志二》著录《凉书》十卷，注云："沮渠国史。"当即宗钦所撰述。关于宗钦的生平，曹道衡、沈玉成《中古文学史料丛考》卷五

"宗钦行年考"条有论，认为"钦生年虽不可确考，要当在隆安三年之前，其被诛时已逾五十，或者可至六十矣"[①]。

◆**武威段承根受崔浩牵连，被杀。武威阴仲达与段承根同修国史，也应同时遇难。**

《魏书》卷五二《段承根传》："司徒崔浩见而奇之，以为才堪注述，言之世祖，请为著作郎，引与同事……浩诛，承根与宗钦等俱死。"同卷《阴仲达传》："司徒崔浩启仲达与段承根云，二人俱凉土才华，同修国史。除秘书著作郎。卒。"按：《魏书》本传载录段承根《赠李宝诗》四言七章。又，阴仲达是否死于崔浩之案，史籍无确切记载，但《魏书》本传称其因崔浩荐举与段承根同修国史，显然也是崔浩僚属，若非中途调离或因病亡故，无疑也是与崔浩同时被诛的"百二十八人"之一。

◆**崔浩被诛，敦煌张湛惧受牵连，悉数焚烧与崔浩的赠答之作。**

《魏书》卷五二《张湛传》："凉州平，入国，年五十余矣，赐爵南浦男，加宁远将军。司徒崔浩识而礼之……湛至京师，家贫不粒，操尚无亏，浩常给其衣食。每岁赠浩诗颂，浩常报答。及浩被诛，湛惧，悉烧之。"按：崔浩被诛，流寓平城的河陇文士亦遭遇严酷打击，宗钦、段承根等被杀，张湛等惶恐不安，河西文化与文学的传承发展，遭遇前所未有之困境。

宋文帝元嘉二十八年　魏太武帝正平元年（451）

◆**北魏诏令太子少傅广平游雅、中书侍郎安定胡方回等改定律制。**

《魏书》卷四《世祖纪下》："（正平元年）六月壬戌，改年。车师国王遣子入侍。诏曰：'夫刑网太密，犯者更众，朕甚愍之。有司其案律令，务求厥中。自余有不便于民者，依比增损。'诏太子少傅游雅、中书侍郎胡方回等改定律制"。《魏书》卷五四《游雅传》："游雅，字伯度，小名黄头，广平任人也。少好学，有高才。世祖时，与渤海高允等俱知名，征拜中书博士、东宫内

[①] 曹道衡、沈玉成：《中古文学史料丛考》，中华书局2003年版，第706页。

侍长，迁著作郎。使刘义隆，授散骑侍郎，赐爵广平子，加建威将军。稍迁太子少傅，领禁兵，进爵为侯，加建义将军。受诏与中书侍郎胡方回等改定律制。"同书卷五二《胡方回传》："胡方回，安定临泾人……迁侍郎，与太子少傅游雅等改定律制。"按：《通鉴》卷一二六亦系此事于北魏正平元年六月，并云："多所增损，凡三百九十一条。"又，胡方回为归附北魏的河陇文士。

◆傅隆卒，时年八十三岁。

《宋书》卷五五《傅隆传》："归老在家，手不释卷，博学多通，特精《三礼》。谨于奉公，常手抄书籍。二十八年，卒，时年八十三。"按：严可均《全宋文》卷二七辑录傅隆文三篇。

宋文帝元嘉二十九年　魏文成帝兴安元年（452）

◆北魏南来降民五千余家于中山谋叛，州军讨平。冀州刺史、张掖王沮渠万年与降民通谋，赐死。沮渠祖亦被赐死。

《魏书》卷四《世祖纪下》载，正平二年"春正月庚辰朔，南来降民五千余家于中山谋叛，州军讨平之。冀州刺史、张掖王沮渠万年与降民通谋，赐死"。《魏书》卷九九《沮渠蒙逊传》："（沮渠）万年、（沮渠）祖并以先降，万年拜安西将军、张掖王，祖为广武公。万年后为冀定二州刺史，复坐谋逆，与祖俱死。"按：据《魏书》卷九九《沮渠蒙逊传》，北魏平定凉州，万年与祖先降，故太平真君八年拓跋焘大肆诛杀沮渠牧犍及其族人，唯万年及祖以先降得免。至此，则诛杀殆尽。又，《通鉴》卷一二六亦系此事于元嘉二十九年正月。

◆北魏废止《景初历》，始用北凉赵𢾺所修《玄始历》。

《魏书》卷一〇七《律历志上》载："世祖平凉土，得赵𢾺所修《玄始历》，后谓为密，以代《景初》（按：三国魏杨伟作《景初历》）。"同卷引北魏正始四年冬太乐令公孙崇上表亦云："高宗践祚，乃用敦煌赵𢾺《甲寅》之历，然其星度，稍为差远。"按：据《魏书》卷五《高宗纪》，北魏高宗文成皇帝拓跋濬，"正平二年十月戊申，即皇帝位于永安前殿，大赦，改年（兴安）"。则北魏使用赵𢾺所修《玄始历》当在本年十月之后。《通鉴》卷一二六系北魏使用赵氏历于本年十二月，并云："初，魏入中原，用《景初历》，世祖克沮渠氏，得赵𦲷《玄始历》，时人以为密，是岁，始行之。"又，公孙崇上表称赵𦲷（即"赵歜"）所修为《甲寅》之历，《宋书》卷九八《大且渠蒙逊传》又载，元嘉十四年，北凉奉表进献方物及图书，其中即有《赵𦲷传》并《甲寅元历》一卷。据此，则赵歜《玄始历》又称《甲寅元历》，二者当为一书。稽诸史籍，"玄始"为北凉沮渠蒙逊年号（412—428），赵歜所修历书当成于玄始年间，故名《玄始历》。又，北凉玄始三年（414）为甲寅年，赵氏此历可能修成于玄始三年，故又名《甲寅元历》。

宋文帝元嘉三十年　魏文成帝兴安二年（453）

◆源贺以拥立北魏文成帝拓跋濬之功，进爵西平王。时断狱多滥，贺上书议律，高宗纳之。

　　《魏书》卷四一《源贺传》："南安王余（拓跋余）为宗爱所杀也，贺部勒禁兵，静遏外内，与南部尚书陆丽决议定策，翼戴高宗。令丽与刘尼驰诣苑中，奉迎高宗，贺守禁中为之内应。俄而丽抱高宗单骑而至，贺乃开门。高宗即位，社稷大安，贺有力焉。转征北将军，加给事中，以定策之勋，进爵西平王……是时，断狱多滥，贺上书曰：'案律：谋反之家，其子孙虽养他族，追还就戮，所以绝罪人之类，彰大逆之辜；其为劫贼应诛者，兄弟子姪在远，道隔关津，皆不坐。窃惟先朝制律之意，以不同谋，非絶类之罪，故特垂不死之诏。若年十三已下，家人首恶，计谋所不及，愚以为可原其命，没入县官。'高宗纳之。"《魏书》卷五《高宗纪》载，兴安二年正月"丙戌，尚书、西平公源贺进爵为王"。

宋孝武帝孝建二年　魏文成帝太安元年（455）

◆九月，沮渠蒙逊从弟沮渠安阳侯在京都竹园寺译出《禅要秘密治病经》二卷。

　　《出三藏记集》卷二著录"《禅要秘密治病经》二卷"，注云："宋孝建二年于竹园寺译出。"又卷九《禅要秘密治病经记》第十五载："河西王从弟大沮渠安阳侯于于阗国衢摩帝大寺，从天竺比丘大乘沙门佛陀斯那。其人天才特拔，诸国独步。诵半亿偈，兼明禅法，内外综博，无籍不练，故世人咸曰人中师子。沮渠亲面禀受，忆诵无滞。以宋孝建二年九月八日，于竹园精舍书出此经，至其月二十五日讫。尼慧濬为檀越。"又卷一四《沮渠安阳侯传》第九载："沮渠安阳侯者，其先天水临成县胡人。河西王蒙逊之从弟也。初，蒙逊灭吕氏，窃号凉州，称河西王焉。安阳为人强志疏通……常以为务学多闻，大士之盛业也。少时尝度流沙，到于阗国，于瞿摩帝大寺遇天竺法师佛陀斯那，谘问道义。斯那本学大乘，天才秀出，诵半亿偈，明了禅法，故西方诸国号为人中师子。安阳从受《禅要秘密治病经》，因其胡本口诵通利。既而东归，于高昌郡求得《观世音》、《弥勒》二《观经》各一卷。及还河西，即译出《禅要》，转为汉文。居数年，魏虏拓跋焘伐凉州，安阳宗国殄灭，遂南奔于宋。晦志卑身，不交世务，常游止塔寺，以居士自毕。初出《弥勒》、《观世音》二《观经》，丹阳尹孟颛见而善之，请与相见。一面之后，雅相崇爱，亟设供馔，厚相优赡。至孝建二年，竹园寺比丘尼慧濬闻其讽诵《禅经》，请令传写。安阳通习积久，临笔无滞，旬有七日，出为五卷。其年仍于钟山定林上寺续出《佛母泥洹经》一卷。安阳居绝妻孥。无欲荣利，从容法侣，宣通经典，是以京邑白黑咸敬而嘉焉。以大明之末遘疾而卒。"按：《佛母泥洹经》又名《佛母般泥洹经》，《出三藏记集》卷二著录此经一卷，附注云："孝建二年于钟山定林上寺译出。一名《大爱道般泥洹经》。右四部，凡五卷。宋孝武帝时，伪河西王从弟沮渠安阳于京都译出。前二观先在高昌郡久已译出，于彼赍来京都。"其中所谓"前二观"指《观弥勒菩萨上生兜率天经》一卷、《观世音观经》一卷，并见著录，梁时尚存。又，沮渠安阳侯为北凉灭亡后流落南方的沮渠氏族人，《出三藏记集》卷一四称其为"天水临成县胡人"，与《晋书》卷一二九《沮渠蒙逊载记》等所谓"临松卢水胡人"有异，"天水临成"当有误。

宋孝武帝孝建三年　魏文成帝太安二年（456）

◆源贺出为北魏征南将军、冀州刺史，改封陇西王。其上书建议文成帝宥诸死刑，徙充北番诸戍，高宗纳之。

《魏书》卷四一《源贺传》："出为征南将军、冀州刺史，改封陇西王。贺上书曰：'臣闻：人之所宝，莫宝于生全；德之厚者，莫厚于宥死。然犯死之罪，难以尽恕，权其轻重，有可矜恤。今劲寇游魂于北，狡贼负险于南，其在疆场，犹须防戍。臣愚以为自非大逆、赤手杀人之罪，其坐赃及盗与过误之愆应入死者，皆可原命，谪守边境。是则已断之体，更受全生之恩；徭役之家，渐蒙休息之惠。刑措之化，庶几在兹。《虞书》曰"流宥五刑"，此其义也。臣受恩深重，无以仰答，将违阙庭，豫增系恋，敢上瞽言，唯加裁察！'高宗纳之。已后入死者，皆恕死徙边。"《魏书》卷五《高宗纪》太安二年："十有一月，尚书、西平王源贺改封陇西王。"按：《通鉴》卷一二八亦系源贺出任冀州、改封陇西王、上书诸事于本年十一月。

宋孝武帝大明元年　魏文成帝太安三年（457）

◆河东裴景仁撰《秦记》十一卷，叙前秦苻氏之事。

《宋书》卷五四《沈昙庆传》："沈昙庆，吴兴武康人……大明元年，督徐兖二州及梁郡诸军事、辅国将军、徐州刺史。时殿中员外将军裴景仁助成彭城，本伧人，多悉戎荒事。昙庆使撰《秦记》十卷，叙苻氏僭伪本末，其书传于世。"《南史》卷三四《沈怀文传》附《沈昙庆传》："昙庆，怀文从父兄也……大明元年，为徐州刺史。时殿中员外将军裴景仁助成彭城，景仁本北人，多悉关中事。昙庆使撰《秦记》十卷，叙苻氏事，其书传于世。"《史通》卷十二《古今正史》："前秦史官，初有赵渊、车敬、梁熙、韦谭相继著述……先是，秦秘书郎赵整参撰国史，值秦灭，隐于商洛山，著书不辍，有冯翊车频助其经费。整卒，（吉）翰乃启频纂成其书，以元嘉九年起，全二十八年方罢，定为三卷。而年月失次，首尾不伦。河东裴景仁又正其讹僻，删为《秦纪》十一篇。"《隋书》卷三三《经籍志二》著录《秦记》十一卷，附注云："宋殿中将军裴景仁撰，梁雍州主簿席惠明注。"按：裴景仁撰《秦记》卷数，诸书所载不一，今从《史通》和《隋志》。又，其书今佚，汤球辑《三十国春秋》辑其佚文十三条（其中一条记后凉事，非本书佚文）。《史通》卷六《叙事》："裴景仁《秦记》称苻坚方食，抚盘而诟。"

宋孝武帝大明二年　魏文成帝太安四年（458）

◆凉州沙门释弘充于法言精舍为宋太宰、江夏王刘义恭注释鸠摩罗什《首楞严经》，作《新出首楞严经序》。

《高僧传》卷八《齐京师湘宫寺释弘充传》："释弘充，凉州人。少有志力，通《庄》《老》，解经律。大明末过江，初止多宝寺……每讲《法华》《十地》，听者盈堂，宋太宰江夏文献王义恭雅重之。明帝践阼，起湘宫寺，请充为纲领，于是移居焉。"《出三藏记集》卷七释弘充《新出首楞严经序》："首楞严三昧者，盖神通之龙津，圣德之渊府也。妙物希微，非器像所表；幽玄冥湛，岂情言所议。冠九位以虚升，果万行而圆就，量种智以穷贤，绝殆庶而静统。用能灵台十地，扃镳法云；冈象环中，神图自外。然心虽澄一，应无不周，定必凝泊，在感斯至。故明宗本则三达同寂，论善救则六度弥纶，辩威效则强魔慑沦，语众变则百亿星繁。至乃征号龙上，晦迹尘光，像告诸乘，有尽无灭。斯皆参定之冥功，成能之显事，权济之枢纲，勇伏之宏要矣。罗什法师弱龄言道，思通法门。昔纡步关右，译出此经。自云布已来，竞辰而衍。中兴启运，世道载昌，宣传之盛，日月弥懋。太宰江夏王该综群籍，讨论渊敏，每览兹卷，特深远情。充以管昧，尝厕玄肆，预遭先匠，启训音轨，参听儒纬，仿佛文意。以皇宋大明二年，岁次奄茂，于法言精舍略为注解，庶勉不习之传，敢慕我闻之义。如必纰谬，以俟君子。"

◆敦煌索敞于平城作《丧服要记》《名字论》。高允著《名字论》以释其惑。

《魏书》卷五二《索敞传》："凉州平，入国，以儒学见拔，为中书博士……敞遂讲授十余年，敞以丧服散在众篇，遂撰比为《丧服要记》。其《名字论》文多不载。"《魏书》卷四八《高允传》："时中书博士索敞与侍郎傅默、梁祚论名字贵贱，著议纷纭。允遂著《名字论》以释其惑，甚有典证。"按：索敞撰《丧服要记》与《名字论》的具体时间难以详考。曹道衡、刘跃进《南北朝文学编年史》："凉州平，在太延五年（439），至是年凡十九年……此事在（高允）上疏文成帝论风俗得失之后，与《索敞传》合观，则《名字论》之作，当在是年左右，其文虽不存，足证此时北朝已有论难之文。"今从其说，系于本年。又，高允、索敞、傅默、梁祚等人所撰《名字论》，今皆散佚，内容难以详考。《太平御览》卷三六二引录《秦记》(即姚和都撰《后秦记》)中一段文字，内容主要为后秦姚泓论析"名"与"字"的区别以及古人取名择字的原则，可以视为一篇比较完整的《名字论》，姚泓与高允等人基本同时，所以通过姚泓的《名字论》，也可以适当推测索敞等人关于"名字贵贱"论争的大致内容。

◆北魏召胡叟、宗舒，使作檄刘骏、蠕蠕文。

《魏书》卷五二《胡叟传》："胡叟，字伦许，安定临泾人也……高宗时召叟及(宗)舒，并使作檄刘骏、蠕蠕文。舒文劣于叟，舒寻归家。"按：据《魏书》卷五《高宗纪》，太安四年"冬十月甲戌，北巡……刘骏将殷孝祖修两城于清水东，诏镇西将军天水公封敕文等击之。辛卯，车驾次于车轮山，累石记行。十一月，诏征西将军皮豹子等三将三万骑助击孝祖。车驾度漠，蠕蠕绝迹远遁，其别部乌朱贺颓、库世颓率众来降"。太安五年"春正月己巳朔，征西将军皮豹子略地至高平，大破孝祖，斩获五千余级"。和平元年"春正月甲子朔，大赦，改元。庚午，诏散骑常侍冯阐使于刘骏……秋七月乙丑，刘骏遣使朝贡"。据此，北魏和平元年，魏、宋通好，互遣使节，则胡叟、宗舒作檄刘骏、蠕蠕文，当在北魏高宗太安四年十月或十一月。又，《通鉴》卷一二八亦系北魏伐柔然及殷孝祖诸事于本年十月、十一月，并云："魏主自将骑十万、车十五万两击柔然，度大漠，旌旗千里。柔然处罗可汗远遁，其别部乌朱驾颓等帅数千落降于魏。魏主刻石纪功而还。"据此，则本年北魏大规模出兵击柔然，并刻石纪功，魏主令胡叟、宗舒等作檄文，当在此时。

宋孝武帝大明三年　魏文成帝太安五年（459）

◆北魏敦煌公李宝卒，时年五十三岁。

《魏书》卷三九《李宝传》："太安五年薨，年五十三。诏赐命服一袭，赠以本官，谥曰宣。有六子：承、茂、辅、佐、公业、冲。公业早卒，冲别有《传》。"《魏书》卷五《高宗纪》载，太安五年九月，"仪同三司敦煌公李宝薨。"

宋孝武帝大明四年　魏文成帝和平元年（460）

◆北魏复置史官。

《魏书》卷五《高宗纪》载，和平元年六月，"崔浩之诛也，史官遂废，至是复置"。《史通》卷十二《古今正史》："至文成帝和平元年，始复其职，而以高允典著作，修国记。允年已九十，手目俱衰。时有校书郎刘模，长于缉缀，乃令执笔而口占授之，如是者五六岁。所成篇卷，模有力焉。"按：《通鉴》卷一二九亦系北魏复置史官于本年六月。

◆柔然攻高昌，杀沮渠安周，灭沮渠氏，以阚伯周为高昌王。高昌称王自此始。

《魏书》卷一〇一《高昌传》："世祖时，有阚爽者，自为高昌太守。太延中，遣散骑侍郎王恩生等使高昌，为蠕蠕所执。真君中，爽为沮渠无讳所袭，夺据之。无讳死，弟安周代立，和平元年，为蠕蠕所并。蠕蠕以阚伯周为高昌王，其称王自此始也。"《魏书》卷九九《沮渠蒙逊传》："先是，高昌太守阚爽为李宝舅唐契所攻，闻无讳至鄯善，遣使诈降，欲令无讳与唐契相击。无讳留安周住鄯善，从焉耆东北趣高昌。会蠕蠕杀唐契，爽拒无讳，无讳将卫兴奴诈诱爽，遂屠其城，爽奔蠕蠕。无讳因留高昌。五年夏，无讳病死，安周代立。后为蠕蠕国所并。"按：《通鉴》卷一二九亦系柔然攻高昌灭沮渠氏、以阚伯周为高昌王事于大明四年。又，阚伯周当为阚爽之后，阚氏应为敦煌人。

◆河西沙门释昙曜始建石窟于平城西武州塞，即今大同云冈石窟。又与天竺沙门常那邪舍等，译出新经十四部。

《高僧传》卷十一《宋伪魏平城释玄高传》附《昙曜传》："时河西国沮渠茂虔时有沙门昙曜，亦以禅业见称，伪太傅张潭伏膺师礼。"《魏书》卷一一四《释老志》："先是，沙门昙曜有操尚，又为恭宗所知礼。佛法之灭，沙门多以余能自效，还俗求见。曜誓欲守死，恭宗亲加劝喻，至于再三，不得已，乃止。密持法服器物，不暂离身，闻者叹重之……和平初，师贤卒，昙曜代之，更名沙门统。初昙曜以复佛法之明年，自中山被命赴京，值帝出，见于路，御马前衔曜衣，时以为马识善人。帝后奉以师礼。昙曜白帝，于京城西武州塞，凿山石壁，开窟五所，镌建佛像各一。高者七十尺，次六十尺，雕饰奇伟，冠于一世……昙曜又与天竺沙门常那邪舍等，译出新经十四部。"按：据《高僧传》，昙曜当为河西人，由北凉入北魏。

宋明帝泰始二年　魏献文帝天安元年（466）

◆北魏以陇西王源贺为太尉。

《魏书》卷四一《源贺传》："出为征南将军、冀州刺史，改封陇西王……贺之临州，鞫狱以情，徭役简省……在州七年，乃征拜太尉。"《魏书》卷六《显祖纪》载，天安元年"三月庚子，以陇西王源贺为太尉。"按：《通鉴》卷一三一亦系此事于本年三月庚子。

宋明帝泰始三年　魏献文帝皇兴元年（467）

◆北魏以陇西辛绍先为下邳太守。绍先不尚苛察，务举大纲，下邳安之。

《魏书》卷四五《辛绍先传》："皇兴中，薛安都以彭城归国，时朝廷欲绥安初附，以绍先为下邳太守，加宁朔将军。为政不苟激察，举其大纲而已，唯教民治产御贼之备。"《魏书》卷六《显祖纪》载，天安元年九月，"刘彧徐州刺史薛安都以彭城内属。彧将张永、沈攸之击安都。"按：《通鉴》卷一三二系辛绍先出任下邳太守于本年八、九月间。今从《通鉴》。

宋明帝泰始五年　魏献文帝皇兴三年（469）

◆北魏沙门统释昙曜奏请设立僧祇户、僧祇粟及佛图户，魏主并许之。

《魏书》卷一一四《释老志》："和平初，师贤卒。昙曜代之，更名沙门统……昙曜奏：平齐户及诸民，有能岁输谷六十斛入僧曹者，即为'僧祇户'，粟为'僧祇粟'，至于俭岁，赈给饥民。又请民犯重罪及官奴以为'佛图户'，以供诸寺扫洒，岁兼营田输粟。高宗并许之。于是僧祇户、粟及寺户，遍于州镇矣。"按：《通鉴》卷一三二系此事于北魏皇兴三年五月，时魏主为显祖献文帝拓跋弘，非高宗文成帝拓跋濬。

宋明帝泰始七年　魏献文帝皇兴五年　魏孝文帝延兴元年（471）

◆北魏献文帝欲禅位于京兆王子推，命公卿议之，太尉源贺等以为不可。于是传位于孝文帝拓跋宏。改元延兴。

《魏书》卷四一《源贺传》："显祖将传位于京兆王子推，时贺都督诸军屯漠南，乃驰传征贺。贺既至，乃命公卿议之。贺正色固执不可。即诏贺持节奉皇帝玺绶以授高祖。"《魏书》卷六《显祖纪》："帝雅薄时务，常有遗世之心，欲禅位于叔父京兆王子推，语在《任城王云传》。群臣固请，帝乃止。"《魏书》卷七《高祖纪上》："（皇兴）五年秋八月丙午，即皇帝位于太华前殿，大赦，改元延兴元年。"按：《通鉴》卷一三三亦系上述事于本年八月，并详载太尉源贺、任城王云、东阳公丕、尚书陆馛及宦者选部尚书酒泉赵黑劝谏献文帝之语。

◆北魏河西敕勒叛，源贺率众讨平之。源贺依古今法及先儒耆旧之说，略采至要，作《十二阵图》以上之。又上书请屯田于漠南，魏主不从。

《魏书》卷四一《源贺传》："是岁，河西敕勒叛，遣贺率众讨之，降二千余落。倍道兼行，追贼党郁朱于等至枹罕，大破之，斩首五千余级，虏男女万余口、杂畜三万余头。复追统万、高平、上邽三镇叛敕勒至于金城，斩首三千级。贺依古今兵法及先儒耆旧之说，略采至要，为《十二阵图》以上之。显祖览而嘉焉。贺以年老辞位，诏不许。又诏都督三道诸军，屯于漠南。是时，每岁秋冬，遣军三道并出，以备北寇，至春中乃班师。贺以劳役京都，又非御边长计，乃上言：'请募诸州镇有武健者三万人，复其徭赋……不可岁常举众，连动京师，令朝庭恒有北顾之虑也。'事寝不报。"《魏书》卷七《高祖纪上》载，延兴元年"冬十月丁亥，沃野、统万二镇敕勒叛。诏太尉、陇西王源贺追击，至枹罕，灭之，斩首三万余级"。按：《通鉴》卷一三三亦系上述事于本年十月，胡三省注云："此（按：源贺所陈御边之策）即古屯田之说也。"

宋明帝泰豫元年　魏孝文帝延兴二年（472）

◆释昙曜与西域三藏吉迦夜在北魏平城译《杂宝藏经》十三卷、《付法藏因缘经》六卷、《方便心论》二卷。刘孝标笔受。

《出三藏记集》卷二著录三部佛经，注云："右三部，凡二十一卷。宋明帝时，西域三藏吉迦夜于北国，以伪延兴二年，共僧正释昙曜译出，刘孝标笔受。此三经并未至京都。"

宋后废帝元徽二年　魏孝文帝延兴四年（474）

◆北魏太上皇（献文帝）屡引程骏论《易》《老》之义。程骏时年六十一，任史官。

《魏书》卷六十《程骏传》："皇兴中，除高密太守。尚书李敷奏曰：'夫君之使臣，必须终效。骏实史才，方申直笔，千里之任，十室可有。请留之数载，以成前籍，后授方伯，愚以为允。'书奏，从之。显祖屡引骏与论《易》《老》之义，顾谓群臣曰：'朕与此人言，意甚开畅。'又问骏曰：'卿年几何？'对曰：'臣六十有一。'显祖曰：'昔太公既老而遭文王。卿今遇朕，岂非早也？'骏曰：'臣虽才谢吕望，而陛下尊过西伯。觊天假余年，竭《六韬》之效。'"按：据《魏书》本传，程骏卒于太和九年（485），年七十二，则其生于晋安帝义熙十年（414），与献文帝论《老》《易》时年六十一，当在本年。《魏书》本传又载，骏尝谓其师刘昞曰："今世名教之儒，咸谓老庄其言虚诞，不切实要，弗可以经世，骏意以为不然。夫老子著抱一之言，庄生申忤本之旨，若斯者，可谓至顺矣。人若乖一则烦伪生，若爽性则冲真丧。"曹道衡、刘跃进《南北朝文学编年史》系上述事于北魏延兴三年（473），并云："程骏自六世祖坐事流凉州，世居河西，足见北魏老庄之学，至此渐兴起，而凉州文人亦颇有作用。"曹道衡、沈玉成《中古文学史料丛考》卷五"程骏论《老》《易》"条认为："或者献文帝禅位之后，尝玩《易》《老》，此其志趣，已与魏晋玄风甚近。骏本兼通儒、玄，故为献文帝言之。然献文自比文王而以太公比骏，盖孝文斯时尚幼（仅六岁），故政事尚决于献文，故有此耳。"① 又据《魏书》本传引李敷"骏实史才,方申直笔"云云,程骏此时当任北魏史官。《北齐书》卷三七《魏收传》载:"始魏初邓彦海撰《代记》十余卷,其后崔浩典史,游雅、高允、程骏、李彪、崔光、李琰之徒世修其业。"此亦可证程骏于孝文帝初年曾任史官。

◆ **北魏太尉、陇西王源贺以病辞位。其子源怀受父爵,拜征南将军,持节督诸军屯于漠南。**

《魏书》卷七《高祖纪上》:"(延兴)四年春正月丁丑,侍中、太尉、陇西王源贺以病辞位。"《魏书》卷四一《源贺传》:"又上书称病笃,乞骸骨,至于再三,乃许之。朝有大议皆就询访,又给衣药珍羞。"又,同卷《源怀传》:"延弟思礼,后赐名怀,谦恭宽雅,有大度。高宗末,为侍御中散。父贺辞老,诏怀受父爵,拜征南将军。寻为持节、督诸军,屯于漠南。"按:《通鉴》卷一三三亦系源贺以病辞位于本年正月。

宋后废帝元徽四年　魏孝文帝承明元年（476）

◆ **程骏拜秘书令,上书言太庙执事之官不得依旧事封爵,北魏文明太后善而从之,时年六十三岁。**

《魏书》卷六十《程骏传》:"显祖崩,乃还,拜秘书令。初,迁神主于太庙,有司奏:旧事,庙中执事之官,例皆赐爵,今宜依旧。诏百僚评议,群臣咸以为宜依旧事,骏独以为不可。表曰:'臣闻:名器为帝王所贵,山河为区夏之重。是以汉祖有约,非功不侯。必当属有命于大君之辰,展心力于战谋之日,然后可以应茅土之锡。未见预事于宗庙,而获赏于疆土;徒见晋郑之后以夹辅为至勋,吴邓之俦以征伐为重绩。周汉既无文于远代,魏晋亦靡记于往年。自皇道开符,乾业创统,务高三、五之规,思隆百王之轨,罚颇减古,赏实增昔。时因神主改衬、清庙致肃,而授群司以九品之命,显执事以五等之名。虽复帝王制作,弗相沿袭,然当时恩泽,岂足为长世之轨乎?乖众之愆,伏待罪谴。'书奏,从之。文明太后谓群臣曰:'言事固当正直而准古典,安可

---

① 曹道衡、沈玉成:《中古文学史料丛考》,中华书局2003年版,第732页。

依附暂时旧事乎？'赐骏衣一袭、帛二百匹。"按：《通鉴》卷一三四系上述事于本年六月。

宋后废帝元徽五年　宋顺帝昇明元年　魏孝文帝太和元年（477）

◆北魏程骏以宋后废帝为萧道成谋杀，上表请讨伐，魏主不从。时年六十四岁。

《魏书》卷六十《程骏传》："骏又表曰：'《春秋》有云：见有礼于其君者，若孝子之养父母；见无礼于其君者，若鹰鹯之逐鸟雀。所以劝诫将来，垂范万代。昔陈恒杀君，宣尼请讨，虽欲晏逸，其得已乎？今庙算天回，七州云动，将水荡鲸鲵，陆扫凶逆。然战贵不陈，兵家所美。宜先遣刘昶招喻淮南。若应声响悦，同心齐举，则长江之险，可朝服而济；道成之首，可崇朝而悬。苟江南之轻薄，背刘氏之恩义，则曲在彼矣，何负神明哉！直义檝江南，振旅回旆，亦足以示救患之大仁，扬义风于四海。且攻难守易，则力悬百倍，不可不深思，不可不熟虑。今天下虽谧，方外犹虞，拾蚩僥幸于西南，狂虏伺釁于漠北。脱攻不称心，恐兵不卒解；兵不卒解，则忧虑逾深。夫为社稷之计者，莫不先于守本。臣愚以为观兵江浒，振曜皇威，宜特加抚慰。秋毫无犯，则民知德信；民知德信，则襁负而来；襁负而来，则淮北可定；淮北可定，则吴寇异图；寇图异则祸衅出。然后观衅而动，则不晚矣。请停诸州之兵，且待后举。所谓守本者也。伏惟陛下、人皇太后，英算神规，弥纶百胜之外；应机体变，独悟方寸之中。臣影颓虞渊，昏耄将及，䘏思忧国，终无云补。'不从。"按：据《宋书》卷九《后废帝纪》，刘昱于本年七月七日夜遇弒。则程骏此表当作于本年七、八月。

◆北魏陇西王源贺疗疾于温汤，孝文帝、文明太后遣使者屡问消息，太医视疾。贺遗令敕诸子。

《魏书》卷四一《源贺传》载，"太和元年二月，疗疾于温汤，高祖、文明太后遣使者屡问消息，太医视疾。患笃，还京师。贺乃遗令敕诸子曰"云云。按：《北史》卷二八所载同。

宋顺帝昇明三年　齐高帝建元元年　魏孝文帝太和三年（479）

◆**北魏陇西王源贺卒，时年七十三岁，谥曰宣。**

《魏书》卷四一《源贺传》："（太和）三年秋薨，年七十三。赠侍中、太尉、陇西王印绶，谥曰宣，赙杂彩五百匹，赐辒辌车及命服、温明秘器，陪葬于金陵。"《魏书》卷七《高祖纪上》太和三年九月："庚申，陇西王源贺薨。"按：《通鉴》卷一三五亦系源贺卒于本年九月。又，严可均《全后魏文》卷二七辑录其文五篇。

齐高帝建元三年　魏孝文帝太和五年（481）

◆**北魏沙门法秀谋反被诛。程骏上表贺，并上《庆国颂》十六章，又奏《得一颂》。文明太后诏令褒扬，旌其俭德。程骏时年六十八岁。**

《魏书》卷六十《程骏传》："沙门法秀谋反伏诛。骏表曰：'臣闻《诗》之作也，盖以言志。迩之事父，远之事君，关诸风俗，靡不备焉。上可以颂美圣德，下可以申厚风化；言之者无罪，闻之者足以诫。此古人用诗之本意。臣以垂没之年，得逢盛明之运，虽复昏耄将及，犹慕廉颇强饭之风。伏惟陛下、太皇太后，道合天地，明侔日月，则天与唐风斯穆，顺帝与周道通灵。是以狂妖怀逆，无隐谋之地；冥灵潜觉，伏发觉之诛。用能七庙幽赞，人神扶助者已。臣不胜喜踊。谨竭老钝之思，上《庆国颂》十六章，并序巡狩、甘雨之德焉。'其颂曰……文明太后令曰：'省诗表，闻之。歌颂宗祖之功德可尔，当世之言，何其过也。所箴下章，戢之不忘。'骏又奏《得一颂》，始于固业，终于无为，十篇。文多不载。文明太后令曰：'省表并颂十篇，闻之。鉴戒既备，良用钦玩。养老乞言，其斯之谓。'又诏曰：'程骏历官清慎，言事每恳。又门无侠货之宾，室有怀道之士。可赐帛六百匹，旌其俭德。'骏悉散之亲旧。"《魏书》卷七《高祖纪上》载，太和五年二月，"沙门法秀谋反，伏诛"。按：《通鉴》卷一三五亦系法秀谋反事于本年二月。

齐高帝建元四年　魏孝文帝太和六年（482）

◆凉州沙门释法颖卒于多宝寺，时年六十七岁。撰《十诵戒本》及《羯磨》等。

　　《高僧传》卷十一《齐京师多宝寺释法颖传》："释法颖，姓索，敦煌人。十三出家，为法香弟子，住凉州公府寺。与同学法力，俱以律藏知名。颖伏膺已后，学无再请，记在一闻。研精律部，博涉经论。元嘉末，下都止新亭寺。孝武南下，改治此寺，以颖学业兼明，敕为都邑僧正。后辞任，还多宝寺。常习定闲房，亦时开律席。及齐高即位，复敕为僧主……齐建元四年卒，春秋六十有七，撰《十诵戒本》并《羯磨》等。"

齐武帝永明二年　魏孝文帝太和八年（484）

◆释僧远卒于定林上寺，齐武帝、萧子良并作《致沙门法献书》以示哀悼。法献等立碑颂德，太尉王俭制文。

　　《高僧传》卷八《齐上定林寺释僧远传》："释僧远，姓皇，渤海重合人。其先北地皇甫氏，避难海隅，故去'甫'存'皇'焉……宋大明中渡江，住彭城寺，升明中于小丹阳牛落山立精舍，名曰龙渊……远蔬食五十余年，涧饮二十余载。游心法苑，缅想人外，高步山门，萧然物表。以齐永明二年正月卒于定林上寺，春秋七十有一。帝以致书于沙门法献曰……竟陵文宣王又书曰……即为营坟于山南，立碑颂德，太尉琅琊王俭制文。"

◆凉州沙门释僧侯卒于齐京师后冈禅室，时年八十九岁。

　　《高僧传》卷十二《齐京师后冈释僧侯传》："释僧侯，姓龚，西凉州人……宋孝建初，来至京师……齐永明二年，微觉不愈，至中不能食，乃索水漱口，合掌而卒，春秋八十有九。"

齐武帝永明三年　魏孝文帝太和九年（485）

◆北魏程骏病卒，时年七十二岁。遗令薄葬，谥曰宪。所制文笔，自有集录。

　　《魏书》卷六十《程骏传》："太和九年正月，病笃，乃遗令曰：'吾存尚俭薄，岂可没为奢厚哉？昔王孙裸葬，有感而然；士安籧篨，颇亦矫厉。今世既休明，百度循礼，彼非吾志也。可敛以时服，器皿从古。'遂卒，年七十二。初，骏病甚，高祖、文明太后遣使者更问其疾，敕御师徐謇诊视，赐以汤药。临终，诏以小子公称为中散，从子灵虬为著作佐郎。及卒，高祖、文明太后伤惜之，赐东园秘器、朝服一称、帛三百匹，赠冠军将军、兖州刺史、曲安侯，谥曰宪。所制文笔，自有集录。"按：程骏所著文章，唯《魏书》本传所录章表及《庆国颂》尚存。《隋书》卷三五《经籍志四》未著录《程骏集》，严可均《全后魏文》辑录程骏文五篇，其中《得一颂》仅存篇名。又，据《魏书》本传，程骏虽为广平曲安人，但自其六世祖程良以来，世居凉州，又师事刘昞，为刘昞得意门生，故亦属河陇文士。

齐武帝永明四年　魏孝文帝太和十年（486）

◆皇甫谧后裔释僧慧卒于荆州竹林寺，时年七十九岁。

《高僧传》卷八《齐荆州竹林寺释僧慧传》："释僧慧，姓皇甫，本安定朝那人。高士谧之苗裔。先人避难寓居襄阳，世为冠族。慧少出家，止荆州竹林寺，事昙顺为师。顺，庐山慧远弟子，素有高誉，慧伏膺以后，专心义学。至年二十五，能讲《涅槃》《法华》《十住》《净名》《杂心》等。性强记，不烦都讲，而文句辩折（析），宣畅如流。又善《庄》《老》，为西学所师，与高士南阳宗炳、刘虬等并皆友善……齐初敕为荆州僧主。风韵秀然，协道匡世，补益之功，有誉遐迩……齐永明四年卒，春秋七十有九。"按：据《晋书》卷五一《皇甫谧传》附《皇甫方回传》，皇甫谧子方回于西晋末年避乱荆州，甚为陶侃所重，后为王敦从弟王廙所杀。

◆北魏给事中李冲上言建立三长制，文明太后览而称善，公卿通议，遂立三长，公私便之。

《魏书》卷七《高祖纪下》载，太和十年"二月甲戌，初立党、里、邻三长，定民户籍"。《魏书》卷一一〇《食货志》："魏初不立三长，故民多荫附。荫附者皆无官役，豪强征敛，倍于公赋。十年，给事中李冲上言：'宜准古，五家立一邻长，五邻立一里长，五里立一党长，长取乡人强谨者。邻长复一夫，里长二，党长三。所复复征戍，余若民。三载亡愆则陟用，陟之一等。其民调，一夫一妇帛一匹，粟二石。民年十五以上未娶者，四人出一夫一妇之调；奴任耕，婢任绩者，八口当未娶者四；耕牛二十头当奴婢八。其麻布之乡，一夫一妇布一匹，下至牛，以此为降。大率十匹为公调，二匹为调外费，三匹为内外百官俸，此外杂调。民年八十已上，听一子不从役。孤独癃老笃疾贫穷不能自存者，三长内迭养食之。'书奏，诸官通议，称善者众。高祖从之，于是遣使者行其事。乃诏曰：'……今革旧从新，为里党之法，在所牧守，宜以喻民，使知去烦即简之要。'初，百姓咸以为不若循常，豪富并兼者尤弗愿也。事施行后，计省昔十有余倍。于是海内安之。"《魏书》卷五三《李冲传》："李冲，字思顺，陇西人，敦煌公宝少子也。少孤，为长兄荥阳太守承所携训……显祖末，为中书学生。冲善交游，不妄戏杂，流辈重之。高祖初，以例迁秘书中散，典禁中文事，以修整敏惠，渐见宠待。迁内秘书令、南部给事中。旧无三长，惟立宗主督护，所以民多隐冒，五十、三十家方为一户。冲以三正治民，所由来远，于是创三长之制而上之。文明太后览而称善，引见公卿议之……群议虽有乖异，然惟以变法为难，更无异义。遂立三长，公私便之。"按：《通鉴》卷一三六亦系北魏立三长制于本年二月。据《魏书》本传，李冲时任"南部给事中"。

齐武帝永明五年　魏孝文帝太和十一年（487）

◆**高昌沙门释智林卒，时年七十九岁。著《二谛论》及《毘昙杂心记》，并注《十二门论》《中论》等。**

《高僧传》卷八《齐高昌郡释智林传》："释智林，高昌人，初出家为亮公弟子。幼而崇理好学，负褰长安。振锡江豫，博采群典，特善《杂心》。及亮公被摈，弟子十二人皆随之岭外。林乃憩踵番禺，化清海曲。至宋明之初，勅在所资给，发遣下京，止灵基寺……时汝南周颙又作《三宗论》，既与林意相符，深所欣迟，乃致书于颙曰：'近闻檀越叙二谛之新意，陈三宗之取舍，声殊恒律，虽进物不速。如贫道鄙怀，谓天下之理，唯此为得焉，不如此非理也……往言悬然，非戏论矣。想便写一本，为惠贫道，赍以还西，使处处弘通也。比小可牵，故入山取叙，深企付之。'颙因出论焉。故三宗之旨，传述至今。林形长八尺，天姿瑰雅，登座震吼，谈吐若流。后辞还高昌。齐永明五年卒，春秋七十有九。著《二谛论》及《毗昙杂心记》，并注《十二门论》《中论》等。"按：释智林与周颙论三宗之旨，约在宋明帝之初。

齐武帝永明六年　魏孝文帝太和十二年（488）

◆北魏梁祚卒，时年八十七。曾撰并陈寿《三国志》，名曰《国统》。又作《代都赋》，颇行于世。

《魏书》卷八四《儒林传》："梁祚，北地泥阳人。父劭，皇始二年归国，拜吏部郎，出为济阳太守。至祚，居赵郡。祚笃志好学，历治诸经，尤善《公羊春秋》、郑氏《易》，常以教授。有儒者风，而无当世之才。与幽州别驾平恒有旧，又姊先适范阳李氏，遂携家人侨居于蓟。积十余年，虽羁旅贫窘而著述不倦。恒时相请屈，与论经史。辟秘书中散，稍迁秘书令。为李䜣所排，摈退为中书博士。后出为统万镇司马，征为散令。撰并陈寿《三国志》，名曰《国统》。又作《代都赋》，颇行于世。清贫守素，不交势贵。年八十七，太和十二年卒。"按，《魏书》卷四八《高允传》载："时中书博士索敞与侍郎傅默、梁祚论名字贵贱，著议纷纭。允遂著《名字论》以释其惑，甚有典证。"据此，则梁祚曾作《名字论》，今散佚不存。

齐武帝永明七年　魏孝文帝太和十三年（489）

◆陇西沙门释法瑗卒于南齐京师灵根寺，时年八十一岁。

《高僧传》卷八《齐京师灵根寺释法瑗传》："释法瑗，姓辛，陇西人，辛毗之后。长兄渊明，仕伪魏为大尚书。第二兄法爱，亦为沙门。解经论兼数术，为芮芮国师，俸以三千户。瑗幼而阔达，倜傥殊群……元嘉十五年还梁州，因进成都，后东适建邺，依道场慧观为师。笃志大乘，傍寻数论。外典坟素，颇亦披览……后齐文惠又请居灵根，因移彼寺。太尉王俭，门无杂交，唯待瑗若师，书语尽敬。以齐永明七年卒，春秋八十一矣。"按：释法瑗承竺道生大力提倡顿悟义，深为宋文帝、何尚之、王俭等人器重。《高僧传》卷八称其"注《胜鬘》及《微密持经》，论议之隙，时谈《孝经》《丧服》"。

◆**北魏陇西辛绍先卒，赠冠军将军、并州刺史、晋阳公，谥曰惠。**

《魏书》卷四五《辛绍先传》："辛绍先，陇西狄道人……太和十三年卒。赠冠军将军、并州刺史、晋阳公，谥曰惠。子凤达，耽道乐古，有长者之名。卒于京兆王子推国常侍……凤达弟穆，字叔宗。"按：辛绍先为北凉入魏文士之善终者，其后世有辛元植、辛德源等著名文士。

齐武帝永明九年　魏孝文帝太和十五年（491）

◆**北魏作明堂，改营太庙。魏孝文帝议改律令，于东明观折疑狱，其刊定轻重，润色辞旨，皆访决于李冲。后改置百司，开建五等，又以李冲参定典式。**

《魏书》卷七《高祖纪下》载，太和十五年"（四月）己卯，经始明堂，改营太庙。五月己亥，议改律令，于东明观折疑狱"。《魏书》卷一〇八之一《礼志一》："（太和十五年）四月，经始明堂，改营太庙。"《魏书》卷五三《李冲传》："文明太后崩后，高祖居丧，引见待接有加。及议礼仪律令，润饰辞旨，刊定轻重，高祖虽自下笔，无不访决焉。冲竭忠奉上，知无不尽，出入忧勤，形于颜色，虽旧臣戚辅，莫能逮之，无不服其明断慎密而归心焉。于是天下翕然，及殊方听望，咸宗奇之。高祖亦深相杖信，亲敬弥甚，君臣之间，情义莫二。及改置百司，开建五等，以冲参定典式，封荥阳郡开国侯，食邑八百户，拜廷尉卿。寻迁侍中、吏部尚书、咸阳王师。"按：《通鉴》卷一三七系魏主更定律令、李冲议定轻重诸事于本年五月。又据《魏书》卷七《高祖纪下》，太和十五年十一月"乙亥，大定官品"，十六年正月"乙丑，制诸远属非太祖子孙及异姓为王，皆降为公，公为侯，侯为伯，子男仍旧，皆除将军之号"。《李冲传》所谓"改置百司，开建五等"，当即指"大定官品"及调整爵位之事。

◆**北魏孝文帝议改律令，源贺之子源怀时任尚书令，参议律令。**

《魏书》卷四一《源贺传》附《源怀传》："（源）延弟思礼，后赐名怀，谦恭宽雅，有大度。高宗末，为侍御中散。父贺辞老，诏怀受父爵，拜征南将军。寻为持节、督诸军，屯于漠南。还，除殿中尚书，出为长安镇将、雍州刺史。清俭有惠政，善于抚恤，劫盗息止，流民皆相率来还。岁余，复拜殿中尚书，加侍中，参都曹事。又督诸军征蠕蠕，六道大将咸受节度。迁尚书令，参议律令。后例降为公。"按：据《魏书》卷七《高祖纪下》，太和十五年五月北魏议改律令，源怀参议律令当在此时。又，源怀"例降为公"的时间，当在太和十六年正月。

◆**北魏孝文帝议改律令，李承之子李韶时任仪曹令，参议车服及羽仪制度。**

《魏书》卷三九《李宝传》附《李韶传》："（李承）长子韶，字元伯，学涉，有器量。与弟彦、虔、蕤并为高祖赐名焉。韶又为季父冲所知重。延兴中，补中书学生。袭爵姑臧侯，除仪曹令。时修改车服及羽仪制度，皆令韶典焉。迁给事黄门侍郎。后例降侯为伯。兼大鸿胪卿，黄门如故。"按：李承"例降侯为伯"的时间，当在太和十六年正月。

◆**北魏孝文帝敕令李辅之子李伯尚撰《太和起居注》。**

《魏书》卷三九《李宝传》附《李伯尚传》："（李辅）长子伯尚，少有重名。弱冠除秘书郎。高祖每云：'此李氏之千里驹。'稍迁通直散骑侍郎，敕撰《太和起居注》。寻迁秘书丞。"按：李伯尚修撰《太和起居注》的具体时间不详，史载本年北魏经始明堂、改营太庙、议改律令，故系于本年。又，《史通》卷十二《古今正史》："初，国记自邓、崔以下，皆相承作编年体。至孝文太和十一年，诏秘书丞李彪、著作郎崔光始分为纪传异科。宣武时，命邢峦追撰《孝文起居注》。既而崔光、王遵业补续，下讫孝明之世。"

齐武帝永明十年　魏孝文帝太和十六年（492）

◆**敦煌沙门释超辩卒于南齐定林上寺，时年七十三岁，僧祐为其造碑，刘勰制碑文。**

《高僧传》卷十二《齐上定林寺释超辩传》："释超辩，姓张，敦煌人……后还都，止定林上寺，闲居养素，毕命山门。诵《法华》日限一遍，心敏口从，恒有余力。礼千佛，凡一百五十余万拜，足不出门三十余载。以齐永明十年终于山寺，春秋七十有三。葬于寺南，沙门僧祐为造碑墓所，东莞刘勰制文。"

齐武帝永明十一年　魏孝文帝太和十七年（493）

◆北魏孝文帝行籍田之礼于平城南。

《魏书》卷七《高祖纪下》载，太和十七年二月"己丑，车驾始籍田于都南"。按：《通鉴》卷一三八亦系此事于本年二月。

◆北魏孝文帝至洛阳，周巡故宫基址，咏《黍离》之诗；观洛桥，幸太学，观石经。遂定迁都之计。

《魏书》卷七《高祖纪下》载，太和十七年九月"庚午，幸洛阳，周巡故宫基址。帝顾谓侍臣曰：'晋德不修，早倾宗祀，荒毁至此，用伤朕怀。'遂咏《黍离》之诗，为之流涕。壬申，观洛桥，幸太学，观《石经》……丙子，诏六军发轸。丁丑，戎服执鞭，御马而出，群臣稽颡于马前，请停南伐，帝乃止。仍定迁都之计"。按：《通鉴》卷一三八亦系上述诸事于本年九月。

◆北魏孝文帝诏征司空穆亮与尚书李冲、将作大臣董爵经营洛阳。以李冲为镇南将军，委以营构之任，改封阳平郡开国侯。陇西李氏显贵于北朝。

《魏书》卷七《高祖纪下》载，太和十七年"冬十月戊寅朔，幸金墉城。诏征司空穆亮与尚书李冲、将作大匠董爵经始洛京……乙未，解严，设坛于滑台城东，告行庙以迁都之意。大赦天下"。《魏书》卷五三《李冲传》："车驾南伐，加冲辅国大将军，统众翼从。自发都至于洛阳，霖雨不霁，仍诏六军发轸。高祖戎服执鞭御马而出，群臣启颡于马首之前……高祖初谋南迁，恐众心恋旧，乃示为大举，因以协定群情，外名南伐，其实迁也。旧人怀土，多所不愿，内惮南征，无敢言者，于是定都洛阳。冲言于高祖曰：'陛下方修周公之制，定鼎成周。然营建六寝，不可游驾待就；兴筑城郭，难以马上营讫。愿暂还北都，令臣下经造，功成事讫，然后备文物之章，和玉銮之响，巡时南徙，轨仪土中。'高祖曰：'朕将巡省方岳，至邺小停，春始便还，未宜遂不归北。'寻以冲为镇南将军，侍中、少傅如故，委以营构之任。改封阳平郡开国侯，邑户如先。"又载："冲机敏有巧思，北京明堂、圆丘、太庙，及洛都初基，安处郊兆，新起堂寝，皆资于冲。勤志强力，孜孜无怠，旦理文簿，兼营匠制，几案盈积，剖劂在手，终不劳厌也。然显贵门族，务益六姻，兄弟子侄，皆有爵官,一家岁禄,万匹有余;是其亲者,虽复痴聋,无不超越官次。时论亦以此少之。"按:《通鉴》卷一三八亦系北魏营建洛阳事于本年十月。

齐明帝建武二年　魏孝文帝太和十九年(495)

◆北魏孝文帝以萧鸾杀主自立,率军南伐,诏令李冲留守洛阳,又下诏召雍泾岐三州兵拟戍南郑,李冲上表劝谏,孝文帝从之。

《魏书》卷七《高祖纪下》载,太和十九年正月,"甲戌,檄喻萧鸾。丙子,鸾龙阳县开国侯王朗自涡阳来降。壬午,讲武于汝水之西,大赉六军。丙申,平南将军王肃频破萧鸾将,擒其宁州刺史董峦。己亥,车驾济淮"。二月,"丙辰,车驾至钟离。戊午,军士擒萧鸾三千卒","辛酉,车驾发钟离,将临江水。司徒冯诞薨。壬戌,乃诏班师。丁卯,遣使临江数萧鸾杀主自立之罪恶"。《魏书》卷五三《李冲传》:"车驾南伐,以冲兼左仆射,留守洛阳。车驾渡淮,别诏安南大将军元英、平南将军刘藻讨汉中,召雍泾岐三州兵六千人拟戍南郑,克城则遣。冲表谏曰:'秦州险陿,地接羌夷,自西师出后,饷援连续,加氐胡叛逆,所在奔命,运粮擐甲,迄兹未已。今复豫差戍卒,悬拟山外,虽加优复,恐犹惊骇,脱终攻不克,徒动民情,连胡结夷,事或难测。辄依旨密下刺史,待军克郑城,然后差遣,如臣愚见,犹谓未足。何者?西道险陿,单径千里。今欲深戍绝界之外,孤据群贼之中,敌攻不可卒援,食尽不可运粮。古人有言,"虽鞭之长,不及马腹",南郑于国,实为马腹也。且昔人攻伐,或城降而不取;仁君用师,或抚民而遗地。且王者之举,情在拯民;夷寇所守,意在惜地。校之二义,德有浅深。惠声已远,何遽于一城哉?且魏境所掩,九州过八,民人所臣,十分而九。所未民者,惟漠北之与江外耳。羁之在近,岂急急于今日也?宜待大开疆宇,广拔城聚,多积资粮,食足支敌,然后置邦树将,为吞并之举。今钟离、寿阳,密迩未拔;赭城、新野,跬步弗降。所克者舍之而不取,所降者抚之而旋戮。东道既未可以近力守,西蕃宁可以远兵固?若果欲置者,臣恐终以资敌也。又今建都土中,地接寇壤,方须大收死士,平荡江会。轻遣单寡,弃令陷没,恐后举之日,众以留守致惧,求其死效,未易可获。推此而论,不戍为上。'高祖从之。"按:《通鉴》卷一四〇系上述事于本年正月至四月。又，李冲此表为《魏书》本传所录篇幅较长之章表，较能体现其文化修养及战略眼光。

◆**北魏孝文帝诏令不得以北俗之语言于朝廷，若有违者，免去所任官职。**

《魏书》卷七《高祖纪下》载，太和十九年"六月己亥，诏不得以北俗之语言于朝廷，若有违者，免所居官。"按：此事《魏书》卷二一上《咸阳王禧传》载述甚详。

◆**北魏孝文帝诏令迁洛之民，死葬河南，不得还北，于是代人南迁者，悉为河南洛阳人。又诏改长尺大斗，依《周礼》制度，班之天下。九月，北魏六宫及文武尽迁洛阳。**

《魏书》卷七《高祖纪下》载，太和十九年六月"丙辰，诏迁洛之民，死葬河南，不得还北。于是代人南迁者，悉为河南洛阳人。戊午，诏改长尺大斗，依《周礼》制度，班之天下"。又载："九月庚午，六宫及文武尽迁洛阳。"按：《通鉴》卷一四〇亦系上述诸事于本年六月及九月。又，《通鉴》卷一四〇载："（魏孝文帝）好读书，手不释卷，在舆、据鞍，不忘讲道。善属文，多于马上口占，既成，不更一字。自太和十年以后，诏策皆自为之。好贤乐善，情如饥渴，所与游接，常寄以布素之意，如李冲、李彪、高闾、王肃、郭祚、宋弁、刘芳、崔光、邢峦之徒，皆以文雅见亲，贵显用事；制礼作乐，郁然可观，有太平之风焉。"《魏书》卷七《高祖纪下》亦载："（孝文帝）雅好读书，手不释卷。五经之义，览之便讲，学不师受，探其精奥。史传百家，无不该涉。善谈《庄》《老》，尤精释义。才藻富赡，好为文章，诗赋铭颂，任兴而作。"北魏汉化革新，李冲有力焉。

◆**北魏拜源怀征北大将军、夏州刺史，后转都督雍岐东秦诸军事、征西大将军、雍州刺史。**

《魏书》卷四一《源怀传》："（太和）十九年，除征北大将军、夏州刺史，转都督雍岐东秦诸军事、征西大将军、雍州刺史。"按：源怀为陇西王源贺之子。

齐明帝建武三年　魏孝文帝太和二十年（496）

◆北魏孝文帝下诏，改拓跋氏为元氏。诸功臣旧族自代来者，姓或重复，皆改之。并诏令宋弁等议定四海士族，以范阳卢氏、清河崔氏、荥阳郑氏、太原王氏、陇西李氏五姓为华族高门之首。

《魏书》卷七《高祖纪下》："二十年春正月丁卯，诏改姓为元氏。"《通鉴》卷一四〇载，本年正月，"魏主下诏，以为：'北人谓土为拓，后为跋。魏之先出于黄帝，以土德王，故为拓跋氏。夫土者，黄中之色，万物之元也；宜改姓元氏。诸功臣旧族自代来者，姓或重复，皆改之。'"《魏书》卷六三《宋弁传》："后车驾南征，以弁为司徒司马、曜武将军、东道副将……未几，以弁兼黄门，寻即正，兼司徒左长史。时大选内外群官，并定四海士族，弁专参铨量之任，事多称旨。"按：《通鉴》卷一四〇系北魏孝文帝大定四海望族于本年正月，并云："魏主雅重门族，以范阳卢敏、清河崔宗伯、荥阳郑羲、太原王琼四姓，衣冠所推，咸纳其女以充后宫。陇西李冲以才识见任，当朝贵重，所结姻娅，莫非清望，帝亦以其女为夫人。诏黄门郎、司徒左长史宋弁定诸州士族，多所升降……时赵郡诸李，人物尤多，各盛家风，故世之言高华者，以五姓为首。"又，《新唐书》卷九五《高俭传》亦载："先是，后魏太和中，定四海望族，以（李）宝等为冠。"

◆北魏孝文帝雅重门族，下诏为六弟娉室，确定王国舍人应取八族及清修之门。陇西李氏亦在北魏王室通婚世族之列。

《魏书》卷二一上《咸阳王禧传》："于时，王国舍人应取八族及清修之门，禧取任城王隶户为之，深为高祖所责。诏曰：'夫婚姻之义，曩叶攸崇；求贤择偶，绵代斯慎……将以此年为六弟娉室。长弟咸阳王禧可娉故颍川太守陇西李辅女，次弟河南王干可娉故中散代郡穆明乐女，次弟广陵王羽可娉骠骑谘议参军荥阳郑平城女，次弟颍川王雍可娉故中书博士范阳卢神宝女，次弟始平王勰可娉廷尉卿陇西李冲女，季弟北海王详可娉吏部郎中荥阳郑懿女。'"《魏书》卷三九《李宝传》附《李辅传》："茂弟辅，字督真，亦有人望。解褐中书博士，迁司徒议曹掾。太和初，高祖为咸阳王禧纳其女为妃，除镇远将军、颍川太守。"按：《通鉴》卷一四〇系孝文帝下诏为六弟聘室之事于本年正月，并云:"魏主雅重门族,以范阳卢敏、清河崔宗伯、荥阳郑羲、太原王琼四姓,衣冠所推,咸纳其女以充后宫。陇西李冲以才识见任,当朝贵重,所结姻娅,莫非清望,帝亦以其女为夫人。"

◆**北魏孝文帝与李冲、李彪、韩显宗、刘昶等论选调。**

《魏书》卷六十《韩麒麟传》附《韩显宗传》:"高祖曾诏诸官曰:'自近代已来,高卑出身,恒有常分。朕意一以为可,复以为不可。宜相与量之。'李冲对曰:'未审上古已来,置官列位,为欲膏粱儿地,为欲益治赞时?'高祖曰:'俱欲为治。'冲曰:'若欲为治,陛下今日何为专崇门品,不有拔才之诏?'高祖曰:'苟有殊人之伎,不患不知。然君子之门,假使无当世之用者,要自德行纯笃,朕是以用之。'冲曰:'傅岩、吕望,岂可以门见举?'高祖曰:'如此济世者希,旷代有一两人耳。'冲谓诸卿士曰:'适欲请诸贤救之。'秘书令李彪曰:'师旅寡少,未足为援,意有所怀,不敢尽言于圣日。陛下若专以门地,不审鲁之三卿,孰若四科?'高祖曰:'犹如向解。'显宗进曰:'陛下光宅洛邑,百礼唯新,国之兴否,指此一选。臣既学识浮浅,不能援引古今,以证此议,且以国事论之。不审中、秘书监令之子,必为秘书郎;顷来为监、令者,子皆可为不?'高祖曰:'卿何不论当世膏腴为监、令者?'显宗曰:'陛下以物不可类,不应以贵承贵,以贱袭贱。'高祖曰:'若有高明卓尔、才具隽出者,朕亦不拘此例。'"《魏书》卷五九《刘昶传》:"高祖临光极堂大选。高祖曰:'朝因月旦,欲评魏典。夫典者,为国大纲,治民之柄。君能好典则国治,不能则国乱。我国家昔在恒代,随时制作,非通世之长典。故自夏及秋,亲议条制。或言唯能是寄,不必拘门,朕以为不尔。何者?当今之世,仰祖质朴,清浊同流,混齐一等,君子小人,名品无别,此殊为不可。我今八族以上,士人品第有九,九品之外,小人之官,复有七等。若苟有其人,可起家为三公。正恐贤才难得,不可止为一人,浑我典制。故令班镜九流,清一朝轨,使千载之后,我得仿像唐虞,卿等依俙元、凯。'昶对曰:'陛下光宅中区,惟新朝典,刊正九流,为不朽之法,岂唯仿像唐虞,固以有高三代。'高祖曰:'国家本来有一事可慨。可慨者何?恒无公言得失。今卿等各尽其心。人君患不能纳群下之谏,为臣患不能尽忠于主。朕今举一人,如有不可,卿等尽言其失；若有才能而朕所不识者，宜各举所知。朕当虚己延纳。若能如此，能举则受赏，不言则有罪。'"按：《通鉴》卷一四〇系孝文帝与李冲等论选调之事于本年正月。

◆**北魏孝文帝谋欲南伐，李冲以人事未备、京师始迁为由谏阻。**

《魏书》卷五三《李冲传》："高祖引见公卿于清徽堂，高祖曰：'圣人之大宝，惟位与功……顷来阴阳卜术之士，咸劝朕今征必克。此既家国大事，宜共君臣各尽所见，不得以朕先言，便致依违，退有同异。'冲对曰：'夫征战之法，先之人事，然后卜筮。今卜筮虽吉，犹恐人事未备。今年秋稔，有损常实，又京师始迁，众业未定，加之征战，以为未可。宜至来秋。'高祖曰：'仆射之言，非为不合。朕意之所虑，乃有社稷之忧……如仆射之言，便终无征理。朕若秋行无克捷，三君子并付司寇。不可不人尽其心。'罢议而出。"按：《通鉴》卷一四〇系此事于本年十月以后。

齐明帝建武四年　魏孝文帝太和二十一年（497）

◆**北魏孝文帝立皇子恪为太子，宴于清徽堂，语及废太子恂，李冲谢罪。**

《魏书》卷七《高祖纪下》："二十有一年春正月丙申，立皇子恪为皇太子，赐天下为父后者爵一级。"《魏书》卷五三《李冲传》："后世宗为太子，高祖宴于清徽堂。高祖曰：'皇储所以纂历三才，光昭七祖，斯乃亿兆咸悦，天人同泰，故延卿就此宴，以畅忻情。'高祖又曰：'天地之道，一盈一虚，岂有常泰。天道犹尔，况人事乎？故有升有黜，自古而然。悼往欣今，良用深叹。'冲对曰：'东晖承储，苍生咸幸。但臣前忝师傅，弗能弼谐，仰惭天日，慈造宽含，得预此宴，庆愧交深。'高祖曰：'朕尚弗能革其昏，师傅何劳愧谢也。'"按：《通鉴》卷一四一亦系上述事于本年正月。

◆**高昌王马儒遣使请求举国内徙，北魏孝文帝遣师迎接，高昌旧人杀马儒，立金城榆中人麴嘉为王。**

《魏书》卷一〇一《高昌传》："（太和）五年，高车王可至罗杀（阚）首归兄弟，以敦煌人张孟明为王。后为国人所杀，立马儒为王，以巩顾礼、麴嘉为左右长史。二十一年，遣司马王体玄奉表朝贡，请师迎接，求举国内徙。高祖纳之，遣明威将军韩安保率骑千余赴之，割伊吾五百里，以儒居之。至羊榛水，儒遣礼、嘉率步骑一千五百迎安保，去高昌四百里而安保不至。礼等还高昌，安保亦还伊吾。安保遣使韩兴安等十二人使高昌，儒复遣顾礼将其世子义舒迎安保。至白棘城，去高昌百六十里，而高昌旧人情恋本土，不愿东迁，相与杀儒而立麴嘉为王。嘉字灵凤，金城榆中人。既立，又臣于蠕蠕那盖。顾礼与义舒随安保至洛阳。"按：《通鉴》卷一四一系高昌国内乱诸事于本年。

齐明帝建武五年　永泰元年　魏孝文帝太和二十二年（498）

◆北魏孝文帝南伐至悬瓠，李冲上表奏劾李彪专恣。李彪免官。李冲病卒，时年四十九岁。

《魏书》卷六二《李彪传》："车驾南伐，彪兼度支尚书，与仆射李冲、任城王等参理留台事。彪素性刚豪，与冲等意议乖异，遂形于声色，殊无降下之心。自谓身为法官，莫能纠劾己者，遂多专恣。冲积其前后罪过，乃于尚书省禁止彪，上表曰：'……案臣彪昔于凡品，特以才拔，等望清华，司文东观，绸缪恩眷，绳直宪台，左加金珰，右珥蝉冕。□东省。宜感恩厉节，忠以报德。而窃名忝职，身为违傲，矜势高亢，公行僭逸。坐舆禁省，冒取官材，辄驾乘黄，无所惮慑。肆志傲然，愚聋视听，此而可忍，谁不可怀……臣今请以见事，免彪所居职，付廷尉治狱。'冲又表曰：'臣与彪相识以来垂二十载。彪始南使之时，见其色厉辞辩、才优学博，臣之愚识，谓是拔萃之一人。及彪位宦升达，参与言燕，闻彪评章古今，商略人物，兴言于侍筵之次，启论于众英之中，赏忠识正，发言恳恻，惟直是语，辞无隐避。虽复诸王之尊，近侍之要，至有是非，多面抗折。酷疾矫诈，毒忿非违，厉色正辞，如鹰鹯之逐鸟雀，懍懍然实似公清之操。臣虽下才，辄亦尚其梗概，钦其正直，微识其褊急之性，而不以为瑕。及其初登宪台，始居司直，首复驺唱之仪，肇正直绳之体，当时识者佥以为难。而彪秉志信行，不避豪势，其所弹劾，应弦而倒。赫赫之威，振于下国；肃肃之称，著自京师。天下改目，贪暴敛手。臣时见其所行，信谓言行相符，忠清内发。然时有私于臣、云其威暴者，臣以直绳之官，人所忌疾，风谤之际，易生音谣，心不承信。往年以河阳事，曾与彪在领军府，共太尉、司空及领军诸卿等，集阅廷尉所问囚徒。时有人诉枉者，二公及臣少欲听采。语理未尽，彪便振怒东坐，攘袂挥赫，口称贼奴，叱咤左右，高声大呼云：'南台中取我木手去，榜奴肋折！'虽有此言，终竟不取。即言：'南台所问，唯恐枉活，终无枉死，但可依此。'时诸人以所枉至重，有首实者多，又心难彪，遂各默尔。因缘此事，臣遂心疑有滥，审加情察，知其威虐，犹未体其采访之由，讯检之状。商略而言，酷急小罪，肃禁为大。会而言之，犹谓益多损少。故怀寝所疑，不以申彻，实失为臣知无不闻之义。及去年大驾南行以来，彪兼尚书，日夕共事，始乃知其言与行舛，是己非人，专恣无忌，尊身忽物，安己凌上，以身作之过深劾他人，己方事人，好人佞己。听其言同振古忠恕之贤，校其行是天下佞暴之贼。臣与任城卑躬曲己，若顺弟之奉暴兄。其所欲者，事虽非理，无不屈从。依事求实，悉有成验。如臣列得实，宜殛彪于有北，以除奸矫之乱政；如臣无证，宜投臣于四裔，以息青蝇之白黑。'高祖在悬瓠，览表叹愕曰：'何意留京如此也！'有司处彪大辟，高祖恕之，除名而已。"《魏书》卷五三《李冲传》："高祖南征，冲与吏部尚书、任城王澄并以彪倨傲无礼，遂禁止之。奏其罪状，冲手自作，家人不知，辞甚激切，因以自劾。高祖览其表，叹怅者久之，既而曰：'道固可谓溢也，仆射亦为满矣。'……冲素性温柔，而一旦暴恚，遂发病荒悸，言语乱错，犹扼腕叫詈，称李彪小人。医药所不能疗，或谓肝藏伤裂。旬有余日而卒，时年四十九。高祖为举哀于悬瓠，发声悲泣，不能自胜……有司奏谥曰文穆。"按：据《魏书》卷七《高祖纪下》，太和二十一年八月"庚辰，车驾南讨"；二十二年三月"辛亥，行幸悬瓠"；"九月己亥，帝以萧鸾死，礼不伐丧，乃诏反旆。庚子，仍将北伐叛虏。丙午，车驾发悬瓠"。据此，则孝文帝于本年三月至九月在悬瓠。《通鉴》卷一四一系李冲上表弹劾李彪及其病卒事于本年三月。又，李冲为北魏孝文帝时名臣，严可均《全后魏文》卷三六辑录其文七篇。

◆北魏李冲病卒，其兄李辅之子李仲尚撰诔文。

《魏书》卷三九《李宝传》附《李仲尚传》："伯尚弟仲尚，仪貌甚美。少以文学知名。二十，著《前汉功臣序赞》及季父《司空冲诔》。时兼侍中高聪、尚书邢峦见而叹曰：'后生可畏，非虚言也。'"按：史载李冲卒于本年，李仲尚所撰诔文当作于本年。

齐东昏侯永元元年　魏孝文帝太和二十三年（499）

◆北魏孝文帝病卒，子宣武帝元恪继立。

《魏书》卷七《高祖纪下》载，太和二十三年"三月庚辰，车驾南伐……丙戌，帝不豫，司徒、彭城王勰侍疾禁中，且摄百揆……庚子，帝疾甚，车驾北次谷塘原。甲辰，诏赐皇后冯氏死。诏司徒勰征太子于鲁阳践阼……夏四月丙午朔，帝崩于谷塘原之行宫，时年三十三。秘讳，至鲁阳发哀，还京师。上谥曰孝文皇帝，庙曰高祖"。《魏书》卷八《世宗纪》："世宗宣武皇帝，讳恪，高祖孝文皇帝第二子……二十一年正月甲午，立为皇太子。二十三年夏四月丁巳，即皇帝位于鲁阳，大赦天下。"按：《通鉴》卷一四二亦系北魏孝文帝卒于本年四月。

齐东昏侯永元二年　魏宣武帝景明元年（500）

◆南齐豫州刺史裴叔业归附北魏，安定皇甫光、北地梁祐、天水阎庆胤等随从之。梁祐从容风雅，好为诗咏。阎庆胤博识洽闻，善于谈论。

《魏书》卷八《世宗纪》载，景明元年"春正月壬寅，车驾谒长陵。乙巳，大赦，改年。丁未，萧宝卷豫州刺史裴叔业以寿春内属，骠骑大将军、彭城王勰帅车骑十万赴之"。《魏书》卷七一《裴叔业传》载，景明元年，南齐豫州刺史裴叔业奉表内附，"衣冠之士，预叔业勋者：安定皇甫光、北地梁祐、清河崔高客、天水阎庆胤、河东柳僧习等。（皇甫）光，美须髯，善言笑。仕萧鸾，以军勋至右军将军。入国，为辅国将军，假南兖州刺史。卒于渤海太守。……（梁）祐，叔业之从姑子也。好学，便弓马。随叔业征伐，身被五十余创。景明初，拜右军将军，赐爵山桑子。出为北地太守，清身率下，甚有治称。历骁骑将军、太中大夫、右将军。从容风雅，好为诗咏，常与朝廷名贤泛舟洛水，以诗酒自娱。……（阎）庆胤博识洽闻，善于谈论，听其言说，不觉忘疲。景明初，为李元谈辅国府司马。卒于敷城太守"。按：《通鉴》卷一四三系裴叔业等降附北魏事于本年一、二月。又据《魏书》卷七一《裴叔业传》载，本年随同裴叔业归附北魏的河陇士人还有天水冀人尹挺、武都人杨令宝、杨令仁等。

齐东昏侯永元三年　齐和帝中兴元年　魏宣武帝景明二年（501）

◆**北魏咸阳王元禧与李伯尚等谋反，元禧赐死，李伯尚及弟李仲尚伏诛，同谋诛斩者数十人。元禧宫人作歌哀之，此歌传至江南。**

《魏书》卷八《世宗纪》载，景明二年五月"壬戌，太保咸阳王禧谋反，赐死"。《魏书》卷二一上《咸阳王禧传》："世宗既览政，禧意不安。而其国斋帅刘小苟，每称左右言欲诛禧。禧闻而叹曰：'我不负心，天家岂应如此！'由是常怀忧惧。加以赵修专宠，王公罕得进见。禧遂与其妃兄兼给事黄门侍郎李伯尚谋反……遂赐死私第。其宫人歌曰：'可怜咸阳王，奈何作事误。金床玉几不能眠，夜蹋霜与露。洛水湛湛弥岸长，行人那得渡？'其歌遂流至江表，北人在南者，虽富贵，弦管奏之，莫不洒泣。同谋诛斩者数十人，潜瘗禧于北邙。绝其诸子属籍。"《魏书》卷三九《李宝传》附《李伯尚传》："世宗初，兼给事黄门侍郎。景明二年，坐与咸阳王禧谋反诛。时年二十九。"同卷《李仲尚传》："伯尚弟仲尚，仪貌甚美……起家京兆王愉行参军。景明中，坐兄事赐死，年二十五。仲尚弟季凯，沉敏有识量。坐兄事，与母弟（按：延庆、延度）俱徙边。久之，会赦免，遂寓居于晋阳，沉废积年。"按：李伯尚为李辅之子，元禧为其妹婿，故谋为祸乱。又，《通鉴》卷一四四亦系元禧等谋反事于本年五月，并详述此事缘由："魏主既亲政事，嬖倖擅权，王公希得进见。帅刘小苟屡言于禧云，闻天子左右人言欲诛禧，禧益惧，乃与妃兄给事黄门侍郎李伯尚、氐王杨集始、杨灵祐、乞伏马居等谋反。"此事为李冲病卒之后陇西李氏遭遇的第一次重大变故。

◆**北魏咸阳王元禧与李伯尚等谋反，李承之子李韶坐功亲免除官爵。**

《魏书》卷三九《李宝传》附《李韶传》："（李承）长子韶，字元伯……世宗初，征拜侍中，领七兵尚书。寻除抚军将军、并州刺史。以从弟伯尚同元禧之逆，在州禁止，征还京师。虽不知谋，犹坐功亲免除官爵。"

◆北魏李承之弟李佐卒,时年七十一。其子李神俊为北魏著名文士。

《魏书》卷三九《李宝传》附《李佐传》:"辅弟佐,字季翼,有文武才干……世宗初,征兼都官尚书。景明二年卒,年七十一。赠征虏将军、秦州刺史,谥曰庄。"按:李佐之子李神俊为北魏著名文士,《魏书》卷三九《李宝传》附《李神俊传》:"𬀩弟神俊,小名提。少以才学知名,为太常刘芳所赏。释褐奉朝请,转司徒祭酒、从事中郎。顷之,拜骁骑将军、中书侍郎、太常少卿。出为前将军、荆州刺史……神俊风韵秀举,博学多闻,朝廷旧章及人伦氏族,多所谙记。笃好文雅,老而不辍,凡所交游,皆一时名士。汲引后生,为其光价,四方才子,咸宗附之。"

◆北魏源怀为尚书左仆射,加特进。后除车骑大将军、凉州大中正。上表请伐南齐,又上表论其父源贺之功,诏封源怀冯翊郡开国公。

《魏书》卷四一《源贺传》附《源怀传》:"景明二年,征为尚书左仆射,加特进……其年,除车骑大将军、凉州大中正。怀奏曰:'南贼游魂江扬,职为乱逆,肆厥淫昏,月滋日甚。贵臣重将,靡有孑遗,崇信奸回,昵比阉竖,内外离心,骨肉猜叛。萧宝融僭号于荆郢,其雍州刺史萧衍勒兵而东袭,上流之众已逼其郊。广陵、京口各持兵而怀两望,钟离、淮阴并鼎峙而观得失。秣陵孤危,制不出门。君子小人,并罹灾祸,延首北望,朝不及夕。斯实天启之期,吞并之会。乘厥萧墙之衅,藉其分崩之隙,东据历阳,兼指瓜步,缘江镇戍,达于荆郢。然后奋雷电之威,布山河之信,则江西之地,不刃自来,吴会之乡,指期可举。昔士治有言,皓若暴死,更立贤土,文武之官,各得其任,则劲敌也。若萧衍克䞋,上下同心,非直后图之难,实亦扬境危道。何则?寿春之去建邺,七百而已,山川水陆,彼所谙利。脱江湘无波,君臣效职,藉水凭舟,倏忽而至,寿春容不自保,江南将若之何?今宝卷邑居有土崩之形,边城无继援之兆,清荡江区,实在今日。臣受恩既重,不敢不言。'诏曰……以衍事克,遂停。怀又表曰:'昔世祖升遐,南安在位,出拜东庙,为贼臣宗爱所弑。时高宗避难,龙潜苑中,宗爱异图,神位未定。臣亡父先臣贺与长孙渴侯陆丽等表(奉)迎高宗,纂徽宝命。丽以扶负圣躬,亲所见识,蒙授抚军大将军、司徒公、平原王。兴安二年,追论定策之勋,进先臣爵西平王。皇兴季年，显祖将传大位于京兆王。先臣时都督诸将，屯于武川，被征诣京，特见顾问。先臣固执不可，显祖久乃许之，遂命先臣持节授皇帝玺绶于高祖。至太和十六年，丽息睿状秘书，称其亡父与先臣援立高宗，朝廷追录，封睿钜鹿郡开国公。臣时丁艰草土，不容及例。至二十年，除臣雍州刺史，临发奉辞，面奏先帝，申先臣旧勋。时敕旨但赴所临，寻当别判。至二十一年，车驾幸雍，臣复陈闻，时蒙敕旨，征还当授。自宫车晏驾，遂尔不白。窃惟先臣远则援立高宗，宝历不坠；近则陈力显祖，神器有归。如斯之勋，超世之事。丽（按：当为"睿"）以父功而获河山之赏，臣有家勋，不沾茅社之赐。得否相悬，请垂裁处。'诏曰：'宿老元丕，云如所诉；访之史官，颇亦言此。可依比授冯翊郡开国公，邑百户。'"按：《通鉴》卷一四四系源怀上表请伐南齐之事于本年十一月。又，源怀之文才，于此两表可见一斑。

齐和帝中兴二年　梁武帝天监元年　魏宣武帝景明三年（502）

◆北魏李承之弟李茂卒，时年七十一。

《魏书》卷三九《李宝传》附《李茂传》："承弟茂，字仲宗。高宗末，袭父爵，镇西将军、敦煌公。高祖初，除长安镇都将。转西兖州刺史，将军如故。入为光禄大夫，例降为侯。茂性谦慎，以弟冲宠盛，惧于盈遂，托以老疾，固请逊位。高祖不夺其志，听食大夫禄，还私第，因居定州之中山。自是优游里舍，不入京师。景明三年卒，时年七十一。谥曰恭侯。"按：据《魏书》本传，李宝"有六子：承、茂、辅、佐、公业、冲"，李茂年长于李佐，故《魏书》所载李茂的卒年或年寿疑有误，因为前引《魏书》同卷载，景明二年李佐卒，年七十一。或者当是李佐的卒年或年寿有误。

梁武帝天监二年　魏宣武帝景明四年（503）

◆北魏源怀持节巡行北边六镇、恒燕朔三州，赈给贫乏，考论殿最。源怀存恤有方，所上事宜便于北边者，凡四十余条，皆见嘉纳。

《魏书》卷八《世宗纪》载，景明四年十一月"癸亥，诏尚书左仆射源怀抚劳代都、北镇，随方拯恤"。《魏书》卷四一《源贺传》附《源怀传》："又诏为使持节，加侍中、行台，巡行北边六镇、恒燕朔三州，赈给贫乏，兼采风俗，考论殿最，事之得失，皆先决后闻。自京师迁洛，边朔遥远，加连年旱俭，百姓困弊。怀衔命巡抚，存恤有方，便宜运转，有无通济……怀又表曰：'景明以来，北蕃连年灾旱，高原陆野，不任营殖，唯有水田，少可菑亩。然主将参僚，专擅腴美，瘠土荒畴给百姓，因此困弊，日月滋甚。诸镇水田，请依地令分给细民，先贫后富。若分付不平，令一人怨讼者，镇将已下连署之官，各夺一时之禄，四人已上夺禄一周。北镇边蕃，事异诸夏，往日置官，全不差别。沃野一镇，自将已下八百余人，黎庶怨嗟，佥曰烦猥。边隅事鲜，实少畿服，请主帅吏佐五分减二。'诏曰：'省表具恤民之怀，已敕有司一依所上，下为永准。如斯之比，不便于民，损化害政者，其备列以闻。'时细民为豪强陵压，积年枉滞，一朝见申者，日有百数。所上事宜便于北边者，凡四十余条，皆见嘉纳。"按：《通鉴》卷一四五亦系源怀持节巡行代都、北镇之事于本年十一月。源怀论议边事之文，平易畅达。

梁武帝天监三年　魏宣武帝正始元年（504）

◆蠕蠕犯塞，源怀奉诏巡行北边。怀至云中，蠕蠕亡遁。遂至恒代，案视诸镇左右要害之地，上表请筑城置戍，世宗从之。

《魏书》卷八《世宗纪》载，正始元年九月，"蠕蠕犯塞，诏左仆射源怀讨之"。《魏书》卷四一《源贺传》附《源怀传》："正始元年九月，有告蠕蠕率十二万骑六道并进，欲直趋沃野、怀朔，南寇恒代。诏怀以本官，加使持节、侍中，出据北蕃，指授规略，随须征发。诸所处分，皆以便宜从事。又诏怀子直寝徽随怀北行。诏赐马一匹、细铠一具、御矟一枚。怀拜受讫，乃于其庭跨鞍执矟，跃马大呼，顾谓宾客曰：'气力虽衰，尚得如此。蠕蠕虽畏壮轻老，我亦未便可欺。今奉庙胜之规，总骁捍之众，足以擒其酋帅，献俘阙下耳。'时年六十一。怀至云中，蠕蠕亡遁。怀旋至恒代，案视诸镇左右要害之地，可以筑城置戍之处，皆量其高下，揣其厚薄，及储粮积仗之宜，犬牙相救之势，凡表五十八条。表曰：'蠕蠕不羁，自古而尔。游魂鸟集，水草为家，中国患者，皆斯类耳。历代驱逐，莫之能制。虽北拓榆中，远临瀚海，而智臣勇将，力算俱竭。胡人颇遁，中国以疲。于时贤哲，思造化之至理，推生民之习业。量夫中夏粒食邑居之民、蚕衣儒步之士，荒表茹毛饮血之类、鸟宿禽居之徒，亲校短长，因宜防制。知城郭之固，暂劳永逸。自皇魏统极，都于平城，威震天下，德笼宇宙。今定鼎成周，去北遥远。代表诸蕃北固，高车外叛，寻遭旱俭，戎马甲兵，十分阙八。去岁复镇阴山，庶事荡尽，遣尚书郎中韩贞、宋世量等检行要险，防遏形便。谓准旧镇东西相望，令形势相接，筑城置戍，分兵要害，劝农积粟，警急之日，随便翦讨。如此则威形增广，兵势亦盛。且北方沙漠，夏乏水草，时有小泉，不济大众。脱有非意，要待秋冬，因云而动。若至冬日，冰沙凝厉，游骑之寇，终不敢攻城，亦不敢越城南出，如此北方无忧矣。'世宗从之。今北镇诸戍东西九城是也。迁骠骑大将军。"按：《通鉴》卷一四五亦系上述诸事于本年九月。又，源怀老当益壮，有勇有谋，秉承秦汉以来河陇名将赵充国等人之遗风。

◆北魏宣武帝下诏令群臣议定律令，兼将作大匠李韶、韶族弟员外郎李琰之入预其事。

《魏书》卷八《世宗纪》载，正始元年十二月"己卯，诏群臣议定律令"。《通鉴》卷一四五载，本年"十二月丙子，魏诏殿中郎陈郡袁翻等议立律令，彭城王勰等监之"。《魏书》卷六九《袁翻传》："正始初，诏尚书门下于金墉中书外省考论律令，翻与门下录事常景、孙绍，廷尉监张虎，律博士侯坚固，治书侍御史高绰，前军将军邢苗，奉车都尉程灵虬，羽林监王元龟，尚书郎祖莹、宋世景，员外郎李琰之，太乐令公孙崇等并在议限。又诏太师、彭城王勰，司州牧、高阳王雍，中书监、京兆王愉，前青州刺史刘芳，左卫将军元丽，兼将作大匠李韶，国子祭酒郑道昭，廷尉少卿王显等入预其事。"《魏书》卷三九《李宝传》附《李韶传》："以从弟伯尚同元禧之逆，在州禁止，征还京师。虽不知谋，犹坐功亲免除官爵。久之，起兼将作大匠，敕参定朝仪、律令。"《魏书》卷八二《李琰之传》："李琰之，字景珍，小字默蠡，陇西狄道人，司空韶之族弟……弱冠举秀才，不行。曾游河内北山，便欲有隐遁意。会彭城王勰辟为行台参军，苦相敦引。寻为侍中李彪启兼著作郎，修撰国史。稍迁国子博士，领尚书仪曹郎中，转中书侍郎、司农少卿、黄门郎，修国史。迁国子祭酒，转秘书监、兼七兵尚书。迁太常卿。"按：北魏此次议定律令，河陇籍文士李韶、李琰之参与其事。又，李琰之修撰国史之事，又见《北齐书》卷三七《魏收传》："始魏初邓彦海撰《代记》十余卷，其后崔浩典史，游雅、高允、程骏、李彪、崔光、李琰之（按：此处脱一"之"字）徒世修其业。"又，常景为常爽之孙（《魏书》卷八四），程灵虬为程骏从子（《魏书》卷六十），常爽、程骏等寓居凉州，学术传承皆与河陇文化有关。曹道衡、刘跃进《南北朝文学编年史》："议律之事，本无关文学，然袁翻、常景、祖莹、郑道昭皆著名文人，刘芳为著名儒者，则学术与文艺之交流亦以此得有机会，北朝初年殊少此机会。"

梁武帝天监四年　魏宣武帝正始二年（505）

◆武兴氐王杨绍先之叔杨集起反叛，北魏诏骠骑大将军源怀都督平氐诸军事以讨之。

《魏书》卷八《世宗纪》："（正始二年）冬十有一月戊辰朔，武兴国王杨绍先叔父集起谋反，诏光禄大夫杨椿讨之……十有二月庚申，又诏骠骑大将军源怀慎（按："慎"字疑衍），令讨武兴反氐。"《魏书》卷四一《源贺传》附《源怀传》："时武兴氐王杨绍先叔集起反叛，诏怀使持节、侍中、都督平氐诸军事以讨之，须有兴废，任从权计。其邢峦、李焕并禀节度。"按：《通鉴》卷一四六亦系源怀讨武兴氐于本年十二月。

梁武帝天监五年　魏宣武帝正始三年（506）

◆北魏骠骑大将军源怀卒，时年六十三，谥曰惠公。

《魏书》卷四一《源贺传》附《源怀传》："（正始）三年六月卒，年六十三。诏给东园秘器、朝服一具、衣一袭、钱二十万、布七百匹、蜡三百斤，赠司徒、冀州刺史……诏曰：'府、寺所执，并不克允，爱民好与曰惠，可谥惠公。'怀性宽容简约，不好烦碎。恒语人曰：'为贵人，理世务当举纲维，何必须太子细也。譬如为屋，但外望高显，榱栋平正，基壁完牢，风雨不入，足矣。斧斤不平，斫削不密，非屋之病也。'又性不饮酒而喜以饮人，好接宾友，雅善音律，虽在白首，至宴居之暇，常自操丝竹。"按：据《魏书》本传，源怀有七子，即规、荣、徽、玄谅、子雍、子恭、纂，子雍、子恭为北魏名臣。又，《通鉴》卷一四六亦系源怀卒于本年六月。严可均《全后魏文》卷二七辑录源怀文六篇。

梁武帝天监十三年　魏宣武帝延昌三年（514）

◆北魏江式上《求撰集古今文字表》，诏许之。于是撰集《古今文字》凡四十卷。

《魏书》卷九一《术艺·江式传》："江式，字法安，陈留济阳人。六世祖（江）琼，字孟琚，晋冯翊太守，善虫篆、诂训。永嘉大乱，琼弃官西投张轨，子孙因居凉土，世传家业。祖（江）强，字文威，太延五年，凉州平，内徙代京。上书三十余法，各有体例，又献经史诸子千余卷，由是擢拜中书博士。卒，赠敦煌太守。父绍兴，高允奏为秘书郎，掌国史二十余年，以谨厚称。卒于赵郡太守。式少专家学。数年之中，常梦两人时相教授，乃寤，每有记识。初拜司徒长兼行参军、检校御史，寻除殄寇将军、符节令。以书文昭太后尊号谥册，特除奉朝请，仍符节令。式篆体尤工，洛京宫殿诸门板题，皆式书也。延昌三年三月，式上表曰……诏曰：'可如所请，并就太常，冀兼教八书史也。其有所须，依请给之。名目待书成重闻。'式于是撰集字书，号曰《古今文字》，凡四十卷，大体依许氏《说文》为本，上篆下隶。又除宣威将军、符玺郎，寻加轻车将军。"按：江式为流寓河陇的陈留江琼、江强之后。《通鉴》卷一二三胡三省注亦引录江式此表。

梁武帝天监十四年　魏宣武帝延昌四年（515）

◆北魏宣武帝元恪卒，孝明帝元诩继立，胡太后临朝听政。太后为安定临泾人，性聪悟，多才艺，政事皆手笔自决。

《魏书》卷八《世宗纪》载，延昌四年"正月甲寅，帝不豫，丁巳，崩于式乾殿，时年三十三。二月甲戌朔，上尊谥曰宣武皇帝，庙号世宗"。《魏书》卷九《肃宗纪》："肃宗孝明皇帝，讳诩，世宗宣武皇帝之第二子。母曰胡充华……四年春正月丁巳夜，即皇帝位。"又载，本年八月，"群臣奏请皇太后临朝称制。九月乙巳，皇太后亲览万机"。《魏书》卷一三《皇后·胡太后传》："宣武灵皇后胡氏，安定临泾人，司徒国珍女也……及肃宗践阼，尊后为皇太妃，后尊为皇太后。临朝听政，犹称殿下，下令行事。后改令称诏……太后性聪悟，多才艺，姑既为尼，幼相依托，略得佛经大义。亲览万机，手笔断决……又亲策孝秀、州郡计吏于朝堂。太后与肃宗幸华林园，宴群臣于都亭曲水，令王公已下各赋七言诗。太后诗曰：'化光造物含气贞。'帝诗曰：'恭己无为赖慈英。'王公已下赐帛有差。"按：《通鉴》卷一四八系胡太后始临朝听政于本年九月。

梁武帝天监十七年　魏孝明帝神龟元年（518）

◆北魏胡太后遣使者敦煌宋云与比丘惠生赴西域求佛经。

《洛阳伽蓝记》卷五《城北·闻义里》："闻义里有敦煌人宋云宅，云与惠生俱使西域也。神龟元年十一月冬，太后遣崇立寺比丘惠生向西域取经，凡得一百七十部，皆是大乘妙典。"此后详载宋云行程。按《魏书》卷一一四《释老志》载："熙平元年（516），诏遣沙门惠生使西域，采诸经律。"又，《通鉴》卷一四八系于本年，与《洛阳伽蓝记》卷五同。今从《通鉴》等。

◆北魏河州羌反，诏源子恭持节为行台，率诸将讨平之。

《魏书》卷九《肃宗纪》载，神龟元年"秋七月，河州民却铁忽聚众反，自称水池王。诏行台源子恭讨之……（八月）甲子，勿吉国遣使朝贡。铁忽相率降于行台源子恭"。《魏书》卷四一《源贺传》附《源子恭传》："子恭，字灵顺，聪惠好学。初辟司空参军事。司徒祭酒、尚书北主客郎中，摄南主客事。萧衍亡人许周自称为衍给事黄门侍郎，朝士翕然，咸共信待。子恭奏曰：'徐州表投化人许团并其弟周等，究其牒状，周列云己萧衍黄门侍郎。又称心存山水，不好荣宦，屡曾辞让，贻彼赫怒，遂被出为齐康郡。因尔归国，愿毕志嵩岭。比加采访，略无证明；寻其表状，又复莫落。案牒推理，实有所疑。何者？昔夷齐独往，周王不屈其志；伯况辞禄，汉帝因成其美。斯实古先哲王，必有不臣之人者也。萧衍虽复崎岖江左，窃号一隅，至于处物，未甚悖礼。岂有士辞荣禄而苟不听之哉？推察情理，此则孟浪。假萧衍昏狂，不存雅道，逼士出郡，未为死急，何宜轻去生养之土，长辞父母之邦乎？若言不好荣官，志愿嵩岭者，初届之日，即应杖策寻山，负帙沿水。而乃广寻知己，遍造执事，希荣之心已见，逃宦之志安在？昔梁鸿去乡，终佣吴会；逄萌浮海，远客辽东。并全志养性，逍遥而已，考之事实，何其悬哉？又其履历清华，名位高达，计其家累，应在不轻。今者归化，何其孤迥？设使当时忽遽，不得携将，及其来后，家赀产业应见簿敛，尊卑口累亦当从法。而周兄弟怡然，尝无忧戚。若无种族，理或可通，如有不坐，便应是衍故遣，非周投化。推究二三，真伪难辨，请下徐扬二州密访，必令获实，不盈数旬，玉石可睹。'于是诏推访，周果以罪归阙，假称职位，如子恭所疑。河州羌却铁忽反，杀害长吏，诏子恭持节为行台，率诸将讨之。子恭严勒州郡及诸军，不得犯民一物，轻与贼战，然后示以威恩，两旬间悉皆降款。朝廷嘉之。"按：据《魏书》本传，源子恭为北魏名臣源怀之子。又，《魏书》本传所载源子恭建议诏令徐扬二州密访南梁降民许周真实身份的奏疏，作时难以详考，附系于此，以明其汉化修养。

梁武帝天监十八年　魏孝明帝神龟二年（519）

◆北魏沙汰郎官，唯辛雄、羊深、源子恭等八人见留，余皆罢遣。御史中尉、东平王元匡复欲舆棺谏诤，尚书令、任城王澄劾匡大不敬，诏恕死为民，辛雄上疏奏理元匡。

《魏书》卷七七《辛雄传》："辛雄，字世宾，陇西狄道人。父畅，字幼达，大将军谘议参军、汝南乡郡二郡太守，太和中，本郡中正。雄有孝性，颇涉书史，好刑名……正始初，除给事中，十年不迁职，乃以病免。清河王怿为司空，辟户曹参军，摄田曹事。怿迁司徒，仍随授户曹参军……怿迁太尉，又为记室参军。神龟中，除尚书驾部郎中，转三公郎。其年，沙汰郎官，唯雄与羊深等八人见留，余悉罢遣，更授李琰等。先是，御史中尉、东平王元匡复欲舆棺谏诤，尚书令、任城王澄劾匡大不敬，诏恕死为民。雄奏理匡曰：'窃惟白衣元匡，历奉三朝，每蒙宠遇。謇谔之性，简自帝心；鹰鹯之志，形于在昔。故高祖锡之以匡名，陛下任之以弹纠。至若茹皓升辇，匡斥宜下之言；高肇当政，匡陈擅权之表。刚毅忠款，群臣莫及；骨鲠之迹，朝野共知。当高肇之时，匡造棺致谏，主圣臣直，卒以无咎。假欲重造，先帝已容之于前，陛下亦宜宽之于后，况其元列由绪与罪按不同也。脱终贬黜，不在朝廷，恐杜忠臣之口，塞谏者之心，乖琴瑟之至和，违盐梅之相济。祁奚云：叔向之贤，可及十世。而匡不免其身，实可嗟惜。'未几，匡除龙骧将军、平州刺史。"《魏书》卷九《肃宗纪》载，神龟二年"秋八月己未，御史中尉、东平王匡坐事削除官爵"。按：《通鉴》卷一四九系北魏沙汰郎官事于本年十二月，系辛雄上疏奏理元匡于本年八月。

梁武帝普通元年　魏孝明帝正光元年（520）

◆北魏元叉、刘腾杀清河王元怿，幽胡太后，专擅朝政。中山王元熙举兵，兵败被杀，临刑前有五言诗，又有《与知故书》。

《魏书》卷九《肃宗纪》载，正光元年"秋七月丙子，侍中元叉、中侍中刘腾奉帝幸前殿，矫皇太后诏曰……乃幽皇太后于北宫，杀太傅、领太尉、清河王怿，总勒禁旅，决事殿中。辛卯，帝加元服，大赦，改年，内外百官进位一等。八月甲寅，相州刺史、中山王熙举兵欲诛叉、腾，不果见杀"。《魏书》卷一九下《南安王桢传》附《中山王熙传》："初，熙兄弟并为清河王怿所昵，及刘腾、元叉隔绝二宫，矫诏杀怿，熙乃起兵。上表曰……熙兵起甫十日，为其长史柳元章、别驾游荆、魏郡太守李孝怡率诸城人，鼓噪而入，杀熙左右四十余人，执熙，置之高楼，并其子弟。叉遣尚书左丞卢同斩之于邺街，传首京师。"又载："熙既蕃王之贵，加有文学，好奇爱异，交结伟俊，风气甚高，名美当世，先达后进，多造其门。始熙之镇邺也，知友才学之士袁翻、李琰、李神俊、王诵兄弟、裴敬宪等咸饯于河梁，赋诗告别。"《魏书》本传载有元熙临刑所作五言诗两首，一首"示其僚吏"，一首"与知友别"；又有《与知故书》一篇。按：《通鉴》卷一四九系上述诸事于本年七月、八月。又，元熙所善才学之士，"李琰"当为"李琰之"，《魏书》卷八二有传，与李神俊俱为陇西狄道人，为河陇文士。

◆北魏源子恭任起部郎，时洛阳明堂、辟雍并未建就，子恭上书请专事经营，务令克成。

《魏书》卷四一《源贺传》附《源子恭传》："正光元年，为行台左丞，巡行北边。转为起部郎。明堂、辟雍并未建就，子恭上书曰：'臣闻辟台望气，轨物之德既高；方堂布政，范世之道斯远。是以书契之重，理冠于造化；推尊之美，事绝于生民。至如郊天飨帝，盖以对越上灵；宗祀配天，是用酬膺下土。大孝莫之能加，严父以兹为大，乃皇王之休业，有国之盛典。窃惟皇魏居震统极，总宙驭宇，革制土中，垂式无外。自北徂南，同卜维于洛食；定鼎迁民，均气候于寒暑。高祖所以始基，世宗于是恢构。按功成作乐，治定制礼，乃访遗文，修废典，建明堂，立学校，兴一代之茂矩，标千载之英规。永平之中，始创雉构，基趾草昧，迄无成功。故尚书令、任城王臣澄按故司空臣冲所造明堂样，并连表诏答、两京模式，奏求营起。缘期发旨，即加葺缮。侍中、领军臣叉，总勅作官，宣赞授令。自兹厥后，方配兵人，或给一千，或与数百，进退节缩，曾无定准，欲望速了，理在难克。若使专役此功，长得营造，委成责办，容有就期。但所给之夫，本自寡少，诸处竞借，动即千计。虽有缮作之名，终无就功之实。爽垲荒茫，淹积年载，结架崇构，指就无兆。仍令肆胄之礼，掩仰而不进；养老之仪，寂寥而不返。构厦止于尺土，为山顿于一篑，良可惜欤！愚谓召民经始，必有子来之歌；兴造勿亟，将致不日之美。况本兵不多，兼之牵役，废此与彼，循环无极。便是辍创礼之重，资不急之费，废经国之功，供寺馆之役，求之远图，不亦阙矣？今诸寺大作，稍以粗举，并可撤减，专事经综，严勒工匠，务令克成。使祖宗有荐配之期，苍生睹礼乐之富。'书奏，从之。除冠军将军、中散大夫，又领治书侍御史。"按：《通鉴》卷一四九系源子恭此次上书于北魏神龟二年五月之后、八月之前，但文中有"故尚书令、任城王臣澄"之语，当作于元澄去世之后；据《魏书》卷九《肃宗纪》及《任城王澄传》，元澄卒于神龟二年十二月癸丑，则源子恭此次上书当在正光元年，故不从《通鉴》。

◆北魏辛雄与公卿驳难，事多见从，于是公能之名甚盛。又为《禄养论》，肃宗纳之。

《魏书》卷七七《辛雄传》："初，廷尉少卿袁翻以犯罪之人，经恩竟诉，枉直难明，遂奏曾染风闻者，不问曲直，推为狱成，悉不断理。诏令门下、尚书、廷尉议之。雄议曰……诏从雄议。自后每有疑议，雄与公卿驳难，事多见从，于是公能之名甚盛。又为《禄养论》，称仲尼陈五孝，自天子至庶人无致仕之文。《礼记》：'八十，一子不从政；九十，家不从政。'郑玄注云：'复除之。'然则，止复庶民，非公卿大夫士之谓。以为'宜听禄养，不约其年'。书奏，肃宗纳之。"按：辛雄以上诸事，时间难以详考，以《魏书》本传叙事推断，当在正光年间，故系于此。

梁武帝普通三年　魏孝明帝正光三年（522）

◆宋云与惠生自西域返回洛阳，得佛经一百七十部。

《洛阳伽蓝记》卷五《城北》："惠生在乌场国二年，西胡风俗，大同小异，不能具录。至正光二年（按：当为"三年"）二月，始还天阙。"《魏书》卷一一四《释老志》："正光三年冬，（惠生）还京师。所得经论一百七十部，行于世。"按：《通鉴》卷一四九载，正光三年，"魏宋云与惠生自洛阳西行四千里，至赤岭，乃出魏境，又西行，再期，至乾罗国而还。二月，达洛阳，得佛经一百七十部"。又，宋释志磐《佛祖统纪》卷三八系宋云、惠生自西域返洛阳在下年。今从《洛阳伽蓝记》及《通鉴》。

◆《宋云行纪》详述西行经历及异域见闻，具有一定的文学价值。

《洛阳伽蓝记》卷五有关宋云、惠生等人西使事迹的记录，一般称为《宋云行纪》。其史料来源，杨衒之也有明确交待："衒之按：惠生《行纪》事多不尽录，今依《道荣传》《宋云家纪》，故并载之，以备缺文。"余太山认为"'宋云行纪'是以宋云的活动为主轴的"，"有关记述应以《宋云家纪》为主"。[1] 按：杨衒之所据《宋云家纪》，原书散佚不存。《旧唐书》卷四六《经籍志上》、《新唐书》卷五八《艺文志二》均著录"宋云撰《魏国已西十一国事》一卷"，《洛阳伽蓝记》卷五所载宋云等西行取经先后经历吐谷浑、鄯善、于阗、朱驹波、汉盘陀、钵和、嚈哒、波知、赊弥、乌场、乾陀罗等，共计

---

[1] 余太山：《早期丝绸之路文献研究》，商务印书馆2013年版，第74页。

十一国,与《旧唐书》等所著录"《魏国已西十一国事》"正相符合,说明宋云取经归来后确有纪行之作传世,但杨衒之所据《宋云家纪》与《魏国已西十一国事》之间的关联,难以详考。又,《宋云行纪》与《法显传》一样,都是反映中古时期中土士人赴西域求经历程的重要文献。从文学的角度看,这些作品都可以看作记述异域风土人情的游记,其叙事以西行经历为线索,层次清晰;行文具有明显的骈俪气息,部分记述充满神异色彩,且较详尽细致,颇具故事性。

梁武帝普通四年　魏孝明帝正光四年（523）

◆**敦煌沙门释慧远生。**

《续高僧传》卷八《隋京师净影寺释慧远传》:"释慧远,姓李氏,敦煌人也。后居上党之高都焉……开皇十二年春,下敕令知翻译,刊定辞义,其年卒于净影寺,春秋七十矣。"按:据此逆推,释慧远当生于本年。

梁武帝普通五年　魏孝明帝正光五年（524）

◆**北魏定州刺史李韶卒,时年七十二岁,谥曰文恭。**

《魏书》卷三九《李宝传》附《李韶传》:"（李承）长子韶,字元伯,学涉,有器量……正光五年四月,卒于官（按:其时任定州刺史）,年七十二……谥曰文恭。"按:李韶为北魏敦煌公李宝之孙。严可均《全后魏文》卷三六辑录其文一篇。

◆**北魏秦州刺史李彦被叛民所害,谥曰孝贞。**

《魏书》卷三九《李宝传》附《李彦传》:"（李）韶弟彦,字次仲。颇有学业。高祖初,举司州秀才,除中书博士。转谏议大夫。后因考课,降为元士。寻行主客曹事,徙郊庙下大夫。时朝仪典章咸未周备,彦留心考定,号为称职……出为抚军将军、秦州刺史。是时,破落汗拔陵等反于北镇,二夏、豳、凉所在蜂起。而彦刑政过猛,为下所怨。城民薛珍、刘庆、杜超等因四方离叛,遂潜结逆谋。正光五年六月,突入州门,擒彦于内斋,囚于西府。推其党莫折大提为帅,遂害彦。永安中,追赠侍中、骠骑大将军、司徒公、雍州刺史,谥曰孝贞。"《魏书》卷九《肃宗纪》载,正光五年"六月,秦州城人莫折太提据城反,自称秦王,杀刺史李彦。诏雍州刺史元志讨之"。按:李彦为李韶之弟。

◆**北魏朔方胡反,魏夏州刺史源子雍与其子延伯固守统万,众无贰心。夏州由是获全。**

《魏书》卷四一《源贺传》附《源子雍传》:"子雍,字灵和。少好文雅,笃志于学,推诚待士,士多归之。自秘书郎,除太子舍人、凉州中正。肃宗践阼,以宫臣例转奉车都尉,迁司徒属。转太中大夫、司徒司马。除恒农太守,迁夏州刺史。时沃野镇人破落汗拔陵首为反乱,所在蜂起。统万逆胡,与相应接。子雍婴城自守,城中粮尽,煮马皮而食之。子雍善绥抚,得士心,人人戮力,无有离贰。以饥馑转切,欲自出求粮,留子延伯据守。僚属佥云:'今天下分析,寇贼万重,四方音信,莫不断绝。俄顷之间,变在不意,何宜父子如此分张?未若弃城俱去,更展规略。'子雍泣而谓众曰:'吾世荷国恩,早受藩寄,此是吾死地,更欲何求!然守御以来,岁月不浅,所患乏粮,不得制胜。吾今向东州,得数月之食,还与诸人保全必矣。'遂自率羸弱,向东夏运粮。延伯与将士送出城外,哭而拜辞,三军莫不呜咽。子雍行数日,为朔方胡帅曹阿各拔所邀,力屈见执。子雍乃密遣人赍书,间行与城中文武云:'大军在近,努力围守,必令诸人福流苗裔。'又敕延伯令共固守。子雍虽被囚执,雅为胡人所敬,常以民礼事之。子雍为陈安危祸福之理,劝阿各拔令降,阿各拔将从之,未果而死。拔弟桑生代总部众,竟随子雍降。时北海王颢为人行台,子雍具陈贼可灭之状。颢给子雍兵马,令其先行。时东夏合境反叛,所在屯结。子雍转斗而前,九旬之中凡数十战,仍平东夏,征税租粟,运于统万。于是二夏渐宁。"按:源子雍为源怀之子。《通鉴》卷一五〇系上述事于本年十月,胡三省注云:"史言源氏诸子皆有才具,而天降丧乱,终无救魏氏之衰也。"

梁武帝普通六年　魏孝明帝孝昌元年(525)

◆**北魏肃宗欲自出讨贼,诏辛雄为行台左丞,雄于军中上疏,论赏罚必行。**

《魏书》卷七七《辛雄传》:"时诸方贼盛,而南寇侵境,山蛮作逆。肃宗欲亲讨，以荆州为先，诏雄为行台左丞，与前军临淮王彧东趣叶城……（雄）在军上疏曰：'凡人所以临坚陈（阵）而忘身，触白刃而不惮者，一则求荣名，二则贪重赏，三则畏刑罚，四则避祸难。非此数事，虽圣王不能劝其臣，慈父不能厉其子。明主深知其情，故赏必行，罚必信；使亲疏、贵贱、勇怯、贤愚，闻钟鼓之声，见旌旗之列，莫不奋激，竞赴敌场，岂厌久生而乐早死也？利害悬于前，欲罢不能耳。自秦陇逆节，将历数年；蛮左乱常，稍已多载。凡在戎役，数十万人，三方师众，败多胜少，迹其所由，不明赏罚故也。陛下欲天下之早平，愍征夫之勤悴，乃降明诏，赏不移时。然兵将之勋，历稔不决；亡军之卒，晏然在家。致令节士无所劝慕，庸人无所畏慑。进而击贼，死交而赏赊；退而逃散，身全而无罪。此其所以望敌奔沮，不肯进力者矣。若重发明诏，更量赏罚，则军威必张，贼难可弭。臣闻必不得已，去食就信。以此推之，信不可斯须废也。赏罚，陛下之所易，尚不能全而行之；攻敌，士之所难，欲其必死，宁可得也？臣既庸弱，忝当戎使，职司所见，辄敢上闻。惟陛下审其可否。'"按：《通鉴》卷一五〇系辛雄此次上疏于本年十二月。

梁武帝普通七年　魏孝明帝孝昌二年（526）

◆北魏盗贼日滋，征讨不息，百姓怨嗟，吏部郎中辛雄上疏，建议明选典，任贤才。

《魏书》卷七七《辛雄传》："除辅国将军、尚书右丞。寻转吏部郎中，迁平东将军、光禄大夫，郎中如故。上疏曰：'帝王之道，莫尚于安民，安民之本，莫加于礼律。礼律既设，择贤而行之，天下雍熙，无非任贤之功也。故虞舜之盛，穆穆标美；文王受命，济济以康。高祖孝文皇帝，天纵大圣，开复典谟，选三代之异礼，采二汉之典法。端拱而四方安，刑措而兆民治。世宗重光继轨，每念聿修，官人有道，万里清谧。陛下劬劳日昃，躬亲庶政，求瘼恤民，无时暂憩，而黔首纷然，兵车不息。以臣愚见，可得而言。自神龟末来，专以停年为选。士无善恶，岁久先叙；职无剧易，名到授官。执按之吏，以差次日月为功能；铨衡之人，以简用老旧为平直。且庸劣之人，莫不贪鄙。委斗筲以共治之重，托硕鼠以百里之命，皆货贿是求，肆心纵意。禁制虽烦，不胜其欲。致令徭役不均，发调违谬，箕敛盈门，囚执满道。二圣明诏，寝而不遵；画一之法，悬而不用。自此夷夏之民相将为乱，岂有余憾哉？盖由官授不得其人，百姓不堪其命故也。当今天下黔黎，久经寇贼，父死兄亡，子弟沦陷，流离艰危，十室而九，白骨不收，孤茕靡恤，财殚力尽，无以卒岁。宜及此时，早加慰抚。盖助陛下治天下者，惟在守令，最须简置，以康国道。但郡县选举，由来共轻；贵游俊才，莫肯居此。宜改其弊，以定官方。请上等郡县为第一清，中等为第二清，下等为第三清。选补之法，妙尽才望，如不可并，后地先才。不得拘以停年，竟无铨革。三载黜陟，有称者补在京名官，如前代故事，不历郡县不得为内职。则人思自勉，上下同心，枉屈可申，强暴自息，刑政日平，民俗奉化矣。复何忧于不治，何恤于逆徒也。窃见今之守令，清慎奉治，则政平讼理；有非其才，则纲维荒秽。伏愿陛下暂留天心，校其利害，则臣言可验，不待终朝。昔杜畿宽惠，河东无警；苏则分粮，金城克复。略观今古，风俗迁讹，罔不任贤以相化革，朝任夕治，功可立待。若遵常习故，不明选典，欲以静民，便恐无日。'书奏，会肃宗崩。"按：《通鉴》卷一五一系辛雄此次上疏于本年十一月。又，据《魏书》，肃宗崩于武泰元年（528），《魏书》卷七七《辛雄传》称"书奏，会肃宗崩"，似有误，今从《通鉴》。

梁武帝大通元年　魏孝明帝孝昌三年（527）

◆北魏拜源子雍为冀州刺史，以冀州不守，上书朝廷。复同裴衍与葛荣战于漳水曲，与其子源延伯兵败俱死。

《魏书》卷四一《源贺传》附《源子雍传》："除子雍冀州刺史，余官如故。子雍以冀州不守，上书曰：'贼中甚饥，专仰野掠。今朝廷足食，兵卒饱暖。高壁深垒，勿与争锋，彼求战则不得，野掠无所获，不盈数旬，可坐制凶丑。'时裴衍复表求行，诏子雍与衍速进。子雍重表固请，如谓不可，乞令裴衍独行。若不赐解，求停裴衍。苟逼同行，取败旦夕。诏不听，遂与衍俱进。至阳平郡东北漳曲，荣率贼十万来逼官军。子雍战败被害，年四十。朝野痛惜之。"《魏书》卷九《肃宗纪》载，孝昌三年"十有二月戊申，都督源子邕、裴衍与葛荣战，败于阳平东北漳水曲，并战殁"。按：《魏书》本传载源子雍长子延伯随父北讨葛荣，兵败战殁，时年二十四。关于源子雍及其子源延伯战殁的时间,《通鉴》卷一五一亦系于本年十二月戊申。出土《魏故使持节都督凉州诸军事平北将军凉州刺史浮阳县开国伯源侯(延伯)墓志铭》也有详细记载,其文云:"以孝昌三年岁次丁未十二月庚寅朔廿七日丙辰卒于冀州行阵之中。"[①] 据此,则源子雍等战殁于本年十二月廿七日,《魏书》卷九《肃宗纪》等的记载似有误。又,严可均《全后魏文》卷二七辑录源子雍文二篇。

梁武帝大通二年　魏孝庄帝永安元年(528)

◆北魏肃宗驾崩,尔朱荣害胡太后及幼主,拥立元子攸为帝。尔朱荣以兵权在己,遂有异志,于河阴残害王公大臣二千余人。

《魏书》卷九《肃宗纪》载,武泰元年二月,"癸丑,帝崩于显阳殿,时年十九";"夏四月戊戌,尔朱荣济河。庚子,皇太后、幼主崩"。《魏书》卷十《孝庄帝纪》:"孝庄皇帝,讳子攸,彭城王勰之第三子……武泰元年春二月,肃宗崩,大都督尔朱荣将向京师,谋欲废立……夏四月丙申,帝与兄弟夜北渡河;丁酉,会荣于河阳。戊戌,南济河,即帝位……庚子,车驾巡河,西至陶渚。荣以兵权在己,遂有异志,乃害灵太后及幼主,次害无上王劭、始平王子正,又害丞相高阳王雍、司空公元钦、仪同三司元恒芝、仪同三司东平王略、广平王悌、常山王邵、北平王超、任城王彝、赵郡王毓、中山王叔仁、齐郡王温,公卿已下二千余人。列骑卫帝,迁于便幕。既而荣悔,稽颡谢罪。"按:《通鉴》卷一五二记载上述诸事甚详。又,本年四月胡太后卒,史载胡太后为安定临泾人,其于北魏孝明帝时"亲览万机,手笔断决",严可均《全后魏文》卷一四辑录其临朝听政时的诏令共三十一篇。

◆北魏河阴之难,陇西李氏子弟多人遇害。

《魏书》卷三九《李宝传》载,李瑾(李韶之子),"字道瑜,美容貌,颇有才学,特为韶所钟爱。清河王怿知赏之,怿为司徒,辟参军。转著作佐郎,加龙骧将军。稍迁通直散骑侍郎,与给事黄门侍郎王遵业、尚书郎卢观典领仪注。临淮王彧谓瑾等曰:'卿等三俊,共掌帝仪,可谓舅甥之国。'王、卢即瑾

---

① 杨庆兴:《新见〈源延伯墓志〉》,《中国书法》2016年第11期。

之外兄也。肃宗崩，上谥策文，瑾所制也。庄帝初，于河阴遇害，年四十九"。李暖（李虔之子），"字仁明，解褐司空行参军，稍迁尚书左外兵郎。孝庄初，于河阴遇害，年四十"。李昞（李虔之子），"字仁曜。起家高阳王雍常侍，员外散骑侍郎、太尉录事参军。孝庄初，与兄暖同时遇害，年三十八"。李义慎、李义远（李蕤之子），"庄帝初，并于河阴遇害"。李遐（李静之子），"字智远，有几案才。起家司空行参军，袭爵。稍迁右将军、尚书驾部郎中。出为河内太守。尔朱荣称兵向洛，次其郡境，庄帝潜济河北相会。遐既闻荣推奉庄帝，遂开门谒候，仍从驾南渡。及河阴，为乱兵所害，时年四十二"。

◆北魏河阴之难，河西源怀之子源纂亦遇害，时年三十七。

《魏书》卷四一《源贺传》附《源纂传》："子恭弟纂，字灵秀。员外散骑侍郎，累迁征虏将军、通直散骑常侍、凉州大中正，转太府少卿。建义初，遇害河阴，年三十七。"按：据《魏书》卷十《孝庄帝纪》，孝庄帝元子攸于本年四月戊戌即帝位，辛丑，诏改武泰元年为建义元年；九月乙亥，"以平葛荣，大赦天下，改为永安元年"。

◆北魏孝庄帝即位，李冲之子李延寔以帝舅之尊蒙受超拜。

《魏书》卷八三下《外戚·李延寔传》："李延寔，字禧，陇西人，尚书仆射冲之长子。性温良，少为太子舍人。世宗初，袭父爵清泉县侯。累迁左将军、光州刺史。庄帝即位，以元舅之尊，超授侍中、太保，封濮阳郡王。延寔以太保犯祖讳，又以王爵非庶姓所宜，抗表固辞。徙封濮阳郡公，改授太傅。"《魏书》卷十《孝庄帝纪》：本年四月，"平东将军、光禄大夫、清渊县开国侯李延寔为太保，进封阳平王，寻转太傅"。按：《通鉴》卷一五二亦系此事于本年四月。

◆北魏孝庄帝即位，源怀之后源绍景复先爵为陇西王。

《魏书》卷十《孝庄帝纪》载，本年四月甲辰，"冯翊郡开国公源绍景复先爵陇西王"。按：据《魏书》卷四一《源贺传》、卷七《高祖纪上》等记载，北魏延兴四年（474）正月，源贺以病辞位，其子源怀受父爵（陇西王）；太和十六年（492）正月，例降为公。景明二年（501），源怀上表论其父源贺之功，诏封源怀为冯翊郡开国公，邑百户。怀卒，其子源规袭爵；规卒，其子源肃袭爵；肃卒，其子源绍袭，"景明初，诏复王爵，寻除陇西郡开国公"。又按：《魏书》卷四一《源贺传》所载"景明初诏复王爵"之事有误，史载景明初源怀尚健在，有源怀上表论其父功勋之事，但无诏复王爵之事。又，"源绍景"又作"源绍"，未详孰是。

◆**北魏孝庄帝即位，宋游道拜左中兵郎中，为尚书令临淮王元彧谴责，游道诣阙上书，孝庄帝嘉劳之。**

《北齐书》卷四七《酷吏传》："宋游道，广平人，其先自敦煌徙焉。父季预，为渤海太守。游道弱冠随父在郡，父亡，吏人赠遗，一无所受，事母以孝闻……魏广阳王深北伐，请为铠曹，及为定州刺史，又以为府佐。广阳王为葛荣所杀，元徽诬其降贼，收录妻子，游道为诉得释，与广阳王子迎丧返葬。中尉郦善长嘉其气节，引为殿中侍御史，台中语曰：'见贼能讨宋游道。'孝庄即位，除左中兵郎中，为尚书令临淮王彧谴责，游道乃执版长揖曰：'下官谢王瞋，不谢王理。'即日诣阙上书曰……帝召见游道，嘉劳之。"按：据《魏书》卷五二《宋繇传》等，宋游道为敦煌宋繇之玄孙。《北齐书》本传称其为郦道元所重，引为殿中侍御史。

◆**北魏大司农卿张伦造景阳山，有若自然，天水姜质为之作《庭山赋》，流传于世。**

《洛阳伽蓝记》卷二《城东·正始寺》载，"敬义里南有昭德里，里内有尚书仆射游肇、御史中尉李彪、七兵（部）尚书崔休（按：原作"林"，据《魏书》卷六九《崔休传》改）、幽州刺史常景、司农张伦等五宅。彪、景出自儒生，居室俭素。惟伦最为豪侈，斋宇光丽，服玩精奇，车马出入，逾于邦君。园林山池之美，诸王莫及。伦造景阳山，有若自然。其中重岩复岭，嵚崟相属；深蹊洞壑，逦迤连接。高林巨树，足使日月蔽亏；悬葛垂萝，能令风烟出入。崎岖石路，似壅而通；峥嵘涧道，盘纡复直。是以山情野兴之士，游以忘归。天水人姜质，志性疏诞，麻衣葛巾，有逸民之操，见伦山爱之（按：一作"见偏爱之"），如不能已，遂造《庭（按：一作"亭"）山赋》，行传于世。其辞曰"云云。按，《魏书》卷七九《成淹传》附《成霄传》："子霄，字景鸾。亦学涉，好为文咏，但词彩不伦，率多鄙俗。与河东姜质等朋游相好，诗赋间起。知音之士，共所嗤笑；闾巷浅识，颂讽成群，乃至大行于世。"据此，则姜质本天水人，后徙居河东（当在北魏平定凉州后大规模徙民时）。又，姜质作《庭山赋》的时间，难以详考，但据《洛阳伽蓝记》卷二所述，当在张伦任司农卿之后。据《魏书》卷二四《张伦传》，张伦字天念，上谷沮阳人，张衮之玄孙，"孝庄初，迁太常少卿，不拜，转大司农卿，卒官"。又据《魏书》卷十《孝庄帝纪》，北魏孝庄帝在位仅三年，则张伦任大司农卿当在本年，故姜质作《庭山赋》当在永安年间。此文严可均《全后魏文》卷五四辑录，题作《亭山赋》。范祥雍《洛阳伽蓝记校注》作"《亭山赋》"。周祖谟《洛阳伽蓝记校释》作"《庭山赋》"，附注云："'庭'，各本作'亭'，此从《河南志》。案《赋》云：'庭起半丘半壑，听以目达心想。'又云：'庭为仁智之田，故能种此石山。'是宜作'庭'也。"[①] 杨勇《洛阳伽蓝记校笺》与周祖谟说同。今从之。

◆**北魏武威阴仲达从孙阴道方深为李神俊所知赏，孝庄初，修《起居注》。**

《魏书》卷五二《阴仲达传》载，武威阴仲达弟周达，"周达子遵和……遵和兄子道方，性和雅，颇涉书传，深为李神俊所知赏。神俊为前将军、荆州刺史，请道方为其府长流参军。神俊曾使道方诣萧衍雍州刺史萧纲论边事，道方风神沉正，为纲所称。正光末，萧纲遣其军主曹义宗等扰动边蛮，神俊令道方驰传向新野，处分军事。于路为土因村蛮所掠，送于义宗，义宗又传致襄阳，仍送于萧衍，囚之尚方。孝昌中，始得还国。既至，拜奉朝请，转员外散骑侍郎。孝庄初，迁尚书左民郎中，修《起居注》"。

◆**北魏狄道辛贲修撰《起居注》。**

《魏书》卷四五《辛绍先传》："怀仁弟贲，字叔文。少有文学，识度沉雅。起家北中府中兵参军、员外散骑侍郎。建义初，修《起居注》。"按：据《魏书》卷十《孝庄帝纪》，孝庄帝元子攸于本年四月戊戌即帝位，辛丑，改武泰元年为建义元年；九月乙亥，又改为永安元年。

---

① （魏）杨衒之撰，周祖谟校释：《洛阳伽蓝记校释》，中华书局1963年版，第90—91页。

◆本年十一月，北魏以源延伯灵柩祔葬于其祖父源怀之墓所，其季父源子恭为作墓志铭。

出土《魏故使持节都督凉州诸军事平北将军凉州刺史浮阳县开国伯源侯（延伯）墓志铭》云："君讳囗字延伯，凉州西平人也……以孝昌三年岁次丁未十二月庚寅朔廿七日丙辰卒于冀州行阵之中……越以永安元年岁次戊申十一月甲寅朔八日辛酉，祔莖（葬）于皇祖惠公旧山之所。于时季父子恭作牧豫州，任限边城，弗获临诀，遥想坟柏，北望摧裂，聊题厥状，铭之玄石，其词曰：天鉴有魏，叠构重基。本枝百世，惟君诞兹……身徂名逸，传之无疆。"[1] 据此，则北魏于本年十一月八日（辛酉），以源延伯灵柩祔葬于其祖父源怀之墓所，其父源子雍之灵柩当随同祔葬。墓志铭文当出自源子恭之手。按：源延伯的生平行迹，《魏书》卷四一《源贺传》等也有载述。

梁武帝中大通元年　魏孝庄帝永安二年（529）

◆北魏以太傅李延寔为司徒。

《魏书》卷八三下《外戚传》："（李延寔）徙封濮阳郡公，改授太傅，寻转司徒公。"《魏书》卷十《孝庄帝纪》载，永安二年八月"己未，以侍中、太傅李延寔为司徒公"。按：《通鉴》卷一五三亦系此事于本年八月。

◆北魏以辛雄为关西慰劳大使，辛雄奏事五条，又呈启论爱民之道。

《魏书》卷七七《辛雄传》："未几，诏雄以本官兼侍中、关西慰劳大使。将发，请事五条：一言逋悬租调，宜悉不征。二言简罢非时徭役，以纾民命。三言课调之际，使丰俭有殊，令州郡量检，不得均一。四言兵起历年，死亡者众，或父或子，辛酸未歇，见存耆老，请假板职，悦生者之意，慰死者之魂。五言丧乱既久，礼仪罕习，如有闺门和穆、孝悌卓然者，宜表其门闾。仍启曰：'臣闻王者爱民之道有六，一曰利之，二曰成之，三曰生之，四曰与之，五曰乐之，六曰喜之。使民不失其时，则成之也；省刑罚，则生之也；薄赋敛，则与之也；无多徭役，则乐之也；吏静不苛，则喜之也。伏惟陛下道迈前王，

---

[1] 杨庆兴：《新见〈源延伯墓志〉》，《中国书法》2016年第11期。

功超往代，敷春风而鼓俗，旌至德以调民。生之养之，正当兹日；悦近来远，亦是今时。臣既忝将命，宣扬圣泽，前件六事，谓所宜行。若不除烦收疾，惠孤恤寡，便是徒乘官驿，虚号王人，往还有费于邮亭，皇恩无逮于民俗。谨率愚管，敢以陈闻，乞垂览许。'庄帝从之，因诏民年七十者授县，八十者授郡，九十加四品将军，百岁从三品将军。"按：《魏书》本传系辛雄出任关西慰劳大使在本年七月元颢败亡之后。

梁武帝中大通二年　魏孝庄帝永安三年（530）

◆九月，北魏孝庄帝以河阴之难及居功专权等为由，诛杀权臣尔朱荣、元天穆等。

《魏书》卷十《孝庄帝纪》载，永安三年"九月辛卯，天柱大将军尔朱荣、上党王天穆自晋阳来朝。戊戌，帝杀荣、天穆于明光殿，及荣子仪同三司菩提"。按：《魏书》卷七四《尔朱荣传》、《通鉴》卷一五四亦系此事于本年九月。又，《洛阳伽蓝记》卷一《城内·永宁寺》、卷四《城西·宣忠寺》亦载述此事。

◆十月，北魏骠骑大将军、开府仪同三司李虔卒，时年七十四。

《魏书》卷十《孝庄帝纪》载，永安三年十月，"仪同三司李虔薨"。《魏书》卷三九《李宝传》附《李虔传》："（李）彦弟虔，字叔恭。太和初，为中书学生。迁秘书中散，转冀州骠骑府长史、太子中舍人。世宗初，迁太尉从事中郎。出为清河太守，属京兆王愉反，虔弃郡奔阙。世宗闻虔至，谓左右曰：'李虔在冀州日久，恩信著物，今拔难而来，众情自解矣。'乃授虔别领军前慰劳事。事平，转长乐太守。延昌初，冀州大乘贼起，令虔以本官为别将，与都督元遥讨平之。迁后将军、燕州刺史。还为光禄大夫，加平西将军，兼大司农卿。出为散骑常侍、安东将军、兖州刺史。追论平冀州之功，赐爵高平男。还京，除河南邑中正，迁镇军将军、金紫光禄大夫。孝庄初，授特进、车骑大将军、仪同三司，加散骑常侍。又进号骠骑大将军、开府仪同三司。永安三年冬薨，年七十四。"按：李虔为李承之子、李宝之孙。

◆十二月，北魏尔朱兆等弑杀孝庄帝，帝舅司徒李延寔等亦遇害。

《魏书》卷十《孝庄帝纪》载，永安三年"十有二月壬寅朔，尔朱兆寇丹谷，都督崔伯凤战殁，都督羊文义、史五龙降兆，大都督源子恭奔退。甲辰，尔朱兆、尔朱度律自富平津上，率骑涉渡，以袭京城。事出仓卒，禁卫不守。帝出云龙门。兆逼帝幸永宁佛寺，杀皇子，并杀司徒公、临淮王彧，左仆射、范阳王诲。戊申，元晔大赦天下。尔朱度律自镇京师。甲寅，尔朱兆迁帝于晋阳；甲子，崩于城内三级佛寺，时年二十四。并害陈留王宽"。《魏书》卷八三下《外戚传》："李延寔，字禧，陇西人，尚书仆射冲之长子……尔朱兆入洛，乘舆幽縶，以延寔外戚，见害于州馆。"按：《通鉴》卷一五四亦系尔朱兆杀北魏孝庄帝、李延寔等于本年十二月。又，《洛阳伽蓝记》卷一《城内·永宁寺》载述孝庄帝被杀事甚详，并载录孝庄帝临终前所作五言诗一首："权去生道促，忧来死路长。怀恨出国门，含悲入鬼乡。隧门一时闭，幽庭岂复光？思鸟吟青松，哀风吹白杨。昔来闻死苦，何言身自当！"至太昌元年冬，葬孝庄帝于靖陵，所作五言诗即为挽歌词，朝野闻之，莫不悲痛。据《魏书》卷十《孝庄帝纪》："孝庄皇帝，讳子攸，彭城王勰之第三子，母曰李妃。"据此，则北魏孝庄帝元子攸为陇西李冲之外孙。

◆辛庆之以文学征诣洛阳，对策第一，除秘书郎。属尔朱氏作乱，遂为司空杨津行台左丞，典参谋议。

《周书》卷三九《辛庆之传》："辛庆之字庆之，陇西狄道人也。世为陇右著姓。父显崇，冯翊郡守，赠雍州刺史。庆之少以文学征诣洛阳，对策第一，除秘书郎。属尔朱氏作乱，魏孝庄帝令司空杨津为北道行台，节度山东诸军以讨之。津启庆之为行台左丞，典参谋议。至邺，闻孝庄帝暴崩，遂出兖、冀间，谋结义徒，以赴国难。寻而节闵帝立，乃还洛阳。"按：据《北史》卷七十《辛庆之传》，辛庆之"字余庆"，其父"显崇"作"显宗"。

梁武帝中大通三年　魏节闵帝普泰元年（531）

◆北魏尔朱氏复专权，陇西李氏以孝庄帝外戚之故，多人遇害。李神俊则逃匿民间。

《魏书》卷三九《李宝传》附《李蕤传》："（李）虔弟蕤，字延宾。历步兵校尉、东郡太守、司农少卿。卒，赠龙骧将军、豫州刺史。长子（李）咏，字义兴，有干局。起家太学博士。领殿中侍御史，稍迁东郡太守。庄帝初，迁安东将军、济州刺史。转广州刺史，加散骑常侍。前废帝时，与第三弟通直散骑常侍（李）义真、第七弟中书侍郎、太常少卿（李）义邕，同时为尔朱仲远所害。义邕，庄帝居蕃之日，以外亲甚见亲昵，及有天下，特蒙信任。尔朱荣之诛，义邕与其事，由是并及于祸。"同卷《李季凯传》："仲尚弟季凯，沉敏有识量……庄帝践阼，征拜给事黄门侍郎，封博平县开国侯，邑七百户。寻加散骑常侍、平东将军。转秘书监，进号中军将军。普泰元年七月，尔朱世隆以荣之死，谓季凯通知，于是见害，年五十五。"同卷《李神俊传》："庄帝纂统，以神俊外戚之望，拜散骑常侍、殿中尚书。追论固守荆州之功，封千乘县开国侯，邑一千户。转中书监、吏部尚书……尔朱兆入京，乘舆幽执，神俊遂逃窜民间。"《魏书》卷八二《李琰之传》："孝庄初，太尉元天穆北讨葛荣，以琰之兼御史中尉，为北道军司。还，除征东将军，仍兼太常。出为卫将军、荆州刺史。顷之，兼尚书左仆射、三荆二郢大行台。寻加散骑常侍。琰之虽以儒素自业，而每语人言'吾家世将种'，自云犹有关西风气。及至州后，大好射猎，以示威武。尔朱兆入洛，南阳太守赵修延以琰之庄帝外戚，诬琰之规奔萧衍，袭州城，遂被囚执，修延仍自行州事。城内人斩修延，还推琰之厘州任。"按：北魏孝庄帝诛杀尔朱荣，引发政变，陇西李氏以外戚之亲亦受牵连，遂至多人遇害。

梁武帝中大通四年　魏孝武帝永熙元年（532）

◆北魏孝武帝即位，陇西李神俊、李琰之等复任要职。

《魏书》卷一一《出帝纪》载，本年八月"甲戌，以车骑大将军、左光禄大夫李琰之为仪同三司"；九月"庚申，以卫将军、前吏部尚书李神隽（俊），抚军将军、右卫将军娄昭并为骠骑大将军、仪同三司"。《魏书》卷三九《李宝传》附《李神俊传》："出帝初，始来归阙，拜散骑常侍、骠骑大将军、左光禄大夫、仪同三司。"《魏书》卷八二《李琰之传》："出帝初，征兼侍中、车骑大将军、左光禄大夫、仪同三司。"按：北魏孝武帝元修即位，重用陇西李神俊、李琰之等，当与其母李氏有关。

◆**安定皇甫和、皇甫亮与裴让之、裴诹之并知名于洛下。**

《北齐书》卷三五《裴让之传》附《裴诹之传》："诹之，字士正，少好儒学，释褐太学博士。尝从常景借书百卷，十许日便返。景疑其不能读，每卷策问，应答无遗。景叹曰：'应奉五行俱下，祢衡一览便记，今复见之于裴生矣。'杨愔阖门改葬，托诹之顿作十余墓志，文皆可观。让之、诹之及皇甫和弟亮并知名于洛下，时人语曰：'诹胜于让，和不如亮。'"同卷《皇甫和传》："皇甫和，字长谐，安定朝那人，其先因官寓居汉中。祖澄，南齐秦、梁二州刺史。父徽，字子玄，梁安定、略阳二郡守。魏正始二年，随其妻父夏侯道迁入魏，道迁别上勋书，欲以徽为元谋。徽曰：'创谋之始，本不关预，虽贪荣赏，内愧于心。'遂拒而不许。梁州刺史羊灵祐重其敦实，表为征房府司马，卒。和十一而孤，母夏侯氏，才明有礼则，亲授以经书。及长，深沉有雅量，尤明礼仪，宗亲吉凶，多相谘访。卒于济阴太守。"按：皇甫和与裴让之等知名于洛下的具体时间，难以详考，今据"杨愔阖门改葬"一事略加推断。据《魏书》卷一一《前废帝纪》，普泰元年（531）"秋七月壬申，尔朱世隆等害前太保杨椿、前司空公杨津及其家"。又据《北齐书》卷三四《杨愔传》，尔朱世隆等害杨津（杨愔之父）及其家，杨愔转投高欢，参与攻邺及韩陵之战，深得高欢赏识，"顷之，表请解职还葬……是日隆冬盛寒，风雪严厚，愔跣步号哭，见者无不哀之。寻征赴晋阳，仍居本职"。又据《通鉴》卷一五五，高欢于永熙元年正月攻占邺城，三月败尔朱天光等于韩陵，四月攻占洛阳，则杨愔改葬遇害宗族亲人，应在本年冬月。

梁武帝中大通五年　魏孝武帝永熙二年（533）

◆**北魏仪同三司陇西李琰之卒。琰之好读书，以博闻著称。**

《魏书》卷一一《出帝纪》载，永熙二年正月"庚戌，仪同三司李琰之薨"。《魏书》卷八二《李琰之传》："永熙二年薨。赠侍中、骠骑大将军、司徒公、雍州刺史，谥曰文简。琰之少机警，善谈，经史百家无所不览，朝廷疑事多所访质。每云：'崔博而不精，刘精而不博；我既精且博，学兼二子。'谓崔光、刘芳也。论者许其博，未许其精。当时物议，咸共宗之。又自夸文章，从姨兄常景笑而不许。每休闲之际，恒闭门读书，不交人事。尝谓人曰：'吾所以好读书，不求身后之名，但异见异闻，心之所愿，是以孜孜搜讨，欲罢不能。岂为声名劳七尺也？此乃天性，非为力强。'前后再居史职，无所编缉。安丰王延明，博闻多识，每有疑滞，恒就琰之辨析，自以为不及也。"按：严可均《全后魏文》卷三六辑录其文一篇。

梁武帝中大通六年　魏孝武帝永熙三年　东魏孝静帝天平元年（534）

◆**北魏孝武帝西奔长安，辛雄等留守洛阳，为高欢所杀，雄时年五十岁。**

《魏书》卷一一《出帝纪》载，永熙三年七月"丁未，帝为（斛斯）椿等迫胁，遂出于长安。己酉，齐献武王入洛"。《魏书》卷七七《辛雄传》："出帝南狩，雄兼左仆射留守京师。永熙末，兼侍中。帝入关右，齐献武王至洛，于永宁寺集朝士，责让雄及尚书崔孝芬、刘钦、杨机等……诸人默然不能对。雄对曰：'当主上信狎近臣，雄等不与谋议。及乘舆西迈，若即奔随，便恐迹同佞党；留待大王，便以不从蒙责。雄等进退如此，不能自委沟壑，实为惭负。'王复责曰：'卿等备位纳言，当以身报国，不能尽忠，依附谄佞，未闻卿等谏诤一言，使国家之事忽至于此，罪欲何归也！'乃诛之，时年五十。没其家口。二子士璨、士贞，逃入关中。"按：《通鉴》卷一五六系北魏孝武帝出奔长安于本年七月，系高欢诛杀辛雄等朝望于本年八月。又，辛雄为北魏名臣，严可均《全后魏文》卷四八辑录其文六篇。

◆**辛雄从兄辛纂，高欢署为西荆州刺史，宇文泰遣都督独孤信率军潜至州城，辛纂被擒遇害。**

《魏书》卷七七《辛雄传》附《辛纂传》："雄从父兄纂，字伯将。学涉文史，温良雅正。初为兖州安东府主簿。与秘书丞同郡李伯尚有旧，伯尚与咸阳王禧同逆，逃窜投纂。事觉，坐免官。积十余年，除奉朝请……永熙三年，除使持节、河内太守……九月，行西荆州事、兼尚书、南道行台，寻正刺史。时蛮酋樊五能破析阳郡，应宇文黑獭。纂议欲出军讨之……遂遣兵攻之，不克而败，诸将因亡不返。城人又密招西贼，黑獭遣都督独孤如愿（独孤信）率军潜至，突入州城，遂至厅阁。纂左右惟五六人，短兵接战，为贼所擒，遂害之。"按：《通鉴》卷一五六系辛纂卒于本年十二月。

◆十月，高欢立东魏孝静帝元善见为帝，迁都于邺。

《魏书》卷一二《孝静帝纪》："孝静皇帝，讳善见，清河文宣王亶之世子也，母曰胡妃。永熙三年，拜通直散骑侍郎。八月，为骠骑大将军、开府仪同三司。出帝既入关，齐献武王奉迎不克，乃与百僚会议，推帝以奉肃宗之后，时年十一。冬十月丙寅，即位于城东北，大赦天下，改永熙三年为天平元年……丙子，车驾北迁于邺。"按：《北齐书》卷一《神武帝纪上》、《通鉴》卷一五六亦载述上述诸事于本年十月。

◆闰十二月，北魏孝武帝为宇文泰所鸩，宇文泰立元宝炬为西魏文帝，都于长安。

《魏书》卷一一《出帝纪》载，永熙三年"闰十二月癸巳，帝为宇文黑獭所害，时年二十五"。《周书》卷一《文帝纪上》载，本年"闰十二月，魏孝武帝崩。太祖与群公定策，尊立魏南阳王宝炬为嗣，是为文皇帝"。按：《通鉴》卷一五六亦载述上述诸事于本年闰十二月。

梁武帝大同四年　西魏文帝大统四年　东魏孝静帝元象元年（538）

◆东魏、西魏大战于河阴，双方伤亡惨重。东魏西兖州刺史敦煌人宋显战没。

《魏书》卷一二《孝静帝纪》载，元象元年"秋七月乙亥，高丽国遣使朝贡。行台侯景、司徒公高敖曹围宝炬将独孤如愿于金墉，宝炬、宇文黑獭并来赴救。大都督厍狄干率诸将前驱，齐献武王总众继进。八月辛卯，战于河阴，大破之。斩其大都督、仪同三司寇洛生等二十余人，俘获数万。司徒公高敖曹、大都督李猛、宋显并战没"。《北齐书》卷二十《宋显传》："宋显，字仲华，敦煌效谷人也。性果敢，有干用……后归高祖，以为行台右丞。樊子鹄据兖州反，前西兖州刺史乙瑗、谯郡太守辛景威屯据五梁，以应子鹄。高祖以显行西兖州事，率众讨破之，斩瑗，景威遁走。拜西兖州刺史……在州多所受纳，然勇决有气干，检御左右，咸能得其心力。及河阴之战，深入赴敌，遂没于行阵。赠司空公。"按：《通鉴》卷一五八亦系宋显卒于本年河阴之役。

◆ **东魏魏尹、齐献武王军司源子恭卒。**

《魏书》卷四一《源贺传》附《源子恭传》："天平初，除中书监。三年，拜魏尹，又为齐献武王军司。元象元年。兴和二年，赠都督徐兖二州诸军事、骠骑大将军、尚书左仆射、司空公、兖州刺史，谥曰文献。"按："元象元年"后有脱文。《魏书》本卷校勘记第一五条云："'元象元年'，李慈铭、张森楷并云此句下当脱'卒'字。"今从其说，以元象元年为源子恭卒年。又，源子恭为北魏名臣源贺之孙，西平乐都人，史载其"聪惠好学"，严可均《全后魏文》卷二七辑录其文二篇。

梁武帝大同五年　西魏文帝大统五年　东魏孝静帝兴和元年（539）

◆ **东魏仪同三司武威段荣卒，时年六十二岁。**

《北齐书》卷十六《段荣传》："段荣，字子茂，姑臧武威人也。祖信，仕沮渠氏，后入魏，以豪族徙北边，仍家于五原郡。父连，安北府司马。荣少好历术，专意星象……后高祖建义山东，荣赞成大策。为行台右丞，西北道慰喻大使，巡方晓喻，所在下之。高祖南讨邺，留荣镇信都，仍授镇北将军，定州刺史。时攻邺未克，所须军资，荣转输无阙。高祖入洛，论功封姑臧县侯，邑八百户。转授瀛州刺史。荣妻，皇后姊也，荣恐高祖招私亲之议，固推诸将，竟不之州。寻行相州事，后为济州刺史。天平三年，转行泰州事……四年，除山东人行台、大都督，甚得物情。元象元年，授仪同三司。二年五月卒，年六十二。"按：据《魏书》卷一二《孝静帝纪》，元象二年十一月，改元兴和。

梁武帝大同六年　东魏孝静帝兴和二年　西魏文帝大统六年（540）

◆ **梁湘东王萧绎出任江州刺史，武威阴铿为法曹行参军。**

《陈书》卷三四《阮卓传》附《阴铿传》："时有武威阴铿，字子坚，梁左卫将军子春之子。幼聪慧，五岁能诵诗赋，日千言。及长，博涉史传，尤善五言诗，为当时所重。释褐梁湘东王法曹参军。"《南史》卷六四《阴子春传》："阴子春字幼文，武威姑臧人也。晋义熙末，曾祖袭随宋武帝南迁，至南平，因家焉。父智伯与梁武帝邻居，少相善……及帝践阼，官至梁、秦二州刺史。子春仕历位朐山戍主、东莞太守……又迁都督、梁秦二州刺史……太清二年，征为左卫将军，迁侍中。属侯景乱，元帝令子春随王僧辩攻平邵陵王。又与左卫将军徐文盛东讨景，至贝矶与景遇，子春力战，恒冠诸军。会郢州陷没，军遂退，卒于江陵。"又附《阴铿传》："铿字子坚，博涉史传，尤善五言诗，被当时所重。为梁湘东王法曹行参军。"《梁书》卷四六《阴子春传》未提及阴铿，传末附载阴颢之事："孙颢，少知名。释褐奉朝请，历尚书金部郎。后入周。撰《琼林》二十卷。"按：据《通鉴》卷一一八等记载，晋安帝义熙十三年（417）十二月，刘裕自关中南归，武威阴袭南迁当在此时。又，阴铿出任湘东王法曹行参军的确切时间，史籍无明确记载。现存阴铿诗作中有一首《和〈登百花亭怀荆楚〉》，是萧绎《登江州百花亭怀荆楚》一诗的唱和之作；据诗题，此二首诗是萧绎出任江州刺史时所作。据《梁书》卷二《武帝纪中》、卷三《武帝纪下》及卷五《元帝纪》，武帝天监十三年（514）七月，封萧绎为湘东郡王；大同六年（540）十二月，以萧绎为镇南将军、江州刺史；太清元年（547）正月，以萧绎为镇西将军、荆州刺史。据此，则萧绎自大同六年十二月至太清元年正月任江州刺史，阴铿任其法曹行参军当在此六年期间。据《唐六典》卷二十"亲王府"之"行参军"注云："晋氏加置行参军，以自辟召，故曰'行'也。宋、齐、梁、陈皆有之。"

梁武帝大同七年　东魏孝静帝兴和三年　西魏文帝大统七年（541）

◆ 东魏侍中陇西李神俊卒，时年六十四岁。其人博学多闻，笃好文雅。

《魏书》卷三九《李宝传》附《李神俊传》："孝静初，行并州事。寻除骠骑大将军、肆州刺史。入为侍中。兴和二年薨，年六十四……神俊风韵秀举，博学多闻，朝廷旧章及人伦氏族，多所谙记。笃好文雅，老而不辍，凡所交游，皆一时名士。"《李挺墓志》："公讳挺，字神俊，陇西狄道人也……

以兴和三年六月十七日薨于位，春秋六十四。"[1] 按：关于李神俊的卒年，今从《李挺墓志》。又，《魏书》本传称李神俊"小名提"，《北史》卷一百《序传》又云："柬弟挺，字神俊，小名提。"则李神俊本名当为"李挺"。《通鉴》卷一五七亦载："是时邺下言风流者，以（李）谐及陇西李神俊、范阳卢元明、北海王元景、弘农杨遵彦、清河崔瞻为首。神俊名挺，宝之孙；元景名昕，宪之曾孙也，皆以字行。"严可均《全后魏文》卷三六辑录其文一篇。

◆梁湘东王萧绎作《登江州百花亭怀荆楚》，阴铿作《和〈登百花亭怀荆楚〉》。

曹道衡、沈玉成《中古文学史料丛考》卷四"阴铿在梁事迹考"条认为："至于《登江州百花亭怀荆楚诗》，则大同六年至太清元年间为江州刺史时作也。据此知萧绎为江州刺史时，阴铿在其幕下。"[2] 吴光兴《萧纲萧绎年谱》系此诗于大同七年。按：据《梁书》卷三《武帝纪下》，萧绎于大同六年十二月出任江州刺史，且其诗曰"柳絮飘春雪"，则此诗必作于某年春天。史载萧绎于普通七年（526）出任荆州刺史，大同五年（539）入领石头戍军事，在荆州达十三年之久，所以在江州作诗"怀荆楚"，完全在情理之中。今从吴光兴《萧纲萧绎年谱》系此二首诗于本年。

梁武帝大同十一年　东魏孝静帝武定三年　西魏文帝大统十一年（545）

◆安定牛弘生。

《隋书》卷四九《牛弘传》："牛弘字里仁，安定鹑觚人也，本姓尞氏。祖炽，郡中正。父允，魏侍中、工部尚书、临泾公，赐姓为牛氏……（弘）性宽裕，好学博闻……（大业）六年，从幸江都。其年十一月，卒于江都郡，时年六十六。"按：《隋书》本传称牛弘卒于隋炀帝大业六年（610），据此逆推，其当生于本年。牛弘为北周、隋代著名文士，是当时河陇士人的杰出代表。

---

[1] 赵超：《汉魏南北朝墓志汇编》（修订本），中华书局2021年版，第442—444页。
[2] 曹道衡、沈玉成：《中古文学史料丛考》，中华书局2003年版，第649页。

梁武帝太清三年　东魏孝静帝武定七年　西魏文帝大统十五年（549）

◆**阴铿罢故障县令，回京被侯景乱兵所擒，获救后逃亡江陵。作《罢故章县》《晚出新亭》《晚泊五洲》《五洲夜发》等。**

阴铿出任故障县令的经历，《陈书》卷三四《阮卓传》附《阴铿传》等失载。其诗有《罢故章县》一首，说明他曾做过故障县令。诗首句云"秩满三秋暮"，表明他任故障令有三年之久。赵以武《阴铿生平考释六题》据《梁书》卷三《武帝纪下》等记载，认为太清元年（547）正月，萧绎改任荆州刺史，阴铿出任故障令，至太清三年暮秋罢任，返回京师，《罢故章县》当为此时所作。当时京城建康为侯景控制，《陈书》本传所说"及侯景之乱，铿尝为贼所擒，或救之获免"，就发生在他返回京城不久。被救后逃亡江陵，其《晚出新亭》《晚泊五洲》《五洲夜发》等诗，就是逃亡途中所作。[①] 今从其说，系以上诸作于本年。

梁简文帝大宝元年　北齐文宣帝天保元年　西魏文帝大统十六年（550）

◆**五月，北齐文宣帝高洋代东魏，改元天保。**

《魏书》卷一二《孝静帝纪》载，武定八年五月"丙辰，诏归帝位于齐国，即日逊于别宫。齐天保元年五月己未，封帝为中山王，邑一万户"。按：东魏孝静帝禅位于北齐高洋，事又见《北齐书》卷四《文宣帝纪》、《通鉴》卷一六三等。

◆**北齐以西平源彪为太子中舍人。**

《北齐书》卷四三《源彪传》："源彪，字文宗，西平乐都人也。父子恭，魏中书监、司空，文献公。文宗学涉机警，少有名誉。魏孝庄永安中，以父功赐爵临颍县伯，除员外散骑常侍。天平四年，凉州大中正。遭父忧去职。武定

---

① 详参赵以武：《阴铿生平考释六题》，《文学遗产》1993年第6期。

初，服阕，吏部召领司徒记室，加平东将军。世宗摄选，沙汰台郎，以文宗为尚书祠部郎中，仍领记室。转太子洗马。天保元年，除太子中舍人。"按：源彪为陇西源贺之后，仕北齐位望通显。

◆**北齐以敦煌宋游道兼太府卿，寻卒，遗令薄葬，不立碑表，不求赠谥。**

《北齐书》卷四七《酷吏·宋游道传》："天保元年，以游道兼太府卿，乃于少府覆检主司盗截，得巨万计。奸吏返诬奏之，下狱。寻得出，不归家，径之府理事。卒，遗令薄葬，不立碑表，不求赠谥。赠瓜州刺史。武平中，以子士素久典机密，重赠仪同三司，谥曰贞惠。游道刚直，疾恶如仇，见人犯罪，皆欲致之极法。弹纠见事，又好察阴私。问狱察情，捶挞严酷……然重交游，存然诺之分。"按：史载宋游道之子宋士素为北齐名臣。

梁简文帝大宝二年　北齐文宣帝天保二年　西魏文帝大统十七年（551）

◆**北齐魏收奉文宣帝诏，撰修《魏书》，河陇文士辛元植参与其事。**

《北齐书》卷三七《魏收传》："天保元年，除中书令，仍兼著作郎，封富平县子。二年，诏撰魏史……收于是部通直常侍房延祐、司空司马辛元植、国子博士刁柔、裴昂之、尚书郎高孝干专总斟酌，以成《魏书》。辨定名称，随条甄举，又搜采亡遗，缀续后事，备一代史籍，表而上闻之。勒成一代大典：凡十二纪，九十二列传，合一百一十卷……所引史官，恐其凌逼，唯取学流先相依附者。房延祐、辛元植、眭仲让虽夙涉朝位，并非史才。刁柔、裴昂之以儒业见知，全不堪编缉。"《史通》卷十二《古今正史》："齐天保二年，敕秘书监魏收博采旧闻，勒成一史。又命刁柔、辛元植、房延祐、睦（眭）仲让、裴昂之、高孝干等助其编次。收所取史官，惧相凌忽，故刁、辛诸子并乏史才，唯以仿佛学流，凭附得进。于是大征百家谱状，斟酌以成《魏书》。上自道武，下终孝靖，纪、传与志凡百三十卷。"按：辛元植，《北齐书》无传。《北史》卷五十《辛雄传》附《辛德源传》："德源从祖兄元植，齐天保中，司空司马。学涉，有名闻于世。"据此，辛元植为陇西狄道人。

梁元帝承圣元年　北齐文宣帝天保三年　西魏废帝元钦元年（552）

◆**北齐辛术镇广陵，获传国玉玺送于邺，文宣以玺告于太庙。寻征辛术为殿中尚书，领太常卿，与朝贤议定律令。又迁吏部尚书。**

《北齐书》卷四《文宣帝纪》载，天保三年"三月戊子，以司州牧清河王岳为使持节、南道大都督，司徒潘相乐为使持节、东南道大都督，及行台辛术率众南伐。癸巳，诏进梁王萧绎为梁主。夏四月壬申，东南道行台辛术于广陵送传国玺"。《北齐书》卷三八《辛术传》："辛术字怀哲，少明敏，有识度。解褐司空胄曹参军，与仆射高隆之共典营构邺都宫室，术有思理，百工克济。再迁尚书右丞。出为清河太守，政有能名……齐天保元年，侯景征江西租税，术率诸军渡淮断之，烧其稻数百万石。还镇下邳……及王僧辩破侯景，术招携安抚，城镇相继款附，前后二十余州。于是移镇广陵，获传国玺送邺，文宣以玺告于太庙……寻征为殿中尚书，领太常卿，仍与朝贤议定律令。迁吏部尚书。"按：《通鉴》卷一六四系辛术获得传国玺于本年四月，系辛术迁吏部尚书于本年五月。又，据《魏书》卷七七《辛雄传》，辛术为北魏名臣辛雄族祖辛琛之子，为陇西狄道人。《北史》卷五十亦有传。

◆**北地傅縡依附梁湘州刺史萧循，博通群书。**

《陈书》卷三十《傅縡传》："傅縡字宜事，北地灵州人也。父彝，梁临沂令。縡幼聪敏，七岁诵古诗赋至十余万言。长好学，能属文。梁太清末，携母南奔避难……后依湘州刺史萧循，循颇好士，广集坟籍，縡肆志寻阅，因博通群书。"按：据《梁书》卷五《元帝纪》，承圣元年十一月丁丑，"以平北将军、开府仪同三司萧循为骠骑将军、湘州刺史"；又据《梁书》卷六《敬帝纪》，承圣四年（即绍泰元年）二月，"仪同三司、湘州刺史萧循为太尉"。据此，则傅縡依附萧循在承圣元年十一月至四年二月之间，今系于本年。

梁元帝承圣二年　北齐文宣帝天保四年　西魏废帝二年（553）

◆**陇西李韶之子李玙卒。北齐受禅，陇西李韶之子孙不复属意于仕宦。**

《北齐书》卷二九《李玙传》："李玙，字道璠，陇西成纪人，凉武昭王暠之五世孙。父韶，并有重名于魏代。玙温雅有识量。释褐太尉行参军，累迁司徒右长史。及迁都于邺，留于后，监掌府藏，及撤运宫庙材木，以明干见称。累迁骠骑大将军、东徐州刺史。解州还，遂称老疾，不求仕。齐受禅，追玙兼前将军，导从于圆丘行礼。玙意不愿策名两朝，虽以宿旧被征，过事即绝朝请。天保四年卒。"又载："弟瑾，字道瑜，名在《魏书》。才识之美，见称当代。瑾六子，彦之、倩之、寿之、礼之、行之、凝之，并有器望。行之与兄弟深相友爱，又风素夷简，为士友所称。范阳卢思道是其舅子，尝赠诗云：'水衡称逸人，潘杨有世亲，形骸预冠盖，心思出风尘。'时人以为实录。"又载："玙从弟晓，字仁略。魏太尉（李）虔子。学涉有思理。释褐员外侍郎。尔朱荣之害朝士，将行，晓衣冠为鼠所噬，遂不成行，得免河阴之难。及迁都邺，晓便寓居清河，托从母兄崔悛宅。给良田三十顷，晓遂筑室安居，训勖子侄，无复宦情。武定末，以世道方泰，乃入都从仕。除顿丘守，卒。"按：陇西李氏虽然不复显贵于北齐，然与范阳卢氏、清河崔氏等俱为姻亲，亦为世族高门。

◆**西魏辛庆之拜秘书监，寻卒。其经明行修，曾与卢诞等教授诸王。**

《周书》卷三九《辛庆之传》："辛庆之字庆之（按：一作"余庆"），陇西狄道人也，世为陇右著姓……（大统）九年，入为丞相府右长史，兼给事黄门侍郎，除度支尚书。复行河东郡事。迁通直散骑常侍、南荆州刺史，加仪同三司。庆之位遇虽隆，而率性俭素，车马衣服，亦不尚华侈。志量淹和，有儒者风度。特为当时所重。又以其经明行修，令与卢诞等教授诸王。魏废帝二年，拜秘书监。寻卒于位。"

梁元帝承圣三年　北齐文宣帝天保五年　西魏恭帝元年（554）

◆北齐魏收撰修《魏书》成，时论多言魏收著史不平。

《北齐书》卷三七《魏收传》："（天保）二年，诏撰魏史……五年三月奏上之。秋，除梁州刺史。收以志未成，奏请终业，许之。十一月，复奏十志。"又载："时论既言收著史不平，文宣诏收于尚书省与诸家子孙共加论讨，前后投诉百有余人，云'遗其家世职位'，或云'其家不见记录'，或云'妄有非毁'。收皆随状答之。"《史通》卷十二《古今正史》："收谄齐氏，于魏室多不平。既党北朝，又厚诬江左……书成始奏，诏收于尚书省与诸家论讨。前后列诉者百有余人。时尚书令杨遵彦，一代贵臣，势倾朝野，收撰其家传甚美，是以深被党援。诸讼史者皆获重罚，或有毙于狱中，群怨谤声不息。"按：《通鉴》卷一六五系魏收撰成《魏书》于本年三月。

梁敬帝绍泰元年　北齐文宣帝天保六年　西魏恭帝二年（555）

◆王琳以傅縡为府记室。

《陈书》卷三十《傅縡传》："王琳闻其名，引为府记室。"按：据《梁书》卷六《敬帝纪》，绍泰元年十月，"以镇南将军王琳为车骑将军、开府仪同三司"。据此，王琳以傅縡为府记室当在本年或稍后。

梁敬帝太平元年　北齐文宣帝天保七年　西魏恭帝三年（556）

◆北齐文宣帝诏令校定群书，樊逊上书议取邢劭、魏收、辛术等六家藏书参校。辛术藏书颇丰，多为宋、齐、梁时佳本。

《北齐书》卷四五《文苑传》："（天保）七年，诏令校定群书，供皇太子。逊与冀州秀才高乾和……等十一人同被尚书召共刊定。时秘府书籍纰缪者多，逊乃议曰：'按汉中垒校尉刘向受诏校书，每一书竟，表上，辄言：臣向书、长水校尉臣参书，太史公、太常博士书、中外书合若干本以相比校，然后杀青。今所雠校，供拟极重，出自兰台，御诸甲馆。向之故事，见存府阁，即欲刊定，必藉众本。太常卿邢子才、太子少傅魏收、吏部尚书辛术、司农少卿穆子容、前黄门郎司马子瑞、故国子祭酒李业兴并是多书之家，请牒借本参校得失。'秘书监尉瑾移尚书都坐，凡得别本三千余卷，《五经》诸史，殆无遗阙。"按，《北齐书》卷三八《辛术传》："术清俭，寡嗜欲。勤于所职，未尝暂懈。临军以威严，牧人有惠政。少爱文史，晚更修学，虽在戎旅，手不释卷。及定淮南，凡诸资物一毫无犯，唯大收典籍，多是宋、齐、梁时佳本，鸠集万余卷，并顾、陆之徒名画，二王已下法书数亦不少，俱不上王府，唯入私门。及还朝，颇以馈遗权要，物议以此少之。"据此，可见辛术晚年藏书颇丰，且多为宋、齐、梁时佳本。

陈武帝永定三年　北齐文宣帝天保十年　北周明帝武成元年（559）

◆**北齐吏部尚书辛术卒，时年六十岁。**

《北齐书》卷三八《辛术传》："（天保）十年卒，年六十。皇建二年（561），赠开府仪同三司、中书监、青州刺史。子阁卿，尚书郎。阁卿弟衡卿，有识学，开府参军事。隋大业初，卒于太常丞。"按：辛术卒年，《北史》卷五十所载同。又，严可均《全北齐文》卷六辑录其文一篇。

陈文帝天嘉元年　北齐废帝乾明元年　北齐孝昭帝皇建元年　北周明帝武成二年（560）

◆**傅縡随王琳部将孙瑒归降陈朝，召为撰史学士。縡笃信佛教，撰《明道论》。**

《陈书》卷三十《傅縡传》："琳败，随琳将孙瑒还都。时世祖使颜晃赐瑒杂物，瑒托縡启谢，词理优洽，文无加点，晃还言之世祖，寻召为撰史学士。除司空府记室参军，迁骠骑安成王中记室，撰史如故。縡笃信佛教，从兴皇惠朗法师受《三论》，尽通其学。时有大心暠法师著《无诤论》以诋之，縡乃为《明道论》，用释其难。其略曰……寻以本官兼通直散骑侍郎使齐，还除散骑侍郎、镇南始兴王谘议参军，兼东宫管记。历太子庶子、仆，兼管记如故。"《陈书》卷三《世祖纪》载，本年二月"丙申，太尉侯瑱败王琳于梁山，败齐兵于博望，生擒齐将刘伯球，尽收其资储船舰，俘馘以万计，王琳及其主萧庄奔于齐"；三月丙辰，"萧庄所署郢州刺史孙玚举州内附"。按：孙玚归降陈朝事又见《陈书》卷二五《孙玚传》、《通鉴》卷一六八等。据此，则颜晃推荐傅縡为撰史学士当在本年三月后。又，此事之后傅縡仕历难以详考。

◆**阴铿任始兴王府中录事参军，常为侯安都府宾客。作《新成安乐宫》《和侯司空登楼望乡》《侯司空宅咏妓》等诗篇。**

《陈书》卷三四《阮卓传》附《阴铿传》："天嘉中，为始兴王府中录事参军。世祖尝宴群臣赋诗，徐陵言之于世祖，即日召铿预宴，使赋新成安乐宫。铿援笔便就，世祖甚叹赏之。"《南史》卷六四所载相同。按：据《陈书》卷三《世祖纪》及卷二八《始兴王伯茂传》，陈文帝永定三年十月，"封第二子伯茂为始兴王，以奉昭烈王祀……旧制诸王受封，未加戎号者，不置佐史，于是尚书八座奏曰……寻除使持节、都督南琅邪彭城二郡诸军事、彭城太守"；天嘉二年正月，"进号宣惠将军、扬州刺史"；天嘉三年六月，"除镇东将军、开府仪同三司、东扬州刺史"。赵以武《阴铿生平考释六题》认为："阴铿为始兴王府中录事参军，在永定三年（559）十月至天嘉三年（562）六月之间。始兴王伯茂出任东扬州刺史，阴铿没有随行前往，有诗《奉送始兴王》为证。"[①]又，阴铿奉诏所作《新成安乐宫》一诗今存，作时难以详考，亦系于本年。又据《陈书》卷八《侯安都传》："自王琳平后，安都勋庸转大，又自以功安社稷，渐用骄矜，数招聚文武之士，或射驭驰骋，或命以诗赋，第其高下，以差次赏赐之。文士则褚玠、马枢、阴铿、张正见、徐伯阳、刘删、祖孙登，武士则萧摩诃、裴子烈等，并为之宾客，斋内动至千人。"史载本年二月，王琳兵败，投奔北齐，则阴铿参与府中文士聚会，当在此后。赵以武《阴铿生平考释六题》以为"阴铿诗作中《和侯司空登楼望乡》，就写于天嘉元年五、六月间，另一首《侯司空宅咏妓》也作于此前后"。

[①] 赵以武：《阴铿生平考释六题》，《文学遗产》1993 年第 6 期。

陈文帝天嘉四年　北齐武成帝河清二年　北周武帝保定三年（563）

◆陈司空侯安都以谋反罪赐死，阴铿受其牵连，当卒于本年。

《陈书》卷三《世祖纪》载，本年"六月癸巳，太白昼见。司空侯安都赐死"。《陈书》卷三四《阮卓传》附《阴铿传》："累迁招远将军、晋陵太守、员外散骑常侍，顷之卒。有集三卷行于世。"按：阴铿卒年，史籍无确切记载。赵以武《阴铿生平考释六题》认为"阴铿与侯安都的关系，在侯安都招接的文武之客中，最为密切，《建康实录》卷十九记，阴铿是为首第一人，且'每有表启'，这就难免会留下论罪的不利证据。按陈文帝诏示，侯安都的同谋也要正刑追究的"，所以主张阴铿"死于新任晋陵太守之职后不久，卒年约当天嘉四年"。[①] 今从其说。又，《隋书》卷三五《经籍志四》著录"陈镇南府司马《阴铿集》一卷"。逯钦立《陈诗》卷一辑录阴铿诗三十四首。阴铿的"镇南府司马"之职，《陈书》《南史》本传等失载。曹道衡、沈玉成《中古文学史料丛考》卷四"阴铿为镇南府司马时间"条认为："《隋志》所言，恐非无据。今读阴铿诗，铿尝南入湘州，又有《游始兴道馆》诸作，似实至湘南。《陈书》《南史》叙阴铿事，不及梁末陈初。颇疑侯景乱后，铿尝南逃，依欧阳頠。欧阳在陈武帝时，尝号镇南将军，阴铿曾任其司马，至文帝天嘉时返建康。故阴诗中不乏湘中景物。"[②] 赵以武《阴铿生平考释六题》认为"欧阳頠受号镇南将军，在陈武帝永定二年（558）正月至次年（559）七月，阴铿在此期间任镇南府司马"。

陈文帝天嘉六年　北齐武成帝河清四年　北齐后主大统元年　北周武帝保定五年（565）

◆北齐文人敦煌宋绘卒。宋绘注王隐《晋书》及何法盛《晋中兴书》，撰《中朝多士传》十卷、《姓系谱录》五十篇，又撰《年谱录》，未成。

《北齐书》卷二十《宋显传》附《宋绘传》："宋显，字仲华，敦煌效谷人

---

① 赵以武：《阴铿生平考释六题》，《文学遗产》1993 年第 6 期。
② 曹道衡、沈玉成：《中古文学史料丛考》，中华书局 2003 年版，第 646—647 页。

也……显从祖弟绘，少勤学，多所博览，好撰述。魏时，张缅《晋书》未入国，绘依准裴松之注《国志》体，注王隐（《晋书》）及《中兴书》（何法盛）。又撰《中朝多士传》十卷，《姓系谱录》五十篇。以诸家年历不同，多有纰缪，乃刊正异同，撰《年谱录》，未成。河清五年并遭水漂失。绘虽博闻强记，而天性恍惚，晚又遇风疾，言论迟缓。及失所撰之书，乃抚膺恸哭曰：'可谓天丧予也！'天统中卒。"按：宋绘卒年，难以详考，因其晚年患风疾，且遭遇失书之痛，故系于天统元年。又，据《北齐书》卷七《武成帝纪》，河清四年四月，北齐武成帝传位于皇太子，改元为天统元年，据此，则前引《宋绘传》所谓"河清五年"必有误。考诸《北齐书》卷七《武成帝纪》，河清三年"六月庚子，大雨昼夜不息，至甲辰乃至"，《宋绘传》所谓"河清五年"疑为"河清三年"之误。若河清三年遭水失书，河清四年即天统元年宋绘病卒，即合理可信。

陈废帝光大二年　北齐后主天统四年　北周武帝天和三年（568）

◆北齐武成帝（太上皇帝）卒。

《北齐书》卷七《武成帝纪》："天统四年十二月辛未，太上皇帝崩于邺宫乾寿堂，时年三十二，谥曰武成皇帝，庙号世祖。"

◆北齐武成帝令宋士素撰录古来帝王言行要事三卷，名为《御览》。

《太平御览》卷六〇一引《三国典略》："初，齐武成令宋士素录古来帝王言行要事三卷，名为《御览》，置于齐主巾箱。阳休之创意，取《芳林遍略》，加《十六国春秋》《六经拾遗录》《魏史》第（等）书，以士素所撰之名称为《玄洲苑御览》，后改为《圣寿堂御览》。"按：北齐武成帝令宋士素撰录《御览》的具体时间，难以详考，因武成帝卒于本年，故附系于此。宋士素所撰《御览》，为此后北齐《修文殿御览》之滥觞。又，据《魏书》卷五二《宋繇传》、《北齐书》卷四七《宋游道传》、《北史》卷三四《宋繇传》附《宋游道传》等，宋士素为敦煌宋繇之玄孙，北魏太武帝平定凉州，宋繇徙居平城，子孙遂仕东魏、北齐。

陈宣帝太建三年　北齐后主武平二年　北周武帝天和六年（571）

◆六月，北周豳国公宇文广归葬秦州上邽，庾信作《周大将军赵公墓志铭》。

《庾子山集》卷十五《周大将军赵公墓志铭》："公讳广，字乾归，邵惠公之元孙，豳孝公之长子……（天和）六年六月，归葬于秦州之某原。"[①]《周书》卷十《邵惠公颢传》附《宇文广传》："广字乾归。少方敏，好文学。"《周书》卷五《武帝纪上》载，天和五年"十一月乙丑，追封章武孝公导为豳国公，以蔡国并于豳。丁卯，柱国、豳国公广薨"。按：据《周书》本传，宇文广为宇文导之子，袭父爵为豳国公，其卒于天和五年十一月，"葬于陇西"。又据同卷《宇文导传》，宇文导卒后，"朝议以导抚和西戎，威恩显著，欲令世镇陇右，以彰厥德，乃葬于上邽城西无疆原"。据此，宇文广归葬之地为"上邽城西无疆原"。

◆庾信作《秦州天水郡麦积崖佛龛铭并序》。

《庾子山集》卷十二《秦州天水郡麦积崖佛龛铭并序》："麦积崖者，乃陇底之名山，河西之灵岳……大都督李允信者，籍于宿植，深悟法门，乃于壁之南崖，梯云凿道，奉为亡父造七佛龛……乃作铭曰：'镇地郁盘，基乾峻极……方域芥尽，不变天宫。'"倪璠注曰："周武帝建德三年始除佛、道二教，是铭当在建德三年以前所作也。"[②]《周书》卷五《武帝纪上》建德三年（574）五月："丙子，初断佛、道二教，经像悉毁，罢沙门、道士，并令还民。"按：倪璠说是，此文当作于北周建德三年五月之前。又，据此铭之序，庾信因李允信为其亡父造七佛龛而撰此文，李允信其人，《周书》无传。《周书》卷十《邵惠公颢传》附《宇文广传》载，宇文广病卒，"其故吏仪同李充信等上表"，请求周武帝"爰敕有司，申其宿志，窀穸之礼，庶存俭约"。"李充信"当即庾信所说"大都督李允信"，可知此人为宇文广之故吏。据《周大将军赵公墓志

[①]（北周）庾信撰，（清）倪璠注，许逸民校点：《庾子山集注》，中华书局1980年版，第1012—1022页。

[②]（北周）庾信撰，（清）倪璠注，许逸民校点：《庾子山集注》，中华书局1980年版，第672—678页。

铭》，本年六月宇文广归葬秦州上邽，庾信撰写墓志铭，此时周武帝尚未禁佛，庾信也有可能亲自送葬至秦州，故将《秦州天水郡麦积崖佛龛铭并序》一并系于本年。

◆ **九月，北齐左丞相、平原王武威段韶卒。**

《北齐书》卷八《后主纪》载，武平二年九月"己未，左丞相、平原王段韶薨"。《北齐书》卷十六《段荣传》附《段韶传》："韶字孝先，小名铁伐。少工骑射，有将领才略。高祖以武明皇后姊子，益器爱之，常置左右，以为心腹……竟以疾薨……谥曰忠武。韶出总军旅，入参帷幄，功既居高，重以婚媾，望倾朝野。长于计略，善于御众，得将士之心，临敌之日，人人争奋。又雅性温慎，有宰相之风。教训子弟，闺门雍肃，事后母以孝闻，齐世勋贵之家罕有及者。"按：《通鉴》卷一七〇亦系段韶卒于本年九月己未。史载段韶为北齐名臣，武威姑臧人。

陈宣帝太建四年　北齐后主武平三年　北周武帝建德元年（572）

◆ **北齐大集文士，编撰《圣寿堂御览》，后更名为《修文殿御览》。河陇文士辛德源、段孝言等参与修撰。**

《北齐书》卷八《后主纪》载，武平三年二月，"敕撰《玄洲苑御览》，后改名《圣寿堂御览》"；八月，"《圣寿堂御览》成，敕付史阁，后改为《修文殿御览》"。《北齐书》卷四五《文苑传序》："（武平）三年，祖珽奏立文林馆，于是更召引文学士，谓之待诏文林馆焉。珽又奏撰《御览》，诏珽及特进魏收、太子太师徐之才、中书令崔劼、散骑常侍张雕、中书监阳休之监撰。珽等奏追通直散骑侍郎韦道逊……等入馆撰书，并敕（萧）放、（萧）悫、（颜）之推等同入撰例。复令散骑常侍封孝琰……入馆，亦令撰书。复命特进崔季舒……续入待诏。寻又诏诸人各举所知，又有前济州长史李翥……前通直散骑侍郎辛德源、陆开明……并入馆待诏，又敕右仆射段孝言亦入焉。《御览》成后，所撰录人亦有不时待诏，付所司处分者。凡此诸人，亦有文学肤浅，附会亲识，妄相推荐者十三四焉。虽然，当时操笔之徒，搜求略尽。其外如广平宋孝王、信都刘善经辈三数人，论其才性，入馆诸贤亦十三四不逮之也。待诏文林，亦是一时盛事，故存录其姓名。"按：《隋书》卷三四《经籍志三》著录"《圣寿堂御览》三百六十卷"。据《北齐书》卷四五《文苑传序》，此次参与编撰《御览》的北齐文士，前后共计有六十一人，其中河陇籍文士有辛德源和段孝言。

◆北齐源彪迁秘书监。

《北齐书》卷四三《源彪传》："武平二年，征领国子祭酒。三年，迁秘书监。"

陈宣帝太建五年　北齐后主武平四年　北周武帝建德二年（573）

◆二月，北齐置文林馆，河陇文士辛德源、段孝言等入馆待诏。

《北齐书》卷八《后主纪》载，武平四年二月"丙午，置文林馆"。《北齐书》卷四五《文苑传序》："（武平）三年，祖珽奏立文林馆，于是更召引文学士，谓之待诏文林馆焉。"按：北齐置文林馆的时间，《通鉴》卷一七一亦系于武平四年二月，"齐主颇好文学。丙午，祖珽奏置文林馆，多引文学之士以充之，谓之待诏。以中书侍郎博陵李德林、黄门侍郎琅邪颜之推同判馆事，又命共撰《修文殿御览》"。据《北齐书》卷八《后主纪》，北齐大集文士编撰《圣寿堂御览》在武平三年二月至八月，置文林馆在武平四年二月，盖祖珽上奏请立文林馆在武平三年，实际置立文林馆在武平四年。又据《北齐书·文苑传序》，北齐先后共有六十一人待诏文林馆，为一时盛事，其中辛德源、段孝言为河陇文士。《隋书》卷五八《辛德源传》："辛德源，字孝基，陇西狄道人也。祖穆，魏平原太守。父子馥，尚书右丞。德源沉静好学，年十四，解属文。及长，博览书记，少有重名……中书侍郎刘逖上表荐德源曰：'弱龄好古，晚节逾厉，枕藉六经，渔猎百氏。文章绮艳，体调清华，恭慎表于闺门，谦抑著于朋执。实后进之辞人，当今之雅器。必能效节一官，骋足千里。'由是除员外散骑侍郎，累迁比部郎中，复兼通直散骑常侍。聘于陈，及还，待诏文林馆，除尚书考功郎中，转中书舍人。"《北齐书》卷十六《段荣传》附《段孝言传》："段荣，字子茂，姑臧武威人也……荣第二子孝言，少警发有风仪。魏武定末，起家司徒参军事……祖珽执政，将废赵彦深，引孝言为助。除兼侍中，入内省，典机密，寻即正，仍吏部尚书……孝言虽黩货无厌，恣情酒色，然举止风流，招致名士，美景良辰，未尝虚弃，赋诗奏伎，毕尽欢洽。虽草莱之士，粗闲文艺，多引入宾馆，与同兴赏，其贫踬者亦时有乞遗。世论复以此多之。"

◆**五月，北齐后主诏敕史官更撰《魏书》。**

《北齐书》卷八《后主纪》："（武平四年）五月丙子，诏史官更撰《魏书》。"按：据《北齐书》卷三七《魏收传》及《史通》卷十二《古今正史》等，魏收撰《魏书》成，谤议不息，"由是世薄其书，号为'秽史'"。魏收卒于武平三年，次年北齐后主即诏敕史官更撰《魏书》。又，《北齐书》卷四二《阳休之传》载："魏收监史之日，立《高祖本纪》，取平四胡之岁为齐元。收在齐州，恐史官改夺其意，上表论之。武平中，收还朝，勅集朝贤议其事。休之立议从天保为限断。魏收存日，犹两议未决。收死后，便讽动内外，发诏从其议。"据此，则北齐更撰《魏书》，与阳休之所议《魏书》断限有关。

◆**北齐尚书郎中源师认为"龙星见，须雩祭"，录尚书事高阿那肱讥其为"汉儿"。**

《北齐书》卷五十《恩幸传》："武平四年，令其（高阿那肱）录尚书事，又总知外兵及内省机密。尚书郎中源师尝谘肱云：'龙见，当雩。'问师云：'何处龙见？作何物颜色？'师云：'此是龙星见，须雩祭，非是真龙见。'肱云：'汉儿强知星宿！'其墙面如此。"按：史载源师为源贺之后，西平乐都人，为鲜卑人，因其汉化程度高，故被讥为"汉儿"。

◆**北周敦煌令狐整卒，时年六十一。其弟令狐休、其子令狐熙俱名著当时。**

《周书》卷三六《令狐整传》："令狐整字延保，敦煌人也，本名延，世为西土冠冕。曾祖嗣，祖诏安，并官至郡守，咸为良二千石。父虬，早以名德著闻，仕历瓜州司马、敦煌郡守、郢州刺史，封长城县子。大统末，卒于家。太祖伤悼之，遣使者监护丧事，又敕乡人为营坟垄。赠龙骧将军、瓜州刺史。整幼聪敏，沉深有识量。学艺骑射，并为河右所推……整以国难未宁，常愿举宗效力。遂率乡亲二千余人入朝，随军征讨……天和六年，进位大将军，增邑通前二千一百户。晋公护之初执政也，欲委整以腹心。整辞不敢当，颇迕其意，护以此疏之。及护诛，附会者咸伏法，而整独保全。时人称其先觉。建德二年卒，时年六十一……子熙嗣。熙字长熙。性方雅，有度量，虽在私室，容止俨然。非一时贤俊，未尝与之游处。善骑射，解音律，涉群书，尤明《三礼》。累迁居职任，并有能名。大象中，位至吏部中大夫、仪同大将军。"又载："整弟休，幼聪敏，有文武材。起家太学生。后与整同起兵逐张保，授都督。累迁大都督、乐安郡守。入为中外府乐曹参军。时诸功臣多为本州刺史，晋公护谓整曰：'以公勋望，应得本州，但朝廷藉公委任，无容远出。然公门之内，须有衣锦之荣。'乃以休为敦煌郡守。在郡十余年，甚有政绩。进位仪同三司，迁合州刺史。寻卒官。"按：令狐熙，《隋书》卷五六亦有传，王昶《金石萃编》卷五六收《隋故桂州总管武康郡开国公令狐使君（熙）碑铭并序》。

陈宣帝太建七年　北齐后主武平六年　北周武帝建德四年（575）

◆三月，北周贺娄慈归葬于河州苑川，庾信撰《周车骑大将军贺娄公神道碑》。

《庾子山集》卷十四《周车骑大将军贺娄公神道碑》："公讳慈，字元达，本姓张，清河东武城人……以建德四年三月日归葬于河州苑川郡之禁山。"按：从下文"公六郡良家，西河鼎族，地壮金行，人雄塞气"以及"七世河州刺史"，"丘陵回远，直对临洮之城"，"途登石纽，路入金城"等来看[1]，贺娄慈显然是归葬于河州金城郡的苑川境内（今甘肃省榆中县宛川河流域）。稽诸史籍，苑川河流域是西秦政权的政治军事中心，西魏北周时期，也是河陇豪族聚集之地。[2] 又，贺娄慈其人，《周书》无传。据庾信此文，其曾受赵王宇文招赏识重用。《周书》卷四一《庾信传》："至于赵、滕诸王，周旋款至，有若布衣之交。群公碑志，多相请托。"据此，庾信为贺娄慈撰写神道碑，当为宇文招所请托。

---

[1] （北周）庾信撰，（清）倪璠注，许逸民校点：《庾子山集注》，中华书局1980年版，第865—875页。

[2] 详参丁宏武、刘伟强：《新出北周刘义夫妇墓碑墓志考释》，《甘肃社会科学》2022年第1期。

陈宣帝太建九年　北齐幼主承光元年　北周武帝建德六年（577）

◆北周武帝大举伐齐，北齐灭亡。

《周书》卷六《武帝纪下》："（建德六年）春正月乙亥，齐主传位于其太子恒，改年承光，自号为太上皇。壬辰，帝至邺。齐主先于城外掘堑竖栅。癸巳，帝率诸军围之，齐人拒守，诸军奋击，大破之，遂平邺……二月丙午，论定诸军功勋，置酒于齐太极殿，会军士以上，班赐有差。丁未，齐主至，帝降自阼阶，以宾主之礼相见。高湝在冀州拥兵未下，遣上柱国、齐王宪与柱国、随公杨坚率军讨平之。齐定州刺史、范阳王高绍义叛入突厥。齐诸行台州镇悉降，关东平。"按：北周平定北齐之事，又见载《北齐书》卷八《后主纪》及《幼主纪》，《通鉴》卷一七二亦系于本年。

◆周武帝平齐，诏征阳休之、卢思道、颜之推等北齐十八文士随驾赴长安。河陇文士源文宗、辛德源等在十八文士之列。

《北齐书》卷四二《阳休之传》："休之好学不倦，博综经史，文章虽不华靡，亦为典正。邢、魏殂后，以先达见推。位望虽高，虚怀接物，为搢绅所爱重。周武平齐，与吏部尚书袁聿修……十八人同征，令随驾后赴长安。"《北齐书》卷四三《源彪传》："源彪，字文宗，西平乐都人也。父子恭，魏中书监、司空，文献公。文宗学涉机警，少有名誉……武平七年，周武平齐，与阳休之、袁聿修等十八人同勅入京，授仪同大将军、司成下大夫。"《源彪传》又附载："齐灭，朝贵知名入周京者：度支尚书元修伯……齐末又有并省尚书陇西辛慤、散骑常侍长乐潘子义，并以才干知名。入仕周、隋，位历通显。"按：据《北齐书》卷四二《阳休之传》等记载，周武帝平齐，随驾赴长安的北齐十八文士是阳休之、袁聿修、李祖钦、元修伯、司马幼之、崔达拏、源文宗、李若、李孝贞、卢思道、颜之推、李德林、陆乂、薛道衡、高行恭、辛德源、王劭、陆开明。又，据上述史料，齐末入周的河陇文士，声名较显著者有源彪、辛德源、辛慤等。

◆辛德源仕周为宣纳上士。

《隋书》卷五八《辛德源传》："及齐灭，仕周为宣纳上士。"按：辛德源仕周所受"宣纳上士",《唐代墓志汇编》收录《大唐故刑部郎中定州司马辛君(辛骥)墓志铭并序》作"纳言上士"[①],两者实为一职。《隋书》卷四九《牛弘传》载,北周时牛弘也曾任"纳言上士,专掌文翰"。又北周"纳言"初名"御伯",周武帝保定四年六月改为纳言,王仲荦《北周六典》认为大概是依据《尚书·尧典》中"命汝作纳言,夙夜出纳朕命惟允"之意而改名。[②]

◆**北周安定皇甫璠卒,谥曰恭。**

《周书》卷三九《皇甫璠传》:"皇甫璠字景瑜,安定三水人也。世为西州著姓,后徙居京兆焉。父和,本州治中。大统末,追赠散骑常侍、仪同三司、泾州刺史。璠少忠谨,有干略。永安中,辟州都督。太祖为牧,补主簿。以勤事被知,每蒙褒赏。大统四年,引为丞相府行参军。寻转田曹参军、东阁祭酒,加散骑侍郎。稍迁兼太常少卿、都水使者,历蕃部、兵部、虞部、民部、吏部等诸曹郎中。六官建,拜计部下大夫……建德元年,除民部中大夫。三年,授随州刺史。政存简惠,百姓安之。其年,增邑并前二千户。六年,卒于位。赠交渭二州刺史。谥曰恭。子谅,少知名。"

陈宣帝太建十年　北周武帝宣政元年(578)

◆**牛弘为北周内史下大夫,进位使持节、大将军、仪同三司,时年三十四岁。**

《隋书》卷四九《牛弘传》:"牛弘,字里仁,安定鹑觚人也,本姓寮氏。祖炽,郡中正。父允,魏侍中、工部尚书、临泾公,赐姓为牛氏……(弘)性宽裕,好学博闻。在周,起家中外府记室、内史上士。俄转纳言上士,专掌文翰,甚有美称。加威烈将军、员外散骑侍郎,修起居注。其后袭封临泾公。宣政元年,转内史下大夫,进位使持节、大将军、仪同三司。"按:牛弘姓氏渊源,诸史记载不一。《北史》卷七二《牛弘传》:"牛弘字里仁,安定鹑觚人也。其先尝避难,改姓辽(寮)氏。祖炽,本郡中正。父元(允),魏侍中、工部尚书、临泾公,复姓牛氏。"《周书》卷三七《裴文举传》附《寮允传》:"又有

---

① 详参周绍良、赵超主编:《唐代墓志汇编》,龙朔〇五一,上海古籍出版社1992年版,第369—370页。

② 详参王仲荦:《北周六典》,中华书局1979年版,第62—64、495页。

安定寮允，本姓牛氏，亦有器干，知名于时。历官侍中、骠骑大将军、开府仪同三司、工部尚书、临泾县公，赐姓宇文氏。失其事，故不为传。允子弘，博学洽闻。宣政中，内史下大夫、仪同大将军。大象末，复姓牛氏。"《元和姓纂》卷五"安定牛氏"条："状云牛金之后，逃难改牢氏，又改为辽氏。裔孙后周工部尚书、临泾公辽允，复姓牛氏。允生弘，隋吏部尚书、奇章公。"[1] 据此，则牛弘本姓牛，其先因避难而改姓寮（一作"辽"）。

陈宣帝太建十一年　北周静帝大象元年（579）

◆北齐释彦琮入周，与辛德源、王劭、陆开明、唐怡等人号为"文外玄友"。

《续高僧传》卷二《隋东都上林园翻经馆沙门释彦琮传》载，释彦琮为北齐名僧，"周武平齐，寻蒙延入，共谈玄籍，深会帝心……至宣帝在位，每醮必累日通宵。谈论之际，因润以正法。时渐融泰，颇怀嘉赏，授礼部等官，并不就。与朝士王劭、辛德源、陆开明、唐怡等，情同琴瑟，号为文外玄友"。按：据《周书》卷七《宣帝纪》，周宣帝于宣政元年六月即位，至大象二年五月病卒，则释彦琮与辛德源等人的"文外玄友"之交，应在宣政元年六月至大象二年五月之间，今系于本年。又，释彦琮的"文外玄友"成员主要还是来自北齐的文士，此事《隋书》和《北史》俱不载录，据此可以了解辛德源等人在北周的活动和交往。[2]

陈宣帝太建十二年　北周静帝大象二年（580）

◆五月，周宣帝驾崩。六月，相州总管尉迟迥举兵反，韦孝宽率军讨平。

《周书》卷八《静帝纪》载，大象二年"夏五月乙未，宣帝寝疾，诏帝入宿于露门学。己酉，宣帝崩，帝入居天台，废正阳宫，大赦天下……壬子，以上柱国、郧国公韦孝宽为相州总管"。又载："（六月）甲子，相州总管尉迟迥举兵不受代。诏发关中兵，即以（韦）孝宽为行军元帅，率军讨之……（八月）

---

[1] （唐）林宝撰，岑仲勉校记：《元和姓纂》（附四校记），中华书局1994年版，第705页。
[2] 详参丁宏武：《辛德源生平著述考》，《西北师大学报》2014年第1期。

庚午，韦孝宽破尉迟迥于邺城，迥自杀，相州平。移相州于安阳，其邺城及邑居皆毁废之。"按：《通鉴》卷一七四亦系上述诸事于本年五月至八月间。

◆**北周辛德源被尉迟迥辟为中郎，辞不获免，遂亡去。**

《隋书》卷五八《辛德源传》："及齐灭，仕周为宣纳上士。因取急诣相州，会尉迥作乱，以为中郎。德源辞不获免，遂亡去。"按：据《隋书》卷一《高祖纪上》，周静帝大象二年六月，相州总管尉迟迥举兵反，众至十余万，至同年八月，韦孝宽平定相州之乱。辛德源被迫卷入战乱，即在此时。但从《隋书》本传看，辛德源因"辞不获免"而逃离邺城，并非尉迟迥之死党。

◆**北周梁睿代王谦为益州总管，王谦反，睿率军讨平。又上疏请讨南宁，杨坚未许。**

《隋书》卷三七《梁睿传》："梁睿字恃德，安定乌氏人也。父御，西魏太尉。睿少沉敏，有行检。周太祖时，以功臣子养宫中者数年。其后命诸子与睿游处，同师共业，情契甚欢……高祖总百揆，代王谦为益州总管。行至汉川而谦反，遣兵攻始州，睿不得进。高祖命睿为行军元帅，率行军总管于义、张威、达奚长儒、梁升、石孝义步骑二十万讨之……睿斩谦于市，剑南悉平。进位上柱国，总管如故……睿时威振西川，夷、獠归附，唯南宁酋帅爨震恃远不宾。睿上疏曰：'窃以远抚长驾，王者令图，易俗移风，有国恒典。南宁州，汉世牂柯之地，近代已来，分置兴古、云南、建宁、朱提四郡。户口殷众，金宝富饶，二河有骏马、明珠，益宁出盐井、犀角。晋太始七年，以益州旷远，分置宁州。至伪梁南宁州刺史徐文盛，被湘东征赴荆州，属东夏尚阻，未遑远略。土民爨瓒遂窃据一方，国家遥授刺史。其子震，相承至今。而震臣礼多亏，贡赋不入，每年奉献，不过数十匹马。其处去益，路止一千，朱提北境，即与戎州接界。如闻彼人苦其苛政，思被皇风。伏惟大丞相匡赞圣朝，宁济区宇，绝后光前，方垂万代，辟土服远，今正其时。幸因平蜀士众，不烦重兴师旅，押獠既讫，即请略定南宁。自卢、戎已来，军粮须给，过此即于蛮夷征税，以供兵马。其宁州、朱提、云南、西爨，并置总管州镇。计彼熟蛮租调，足供城防食储。一则以肃蛮夷，二则裨益军国。今谨件南宁州郡县及事意如别。有大都督杜神敬，昔曾使彼，具所谙练，今并送往。'书未答，又请曰：'窃以柔远能迩，著自前经，拓土开疆，王者所务。南宁州，汉代牂柯之郡，其地沃壤，多是汉人，既饶宝物，又出名马。今若往取，仍置州郡，一则远振威名，二则有益军国。其处与交、广相接，路乃非遥。汉代开此，本为讨越之计。伐陈之日，复是一机，以此商量，决谓须取。'高祖深纳之，然以天下初定，恐民心不安，故未之许。"《周书》卷八《静帝纪》载，大象二年"八月庚申，益州总管王谦举兵不受代，即以梁睿为行军元帅，率军讨之……（十月）戊寅，梁睿破王谦于剑南，追斩之，传首京师，益州平"。按：《通鉴》卷一七四亦系王谦起兵于本年八月，系其败亡于本年十月。又，梁睿上疏请讨南宁当在本年十月之后。

陈宣帝太建十三年　北周静帝大定元年　隋文帝开皇元年（581）

◆**二月，隋文帝杨坚代周自立，北周亡。**

《周书》卷八《静帝纪》载，大定元年二月"甲子，随王杨坚称尊号，帝逊于别宫。隋氏奉帝为介国公，邑万户，车服礼乐一如周制，上书不为表，答表不称诏"。《隋书》卷一《高祖纪上》："开皇元年二月甲子，上自相府常服入宫，备礼即皇帝位于临光殿。设坛于南郊，遣使柴燎告天。是日，告庙，大赦，改元。"

◆**隋文帝受禅，李穆因拥戴劝进有功，拜太师，其一门执象笏者百余人。李氏贵盛，当时无比。**

《隋书》卷三七《李穆传》："李穆，字显庆，自云陇西成纪人，汉骑都尉陵之后也。陵没匈奴，子孙代居北狄，其后随魏南迁，复归汧、陇。祖斌，以都督镇高平，因家焉。父文保，早卒，及穆贵，赠司空。穆风神警俊，倜傥有奇节。周太祖首建义旗，穆便委质，释褐统军……高祖作相，尉迥之作乱也，遣使招穆。穆锁其使，上其书。穆子士荣，以穆所居天下精兵处，阴劝穆反。穆深拒之，乃奉十三环金带于高祖，盖天子之服也。穆寻以天命有在，密表劝进。高祖既受禅，下诏曰：'公既旧德，且又父党，敬惠来旨，义无有违。便以今月十三日恭膺天命。'俄而穆来朝，高祖降坐礼之，拜太师，赞拜不名，真食成安县三千户。于是穆子孙虽在襁褓，悉拜仪同，其一门执象笏者百余人。穆之贵盛，当时无比。"按：据《周书》卷二五《李贤传》，李穆之兄李贤、李远俱为北周名臣，故《周书》本传史臣论曰："自周迄隋，郁为西京盛族，虽金、张在汉，不之尚也。"

◆隋文帝受禅，梁睿上平陈之策，又上书陈镇守突厥之策十余事，杨坚善之。睿以周代旧臣，久居重镇，内不自安，屡请入朝，遂还京师，谢病于家。

《隋书》卷三七《梁睿传》："睿威惠兼著，民夷悦服，声望逾重，高祖阴惮之。薛道衡从军在蜀，因入接宴，说睿曰：'天下之望，已归于隋。'密令劝进，高祖大悦。及受禅，顾待弥隆。睿复上平陈之策，上善之，下诏曰……睿乃止焉。睿时见突厥方强，恐为边患，复陈镇守之策十余事，上书奏之曰：'窃以戎狄作患，其来久矣。防遏之道，自古为难。所以周无上算，汉收下策，以其倏来忽往，云屯雾散，强则骋其犯塞，弱又不可尽除故也。今皇祚肇兴，宇内宁一，唯有突厥种类，尚为边梗。此臣所以废寝与食，寤寐思之。昔匈奴未平，去病辞宅，先零尚在，充国自劾。臣才非古烈，而志追昔士。谨件安置北边城镇烽候，及人马粮贮战守事意如别，谨并图上呈，伏惟裁览。'上嘉叹久之，答以厚意。睿时自以周代旧臣，久居重镇，内不自安，屡请入朝，于是征还京师。及引见，上为之兴，命睿上殿，握手极欢。睿退谓所亲曰：'功遂身退，今其时也。'遂谢病于家，阖门自守，不交当代。"按：《隋书》卷一《高祖纪上》载，本年九月"辛未，以越王秀为益州总管，改封为蜀王"。又，《通鉴》卷一七五载，本年九月，"隋奉车都尉于宣敏奉使巴蜀还，奏称：'蜀土沃饶，人物殷阜，周德之衰，遂成戎首，宜建树藩屏，封殖子孙。'隋主善之。辛未，以越王秀为益州总管，改封蜀王"。据此，梁睿征还京师当在本年九月或稍后。梁睿能功成身退，故能善终。其论边事之奏疏，颇具文采。据《隋书》本传，其卒于开皇十五年，时年六十五岁。严可均《全隋文》卷九辑录其文三篇。

◆辛德源隐于林虑山，作《幽居赋》以自寄。

《隋书》卷五八《辛德源传》："高祖受禅，不得调者久之，隐于林虑山，郁郁不得志，著《幽居赋》以自寄，文多不载。"按：据《隋书》本传记载，辛德源隐居林虑山的时间，应在隋文帝杨坚于开皇元年二月受禅之后。但就当时形势推断，辛氏可能在大象二年六、七月逃离邺城后即隐居此山。因为辛德源虽逃离邺城，但与尉迟迥叛乱有染，不可能立即返回长安，其隐居林虑山以观时变，完全在情理之中。[①] 又，《幽居赋》今佚。

◆皇甫绩出为豫州刺史，不久拜都官尚书。

《隋书》卷三八《皇甫绩传》："皇甫绩字功明，安定朝那人也。祖穆，魏陇东太守。父道，周湖州刺史、雍州都督。绩三岁而孤，为外祖韦孝宽所鞠养……精心好学，略涉经史。周武帝为鲁公时，引为侍读。建德初，转宫尹中士……宣帝崩，高祖总己，绩有力焉，语在《郑译传》。加位上开府，转内史中大夫，进封郡公，邑千户。寻拜大将军。开皇元年，出为豫州刺史，增邑通前二千五百户。寻拜都官尚书。"按：据《隋书》卷三八《郑译传》、《通鉴》卷一七四等记载，大象二年五月周宣帝驾崩，郑译等谋引杨坚辅政，安定皇甫绩与谋此事。

◆令狐熙除司徒左长史，加上仪同，进爵河南郡公。寻以从军讨吐谷浑之功，进位上开府，复拜沧州刺史。

《隋书》卷五六《令狐熙传》："令狐熙字长熙，燉煌人也，代为西州豪右。父整，仕周，官至大将军、始丰二州刺史。熙性严重，有雅量，虽在私室，终日俨然。不妄通宾客，凡所交结，必一时名士。博览群书，尤明《三礼》，善骑射，颇知音律。起家以通经为吏部上士，寻授帅都督、辅国将军，转夏官府都上士，俱有能名……高祖受禅之际，熙以本官行纳言事。寻除司徒左长史，加上仪同，进爵河南郡公。时吐谷浑寇边，以行军长史从元帅元谐讨之，以功进位上开府。会蜀王秀出镇于蜀，纲纪之选，咸属正人，以熙为益州总管长史。未之官，拜沧州刺史。"按：令狐熙事迹，又见《周书》卷三六《令狐整传》、《隋故桂州总管武康郡开国公令狐使君碑铭并序》。

◆北周宿国公辛威反葬于金城郡之苑川乡，庾信撰《周上柱国宿国公河州都督普屯威神道碑》。

《庾子山集》卷十四《周上柱国宿国公河州都督普屯威神道碑》："公讳威，字某，河南洛阳人也。旧姓辛，陇西人……以今开皇元年七月某日，反葬于河

[①] 详参丁宏武：《辛德源生平著述考》，《西北师大学报》2014年第1期。

州金城郡之苑川乡。"① 按：据《周书》卷二七《辛威传》，辛威为北周名臣，陇西人，大统十三年（547）"赐姓普屯氏"，宣政元年（578）进位上柱国，大象二年（580）进封宿国公，其年冬卒，时年六十九。又，辛威反葬之地，在今甘肃省榆中县境内。

陈宣帝太建十四年　隋文帝开皇二年（582）

◆**正月，陈宣帝卒，太子陈叔宝即位。傅縡迁秘书监、右卫将军，兼中书通事舍人，掌诏诰。**

《陈书》卷三十《傅縡传》："后主即位，迁秘书监、右卫将军，兼中书通事舍人，掌诏诰。縡为文典丽，性又敏速，虽军国大事，下笔辄成，未尝起草，沉思者亦无以加焉，其为后主所重。然性木强，不持检操，负才使气，陵侮人物，朝士多衔之。"《陈书》卷六《后主纪》："（太建）十四年正月甲寅，高宗崩。乙卯，始兴王叔陵作逆，伏诛。丁巳，太子即皇帝位于太极前殿。"按：据《陈书》本传，傅縡于本年之前曾"兼东宫管记，历太子庶子、仆"等职。

◆**辛德源隐于林虑山，与武阳太守卢思道时相往来，遂为魏州刺史崔彦武上奏潜为交结，于是谪令从军讨南宁。**

《隋书》卷五八《辛德源传》："德源素与武阳太守卢思道友善，时相往来。魏州刺史崔彦武奏德源潜为交结，恐其有奸计。由是谪令从军讨南宁，岁余而还。"按：据《隋书》卷五七《卢思道传》，"高祖为丞相，迁武阳太守，非其好也，为《孤鸿赋》以寄其情……开皇初，以母老，表请解职，优诏许之"。据《隋书》卷一《高祖纪上》，大象二年五月，周帝拜杨坚为左大丞相，同年九月任大丞相。由于大象二年六月尉迟迥据邺城起兵，八月韦孝宽平定叛乱，所以卢思道出任武阳太守在大象二年九月更合情理。又因辛德源与卢思道皆为北齐旧臣，辛氏隐居魏郡林虑山，与武阳郡相距不远，故时相往来，所以崔彦武猜忌上奏完全在情理之中。于是辛德源"谪令从军讨南宁"，卢思道则以母

---

① （北周）庾信撰，（清）倪璠注，许逸民校点：《庾子山集注》，中华书局1980年版，第879—891页。

老解职。又，辛德源从军讨南宁的具体时间，难以详考。稽诸史籍，隋开皇初年，杨坚命王长述以行军总管击南宁[1]，辛德源应该是跟从王长述出征南宁，时间当在开皇二年至三年间。后因韦冲善于抚慰，南宁羌夷宾服，且王长述中途病卒，所以岁余而还。[2]

◆隋太师李穆上表请移都，文帝从之，诏令高颎等于龙首山建造新都。

《隋书》卷三七《李穆传》："时太史奏云，当有移都之事。上以初受命，甚难之。穆上表曰：'帝王所居，随时兴废，天道人事，理有存焉。始自三皇，暨夫两汉，有一世而屡徙，无革命而不迁。曹、马同洛水之阳，魏、周共长安之内，此之四代，盖闻之矣。曹则三家鼎立，马则四海寻分，有魏及周，甫得平定，事乃不暇，非曰师古。往者周运将穷，祸生华裔，庙堂冠带，屡睹奸回，士有苞藏，人稀柱石。四海万国，皆纵豺狼，不叛不侵，百城罕一。伏惟陛下膺期诞圣，秉箓受图，始晦君人之德，俯从将相之重。内翦群凶，崇朝大定，外诛巨猾，不日肃清。变大乱之民，成太平之俗，百灵符命，兆庶讴歌。幽显乐推，日月填积，方屈箕、颍之志，始顺内外之请。自受命神宗，弘道设教，陶冶与阴阳合德，覆育共天地齐旨。万物开辟之初，八表光华之旦，视听以革，风俗且移。至若帝室天居，未议经创，非所谓发明大造，光赞惟新。自汉已来，为丧乱之地，爰从近代，累叶所都。未尝谋龟问筮，瞻星定鼎，何以副圣主之规，表大隋之德？窃以神州之广，福地之多，将为皇家兴庙建寝，上玄之意，当别有之。伏愿远顺天人，取决卜筮，时改都邑，光宅区夏。任子来之民，垂无穷之业，应神宫于辰极，顺和气于天壤，理康物阜，永隆长世。臣日薄桑榆，位高轩冕，经邦论道，自顾缺然。丹赤所怀，无容嘿默。'上素嫌台城制度迮小，又宫内多鬼妖，苏威尝劝迁，上不纳。遇太史奏状，意乃惑之。至是，省穆表，上曰：'天道聪明，已有征应，太师民望，复抗此请，则可矣。'遂从之。"《隋书》卷一《高祖纪上》载，本年六月"丙申，诏曰：'朕祗奉上玄，君临万国，属生人之敝，处前代之宫。常以为作之者劳，居之者逸，改创之事，心未遑也……龙首山川原秀丽，卉物滋阜，卜食相土，宜建都

---

[1] 事见《隋书》卷四七《韦冲传》、卷五四《王长述传》等。
[2] 详参丁宏武：《辛德源生平著述考》，《西北师大学报》2014年第1期。

邑，定鼎之基永固，无穷之业在斯。公私府宅，规模远近，营构资费，随事条奏.'仍诏左仆射高颎、将作大匠刘龙、巨鹿郡公贺娄子干、太府少卿高龙叉等创造新都"。按：《通鉴》卷一七五亦系李穆上表及文帝下诏建新都于本年六月。

陈后主至德元年　隋文帝开皇三年（583）

◆三月，牛弘上表请开献书之路，隋文帝下诏购求遗书于天下。

《隋书》卷一《高祖纪上》载，开皇三年三月"丁巳，诏购求遗书于天下"。《隋书》卷四九《牛弘传》："开皇初，迁授散骑常侍、秘书监。弘以典籍遗逸，上表请开献书之路，曰：'经籍所兴，由来尚矣……今御书单本，合一万五千余卷，部帙之间，仍有残缺。比梁之旧目，止有其半。至于阴阳河洛之篇，医方图谱之说，弥复为少。臣以经书，自仲尼已后，迄于当今，年逾千载，数遭五厄，兴集之期，属膺圣世。伏惟陛下受天明命，君临区宇，功无与二，德冠往初。自华夏分离，彝伦攸斁，其间虽霸王递起，而世难未夷，欲崇儒业，时或未可。今土宇迈于三王，民黎盛于两汉，有人有时，正在今日。方当大弘文教，纳俗升平，而天下图书，尚有遗逸，非所以仰协圣情，流训无穷者也。臣史籍是司，寝兴怀惧。昔陆贾奏汉祖云天下不可马上治之，故知经邦立政，在于典谟矣。为国之本，莫此攸先。今秘藏见书，亦足披览，但一时载籍，须令大备。不可王府所无，私家乃有。然士民殷杂，求访难知，纵有知者，多怀吝惜，必须勒之以天威，引之以微利。若猥发明诏，兼开购赏，则异典必臻，观阁斯积，重道之风，超于前世，不亦善乎！伏愿天鉴，少垂照察。'上纳之，丁巳下诏，献书一卷，赍缣一匹。一二年间，篇籍稍备。进爵奇章郡公，邑千五百户"。按：《通鉴》卷一七五系牛弘上表及隋文帝下诏购求遗书诸事于本年三月。又，牛弘迁散骑常侍、秘书监的时间，当在开皇元年或二年。

◆辛德源自南宁从军还，与修国史。撰《集注春秋三传》三十卷，注扬子《法言》二十三卷。

《隋书》卷五八《辛德源传》："由是谪令从军讨南宁，岁余而还。秘书监牛弘以德源才学显著，奏与著作郎王劭同修国史。德源每于务隙撰《集注春秋三传》三十卷，注扬子《法言》二十三卷。"按：辛德源修撰国史的起始时间，可根据牛弘、王劭二人的仕历略加推断。据《隋书》卷四九《牛弘传》、卷六九《王劭传》等记载，"秘书监牛弘"推荐辛德源与"著作郎王劭"同修国史，应在开皇三年四月以后、十二月之前。辛德源至迟也在开皇三年十二月前从南宁返回长安。又，辛德源参与编修之国史，应该是史籍所载王劭撰《隋书》八十卷。《史通》卷十二《古今正史》："隋史，当开皇、仁寿时，王劭为书八十卷，以类相从，定其篇目。至于编年、纪传，并缺其体。炀帝世，唯有王胄等所修《大业起居注》。及江都之祸，仍多散逸。"又载："至隋开皇，敕著作郎魏澹与颜之推、辛德源更撰《魏书》，矫正收（魏收）失。"魏澹奉诏更撰《魏书》之事，《隋书》本传详有载述。由此可知，辛德源也曾参与重修《魏书》。曹道衡、沈玉成《中古文学史料丛考》卷五推断魏澹等重修《魏书》，"盖在开皇五至十年左右"①，可以信从。要之，辛德源参与修撰国史，应该始于开皇三年，终于开皇十年或稍后。②

◆ **辛彦之与牛弘奉敕修撰《五礼》（《新礼》）。**

《隋书》卷七五《儒林·辛彦之传》："辛彦之，陇西狄道人也。祖世叙，魏凉州刺史。父灵辅，周渭州刺史。彦之九岁而孤，不交非类，博涉经史，与天水牛弘同志好学。后入关，遂家京兆。周太祖见而器之，引为中外府礼曹，赐以衣马珠玉。时国家草创，百度伊始，朝贵多出武人，修定仪注，唯彦之而已。寻拜中书侍郎。及周闵帝受禅，彦之与少宗伯卢辩专掌仪制。明、武时，历职典祀、太祝、乐部、御正四曹大夫，开府仪同三司。奉使迎突厥皇后还，赍马二百匹，赐爵龙门县公，邑千户。寻进爵五原郡公，加邑千户。宣帝即位，拜少宗伯。高祖受禅，除太常少卿，改封任城郡公，进位上开府。寻转国子祭酒。岁余，拜礼部尚书，与秘书监牛弘撰《新礼》。吴兴沈重名为硕学，高祖尝令彦之与重论议，重不能抗。"《隋书》卷四九《牛弘传》："（开皇）三年，拜礼部尚书，奉敕修撰《五礼》，勒成百卷，行于当世。"《隋书》卷六《礼仪志一》："高祖命牛弘、辛彦之等采梁及北齐《仪注》，以为五礼云。"按：据《隋书》卷一《高祖纪上》、《通鉴》卷一七六等记载，辛彦之与牛弘修成

---

① 曹道衡、沈玉成：《中古文学史料丛考》，中华书局2003年版，第763页。
② 详参丁宏武：《辛德源生平著述考》，《西北师大学报》2014年第1期。

《新礼》在开皇五年正月。又据《通鉴》卷一七五，牛弘至迟于本年十二月任礼部尚书。

◆**十二月，牛弘上议请依古制修立明堂，隋文帝以时事草创，不许。文帝以律令严密，敕令苏威、牛弘等更定新律。**

《隋书》卷四九《牛弘传》："（开皇）三年，拜礼部尚书……弘请依古制修立明堂，上议曰……上以时事草创，未遑制作，竟寝不行。"《隋书》卷二五《刑法志》："（开皇）三年，因览刑部奏，断狱数犹至万条。以为律尚严密，故人多陷罪。又敕苏威、牛弘等，更定新律。除死罪八十一条，流罪一百五十四条，徒杖等千余条，定留唯五百条，凡十二卷……自是刑网简要，疏而不失。于是置律博士弟子员。断决大狱，皆先牒明法，定其罪名，然后依断。"按：《通鉴》卷一七五系牛弘请立明堂及更定新律诸事于本年十二月。

陈后主至德二年　隋文帝开皇四年（584）

◆**卢思道、薛道衡、颜之推、魏澹、刘臻、李若、萧该、辛德源等八人会集于陆爽家，论议音韵，其后陆爽之子陆法言据论议纲要撰成《切韵》五卷。**

北京故宫博物院藏唐写本王仁煦《刊谬补缺切韵》所载陆法言《切韵序》曰："昔开皇初，有刘仪同（臻）、颜外史（之推）、卢武阳（思道）、李常侍（若）、萧国子（该）、辛咨议（德源）、薛吏部（道衡）、魏著作（澹）等八人同诣法言宿，夜永酒阑，论及音韵。古今声调既自有别，诸家取舍亦复不同……今返初服，凡训诸弟，有文藻即须声韵……遂取诸家音韵、古今字书，以前所记者，定为《切韵》五卷……于时岁次辛酉，大隋仁寿元年也。"①敦煌遗书伯二一二九所录《刊谬补缺切韵》亦附陆法言序文，其中也详列八文士姓氏官职。②今本《广韵》所附陆法言《切韵序》虽提及刘臻等八人诣陆法言家探讨音韵之事，但并未详列八文士姓名。按：关于此次集会的时间，曹道衡、沈玉成等先生根据卢思道、辛德源、薛道衡等人的生平仕历，推断为"开皇三年至

---

① 周祖谟编：《唐五代韵书集存》，中华书局1983年版，第434—435页。
② 详参周祖谟编：《唐五代韵书集存》，中华书局1983年版，第242—245页。

四年事，而其为四年事尤视三年事为近理"。① 曹道衡、刘跃进《南北朝文学编年史》："今考诸人生平，惟本年皆可在长安相会。此会盖在卢思道起复之后，薛道衡使陈之前，从河间王弘军之后及辛德源自南宁归后。"今从其说，系于本年。又，开皇初年刘臻等人于陆法言家探讨音韵的学术活动，影响甚大，辛德源为参与此次学术盛会的河陇文士。

陈后主至德三年　隋文帝开皇五年（585）

◆正月，辛彦之与牛弘修撰《五礼》成，隋文帝诏行新礼。

《隋书》卷一《高祖纪上》载，开皇五年"春正月戊辰，诏行新礼"。《隋书》卷六《礼仪志一》："高祖命牛弘、辛彦之等采梁及北齐《仪注》，以为《五礼》云。"按：《通鉴》卷一七六载，陈至德三年正月，"隋主命礼部尚书牛弘修《五礼》，勒成百卷。戊辰，诏行新礼"。又据《隋书》卷七五《儒林传》，辛彦之卒于开皇十一年（591），"撰《坟典》一部，《六官》一部，《祝文》一部，《礼要》一部，《新礼》一部，《五经异义》一部，并行于世"。

◆傅縡受谮被杀，时年五十五岁。作《狱中上后主书》。有集十卷行于世。

《陈书》卷三十《傅縡传》："会施文庆、沈客卿以便佞亲幸，专制衡轴，而縡益疏。文庆等因共谮縡受高丽使金，后主收縡下狱。縡素刚，因愤恚，乃于狱中上书曰：'夫君人者，恭事上帝，子爱下民，省嗜欲，远谄佞，未明求衣，日旰忘食，是以泽被区宇，庆流子孙。陛下顷来酒色过度，不虔郊庙之神，专媚淫昏之鬼；小人在侧，宦竖弄权，恶忠直若仇雠，视生民如草芥；后宫曳绮绣，厩马余菽粟，百姓流离，僵尸蔽野；货贿公行，帑藏损耗，神怒民怨，众叛亲离。恐东南王气，自斯而尽。'书奏，后主大怒。顷之，意稍解，遣使谓縡曰：'我欲赦卿，卿能改过不？'縡对曰：'臣心如面，臣面可改，则臣心可改。'后主于是益怒，令宦者李善庆穷治其事，遂赐死狱中，时年五十五。有集十卷行于世。"按：关于傅縡卒年，史籍载述不一。《建康实录》

---

① 详参曹道衡：《从〈切韵序〉推论隋代文人的几个问题》，见氏著《中古文学史论文续集》，台湾文津出版社1994年版，第368—378页；曹道衡、沈玉成：《中古文学史料丛考》，中华书局2003年版，第749页。

卷二十系于陈宣帝太建十四年正月，《通鉴》卷一七六系于陈后主（长城公）至德三年十二月。据《陈书》卷六《后主纪》，至德三年十二月"癸卯，高丽国遣使献方物"，与施文庆等"谮縡受高丽使金"之事正合，故从《通鉴》。曹道衡、刘跃进《南北朝文学编年史》系于太建十四年。曹道衡、沈玉成《中古文学史料丛考》卷五又认为宜从《通鉴》，并云："然亦未始不可谓赐傅縡死事在四年。且旧历十二月，公历已是明年一月，故傅縡卒年似可作公元五八六年。"① 又，傅縡，《南史》卷六九亦有传。傅縡集，《隋书·经籍志》等无著录。严可均《全陈文》卷十六辑录傅縡文四篇（其中赋两篇），逯钦立《陈诗》卷五辑录傅縡诗三首。

陈后主至德四年　隋文帝开皇六年（586）

◆**隋牛弘转任太常卿。**

《隋书》卷四九《牛弘传》："（开皇）六年，除太常卿。"《北史》卷七二《牛弘传》同。按：据《隋书》本传，牛弘于开皇三年任礼部尚书。又据《隋书》卷一《高祖纪上》，开皇六年十月己酉，"兵部尚书杨尚希为礼部尚书"。则牛弘至迟于本年十月转任太常卿。

◆**隋上柱国、太师、申国公李穆卒，临终有遗令，时年七十七。**

《隋书》卷一《高祖纪上》载，开皇六年八月"戊申，上柱国、太师、申国公李穆薨"。《隋书》卷三七《李穆传》："开皇六年薨于第，年七十七。遗令曰：'吾荷国恩，年宦已极，启足归泉，无所复恨。竟不得陪玉銮于岱宗，预金泥于梁甫，眷眷光景，其在斯乎！'诏遣黄门侍郎监护丧事，赗马四匹，粟麦二千斛，布绢一千匹。赠使持节、冀定赵相瀛毛魏卫洛怀十州诸军事、冀州刺史。谥曰明。赐以石椁、前后部羽葆鼓吹、辒辌车。百僚送之郭外。诏遣太常卿牛弘赍哀册，祭以太牢。孙筠嗣。"按：《通鉴》卷一七六亦系李穆卒于本年八月。又，严可均《全隋文》卷九辑录其文二篇。

---

① 曹道衡、沈玉成：《中古文学史料丛考》，中华书局 2003 年版，第 664 页。

◆ **隋西平源彪卒，时年六十六。**

《北齐书》卷四三《源彪传》："隋开皇初，授莒州刺史，至州，遇疾去官。开皇六年卒，年六十六。"又载："子师，少好学，明辨有识悟，尤以吏事知名……大业初，卒于大理少卿。文宗（源彪）弟文举，亦有才干，历尚书比部、二千石郎中，定州长史，带中山郡守。卒于太尉长史。文宗从父兄楷，字那延，有器干，善草隶书。历尚书左民部郎中、治书侍御史、长乐、中山郡守、京畿长史、黄门郎、假仪同三司。"按：西平源氏自源贺投奔北魏，以军功致显，子孙遂延绵不绝，显贵于北朝。

陈后主祯明元年　隋文帝开皇七年（587）

◆ **辛德源为蜀王杨秀慕名器重，数年后引以为掾，后转谘议参军。**

《隋书》卷五八《辛德源传》："蜀王（杨）秀闻其名而引之，居数岁，奏以为掾。后转谘议参军，卒官。有集二十卷，又撰《政训》《内训》各二十卷。有子素臣、正臣，并学涉有文义。"按：辛德源转任蜀王掾属的时间，史籍无明确记载。据《隋书》卷四五《庶人秀传》，蜀王杨秀于开皇十二年（592）为内史令、右领军大将军，寻复出镇于蜀。宋袁说友、扈仲荣等编《成都文类》卷三六收录辛德源撰《至真观记》[①]，该文作于"开皇十二年六月"，据此，辛德源于开皇十二年随杨秀出镇蜀地，此时应该已任蜀王谘议参军。曹道衡、刘跃进《南北朝文学编年史》认为辛德源任蜀王掾属事"史传不载年月，当在四年宿陆爽家后，十二年蜀王秀为内史令前"，故系于本年。今按，就史籍所载辛德源生平推断，辛德源为蜀王杨秀慕名赏识，当在开皇七年左右，被引以为掾属，当在开皇十年左右。又，辛德源在蜀王府的任职，前后也有变化，《隋书》本传称其先为"掾"，后转"谘议参军"，《隋书》卷三五《经籍志四》著录"蜀王府记室《辛德源集》三十卷"，则辛氏曾任"蜀王府记室"一职。据《隋书》卷二八《百官志下》，隋代亲王属官众多，谘议参军、掾属、记室等为不同任职，据此推断，辛德源在蜀王府供职应该有较长一段时间，且历任数职，

[①] （宋）袁说友、扈仲荣等编：《成都文类》，影印文渊阁《四库全书》，第1354册，台湾商务印书馆1986年版，第686—689页。

最后职务为谘议参军。其卒年当在开皇十二年六月以后，仁寿二年（602）杨秀被废之前。① 辛德源的著述，《隋书》本传著录《集注春秋三传》三十卷，《法言注》二十三卷，《政训》二十卷，《内训》二十卷，另有文集二十卷。《北史》卷五十《辛德源传》记载相同。但是，《隋书·经籍志》的著录却与此有较大差异，集部著录"蜀王府记室《辛德源集》三十卷"，子部杂家类著录《正训》《内训》各二十卷，未注明撰人。严可均《全隋文》卷二十辑录其文三篇（《幽居赋》仅存篇名），漏辑《至真观记》（见《成都文类》卷三六）。逯钦立《隋诗》卷二辑录其诗较完整者九首、残句若干。

◆ 牛弘与辛彦之等受诏议定正乐，积年不成，隋文帝怒而责之。

《隋书》卷一四《音乐志中》："开皇二年，齐黄门侍郎颜之推上言：'礼崩乐坏，其来自久。今太常雅乐，并用胡声，请冯（凭）梁国旧事，考寻古典。'高祖不从，曰：'梁乐亡国之音，奈何遣我用邪？'是时尚因周乐，命工人齐树提检校乐府，改换声律，益不能通。俄而柱国、沛公郑译奏上，请更修正。于是诏太常卿牛弘、国子祭酒辛彦之、国子博士何妥等议正乐。然沦谬既久，音律多乖，积年议不定。高祖大怒曰：'我受天命七年，乐府犹歌前代功德邪？'命治书侍御史李谔引弘等下，将罪之。谔奏：'武王克殷，至周公相成王，始制礼乐。斯事体大，不可速成。'高祖意稍解。"按：据《隋书》本传，牛弘于开皇六年任太常卿，则其与辛彦之等受诏议定正乐当在开皇六年。又据杨坚"我受天命七年"之语推断，杨坚怒责牛弘等，应在开皇七年。

陈后主祯明二年　隋文帝开皇八年（588）

◆ 十月，隋文帝大集将士。十一月，命杨广率师伐陈。

《隋书》卷二《高祖纪下》载，开皇八年十月"甲子，将伐陈，有事于太庙。命晋王广、秦王俊、清河公杨素并为行军元帅，以伐陈。于是晋王广出六合，秦王俊出襄阳，清河公杨素出信州，荆州刺史刘仁恩出江陵，宜阳公王世积出蕲春，新义公韩擒虎出庐江，襄邑公贺若弼出吴州，落丛公燕荣出东海，

---

① 详参丁宏武：《辛德源生平著述考》，《西北师大学报》2014年第1期。

合总管九十，兵五十一万八千，皆受晋王节度。东接沧海，西拒巴蜀，旌旗舟楫，横亘数千里……十一月丁卯，车驾饯师。诏购陈叔宝位上柱国、万户公。乙亥，行幸定城，陈师誓众"。按：《陈书》卷六《后主纪》、《通鉴》卷一七六亦有载述。

◆令狐熙转任河北道行台度支尚书，沧州吏民追思，相与立碑颂德。

《隋书》卷五六《令狐熙传》："（开皇）八年，徙为河北道行台度支尚书，吏民追思，相与立碑颂德。及行台废，授并州总管司马。"按：据《隋书》本传，令狐熙任沧州刺史，风教大洽，百姓乐安，故其徙职，吏民追思。又，《隋书》本传载录其晚年（开皇二十年）所作《请解桂州总管任表》，足见其文化修养颇高。严可均《全隋文》卷二三辑录此文。其子令狐德棻为唐代名臣，主持修撰《周书》五十卷。

陈后主祯明三年　隋文帝开皇九年（589）

◆正月，隋将韩擒虎、贺若弼等攻入建邺。三月，陈后主与王公百僚自建邺入长安。陈国灭亡，大隋统一天下。

《隋书》卷二《高祖纪下》载，开皇九年"正月己巳，白虹夹日。辛未，贺若弼拔陈京口，韩擒虎拔陈南豫州……丙子，贺若弼败陈师于蒋山，获其将萧摩诃。韩擒虎进师入建邺，获其将任蛮奴，获陈主叔宝。陈国平，合州三十，郡一百，县四百。癸巳，遣使持节巡抚之……夏四月己亥，幸骊山，亲劳旋师。乙巳，三军凯入，献俘于太庙"。《陈书》卷六《后主纪》载，祯明三年"三月己巳，后主与王公百司发自建邺，入于长安"。按：《通鉴》卷一七七载述隋灭陈时史事甚详。

◆牛弘与姚察、许善心、虞世基等受诏改定雅乐，作乐府歌词，撰定圆丘五帝凯乐，并议乐事。又上奏，论六十律不可行。

《隋书》卷二《高祖纪下》载，开皇九年"十二月甲子，诏曰：'朕祗承天命，清荡万方。百王衰敝之后，兆庶浇浮之日，圣人遗训，扫地俱尽，制礼作乐，今也其时……宜可搜访，速以奏闻，庶睹一艺之能，共就九成之业。'仍诏太常牛弘、通直散骑常侍许善心、秘书丞姚察、通直郎虞世基等议定作乐"。《隋书》卷四九《牛弘传》："（开皇）九年，诏改定雅乐，又作乐府歌词，撰定圆丘五帝凯乐，并议乐事。弘上议云……上曰：'不须作旋相为宫，且作黄钟一均也。'弘又论六十律不可行……上甚善其议，诏弘与姚察、许善心、何妥、虞世基等正定新乐，事在《音律志》。"《隋书》卷一五《音乐志下》："开皇九年平陈，获宋、齐旧乐，诏于太常置清商署，以管之。求陈太乐令蔡子元、于普明等，复居其职。由是牛弘奏曰……制曰……晋王广又表请，帝乃许之。牛弘遂因郑译之旧，又请依古五声六律，旋相为宫。雅乐每宫但一调，唯迎气奏五调，谓之五音。缦乐用七调，祭祀施用。各依声律尊卑为次。高祖犹忆（何）妥言，注弘奏下，不许作旋宫之乐，但作黄钟一宫而已。于是牛弘及秘书丞姚察、通直散骑常侍许善心、仪同三司刘臻、通直郎虞世基等，更共详议曰……帝并从之。故隋代雅乐，唯奏黄钟一宫，郊庙飨用一调，迎气用五调。旧工更尽，其余声律，皆不复通。"按：《通鉴》卷一七七亦系隋文帝诏令牛弘等人议定雅乐之事于本年十二月。又，牛弘为隋代著名学者，据《隋书》本传，其卒于隋大业六年（610）十一月，"有文集十三卷行于世"。《北史》卷七二《牛弘传》称其"有文集十二卷"，《隋书》卷三五《经籍志四》著录"吏部尚书《牛弘集》十二卷"。严可均《全隋文》卷二四辑录其文十篇，逯钦立《隋诗》卷五辑录其诗一首。《隋书》本传史臣论曰："牛弘笃好坟籍，学优而仕，有淡雅之风，怀旷远之度，采百王之损益，成一代之典章，汉之叔孙，不能尚也。"

◆**隋灭陈，皇甫绩拜苏州刺史。其后州民顾子元等反，绩作《遗顾子元书》。**

《隋书》卷三八《皇甫绩传》："及陈平，拜苏州刺史。高智慧等作乱江南，州民顾子元发兵应之，因以攻绩，相持八旬。子元素感绩恩，于冬至日遣使奉牛酒。绩遗子元书曰：'皇帝握符受箓，合极通灵，受揖让于唐、虞，弃干戈于汤、武。东逾蟠木，方朔所未穷；西尽流沙，张骞所不至。玄漠黄龙之外，交臂来王；葱岭榆关之表，屈膝请吏。曩者伪陈独阻声教，江东士民困于荼毒。皇天辅仁，假手朝廷，聊申薄伐，应时瓦解。金陵百姓，死而复生；吴、会臣民，白骨还肉。唯当怀音感德，行歌击壤，岂宜自同吠主，翻成反噬。卿非吾民，何须酒礼？吾是隋将，何容外交？易子析骸，未能相告，况是足食足兵，高城深堑，坐待强援，绰有余力。何劳踵轻敝之俗，作虚伪之辞，欲阻诚臣之心，徒惑骁雄之志。以此见期，必不可得。卿宜善思活路，晓谕黎元，能早改迷，失道非远。'子元得书，于城下顿首陈谢。杨素援兵至，合击破之。拜信州总管、十二州诸军事。俄以病乞骸骨，诏征还京，赐以御药，中使相望，顾问不绝。卒于家，时年五十二。谥曰安。子偲嗣。"按：据《隋书》卷二《高祖纪下》、《通鉴》卷一七七等，开皇十年十一月，江南高智慧等举兵反叛，则皇甫绩《遗顾子元书》当作于开皇十年（590）冬至日。严可均《全隋文》卷二三辑录此文。又据《隋书》卷二《高祖纪下》，"十二年春正月壬子，以苏州刺史皇甫绩为信州总管"，则皇甫绩当病卒于开皇十二年（592）或稍后。

主要参考文献

一、书目

（一）古籍

（汉）司马迁：《史记》，中华书局 1982 年版。

（汉）班固：《汉书》，中华书局 1962 年版。

（汉）刘珍等撰，吴树平校注：《东观汉记校注》，中华书局 2008 年版。

（汉）王符著，（清）汪继培笺，彭铎校正：《潜夫论笺校正》，中华书局 1985 年版。

（汉）荀悦、（晋）袁宏著，张烈点校：《两汉纪》，中华书局 2002 年版。

（汉）张衡著，张震泽校注：《张衡诗文集校注》，上海古籍出版社 2009 年版。

（晋）陈寿：《三国志》，中华书局 1959 年版。

（晋）常璩著，任乃强校注：《华阳国志校补图注》，上海古籍出版社 1987 年版。

（晋）皇甫谧撰，山东中医学院校释：《针灸甲乙经校释》，人民卫生出版社 2009 年版。

（晋）王嘉撰，（梁）萧绮录：《拾遗记》，中华书局 1981 年版。

（宋）范晔：《后汉书》，中华书局 1965 年版。

（宋）刘义庆著，（梁）刘孝标注，余嘉锡笺疏：《世说新语笺疏》（修订本），上海古籍出版社 1993 年版。

（梁）刘勰著，范文澜注：《文心雕龙注》，人民文学出版社 1958 年版。

（梁）沈约：《宋书》，中华书局 1974 年版。

（梁）释慧皎撰，汤用彤校注：《高僧传》，中华书局 1992 年版。

（梁）释僧祐撰，苏晋仁等点校：《出三藏记集》，中华书局 1995 年版。

（梁）释僧祐编，刘立夫、魏建中、胡勇译注：《弘明集》，中华书局 2013 年版。

（梁）萧统编，（唐）李善注：《文选》，上海古籍出版社 1986 年版。

（梁）萧子显：《南齐书》，中华书局 1972 年版。

（梁）钟嵘著，周振甫译注：《诗品译注》，中华书局 1998 年版。

（陈）徐陵编，（清）吴兆宜注、程琰删补，穆克宏点校：《玉台新咏》，中华书局 1985 年版。

（北魏）崔鸿撰，（明）屠乔孙等辑：《十六国春秋》，影印文渊阁《四库全书》本，台湾商务印书馆 1986 年版。

（北魏）崔鸿撰，（清）汤球辑补：《十六国春秋辑补》，中华书局 2020 年版。

（北魏）郦道元注，（民国）杨守敬、熊会贞疏：《水经注疏》，江苏古籍出版社 1989 年版。

（北魏）杨衒之撰，周祖谟校释：《洛阳伽蓝记校释》，中华书局 1963 年版。

（北齐）魏收：《魏书》，中华书局 1974 年版。

（北周）庾信撰，（清）倪璠注，许逸民校点：《庾子山集注》，中华书局 1980 年版。

（唐）道宣撰，郭绍林点校：《续高僧传》，中华书局 2014 年版。

（唐）道宣：《集神州三宝感通录》，《中华大藏经》（金城广胜寺本），第 60 册，中华书局 1993 年版。

（唐）杜佑撰，王文锦等点校：《通典》，中华书局 1988 年版。

（唐）房玄龄等：《晋书》，中华书局 1974 年版。

（唐）林宝撰，岑仲勉校记：《元和姓纂》（附四校记），中华书局 1994 年版。

（唐）陆德明撰，吴承仕疏证：《经典释文序录疏证》，中华书局 2008 年版。

（唐）李吉甫撰，贺次君点校：《元和郡县图志》，中华书局 1983 年版。

（唐）李林甫等撰，陈仲夫点校：《唐六典》，中华书局 2014 年版。

（唐）李百药：《北齐书》，中华书局 1972 年版。

（唐）令狐德棻：《周书》，中华书局 1971 年版。

（唐）李延寿：《南史》，中华书局 1975 年版。

（唐）李延寿：《北史》，中华书局 1974 年版。

（唐）刘知幾撰，（清）浦起龙释：《史通通释》，上海古籍出版社 1978 年版。

（唐）马总编，王天海、王韧校释：《意林校释》，中华书局 2014 年版。

（唐）欧阳询撰，汪绍楹校：《艺文类聚》，上海古籍出版社 1982 年版。

（唐）魏徵等：《隋书》，中华书局 1973 年版。

（唐）许敬宗编，罗国威整理：《日藏弘仁本文馆词林校证》，中华书局 2001 年版。

（唐）许嵩撰，张忱石点校：《建康实录》，中华书局 1986 年版。

（唐）徐坚等：《初学记》，中华书局 1962 年版。

（唐）虞世南辑录：《北堂书钞》，浙江古籍出版社 2021 年版。

（唐）姚思廉：《梁书》，中华书局 1973 年版。

（唐）姚思廉：《陈书》，中华书局 1972 年版。

（唐）张彦远：《法书要录》，人民美术出版社 1986 年版。

（后晋）刘昫等：《旧唐书》，中华书局 1975 年版。

（宋）陈振孙撰，徐小蛮、顾美华点校：《直斋书录解题》，上海古籍出版社 2015 年版。

（宋）邓名世撰，王力平点校：《古今姓氏书辩证》，江西人民出版社 2006 年版。

（宋）郭茂倩：《乐府诗集》，中华书局 1979 年版。

（宋）洪适：《隶释 隶续》，中华书局 1986 年版。

（宋）李昉等：《太平御览》，中华书局 1960 年版。

（宋）欧阳修、宋祁：《新唐书》，中华书局 1975 年版。

（宋）司马光：《资治通鉴》，中华书局 1956 年版。

（宋）王应麟：《玉海》，影印文渊阁《四库全书》，第 943—948 册，台湾商务印书馆 1986 年版。

（宋）乐史撰，王文楚等点校：《太平寰宇记》，中华书局 2007 年版。

（宋）袁说友、扈仲荣等编：《成都文类》，影印文渊阁《四库全书》，第

1354 册，台湾商务印书馆 1986 年版。

（宋）祝穆撰，祝洙增订，施和金点校：《方舆胜览》，中华书局 2003 年版。

（宋）张君房编，李永晟点校：《云笈七签》，中华书局 2003 年版。

（明）张溥辑：《汉魏六朝百三名家集》，江苏古籍出版社 2001 年版。

（清）安维峻等：《甘肃全省新通志》，《甘肃通志集成》，天津古籍出版社 2019 年版。

（清）丁国钧：《补晋书艺文志》，《二十五史补编》，第 3 册，中华书局 1955 年版。

（清）侯康：《后汉书补注续》，《丛书集成初编》，第 3782 册，商务印书馆 1937 年版。

（清）陆耀遹：《金石续编》，上海古籍出版社 2020 年版。

（清）钱大昕著，方诗铭、周殿杰校点：《廿二史考异》（附《三史拾遗》《诸史拾遗》），上海古籍出版社 2004 年版。

（清）阮元校刻：《十三经注疏》，中华书局 1980 年版。

（清）沈铭彝：《后汉书注又补》，《丛书集成初编》，第 3784 册，商务印书馆 1936 年版。

（清）汤球辑，杨朝明校补：《九家旧晋书辑本》，中州古籍出版社 1991 年版。

（清）汤球、黄奭辑，乔治忠校注：《众家编年体晋史》，天津古籍出版社 1989 年版。

（清）汤球辑，吴振清校注：《三十国春秋辑本》，天津古籍出版社 2009 年版。

（清）万斯同：《晋将相大臣年表》，《二十五史补编》，第 3 册，中华书局 1955 年版。

（清）王昶：《金石萃编》，上海古籍出版社 2020 年版。

（清）王先谦：《汉书补注》，上海古籍出版社 2008 年版。

（清）王先谦：《后汉书集解》，上海古籍出版社 2006 年版。

（清）叶奕苞：《金石录补》，上海古籍出版社 2020 年版。

（清）严可均辑：《全上古三代秦汉三国六朝文》，中华书局 1958 年版。

（清）姚振宗：《后汉艺文志》，《二十五史补编》，第 2 册，中华书局 1955 年版。

（清）姚振宗：《隋书经籍志考证》，《二十五史补编》，第 4 册，中华书局 1955 年版。

（清）张澍辑，李鼎文校点：《续敦煌实录》，甘肃人民出版社 1985 年版。

（清）张澍辑，王晶波校点：《二酉堂丛书史地六种》，甘肃人民出版社 1992 年版。

《大正新修大藏经》，台湾新文丰出版公司 1975 年版。

高文：《汉碑集释》，河南大学出版社 1997 年版。

《古文苑》，《四部丛刊初编》影印常熟瞿氏铁琴铜剑楼藏宋刊本。

《俄藏敦煌文献》（第一至第十七册），上海古籍出版社 2001 年版。

韩理洲等辑校编年：《全三国两晋南朝文补遗》，三秦出版社 2013 年版。

逯钦立辑校：《先秦汉魏晋南北朝诗》，中华书局 1983 年版。

刘庆柱辑注：《三秦记辑注·关中记辑注》，三秦出版社 2006 年版。

曾朴：《补后汉书艺文志并考》，《二十五史补编》，第 2 册，中华书局 1955 年版。

赵万里：《汉魏南北朝墓志集释》，科学出版社 1956 年版。

赵超：《汉魏南北朝墓志汇编》（修订本），中华书局 2021 年版。

周天游辑注：《八家后汉书辑注》，上海古籍出版社 1986 年版。

周绍良、赵超主编：《唐代墓志汇编》，上海古籍出版社 1992 年版。

周祖谟编：《唐五代韵书集存》，中华书局 1983 年版。

周祖谟：《广韵校本》，中华书局 2004 年版。

（二）今人著作

陈直：《居延汉简研究》，中华书局 2009 年版。

陈直：《文史考古论丛》，中华书局 2018 年版。

陈文新主编：《中国文学编年史》，湖南人民出版社 2006 年版。

曹道衡：《中古文学史论文集》，中华书局 2002 年版。

曹道衡：《中古文学史论文续集》，文津出版社 1994 年版。

曹道衡、刘跃进：《南北朝文学编年史》，人民文学出版社 2000 年版。

曹道衡、沈玉成：《中古文学史料丛考》，中华书局 2003 年版。

段文杰：《敦煌壁画》（上），《中国美术全集》绘画编 14，上海人民美术出版社 1993 年版。

冯浩菲：《郑氏诗谱订考》，上海古籍出版社 2008 年版。

伏俊琏：《敦煌文学总论》，甘肃教育出版社 2013 年版。

胡阿祥：《六朝疆域与政区研究》，学苑出版社 2005 年版。

胡旭：《先唐别集叙录》，中国社会科学出版社 2011 年版。

郝润华主编：《甘肃文献总目提要》，甘肃人民出版社 2015 年版。

姜亮夫：《张华年谱》，古典文学出版社 1957 年版。

姜亮夫：《莫高窟年表》，上海古籍出版社 1985 年版。

陆侃如：《中古文学系年》，人民文学出版社 1985 年版。

刘汝霖：《汉晋学术编年》，华东师范大学出版社 2010 年版。

刘汝霖：《东晋南北朝学术编年》，华东师范大学出版社 2010 年版。

刘跃进：《秦汉文学编年史》，商务印书馆 2006 年版。

刘跃进：《秦汉文学论丛》，凤凰出版社 2008 年版。

刘文英：《王符评传》，南京大学出版社 2011 年版。

李智君：《关山迢递——河陇历史文化地理研究》，上海人民出版社 2011 年版。

马衡：《凡将斋金石丛稿》，中华书局 1977 年版。

马长寿：《碑铭所见前秦至隋初的关中部族》，广西师范大学出版社 2006 年版。

骈宇骞、段书安：《二十世纪出土简帛综述》，文物出版社 2006 年版。

彭春艳：《汉赋系年考证》，上海古籍出版社 2017 年版。

孙尚勇：《乐府文学文献研究》，人民文学出版社 2007 年版。

汤用彤：《汉魏两晋南北朝佛教史》，北京大学出版社 1997 年版。

唐长孺：《山居存稿三编》，中华书局 2011 年版。

谭其骧：《谭其骧全集》，人民出版社 2015 年版。

田余庆：《拓跋史探》（修订本），生活·读书·新知三联书店 2019 年版。

王国维：《观堂集林》，《王国维遗书》，上海书店出版社 1983 年版。

王仲荦：《北周六典》，中华书局 1979 年版。

吴光兴：《萧纲萧绎年谱》，社会科学文献出版社 2006 年版。

汪春泓：《史汉研究》，上海古籍出版社 2014 年版。

徐传钧修，张著常纂：《东乐县志》，《中国西北文献丛书》第一辑《西北稀见方志文献》影印民国十二年（1923）石印本，兰州古籍书店 1990 年版。

余冠英：《乐府诗选》，人民文学出版社 1954 年版。

余嘉锡：《余嘉锡论学杂著》，中华书局 1963 年版。

余太山：《早期丝绸之路文献研究》，商务印书馆 2013 年版。

易小平：《西汉文学编年史》，上海古籍出版社 2012 年版。

袁行霈等主编：《中国地域文化通览·甘肃卷》，中华书局 2013 年版。

章太炎撰，庞俊、郭诚永疏证：《国故论衡疏证》，中华书局 2008 年版。

张可礼：《东晋文艺系年》，山东教育出版社 1992 年版。

周一良：《魏晋南北朝史札记》，中华书局 2007 年版。

周建江：《北朝文学史》，中国社会科学出版社 1997 年版。

赵逵夫：《古典文献论丛》（增订本），中华书局 2014 年版。

中国艺术研究院音乐研究所编：《中国音乐史图鉴》，人民音乐出版社 1988 年版。

二、论文

丁宏武：《皇甫谧籍贯及相关问题考论》，《文史哲》2008 年第 5 期。

丁宏武、靳婷婷：《前秦苻氏家族的多元文化倾向及其成因考论》，《甘肃社会科学》2009 年第 5 期。

丁宏武：《从大漠敦煌到弘农华阴——汉末敦煌张氏的迁徙及其家风家学的演变》，《甘肃社会科学》2011 年第 4 期。

丁宏武：《李陵〈答苏武书〉真伪再探讨》，《宁夏大学学报》2012 年第 2 期。

丁宏武：《索靖生平著作考》，《文史哲》2013 年第 5 期。

丁宏武：《辛德源生平著述考》，《西北师大学报》2014 年第 1 期。

丁宏武：《"苏李诗文出自民间演艺节目"说平议》，《西北师大学报》2016

年第 2 期。

丁宏武：《唐前李陵接受史考察——兼论李陵作品的流传及真伪》，《文史哲》2017 年第 6 期。

丁宏武：《十六国时期河陇地区郭刘学派考论》，山东大学《国学季刊》第八期（2017 年 12 月）。

丁宏武、任明：《东汉汉阳陇县摩崖石刻〈河峪颂〉文本考释》，《中国书法·书学》2018 年第 7 期。

丁宏武：《〈河峪颂〉具备多重独特史料价值》，《中国社会科学报》2018 年 9 月 17 日"历史学"专栏。

丁宏武、刘伟强：《新出北周刘义夫妇墓碑墓志考释》，《甘肃社会科学》2022 年第 1 期。

顾颉刚：《两汉州制考》，文刊《国立中央研究院历史语言研究所集刊》外编《蔡元培先生六十五岁庆祝论文集》（北平，1934 年），第 855—902 页。

黄文昆：《麦积山的历史与石窟》，《文物》1989 年第 3 期。

郝树声：《汉河西四郡设置年代考辨》，《开发研究》1996 年第 6 期。

郝树声：《汉河西四郡设置年代考辨（续）》，《开发研究》1997 年第 3 期。

胡阿祥：《魏晋时期河西地区本土文学述论》，《洛阳大学学报》2002 年第 3 期。

景蜀慧：《魏晋政局与皇甫谧之废疾》，《文史》2001 年第 2 辑（总第 55 辑）。

李鼎文：《李暠和他的作品》，《西北师大学报》1982 年第 2 期。

李正宇：《试释敦煌汉简〈教诲诗〉》，文刊《转型期的敦煌语言文学——纪念周绍良先生仙逝三周年学术研讨会论文集》，甘肃人民出版社 2010 年版。

李炳泉：《西汉河西四郡的始置年代及疆域变迁》，《东岳论丛》2013 年第 12 期。

骆玉明、陈尚君：《〈先秦汉魏晋南北朝诗〉补遗》，《文学遗产》1987 年第 1 期。

刘跃进：《班彪与两汉之际的河西文化》，《齐鲁学刊》2003 年第 1 期。

刘跃进：《河西四郡的建置与西北文学的繁荣》，《文学评论》2008 年第 5 期。

刘景云：《后汉秦嘉徐淑诗文考》，《敦煌研究》2003 年第 2 期。

马雍：《东汉〈曹全碑〉中有关西域的重要史料》，《文史》第 12 辑，中华书局 1981 年版。

青海省文物考古工作队：《青海大通县上孙家寨一一五号汉墓》，《文物》1981 年第 2 期。

史念海：《古长安丛书总序》，刘庆柱辑注：《三秦记辑注·关中记辑注》，三秦出版社 2006 年版。

孙尚勇：《论苏李诗文的形成机制与产生年代——兼及〈汉书·苏武李陵传〉的成篇问题》，《文艺研究》2012 年第 3 期。

新疆博物馆考古队：《吐鲁番哈喇和卓古墓群发掘简报》，《文物》1978 年第 6 期。

跃进：《有关〈文选〉"苏李诗"若干问题的考察》，《文学遗产》1996 年第 2 期。

杨义：《重绘中国文学地图与中国文学的民族学、地理学问题》，《文学评论》2005 年第 3 期。

杨发鹏：《汉唐时期"河陇"地理概念的形成与深化》，《中国边疆史地研究》2010 年第 2 期。

杨庆兴：《新见〈源延伯墓志〉》，《中国书法》2016 年第 11 期。

紫溪：《由魏晋南北朝的写经看当时的书法》，《文物》1963 年第 4 期。

章培恒、刘骏：《关于李陵〈与苏武诗〉及〈答苏武书〉的真伪问题》，《复旦学报》1998 年第 2 期。

赵万里：《从字体上试论〈兰亭序〉的真伪》，《文物》1965 年第 11 期。

赵以武：《苻朗的生平及其诗文作品》，《甘肃社会科学》1991 年第 5 期。

赵以武：《阴铿生平考释六题》，《文学遗产》1993 年第 6 期。

赵逵夫：《赵壹生平著作考》，《文学遗产》2003 年第 1 期。

赵逵夫：《赵壹生平补论》，《中山大学学报》2013 年第 4 期。